ÁNGELES GIL es diplomada en Relaciones laborales y Recursos humanos por la Universitat de Barcelona y trabaja desde hace tiempo en un despacho de abogados, pero su gran pasión siempre ha sido la lectura y la escritura.

Tras cursar el ciclo de novela en la Escuela de Escritura del Ateneu Barcelonès durante cuatro años, escribió su primera obra, *La casa del azúcar*, inspirada en la historia de su bisabuela y que obtuvo una estupenda acogida. Su segundo libro, *Las sombras de la ciudad*, también está basado en su familia en la Barcelona de la Guerra Civil.

Papel certificado por el Forest Stewardship Council®

Penguin
Random House
Grupo Editorial

Primera edición en B de Bolsillo: enero de 2025

Printed in Spain – Impreso en España

ISBN: 978-84-10381-21-6
Depósito legal: B-19.203-2024

Impreso en Novoprint
Sant Andreu de la Barca (Barcelona)

BB 8 1 2 1 6

La casa del azúcar

ÁNGELES GIL

Para mis padres, el pasado y mis recuerdos
Para Laia y Paula, mi presente y el futuro
Y para José Luis, porque lo eres todo

Os quiero

Estación de trenes de Terreros del Jalón.
Vía de carga núm. 3
25 de julio de 1936

—Tiene que ser en esta vía. Me ha dicho que es el número 23. Allí nos espera.

Juana me acaba de confirmar la llegada del vagón y todavía no me lo creo. Hace más de una semana que había perdido la esperanza y, con lo que está pasando por todas partes, estaba segura de que se había quedado en algún pueblo por el camino, o en una vía muerta, y que no iba a llegar nunca a Terreros.

Pero aquí está.

—Mira, allí, Manuela —me dice señalando con el dedo al final de la fila de vagones—. Es ése, el 23.

Bajamos a la vía. Tengo que hacer equilibrios entre el balasto con los zapatos que llevo y, mientras nos acercamos, distingo a Venancio, el jefe de estación desde hace más de veinte años. Lleva los papeles en su tablilla, que sostiene con una mano, y en la otra lleva la cadena con las llaves. Nos saluda y, mientras me pasa los formularios, abre el candado, pero no la puerta.

—Aquí lo tienes, todo tuyo. —Me pone el candado en las manos.

Me alivia comprobar que se marcha y que no hace ni el intento de ayudarme a abrir el portón, como tantas otras veces. Debe de ser verdad lo que le ha comentado a Juana hace un rato: que desde la sublevación de los militares africanos tiene más trabajo del que puede abarcar. Se para un segundo, como recapacitando, y se vuelve hacia nosotras.

—Se ha de descargar como máximo en veinticuatro horas, ya lo sabes. —Lo sé, pero me callo—. Ahora están muy rigurosos y no quiero retrasos. Se conoce que los necesitan para los suministros. Así que, cuando acabéis, me avisas y, si todo es conforme, firmamos.

Veinticuatro horas para vaciarlo, lo sé, pero esta vez tengo un problema que él no sabe: no tengo a los hombres que preciso para descargarlo.

Juana abre el portón con esfuerzo y entramos en la franja estrecha que queda entre tanto bulto. La noto mucho más inquieta que yo, aunque intente disimularlo. Se sienta en una de las pilas de sacos y se coge las manos con fuerza en el regazo.

—¿Cómo demonios nos vamos a llevar todo esto? —me dice estirando los brazos como si abarcara todo el vagón.

Estoy segura de que intenta que no note su desazón, pero jamás ha podido engañarme en eso. Son demasiados años. Me siento frente a ella y la miro, sabe lo que pienso: que esta noche nos jugamos mucho. Lo que no sabe es que igual nos lo jugamos todo. Juana calla y mira al suelo mientras intento encontrar una solución entre las tinieblas que nos envuelven. La busco, pero sigo sin verla. Qué duros pueden ser los sacos de azúcar, y éstos son como rocas. Mi trasero puede dar fe de ello. Juana también debe de estar incómoda, o me ha leído el pensamiento como tantas otras veces, porque se incorpora y, mientras se masajea el costado, apoyada en la pared de sacos más baja, levanta la vista y me mira en silencio.

—Verás —le digo. Quiero que sepa el problema que se nos viene encima y se lo suelto a bocajarro—: lo que me preocupa no es sólo encontrarles sitio a todos estos sacos, que ya va a ser muy complicado; lo que de verdad me tiene con el alma en vilo es el pago. Ahora que ya han llegado, si pasa algo...

No me deja acabar la frase.

—No me asustes, Manuela.

Pobre, a ella sólo le preocupaba el traslado, lo más inminente, pero yo voy más lejos.

—Lo que viene no va a ser bueno —le digo—. Mira cómo está todo desde Zaragoza hasta aquí. En el parte de anoche ya lo decían: Aragón es un caos si el gobierno no lo remedia y el dinero no va a valer para nada con lo que está por llegar. El azúcar puede ser nuestro único escudo. Cuando hice el pedido, hace mes y medio, también hice una apuesta sin saber lo que se avecinaba: compré más de la cuenta para tener mayor beneficio y estaba segura de que íbamos a venderlo, pero ahora... con lo que está pasando, no sé... Y lo que es peor: si nos lo quitan, no tengo suficiente para pagarlo. Hasta podría perder la casa.

Me mira incrédula. Estoy segura de que ella piensa que soy invencible y que puedo sortear cualquier contratiempo, pero yo me conozco y tengo claro cuáles son mis límites, sobre todo los económicos. Siempre ha confiado en mí ciegamente, pero yo sé que ahora no podemos afrontar una deuda como ésa, y menos aún si desaparece el azúcar.

Se me acerca y me coge de los hombros en un abrazo que me demuestra su lealtad y apoyo más allá de cualquier palabra.

—Mira lo que les pasó a los Luneros con su harina —le digo con sus brazos todavía alrededor de mi espalda—. No les quedó ni un gramo. —La verdad es que no hace falta que se lo recuerde porque estoy segura de que lo tiene presente, pero necesito hablar para no emocionarme—. Si vuelven a pasar los milicianos y encuentran los sacos, no me cabe duda de que se los llevan.

Quiere replicarme. Abre la boca para decir algo.

—Pero, Curro... —Intuyo lo que me quiere decir antes de que acabe la frase.

Me separo de sus brazos y le contesto:

—Por mucho que mi hermano conozca a los milicianos, no va a poder hacer nada por el azúcar. Y si los que llegan son los requetés, todavía va a ser peor. Ya nos podemos encomendar a la Virgen del Pilar y que nos coja confesadas. Va a ser tres cuartos de lo mismo, vengan los que vengan.

Juana se mueve nerviosa junto a mí y los pequeños montículos de granos que tapizan el suelo crujen bajo sus pies con ese ruido que me crispa los nervios.

—La descarga tendrá que ser esta noche sin falta —le digo intentando sonar firme—. No hay otra.

—La de viajes que tendremos que hacer al almacén.

—No, al almacén no. —Me mira sorprendida—. No podemos dejarlo allí. Nadie más que nosotras puede saber que ha llegado.

—Es cierto... —reconoce—, pero ¿dónde? ¿Dónde quieres que los metamos? No estamos hablando de cien sacos.

Juana está en lo cierto. No tenemos un lugar seguro para guardarlo. ¿Dónde? Es lo que llevo preguntándome desde que ha llegado.

—No es tan fácil, no. —Se calla un momento y piensa—. Igual, en el cobertizo —apunta al fin.

—No, tal como tiene el tejado y con las goteras de la primavera, imposible.

—¿Y en la bodega?

—Allí tampoco. En el calado no podemos meterlos con toda esa humedad, y si dejamos los sacos arriba, cualquiera podría encontrarlos. Además, ¿cómo vamos a explicar que cerramos la puerta de la bodega sin ningún motivo? Y, aunque la cerráramos, tantos sacos no se pueden esconder, quedarían a la vista; cualquiera podría mirar por la ventana del portón. Allí no puede ser. Imagina si se corriera la voz.

Me ha salido todo de corrido, sin pensarlo, y me doy cuenta de que, aun así, todo lo que acabo de decir es cierto.

—No, no. Me refiero al fondo de la bodega, a la sala noble —puntualiza Juana con una sonrisa de satisfacción y seguridad.

—La sala ¿qué? —le pregunto.

—Sí, la sala noble —repite—. Al fondo de la de fermentación había una puerta —dice moviendo los brazos como si estuviéramos en la parte más oscura de la bodega y me la señalara—. Nunca dejaban que me acercara, era sólo para los señores. ¿No te acuerdas? Allí guardaban el vino de más valor, el de las añadas especiales. Hace tanto que no veo esa puerta que ni me acordaba.

—No puede ser. Es mi casa, la conozco bien —atino a decirle.

Me pregunto cómo es posible que nadie me haya hablado jamás de esa sala y que nunca haya visto esa puerta. Seguro que mi cara tiene que ser de asombro porque Juana insiste:

—Que sí, Manuela, tiene que estar. Cuando jugaba cerca, o se me ocurría entrar, mi padre me regañaba.

No nos paramos demasiado a pensarlo, salimos de la estación para comprobarlo y mientras caminamos hasta casa, el sol abrasador me achicharra la espalda. En Terreros ya se sabe, desde finales de abril hasta San Roque no se puede pisar la calle a la hora de la siesta, y nosotras estamos cruzando el pueblo a paso militar para comprobar lo de esa puerta.

Al llegar a casa, ya no puedo más y me detengo un minuto en la cocina a beber un sorbo de agua antes de continuar por los trescientos metros de grava que nos separan de la bodega. La casa está en silencio y vacía. Mejor que Rita esté en casa de madre con sus patrones y la máquina de coser. Me molesta ocultarle a mi hija lo que está pasando, pero, si no me ve, no tengo que darle explicaciones. Cómo huelen los jazmines y las albahacas que plantamos la semana pasada; me marean mientras avanzamos por el corredor. Las sienes se me humedecen, se me moja el pelo que se ha vuelto a escapar del moño y ni siquiera hemos llegado a la plazoleta.

El portón de la bodega está entornado, como siempre, y cuando apoyo el hombro con fuerza sobre una de las hojas, cede y se abre de par en par, acompañándonos con el rechinar de los goznes oxidados. El ambiente dentro es fresco y me alivia el malestar y los sofocos.

La bodega nunca está cerrada porque ya no hay nada de valor en ella, porque en Terreros todos nos tenemos confianza y porque nunca ha pasado nada por tener las puertas abiertas. ¿Para qué iban a querer entrar si sólo sirve para apilar trastos viejos? Todo lo que no nos atrevemos a tirar va a parar aquí y lo olvidamos sin contemplaciones.

Dentro todo está tranquilo y su olor áspero, entre picante y agrio, me envuelve. El vino deja ese rastro acre en el ambiente cuando nadie lo cuida, y es que al vino le pasa lo que a los abuelos: cuando no los tenemos en cuenta se nos mueren de tristeza. Éstos, los de nuestra casa, a fuerza de no hacerles ningún caso, ya hace tiempo que murieron, y en las zonas donde se acumulan las cubas, todas apiladas como nichos, descansan en su propio cementerio.

Sorteo los obstáculos que me impiden moverme con soltura. A la derecha, las viejas bañeras de limpieza, ya oxidadas y acumulando polvo desde hace lustros; a su lado, una montaña de cajas para el transporte de gaseosas y sifones, y en las paredes laterales, las barricas en desuso, casi todas vacías y bien alineadas unas junto a otras. En el centro de la sala (creo que desde hace más de veinte años) está el viejo carro de Luis, con el que llegó a Terreros y con el que empezamos el negocio. Tiene un eje roto y el fondo de la caja agujereado; sin embargo, aunque ya es inservible, me da un no sé qué tirarlo, sería como si me deshiciera de uno de mis brazos.

Con la hilera de bombillas encendida a todo lo largo de la nave, a duras penas veo más allá de un pequeño círculo de luz bajo cada una de ellas. Los rincones más alejados siguen en penumbra y las sombras me devuelven recuerdos que ya hacía tiempo se me habían borrado, pero aunque intento encontrar en mi memoria esa puerta que Juana dice recordar, soy incapaz de hacerlo.

—¿Ves?, aquí no hay nada, una montaña de enredos inútiles y de cubas viejas. —El comentario me sale del alma; me molesta pensar que no conozco mis dominios.

—La puerta tiene que estar detrás de aquellos toneles —insiste Juana mientras señala al fondo—. Allá, estoy segura.

Hacía mucho que no pasaba hasta tan adentro. Casi ni recordaba que, apoyados en la pared más profunda, entre los depósitos de envejecimiento y el lugar donde había estado la cuba *Margarita*, hay ocho filas de barriles apilados en formación, con una altura de más de cuatro metros. Cubren la pared casi totalmente. Las marcas al fuego todavía son legibles en el frontal de cada uno de ellos, bien a la vista para que los distinga: «Heredad Prado de Sanchís».

Prado de Sanchís, ¿cuánto tiempo hacía que no me venía a la cabeza ese apellido?

Juana me saca de mis pensamientos.

—Ahí, detrás de las barricas, estoy segura —dice triunfante, señalándolas.

—Vamos a comprobarlo. Ve a buscar a alguien para que nos ayude a retirar todo esto.

Al cabo la veo entrar acompañada de su padre y de Lucas, el jornalero al que tiene más confianza. Ya hace años que Pedro dejó de ser el mayoral de la finca, pero casi todos los días se pasea por la bodega. Mientras se acercan, padre e hija discuten algo en voz baja, pero sólo entiendo alguna palabra suelta.

—Sí, tiene que ser suficiente —le oigo decir a Juana.

Pedro me mira con extrañeza en cuanto llega a mi altura, pero se calla y se pone a un lado. Lucas va a buscar la escalera larga para bajar los toneles.

—¿Qué era esa sala que dice Juana? ¿Para qué la utilizaban? —le pregunto a Pedro.

—Cosas de los señores —me responde escueto.

Se apoya en uno de los toneles y parece que se tambalea. Juana se acerca a él.

—Padre, ¿qué le pasa? —Le coge del codo y lo sujeta, pero él se suelta con rabia.

Es mayor y no quiere reconocerlo.

—No lo podéis hacer, no debéis tocar nada —nos advierte—. La sala es muy pequeña. Este azúcar lo podéis meter en el calado. Allí hay sitio para todos los sacos. —Y dirigiéndose a mí, me espeta en tono seco—: ¿Por qué tenéis que remover las cosas de la señora? Si mandó tapiar esta puerta, sus razones tendría.

Me mira con gesto hosco, como si me perdonara la vida, antes de darse la vuelta y dejarme con la palabra en boca. Juana quiere retenerlo, intenta cogerle otra vez, pero se vuelve a soltar y se va sin hacerle caso. La miro sorprendida por la reacción de su padre, y me devuelve la mirada con un mohín de paciencia.

—No le hagas caso. Cada vez tiene peor genio.

Siento verlo compungido, enfadado, y que se sienta mal porque estemos tocando su castillo, pero necesitamos esa sala por mucho que a él le moleste.

Lucas llega con la escalera grande, la que utilizamos para alcanzar las vigas más altas, y empieza a subir peldaños.

—¿Necesitas ayuda? —le pregunto.

—No, señora —contesta mientras hace equilibrios en lo alto—. Estos barriles están vacíos y muy secos, pesan poco.

Tras apilar las primeras barricas en un rincón, empezamos a comprobar que una parte de la pared había sido una puerta que fue tapiada en algún momento. Entrevemos los primeros ladrillos; debieron de ponerse hace mucho tiempo, porque de ellos cuelgan telarañas como si fueran cortinas y hay mucho polvo y tierra en cada uno de los toneles que va bajando.

Juana me mira burlona y triunfante, esperando mi reacción, cuando Lucas ha acabado de amontonar todas las barricas en el suelo. La pared está al descubierto.

—Tienes razón —le reconozco—. Si hay espacio suficiente, lo llenamos y volvemos a colocarlos —añado por lo bajo para que no lo oiga mi operario—. Será perfecto.

Lucas pica en la pared hasta que hace un buen agujero, y cuando tiene el tamaño suficiente para entrar dentro, lo envío de vuelta a su trabajo y me quedo sola con Juana. Nos asomamos a la sala y tengo la esperanza de que se trate de algo más que un pequeño almacén de herramientas. Que allí podamos guardar las cuarenta toneladas que nos preocupan.

Me remango la falda y sí, hay espacio. Lo noto. Nuestras voces reverberan cuando nos asomamos dentro, pero, al no haber ninguna luz, no podemos calcular su tamaño. Juana va a por un candil y yo me quedo sola en el quicio de ese agujero que hace las veces de puerta. Doy un par de pasos y entro. Algo me apremia a tomar posesión de esa zona desconocida de mi casa. Creía que había hecho mío cada rincón de la finca, pero está claro que eso no es cierto. No espero, ni a Juana ni a la luz. Arrastro los pies sobre un suelo cubierto por décadas de polvo, con los brazos extendidos para no encontrar ningún impedimento, y me adentro en la oscuridad. Huele a aire añejo, sin ventilar, y a cada paso siento en la cara y en las manos el roce de las telarañas que cuelgan del techo.

Juana regresa con la luz en lo que me parece un suspiro. Con la linterna de aceite todavía fuera, empiezo a entrever que no muy lejos de mí hay sombras y bultos, las paredes forradas de anaqueles, algún mueble. Cuando entra, empiezan a tomar cuerpo las formas que se me insinuaban. Varias sillas, una mesa, barriles casi carcomidos por la humedad y tirados por el suelo, estanterías repletas de botellas cubiertas de polvo. Hay espacio suficiente, lo presiento. Percibo un destello cerca, un brillo plateado en un rincón de la sala. Casi sin volverme, entorno los ojos y un escalofrío me recorre la espalda.

Harley-Davidson.

Sólo con leer estas letras me he visto montada en ella. Recuerdo lo que sentía cuando, abrazada a su cintura, volábamos por las viñas, disfrutando de la velocidad y con el viento acariciándonos la cara. Lo veo a él, a los dos. Aquel tiempo me ha encontrado y me ha dado una bofetada a traición, cruzándome la cara. No puedo quedarme aquí, tengo que salir. Juana quiere seguirme, pero se lo impido. Quiero escapar de la presión que empiezo a sentir en las sienes, el preludio que me traerá uno de mis terribles dolores de cabeza.

No sé muy bien cómo he llegado, pero aquí estoy, en mi cuarto, con la llave puesta en la cerradura, sola y a oscuras.

He de encargarme del azúcar, lo sé. Haré lo que haga falta, pero ahora no, en este preciso instante no puedo. Primero he de organizar mi memoria.

Con las letras del motor he tenido bastante. Estaban allí para avisarme de que los recuerdos, aunque dormidos, siempre nos están esperando.

Y lo he sabido. No, lo he confirmado, porque saberlo ya lo sabía desde hacía mucho tiempo.

Javier no pudo irse a Cuba.

Si está ahí su moto, porque sólo puede ser la suya, no pudo irse muy lejos.

PRIMERA PARTE

1

La llegada

Enero de 1907

Mi familia nunca fue pobre si «pobre» significa pasar hambre. En mi casa siempre hubo un plato en la mesa para todos, pero lo que se dice dinero («perras», como decía la abuela), jamás hubo demasiado.

Nunca pasamos hambre, pero eso fue porque teníamos un huerto, alguna gallina y porque todos aportábamos algo. Desde muy pequeños, tanto mis hermanos como yo trabajamos para ayudar a mantenernos. Y si de trabajar se trataba, lo mejor era hacerlo para la Casa Grande. Al menos eso era lo que pensaba mi padre y esa idea nos la transmitió a todos durante mucho tiempo.

Desde que di los primeros pasos acompañaba a mi madre al lavadero, siempre cosida a sus faldas, y enseguida la ayudé con las coladas. A partir de los ocho estaba entre los fogones con la abuela, a los diez empecé a ir a las vendimias, y con doce me mandaron a ayudar a la mujer del maestro tres días por semana. Todo para aprender un oficio, según mi madre.

Don Pascual, el maestro del pueblo, tenía seis hijos, todos varones, enclenques y enfermizos, que sólo dejaban descansar a su madre cuando dormían o cuando estaban en la escuela. A esa casa me mandaron para ayudar a cambio de un mísero sueldo, y la verdad es que sí, aprendí con ellos, pero también he de decir que fui feliz jugando con los más pequeños, ya que yo era tan criatura como ellos.

Una tarde llegó la oportunidad que esperaban mis padres: cuando padre recogía las mulas en el establo, doña Amelia lo llamó para decirle que Jacinta, su criada, se había quedado preñada poco después de casarse, que buscaba una muchacha despierta y que había pensado en mí para sustituirla. Cuando llegó a casa y nos dio la noticia, era el hombre más feliz del mundo. Si todo iba bien, trabajaría en la Casa Grande, y con quince años recién cumplidos por fin empezaría a ganarme un jornal completo.

La mañana de mi presentación, el día 15 de enero de 1907, mi madre se levantó antes del amanecer, removió las brasas de la chimenea y avivó el fuego para templar algo la cocina antes de que nos levantáramos porque los amaneceres de invierno nos provocaban sabañones, las cortinas de toda la casa se movían por el viento que se colaba por las rendijas y cuando respirabas fuera de las mantas lo que veías era tu propio aliento.

Mientras se iba caldeando la estancia, mi madre apañó las patatas en salsa y la tajada de tocino que se llevarían, como cada día, mi padre y mis hermanos, y se despidió de ellos hasta la noche. Oí a padre pronunciar mi nombre antes de salir por la puerta. Estoy segura de que le estaba dando ánimos a madre para afrontar lo que nos esperaba esa mañana. Seguí oyéndola en la cocina. Todavía estaba en mi cama, en la habitación que compartía con la abuela, y cuando el aroma al tocino recién frito que acababa de cocinar llegó hasta nuestra alcoba, no le hice caso, bien al contrario: me envolví con la manta hasta cubrirme la cabeza y me di la vuelta hacia la ventana. Saqué del embozo sólo la nariz y me fijé en los carámbanos que esa madrugada colgaban casi hasta el alféizar, formando una verja helada que relucía con los primeros rayos.

Me revolví en la cama y me di otra vez la vuelta, inquieta por la espera. La sombra de la abuela se perfilaba en la pared. Oía su respiración profunda y pausada junto a mi cama, con los brazos apoyados en el pecho fuera de la manta, como a ella le gustaba dormir. Cuando la veía así destapada, con el frío que hacía en nuestro cuarto, más de una vez le había preguntado si no lo notaba, y todavía recuerdo la contestación que me daba siempre: «No, hija, qué va. Así amaina el calor que me sale de dentro». La verdad es que en esa época la pobre se quejaba mucho de sofocos y se pasaba las noches dando vueltas y resoplando, aunque esa madrugada estaba tranquila y quieta; era yo la que se movía sin parar en la cama dudando si quería levantarme. Rumiaba lo que nos esperaba. Sabía que a mi madre le pasaba lo mismo y que también debía de tener el pensamiento en el camino.

La puerta de la habitación, que siempre se quedaba entornada, se abrió con suavidad. Madre se sentó en mi cama y me pidió que me levantara en voz muy baja, casi un suspiro, para que no la oyera la abuela. Estaba algo sorda, pero yo tenía la seguridad de que se despertaría, aunque roncara en ese momento junto a nosotras. Y claro que se despertó, la cita de ese día era importante para todos y la abuela también estaba a mi lado para apoyarme. Se levantó antes de que yo hubiera puesto un pie en el suelo, se cubrió los hombros con la toquilla, se calzó las alpargatas y salió derecha hacia la cocina. Mi madre, todavía sentada en la cama, me dio un beso en la frente para infundirme ánimos y mientras salía de la alcoba me apremió a que me preparara.

—Tenemos que marcharnos en poco rato y todavía tienes que asearte y vestirte —me recordó desde la puerta.

La abuela me preparó un tazón de gachas que puso sobre la mesa, humeando. Tenía un nudo en el estómago que me impedía comer nada, por calientes y sabrosas que estuvieran, pero hice un esfuerzo y tragué un par de cucharadas. Intentaba contentarla dándoles vueltas a las gachas cuando la vista se me escapó poco a poco por la ventana, mirando hacia el horizonte.

En las madrugadas claras, tras las lomas, se veía la iglesia y, junto a ella, el mayor edificio del pueblo, la Casa Grande. Su altivo torreón despuntaba contra el cielo. A esa hora la niebla todavía no había despejado, sólo se percibía una mancha blanca sobre los campos y sobre el sendero que conducía hasta el pueblo. Me afané en buscarla, aunque sólo fuera la punta del torreón, pero no pude encontrarla.

Con una llamada firme la abuela me bajó de las nubes y volví a encontrarme en la cocina con la cuchara a medio camino entre el tazón y mi boca.

—Avía, que tenéis prisa —me regañó mientras se volvía hacia la pila donde fregaba unos platos.

Ya en el patio, llené el cubo del pozo y me lavé con esa agua que te helaba hasta el tuétano y te despertaba aunque no quisieras, y delante del espejo que teníamos colgado en la tapia me hice el moño, bien apretado, para que me aguantara, aunque he de decir que ésa era, y sigue siendo, una tarea imposible.

Cuando volví a la cocina, mi madre me esperaba con un delantal blanco en las manos que me puse encima del vestido de ir a misa, y cuando abrió la lata donde tenía guardadas las rosquillas que había preparado la noche anterior, la cocina se llenó de aroma a limón y canela. Extendió el pañuelo de cuadros negros sobre la mesa, las fue poniendo encima con mucho cuidado e hizo un hatillo. Primero ocho, después dos más y no se quedó tranquila hasta que volvió a abrirlo y lo rellenó con otras cuatro. En lo de contentar al prójimo, mi madre siempre fue un poco indecisa, y complacer a doña Amelia todavía se le hacía aún más cuesta arriba. Solucionadas sus dudas, metió el paquete con las rosquillas en la cesta donde ya tenía preparada una docena de huevos de nuestras gallinas, y se quedó satisfecha.

En mi casa los huevos eran un bien muy preciado: con uno comprabas seis sardinas en la tienda; con dos huevos no comíamos todos, pero con las doce sardinas y unas pocas patatas la abuela preparaba una cena para toda la familia. Así pues, llevar una docena de huevos a la Casa Grande era la confirmación, por si había alguna duda, de que aquella visita a doña Amelia era lo más importante que íbamos a hacer en mucho tiempo.

Mi abuela se me acercó y, mirándome con una de sus dulces sonrisas, me recogió tras la oreja el mechón de pelo que ya se me escapaba de las horquillas. Tenía que causar la mejor impresión a doña Amelia. Mi madre se colgó la cesta al brazo y cuando salíamos, justo en el quicio de la puerta, repitió ese gesto que ahora a mí me parece inútil pero que a ella le daba la seguridad y la fuerza que necesitaba cada vez que tenía que salir a la calle y enfrentarse a un asunto importante. Se santiguó mientras ponía el primer pie en el patio. Estábamos preparadas para recorrer los cinco kilómetros que nos separaban del pueblo.

Por el sendero todavía helado que crujía bajo nuestros pies, hablamos de sus recuerdos de la Casa Grande mucho más de lo que lo habíamos hecho nunca. De cuando doña Amelia y ella eran jóvenes e inexpertas, de cuánto había aprendido allí y de cómo había cambiado la señora; al principio era dulce, pero después se fue volviendo más seria, hasta que se le cambió el carácter y se convirtió en una mujer dura, llegando en ocasiones a ser injusta. Mi madre me contó que cuando se quedó embarazada de

Damián, y tuvo que dejar de trabajar para doña Amelia, sintió tanto alivio como pena.

El cielo se fue aclarando y el sol empezó a lucir, pero seguía haciendo mucho frío. Nos iban llegando bocanadas de cierzo helado que nos envolvían, nos levantaban las faldas y nos dejaban en la boca un gusto a tierra húmeda y a musgo. Caminábamos por la orilla del sendero resguardándonos junto a los árboles, y algunas gotas que se deslizaban por los carámbanos en deshielo, bajo el tímido sol, nos mojaron el pelo. Ese viento que nos estorbaba el paso se había llevado las nubes de nieve de los últimos días y nos dejó una mañana radiante. Lo recuerdo muy bien porque tanto a mi madre como a mí nos pareció un buen presagio. En el trayecto sentí escalofríos que me recorrieron la espalda y, aún hoy, no sé muy bien si los provocaban la desazón y el miedo o el frío.

Cuando nos estábamos acercando a Terreros, mi madre se paró junto a un campo de almendros, dejó la cesta en el suelo y me acarició la cara.

—Estoy muy orgullosa de ti, trabajar en la Casa Grande es muy importante —me dijo. Luego se puso seria y me cogió las manos—. Ten en cuenta esto que te digo, Manuela. Para este trabajo que vas a empezar y, sobre todo, con doña Amelia, hay algo que te ha de servir de guía: ver, oír y callar. Ni la sombra de ti han de ver los señores, ni eso. ¿Comprendes?

Le contesté en un susurro, asintiendo con la cabeza.

Me soltó las manos, cogí el cesto del suelo y nos adentramos en el pueblo.

La Casa Grande está en la plaza de la Asunción, en el centro de Terreros. Diría que es la plaza más grande del pueblo, y aunque no lo fuera, esa mañana al atravesarla me pareció la mayor del universo.

En aquel tiempo era el edificio más imponente de Terreros. Dos pisos, un torreón en el lado derecho y la fachada cuadrada pintada de dos colores que la hacía destacar del resto de las casas de la plaza, todas pintadas del mismo blanco que la mayoría de las del pueblo. Miraras donde mirases, la vista se te iba derecha a ella porque era cierto lo que decía todo el mundo: no había casa más bonita en toda la comarca. A mí, que vivía en medio de los campos, en una casa con sólo tres estancias, muros de tapia blanca y gallinas corriendo por el patio, siempre me pareció de lo más distinguido.

Cruzamos la plaza y nos fuimos acercando a la verja de hierro forjado. Me quedé unos pasos detrás de mi madre mientras miraba embobada los detalles de la fachada color amarillo trigo: la balconada de tres puertas en el centro, flanqueada por dos grandes ventanales, enmarcados con una línea blanca, que le daba aún más carácter al edificio. Sobre la puerta principal de madera noble se podía admirar el blasón de la familia, colocado allí siglos atrás. Todo el que pasara por delante sabía que la que vivía en esa casa no era una familia cualquiera, sino la de los Prado de Sanchís, una de las más prestigiosas y antiguas de los alrededores. Y para completar la imagen de reina, su corona. Desde la plaza destacaba el tejado a dos aguas más ostentoso que uno pudiera imaginar, cubierto con tejas de color azul, caldero y tierra.

Atravesamos la verja y, cuando llegué al primer escalón que nos conduciría al interior de la casa, cada uno de los pasos que daba me hacía sentir un poco más pequeña. Allí viviría durante mucho tiempo si todo salía como esperábamos. Sentí un peso sobre la espalda, un saco de piedras que hizo que todavía me pesaran más las piernas. Nunca había dormido fuera de mi habitación y a partir de ese día no tendría a la abuela junto a mi cama. Fui consciente de esa soledad mientras subía el último peldaño de la escala.

Más que asustada, estaba aturdida, no quería defraudar a padre porque, gracias a él, tenía la oportunidad de conocer otro mundo que no fuera el de las viñas o el de mi trabajo en la casa del maestro. Se trataba de la Casa Grande, nada menos. Pero eso suponía alejarme de mi sitio, que, aunque sólo fueran cuatro paredes con media docena de personas dentro, habían sido la columna que lo sostenía todo desde que nací. No podía robarle a padre ese triunfo, llevaba toda su vida con los señores y su mayor ilusión era que sus hijos continuáramos lo que él había empezado. Claro que estaba agradecida por ello, pero, aun así, me angustiaba tanto hacer mal las cosas, que por un momento pensé en salir corriendo y no parar hasta encontrarme muy lejos de allí.

Frente a esa puerta volví a sentir escalofríos. Apreté el asa del cesto de las rosquillas con tanta fuerza que me dolieron los dedos y ni siquiera me di cuenta de que hacía mucho rato que se me habían quedado helados. En el quinto escalón, solté la mano izquierda del asa, me sequé el sudor frío de la palma con la falda, aspiré todo el aire que pude y llamé a la puerta. La suerte estaba echada.

Los tres golpes en el picaporte sonaron sordos. Después, silencio.

Sólo estuvimos unos segundos esperando, de eso estoy segura, pero tuve la sensación de que el tiempo se alargaba mientras mi madre y yo nos mirábamos. A cualquiera que no la conociera le podía parecer que se mantenía seria, pero si la mirabas bien, sus ojos me sonreían. Me daban los ánimos que a mí me estaban faltando, y se lo agradecí en silencio.

Nos abrió Jacinta y nos hizo pasar a la salita.

Era una buena chica y aunque no la conocía demasiado, me hizo un guiño con el que imaginé que quería decirme «tranquila, todo irá bien», y así calmó un poco mi inquietud.

Se fue sin cerrar la puerta del todo y nos quedamos mi madre y yo solas, de pie, sin saber qué hacer en esa sala tan elegante. Aguardamos unos segundos en la entrada, junto a la mesa camilla, y fuimos pasando hacia dentro. Nos paramos en la frontera donde lucían unos pocos rayos del sol que se colaban a través de unos cortinajes pesados, de color vino y corridos sólo de una parte, y nos quedamos quietas. No hicimos ni el amago de acercarnos a los sillones que flanqueaban la chimenea, porque estaba segura de que si nos sentábamos, aunque sólo fuera un segundo, la señora entraría por la puerta y nos pillaría en falta.

Me agradó la tibieza de los rayos del sol que entraban por la ventana y que en esa sala no hiciera frío. La lumbre debía de estar encendida desde hacía mucho tiempo y el ambiente caldeado nos fue templando el cuerpo. Buena falta que nos hacía después de la caminata desde casa, del cierzo y, sobre todo, de los nervios.

Ésa era la primera vez que entraba en la Casa Grande, y lo observé todo fascinada.

En cuanto nos quedamos solas en la salita me llamó la atención la vitrina que reposaba sobre la cómoda, junto a la puerta. Los laterales eran de una madera tan pulida que brillaban tanto como los cristales de la puerta que encerraba sus tesoros. Porque eso fue lo que me parecieron los objetos que había dentro. Todos me sugerían una historia detrás: un abanico bordado, una caja de plata con filigrana y un librito blanco con un brillo muy extraño que tenía una cruz dorada en la tapa. Ésos eran los que estaban más a la vista.

Todo lo que veía a mi alrededor me produjo impresión. La altura del techo, la madera oscura, casi negra, del suelo o los cuadros que colgaban de las paredes. Mirándolos tuve la sensación de que en esa estancia abundaban las ventanas, aunque en realidad sólo había una, la que teníamos delante y dejaba pasar el sol; el resto de las supuestas ventanas eran cuadros de paisajes, tan reales que al entrar me habían engañado.

Mientras esperábamos, me balanceaba adelante y atrás con los pies muy juntos, sujetando el asa del cesto con ambas manos y vuelta hacia la vitrina, observando esos objetos que me tenían embrujada.

—Manuela, estate quieta, vas a romper los huevos —me reprendió mi madre en un severo susurro.

Como si hubiera estado agazapada esperando encontrarnos en un renuncio, entró doña Amelia. Más que verla, oí el frufrú de sus enaguas rozando la madera del suelo y me envolvió su delicado olor de flores de lavanda. La recuerdo como si la viera ahora mismo. Era una mujer que mediaba los cuarenta, todavía bella, muy delgada y más alta que nosotras. Vestía de negro de los pies a la cabeza. Había empezado a vestir de luto hacía unos años, cuando murió el más pequeño de sus cinco hijos de las mismas fiebres que se llevaron a mi hermano y a una cuarta parte de los niños pueblo.

Doña Amelia se paró en medio de la sala y noté lo difícil que era para mi madre ese reencuentro. Estaba tensa, con los brazos rígidos junto a su cuerpo.

—Buenos días, doña Amelia. Ésta es Manuela, mi hija pequeña. —Destensó uno de los brazos y me empujó con suavidad por la espalda para que diera un paso adelante—. Le trae una cesta de rosquillas que hicimos ayer mismo y unos cuantos huevos de nuestras gallinas.

—Gracias, Encarna. ¿Así que ésta es tu hija? Tu marido me habló muy bien de ella.

—Sí, señora, aquí la tiene para servirla a usted, Paco está muy orgulloso de que pensara en la niña para el trabajo. —Mi madre se tocó el delantal impoluto intentando alisar alguna arruga inexistente.

—¿Qué edad tiene la muchacha?

—Quince años, señora. Aunque no es muy recia, es fuerte y está acostumbrada al trabajo, hace mucho que me ayuda con la casa y con los chicos. Ha trabajado unos años en la casa de don Pascual, ayudando a Dora.

—Está bien, Encarna. Empezaremos unos días, a ver cómo se desenvuelve. Ya puedes marcharte. Ahora vendrá Jacinta y la llevará a la cocina. —Sin mirarme siquiera, me dio la primera orden—: Dejas la cesta y le pides a Lola que te explique tu trabajo, niña.

Con esa frase nos despidió, tanto a mi madre como a mí, y se fue hacia la puerta sin prestarme la más mínima atención. En ningún momento dijo mi nombre; es más, podría contar con los dedos de una mano las veces que me nombró durante el tiempo que serví en la casa, y diría que todavía menos las que se dirigió a mí directamente. Estoy segura de que al principio no era nadie para ella, pero que, con el tiempo, aunque pasé a ser alguien, se obligó a no recordarme.

Madre me despidió con un beso furtivo al aire y me dirigió una mirada de ánimo, de esas que te tranquilizan con un silencio. Se fue tras la señora y me quedé sola esperando que vinieran a buscarme. Había completado el primer asalto. Lo que no sabía era que mi relación con la familia se iba a convertir en un combate que no había hecho más que comenzar y que duraría tantos años.

Llegó Jacinta y me condujo hasta la cocina. Allí estaba Lola. Ella y yo compartiríamos el servicio de la casa y muchas otras cosas de ese día en adelante.

Así empezó mi nueva vida.

Jacinta se marchó a su casa y yo me quedé sola con Lola. Después de preguntarme por mi madre y por la abuela, me acompañó al que a partir de ese día sería mi cuarto mientras trabajara en la casa. Al entrar me quedé desolada. Lo primero que pensé fue que era una jaula de palomas. No podía extender los brazos sin tocar las paredes, no tenía ni una ventana que le diera un poco de claridad y, por supuesto, no se notaba el calor que había en el resto de la casa. Ésa ha sido la habitación más pequeña en la que he dormido, pero también fue el reclinatorio de mis llantos y el lugar donde aprendí a ser adulta.

Sobre la cama estaba mi uniforme. Me quité mi ropa de domingo y la guardé con todo cuidado en el arcón que había a los pies de la cama, me puse el vestido negro y lo abotoné de arriba abajo. Jacinta siempre fue corpulenta, seguro que ese vestido era su herencia, y yo, que no tenía casi carne sobre los huesos, no lo llenaba por ninguna costura. Me lo ajusté a la cintura como pude con el delantal y, aunque no tenía ningún espejo cerca, sentí que la ropa me colgaba desde el cuello hasta las caderas. Tenía trabajo si no quería parecer un adefesio y me propuse arreglarlo en cuanto tuviera un momento.

Así vestida y con el ánimo abatido volví a la cocina. Lola me dio instrucciones para la limpieza y de cómo le gustaba a doña Amelia que mantuviéramos la casa. Esa mañana la recorrimos toda. Entrábamos en una habitación y limpiábamos, después en otra habitación y vuelta a limpiar, y así hasta que perdí la cuenta. La casa era enorme y desde dentro aún me lo pareció mucho más. Sólo el salón era mayor que toda mi casa.

Tras las primeras dos horas de hacer camas, abrir ventanas para ventilar y acarrear el cubo y el plumero por todo el primer piso, confirmé la sensación que había tenido desde el momento en que empezamos el trabajo. En esa casa se limpiaba sobre limpio. Todo estaba ordenado cuando entrábamos en cada una de las estancias, levantábamos las alfombras, los tapetes, pasábamos la escoba, el plumero o la bayeta, y todo debía quedar otra vez en su sitio, calcado a como lo habíamos encontrado.

La casa estaba llena de objetos plateados, de maderas nobles o tapizados con telas que me parecían preciosas, y yo los tocaba con miedo para no romperlos, en especial los de cristal, que había en casi todas las habitaciones. En la mayoría de las estancias había algún reloj y cuando daban las horas, entre todos formaban un coro desacompasado que sonaba al mismo tiempo por todos los rincones. Estaba claro que el paso del tiempo era algo importante para doña Amelia, ya que ése era el único sonido que perturbaba el silencio cada cuarto de hora.

Allí reinaba la calma sobre todo por las mañanas, cuando cada uno de los miembros de la familia estaba en sus quehaceres. Todo se hacía entre susurros o, al menos, eso me pareció entonces.

Desde pequeña, yo estaba acostumbrada a que el ruido fuera parte de nuestro mundo: los animales nunca estaban en silencio, los niños gritábamos mientras jugábamos o en nuestras constantes peleas, y si la abuela nos hablaba desde el patio, nosotros le contestábamos a gritos porque siempre fue muy dura de oído y con los años se había ido quedando sorda. Así que el silencio que escuché durante esa primera mañana, sólo perturbado por el sonar de los relojes, me pilló desprevenida, tanto o incluso más que la riqueza de los objetos, del tamaño de las habitaciones o del imponente aspecto de la casa.

—Ten mucho cuidado —me dijo Lola, con dedo acusador, cuando empecé a limpiar el polvo de la mesilla de noche de la habitación de matrimonio—. La señora se enfada mucho cuando le tocan sus cosas y es capaz de arrancarte la piel a tiras si rompes algo.

A doña Amelia apenas la conocía. La había visto por Terreros alguna vez, cuando mis padres me llevaban a la iglesia de la Asunción y ella y su familia ocupaban el primer banco en las celebraciones. Siempre me pareció una mujer de mal carácter y de gesto hosco, y esa mañana, tras la entrevista y el comentario de Lola, su imagen en el banco de la iglesia volvió a mí.

Seguimos con la limpieza de las habitaciones durante un par de horas y Lola me fue poniendo al corriente de las rutinas de cada día, de mis obligaciones y de todo lo que debía tener en cuenta para vivir allí, y, por último, de los miembros de la familia. Me habló de don Sebastián, el marido de doña Amelia, al que ni siquiera recordaba sentado en la iglesia. Seguro que acompañaba a su familia en alguna misa, pero imagino que de eso hacía tanto tiempo que su imagen se había borrado de mi memoria. Lola me contó que el señor vivía en Madrid y que venía de tanto en tanto a la casa. Continuó su explicación con los hijos de doña Amelia. Empezó con Arturo, que, como su padre, también vivía en Madrid, pero en el cuartel al que estaba asignado, y que cuando tenía permiso se pasaba por el pueblo. Recordé a un chico larguirucho al que dejé de ver por Terreros cuando él tenía algo más de quince años y que volvía de uvas a peras en alguna de las fiestas de la vendimia.

—A Ernesto lo verás dentro de un rato. Todas las mañanas trabaja en el despacho en las cosas de la administración de las fincas —me dijo mientras salíamos de una de las habitaciones.

Javier, el tercero de los hijos de la familia, estudiaba Ingeniería y tampoco vivía en la casa mientras no acabara la carrera. Lola me comentó que era el más juerguista de los hermanos y que no tenía demasiado satisfechos a sus padres; a éste seguramente lo vería durante las fiestas de Semana Santa. A Inés, la benjamina, ya la conocía de haberla visto por las calles de Terreros.

—No creo que te la pueda presentar hasta la tarde como mínimo —me dijo—, a estas horas está en misa con su madre.

Acabada la limpieza del primer piso, sobre las once de la mañana, nos dirigimos a la planta baja.

—Aquí está el despacho. Como doña Fernanda se levanta al alba, más o menos a esta hora ella y el señorito Ernesto suelen acabar su trabajo y se van a la bodega.

A ver si nos dejan entrar. —Llamó a la puerta, entró y yo la seguí.

Fernanda se volvió hacia nosotras, me miró con atención y después miró a Lola con gesto de extrañeza.

—¿Y esta muchacha?

—Es Manuela, la hija de Francisco y Encarna. Va a sustituir a Jacinta —respondió Lola.

—¡Claro! Me lo dijo Amelia. No te había reconocido. Recuerdo que alguna vez tu madre te trajo a la casa, pero eras un renacuajo.

Lo dijo poniendo su mano al nivel de la rodilla para demostrar la altura que recordaba que tenía en esa época. Y como yo no contestaba, me apremió:

—Habla, muchacha. Que no muerdo. —Sonrió mientras volvía su mirada hacia Ernesto—. Va a cambiar mucho la casa, porque con Jacinta, que no para de hablar ni un segundo, esto ha sido un manicomio. —Recogió los papeles que había en la mesa y me dijo, tocándome el brazo con suavidad—: No te preocupes, Manuela, hablaremos otro día, cuando te hayas hecho con la casa. —Miró a Lola y le comentó—: Hemos acabado; vosotras podéis empezar. Nos vamos a la bodega.

Aún no sabía lo bien que me iba a llevar con Fernanda. He de decir que, en esa época, para mí todavía era «doña Fernanda». Jamás podré agradecerle lo suficiente toda la ayuda que me proporcionó durante aquellos años tan complicados, y aunque nunca se me ocurrió tutearle, en poco tiempo en mi cabeza y en mi corazón pasó a ser mi querida Fernanda. No tenía nada que ver con doña Amelia. Era alegre, paciente, sencilla y muy avanzada al tiempo que le tocó vivir. Tenía su genio, no voy a negarlo, pero hasta en eso era templada. Le costaba tanto mostrarlo que muy pocas veces la vi enfadada. Lo único que le sacaba de sus casillas, y hacía que irrumpiera la mujer íntegra que llevaba dentro, eran las injusticias. Fernanda había llegado a la Casa Grande cuando enviudó, muchos años antes de que yo empezara a trabajar con ellos, y al ser la hermana mayor de doña Amelia y no tener hijos en su corto matrimonio, se dedicó en cuerpo y alma a ser la tía de sus sobrinos.

Un par de horas más tarde, mientras bajábamos las escaleras, oí música saliendo del salón principal. Aproveché que Lola se iba hacia la cocina y, escondida tras la puerta entreabierta, miré dentro. Allí estaba Fernanda, concentrada en la música que salía de un piano. La que se sentaba a su lado, en la misma banqueta tapizada en rojo sangre, era Inés, la pequeña de la familia. Desde mi escondite veía sus espaldas moviéndose al son de la música, pero también sus caras reflejadas en el gran espejo del salón que había frente a ellas. La de Inés, seria, con los ojos fijos en el teclado. Las puntillas del escote de su vestido vibraban, etéreas, con los movimientos acompasados de sus manos. Por debajo de los hombros sólo veía el lacado del piano y, junto a ella, a su tía sonriendo y escuchando con la mirada perdida en algún punto de la pared que tenían delante. El lateral de la falda de Fernanda se arrugaba al son de los suaves golpes que daba con el pie derecho. Inés desplazaba los hombros y la cabeza en escorzo con la cadencia de la música. En algún momento veía sus manos recorriendo las teclas, pero al instante quedaban tapadas por su cuerpo. Se movía como si amasara. Igual que mi madre en la cocina cuando por las mañanas, frente al mármol y de espaldas a la mesa, preparaba las hogazas de pan de la semana y yo la observaba trabajar mientras desayunaba. Inés amasaba las notas hasta convertirlas en algo caliente, dulce y armónico que me tenía embrujada.

Cerré los ojos y me encontré entre campos verdes, escuché el rumor de un río y el trinar de los pájaros entre los árboles. Juro que escuché todo eso entre las notas del piano. Al comentarlo con Inés al cabo de un tiempo, me dijo que llevaba casi un mes ensayando una de las piezas de Vivaldi: *La primavera*. En esa época yo no sabía quién era Vivaldi ni había oído nunca una música igual, y sentí envidia por no ser capaz de conseguir hacer algo así sólo con mis manos.

—¿Qué haces aquí? —me sorprendió Lola.

Volvía de la cocina y, a traición, me tocó la espalda. Me dio un susto de muerte, pero evité gritar tapándome la boca con la mano.

—No se debe fisgar por las puertas entreabiertas —me reprendió, y tuve que marcharme con la pena de no poder seguir disfrutando de la música desde tan cerca.

Durante el tiempo que viví en la Casa Grande, todas las mañanas esperaba el momento para escuchar las clases y saborear cada una de las notas que me llegaban.

Mi relación con Inés se inició con esa pieza de Vivaldi, pero continuó durante mucho tiempo.

2

El encuentro

Semana Santa de 1907

A don Sebastián tardé casi tres meses en conocerlo. El domingo de Ramos esperábamos su llegada y fue un día de mucho ajetreo para nosotras. Debíamos tenerlo todo listo porque la Semana Santa era una de las fiestas señaladas en el pueblo; se celebraban misas y procesiones en las que participaba la familia e invitaban a los propietarios más importantes de la comarca. Si antes de empezar las fiestas ya estábamos agotadas con todos los preparativos, no quería ni pensar qué iba a ser de nosotras cuando toda la familia estuviera en la Casa Grande.

Doña Amelia estaba tranquila y nosotras, para no perturbarla, nos volcamos en nuestro trabajo. Para mi sorpresa, hacía días que estaba del mejor humor. Desde que llegué a la casa nunca la había visto tan tolerante y serena y sin ese gesto severo que la acompañaba. Lola me explicó que el bálsamo milagroso era que iba a reunir a todos sus hijos bajo el mismo techo; hacía mucho tiempo que no lo conseguía y ese triunfo nos daba una tregua en la batalla diaria que librábamos con ella.

En los últimos meses siempre había algún impedimento que hacía que alguno de ellos no estuviera: unas veces porque Arturo estaba acuartelado, otras porque Javier tenía un examen o, aunque fuera en contadas ocasiones, porque Ernesto debía ultimar gestiones fuera de Terreros.

Javier debía llegar antes de la noche, pero Lola me comentó que con él nunca se podía tener seguridad de nada; tanto podía ser que tuviéramos que esperarlo hasta el día siguiente, porque necesitaba descansar en Madrid después de una de sus noches de juerga, como que, sin dormir, esa misma madrugada se hubiera puesto en viaje con alguno de sus amigos de parranda y apareciera en la casa incluso antes que su padre y su hermano. Aunque no fue ése el caso.

Doña Amelia imaginaba que llegaría en el tren de las seis, el último que paraba en Terreros en su trayecto de Madrid a Barcelona, y así se lo hizo saber a Lola para que preparáramos su cuarto.

Don Sebastián y su hijo Arturo llegaron por la tarde, justo después de la comida, conduciendo un coche nuevo. Me había enterado de la novedad por alguna conversación pillada al vuelo y estaba deseando ver el flamante vehículo que devolvería a Arturo a los brazos de su madre. Cuando oímos el carraspeo, doña Amelia salió ligera, y, asomadas a la ventana de la cocina que daba al corredor, Lola y yo la vimos arreglarse el peinado y alisarse la falda. Llamó a Fernanda, que todavía estaba con nosotras, y las dos esperaron sonrientes. Arturo dejó el coche junto a la puerta de la cochera, paró el motor y el humo que despedía el vehículo se fue desvaneciendo.

Arturo se acercó a ellas con los brazos extendidos y, al llegar junto a su madre, la estrechó con fuerza. Doña Amelia lo miró con ojo escrutador y lo examinó, crítica, de los pies a la cabeza.

—Estás demasiado delgado —le recriminó mientras le palpaba los brazos a través de la guerrera.

—Madre, no diga tonterías, estoy igual que siempre.

—Poco te cuidan en ese cuartel en el que vives, ni te planchan la camisa... Y te están saliendo canas —le dijo al tiempo que le acariciaba las sienes.

Menuda ocurrencia la de doña Amelia; cómo le iban a salir canas a sus años, si todavía no había cumplido los treinta. Él se rio con el comentario y, sin ningún pudor, la levantó en volandas y dio una vuelta con ella mientras la sujetaba por la cintura.

Me pareció increíble que en solo unos segundos Arturo hubiera arrancado a su madre una sonrisa.

—Estaré más delgado, pero sigo teniendo fuerza, ¿no le parece? —le dijo mientras volvían a girar.

Doña Amelia, fingiéndose enfadada, le pidió que la dejara, que se iba a marear de tanta vuelta. Arturo se separó de su madre y se acercó a Fernanda sonriendo. Ella le cogió la cara con las dos manos y le plantó dos sonoros besos, uno en cada mejilla.

—Bienvenido a casa, sobrino —le dijo con la mirada iluminada.

Don Sebastián se quedó dos pasos atrás, como si aquella fiesta no fuera con él. Observó a las dos mujeres, un poco distante, pero mirando a su hijo con orgullo. Los cuatro entraron en la casa, pero don Sebastián siguió sin participar de los saludos y se fue directo a la biblioteca mientras doña Amelia y Fernanda se dirigían a la salita colgadas cada una de un brazo de Arturo.

La señora no se despegó de su hijo en toda la tarde y en mí dejó patente un cariño y una dedicación que nunca le había visto ni con Ernesto ni con Inés, y mucho menos con alguien que no fuera de su familia. Su prioridad en este mundo era él.

Después de cenar, madre e hijo ocuparon los sillones orejeros que estaban junto a la chimenea. Inés y Fernanda continuaron como todas las noches con su labor de bordado, las dos sentadas frente a la mesa camilla y, de pie junto al mueble de las bebidas, Ernesto y don Sebastián se quedaron fumando, enzarzados en una de sus largas conversaciones sobre política. La chimenea crepitaba con una llama viva que daba a la habitación una temperatura muy agradable. Fuera empezaba a lloviznar. Algunas gotas todavía muy pequeñas repiquetearon en los cristales del ventanal que daba al jardín azuzadas por el viento que soplaba fuera, y una ligera niebla empezó a cubrir los árboles empañando la luna, que hasta ese momento había sido visible a través de la cristalera.

Pasadas las nueve de la noche, entró Javier por la puerta del salón, sonriente, cargado con una maleta enorme y mojado por la lluvia que desde hacía un buen rato había empezado a caer a cántaros. Yo estaba allí, recogiendo las últimas tazas del café que les acababa de servir, y al entrar en el salón, se revolvió el pelo con las manos en un intento inútil de peinarse. Sus ropas, chorreando goterones, empaparon la alfombra, dejando grandes cercos junto a sus pies. Al mirarlo, algo se me removió por dentro.

A esas horas todos sabíamos que ya no había trenes que pararan en Terreros. Así que estaba claro que había llegado en el coche de alguno de sus amigos, tan juerguistas como él, conduciendo como un loco.

—Han sido unos comediantes —le contestó a su madre cuando ésta le preguntó cómo había llegado.

Tras darle un beso en la mejilla, le contó que lo habían recogido en su carro por el camino, que incluso le habían invitado a cenar y que, viendo cómo vivían, había estado dudando entre parar en Terreros a celebrar la Semana Santa o unirse a los cómicos y marcharse a correr caminos como uno más del grupo.

Ésa fue la primera vez que lo vi desde mi entrada en la Casa Grande, con la camisa pegada al pecho y su sonrisa iluminándolo todo. Ya no era un niño. Sus gestos eran los de un hombre, o al menos eso fue lo que me pareció mientras escuchaba, desde el quicio de la puerta, cómo le contaba esa absurda historia a su madre.

No sabía entonces que mi vida iba a dar un vuelco a partir de ese momento.

Durante esa semana fue imposible arañar unos minutos más de sueño, había demasiado trabajo y tanto Lola como yo nos levantábamos antes de que cantara el primer gallo. Lola se encargaba de que no se me pegaran las sábanas y cada mañana tocaba a mi puerta en el mismo momento en que llegaba a la cocina. Fernanda también estaba activa muy temprano y mientras desayunaba su tazón de leche con dos rebanadas de pan con aceite, nosotras empezábamos a poner tazas y platos en las bandejas, a calentar leche y a cortar el pan recién cocido para tener el desayuno listo en cuanto fueran despertándose los miembros de la familia.

Fernanda tenía a gala ser nuestra memoria y en cuanto nos poníamos en marcha nos recordaba los quehaceres de la mañana. Ni siquiera esperaba a terminar el desayuno y, todavía sentada a la mesa, nos organizaba las rutinas. Así que, ese día, mientras arriba todavía dormían y ni se oía el canto de los pájaros más madrugadores, nos preparamos para que pasara revista a las obligaciones que se nos venían encima.

Desde el primer día que llegué a la casa la energía de Fernanda me sorprendió. Era la última en irse a dormir, a la mañana siguiente se despertaba antes que nosotras y siempre me la encontraba haciendo algo: o bien dando clases de piano a Inés, o bien ayudando a Ernesto con la administración de la finca, fiscalizando nuestro trabajo, bordando o leyendo. Nunca soportó a los vagos y siempre nos recordaba que no había nada peor que la pereza. Una de sus frases favoritas era: «Los ociosos tientan al diablo para que los tiente», una máxima que ella aplicaba consigo misma al pie de la letra. Por eso, durante aquellos días, con toda la familia reunida, todavía descansaba menos; por tanto, a nosotras también nos tocaba trabajar más.

Ese Jueves Santo, al acabar el desayuno, Fernanda me ordenó ir a buscar agua a la fuente hasta que la casa volviera a sus rutinas normales. Juana, la hija de Lola y de Pedro, por lo general se encargaba de la recogida matutina antes de ir a la escuela. Llenaba los dos cántaros grandes que cada día necesitábamos para beber, los dejaba en la fresquera y después se iba para recibir las clases de don Pascual. De la recogida de la tarde siempre me había encargado yo a la hora de la siesta, pero como esos días hacía falta mucha más agua, tuve que ayudar a Juana por las mañanas y ella me acompañó a mí a la fuente durante las siestas.

Esa madrugada no tenía ningunas ganas de salir de la cocina, y mucho menos ir cargada con los cántaros recién salida de la cama. Todavía no había amanecido del todo y como había llovido tanto durante la noche, el ambiente estaba húmedo y desapacible. En cuanto dejamos atrás la casa, se nos hundieron los pies en el barro y las faldas se nos mojaron hasta las rodillas con los charcos. En días como aquél hubiera preferido ir a cualquier otra fuente de las muchas que había en Terreros, pero doña Amelia sólo quería que la acarreáramos del manantial de Nuestra Señora. Para ella era la más fresca.

Estaba harta del barro y de empujar la carretilla entre las piedras mojadas, cuando llegamos al pequeño muro que bordeaba la fuente y, desde allí, vi a lo lejos a varias chicas. Conversaban sentadas en el banco de azulejos donde todo el mundo descansa mientras se llenan los cántaros. Hacía un par de semanas que no coincidía con mis mejores amigas y tenía ganas de explicarles los últimos acontecimientos de la Casa Grande. En cuanto nos acercamos, todas sin excepción nos rodearon como gallinas cluecas, me acosaron a preguntas y no me dejaron en paz hasta que empecé. Lo que todas esperaban era que les hablara de la llegada de Javier y de Arturo, los dos hijos de la familia que casi nunca estaban en Terreros. La verdad es que jamás hubiera imaginado que tuvieran tanto interés por ellos.

Mientras ellas hacían comentarios atrevidos sobre Arturo, yo sólo veía a un hombre muy alto, delgado y serio y, a mi juicio, lo único relevante era que había sido la primera persona que había hecho sonreír a doña Amelia desde que yo había llegado a la casa. Eso, les dije a todas, era una proeza en el día a día de la señora. Sólo les concedí una cosa: que era guapo. Casi todas convinieron en que era el más atractivo de los tres hermanos varones, pero a mí no me lo pareció tanto cuando lo tuve cerca la noche anterior. Y, cómo no, después de hablar del militar, me preguntaron por su hermano pequeño. Por su aparatosa entrada en la casa y, tal vez, porque su edad era mucho más cercana a la mía, había mirado a Javier con unos ojos diferentes. Era otra persona. Mucho más simpático y cercano que la última vez que lo había visto antes de marcharse del pueblo.

La mañana se fue despejando, empezó a lucir un sol tímido y, mientras se llenaban todos los cántaros, las chicas siguieron hablando. Las mayores incluso se refirieron a Ernesto. Me hicieron mucha gracia y me sorprendieron sus comentarios porque se referían a ellos como a hermanos gemelos, y tenían razón. Hasta la noche anterior, nunca había reparado en lo mucho que se parecían los tres. Era la primera vez que yo recordaba verlos juntos y comprobé que estaban cortados por el mismo patrón del que estaba hecho su padre: altos, delgados, de pelo moreno y de aspecto saludable. Tal vez las únicas diferencias entre ellos eran que Arturo era el más alto, el más serio y, con toda seguridad, el que tuvo una actitud más distante conmigo. Ernesto tenía un problema en la pierna y era el único que llevaba barba. Sabiendo lo que sé ahora, podría jurar que se la había dejado crecer para esconderse tras una pantalla. De Javier me cuidé mucho de hacer demasiados comentarios. Ante las chicas mentí y sólo acepté que los tres eran muy parecidos. Si les hubiera reconocido que Javier me atraía, no habrían dejado que me alejara de la fuente en toda la Semana Santa.

De camino hacia la casa, cargada con mis dos cántaros y junto a Juana, que llevaba la carretilla llena, no dejé de pensar en lo mucho que me había gustado Javier. En cuanto llegamos, dejamos nuestra carga en la fresquera, Juana se fue a su casa y yo empecé con mi trabajo, pero la imagen de Javier me acompañó toda la mañana.

—Despierta, Manuela —me reprendió Lola más de una vez porque andaba con la cabeza en otro sitio.

Se había dado cuenta de que estaba en las nubes. Me obligó a acompañarla todo el tiempo en las tareas y así tenerme controlada, no fuera a meter la pata delante de doña Amelia. Hasta tuve que acompañarla a limpiar la salita. Fue la primera vez que me dio oportunidad de acercarme a la vitrina, aquella que me había asombrado cuando entré por primera vez en la casa, y pude ver de cerca su contenido. Mientras Lola iba sacando los objetos que me tenían enamorada, empezó a contarme por qué eran tan importantes para la señora. Yo seguía un poco despistada sin hacerle demasiado caso. Miraba cómo cogía cada uno, lo limpiaba y lo dejaba en la mesa camilla. Seguía sin escuchar lo que me decía, hasta que me cogió la mano con la que sujetaba el trapo.

—Manuela, ¡que te estoy hablando! —me regañó con voz seca.

—Perdón —fue lo único que dije.

—Anda, pon atención, que pareces embobada.

Y tenía razón, porque eso era en realidad lo que me pasaba, pero a partir de ese momento hice un esfuerzo y empecé a escucharla.

—Te contaba que este abanico se lo regaló don Sebastián a doña Amelia cuando se prometieron. Es precioso, ¿no te parece? Y muy valioso —puntualizó—. Las varillas son de concha y la tela la bordaron las monjas de un convento de Madrid, no me hagas decirte el nombre porque ahora no lo recuerdo.

Lo miró con veneración como si fuera un tesoro, lo cerró con cuidado, lo dejó sobre la mesa con toda la suavidad del mundo y le quitó el polvo al estante de cristal donde había descansado hasta hacía unos instantes.

—Cuando limpies esta vitrina, tienes que poner todos tus sentidos e ir con muchísimo cuidado. ¿Me has escuchado ahora?

Me lo decía mientras me miraba inquisitiva y yo sólo atiné a decirle que sí con la cabeza.

—Si le pasa algo a lo que hay dentro, la señora nos arrancará la piel a tiras, a ti por el estropicio y a mí por no tenerte avisada. Te lo digo muy en serio, Manuela. ¿Ahora ya te has enterado?

—¡Que sí! Te he entendido.

La seguí mirando y asentí mientras no dejaba de insistir en la importancia de todo lo que estaba en los estantes.

—Doña Amelia viene todas las tardes a leer a la salita, ya lo sabes, y todo ha de estar perfecto. Tenlo muy en cuenta.

—¿Y este libro blanco? —Señalé con el dedo índice, sin atreverme ni a tocarlo.

Era un libro más pequeño que mi mano con una cruz dorada en el centro.

—Es el misal con el que hicieron la comunión todos los hijos de doña Amelia. Es una reliquia familiar. Creo que tiene más años que tú y que yo juntas.

—Es precioso. ¿Y esto? —Señalé la cajita que acababa de coger.

—Esta caja —me la puso en la palma de la mano con un cuidado infinito— se ha de limpiar con bicarbonato y un trapo de algodón bien limpio, como el resto de la plata de la casa; si no, se le va el brillo y se pone negra. ¿Ves cómo pesa? —dijo al ver que yo subía y bajaba la mano varias veces, sopesándola—. Dentro están las arras de oro de la boda de los señores, son trece y valen una fortuna. Son lo más importante de la vitrina. Ándate con mucho ojo con ellas.

—Que sí... —contesté, ya cansada de escucharle decir lo mismo—. Tendré mucho cuidado, no te preocupes.

—Cuidado, cuidado... Si no te lo recuerdo y hay algún problema, la que va a cargar con el muerto voy a ser yo. A tu madre una vez se le cayó la caja, una de las arras se perdió entre los muebles y tuvimos que moverlos todos hasta dar con ella. No sé cómo pudo meterse debajo de la alfombra. Ese día sí que sufrimos. Todavía lo recuerdo y no quiero volver a pasar por lo mismo. Y eso que entonces doña Amelia no tenía tanto genio. ¡Ay! Aquella época... lo bien que lo pasábamos tu madre y yo. Y lo jóvenes que éramos. La pena que me dio que dejara de trabajar en la casa. Con ninguna otra lo he pasado igual. Eran otros tiempos, la casa estaba llena de niños y todos estaban contentos. Incluso la señora. Sí, ésos eran buenos tiempos...

En ese mismo instante se abrió la puerta y entraron Inés y doña Amelia. Dimos un respingo. Al ver la vitrina abierta y todo su contenido esparcido sobre la mesa camilla, la señora no perdió la oportunidad de recordarme aquello que llevaba advirtiéndome Lola desde que habíamos empezado la limpieza: que eran piezas muy valiosas y no consentiría que hubiera ningún accidente. No me atrevía ni a mirarla y tan sólo logré asentir como lo había hecho con Lola, pero sin decir una palabra, mientras ella me leía la cartilla con ese crispamiento que siempre la acompañaba. Lola tampoco dijo nada, se limitó a bajar la vista y a quedarse muy quieta mientras metía las manos en los bolsillos del delantal.

—Venga, madre, que las dos son cuidadosas —le dijo Inés mientras nos miraba con una sonrisa—, no las reprenda antes de tiempo.

—Si no van avisadas, bajarán la guardia —replicó doña Amelia mirándome a mí. Volvió la cara y miró a Inés—. Todavía te queda mucho para saber tratar al servicio.

Inés se calló ante la amonestación y se quedó en segundo plano mientras la señora continuaba regañándonos.

—Lola, ¿cómo se te ocurre dejar que esta mocosa trastee en la vitrina? —le advirtió doña Amelia con gesto serio.

—Madre, todavía no ha pasado nada.

—Tú lo has dicho, todavía —puntualizó doña Amelia.

Me miró con desdén y salió de la salita. Cuando Inés pasó a mi lado ladeó la cabeza, se encogió de hombros y gesticuló como acostumbraba cuando pensaba que lo que hacía falta con su madre era tener paciencia.

Después de la comida, los hermanos se reunieron en el salón y los demás miembros de la familia se fueron a sus habitaciones a descansar. Mientras les servía el café fui testigo de algo que no esperaba y que sé que pocos podían imaginar en Terreros. La relación entre los tres no era tan sencilla como creía.

Con la bandeja del café en las manos entré en el salón y, mientras rellenaba las tazas, observé que habían tomado posiciones en la estancia de una manera que anticipaba cómo se iba a desarrollar la conversación. Arturo se sentó en el sillón orejero que siempre ocupaba su madre, el que estaba mejor orientado en la sala y dominaba todos los ángulos. Encendió un habano y empezó a dejar ir pequeñas bocanadas de humo. Ernesto se sentó en el sillón gemelo, algo más cerca de la chimenea. Cogió el diario que había sobre la mesita y empezó a pasar las hojas. Javier se situó lejos de sus hermanos, en la mecedora que utilizaba Fernanda cuando quería leer tranquila bajo la luz de la ventana y no le apetecía que nadie la importunara.

—¿Sabéis? En el cuartel han instalado un teléfono —comentó Arturo distraído mientras dejaba el cigarro en el cenicero—. Lo tiene el comandante en su despacho. ¿No os parece sorprendente este invento? Por mucho que lo intento, no consigo entender cómo se puede hablar con alguien que esté tan lejos.

—No es tan complicado —repuso Javier mientras empujaba con las piernas para que se moviera la mecedora—. En la universidad nos hablaron de ellos.

Javier paró el movimiento y se dirigió a su hermano con una de sus sonrisas más cautivadoras. Yo estaba en un rincón de la sala, a la espera de que necesitaran mis servicios, y se me aceleró el corazón al mirarlo. Javier empezó a explicarle cómo funcionaba y a mí me pareció algo prodigioso, mientras escuchaba la conversación sin perder una palabra. Javier dijo que eso del teléfono era como un juego que yo a veces había visto jugar a niños en el pueblo. Uno con dos latas y una cuerda. Ni mis hermanos ni yo lo pudimos probar nunca porque las pocas latas que había en casa mi madre las guardaba para la cocina y jamás nos hubiera dejado hacerles un agujero y estropearlas.

—¿Os acordáis? —dijo Javier mirando a sus hermanos—. Nos pasábamos secretos de una habitación a otra.

De la boca de Ernesto sólo salió un sonido gutural y distraído y siguió con el diario abierto ante él, sin dar señales de que le interesara lo más mínimo lo que acababa de decirle. Javier continuó la conversación con Arturo y empezó a hablar de electricidad, de sonidos agudos y graves y de las figuras que se forman al caer una piedra en el río. Todo eso me pareció que no tenía nada que ver con que las palabras corrieran por una cuerda, pero como estaba claro que yo no podía decir nada, seguí en mi rincón esperando. Al final es posible que Arturo entendiera alguna cosa, pero lo que puedo asegurar es que a mí me pareció que hablaban en otro idioma.

Javier estaba eufórico, lucía una sonrisa de oreja a oreja que le iluminaba la cara y se repantingó en la mecedora mientras le explicaba más cosas a su hermano.

—Deja, deja —le cortó Arturo—. Por hoy ya he tenido bastante. Toda esa ciencia os la dejo a los ingenieros.

Luego se levantó del sillón, se fue directo al mueble de los licores y cogió una de las botellas más decorada.

—Ernesto, ¿una copa?

—Sí, gracias. Tomaré un brandy —respondió dándose unas ligeras palmaditas en el estómago—. Me vendrá muy bien porque hoy he comido demasiado. —Y dejó el diario bien doblado sobre la mesita.

Después de tenderle la copa a Ernesto, Arturo volvió a su sillón y paladeó un sorbo de la suya.

—¡Eh! ¿Y a mí no me sirves una? —se quejó Javier desde su rincón.

—¿Por qué lo preguntas si ya sabes la respuesta? —contestó Arturo—. Si madre se entera de que te he servido una más, me va a retirar la palabra durante todo lo que queda de fiesta.

—Ya estamos... —Noté cómo a Javier se le iba transformando la expresión. Hasta hacía un segundo estaba tranquilo, risueño, y en un momento su humor se agrió por completo.

—¿No te das cuenta? —le reprendió Arturo—. La tienes escarmentada. Ya sabes lo que piensa cuando bebes demasiado.

No me podía creer que estuvieran discutiendo por una copa de más o de menos.

En ese momento, Arturo me miró y me hizo un gesto para que me marchara. No fui testigo de ese enfrentamiento entre los hermanos, pero me puedo imaginar a Javier con cara de pocos amigos y cómo les daba la espalda a los otros dos para escenificar que estaba enfadado. Es muy posible que hasta golpeara el respaldo de la mecedora y renegara o discutiera con ellos.

Entre Ernesto y Arturo había una relación de buena amistad y cariño. Arturo era un hombre seguro de sí mismo que a menudo se apoyaba en Ernesto para las decisiones importantes y tenía en cuenta su criterio. No pasaba lo mismo entre Ernesto y Javier. Su rivalidad se inició cuando eran niños, compitiendo siempre. Sus choques constantes continuaron durante toda su vida, y esa Semana Santa no fue diferente.

Arturo no solía alzar la voz ni enfurecerse con nadie y con una mirada hacía que sus hermanos acataran sus órdenes. Así que no me cuesta nada imaginar que Ernesto no hiciera ningún caso del enfado de Javier, pero Arturo intentó contener el mal humor de su hermano pequeño. Sólo sé que, al poco de que yo saliera de la sala, oí la ácida despedida que Javier les dirigió a sus hermanos y el portazo que dio al salir de la casa.

Tras ayudar a Lola a recoger lo que quedaba de la comida, guardé las últimas tazas de café en la alacena y por fin acabé el trabajo. Esperaba sentarme unos segundos antes de salir hacia la fuente, cuando Inés apareció por la cocina para decirme que me tenía preparada una de sus sesiones de jardinería. Era evidente que no iba a poder descansar ni ese segundo que esperaba, aunque, después de que me defendiera por la mañana ante su madre, no podía negarle nada.

Fui a buscar a Juana y nos apresuramos a recoger el agua lo más deprisa que pudimos, y, cuando volví a la casa, Inés ya me estaba esperando con uno de los mandiles viejos que usábamos para trabajar fuera. Me lo puse, ella se puso otro igual y, ya preparadas, fuimos afuera, donde lucía una tarde espléndida de principio de primavera.

El jardín me tenía robado el corazón. Estaba salpicado de parterres por todas partes, los muros laterales estaban cubiertos de enredaderas y al fondo crecían las adelfas, que ya eran casi más altas que la tapia. Era pronto para los rosales, que todavía eran sólo unos tallos con unas pocas hojas, pero desde hacía unos cuantos días, los jazmines de las paredes laterales habían empezado a sacar los primeros brotes de un verde resplandeciente y en las ramas de los dos almendros se amontonaban los pimpollos a punto de reventar. Esperaba que se abrieran en pocos días para que el jardín se llenara de ese olor dulcísimo de la primavera. Todas las plantas empezaban a estar a punto, pero la protagonista de ese universo era, sin lugar a dudas, la magnolia. Tal como salías por las puertas de vidriera del salón, arrancaba el camino de ladrillo rojo que se ensanchaba en la falsa glorieta de la magnolia. Debía de medir más de ocho metros y podías ver su frondosa copa desde todos los rincones del jardín o desde cualquiera de las ventanas de ese lado de la casa. Estaba cuajada de capullos que siempre me han recordado a las piñas piñoneras; todavía eran marrones y escamosas, pero cuando en un par de meses se abrieran, inundarían el jardín con el aroma ácido de los cientos de flores blancas que la cubrirían. Aun estando medio dormida esa zona de la casa, me encantaba y la disfrutaba desde el primer piso. Imaginaba cómo sería cuando todas esas plantas estuvieran en pleno apogeo y miraba desde la ventana porque nunca se me pasó por la cabeza pasear por ese rincón de la propiedad. Era una de las zonas de descanso reservadas a la familia. He de reconocer que estuve tentada más de una vez a perderme entre las plantas, por lo menos en esos primeros meses, pero jamás me atreví a hacerlo. Así que las veces que Inés me pedía que lo cuidara con ella, me sentía feliz por estar un rato fuera de la casa. Ayudarla entre los árboles y los macetones era una pequeña satisfacción y un descanso de la tarea diaria.

Junto a la puerta de entrada al salón, Inés había preparado cuatro cubos llenos de bulbos diferentes. Los íbamos a plantar en el margen que bordeaba el camino y en la glorieta. Y sin más preámbulos nos pusimos a la faena.

Con la lluvia de la noche anterior la tierra estaba blanda y el trabajo de abrir surcos y meter en ellos las cebollas no fue duro, pero nos llevó bastante tiempo. Cada dos palmos hacíamos un hoyo, metíamos un bulbo y lo tapábamos con un poco de la tierra húmeda que habíamos sacado. En el lado derecho plantamos dalias y azucenas y en el izquierdo, begonias y gladiolos. Al término de la primavera empezarían a brotar y todo quedaría cubierto de flores hasta el final del verano.

Estuvimos un buen rato para plantarlas todas, no creo que fuera menos de dos horas, y cuando acabamos el trabajo, con el delantal lleno de tierra y las manos negras, nos sentamos un momento a descansar en el columpio debajo de los dos almendros. Inés sonreía mientras se columpiaba y me transmitía la felicidad que sentía por todo lo que habíamos hecho. Sus ojos orgullosos se perdían en el jardín mientras aspiraba el aire de esa tarde tan cálida. Todavía se columpiaba cuando empezó a comentarme que tenía muchos más proyectos.

—En ese rincón del fondo quiero un huerto con tomates, judías y otras hortalizas de verano —dijo señalando hacia una zona del fondo con la mano sucia—, y también quiero colocar un cenador que cubra la mesa y los bancos de las meriendas. ¿Qué te parece?

—Lo del cenador me parece muy buena idea, pero lo de plantar un huerto, no sé yo... —contesté orgullosa, porque era la primera vez desde que nos conocíamos que me pedía opinión de alguna cosa.

Reconozco que fui un poco atrevida porque, cuando me miró sorprendida, me vi obligada a decirle que, si plantaba un huerto, el jardín dejaría de ser un jardín. Ella intentó discutir mis argumentos y, para que me entendiera, comparé su jardín con el patio de la casa de mis padres. Le dije que las macetas de geranios y las de alegrías que mi madre cuidaba con tanto cariño sólo ocupaban los rincones libres junto a la puerta y sobre el alféizar, porque en la tierra de nuestro patio nunca se habían plantado flores ni teníamos árboles ornamentales; que en mi casa las hortalizas como las que quería plantar eran nuestro sustento y no plantas para hacer bonito, y que ni los tomates ni las judías ni los pimientos eran decorativos ni daban flores con olor para poner en jarrones. Pero ella me contestó que quería plantar alguna cosa que pudiéramos utilizar en la cocina, algo práctico y útil, y que le importaba muy poco que esas plantas no fueran elegantes. Yo le respondí que era un lujo tener un jardín tan cuidado sólo para disfrutar mirándolo, que plantar allí un huerto sería como desprestigiarlo. Seguramente me tomé demasiadas libertades cuando le dije que era una ilusa si esperaba que su madre le diera permiso para hacer esos cambios en lo que consideraba el mejor jardín de la comarca. Creo que ese comentario fue el que más le dolió y lo cierto es que, después de hacérselo, ya estaba arrepentida.

—Seguro que la convenzo —contestó. Sabía que la idea era muy buena y que su madre la entendería.

—Seguro que sí —dije yo para satisfacerla.

Inés siempre fue una optimista sin remedio y estoy segura de que sigue siéndolo.

Al final todo se quedó en una idea peregrina. Ni consiguió convencer a doña Amelia ni logró que su tía Fernanda fuera su aliada en esa empresa.

Por la tarde vimos las primeras golondrinas que se acercaban para preparar sus nidos bajo el tejado, mientras continuamos sentadas en el columpio y nuestra charla fue cambiando de temas. Yo ayudé, he de reconocerlo, a que fuera en la dirección que me interesaba, y así una cosa nos llevó a otra, y acabamos hablando de sus hermanos. Cómo no, si era la novedad de esos días incluso para ella misma.

—Arturo es el verdadero hombre de la casa —me dijo, aunque después de un segundo lo repensó y continuó—: No me malinterpretes, quiero a mi padre, pero Arturo ha sido el que siempre nos ha cuidado a todos. Ha estado ahí cuando lo he necesitado, pero ahora a veces me saca de mis casillas porque todavía me trata como a una niña. No quiere darse cuenta de que yo también crezco.

—A mí me pasa lo mismo con mi hermano Damián.

—Debe de ser cosa de todos los hermanos mayores. —Sonrió—. Yo echo de menos al mío desde que se fue a Madrid para ser oficial del ejército.

Volvió a sonreír, pero esta vez se le tiñó la mirada con un velo de tristeza, bajó la cabeza un instante y, cuando volvió a mirarme, me reconoció que sufría mucho por Arturo.

—Los militares siempre están en peligro.

Ése era un miedo heredado de su madre; odiaba la carrera de su hijo. Desde la pérdida de Cuba y Filipinas, el mundo estaba revolucionado y España podía entrar en guerra en cualquier momento. Inés sabía que podía haber muchos problemas en política que afectaran al ejército y por eso se iba informando por medio de Ernesto, de su tía o de los periódicos. A mí, que jamás me había interesado por la guerra, todos aquellos miedos me parecían muy lejanos, pero a partir de esa charla, y viendo que esos temas le hacían sufrir, empecé a esforzarme por entender más acerca de esa España en la que vivíamos.

—Ernesto es un encanto —dijo cambiando de tema—, siempre ha estado a mi lado y me hace mucha compañía. Espero que continúe mucho tiempo en la casa, al menos hasta el día en que me case. Por él no me angustio porque nunca pisará el frente.

Desde que Ernesto tuvo el accidente con uno de los caballos de la finca, cuando era todavía un niño, le había quedado una cojera que arrastró toda su vida, y ésa debía de ser la razón por la que no iría a la guerra.

—¿Y qué me dices de Javier? —le pregunté intentando disimular mi ansia de saber de él.

—¿Javier? Es un liante y siempre ha sido el caradura de la familia. Desde pequeño ha sido así, y con los años, en vez de ser más juicioso, se ha ido convirtiendo en un irresponsable.

Me dijo que ella siempre se había reído con sus tonterías y había disfrutado de su compañía, pero desde hacía un tiempo prefería que sus visitas no fueran muy largas, porque desde que se había ido a estudiar a Madrid había cambiado. Me reconoció que era el hermano al que sentía más lejano, aunque sólo tuviera dos años más que ella.

Me decepcionó que no me dijera nada más. Esperaba que me diera toda una lista de las virtudes que yo no conocía, pero sus comentarios sobre él se quedaron en eso y, ahora que lo pienso, igual si hubiera escuchado con más atención ese análisis tan simple que me hizo de cada uno, mi vida habría sido diferente.

Estuvimos charlando un buen rato, hasta que empezó a hacer frío. El sol bajó en su camino hacia el horizonte y encendió las pocas nubes que quedaban en el cielo con tonos rojizos y anaranjados. Inés se fue quedando destemplada, sentada todavía en el balancín junto a mí, se abrazó los hombros, empezó a tiritar y se fue para la casa a ponerse algo de más abrigo. Me quedé sola recogiendo y cargando las herramientas y los cubos y cuando me dirigí a la cochera para dejarlo todo ordenado, ya antes de llegar al cobertizo, oí a Javier y a Pedro conversando dentro. Esperé indecisa mientras los escuchaba.

Hablaban del motor en el que Javier estaba trabajando, que era demasiado grande para que cupiera en una bicicleta. Quería hacer algo con él, pero se le estaba resistiendo. Miré a través de una rendija y pude ver la expresión de Pedro, se levantó el ala de la gorra y se rascó la cabeza con ese gesto que hacía cuando no entendía algo y no quería reconocerlo.

—Los motores de gasolina son el futuro del transporte —dijo Javier—. Se va a acabar eso de ir en carro o montar a caballo.

—Pues yo como santo Tomás. Si no lo veo, no lo creo.

—Lo verás, Pedro. Te lo aseguro.

Javier tenía las manos sucias de algo aceitoso y oscuro e intentó limpiárselas con un trapo todavía más aceitoso.

—Sólo me queda desmontar este motor para ver cómo funciona —siguió diciendo—. Ya verás, será mejor que el automóvil de mi padre y tú serás el primero en probarlo conmigo.

—No me enredes. Para cabalgar ya tengo a los caballos. No pienso fiarme de una montura con patas redondas. —Sonreí al escuchar el comentario de Pedro.

—Venga, hombre. —Javier se le acercó, le dio un par de golpes cariñosos en el hombro con el puño y le miró pícaro—. ¿No me digas que te va a dar miedo una bicicleta?

—A mí no me da miedo nada, pero, si camina sola, prefiero tenerla lejos. Estos inventos los carga el diablo.

Dicho esto, Pedro se encogió de hombros, se despidió de Javier y, cuando abrió la puerta, nos encontramos frente a frente. Me hice a un lado y mientras me daba las buenas tardes, enfiló el camino de la bodega.

Javier estaba al fondo del cobertizo frente a una mesa, sobre la que había un sinfín de tornillos, tuercas, pernos y engranajes. Desde la puerta le pedí permiso para entrar y me dijo que pasara, aunque estoy segura de que no se dio ni cuenta de mi presencia. Como no había mucho sitio entre la mesa en la que trabajaba y el coche nuevo del señor, tuve que dejar los cubos en un rincón junto a la puerta; además, tal como estaba colocado, tapaba los estantes donde se guardaban las herramientas, por lo que tampoco podía ordenar nada de lo que acarreaba en las manos. Javier cogió algo parecido a un tubo de algo más de tres palmos de largo y, después de limpiarlo un poco, empezó a hacer fuerza intentando hacerlo girar. Se quejó, lo dejó con brusquedad sobre la mesa y levantó la cabeza. Sin duda en ese momento fue consciente de que yo estaba allí, porque me miró cuando volví la cabeza sorprendida por el golpe que acababa de dar. Entonces le vi la mancha de aceite en la frente. Estuve a punto de decirle que se limpiara, pero no encontré las palabras. Cuando ya me daba la vuelta para marcharme, cohibida sin saber cómo tratarle, me llamó.

—Eres Manuela, ¿verdad?

—Sí —dije en un susurro mientras me volvía otra vez hacia él. El corazón me palpitaba en las sienes y en el pecho, y me pareció imposible que él no oyera los latidos.

—Ven, ayúdame —dijo, y me tendió la pieza—. Está atascado y no puedo separarlo. Aguanta por aquí.

Él comenzó a hacer fuerza hacia la derecha yo aguantaba para que no se fuera hacia la izquierda. Mis manos estaban a sólo unos centímetros de sus manos. Él tiraba y yo aguantaba. No me atrevía a levantar la vista. Mis ojos quedaban a la altura de su pecho y, si los movía hacia arriba, lo primero que vería sería su mirada fija en algún punto detrás de mí, perdida al fondo de la cochera. Por un momento pensé que me observaba. Cuando no pude aguantarme más, alcé la barbilla y primero puse mis ojos sobre los suyos, y después, por miedo, sobre la mancha. Algo crujió y por un segundo Javier dejó de hacer fuerza. Soltó la pieza, se frotó las manos, se las limpió en los pantalones y entonces sí me miró.

—Ya casi estamos. Sujeta.

Sólo quería hacer bien lo que me había pedido, que no era otra cosa que aguantar un tubo de metal atascado. Seguimos haciendo palanca y volvió a crujir, la pieza se separó en dos partes y dejamos de ser siameses unidos por ese cordón umbilical que era el tubo.

—Por fin. Creía que no podríamos. —Cogió el trozo de mis manos y me preguntó—: ¿Sabes qué es esto?

—No —musité.

—Esto es un tubo de escape, sirve para que salga el humo del motor cuando está en marcha. Es una parte de este que tengo en la mesa. Lo he desmontado esta tarde —me dijo, y cogió un objeto todavía más extraño—. Y esto es una biela. ¿Sabes para qué sirve?

Imagino que se dio cuenta de que no entendía nada de lo que me decía. Se puso serio y continuó explicando para qué servía ese artilugio:

—Conecta el pistón con el cigüeñal. Sin las bielas no funciona ningún motor de explosión.

Siguió hablando de cómo eran esas máquinas por

dentro, de cómo se hacía para que un vehículo caminara y de la invención en la que estaba trabajando: una bicicleta que corría sola. Escuché con interés y asentí como una tonta sólo por escuchar esa voz que me tenía anclada a la mesa. Se estaba haciendo tarde y la arena que me taponaba el entendimiento empezó a derramarse por algún rincón de mi cabeza haciendo sitio a mis pensamientos.

La cochera se fue quedando a oscuras y no me di cuenta. Ya no se veían más que sombras. Cuando Javier encendió un candil y lo dejó sobre la mesa, la luz amarilla de la lámpara se reflejó en su cara y ya no distinguí la mancha. Siguió hablando de sus estudios, de los avances que estaban haciendo en la universidad y de los motores, lo que más le gustaba del mundo. En ese momento me enamoré de él.

Esa noche dormí poco. Me enredé entre las sábanas mucho más que la mayoría de las noches, y me levanté varias veces para ir a buscar unos vasos de agua que no me apetecían, con el iluso deseo de encontrármelo en la cocina. ¿Qué iba a decirle? No tenía ni idea. Tal vez nada, como en el cobertizo, pero fantaseé mucho con esa conversación imaginaria.

Ya en mi habitación, en la oscuridad más absoluta y mientras escuchaba el tictac de los relojes, volaron muchos pájaros en mi cabeza y me asaltaron las dudas. Lo único que vi claro fue que quería estar a la altura y que la tarde anterior no había entendido nada de lo que me había dicho Javier de su invento. Me enfadé conmigo misma por no atreverme a preguntarle, a pedirle alguna aclaración, y resolví que no quería volver a sentirme tan ignorante ante nadie, y mucho menos ante él. Ansié que me viera como alguien interesante y, sobre todo, no quería que pensara que era una analfabeta o, peor aún, una boba. Tracé un plan y volví a ser yo. Haría lo que hiciera falta para aprender a leer y a escribir. Encendí la vela de la mesita a tientas y, con esa mínima luz, tuve bastante para espabilarme, poner los pies en el suelo y vestirme con el uniforme negro de cada día. Entré en la cocina y contemplé el amanecer que no podía ver desde mi habitación. Estaba sola. Ni siquiera había llegado Fernanda. Estiré los brazos por encima de mi cabeza, cerré los ojos y dejé que la luz que asomaba por el horizonte me inundara.

El sol suele tener un efecto purificador en mí; me aclara las ideas y me prepara para los retos que se me presentan, y aquella madrugada, frente a la ventana, tomé una decisión que cambiaría mi vida. Decidí que hablaría con Inés durante el desayuno y le pediría que me enseñara.

Con los años y la experiencia me he dado cuenta de que las razones que me llevaron a tomar esa decisión fueron diferentes a las que hoy me hubieran movido a tomarla, pero eso me da igual, lo importante es que lo decidí. Quería formarme costara lo que costase. Aspiraba a entender y a preguntarme, a salir de mis dudas y a ganar confianza. Inocente de mí, creía que si podía leer las palabras de los diarios o de los libros, podría conseguir hacer lo que imaginaba que hacían las personas cultas. Intuía que teniendo cultura sería mejor persona, pero no me daba cuenta de lo equivocada que estaba.

—Me encanta que me pidas que te enseñe.

Ésa fue la contestación de Inés cuando le pregunté sobre las clases que deseaba que me diera, y mientras hablábamos se le fue iluminando la cara con una gran sonrisa.

—Si quieres, podemos empezar hoy mismo, mientras todos estén durmiendo la siesta.

A mí esa idea me pareció perfecta.

Por la tarde, cuando la cocina estuvo recogida y el agua en su sitio, nos sentamos frente a frente a la mesa con un libro, unas hojas en blanco y dos lapiceros.

—Empezaremos poco a poco con las letras y, más adelante, cuando las aprendas de carrerilla, las iremos uniendo para que empieces a entender cómo se construyen las palabras. ¿Te parece bien? —Asentí. ¿Qué otra cosa podía hacer si lo único que deseaba era que me enseñara?

Abrió el libro por la primera página y esperé a que siguiera hablando.

—¿Ves? En estas hojas hay diferentes letras y se unen formando palabras. —Iba pasando el dedo por las líneas escritas—. Hay vocales y consonantes, pero empezaremos por las vocales, que son sólo cinco. Cada una tiene un sonido diferente, seguro que alguna vez oíste a don Pascual enseñárselo a sus hijos cuando trabajaste en su casa. —Volví a asentir, aunque nunca había prestado atención a las lecciones que el maestro les daba a los niños.

Cogió papel y lápiz y empezó a escribir una lista de letras en una hoja en blanco, colocándolas una al lado de la otra. Me fascinó la habilidad con que se deslizaban sus trazos y pensé que nunca sería capaz de escribir con esa destreza. Mientras escribía las vocales, las cantaba con la misma armonía con la que tocaba el piano.

—Venga, Manuela, ahora dilas conmigo —me animó.

Las repetimos varias veces y, cuando se sintió satisfecha del resultado, me dio el lápiz y me dijo que lo hiciera yo sola. Lo agarré como si fuera un cuchillo con el que desollar a un conejo y ella me enseñó a sostenerlo entre los dedos.

—Como el pico de un pájaro. Sin apretar demasiado. —Inés cogió el lapicero y me lo indicó haciéndolo ella misma.

Me esforcé mucho para que las primeras letras que escribía en mi vida se parecieran a las suyas.

—No tengas prisa, hazlo con cuidado.

Sin embargo, la primera lista fue un desastre, ni los trazos ni la canción me salieron a derechas. Cuando empezaba a escribir y a recitar la lista por tercera vez, poniendo los cinco sentidos para que lo que saliera del lápiz fuera lo más parecido a sus letras, entró Fernanda en la cocina. Paré en seco y en ese silencio un crujido sonó como si fuera un estallido, o eso me pareció a mí: la punta del lápiz se quebró y quedó sobre la hoja.

Pensé que Fernanda se había sorprendido al vernos allí sentadas y que me caería una reprimenda por mi atrevimiento, pero, para mi sorpresa, no fue así. Tomó las riendas del asunto como si hubiéramos estado así toda la vida, yo estudiando en esa mesa y ella a mi lado enseñándome, y con toda la tranquilidad del mundo me comentó:

—Así me gusta, Manuela, que te apliques en la lección. Vamos a ver esa caligrafía.

Cogió la hoja, la observó con detenimiento, se puso las gafas que siempre llevaba colgadas del cuello y examinó mi trabajo más de cerca. Al levantar los ojos y mirarme a la cara supongo que vio lo asustada que estaba.

—Esto está muy bien... —Se quitó las gafas y se apoyó una de las patillas en la barbilla mientras pensaba un segundo antes de volver a hablar—, pero las letras las has de hacer un poco más pequeñas, si no vas a necesitar mucho papel para escribir cuatro líneas.

Y era cierto, porque lo que había hecho eran unos garabatos ilegibles que no se parecían en nada al elegante trazo de Inés. Su tía sonrió y me alentó a seguir intentándolo. Acercó una de las sillas que había frente a la lumbre y se sentó, codo con codo, junto a su sobrina para seguir la clase más de cerca.

Durante su infancia y su juventud, Fernanda y doña Amelia habían tenido una institutriz británica. Así aprendían las señoritas de la buena sociedad de Madrid en esa época. Cuando Fernanda recordaba aquel tiempo, decía que le hubiera encantado poder estudiar como un hombre, en la universidad, pero nunca tuvo el permiso de sus padres para ir más allá de lo que aprendió en su casa. Algunas veces nos hablaba de aquel tiempo y se le alegraba la mirada con una luz especial evocando los recuerdos de su época de casada. Desde el día que conoció a Héctor supo que sería su marido, pero tuvo que sufrir y luchar lo indecible hasta obtener el permiso de sus padres. Su pretendiente no era el mejor partido en esa época, no al menos como don Sebastián, el futuro marido de doña Amelia. Héctor era sólo un maestro y su familia no había sido nunca lo que se podría decir de la alta sociedad madrileña. Pero estaban enamorados y cuando él consiguió plaza en la escuela de un pequeño pueblo de provincias, Fernanda no lo dudó: se enfrentó a sus padres, y al mundo si hubiera hecho falta, y consiguió su propósito. Se casó con él, se alejó de la capital y de sus padres y, ya asentados en el pueblo al que fue asignado, empezó a ayudarle en las clases con los más pequeños. Lo que en un principio se inició solo para aligerar el trabajo de su marido, se convirtió en una necesidad para Fernanda. Descubrió que enseñar le encantaba y pasó a ser una vocación tardía con la que disfrutó durante el tiempo que estuvo casada.

La voluntad de educar le duró toda la vida y cuando enviudó, cinco años después de esa boda que le costó tanto conseguir y sin haber tenido hijos, se fue a vivir junto a su hermana Amelia. Cuando llegó a la Casa Grande, Fernanda pensó que nunca podría continuar enseñando, pero, para su sorpresa, los hijos de su hermana, además de ser sus sobrinos, pasaron a ser sus alumnos. Ella fue la que les enseñó el cariño por el estudio y los encaminó hacia sus carreras.

Esa tarde de mi primera clase de lectura, estuvimos más de dos horas sentadas a esa mesa y, al acabar, les prometí que seguiría cantando las letras en silencio todo el tiempo para no olvidarlas.

En el momento en que recogíamos los lápices y los cuadernos, entró doña Amelia en la cocina. Llegó de mal humor, dejó la puerta abierta tras de sí y, mirándome de esa manera que me daba miedo, me dijo con voz afilada que me fuera a trabajar a otra parte. Inés salió conmigo de la cocina y doña Amelia se quedó sola con Fernanda.

Con la señora nunca podías echar las campanas al vuelo demasiado rápido, y ese día me temí lo peor. Tanto Inés como yo estábamos preocupadas esperando la sentencia que podía dictar su madre sobre mis clases y, cuando ya me encaminaba hacia el lavadero para acabar el trabajo que me estaba esperando, Inés me sujetó del brazo y me hizo quedarme con ella, junto a la puerta, para espiar lo que decían y así escuchar el veredicto.

—Fernanda, ya te he dicho que esto no me gusta nada —dijo doña Amelia con voz de pocos amigos—. No quiero que pierda el tiempo.

Aunque doña Amelia no estaba de buen humor, me pareció que no la oía en uno de sus peores días. Su voz era dura, pero sus palabras, tibias. Estaba segura de que Fernanda haría lo posible por convencerla.

—Pero, Amelia, sabes igual que yo que cualquier persona que sepa leer y escribir hace mucho mejor su trabajo. —Inés me tomó una mano y me la apretó con fuerza mientras escuchábamos—. Además, no hace daño a nadie y tiene mucha ilusión por aprender —continuó Fernanda.

—Te lo vuelvo a repetir. No quiero. La casa está llena estos días y hay mucho trabajo. Y no me gusta que tengáis tanta familiaridad con el servicio. —Y con voz cortante, continuó—: En esto tú sabrás lo que haces, pero con Inés no quiero.

—Amelia, tu hija es cariñosa por naturaleza y Manuela es buena chica. No ha habido queja con ella y ha trabajado bien desde que llegó a casa. Además, si tiene afán por aprender... ¿quiénes somos nosotras para negárselo?

Inés y yo nos miramos preocupadas esperando la contestación de su madre.

—Sus amos. ¿Te parece poco? No le pago para que pierda el tiempo, sino para que trabaje, y estos días no puede dedicarse a otra cosa.

—Amelia, que aprender a leer no es perder el tiempo. —Notaba que a Fernanda se le estaba agotando la paciencia por su tono de voz indignado, aunque imagino que lo meditó y, tras un segundo, le dijo con voz más templada—: Tienes razón. Estamos dándoles mucho trabajo tanto a Lola como a Manuela, pero si estudia en sus ratos libres...

—Ni hablar, estos días no hay ratos libres.

Yo empezaba a perder las esperanzas de poder recibir mis clases y barruntaba que nunca aprendería a leer, pero Fernanda no se rendía con tanta facilidad.

—Muy bien —dijo—, pues empezaremos en serio cuando la casa vuelva a la normalidad. Si tú quieres, hablo con ella y se lo digo, que hasta después de Pascuas no puede perder ni un segundo.

—Habla si quieres, pero ya veremos más adelante. Que tenga muy claro que durante la Semana Santa no quiero que piense en otra cosa que en poner los cinco sentidos en la casa. Entre Lola y ella casi no dan abasto, como para que ahora vengáis vosotras a meterle pájaros en la cabeza.

—Estoy de acuerdo, pero, para más adelante, piensa que una chica instruida te puede dar más provecho que una analfabeta. —Por cómo se lo dijo, estoy segura de que Fernanda miró a doña Amelia muy seria—. No te preocupes, sólo le enseñaríamos a leer un poco. Para que entienda las notas que le puedas dejar o para que te dé bien las vueltas de la compra. Ya buscaremos un momento en que no tenga obligaciones o sacaremos el tiempo de su descanso. Descuida, sólo será hasta que pueda unir unas cuantas frases.

—Ahora que se dedique a lo suyo y no le des alas al diablo. Cuando acabe la Semana Santa, ya veremos —fue la sentencia de doña Amelia.

Inés me miró con una sonrisa y yo me tranquilicé al escuchar las últimas palabras. Todavía había posibilidades de seguir con mis maestras. Fernanda y doña Amelia siguieron hablando en la cocina, imagino que de mí y de la necesidad de que aprendiera, pero nosotras nos fuimos satisfechas de cómo habían ido las cosas.

Las clases quedaron en barbecho, pero tanto Inés como Fernanda estuvieron alerta y no dejaron que se cerrara la puerta que doña Amelia había dejado entreabierta. Aprendí a leer, pero el criterio para interpretar el mundo a mi alrededor y para ser capaz de emitir juicios todavía me costaría conseguirlo o, vete a saber, igual sigo sin tenerlo. Lo que sí puedo asegurar es que en esas sesiones logré relacionarme más con Fernanda. Era seria con los compromisos y se dedicó de lleno a mí durante mucho tiempo.

Tras esa primera clase y la regañina de su madre, Inés quiso celebrar el triunfo que habíamos logrado y me pidió que saliéramos a dar un paseo y a charlar de los proyectos que imaginaba para cuando empezáramos las clases que estaban por venir.

—¿Y tu madre? —le dije dudando—. ¿No la has oído? Tengo mucho trabajo y no puedo entretenerme.

—No te preocupes por ella, va a estar un buen rato hablando con tía Fernanda. Demos un paseo cortito hasta la bodega.

—¿Puedes creer que no he entrado nunca? —comenté—. Sólo he estado en la plazoleta para las pisas.

—Pues ya va siendo hora de que la conozcas.

Se colgó de mi brazo con toda la naturalidad del mundo y yo, aunque estaba nerviosa por si doña Amelia se enfadaba otra vez conmigo, erguí la espalda y crecí unos centímetros de la satisfacción por sentir que Inés empezaba a comportarse como si realmente quisiera ser mi amiga. Dejé a un lado el miedo y salí con ella.

Mientras recorríamos los trescientos metros del corredor que separaban la cocina de la bodega, el sol tibio de abril nos fue calentando la espalda con la suavidad de una caricia. En el trayecto, Inés me explicó algunas historias de su familia, de las cosechas, de sus recuerdos de la bodega y de los campos siendo ella una niña, de cuando la filoxera. Me dijo que, aunque ése no era un tema que trataran demasiado en su presencia, era consciente de lo que habían sufrido, y recordaba que todo lo que pasó hizo tambalear la fortaleza de su madre. Se perdieron cosechas, se echaron a perder la mayoría de las cepas y peligró la capacidad económica, casi ilimitada, que habían disfrutado hasta ese momento.

Yo también recordaba aquel tiempo. En casa habíamos pasado grandes estrecheces, y muchas noches mis padres se quedaban hasta muy tarde buscando soluciones para nuestros problemas económicos. Fueron tiempos difíciles en los que mi padre volvía a casa ya anochecido, tras jornadas interminables dedicado primero a arrancar y después a replantar nuevas cepas junto con Pedro.

En alguna de sus clases, Fernanda nos contó que no sólo se perdió todo el cultivo en nuestra comarca, sino que fue una catástrofe en toda España de la misma manera que, unos años antes, lo había sido en la mitad de Europa. Que durante el tiempo que afectó fuera de nuestras fronteras, en todo el valle del Ebro se producía y se vendía más que nunca, y que gracias a eso se ganó mucho dinero, pero que esa bonanza fue fugaz; al final fue una cuestión de tiempo que la enfermedad llegara al norte de España y al poco alcanzara Terreros, sembrando con ella la devastación de los campos y el hambre en la mayoría de los pueblos.

Todavía recuerdo cuando la abuela me llevaba a dar largos paseos por los alrededores. Caminábamos de la mano junto a grandes extensiones baldías que en otro tiempo habían sido campos plantados con viñas centenarias. Ella me explicaba que había trabajado en esos campos, vendimiándolos cuando era joven, pero que todo se perdió por el bicho, y durante mucho tiempo me imaginé que una bestia enorme se comía todos los árboles que se encontraba a su paso y dejaba los campos en ese estado miserable. Nunca me quedó claro qué era ese bicho tremendo que nos hizo sufrir tanto, pero cuando Fernanda nos explicó que la filoxera sólo era un insecto que mataba las raíces de las viñas, deduje que se trataba de aquel bicho que recordaba la abuela y me pareció mentira que algo tan pequeño pudiera hacer tanto daño a tanta gente durante tanto tiempo.

Por suerte, con la replantación todo volvió a la normalidad, aunque costó mucho tiempo y muchas lágrimas. Habían pasado años de aquello, pero la cicatriz todavía era demasiado reciente y para algunos todavía seguía abierta.

Cuando llegamos a la puerta de la bodega nos encontramos con Pedro y con Juana, que venían de su casa.

—Buenas tardes, señoritas. —Pedro se tocó la gorra con la punta de los dedos—. Soy un hombre afortunado, tengo junto a mí a las tres damas más guapas de la casa —nos dijo zalamero—. ¿A qué debo el honor de esta visita a mis dominios? —Hizo ademán de abarcar la bodega entre sus brazos.

—Buenas tardes, Pedro —contestó Inés—. Vengo a enseñarle a Manuela la bodega. Dice que no ha entrado nunca y eso no lo podemos permitir, ¿no te parece?

—Y tanto. Tenemos la más bonita y la más importante y no puede ser que alguien que vive tan cerca no la conozca. Si quieres, te puedo ayudar a enseñarle las instalaciones.

Abrió los portones y pasamos.

—Ésta es mi segunda casa —declaró mientras me miraba—. Prepárate, que vas a conocer la mejor bodega del mundo.

Se respiraba una humedad densa, saturada de acidez, que se te metía en la nariz y te llenaba los pulmones. Siempre recordaré a Pedro junto a las enormes barricas de la primera sala, la misma que de niña había visto desde la puerta y que nunca había llegado a pisar. Esa tarde empezó hablando de esas seis colosales cubas de más de ocho metros de altura que, tres a tres, flanqueaban las paredes de la antebodega. Se llenaban con la primera prensada de la cosecha y en cada una de ellas cabían los miles de litros de mosto que se producían en la primera fermentación. Después entramos mucho más adentro de la sala, hasta la pared del fondo, a más de cincuenta metros de los portones de acceso, y allí me presentó la joya del lugar.

—Aquí la tienes, la *Margarita* —dijo Pedro mientras le daba un par de palmadas a la madera oscura del tonel como si fuera una vieja amiga—. Donde cocinamos los mejores vinos de la casa. Se llama así en honor de la madre de don Sebastián.

En su interior maduraban las uvas de los campos mejor orientados y con cepas seleccionadas por él mismo, a las que cuidaba con mucho más esmero que si fueran sus propios hijos. Por todo el perímetro de la sala de cubas transcurría una pasarela de madera que unía todos los grandiosos toneles en su parte superior. Miré hacia allí y Pedro se dio cuenta.

—Esto es el caminito —me aclaró mientras levantaba la cabeza hacia el mismo lugar donde yo estaba mirando—. Sobre todo lo utilizamos durante el primer mes de la vendimia, así no tenemos que subir y bajar por cada una de las cubas. Uno arriba y otro abajo nos arreglamos muy bien para el remontado y para remover el sobrero con las lías que se forman sobre el mosto; incluso nos hace mucho servicio para el descube. Pregúntale a tu padre por el caminito de la sala grande y ya te dirá él lo que ganamos cuando lo construimos.

Puse uno de los pies en el primer escalón que llevaba a lo más alto de aquella pasarela e Inés me sujetó del brazo con fuerza antes de que pudiera continuar.

—No subas —me pidió.

—No te preocupes, no me dan miedo las alturas —le dije segura de mí misma.

—No es por la altura —intervino Pedro—. La señorita tiene razón. No es recomendable subir si no es para trabajar. Si cayeras en una de las cubas, con los vapores del vino no saldrías bien parada.

Desistí y me volví hacia la puerta. Entonces me di cuenta de que ya llevaba demasiado tiempo fuera de la casa y que me estaba jugando recibir un buen rapapolvo. No llegué más adentro en mi primera incursión a la bodega, ya habría tiempo para conocerla con detalle más adelante; gracias a eso también podría tener excusa para volver a pasear con Inés hasta adentrarnos en lo más profundo. Me disculpé con todos, salí hacia el corredor a toda prisa e intenté llegar a la casa sin que doña Amelia se diera cuenta de mi falta.

Esa Semana Santa hubiera debido ser como todas: misas y procesiones, pero ahí estaba Javier para hacérmela distinta.

Nunca he sido devota, ni entonces, para desesperación de la abuela, y mucho menos lo soy ahora. Pero aquel año no puse ningún reparo en ir a todas las ceremonias; es más, tenía intención de no perderme ninguna en las que estuviera la familia.

El atardecer del Jueves Santo, como siempre, se celebró el rito que más me gustaba de todos los de la Pascua, y también el que más me sobrecogía: el Oficio de Tinieblas. Todo el pueblo se reunió en la iglesia a la hora del ocaso. Doña Amelia y su familia lo hicieron en su banco, pero Javier no estaba en su sitio cuando Juana y yo nos sentamos en uno de los de más atrás. Las vidrieras estaban cubiertas con cortinones negros, por las ventanas no entraba ni un rayo de la poca luz que quedaba fuera y la iglesia se iluminaba con una ingente cantidad de velas distribuidas por todos los rincones. Se hizo el silencio, todos nos pusimos en pie y entraron don Rafael y los niños que habían hecho la comunión ese mismo año. Los pequeños fueron apagando los cirios tal como iban pasando. Los del altar primero y después el resto hasta que la iglesia se quedó entre sombras sólo iluminada con el velón pascual. Siempre me han inquietado las cosas de brujas, de espectros y, sobre todo, los misterios de las almas, y estoy segura de que fue en esas ceremonias donde empecé a tener aprensión y a ser tan supersticiosa. Don Rafael y los monaguillos empezaron a cantar muy bajo, después fueron subiendo la melodía y todos los feligreses permanecimos en silencio. La cadencia de las voces siguió subiendo, el edificio se estremeció hasta los cimientos con todos nosotros dentro y, en ese momento tan crítico, se abrió la puerta central. Hubo un escalofrío general que recorrió la iglesia y todos volvimos la cabeza al unísono hacia el pasillo de luz lechosa que entraba desde la plaza a través de la puerta abierta. La sombra que entró dio un rodeo alrededor de los últimos bancos y, cuando se acercó al mío, un espasmo me corrió por la espalda.

Era Javier.

Seguro que había estado con su ingenio hasta último momento y no debió de calcular el tiempo para llegar a su hora al oficio. Debió de confiar que, aunque llegara tarde, no se enteraría nadie si era sigiloso, pero estuvo muy claro que no lo consiguió. La verdad es que pasar desapercibido, entrando cuando ya estaba empezada una ceremonia como el Oficio de Tinieblas, era casi imposible.

De vuelta en la casa, doña Amelia estaba rabiosa. Lo llamó a la sala y se quedó a solas con él. Ni me dio tiempo a llegar a la cocina. Desde el recibidor la oí censurarle su comportamiento y preguntarle, con esa voz de acero, cómo se había atrevido a dejar en evidencia a la familia delante de todo el pueblo.

—¿Dónde te crees que vives? ¿En una pensión? —Alzó tanto la voz que todos pudimos oírla.

Entre aquellos reproches imaginé a doña Amelia de pie en la salita, con los ojos fríos, increpando a su hijo, y a Javier cabizbajo intentando defenderse, pidiéndole excusas y diciéndole que estaba con su invento. No oí ni a don Sebastián ni a Fernanda comentar nada, pero lo que sí recuerdo es que, cuando doña Amelia llegó al primer piso, el portazo que dio resonó por toda la casa como si se hubiera disparado un cañón. Después se hizo el silencio.

El Sábado Santo nos pasamos todo el día cocinando dulces. Por la mañana freímos torrijas con miel, buñuelos y pestiños para tenerlos listos a la hora de la merienda, y por la tarde horneamos culecas, como en todas las casas de Terreros. Siempre me ha gustado esa torta y, aunque todos eran adultos, en la Casa Grande se seguía horneando todas las Semanas Santas.

Si paseabas por el pueblo, veías a todos los niños felices con un trozo de culeca en una mano y uno de los huevos cocidos que la adornaban en la otra; es posible que ése fuera el único huevo del año que comerían sin compartirlo con nadie.

El Domingo de Resurrección me levanté pronto porque doña Amelia me había dado permiso para salir dos horas a recoger las flores que iban a decorar la iglesia en la ceremonia del mediodía. Salí hacia la plaza donde nos encontramos todas las chicas del pueblo, aunque me fui con el convencimiento de que no iba a agotar las dos horas que me había dado la señora.

Tomamos el camino de la fuente para recoger las pocas margaritas que podían florecer por allí o junto a los arbustos de las lindes. Encontramos algunos macizos de acebo blanco, de ajo silvestre y de borraja, y mi cesto empezó a tener una buena cantidad de flores. Pero cuando no había pasado ni una hora desde que habíamos salido de la plaza, yo ya estaba de vuelta en la casa para poder prepararle el desayuno a Javier. Al día siguiente se marchaba a Madrid y sólo me quedaban veinticuatro horas para poder verlo sin tener a medio pueblo delante.

Javier bajó pasadas las dos. La noche anterior había estado otra vez hasta muy tarde con su invento y ese día se le juntó el desayuno con la comida; además, volvió a faltar a la cita familiar en el banco de la iglesia. Que Javier no asistiera a la misa de Resurrección de las doce le costó otro disgusto con doña Amelia. La comida fue tensa y la señora no volvió a hablar con su hijo pequeño hasta última hora, tras la cena. Lo único que le permitió, mientras le miraba con esos ojos acerados tan suyos, fue que le diera un beso en la mejilla y le deseara las buenas noches. Todos se fueron a sus cuartos menos don Sebastián, doña Amelia y su hijo mayor, que se quedaron hasta tarde comentando sobre el destino al que podrían enviar a Arturo cuando volviera al cuartel. A mí me tocó esperar hasta que acabaran para recoger las tazas y los ceniceros.

—No se preocupe, madre, escribiré en cuanto pueda. —Arturo intentaba serenar a doña Amelia.

—En cuanto sepas algo, hijo. —A la señora se la notaba intranquila, aunque procuraba disimularlo—. Esperemos que te den un buen destino.

—Es posible que tenga que ir a Barcelona o a algún regimiento de Marruecos.

—Pues tanto en un sitio como en el otro hay muchos problemas —comentó don Sebastián—. En Marruecos, con los franceses manteniendo la colonia a raya, no creo que haya demasiado peligro por ahora, pero al tiempo. Y en Barcelona, desde la alianza de Solidaridad Catalana, el ambiente se ha enrarecido mucho.

El señor se acercó un poco al brazo del sofá donde descansaba y, mirando a su hijo, le preguntó cómo veían sus mandos los problemas que habían tenido recientemente en Barcelona.

—No sólo los hay en Barcelona, padre —le contestó—, hay problemas por toda Cataluña. Y sí, mis mandos siguen inquietos. La situación es complicada desde lo de las imprentas.

—¿Qué es eso de las imprentas? —preguntó doña Amelia.

—Sí, mujer. ¿No te acuerdas? —dijo impaciente don Sebastián, sin mirarla siquiera—. Unos cien oficiales quemaron varias hace cosa de un año. Fue en represalia a unas críticas anticastrenses, si no recuerdo mal, del diario *La Veu de Catalunya*.

—No, padre, no fue por una publicación seria, sino por una revista. Tiene un nombre muy curioso, se llama *¡Cu-Cut!* Es un diario satírico que lo critica todo. Políticos, ejército, incluso al clero —expuso Arturo—. Los ánimos están muy caldeados por allí desde el incidente, pero lo de Marruecos es mucho peor. Es cierto, padre, allí se está cociendo algo grande. Tiempo al tiempo.

—Pues no me extrañaría que os envíen a enfriar esos ánimos de Barcelona antes que ir a contener a los moros

—dijo don Sebastián mirando a doña Amelia—. Todos esos altercados se llevaron por delante al presidente Montero Ríos. Por eso tenemos las elecciones a la vuelta de la Pascua. Montero era un inepto. ¡Qué se podría esperar de un liberal!

Los miembros del partido de los liberales despertaban la mayor inquina de don Sebastián desde hacía mucho tiempo y nunca dejaba pasar la oportunidad de criticarlos.

—Qué ganas tengo de que gobernemos —siguió diciendo el señor—. Con las elecciones se acabarán estos problemas. En cuanto Maura sea presidente.

Ernesto me explicó un tiempo después cómo había empezado la carrera política de su padre. Desde que era muy joven, don Sebastián siempre comulgó con las ideas conservadoras, como casi todos sus antepasados que además habían sido los caciques del pueblo. Cuando el señor se fue a Madrid, a vivir largas temporadas alejado de sus obligaciones de Terreros, se dedicó a frecuentar las tertulias políticas, se acercó mucho más a los conservadores y sus críticas a los liberales empezaron a ser feroces. Antonio Maura le sedujo desde el día en que lo conoció y, poco después, se dejó convencer por él para entrar a formar parte de la lista de candidatos al Congreso de los Diputados por Madrid en las elecciones que estaban por llegar.

Arturo miró a su madre y estoy segura de que entendió la preocupación que sentía por él después de escuchar los comentarios sobre lo de Barcelona y lo de Marruecos.

—Madre, quédese tranquila, estaré bien. —Se levantó de su asiento, se puso en cuclillas ante ella y le acarició la mejilla—. No sufra. —Había mucha ternura en su voz—. Tendrá noticias mías, tanto si estoy en Cataluña, como si estoy en cualquier otra parte del mundo. Le escribiré todos los domingos.

Ella se acercó la mano de su hijo a los labios, inspiró profundamente y le dio un beso.

Al día siguiente, mientras Pedro metía las maletas en el compartimento del coche, Lola y yo contemplamos las despedidas de la familia. Javier lo hizo de su hermana, su madre y su tía con un beso y, a continuación, le estrechó la mano a Ernesto. Me ilusioné pensando que en ese momento me miraba y que incluso esbozaba una ligera sonrisa dirigida a mí. Después Arturo se acercó a su tía y a su hermana y les dio un fuerte abrazo a cada una. Cuando fue a darle la mano a Ernesto, hubo un momento de duda y, en vez de darse la mano, acabaron abrazados. La despedida con su madre fue más larga y, al separarse, Arturo le cogió las manos y las tuvo unos segundos entre las suyas mientras la miraba a los ojos.

—No se preocupe, madre, me voy a cuidar mucho. No me va a pasar nada.

—Dios te oiga. Escríbeme en cuanto puedas.

Se notaba que Arturo era consciente de que las dejaba preocupadas.

Don Sebastián se despidió de Fernanda y de Inés con un beso en la mejilla, pero cuando fue a besar a su mujer, ésta le retiró la cara. Fue un gesto seco que no dejaba dudas de sus sentimientos. Tiempo después supe que doña Amelia culpaba a su marido de que hubiera alentado a Arturo a ser militar, aun a sabiendas de que ella tenía otras aspiraciones para su hijo. Era la primera vez que le hacía un desplante semejante a su marido, al menos eso me dijo Lola, y con ello quedó patente que el poco cariño que podía quedar en el matrimonio había desaparecido para siempre.

3

Las elecciones

Abril de 1907

Después de la Pascua la vida continuó como antes. Las aguas volvieron a su cauce y retomamos las rutinas. Yo seguía pensando en Javier y, por esa razón, me llevé más de una reprimenda de Lola y de Fernanda. Al final, gracias a la tenacidad de mis dos maestras, conseguí empezar mis clases de lectura y, aunque a doña Amelia no le hacía ninguna gracia, cada tarde después de volver de la fuente me aislaba del mundo gracias a las palabras. Un magnífico mundo me abrió sus puertas.

Nunca me había parado a pensar en la cantidad de libros y diarios que había en una casa como ésa. Así que cada papel, cada libro o letrero con el que me topaba durante mi quehacer diario era un reto. Cualquier frase me servía para continuar con las clases que ellas me daban e inicié un camino fascinante en el que todo el tiempo que tenía libre lo dedicaba a la lectura para descifrar, con pasitos de hormiga, aquellos misterios. Fue todo un descubrimiento entender que escondidas entre las palabras había grandes historias, y eso me abrió un universo nuevo. Comprobé, como les ha pasado a la mayoría de los lectores tardíos, que ese conocimiento es mágico.

Cuando Fernanda consideró que ya estaba prepara-da, me fue presentando libros y autores para que cogiera soltura. Eran los de la biblioteca de la casa, los mismos a los que llevaba meses quitándoles el polvo sin imaginar que algún día los abriría. Al principio Fernanda me reco-mendó cuentos de los hermanos Grimm o las fábulas de Samaniego, en sus versiones para niños, que tenían la le-tra grande y las páginas llenas de dibujos. Más adelante llegarían otros autores, como Julio Verne y Emilio Salga-ri, con los que fui a dar la vuelta al mundo. Y con el paso de los años, otros libros que todavía me cautivaron más, como los de Jane Austen y las hermanas Brontë, con sus historias de amores imposibles y con finales increíbles.

Salpicado entre el aprendizaje de la lectura y la escri-tura, Fernanda nos impartía otro tipo de preparación. En sus clases nos hablaba de política, de la justicia y de la ley, que muchas veces no son lo mismo. Nos descubrió a mujeres como Clara Campoamor, Emilia Pardo Bazán o Concepción Arenal y la lucha de todas ellas por el sufra-gio femenino. En parte, gracias a ella y a todo su conoci-miento me convertí en la mujer que soy ahora y siempre se lo agradeceré.

La vida discurrió fácil hasta que llegó el día de las elecciones, donde don Sebastián se jugaba su futuro en política.

La mañana de ese domingo se levantó desapacible y las nubes se movían muy rápido empujadas por el cier-zo. Cuando en Terreros sopla tan fuerte, se te agrietan los labios, se te secan los ojos, el viento se te mete entre la ropa hasta atravesarte la carne y cuando llega a la médula de los huesos, te deja el espíritu revuelto.

En poco rato el color del cielo fue pasando de un gris lechoso a uno mucho más oscuro, casi plomizo, y si en vez de ser abril hubiera sido enero o febrero, seguro que todos hubiéramos pensado que esas nubes iban a dejarnos un manto de nieve. Pero el cierzo en primavera es tan seco que no deja ir ni una gota de agua, aunque parezca que el cielo se ha de abrir en canal y desangrarse sobre el pueblo.

Ésas fueron las primeras votaciones de las que tengo conciencia. Se habían convocado otras con anterioridad, de eso estoy segura, pero ninguna había tenido importancia para mí, ni tampoco para los que me rodeaban. Mi padre votaba, eso no lo dudo, porque ya se encargaba el señor de que todos los hombres que podían lo hicieran, pero una vez que mi padre dejaba el papel en la urna, no le importaba lo más mínimo el resultado ya que todos lo conocían de antemano. Hasta ese momento las palabras «votación» o «escaño» no habían tenido ningún significado para mí, pero a partir de que supe de las intenciones de don Sebastián, de las expectativas de la familia y de la posibilidad de que entrara en política, empecé a comprender algunas cosas.

Cinco minutos antes de que tocaran las campanas de la Asunción para avisarnos de la llegada del mediodía y el principio de la misa, salimos hacia la iglesia. Ese día tan oscuro y desagradable a Ernesto se le notaba intranquilo desde primera hora, como si se le hubiera metido el cierzo en el cuerpo. Nos acompañó como todos los domingos, pero en realidad sólo fue su cuerpo el que asistió al oficio, porque su cabeza estuvo en otro sitio. Lo observé desde mi banco, sumido en sus pensamientos. Casi siempre prestaba atención a don Rafael y participaba en las oraciones, pero esa mañana ni siquiera despegó los labios con el padrenuestro. Se limitó a sentarse junto a su madre a esperar que el cura nos diera la bendición y nos despidiera, y en cuanto acabó la misa y salimos de la iglesia, desapareció. A mediodía mandó recado de que comería en el café con los tertulianos habituales y no volvimos a verlo hasta bien entrada la noche.

Las expectativas que cada uno de los miembros de la familia había puesto en esas elecciones eran bien distintas y estoy segura de que los sentimientos de Ernesto eran contrapuestos. Todos sabíamos que estaba muy orgulloso de ser un Prado de Sanchís y de que su padre fuera el primer político con posibilidades nacido en Terreros, pero también sabíamos que nunca había transigido con las ideas conservadoras. Ernesto era progresista y liberal y hasta republicano. Cierto es que en muchos momentos defendía a su padre ante otros liberales; sin embargo, no me cabe duda de que lo que más le dolía por dentro era que, si don Sebastián medraba en el gobierno, él no tendría la más mínima posibilidad de alcanzar sus sueños.

Las tardes de domingo eran mi tiempo de descanso, y después de recoger la cocina y dejarlo todo listo para la cena, iba a ver a mis padres; ese día no sería una excepción por mucha votación que se hubiera celebrado. Estuve hasta casi anochecido con ellos y, cuando volvía hacia Terreros, lo único que me apetecía era llegar a mi cuarto y cerrar los ojos. Encontré la casa en silencio y entre sombras, como si las paredes y los muebles también estuvieran preocupados por el resultado de los comicios. Muchas veces, en aquellos tiempos, me daba la sensación de que la casa era un miembro más de la familia y que sus sentimientos eran tan transparentes que salían a la luz con la misma facilidad que los de cualquiera de nosotros. Estaba segura de que en algunos momentos toda ella intentaba que la comprendiera, y conseguía hacérmelo saber con la atmósfera que flotaba entre sus muros.

La cocina estaba a oscuras y entré a tientas. Allí busqué un candil, un pedernal y algunas velas para iluminar las habitaciones. Mientras estaba entre las sombras, oí las voces de Inés y Fernanda apagadas por la distancia. Me dirigí hacia la salita y allí estaban las dos con sus bastidores. Se habían pasado la tarde bordando y cuando me vieron entrar con el quinqué, me lo agradecieron con una sonrisa. Llevaban un buen rato sin poder dar una puntada porque la habitación se estaba quedando entre sombras. Estaban solas. Lola se había pasado toda la tarde en la cocina preparando conservas de manzana, y en esos momentos estaba en su casa; doña Amelia llevaba recluida en su habitación desde que acabó la comida, y allí continuaba.

La señora ni siquiera bajó al comedor y Fernanda me pidió que le subiera un vaso de leche caliente con unas galletas a su habitación, pero no tomó nada. Era palpable que el ánimo de todos estaba fuera de la despensa, porque Ernesto llegó muy tarde y sin apetito, y el resto cenamos sin hambre unas judías con patatas como plato único, en la mesa de la cocina, después de un extraño domingo.

Recuerdo a la perfección la mañana siguiente. Era lunes, y aun habiendo entrado ya la primavera, todavía hacía frío. En algún momento de la madrugada había dejado de soplar el cierzo que había desmenuzado y alejado las nubes negras de la noche, dejando el cielo limpio, el aire tranquilo y en silencio.

Es curioso, porque a veces se me congela la memoria y las imágenes son tan vívidas que me da la impresión de que las tengo delante, como si se tratara de un cuadro que puedo volver a mirar con detenimiento tantas veces como quiera. Veo a Fernanda sentada frente a mí con su vestido verde. El aliento de la olla que descansa sobre la lumbre, justo detrás de ella, la enmarca, le ahueca el cabello y le encrespa los mechones despeinados del moño flojo que lleva recogido en la nuca. Así estaba Fernanda esa mañana, sentada a la mesa de la cocina junto a Lola, cuando sonaron pasos en el descansillo.

—Tía Fernanda, hoy es el día. —Era Inés—. Por fin sabremos cómo ha ido todo.

—Tranquila —contestó Fernanda—, es muy pronto todavía. Esperemos a que venga Ernesto con los diarios que haya encontrado. Pero... no te emociones, aún nos queda un tiempo para conocer los resultados finales. Estoy segura de que ganará Maura, porque los liberales no tienen ninguna posibilidad; no después de la dimisión del presidente Montero y de todo lo que ha pasado en Cataluña este último año, pero tendremos que esperar hasta saber si a tu padre le corresponde un escaño.

Justo entonces entró Ernesto con unos cuantos periódicos bajo el brazo y nos saludó a todas.

—Sólo tenían *El Regional* y *La Justicia* desde primera hora —se quejó mientras dejaba los diarios sobre la mesa—. El *ABC* ha llegado hace un instante, lo he recogido cuando ya venía para casa.

—¿Qué dicen de las elecciones? —le preguntó Inés a su hermano. Se la notaba nerviosa por conocer los resultados.

—No mucho todavía. Están a mitad de recuento, aunque ya avisan de que se espera la derrota de los liberales.

Nos explicó que Moret, el que debía ser uno de los candidatos más conocidos, no tenía demasiadas posibilidades.

—Es una pena, pero era de esperar —comentó Fernanda.

Yo me quedé junto a ellos, removiendo unas tajadas de cordero para la comida, mientras Ernesto seguía hablando de los resultados esperados. Observé los diarios que acababa de dejar en la mesa y tuve la seguridad de que la clase de esa tarde, y muy posiblemente las de los próximos días, las haríamos tomando alguna de sus hojas como si fueran uno de los libros con los que me enseñaban.

—Pues sí, no creo que consigan nada los liberales —convino Ernesto—. Pero hay algo que te va a encantar. Es casi seguro que Pérez Galdós conseguirá entrar en el Congreso.

Ernesto abrió el *ABC* y le enseñó una de las hojas a su tía.

—Mira, en la página tres publican los retratos de los ocho candidatos que parece que ya tienen escaño.

En esa página había las imágenes de varios caballeros muy serios con aspecto muy distinguido. Imaginé que eran como don Sebastián, gente que quería gobernarnos.

—Entre los conservadores ya les adjudican escaño a Garay y a Prats, y a Galdós lo ponen por delante de Calzada y de Morote.

Ernesto señaló la cara de un caballero con cara delgada, ojos minúsculos y un bigotito mucho más pequeño de los que solían estar a la moda entre los caballeros en ese tiempo. Imaginé que era el tal Galdós, aunque yo no tenía ni idea de quién era ese hombre. Fernanda miró el retrato y sonrió complacida.

—Tienes razón, Ernesto, espero que lo consiga. Cuando un novelista y liberal de su talla puede llegar al Congreso de un país como el nuestro, quiere decir que vamos por el buen camino. Puede que gracias a esto me reconcilie con la política. —Hizo una pausa en la que parecía que meditaba lo que acababa de decir, y continuó—: Aunque va a ser difícil mientras sigamos teniendo estas leyes tan absurdas que no permiten que nosotras votemos.

—Tía, olvida lo del sufragio femenino —dijo Ernesto—. A mí también me hubiera gustado poder votar, pero todavía tendré que esperar a las próximas; ya me explicarás, me pueden juzgar por cualquier delito, pero hasta los veinticinco no puedo dar mi opinión ni ser escuchado. —Le tocó el hombro a su tía y añadió—: Algún día se conseguirá.

—Tú mismo, somos la mitad de la humanidad.

—Si me permite, doña Fernanda —dijo Lola desde el fregadero, con los brazos en jarras—, pero ¿qué necesidad hay de meternos en camisas de once varas? ¿Es que no tenemos suficientes problemas con atender una familia y una casa para tener que andar en políticas?

—¡Lola! ¡Por Dios! Con mujeres como tú nunca avanzaremos —se quejó Fernanda con un deje de paciencia contenida—. Así lo tenemos muy mal para conseguir algo.

Lola se dio la vuelta y metió las manos en el fregadero. Siempre fue de ese tipo de mujeres seguras de que era más fácil convencer al marido de lo que una quería que convencer a ningún político, aunque también se ha de reconocer que tuvo mucha suerte con Pedro.

—Pero el mundo evoluciona —comentó Ernesto sin hacerle caso a Lola—, y al final llegará el día en que se consiga. No me negarás que al menos el Congreso está cambiando. Mira a Blasco Ibáñez, que se lleva presentando con los republicanos varias candidaturas, o a Galdós, que ya confirman que casi lo tiene asegurado. Si padre pudiera llegar a ser diputado y estar frente a frente con uno de ellos, me encantaría ver por un agujero la conversación que podrían mantener. Imagínatela, tía Fernanda.

—Tu padre... frente a Galdós... —Fernanda se puso las gafas en su sitio, negó haciendo un gesto de incredulidad y le dijo con una sonrisa burlona—: Qué más quisiera tu padre que poder debatir con Galdós. Con eso llegaría a lo más alto que puede aspirar en política.

Ernesto sonrió, dobló el *ABC* y se lo guardó otra vez bajo el brazo mientras salía de la cocina. Fernanda se pasó un buen rato en el patio con los diarios que habían quedado en la mesa y, durante la comida, ella y su sobrino conversaron sobre las noticias de la mañana mientras yo les servía el cordero que habíamos preparado. Doña

Amelia se mantuvo pensativa todo el tiempo y no pareció demasiado interesada en ninguno de los comentarios que hicieron entre plato y plato.

—Manuela, este arroz con leche os ha salido estupendo —dijo Ernesto tras saborear la primera cucharada del postre.

Doña Amelia despertó de su letargo, se pasó la servilleta de hilo que tenía en el regazo por la comisura de los labios, fijó los ojos en el cuenco, pero no dijo nada, aunque el arroz con leche era una de las especialidades de Lola.

—Ya puedes recoger los platos —me ordenó sin mirarme siquiera.

—Ya era hora de oír su voz, madre —comentó Ernesto—. No ha dicho ni una palabra en toda la comida. —Se la quedó mirando un momento y continuó hablando sin apartar los ojos de ella—: ¿Qué me dice de las elecciones? ¿Ha ojeado los diarios?

—Por ahora, me dan igual —contestó seca—. La política y las votaciones no me interesan lo más mínimo. Así que, tanto si gana uno como si gana otro, me tiene sin cuidado.

Entonces intervino Inés:

—Pero, madre, si los conservadores tienen muchos votos en Madrid, padre entrará en el Congreso. ¿Es que eso no le importa?

—Claro que me importa —fue la escueta respuesta de doña Amelia, y tras unos segundos continuó—: Que tu padre obtenga su escaño puede ser importante para todos, pero no depende de mí. Cuando tengamos noticias sabremos si lo ha conseguido o no.

—Pues yo tengo muchas ganas de que gane —volvió a intervenir Inés—. Y tú, Ernesto, ¿qué piensas? Será bueno que padre empiece a prosperar en política.

—Claro que será bueno... para él.

Todos se quedaron callados a partir de ese comentario y cuando acabaron sus platos y yo recogía, Inés pidió permiso a su madre para ir a buscar su libro y salir al porche.

—Manuela, llévale una manta a Inés, no sea que refresque —me pidió Fernanda.

Así lo hice.

—Siéntate un momento conmigo, anda —me dijo Inés cuando llegué junto a su tumbona y le tendí la manta—, vamos a aprovechar el tiempo y a repasar un poco las letras. —Y abrió el libro.

Debería haberme negado para no tener problemas, pero no lo hice y me senté junto a ella sin decir una palabra. A través de los portones acristalados, cerrados sólo a medias, oíamos la conversación de Fernanda, Ernesto y doña Amelia.

—Madre, ya se lo dije hace tiempo. No voy a pasarme la vida administrando las propiedades. Quiero vivir por mi cuenta y no pienso enterrarme en Terreros. Voy a irme a Madrid en cuanto pueda, como Arturo, como Javier. Y como padre. No me lo puede impedir. Tengo el mismo derecho que ellos. Abriré mi propio bufete y ejerceré de abogado con mis clientes, no con la familia. —Se oyó el rechinar de una silla al deslizarse sobre el suelo. Ernesto debió de ponerse de pie y, un segundo después, apostilló—: Aquí eso es imposible.

—Menuda tontería dices —replicó la señora—. Tu futuro no está fuera del pueblo, está aquí, en la finca. Con tu padre metido en política y Arturo en el ejército, nadie más que tú se puede encargar. Eres abogado y sólo podemos contar contigo.

—Pues de eso me quejo, porque soy un repuesto y no me deja alternativa.

—Mira, cariño, lo que debemos hacer es poner un plazo —intervino Fernanda intentando apaciguar los ánimos.

—Un plazo, ¿para qué? —preguntó Ernesto tajante.

Lo que proponía su tía era pactar una tregua entre él, su madre y don Sebastián. Fijar un tiempo máximo para que Ernesto se encargara de la administración, como había estado haciendo hasta ese momento y, cuando acabara ese plazo, debía ser el padre quien volviera a hacerse cargo de todo o, si eso no era posible, nombrar un administrador y dejar libre al chico. Pero Ernesto no lo veía claro. No confiaba en su padre y estaba seguro de que si se había desentendido desde hacía tanto tiempo de las fincas, y de la familia, no había razón para que, tal como sugería Fernanda, las cosas cambiaran.

—Ernesto, hay huidas que no llevan a ninguna parte —le dijo doña Amelia—. Tienes que enfrentarte a la vida y aceptar tus responsabilidades. Muchos matarían por tener tu puesto y, te guste o no, debes comprometerte con lo que te ha tocado.

Tras ese comentario de su madre, Inés y yo nos miramos. Ella cogió el libro que tenía olvidado en su regazo, lo abrió por una página al azar y se puso a leer en un susurro. Imagino que intentaba no escucharlos, pero no pasó de tres renglones. Volvió a dejarlo sobre sus piernas y se quedó callada. Yo no sabía qué hacer, pero ella resolvió mi indecisión. Me pidió que la dejara sola y ya por la noche seguiríamos leyendo.

Con el tiempo supe que para doña Amelia había dos cosas en este mundo que eran sus principales prioridades. Por un lado, una idea muy egoísta de la continuación de su estirpe, y del prestigio que tenía el apellido; por otro, el mantenimiento de su poder económico, pesara a quien pesase, y que, por encima de todo, siempre quedara intacta su autoridad de matriarca. Con don Sebastián ejerciendo de diputado se aseguraba que el poder de la familia continuaría e incluso podía ser mayor gracias a las influencias en Madrid. Con Ernesto al frente de la administración de las fincas se aseguraba que la persona que llevara las riendas estaría siempre controlada por ella y, por esa razón, no tendría que dar cuentas a nadie. No me costó demasiado entender que doña Amelia sentía que había perdido a su primogénito desde que su padre le inculcó su pasión por el ejército. Le costó, pero cuando la señora aceptó esa realidad, no le quedó otra que aferrarse a Ernesto. Por eso se consagró en educarlo hacia ese camino, y de ahí que lo impulsara por la senda del derecho.

Doña Amelia tuvo toda su vida injustificadas dudas de que Ernesto fuera el hombre ideal para gobernar el futuro de los Prado de Sanchís, pero no había más candidatos, al menos no hasta esa fecha. En cuanto a los demás hijos de la familia, Inés era una mujer y nunca contó en estos juegos. Sólo aspiraba a casarla lo mejor posible y atar lazos con alguna familia que le interesara. Y en lo relativo a Javier, al verlo cada vez más parecido al padre, estoy segura de que la esperanza de un futuro basado en él la perturbaba tanto que se convenció a sí misma de que no podría esperar gran cosa. Ahora sé que doña Amelia veía en Javier el reflejo de todo lo que le había enamorado de don Sebastián cuando era una niña y lo que odió cuando quedó escarmentada, pero en ese tiempo yo no veía nada más allá de mi nariz y todo lo que pasaba en la casa era un misterio que no acababa de entender.

Gracias a las historias que me fueron contando Juana, mi madre, la abuela e Inés puede hilar la vida de doña Amelia. Se había casado muy joven con el heredero de los Prado de Sanchís. Rico, de buena familia, con la edad adecuada, apuesto, galante, se podría decir que era perfecto. Pero se equivocó. Aceptó con los ojos cerrados todo lo que pudiera venir de él, incluso marcharse de Madrid para vivir en la casa familiar de Terreros, tan lejos de donde se sentía segura. Y todo por su marido y por el futuro que les esperaba. Pero duró muy poco ese idilio. En unos meses el trato de don Sebastián hacia su reciente esposa cambió, su carácter real apareció y empezó a desertar de la casa. Las noticias sobre compañías femeninas le fueron llegando a la señora por terceras personas y en el pueblo fue la comidilla. No era una situación extraña entre las mujeres de su época, pero ella se negó a aceptarla. Reaccionó sacando su carácter y no quiso ser una más de las esposas sumisas que miraban hacia otro lado mientras sus maridos les rompían el corazón, una y otra vez. Estoy segura de que intentó dejar de quererlo, pero no debió de conseguirlo mientras hubo esperanzas de cambiar la situación.

Algo más de un año después de la boda, don Sebastián se marchó a Madrid a gestionar sus empresas en la distancia, y ni siquiera se preocupó de las necesidades de su mujer, que ya estaba embarazada de Arturo. Ese tiempo de agonía de doña Amelia lo vivió mi madre de muy joven. Empezó a trabajar en la Casa Grande cuando llegaron los señores a la finca recién casados y con las grandes expectativas que se le auguraban al matrimonio. Madre fue testigo de cómo fue cambiando el carácter de la señora. La que era una joven dulce, enamorada y feliz devino en una mujer de genio amargo y dolido. De ahí el alivio que mi madre sintió cuando consiguió dejar el trabajo y el trato directo con ella, porque el ambiente se fue convirtiendo en una sopa agria y espesa que nadie tenía ganas de tragar, aun siendo el único plato que se servía.

La piel es una barrera que no nos permite ir más allá de nuestro cuerpo, pero también es un escudo que nos protege, y a doña Amelia la piel se le convirtió en una coraza y no hubo nada ni nadie que pudiera traspasarla.

El señor siguió volviendo a Terreros cuando le vino en gana, por cortos períodos, pero suficientes para que los niños continuaran naciendo. Doña Amelia le siguió abriendo la puerta, hasta que un día, tras la muerte por fiebres de su quinto hijo recién nacido, dijo basta, paró el tiempo y no volvió a ser la misma. Convirtió la Casa Grande en su castillo y, a la vez, en su mazmorra, y a don Sebastián le cerró la puerta para siempre.

Con la perspectiva del tiempo he ido descifrando el porqué de ese temperamento que la acompañó siempre. No hay nada peor que amar y no ser correspondido, puedo dar fe de ello, y no hay nadie más peligroso que una mujer herida en el orgullo. Cada uno se ahoga en su vaso, eso siempre lo he pensado, y el de ella era tan grande que nunca logró salir a flote del todo.

Llegó la noche y, después de cenar, Inés vino a buscarme a la cocina para que nos fuéramos al jardín como habíamos quedado. Llevábamos una vela para iluminarnos y, añadiendo el haz de luz que salía por la ventana del salón, tuvimos suficiente para que ella leyera con comodidad.

Era una noche estrellada, sin cierzo y sin humedad, pero ya se sabe que durante el mes de abril no hace falta esperar mucho para que el viento cambie y, cuando se levantó, empezó a hacer frío. Nos aproximamos la una a la otra y, para resguardarnos del relente, nos tapamos con la misma manta que le había llevado por la tarde. Ajustamos la tumbona a la pared del porche y comenzó a leer.

Así empezaba el texto: «Es una verdad mundialmente reconocida que un hombre soltero, poseedor de una gran fortuna, necesita una esposa», y continuó hasta acabar el primer capítulo. Esas frases me llevaron a otro mundo. Porque ésa fue la primera vez que alguien leyó sólo para mí, o al menos eso fantaseé que hacía Inés. Me quedé a su lado, prisionera de aquella historia, y a partir de ese instante comprendí lo que contenían los libros. Era absurdo que hasta ese momento no hubiera reparado en ello.

No hacía demasiado que yo había empezado a entender la mecánica de la lectura. Llevaba un tiempo escuchando tanto a Inés como a Fernanda deletrear palabras y pequeñas frases en nuestras clases y, aunque ya empezaba a hilar unas palabras con otras, casi no les encontraba sentido; por un lado, por lo desconectadas que estaban las unas de las otras y, por otro, porque la atención que necesitaba para seguir el ritmo que ellas me imponían me impedía entender lo que decían. Al no tener que esforzarme y sólo escucharla tejer una historia con las frases que ella iba leyendo, me di cuenta de que algún día podría desentrañar yo sola lo que contenían esos pequeños tesoros de papel y tinta. Las palabras de Inés, o mejor dicho, las del libro, me transportaron a la vida de esas mujeres de la misma manera que las historias del abuelo me llevaban a sus recuerdos. Mientras el abuelo Juan, el padre de mi madre, se sentaba en su silla frente al fuego, mis hermanos y yo nos acurrucábamos en el suelo y le escuchábamos embobados. Nunca llegué a saber si eran producto de su imaginación o las había vivido de verdad, pero, en realidad, a ninguno de nosotros nos importaba lo más mínimo. Esperábamos sus historias durante todo el día y, cuando llegaba el momento, yo dejaba de ser yo; desaparecía la luz de la vela, el fuego de la chimenea y hasta el abuelo y mis hermanos, y las imágenes se me aparecían nítidas ante los ojos mientras yo me convertía en la protagonista de sus cuentos.

Allí, sentada junto a Inés, me ocurrió lo mismo: deseé que continuara leyendo hasta acabar el libro. En el jardín de la Casa Grande cobraron vida todos los miembros de la familia Benet, yo me convertí en Elisabeth y hasta le puse cara al señor Darcy.

Al cabo de un buen rato, doña Amelia, Fernanda y Ernesto entraron en el salón. Inés me miró y se puso un dedo sobre los labios.

—No hagas ruido, seguro que Ernesto tiene alguna noticia nueva de las elecciones —me dijo guiñando un ojo.

—No, continúa leyendo, por favor —le rogué.

Pero no me hizo caso, apagó la vela y nos quedamos expectantes.

Nosotras podíamos verlos sin que ellos nos vieran, a través de la ventana que estaba junto a nuestras cabezas y gracias a que sus imágenes quedaban reflejadas en el espejo frente al piano. Doña Amelia y Fernanda se sentaron en los sillones de piel y Ernesto se quedó de pie junto a la chimenea. Encendió un cigarrillo y empezó a dar vueltas por la habitación. El portón acristalado de acceso al jardín estaba entreabierto y así pudimos escuchar la conversación que, según me pareció, debían de haber iniciado un rato antes.

—Madre, no puedo... Todavía es muy pronto. Quiero esperar más tiempo.

Ernesto se aferraba al cigarrillo que había encendido.

—Hay infinidad de muchachas casaderas aceptables en Terreros, o si no la buscaré en Madrid —dijo doña Amelia con su habitual deje seco—. Tienes una edad y nadie entiende que sigas sin compromiso.

—Amelia —terció Fernanda, y me dio la impresión de que intentaba calmar unos ánimos que venían alterados desde el comedor.

—Ha de aceptarlo, ¿no me lo negarás? —le contestó la señora a su hermana.

Fernanda se revolvió en su sillón. Conociéndola, estoy segura de que intentó modular la voz con todo el afecto que pudo cuando se dirigió a Ernesto:

—Cariño, recapacita. Piensa en lo que dice tu madre... Es por tu bien... Debes entender las necesidades de la familia.

—¿Y las mías? —replicó Ernesto, todavía de cara a la

chimenea, y lanzó la colilla al fuego con un golpe seco de los dedos.

Fernanda continuó hablando con suavidad. Les rogó a los dos que se tranquilizaran, y a doña Amelia que fuera consciente de que su hijo ya era un hombre adulto con sus propias decisiones.

Ernesto desafió a su madre o la desobedeció en muy contadas ocasiones durante su vida en la Casa Grande, y ésta fue una de esas pocas. El tema de su matrimonio o su relación con las mujeres fue una batalla que estallaba a menudo y que nunca llegaron a resolver. Ernesto no salió airoso en ninguno de sus enfrentamientos, y esa noche no fue distinta. Si no tenía argumentos para darse a sí mismo, cómo iba a ser capaz de dárselos a su madre.

Ahora sé que el miedo nos hace frágiles, y Ernesto era el hombre más frágil que he conocido. Y lo peor es que doña Amelia también lo sabía. Conocía a la perfección a su hijo y cuáles eran sus debilidades. Poco tiempo después, él y yo hablaríamos mucho de esos encontronazos y siempre se reprochó no ser lo bastante fuerte o lo bastante rápido para hacerle entender a su madre sus ambiciones. Esa noche, Ernesto debería haber sido capaz de enfrentarse a ella o, al menos, de replicarle algo, lo que fuera, pero optó por el silencio. Es cierto que lo que doña Amelia le pedía no era nada inusual ni desproporcionado. Era lo que se esperaba de cualquier soltero de buena familia. Sin embargo, él no era un soltero cualquiera, y doña Amelia no quiso aceptarlo nunca.

Sentí cómo Inés se revolvía en la tumbona, cogí el embozo de la manta, la arropé con todo el cariño que puede y la sentí temblar.

—Recuerda que eres mi segundo hijo —doña Amelia calló un segundo, pero enseguida continuó—: y un Prado de Sanchís. Arturo está en peligro y tú no. Vives en esta casa y tienes el futuro asegurado. ¿Qué más quieres?

Se lo dijo con voz vacía; tanto, que hasta me dio miedo. Le dijo que no se equivocara, que ahora le tocaba a él, que debía dar tanto como ella había dado cuando se casó con su marido.

Seguimos oyendo los paseos de Ernesto, cada vez más indefensos, arrastrando la pierna mala con zancadas irregulares igual que arrastraba su orgullo. Se acercó a las puertas y miró a través de los cristales hacia la oscuridad del jardín, nosotras nos acurrucamos en la tumbona y ni siquiera respiramos para que él no se diera cuenta de que estábamos allí. Pero yo podía ver su cara inclinada sobre la madera del marco y su expresión de profundo desaliento lo decía todo. No era todavía rival para su madre y ambos lo sabían.

Se volvió hacia el salón e imagino que las miradas que se cruzaron entre madre e hijo debieron de ser suficientes para mantener esa discusión latente.

—Mientras Arturo no se haya casado y tenido hijos, la responsabilidad recae en ti, Ernesto. Tu obligación es asegurar la continuidad del apellido. Sabes lo que tienes que hacer, aunque te repela.

Esas palabras sonaron en mis oídos como un estallido, e imagino que a Ernesto le ocurrió lo mismo.

Escuchamos unos pasos alejarse y dirigirse al otro extremo de la sala.

—Madre, déjeme en paz —le dijo en un gemido derrotado, más que ofendido o enfadado.

Se abrió una puerta, Fernanda debió de levantarse de su asiento y lo llamó, pero la puerta se cerró y todo quedó en silencio.

Inés se incorporó en la tumbona. Ya ni temblaba. Los grillos empezaron a cantar con un estruendo que me hizo pensar en cómo había sido posible que no los hubiera escuchado hasta ese momento. Al cabo de unos segundos, alguien entró en el jardín desde la biblioteca. Dimos un respingo y nos volvimos para mirar la figura que se plantó en medio del camino. Aunque no llevaba candil, ni siquiera una simple vela, no nos hizo falta para saber quién era. Debió de dar un rodeo por el pasillo hasta la biblioteca y así evitó que su madre y su tía le vieran salir.

Ernesto se acercó a uno de los bancos gemelos que había frente a la puerta, donde empezaba el sendero de ladrillo que conducía a la magnolia, se apoyó con ambas manos en el respaldo, levantó la cabeza y se quedó mirando el cielo. La luz que salía por la ventana del salón jugaba con su espalda, la luna le teñía la cara convirtiéndola en una máscara y toda su figura, recortada entre las sombras, latía desacompasada mientras llenaba los pulmones con inspiraciones profundas y soltaba el aire con un quejido. Ese aliento tan íntimo, tan desvalido, de un hombre hecho y derecho fue para mí más conmovedor que si le hubiera visto llorar como un niño.

El jardín estaba a oscuras, pero no quieto: los rosales latían gracias a la brisa que se había levantado y las hojas de la magnolia palmeaban el aire farfullando su cantinela. Ernesto siguió respirando hondo durante unos segundos, todavía aferrado al banco, antes de darse cuenta de nuestra presencia. Nos miró, volvió a inspirar, esta vez más tranquilo, y, con pasos muy lentos y los brazos colgando sin vida junto al cuerpo, se acercó a nosotras. Inés se levantó de la tumbona en cuanto vio que se acercaba y, de puntillas, se colgó de su cuello y le abrazó en silencio. Cuando se separaron, ella le tomó la cara entre sus manos, le obligó a mantenerle la mirada y después volvió a abrazarle.

—Anda, déjame —Ernesto le cogió los brazos y la separó de su cuerpo con suavidad—, vas a arrugarme el traje.

—No seas tonto —contestó ella, y le acarició de nuevo la mejilla.

Se sentaron juntos en la tumbona que había al lado de la que yo ocupaba y me sentí una intrusa. Ernesto sacó la pitillera del bolsillo de la chaqueta y encendió el enésimo cigarrillo de la noche, apoyó la cabeza en el respaldo y empezó a darle caladas con los ojos cerrados. El humo se fue perdiendo en el jardín revoloteando en volutas hasta las copas de los arbustos que nos rodeaban. Inés se recostó sobre el pecho de su hermano y esta vez él sí la acogió con un abrazo, y allí nos quedamos los tres, mirando hacia algún lugar más allá de la luna, cada uno concentrado en sus pensamientos.

No sabría decir si pasaron sólo unos pocos minutos o más de media hora cuando la luz que salía por la ventana se fue extinguiendo poco a poco. Me asomé para mirar hacia el espejo y vi cómo Fernanda iba apagando, una a una, las velas del salón y, con el último candil que quedó encendido, se dirigió a la puerta del descansillo y llamó a Inés un par de veces.

—Es hora de ir a tu cuarto, ven a darnos las buenas noches.

—Vete —le susurró Ernesto—, no las hagas esperar.

Había una tristeza inmensa en su voz. Inés no quería marcharse, así que volvió a apoyar la cabeza en su pecho, como una niña pequeña que no quiere hacer caso, pero al final se dio cuenta de que no tenía otro remedio. Se levantó a regañadientes, le dio un beso en la mejilla a su hermano y se encaminó a la puerta.

Nos quedamos los dos solos en la penumbra. Él siguió abstraído, fumando, y yo le miraba furtiva de tanto en tanto. Supuse que querría quedarse tranquilo con sus reflexiones y que lo mejor que podía hacer era marcharme, pero, cuando me incorporé, me cogió del brazo, me pidió que me quedara y, con la espalda rígida, volví a sentarme en la punta de mi tumbona. Unos segundos después comentó mientras dirigía la mirada hacia el cielo:

—¿Sabes? La luna es una mentirosa.

—¿Perdón? —Mi voz sonó ronca. La aclaré con un carraspeo y volví a hablarle perpleja—. ¿Cómo dice? No entiendo...

—Cuando era pequeño solía venir aquí en noches como ésta. —Parecía que no me hablara a mí de tan sumido que lo vi en sus pensamientos—. Me metía entre los arbustos y me sentaba durante horas a escuchar en la oscuridad y a mirar el cielo. A Pedro también le gusta mucho la noche, ¿sabes? Conoce muchas historias del firmamento y, en noches complicadas como la de hoy, me buscaba en el jardín y venía a hacerme compañía. —Me dirigió una sonrisa triste y continuó hablando—: Es un buen hombre y siempre ha tenido un momento para cada uno de nosotros. Algunas veces me llamaba cuando se ponía el sol y nos sentábamos hasta que oscurecía, aquí, en los bancos o en el columpio de debajo de los almendros. Me explicaba cosas sobre la luna y las estrellas. Él fue quien me contó que la luna nos engaña. Algún día te explicaré por qué.

Imagino que al ver mi expresión confusa debió de pensar que tenía que decirme algo, y cogiendo una piedra del margen del camino dibujó con ella una letra C sobre la tierra.

—La C es la primera letra de «creciente». —Respiró un momento mientras miraba al cielo y prosiguió—: En pocos días tendremos luna llena. ¿Lo ves?, hoy casi está toda redonda.

Levanté la vista yo también hacia el lugar del cielo donde lucía una luna casi llena, enorme y luminosa, y Ernesto añadió:

—Esta noche, al estar casi completa, en cuarto creciente, debería ser una gran C, ¿verdad? Pero ahora dime qué letra ves.

—Lo que veo es como una... D —respondí con una sonrisa de satisfacción.

—Pues por eso es mentirosa —remató él.

—Cuando está en decreciente, tiene forma de C.

Le entendí a la primera porque tenía las letras todavía muy frescas y porque me lo contó como si yo fuera una niña pequeña. Sin darme cuenta se había ido sosegando, y hasta me pareció que había olvidado los momentos tan asfixiantes que acababa de vivir con su madre. Volvía a ser el Ernesto paciente y tranquilo que solía ser casi siempre.

—Es curioso; si no me lo explica, no me hubiera dado cuenta.

—Es cierto —contestó, más distante que unos momentos antes—. Eso suele pasar a menudo. Hasta que no nos ponemos en la piel de otro no entendemos. —Me miró y como si emergiera de un lugar muy distante, me preguntó—: Manuela, ¿eres feliz en esta casa?

—Creo que sí —contesté un poco aturdida.

Se me quedó mirando y pensé que estaba esperando alguna explicación por mi parte, así que continué:

—No veo a mi familia tan a menudo como quisiera, pero todos en la casa me tratan bien. Me ha costado acostumbrarme a vivir fuera de mi casa, pero no me quejo.

Pensé que era cuestión de ser invisible para doña Amelia, como decía mi madre, pero me abstuve de comentárselo. Volvió su mirada hacia mí, le sonreí con miedo esperando que no hubiera imaginado lo que yo pensaba y seguí hablando:

—Con la señorita Inés y con doña Fernanda estoy muy a gusto. Me tratan bien y me están enseñando muchas cosas.

—Eso está muy bien. Tienes suerte porque ser feliz es difícil. La vida pasa muy deprisa, así que más vale disfrutarla, si no, igual pasa de largo y no vivimos nunca.

Hablaba como si tuviese cien años, aunque en ese tiempo aún no había cumplido los veinticinco. Su voz sonaba triste y me pareció que lo que estaba diciendo era mucho más profundo de lo que yo podía entender. Intenté centrar mis ideas y plasmarlas en palabras para darle aliento, o al menos estar a la altura de esos comentarios, pero me resultó imposible. Imagino que él se dio cuenta de mi desconcierto, me miró de soslayo y me preguntó:

—En el salón, cuando miraba por la ventana, me veías, ¿verdad?

—Sí, por el espejo de la sala hemos visto todo lo que ha pasado. No he podido evitar escucharlos.

—No te preocupes. Lo de esta noche tenía que pasar un día u otro, siento que hayas sido testigo de la intransigencia de mi madre y de mi poca decisión.

Tras la charla de esa noche nuestra relación cambió; de un trato casi inexistente, aunque cordial, pasamos a una complicidad que se fue convirtiendo en un vínculo que nos ató para siempre. Allí sentados en las tumbonas, con una luna casi llena iluminándonos, le quedó una expresión de infinito cansancio que volví a ver en demasiadas ocasiones.

Tres semanas después de las elecciones, el cartero llamó a la puerta de la casa y me entregó un telegrama dirigido a doña Amelia.

Encontré a la señora en su salita, junto a Fernanda, y tras leerlo le comentó a su hermana que ya tenían noticias de las elecciones. Don Sebastián había conseguido su escaño. Además, le informaba que el trabajo que se le avecinaba iba a absorberle tanto que no esperaba volver a Terreros antes de la vendimia. Tras estos comentarios la señora me mandó que fuera a buscar a Ernesto y, para mi sorpresa, se tomó la noticia mucho mejor de lo que yo esperaba.

La verdad es que doña Amelia nos demostró a todos que el bienestar de su marido le importaba un pimiento, y diría más: estoy segura de que el hecho de que él fuera feliz no era algo que a ella le complaciera. Todos teníamos claro que don Sebastián se había forjado una vida fuera de Terreros que no incluía a su esposa y mucho menos a sus hijos, y hasta podría asegurar que eso a doña Amelia le venía bien. Después de tantos años de entradas y salidas, de rechazo y de indiferencia, podría jurar que ya hacía tiempo que había apartado su necesidad de quererlo. Esa mañana, con la certeza de que su marido no volvería en mucho tiempo, parecía que se había quitado de encima una pesada losa.

Pedro llegó un rato después para informarles de las novedades de la finca como cada día y, al conocer la noticia del escaño del señor, se ofreció a ir a la bodega a buscar uno de los mejores vinos. Doña Amelia aceptó. Me hubiera encantado saber qué era lo que ella quería celebrar.

—Aquí lo tenemos. —Pedro entró en el salita con su preciada carga entre las manos.

—¿A ver? —dijo Fernanda.

—Cosecha de 1900, señora —aclaró con orgullo—. Un gran Margarita. Un año y medio en barrica y casi seis en botella.

Pedro sabía lo que le estaba entregando a Fernanda cuando ésta cogió la botella de sus manos. Tenía un sexto sentido a la hora de las mezclas, los tiempos de fermentación y el envejecimiento de cada uno de los vinos obtenidos en la propiedad. Siempre demostró que su vida era estar entre los enormes depósitos como si fueran parte de su casa y lo podías encontrar a cualquier hora vigilando el descanso de los barriles como si se tratara del sueño de Juana. Al verlo con ese tesoro en las manos y con aquella sonrisa, supe que él sí se sentía feliz pen-

sando en don Sebastián y en que hubiera logrado el escaño. Imagino que pensaba que eso le reportaría influencias para dar más lustre y prestigio a la bodega y, sobre
todo, para conseguir que sus mejores caldos, aquellos
que cuidaba con tanto mimo, llegaran mucho más lejos
gracias a la gente importante con los que se codearía el
señor. Pedro venía de una estirpe de braceros que se habían dejado la espalda trabajando en unas tierras que
nunca serían suyas. Nació con un don muy valioso que
el padre de don Sebastián fue capaz de intuir, y durante
los primeros años de trabajo en la Casa Grande aprendió
todo lo que pudo sobre el mundo de la crianza, cuidado
y cariño por los vinos. Era un hombre inteligente y no
extrañó para nada que con los años se ganara el puesto de
mayoral. Ya con don Sebastián más en Madrid que en
Terreros, doña Amelia dejó a su cargo la responsabilidad
de la bodega, y en los peores años tragó lo indecible y
aguantó la propiedad ante el desastre de la filoxera. Él fue
quien arrancó las viñas afectadas, quien lloró cuando los
campos quedaron convertidos en páramos y quien re-
plantó las cepas americanas con la esperanza de que volvieran a asegurar el futuro a la bodega.

4

Primera vendimia

Septiembre de 1907

La de ese año fue la primera vendimia que viví en la Casa Grande. Antes de empezar a servir a los señores, esa época del año suponía trabajo, muchísimo trabajo para toda la familia, pero, sobre todo, ingresos adicionales que siempre eran muy bien recibidos.

Empecé a vendimiar a los diez años, igual que habían hecho mis hermanos y todos los niños de Terreros. En esa época, cuando el sol todavía no había salido por el horizonte y el calor era aún soportable, mis padres nos levantaban a los tres de la cama y, todavía con las legañas en los ojos, nos daban nuestro desayuno de gachas, nos tapaban la cabeza con un pañuelo sobre el que nos encajaban un sombrero de paja y nos hacían poner camisa de manga larga, pantalones largos y calcetines gruesos para tapar los bajos de las perneras. Cuanto más tapado en el campo, mejor, aunque hiciera un calor sofocante y te asfixiaras entre las viñas.

El día a día de aquellas vendimias era duro e interminable. Recuerdo acabar con las manos llenas de ampollas de usar los corquetes toda la jornada y con los hombros doloridos por el peso de la talega en la que cargábamos la cosecha. Caminaba por una de las calles labradas rebuscando los racimos escondidos entre las hojas; los brazos se me llenaban de arañazos y moratones y, con el paso de las horas, la espalda se me iba quedando tan entumecida que, cuando por la noche llegaba a la cama, ya no la sentía. Al principio empezaba con mucha fuerza, era una niña y no medía hasta dónde podía resistir, pero, según transcurrían los días, no me quedaba ni hambre cuando llegaba la parada del mediodía y lo único que me apetecía era un largo trago de agua y tumbarme a descansar a la sombra de alguna higuera. La vendimia era tiempo de mucho trabajo, es verdad, pero cuando acababan esas jornadas tan duras, llegaba la recompensa. En los momentos de celebración se nos olvidaban los dolores, el cansancio y las heridas, y todos participábamos en la misa de la fiesta, en la comida de los señores, en la pisa y en el baile. El pueblo se decoraba con guirnaldas de banderitas de colores, sobre todo los árboles del perímetro de la plaza, los señores contrataban una orquesta que venía la noche del sábado y todos bailábamos después de la cena.

Los años anteriores a mi llegada a la casa había vivido la vendimia como una jornalera más entre los muchos que trabajaban los campos cada campaña, pero ese 1907 fue diferente. Ya no tuve que ir a las viñas. Para Juana, para Lola y para mí, el trabajo era preparar la comida para todos nuestros braceros y llevársela al pie del camino.

Estando en la Casa Grande y viendo lo que hacía cada uno allí, me di cuenta de que los que más trabajaban durante esos días eternos eran Ernesto y Pedro. Durante toda la jornada estaban en los campos igual que los braceros, controlando la cosecha, metidos de sol a sol en esa parrilla abrasadora, y buena parte de la noche se la pasaban en la bodega asegurándose de que las uvas recibían el trato adecuado.

Pero lo mejor de ese año no fue que me libré de ir a los campos a recoger uvas, ni que dejara de hacer ese calor sofocante que por las noches no me dejaba descansar en mi alcoba sin ventanas; ni siquiera lo fue la llegada de la fiesta. Lo mejor que recuerdo de esos días fue que volvía Javier. Lola me comentó que llegaría con las últimas recogidas y que se quedaría hasta la fiesta. Hice cuentas y calculé que eso serían al menos siete días. Llevaba muchos meses sin pasarse por la casa no más de un fin de semana, y durante todo ese tiempo no había podido cruzar con él ni una mirada. La perspectiva de que estuviera una semana, que era lo que duraban las celebraciones, me hacía olvidar el trabajo y lo cansada que estaba.

El día que llegaron Javier y su padre, Juana y yo lo teníamos todo a punto para salir hacia los campos con la comida de los braceros ya preparada, cuando oímos cómo entraba en la plaza un coche dando bocinazos.

—Aquí están —dijo Lola—. Ese escándalo sólo lo puede hacer Javier.

Y así fue.

Lola dejó lo que estaba haciendo y se fue al corredor para abrir los portones. Todavía estábamos Juana y yo con los hatillos entre las manos, cuando vimos que pasaba el coche en dirección a la cochera.

Me aboqué en la ventana.

—¿Son ellos? —me preguntó Juana desde el otro lado de la mesa, y le respondí que sí con la cabeza mientras me daba un vuelco el corazón.

Sólo con pensar en verle otra vez, y oír su voz, me temblaron las piernas. Juana se acercó a mirar conmigo la llegada del coche. Javier iba al volante, riendo como un niño cuando hace una travesura. Siempre quería llamar la atención y ese día lo estaba consiguiendo porque el estruendo debía de estar oyéndose por todo el pueblo. Mientras conducía el Ford que el señor había comprado para venir en Semana Santa, saludó con la mano a doña Amelia, que los esperaba junto a la puerta de la cochera. Lola ya la tenía abierta para que pudieran meter el coche sin tener que bajarse.

En la cocina teníamos la mesa llena de panes, de tajadas de tocino y de tortillas de patata; todo lo que iban a comer los trabajadores, bien guardado en tarteras para que no se nos llenaran de polvo; las botas de vino y los botijos ya estaban asegurados a la carretilla, pero nosotras estábamos distraídas con la novedad de la mañana.

—Niñas, pero ¿estáis tontas? —nos reprendió Lola cuando volvió a entrar en la cocina—. Venga, que os esperan.

Yo intenté hacerme la remolona para poder ver a Javier al menos unos instantes, pero Lola insistió y tuvimos que marcharnos. Era tarde, casi mediodía, y teníamos que llevar los hatillos; todavía nos quedaba casi una hora para llegar a la zona en la que estaban trabajando ese día.

Caminamos ligeras para llegar cuanto antes. La jornada empezaba al alba y no se descansaba más que para beber algún trago de agua de los botijos que llevaban los niños más pequeños o para descargar la talega en las enormes espuertas de las lindes del campo. En el trayecto hacia la parcela alcanzamos a Fernanda, a Pedro y a Ernesto, que también iban por el mismo camino que el nuestro. La senda que seguíamos estaba llena de granos y de hojas y se estaba convirtiendo en una masa densa salpicada por los charcos pegajosos de las uvas pisoteadas por los carros. Aceleramos un poco el paso porque ya estábamos cerca, y Ernesto y Fernanda se fueron quedando rezagados. A partir de ese momento, Pedro nos acompañó lo que quedó hasta llegar a la viña en la que trabajaban. Empezó a hablar sobre la calidad del vino que conseguirían ese año y que la cosecha, que casi tenía recogida por completo, había sido muy buena. Me hizo gracia cuando pasó un brazo por encima de los hombros de Juana y, sonriendo, señaló todo lo que ya había sido vendimiado y lo poco que quedaba para finalizar la recogida, como si todos aquellos campos fueran suyos. Sólo quedaban las uvas de una de las lomas, donde estaban las mejores cepas. Ésas las recogían los braceros más experimentados y serían las que darían los mejores caldos. Los que fermentarían en la *Margarita*. Se le veía tan satisfecho mirando con orgullo esas viñas que parecía que volaba sobre el camino.

Durante los meses de verano el paisaje de Terreros se transformaba, y todavía hoy lo sigue haciendo. Oteas el horizonte y lo que ven tus ojos ya no es un mar seco de sarmientos, sino un océano verde que, mires donde mires, lo domina todo, sólo roto por la infinidad de manchas del negro azulado de los racimos. Los campos vibran bajo los rayos sofocantes del sol y una especie de bruma transparente domina la distancia deformando las líneas rectas y transformándolo todo con ese velo. La imagen de los campos en pleno apogeo, recortados sobre un cielo brillante como el de ese día, es la estampa que siempre me ha gustado más de mi pueblo, y si lo miro con perspectiva, esos días de cosecha, aunque duros, son para mí algunos de los que me traen mejores recuerdos.

Esa mañana, mientras los tres caminábamos hacia la loma con la carretilla llena de comida, yo no pensaba en las uvas, ni en el verde de las hojas o el negro de los granos, ni siquiera en ese cielo radiante, ni en el sol que abrasaba nuestros hombros. Yo sólo pensaba en volver a la casa lo antes posible.

Por la noche, antes de servir la cena, me puse el mejor delantal que tenía, me froté las manos con flores de la-

vanda y me volví a peinar porque, como siempre, mi in-
dómito pelo no me ayudó demasiado y me caían mechones sobre la frente sin que pudiera controlarlos. Cuando
entré en el comedor, con la bandeja llena de cuencos para
poner la mesa, iba con mi mejor sonrisa porque allí estaba él, sentado en una de las sillas, esperando a que llegara
el resto de su familia. Tenía un libro entre las manos y lo
estaba hojeando en ese momento. Cuando me vio entrar,
se quitó las gafas que llevaba puestas, miró despistado
hacia donde yo estaba y volvió a ponérselas para seguir
leyendo. Era la primera vez que lo veía con ellas. Recuerdo que me gustaron mucho, le daban un aire del es-
tudiante que en realidad no era y estaba segura de que
con ellas estaba todavía más guapo. Tal vez con esas gafas nuevas podría verme mejor durante los días de fiesta.

5

La fiesta

Entre mi padre, mis hermanos y Pedro se encargaron de hacer los preparativos. A primera hora de la mañana fueron a la plazoleta de la bodega y quitaron de en medio las carretillas, las comportas y las herramientas que había bajo la arcada, y lo llevaron todo hasta la era, en los campos que había detrás del edificio. Cuando la plazoleta quedó despejada, colocaron en el centro la tarima de cada año y, sobre ella, las dos tinas grandes, de casi un metro y medio de alto. Las situaron justo en el filo, con el caño colgando hacia fuera y sendos cubos debajo. En uno de sus viajes al almacén, mi hermano Curro volvió con las dos escalas de tres peldaños bajo los brazos y las colocó junto a las tinas. Por último, pusieron frente a los portones de la bodega la mesa de pago y el sillón de cuero donde, justo antes del almuerzo, debía sentarse don Sebastián para la ceremonia del abono de los jornales y de la añadidura.

Juana y yo también trabajamos mucho. Barrimos y regamos el suelo y cuando ya no se levantaba polvo en ningún rincón de la explanada, montamos una mesa enorme con tablones y caballetes que fuimos a buscar a lo más profundo de la bodega. A esa hora yo ya estaba agotada, acalorada y sudando desde hacía un buen rato, pero, aun así, estaba eufórica. Era la primera vez que participaba en la organización de la fiesta más importante de la casa. Cuando acabamos de montar la mesa, la ajustamos a la pared lateral de la arcada todo lo que pudimos para que la sombra nos ayudara a pasar mejor el calor del mediodía. Cubrimos la estructura con manteles blancos y pusimos tiestos de geranios de diferentes colores a todo lo largo. Lo de los geranios fue idea de Juana y a mí me pareció muy bonito darle un toque de color al almuerzo. Después sacamos hasta la última de las sillas que había en la casa, las llevamos a la plazoleta y las fuimos situando a lo largo de las paredes libres. Cuando consideramos que ya lo teníamos todo preparado, paramos un momento a admirar nuestra obra y las dos coincidimos: estábamos muy satisfechas.

Sin descansar ni un segundo, nos fuimos a ayudar a Lola con los platos que íbamos a comer esa mañana. Un día como aquél daba gusto entrar en la cocina porque los mármoles y la mesa estaban llenos: cinco canastos de melocotones, una docena de melones y sandías, hogazas de pan humeantes, quesos a medio cortar y dos jamones. En el fuego hervían un par de ollas, una con gazpachos manchegos y la otra de migas con tocino y uvas, además de otras dos sartenes enormes, ajustadas con las trébedes grandes a la chimenea, donde se doraban una montaña de chorizos en una y de fardeles y morcillas en otra. Era un placer aspirar todos los aromas que inundaban nuestra cocina. Estuvimos varias horas ayudando a Lola hasta dejarlo todo listo y, cuando quedaba poco más de media hora para que empezaran a llegar los jornaleros, llenamos los cestos con las viandas, que llevamos entre las tres y las distribuimos por la mesa que habíamos preparado. La plazoleta olía a gloria y sólo de mirar la mesa se me hacía la boca agua. Para acabar, y que nadie pasara sed durante el festejo, repartimos a todo lo largo varios porrones con vino cosechero y todos los botijos de la casa.

Los preparativos nos habían ocupado más de cuatro horas, pero por fin estaba todo dispuesto.

La campana de la iglesia tocó las once y el aire hacía rato que olía a calor. En el suelo de la plazoleta ya no quedaba ni pizca de la humedad que tenía cuando lo habíamos regado a primera hora de la mañana, y con el tañido de la campana todavía resonándome en los oídos, entraron los primeros jornaleros.

Juana y yo estábamos preparadas junto a la mesa para recibir a todos los que fueran llegando. Primero entró una pareja cogida del brazo y se colocaron en un rincón, a la sombra de la tapia; los saludé con un «buenos días». Al poco llegaron un par de muchachos muy jóvenes, echaron una ojeada a la plaza y mientras se quitaban las gorras y las manoseaban entre los dedos, dudaron si acercarse a la pareja. Al final llegó un grupo más numeroso entre el que estaba toda mi familia. Mi madre y la abuela se nos acercaron y me saludaron con un beso, pero ni Juana ni yo nos movimos ni un centímetro de nuestro puesto porque sabíamos que los señores estaban a punto de llegar y no queríamos que nos pillaran en un renuncio.

Los jornaleros estaban enzarzados en conversaciones en voz baja. Se notaba que estaban algo cohibidos, esperando. Aun así, en el ambiente y en los comentarios se respiraba aire de satisfacción porque en los campos ya no quedaba ni un grano por recoger y el trabajo más duro había acabado. Eso podía significar que el cobro sería bueno, aunque nunca se sabía del cierto hasta que se tenía el sobre en las manos. Para muchos de los que estaban allí, lo que cobraran esa mañana podría ser el ingreso más importante del año. Si se trataba de un solo jornalero ya era mucho, no digamos ya si había trabajado toda la familia.

Les oí comentar sobre la buena cosecha y la calidad de la uva. Confiaban en don Sebastián, y en la familia, y esperaban que, como mandaba la tradición, fueran generosos y les añadieran algo al jornal pactado al inicio de la temporada. Conociendo a doña Amelia, yo no daba un real por ello, pero los hombres más mayores confiaban en el señor y en la costumbre que se venía cumpliendo desde antaño. Algunos de ellos llevaban trabajando en los campos de la familia desde que eran niños y seguían viniendo todos los años desde muy lejos para echar todas las jornadas posibles. Esos hombres, casi todos de la quinta de mi padre, hablaban con conocimiento de causa y sabían que con cada año que pasaba tras erradicar la enfermedad, y la replantación, las uvas habían ido mejorando. Eran conscientes de que la cosecha de ese año había sido buena; los más optimistas incluso la calificaron de extraordinaria. Lo que todos sabían, tuvieran o no experiencia, era que no había sido ni mucho menos un mal año, y confiaban en que los amos demostrarían que estaban contentos.

Así que allí estábamos más de cuarenta personas entre hombres, mujeres y niños, esperando a que llegaran los Prado de Sanchís, pendientes del talante con el que entraran en la plazoleta.

El bullicio disminuyó y las conversaciones se redujeron a un murmullo hasta cesar por completo cuando apareció doña Amelia, erguida y distante, como almidonada, del brazo de don Sebastián, mucho más alto que ella y con el semblante adornado con una gran sonrisa.

Por fin llegó el momento que yo llevaba esperando toda la mañana, porque allí estaba Javier con su camisa resplandeciente, su chaquetilla de fiesta y esos ojos verdes que me hacían temblar las piernas.

—Niña. —Juana me tiró de la manga—. Venga, no te embobes, que se va a dar cuenta doña Amelia.

Todos los que estaban en la plaza se volvieron al unísono para ver entrar a los señores. Parecía que estuviéramos en la procesión de Semana Santa, pendientes de la llegada del Altísimo, aunque yo no veía nada más que a Javier, que marchaba junto a su hermano Ernesto, detrás de su tía y de Inés.

No creo que el silencio que llenó la plaza fuera por respeto, ni siquiera por miedo; imagino que todos estaban atentos a la reacción de la familia porque de eso dependía la mejora del jornal, y al ver llegar al señor y a sus hijos sonrientes, una sensación de alivio se apoderó de todos.

Ernesto era uno de los protagonistas porque llevaba la caja de pago de los jornales entre las manos, el centro de atención de todos, pero yo sólo me afanaba en buscar los ojos de Javier y esperar que nadie se diera cuenta. Con el paso de los años he aprendido que el amor no se nutre sólo de miradas furtivas o caricias disimuladas, pero en ese momento era lo único que me importaba. Que me viera, que me mirara. Sin embargo, mientras caminaba junto a Ernesto, ni se percató de que yo estaba detrás de la mesa.

Cuando los señores y sus hijos se situaron en el centro de la plaza, entraron Pedro y mi padre conduciendo el carro más grande de la finca. Lo traían cargado hasta los topes de comportas rebosantes de racimos y, cuando los mulos pararon, mi hermano Damián se subió a una de las ruedas y los temporeros más jóvenes corrieron a hacer cola para ayudarle a descargarlas. Desde la rueda, Damián fue pasando a los muchachos los altos y estrechos cestos de madera de chopo. Seguro que muchos de ellos habían pasado por las manos de mi hermano no hacía muchos meses en la tonelería y los había dejado listos para la recogida de la cosecha del año.

A don Sebastián se le veía feliz y empujó a Ernesto y a Javier para que se unieran a los jóvenes mientras la gente congregada en la plaza los jaleaba. Javier se acercó al carro, se quitó la chaquetilla, la dejó tirada en la silla que le quedaba más cerca y cogió una de las comportas más cargada que sostenía Damián. Los músculos de los brazos se le marcaron a través de las mangas en cuanto se la puso al hombro haciendo equilibrios. El mosto que chorreaba le manchó las mangas de la camisa, inmaculada hasta ese momento, pero no pareció importarle demasiado porque, cuando dejó su carga junto a la tarima, se limpió las manos en la pechera y levantó los brazos mientras daba un grito en señal de júbilo.

En un segundo, el suelo de la plazoleta se cubrió por completo de hojas y de racimos. Con todo el trabajo que nos había dado dejar la plaza en condiciones, en menos de cinco minutos estaba otra vez patas arriba. Cuando acabaron la descarga del carro, dos muchachos se colocaron junto a las tinas y echaron uvas hasta que las llenaron más o menos hasta la mitad de su cabida. Pero todavía quedaba lo más importante: don Sebastián se acercó a la mesa pisando sobre la alfombra verde y se sentó en el sillón de cuero para dar comienzo a la paga.

Siempre he pensado que para que cualquier empresa salga adelante, y de eso empiezo a tener bastante experiencia, lo más importante es que los trabajadores estén satisfechos dentro de un orden. En la Casa Grande, y sobre todo en lo concerniente a la cosecha, estoy segura de que don Sebastián pensaba del mismo modo. Así que, para asegurar que la recogida se hiciera a tiempo, y como Dios mandaba, los jornaleros debían de tener la sensación de que el patrón velaba por ellos, y eso en la casa se conseguía gracias a Pedro. Él era una figura capital en esos menesteres y siempre había actuado como intermediario entre los temporeros y los señores. Vigilaba que ninguno fuera rebelde, perezoso o insubordinado y, gracias a él y a su temperamento, los hombres tenían a don Sebastián por un patrón justo. Reconozco que podía gustarte o no lo que hacías en la casa o en los campos, pero, en comparación con otros propietarios, el señor, cuando estaba, actuaba diferente. No sé si era por su carácter o por la mediación de Pedro, pero lo cierto es que cada año los trabajadores deseaban volver a la finca, y doy fe de que no ocurría lo mismo en otros pagos de la comarca.

Pedro acordaba con don Sebastián el sueldo de cada uno de los hombres al inicio de la temporada y antes de la fiesta se ocupaba de hablar con el señor para pactar la añadidura según hubiera ido la cosecha. Éste se dejaba convencer normalmente por el criterio de su mayoral, que pensaba que el pago debía hacerse siempre que se pudiera. Año tras año, Pedro trataba de no defraudar a los jornaleros y ellos seguían confiando en él.

En sustitución de Arturo, Ernesto dejó la caja sobre la mesa y se puso a la derecha de su padre; Pedro lo hizo a su izquierda. Una vez estuvieron preparados, los braceros empezaron a pasar por la mesa según los iban llamando para recibir el sobre de manos de don Sebastián. Cuando llegaban a la mesa, Pedro les decía el importe a cobrar. Los que tenían más confianza le daban la mano al señor con entusiasmo para agradecérselo, y los que no la tenían se tocaban la gorra y musitaban un «muchas gracias, patrón». Cuando se volvían para unirse a su grupo, tanto los unos como los otros se iban con una sonrisa de oreja a oreja, porque ese año también lo habían conseguido.

Doña Amelia podía decir lo que quisiera de su marido, pero la verdad es que nunca había sido mezquino con sus trabajadores y no escatimaba en lo concerniente a los salarios ni a la añadidura.

Cuando acabó la ceremonia y vi la cara de mis padres y de mis hermanos, sentí cómo un chispazo de orgullo me subía por la garganta porque sabía que los señores nos consideraban a mí y a mi familia más cercanos que a cualquiera de aquellos jornaleros satisfechos.

Entonces don Sebastián se levantó de la mesa y se subió a la tarima.

—Queridos amigos —empezó—, este año la cosecha ha sido buena y estamos muy satisfechos del trabajo que habéis hecho, así que queremos que participéis de nuestra alegría. Sabéis que estamos orgullosos de nuestros campos y de la sangre de esta tierra: nuestros vinos. Hoy, como cada año, vamos a hacer la primera pisa y os invito a que lo pasemos bien y celebremos la bonanza de la cosecha. Y no digo más; la comida está en la mesa y esperamos que disfrutéis. Ahora, que comience la fiesta.

Para ser un político no me pareció que tuviera mucho don de palabra, pero en realidad, en ese momento, lo único que me importaba era que diera comienzo de verdad la fiesta.

Javier y toda la familia se quedaron en la otra ala, donde estaba Juana, y no pude acercarme a ellos porque tenía a Lola de por medio, vigilando nuestro trabajo, y no me dejó un respiro en toda la comida. Más tarde, cuando en la mesa no quedó ni una miga, para mí sí que empezó la celebración.

Como siempre, los mozos fueron los primeros. Cuatro jóvenes se separaron del grupo, se quitaron las alpargatas y en dos zancadas saltaron, por parejas, dentro de las tinas y se hundieron entre los racimos hasta más arriba de las rodillas. Cuando estuvieron metidos entre las uvas, se cogieron por los hombros o por las cinturas y danzaron uno de los bailes más divertidos que conozco. El trabajo más duro era siempre al principio, cuando la cuba estaba llena. Con el peso y las zancadas iba bajando la altura y la resistencia, y entonces era más sencillo.

Entre Pedro y mi padre se encargaron de recoger lo que salía por cada uno de los caños y lo iban pasando todo a unas cubas grandes de madera que tenían junto a la tarima. Cuando los caños dejaban de gotear un buen chorro, los mozos estaban cansados de tirarse los granos que no habían quedado triturados, de salpicarnos con ellos y de las risas que nos provocaban, era la señal para que cambiara el turno. Se volcaban las tinas para vaciarlas de los hollejos y las pepitas, se volvían a cargar con más racimos y otros muchachos descansados subían para cambiar el turno. Era una contienda donde se medían el orgullo y la fuerza de las parejas que pisaban en cada momento, a ver cuál de ellas llenaba más rápido los cubos. Fueron pasando más mozos y todos acabaron chorreando desde la cabeza hasta los pantalones. En uno de los turnos se unieron Javier y Ernesto, que también acabaron mojados como el resto. Cogían las uvas y se las tiraban el uno al otro, y no dejaron de reír en todo el rato que estuvieron dentro, como dos niños jugando en un charco de barro. Javier saltaba con su hermano y yo no podía apartar la mirada de ellos, mejor dicho, de él y de su camisa, que ya no era blanca y se le pegaba al torso como una segunda piel.

Cuando todos los chicos hubieron pasado por la pisa, nos tocó el turno a las chicas. La primera en subir fue Juana. Siempre ha sido muy lanzada y estaba deseando salir corriendo hacia la escalera para pisar como si fuera uno más de los mozos. Tuvo que pegar un buen brinco para meterse dentro, y en ese momento sentí los brazos de Lola que me empujaban por la espalda hasta la escalera para que subiera a la tarima. Mi madre se añadió y entre las dos me obligaron a subir.

—¡Venga, métete conmigo, Manuela! —gritaba Juana, haciendo gestos con los brazos para que entrara con ella.

No quería e intenté negarme, pero ya era tarde y cuando los jornaleros empezaron a corear mi nombre instigados por Lola y por Juana, no tuve más remedio que acercarme a la escalera. No pude contenerme y miré hacia donde estaban Javier y su familia. Me sujeté la falda a la cintura, dejando las piernas al aire, me quité las alpargatas y subí los tres peldaños para zambullirme en la montaña de uvas que me llegaban casi hasta la cadera. Era como caminar dentro de una sopa de gachas y noté cómo me aspiraba. Los pies se me pegaron en el fondo pastoso y con cada movimiento se formó una ola de mosto que amenazó con salirse fuera. La verdad es que la gracia estaba en eso, en salir mojada de los pies a la cabeza y que todo el que estuviera cerca también se mojara contigo, pero yo no estaba interesada en salpicar a nadie y, mucho menos, acabar hecha un adefesio. Juana se burló de mí, se quejó de mi apatía y me tiró racimos a la cara para retarme a saltar más alto que ella. Me cubrí con las manos para que no me entrara alguna gota en los ojos y a través de los dedos vi a Javier dirigiendo la mirada a nuestra cuba mientras se limpiaba con una toalla al otro lado de la plaza. Yo no tenía dónde esconderme metida en el barril. Juana me sujetó por los brazos y me obligó a machacar todavía con más brío; quería demostrarles a todos que nosotras también éramos como los chicos. Llegados a ese punto, supe que no podía defender mi dignidad por más tiempo, así que me dejé llevar y procuré disfrutar sin levantar los ojos del fondo de la tina. Cuando alcé la vista de la pasta en la que se estaban convirtiendo las uvas e intenté limpiarme un poco la cara con la manga, me tropecé con su mirada. La mantuvo unos segundos dirigida hacia nosotras, se dio cuenta de que yo también lo miraba, sonrió y el corazón se me desbocó.

No era la primera vez que subía a una pisa, y siempre me lo había pasado bien, pero ésa era la primera que lo hacía siendo consciente de estar frente a Javier y, sobre todo, de que él me observaba.

Me sorprendieron los gritos de la gente y, sin darme cuenta, me encontré con Inés abrazada a mi cintura. Eso era lo que atraía la atención de Javier y de toda la familia y lo que le había hecho sonreír. Inés intentaba mantener el equilibrio caminando entre la masa resbaladiza, pero, aunque yo oía los gritos y la ayudaba a no caer, no podía dejar de notar los ojos de Javier sobre nosotras. Se reía, como lo hacían su padre, su tía, su hermano y los que estaban en la plazoleta. Menos doña Amelia. Todos miraban a la señorita de la casa pisar como cualquiera de nosotras. Corearon su nombre y la vitorearon porque las hijas de los propietarios no solían subir a las tinas. Inés se agarró a mis brazos y las tres acabamos sumergidas. Empecé a disfrutar y allí estuvimos un buen rato jugando como lo que éramos: tres jóvenes con las ropas mojadas, el cabello pringoso y tan agotadas por el esfuerzo que empezó a faltarnos el aliento.

Nos tuvieron que ayudar a salir y, en cuanto pisé la tarima, eché un vistazo a la familia; lo descubrí mirándonos y sus ojos claros me emborracharon más que el mosto que había tragado. Deseé que esa alegría fuera por mí y que me mirara de un modo diferente de cuando lo hizo por encima de sus gafas, unos días antes.

Nuestros ojos se volvieron a cruzar, pero ya no reía, y yo no podía dejar de sentir que la piel me quemaba bajo la camisa que se me pegaba al cuerpo insinuando mucho más de lo que yo hubiera deseado. Bajé la vista al suelo para que nadie percibiera la turbación que sentía, ni lo satisfecha que estaba.

Una soga invisible me apretó las tripas y me quitó el aliento.

El mosto me chorreaba por la frente haciendo que los ojos me lloraran en cuanto intentaba abrirlos, y cuando bajamos los escalones de la tarima, noté una mano que me tocaba con suavidad el hombro.

Me volví, abrí los ojos como pude y allí estaba.

—Toma, sécate la cara.

Javier estaba frente a mí, ofreciéndome la misma toalla que él había utilizado hacía solamente un momento.

Cuando lo vi tan cerca y yo con esa pinta, quise que la tierra me tragara.

Por la noche, tras la cena de la familia, Fernanda nos dio permiso para salir al baile. Juana y yo nos apresuramos a arreglarnos. Me puse la muda de domingo, lo mejor que guardaba en el arcón a los pies de mi cama y Juana, que tenía muy buena mano, me hizo un peinado diferente al que yo solía hacerme cada mañana. Tejió mechones flojos en pequeñas trenzas y dejó una parte de mi melena suelta con tirabuzones cayéndome por la espalda. La verdad es que me agradó mi aspecto cuando me miré al espejo y cuando salimos de la cocina, envueltas en nuestros chales ligeros, yo estaba muy satisfecha.

El festejo de la tarde continuaba en la plaza de la Asunción y todos, tanto los habitantes de Terreros como los jornaleros de todas las propiedades, fuimos a celebrar el final de la cosecha. La banda empezaba a tocar a las nueve y continuó hasta bien entrada la medianoche. La fiesta era importante para todos, pero sobre todo para nosotros, los más jóvenes, porque era difícil tener la oportunidad de pasárselo bien en Terreros. Muchas parejas habían empezado su vida en común en uno de esos bailes, y el de la vendimia era el más esperado. Nadie perdía la oportunidad de disfrutarlo. En la plaza reinaba un gran ambiente. En el centro habían dispuesto el entoldado de todos los años, la banda tocaba un pasodoble y varias parejas bailaban dando vueltas junto a la fuente. Los vecinos habían traído mesas y sillas de sus casas; compartían la cena o algunos dulces, tomaban vinos y hacían la tertulia sentados bajo los raquíticos círculos de luz de las farolas de gas que hacía muy poco había instalado el ayuntamiento.

Juana y yo nos acercamos a la mesa donde estaban sentados mis padres, Curro y la abuela.

—Buenas noches, niñas —nos saludó la abuela en cuanto estuvimos junto a ellos, y cogiéndome la cara entre sus manos, me plantó dos sonoros besos, uno en cada mejilla—. Qué guapas que os habéis puesto.

—¿Le gusta mi peinado? —le pregunté mientras me daba la vuelta, orgullosa, para que lo contemplara.

—Sí, cariño, estás preciosa. —Y volviéndose hacia Juana, le dijo mientras le daba un par de palmaditas en el brazo—: Lo has hecho tú, ¿verdad? Eres una artista.

Mi madre, sentada junto a la abuela, cogió su vaso de vino y mordisqueó un pestiño mientras miraba a Damián bailar con una muchacha, muy guapa, pero también muy flaca, con la que llevaba tonteando desde el inicio de la vendimia. Era una de las temporeras de los campos de los señores y desde que llegó al pueblo con su familia no se habían separado ni un segundo.

—Venga, chicas, aprovechad. Id a bailar un poco y divertíos —nos dijo mi madre, al tiempo que me hacía un gesto con las manos para que nos acercáramos a Damián y a su pareja.

Bailamos pasodobles, chotis y polcas y nos divertimos persiguiendo a Damián y a la flaca. Pobres, si hubieran sabido en ese momento que poco tiempo después estarían con un bebé en camino y casados aprisa y corriendo, a lo mejor no se habrían enfadado tanto con nosotras por molestarlos. La verdad es que Damián y Virtudes, que así se llamaba la chica, no tuvieron mala vida como matrimonio, pero pasaron lo suyo para ser felices. Nadie daba un duro cuando estaban en el altar, pero fue de los matrimonios más robustos que recuerdo en Terreros, aun después de su paso por la guerra de Marruecos. De lo que puedo dar fe es que, esa noche, mi hermano estaba rendido ante Virtudes, que mi madre ya se veía venir lo que se les avecinaba y que nosotras nos divertimos mucho fastidiándolos mientras ellos huían de nosotras por la pista.

Cuando llevábamos más de una hora bailando, agotadas de dar vueltas y nos íbamos para la mesa, aparecieron Javier y Ernesto en la plaza, y, atravesándola de lado a lado, fueron a sentarse con los hijos de otros terratenientes. Paré en seco la marcha y me quedé mirando su recorrido. Juana se plantó delante de mí y, viendo adónde dirigía los ojos, me preguntó:

—Te gusta, ¿eh?

Por si tenía alguna duda, el rubor que noté que me subía por el escote, le tuvo que confirmar lo que yo sentía en ese instante. Salí corriendo hacia la mesa de mis padres sin darle tiempo a que volviera a preguntarme y seguí mirando con todo el disimulo que pude la mesa de los señoritos. Estaban junto a la banda de música, algo separados del resto de los parroquianos. Les servían empleados de alguna de las fincas porque los señoritos no solían mezclarse con los trabajadores habituales y mucho menos con los jornaleros esporádicos, pero como también les gustaba la fiesta, no perdían la ocasión de buscar a alguna chica dispuesta a bailar con ellos.

Mientras Juana y yo nos acercábamos a la zona donde estaba la mesa de mis padres, comprobé que Pedro y Lola ya habían llegado y estaban con ellos compartiendo vinos y pestiños. Nos sentamos con las mujeres y mientras madre nos servía un vino dulce nos preguntó por Virtudes. Yo estaba más interesada en lo que pasaba en la otra punta de la plaza y le hice poco caso. Curro se levantó de su silla y, aunque imaginaba que Juana estaba tan cansada como yo, en cuanto se le acercó y le preguntó si quería bailar, a ella se le iluminó la cara y se le encendieron las mejillas.

Mi hermano era uno de los muchachos más guapos de Terreros y, además, muy buen partido. Tenía trabajo asegurado en la Casa Grande por ser el hijo de mi padre, era fuerte y con buena planta, y Juana, que además de estar colada por él era muy larga, ya se había dado cuenta de que podía ser un buen marido. A Lola le complacía que su hija se interesara por mi hermano y deseaba que nuestras familias emparentaran porque era una gran amiga de mi madre y nos conocía desde que nacimos. Curro asió a Juana por la cintura y se fueron hacia el centro de la plaza con la mirada de madre, de Lola y de la abuela siguiéndolos. Cuando se miraron entre ellas complacidas, confirmaron mis sospechas de que estarían encantadas de que esos dos llegaran a algo.

Al cabo de unos minutos se acercaron Ernesto y Javier a nuestra mesa, saludaron a Pedro y a mi padre y hablaron unos segundos con ellos. Con nosotras ni cruzaron palabra, aunque yo los miraba de soslayo intentando que nadie se diera cuenta. Cuando ya regresaban a la mesa de los señoritos, Javier se volvió y se plantó delante de mí con la mano tendida.

—¿Te apetece bailar? —me preguntó, mirándome a los ojos, mientras yo sentía el suelo moviéndose bajo mis pies.

No pude articular palabra hasta que pasaron unos segundos y, temblando como una hoja, le contesté con un tímido «sí». Me levanté de la silla y le cogí la mano que seguía en el aire esperándome. Mi madre se quedó a media palabra, con la boca abierta y mirándonos perpleja.

Mientras caminábamos, todavía cogidos de la mano, no oía ni las voces de la gente, ni veía la cara sorprendida de las parejas que había en la pista. Estoy segura de que nunca seré capaz de recordar qué pasodoble tocaron porque, en cuanto Javier me tomó de la mano y me condujo hasta el centro de la plaza, dejé de sentir nada que no fuera su piel o su ligero olor a tabaco. Lo único que deseaba durante el tiempo que duró el recorrido entre la gente era que esos momentos no se acabaran nunca y fui incapaz de pensar en nada ni en nadie más que en él o, mejor dicho, en nosotros. Con casi dieciséis años, qué iba a ser sino una ingenua, ingenua e inexperta en todo lo referente a juzgar a las personas, y ahora que lo veo con distancia, casi ni me reconozco en esa niña tan cándida.

No podría asegurar si Javier me habló en algún momento durante la pieza, imagino que sí, pero sé que yo no articulé ni una palabra. Debió de pensar que era tonta, aunque mi deseo sería que intuyó lo que realmente era: una niña sin ninguna experiencia. Aunque en mi fuero interno había imaginado que en cuanto estuviéramos solos me comportaría como una reina, o al menos como una mujer inteligente, ahora me enternezco recordando mi torpeza.

Estoy segura de que todas las chicas que estuvieron esa noche en la plaza, y que suspiraban por Javier de igual modo que yo, me vieron, se encargaron de contárselo a las que no lo hicieron y que la mayoría rabiaron deseando cambiarse conmigo. Ese baile era lo más parecido a un abrazo que cualquiera de nosotras hubiera podido esperar de Javier, y me lo estaba dando a mí.

Con la perspectiva de los años, me apena que habiendo imaginado ese momento tantas veces, fuese incapaz de disfrutarlo como esperaba. Lo que sí puedo asegurar es que el recuerdo de esos cinco minutos me embriagó a partir de esa noche durante mucho tiempo.

No tengo ninguna duda de que mi madre, Lola y sobre todo la abuela no dejaron de observarnos mientras bailábamos y de que se hicieron cruces con lo que estaban viendo. Y aunque en ese momento me engañaba a mí misma, en lo más profundo sabía que era imposible que Javier estuviera interesado en mí, aunque eso jamás lo hubiera reconocido ante nadie.

Tras volver a la mesa y que Javier se despidiera, pasó mucho rato hasta que salí de nuevo a bailar. Todavía estaba a muchos metros del suelo, y mientras lo hacía, primero con Juana y después con padre, no pude quitarme de la cabeza mis minutos de triunfo. Los cinco mejores que había vivido hasta ese momento.

En uno de los descansos, aprovechando que mis padres y los de Juana bailaban una polca, la abuela me hizo sentarme junto a ella.

—No hay nada más fácil que dar consejos —me dijo— ni más difícil que escucharlos, pero, niña, piensa bien lo que haces porque puedes hacerte mucho daño.

La abuela no fue a la escuela ni un solo día en toda su vida, pero afrontaba los problemas infinitamente mejor que mucha gente leída. Decía que hay verdades tan dolorosas para las que no tenemos más remedio que cerrar los ojos, apretar los dientes, seguir adelante y mentirse para afrontarlas. Esa noche yo hice mía esa máxima. Fingí que no entendía nada de lo que me decía e intenté convencerla de que se estaba imaginando lo que no era, pero con la abuela siempre me pasaba lo mismo: cuando yo iba, ella ya estaba de vuelta.

La abuela llegó a Terreros muy joven. La habían traído desde un pueblo de la sierra para servir en la casa cuando tenía poco más de diez años. Sus padres la vendieron al padre de don Sebastián como si de un potro o una becerra se tratara, pero su vida cambió para bien cuando empezó a trabajar para ellos. Se hizo mayor en la casa, vio crecer a toda la familia y cuando la abuela de Javier consideró que había llegado el momento, la casaron con el mozo de cuadra para que, como animales de la propiedad, trajeran criaturas al mundo que dieran más riqueza a la hacienda. Sólo había visto al abuelo unas cuantas veces antes de la boda, cuando pasaba por el corredor camino de la era o cuando traía de vuelta las mulas por la noche. Ni se había parado a pensar si le gustaba aquel muchacho cuando ya estaban metidos en la misma cama tras las bendiciones, pero a partir de ese día siempre estuvieron juntos, y tanto el uno como la otra le pidieron bien poco a la vida.

Con estos antecedentes nadie hubiera dicho que la abuela fuera tan sensata, pero lo era, había visto tantas cosas en la casa y conocía tanto a la familia que se podía imaginar mi futuro si no le ponía remedio.

—Verás, cariño, me sobran canas para darme cuenta de lo que pasa a mi alrededor, y el señorito Javier es como su padre y como su abuelo. Como él han pasado muchos por el pueblo y si quiere algo de ti, no puede ser nada bueno. Sólo te digo una cosa: ten cuidado. No quisiera que tuvieras que arrepentirte de nada.

Sin embargo, nunca le hice caso.

—Pero qué bien huele, Manuela —comentó Fernanda junto a la puerta de la cocina—. Ya me están dando ganas de merendar para probar esta delicia.

Entró y se me acercó para aspirar el aroma del chocolate que tenía en los fogones. Estaba preparándolo con el cacao que traían de las plantaciones de la familia en Cuba y, mientras lo removía, empecé a incorporarle la leche poco a poco para suavizarlo.

Desde hacía unos meses, cada día 20, llegaba puntual un saco de esos granos oscuros cuyo penetrante aroma impregnaba la fresquera y que era lo más apetitoso que había olido en mi vida. Hacía un par de años que la familia había empezado a producir una variedad de cacao muy intenso en las plantaciones de su propiedad en la isla, y doña Amelia se había aficionado a tomarlo para la merienda. En casa de mis padres jamás habíamos tenido nada parecido y, como es lógico, nunca lo habíamos cocinado, así que no tenía ni idea de qué hacer con esos granos crujientes y casi negros hasta que Lola me enseñó a prepararlos. Primero los triturábamos con la piedra de moler y después cocinábamos el polvo con un poco de agua, utilizando la misma técnica que me enseñó para cocer los flanes: al baño maría, en un cazo metido dentro de otra olla con agua hirviendo. Para hacer un buen chocolate era preciso estar muy atenta y no dejar de remover la mezcla ni un solo momento mientras se le añadía la leche. Con el tiempo yo añadí un ingrediente que Lola nunca me dijo que pusiera, pero que fue el que hizo que me convirtiera en la mejor a la hora de cocinarlo, e incluso que a doña Amelia todavía le gustara más. Así, cada tarde, yo ponía mis cinco sentidos en la tarea y un par de cucharadas de azúcar en la mezcla, y ella presumía de que el chocolate que se preparaba en su casa era el mejor, sin saber que mi ingrediente secreto era el que lo hacía tan especial.

Después de la siesta, doña Amelia se sentaba en su salita, tocaba la campanilla y esperaba que le llevara sin falta la bandeja con la chocolatera, una de las tazas grandes de la porcelana de Sèvres del ajuar de su boda y un platito a juego con un par de mojicones.

Antes de llevarse la taza a la boca, siempre comentaba que en Madrid tomar una taza de chocolate para merendar, acompañado de algún bizcocho o unos buenos churros, era muy elegante. Decía que había infinidad de establecimientos donde lo servían, y estaba convencida de que la familia ganaría dinero vendiendo ese cacao nuevo, mucho más gustoso, que el que solían servir en la capital.

Todavía removía la mezcla para que no se me hicieran grumos cuando oímos un estruendo de cristales rotos que venía de la cochera.

—Pero ¿qué es ese ruido? —me preguntó Fernanda, como si yo supiera qué había pasado, y un momento después empezamos a oír gritos e insultos.

»¿Es Javier el que grita de esa manera? —volvió a preguntarme Fernanda—. Seguro que debe de estar peleándose con ese invento suyo. Cuando pierde la paciencia no tiene miramientos y, si sigue así, va a despertar a su madre y a su hermana antes de tiempo.

Abandoné el chocolate en el fuego y corrí hacia la ventana para oír mejor lo que estaba pasando. Hacía una media hora que había visto pasar a Javier y a Curro por el corredor llevando unos tubos; imaginé que todavía estaban en la cochera y que, una vez más, Curro estaba siendo el blanco de su ira. A mi hermano siempre le había gustado trastear con cualquier máquina que se le pusiera por delante y, cuando Javier se lo permitía, le ayudaba con el motor. La verdad es que sólo le dejaba limpiar las piezas con un líquido oscuro, aceitoso y maloliente, o hacer tareas sin demasiada importancia: llevarle las cargas o recoger la cochera; pero cuando Curro nos explicaba lo que hacía el señorito, se le iluminaba la mirada. Se le notaba ilusionado por ayudarlo y por entender lo que Javier hacía para conseguir fabricar su ingenio. Más de una vez me comentó que esperaba aprender mucho, llegar a ser mecánico y dejar de trabajar en el campo.

Curro era tan resuelto en aquella época como yo lo soy ahora. A mí me costó mucho tiempo darme cuenta, pero él lo tuvo claro desde muy pequeño. Sólo tenía una obsesión: dejar de tener un amo. Lo que ansiaba era ser libre y tener su propio negocio; siempre se había peleado con mi padre por ese motivo y fantaseaba imaginando que si ayudaba con empeño a Javier, y se fijaba bien en todo lo que éste hacía, adquiriría la suficiente destreza para conseguir su sueño.

—¡Eres un inútil! —oí gritar a Javier con toda claridad—. No sé por qué te dejo entrar aquí. ¡No me sirves para nada!

Se me encogió el corazón y me quedé esperando la reacción que podía tener mi hermano ante aquellas voces, pero, gracias a Dios, ni se le oyó quejarse, ni dijo una sola palabra, aunque yo podía imaginármelo con la mirada ceñuda, los labios apretados y los puños en tensión, flexionados junto a su cuerpo. Angustiada, miré por la ventana y estiré el cuello intentando ver algo.

—Manuela, pero ¿qué haces? —Fernanda me devolvió a la cocina—. ¡Se te va a quemar el chocolate!

—Sí, sí, ya voy. Lo siento —me disculpé en un susurro.

Aunque no se quemó, a punto estuvo de llenarse de grumos, pero la verdad es que a mí, en ese momento, no me importaba lo más mínimo. Sólo me angustiaba saber lo que estaba pasando en la cochera y, muy a mi pesar, tuve que alejarme de la ventana sin saberlo. La dejé abierta y volví junto al fogón con la oreja más fuera que dentro de la cocina, intentando oír a través del silencio que me retumbaba en la cabeza.

—Anda, estate a lo que estás, que voy a despertar a mi hermana y a mi sobrina. —Fernanda se dio la vuelta con intención de salir de la cocina.

El chocolate estaba listo. Lo saqué de la lumbre, lo dejé dentro del baño maría para que no se enfriara y volví a acercarme a la ventana. Se oían voces en el corredor, imagino que junto a la puerta de la cochera.

—Javier, ¿me puedes decir de una vez por qué gritabas de esa manera? —escuché decir a don Sebastián.

—Es que no hay manera —se quejó Javier levantando la voz—. Estoy harto de intentarlo. Me he pasado la tarde probándolo todo con este maldito motor y no he conseguido nada. Creo que he montado y desmontado todas estas piezas mil veces y no lo entiendo. En clase hemos estudiado hasta la saciedad los motores de explosión y cada una de sus piezas. Las hemos dibujado desde todos los ángulos, pero nada de eso sirve, sólo vale la práctica, y encima este memo sólo hace que estorbar.

—Ya vale, Javier, por favor —le instó don Sebastián.

—Pero, padre, ¿cómo quiere que me calme? Lo tengo todo en la cabeza, pero, maldita sea, no funciona nada.

En ese instante Fernanda dio un bufido. Ni me había dado cuenta de que todavía estaba junto a la puerta.

—¡Ya está Javier otra vez quejándose de su invento! —Y con ese comentario se fue hacia el salón.

La conversación en la cochera continuó y me volví otra vez hacia la ventana para seguir escuchando, ya más tranquila sin Fernanda al lado.

—Si el carburador es pequeño para que me quepa en el cuadro, el motor no tiene potencia suficiente, y si utilizo uno mayor, no me cabe en el espacio que tengo. La cadena se me ha roto un par de veces y el motor se calienta. ¡Es todo una absoluta mierda!

—Javier, no seas vulgar —le reprendió don Sebastián en tono imperativo—, no estás en una taberna.

—¿Lo has comentado con tus profesores? —No me había dado cuenta de que también los acompañaba Ernesto, pero ahí estaba, intentando apaciguarlo.

—Los profesores son todos unos ineptos —dijo Javier—. No tienen ni idea de los problemas prácticos, en la universidad sólo se enseña teoría.

—A lo mejor lo que tendrías que hacer es hablar con el mecánico del coche —insistió su hermano—. Él sí que te podría ayudar.

—¿Te crees que no lo he hecho? No soy idiota. Lo hice, pero no me solucionó nada. En los coches hay espacio suficiente para que todo quepa dentro del compartimento del motor, y para los problemas que tengo con el tamaño de las piezas el mecánico no tenía ninguna solución. Las que yo necesito no existen y las he de ir fabricando o modificando una a una. En una bicicleta tiene que ser todo muy pequeño, de lo contrario, no cabe, y lo pequeño es frágil y todo se me rompe en pedazos. Lo único que me dijo fue que si tenía tantos problemas lo mejor sería que me olvidara de las bicicletas y condujera nuestro coche, que ya está inventado y funciona de maravilla. ¿Te puedes creer que el muy cretino me dijo que era mucho mejor porque en él cabe más gente? Ya me dirás si ésa no es una contestación estúpida. Así que tu mecánico —y recalcó el «tu» con rabia— tampoco me ha solucionado nada.

—Pues lo mejor que puedes hacer es dejarlo por ahora —terció don Sebastián—, consultar a alguien con más criterio, o con más experiencia, y retomar el proyecto la próxima vez que vuelvas.

—Me niego a dejarlo, quiero acabar lo antes posible y conducir la bicicleta.

—Pero, Javier, si no has sido capaz de solucionar los problemas con el motor, cómo vas a conducir nada —repuso Ernesto, indiferente a su malhumor y con un deje de ironía.

Parecía harto de la conversación y empezó a caminar por el corredor justo después de que Curro saliera de la cochera. Mi hermano iba con el gesto hosco, la cabeza gacha, los hombros tensos y dando grandes zancadas cuando llegó a la altura de mi ventana. Me miró, pero no me dijo nada. Sin embargo, esa misma tarde me enteré de que Javier la había tomado con él por una tontería y la suerte fue que Curro aguantó el tipo.

En la puerta de la cochera Javier siguió hablando con su padre:

—¿Sabe? El profesor de mecánica nos habló de un proyecto como el mío que han conseguido hacer en Estados Unidos. En Chicago. Allí ya producen un modelo de bicicleta con motor y han empezado a venderlo. Lo llamó «motocicleta». Si ellos han podido hacerla, yo he de conseguirlo como sea o, mejor aún, si pudiera hacerme con una de las que han hecho los americanos, podría estudiarla y entender cómo han solucionado todos los problemas que tengo.

Javier actuaba así, siempre por impulsos. En aquella época, su único interés se centraba en que su bicicleta corriera con un motor que todavía ni entendía ni sabía cómo hacer funcionar. El resto del mundo le importaba bien poco.

Aunque, en honor a la verdad, he de decir que eso no es del todo cierto, porque sus intereses no se centraban sólo en su invento. Todos en la casa menos yo tenían claro que el mundo de Javier giraba alrededor del lujo, la complacencia y la vida fácil, al menos mientras vivía en Madrid, y el hecho de que desde hacía unos meses se peleara sin descanso con un motor para meterlo dentro de un espacio tan reducido, sin conseguirlo, era una novedad para ellos.

Poco después de acabar la conversación entre Javier y su padre, volví a ver a Curro con el cubo, el escobón y la pala. Seguro que iba a recoger la cochera. Cuando pasó por delante de la ventana, me volvió a mirar con ese gesto adusto y de rabia contenida que le dominaba cuando alguno de los patronos era injusto.

La escena de la cochera se repitió en bastantes ocasiones durante el tiempo que duró la construcción del ingenio: en unas por culpa del motor y en otras por cualquier menudencia que importunara a Javier. Esa ira lo dominaba cada vez con más intensidad cuando se daba cuenta de que era incapaz de solucionar los problemas técnicos que se le planteaban. Todavía hoy me pregunto cómo lo disculpé durante tanto tiempo por utilizar a Curro de esa manera; sobre todo me sorprendo de cómo olvidé tan rápido sus malos modos y, lo que son las cosas, aun siendo testigo directo de ese mal carácter, lo seguí mirando a través de una neblina que lo distorsionaba y que me hizo perdonárselo todo.

Cuando al día siguiente la familia llegó de misa, tal como hacían cada domingo, don Sebastián y sus hijos se acomodaron en el salón para tomar unos vinos y hacer tiempo hasta la comida.

Mientras yo les llevaba un plato con tacos de jamón y otro con aceitunas de las que le gustaban a don Sebastián, éste cogió el periódico, Javier se acercó a la ventana, con aspecto aburrido y bebió de la copa de oporto que se acababa de servir, y Ernesto abrió la caja de puros, sacó uno y lo apretó bajo su nariz.

—Estos últimos habanos que llegaron son espléndidos —dijo mientras volvía a aspirar el aroma y se sentaba en el sillón contiguo al de su padre—. La producción de este año es de una calidad excelente. ¿No le parece, padre? —preguntó con el cigarro todavía entre los dedos—. Estoy esperando noticias de don Matías para que me confirme cuántas toneladas se han añejado durante la estación seca. En su último telegrama comentó que los alisios han soplado moderados este año y, gracias a eso, la humedad ha sido la adecuada. Y que, con el calor que ha hecho en la isla, el secado ha sido inmejorable.

No los había oído hablar nunca de los negocios que la familia tenía fuera del pueblo y me interesó escucharles, aunque entendí poco o, mejor dicho, nada de lo que acababa de decir Ernesto. En momentos como ése, cuando quería saber cosas a las que no tenía acceso o que me eran vetadas, procuraba pasar desapercibida, me ponía junto a alguno de los muebles más grandes de la habitación e intentaba desaparecer de la vista de la familia. En esa ocasión lo conseguí sin problemas.

—Muy bien, hijo. —Don Sebastián abrió el diario—. Así me gusta, que te preocupes por nuestros negocios de ultramar tanto como por los vinos —afirmó sin levantar la vista de las hojas.

—¿Algo interesante, padre? —preguntó Ernesto con un gesto de desaliento ante el desinterés que su padre daba a entender sobre las noticias de Cuba que acababa de comentar.

—Nada nuevo —contestó, todavía con la mirada clavada en el diario. Esa indiferencia era una actitud normal del señor hacia sus hijos y no me extrañó lo más mínimo—. La crónica sobre Marruecos. Por ahora está en calma, pero hay bastantes rumores. No creo que tarde mucho en desatarse la tormenta.

—¿Tan mal está? —Ernesto mostró su preocupación con gesto ceñudo, y en vez de encender el habano, se lo guardó en el bolsillo interior de la chaqueta.

—Me temo que sí —respondió tajante don Sebastián.

—Pues mejor que madre no le oiga. Sigue muy preocupada desde los bombardeos de agosto en Casablanca.

Era verdad que doña Amelia seguía nerviosa. Hacía semanas que no llegaba carta de Arturo y yo la veía sufrir leyendo *El Heraldo* y el *ABC*, que iban cargados de noticias preocupantes de las ciudades de Marruecos.

—Tranquilos, vuestro hermano no está en Casablanca, todavía sigue en Melilla y creo que se va a quedar bastante tiempo. Sé de buena tinta que allí no habrá ningún problema, aunque imagino que debe de estar rabiando por no poder estar más cerca de los conflictos.

—No diga eso, padre. Arturo no se expondría de manera gratuita.

—Es un militar y se debe a su país —replicó don Sebastián indignado—. Estoy seguro de que está deseando enseñarle a esos moros quién manda, y espero que no tarde mucho en hacerlo.

Ahí estaba el corazón castrense de don Sebastián, ese que sacaba de sus casillas a doña Amelia. Ernesto mesuró el tono cuando continuó hablando:

—¿Y de dónde ha sacado esa información? ¿Ha hablado con el ministro de la Guerra?

—No, pero participo en una comisión de relaciones internacionales en la que estamos en contacto con nuestros embajadores y coordinamos sus relaciones con varios países americanos y del norte de África, y la semana pasada...

—Padre... —lo interrumpió Javier, impaciente, mientras se sentaba en el brazo del sofá contiguo al sillón de don Sebastián.

—Espera, Javier, que no he acabado. Como te decía, Ernesto, la semana pasada estuve en una reunión y allí también estuvieron Maura y Primo de Rivera para tratar, junto con nuestro embajador en Marruecos, algunos problemas diplomáticos que han surgido. Primo de Rivera nos comentó cómo seguía todo después de los últimos altercados y como Maura sabe que tu hermano está destinado allí, me dio todo tipo de detalles que no puedo explicarte. Lo único que puedo decir es que en Melilla no se espera ninguna ofensiva y que no hemos de preocuparnos por tu hermano, al menos no por ahora.

—Así madre estará más tranquila.

—Sí, pero ten en cuenta que Arturo ha de demostrar que es un buen militar para prosperar, y eso se consigue cuando hay conflicto. Ha de actuar en algún momento y estoy seguro de que hará honor a nuestro apellido y a la familia —dijo con el mismo orgullo militar que acababa de verle hacía pocos minutos—. Además, su batallón está bajo el mando del general Guillermo Pintos, que, según Primo de Rivera, es uno de los más competentes que tiene en la actualidad; así pues, diga lo que diga Maura de la situación en Marruecos, espero que sean los primeros en coger las armas en cuanto todo se caldee.

Javier intentaba hablar, tenía todo el cuerpo inclinado sobre su padre, y sin tener en cuenta lo que les estaba contando de la delicada situación de su hermano, volvió a interrumpirlo:

—Padre, ¿ha dicho que tiene contacto con embajadores americanos?

—Sí —respondió el señor, dejando clara la paciencia que debía tener con su hijo—. Con los de México, Canadá y Estados Unidos, pero también con algunos países del norte de África. ¿Por qué lo dices?

—Los de África no me interesan, pero los americanos sí. ¿Puede hablar con alguien de Estados Unidos?

—Sí, con el ministro plenipotenciario en Madrid. A don William Miller Collier lo conocí este junio en la recepción de entrega de sus credenciales. Hemos comido en varias ocasiones para hablar del tema de Filipinas...

Javier volvió a interrumpir a su padre, éste lo miró ceñudo y yo intenté pasar todavía más desapercibida porque quería saber qué era lo que le interesaba tanto a Javier antes de que me enviaran a la cocina.

—Ya, ya, pero... ¿puede usted hablar con él sobre lo que le comenté ayer del proyecto de Chicago? —Don Sebastián lo miró extrañado y Javier insistió—: Recuerde..., sobre la fábrica de motocicletas. Son unos americanos, mecánicos y diseñadores de motores. Han creado una como la que tengo en la cabeza. ¿No se acuerda de que se lo comenté ayer? Son tres, creo que se llaman Davidson, Harley y otro más que no recuerdo.

Javier estaba eufórico y con cada frase se echaba más encima de su padre esperando una respuesta. Don Sebastián se removió incómodo en su sillón y, poniéndole la mano en el pecho, intentó dejar un poco de distancia entre los dos.

—Imagino que sí —le dijo, recomponiendo su parsimonia habitual—. Podría hablar con Miller. Si me apuntas los nombres, podría comentárselo la próxima vez que lo vea. Es muy posible que sigamos teniendo reuniones por los conflictos de Filipinas.

Entonces las intenciones de Javier cambiaron: quería uno de esos modelos de América.

6

Pecados

Enero de 1908

Lola y yo estábamos en la cocina cuando oímos que se abría la puerta principal de la casa. A esa hora todo estaba en calma. Inés y Fernanda estaban en la biblioteca, doña Amelia en su salita y Ernesto, como cada día, en la bodega. Lola se preocupó al oír el ruido en el recibidor y me mandó a comprobar quién había entrado. Al llegar me encontré de sopetón con Javier y, al darme cuenta de quién era, se me tensó la espalda como una cuerda de tender la ropa recién colocada. Me quedé mirándolo, sin duda con cara de susto, y aunque he de decir que reaccioné rápido, cuando iba a preguntarle qué hacía en Terreros, extendió el brazo y me pidió silencio poniéndome un dedo cruzado sobre los labios. Ese gesto me provocó un escalofrío. Sin dejarme decir ni una palabra, me hizo una señal con la mano para que me fuera hacia la cocina sin hacer ruido, pero me quedé plantada en medio del recibidor, todavía aturdida, mientras él entraba en la salita de su madre con mucho sigilo. Le seguí con la mirada y pude ver cómo la sorprendía con un beso en el cuello que le hizo dar un brinco. Después del desconcierto inicial de doña Amelia, Javier le debió de informar sobre el motivo que le había llevado un miércoles al pueblo. No llegué a escuchar las palabras que le dijo al inicio, pero sí la discusión que empezó en ese mismo momento.

Sorprendidas por las voces que les llegaban de la salita, Inés y Fernanda salieron de la biblioteca y se unieron a mí en el recibidor. Al darse cuenta de lo que estaba pasando, Fernanda nos mandó ir hacia la cocina sin hacer ruido. Si era extraño que Javier viniera un día de entre semana, ya mediado el curso, todavía lo era mucho más que se montara ese jaleo con la señora de por medio.

Desde la cocina, y teniendo en cuenta la distancia que había con el salón, parecía mentira que pudiéramos distinguir sin ningún problema la voz de Javier implorándole a doña Amelia:

—Madre, lo necesito. Necesito ese dinero para comprar más piezas para la motocicleta. Es mucho dinero, lo sé, pero ya le digo que las necesito... He de acabarla. —Se le quebró la voz.

—Javier, ni lo intentes. No pretendas engañarme, que te conozco. Sé que ese dinero no es para tu invento. No me tomes por tonta.

—Madre —la voz de Javier sonaba ansiosa—, ya sabe que todo lo que tiene que ver con la mecánica es caro. Créame. Le digo la verdad.

—No me mientas. —Nunca la había oído tan indignada—. Estás en boca de todos y sé por qué. ¿O es que pensabas que no me iba a enterar? Hasta tu padre, al que no le interesan en absoluto tus enredos, está preocupado. Hace un par de días llegó una carta suya en la que me explicó lo que pasó.

—Sólo fue una fiesta.

—¿Una fiesta? Pero ¿de qué hablas? ¿Desde cuándo te detiene la policía por ir a una fiesta? No intentes hacerme comulgar con ruedas de molino; sabes perfectamente que era una timba ilegal con esos indeseables con los que te relacionas, y no pongas esa cara compungida porque sólo me falta eso.

—Fue un error, madre. Se lo juro. —Estaba desesperado.

—¡No jures en vano! —le gritó doña Amelia todavía más fuerte—. Pero ¿es que te crees que me chupo el dedo? Tu padre tuvo que ir a sacarte del calabozo y todo Madrid se enteró de tu gracia. Un hijo mío en la cárcel... ¡y tienes la poca vergüenza de decir que fue un error!

—No, no, madre, no es eso...

—Y, por si fuera poco, tienes la desfachatez de venir a pedirme dinero con la excusa de tu invento. ¿A quién quieres engañar?... A mí no, por supuesto. Estoy harta de colmar tus caprichos. ¿O es que ahora me vas a decir que lo necesitas porque tienes deudas de juego?

Ante el elocuente silencio de Javier, doña Amelia le reprochó con voz crispada:

—¡No me digas que es eso! No me lo digas porque ya es el colmo.

—Lo necesito, madre, por favor. No me haga esto. No sé qué va a ser de mí si no consigo el dinero. Tiene que ayudarme. Le juro que me va la vida, madre —le siguió implorando.

A partir de ese momento se quedaron en silencio. Pude imaginarme la escena: él arrodillado frente a su madre, ella sentada en su sillón como una esfinge. Javier abrazado a sus piernas, con la cabeza en su regazo, y ella desdeñosa para, poco a poco, empezar a acariciarle el pelo, primero con recelo y después con clemencia, intentando consolarlo. Pese a todo, doña Amelia en algún momento tenía que comportarse como lo que era, su madre, y estoy segura de que zanjó el tema dándole el dinero.

Confiaba en que Javier no se iría sin hacerle una rápida visita a su invento y me quedé un buen rato esperando a que pasara frente a la ventana de la cocina. Empecé a doblar varias piezas de ropa de la colada de la mañana y, con esa excusa, me hice la remolona cuando Lola me mandó otro trabajo de la casa. Tampoco le hice demasiado caso a Fernanda cuando insistió en que podíamos empezar la clase de la tarde. Debí de ser convincente con las dos porque finalmente me quedé un buen rato sola con el cesto de las servilletas. Esperaba que, si me quedaba el tiempo suficiente, tendría ocasión de verlo una vez más antes de que tomara su tren de vuelta. Con un segundo tenía bastante, no le pedía más a la suerte: verlo un momento mientras caminaba por el corredor hasta la cochera.

Mi espera dio su fruto y al final lo vi pasar. Javier ya estaba más tranquilo, incluso esbozaba una ligera sonrisa. Iba todavía en mangas de camisa y con las manos metidas en los bolsillos, aunque en el corredor se estaba levantando un viento frío que le hacía revolotear el pelo y que tenía que dejarlo helado. Como me figuraba, querría echarle un último vistazo al motor, o a las demás piezas que criaban polvo en las estanterías, antes de volver a la estación para coger el tren.

Por el otro lado del corredor se acercaba Ernesto, quien volvía de la bodega, y los dos se cruzaron a poco más de un metro de la ventana donde yo esperaba.

—¿Qué haces aquí, Javier? —le preguntó Ernesto extrañado—. ¿No deberías estar en Madrid?

—He venido a hablar con madre. La necesitaba para un asunto urgente.

—Ya. —Su voz sonó con un desdén infinito—. Me imagino cuál es esa cuestión tan urgente que te ha traído a casa un miércoles. Sólo puede ser un asunto de dinero, ¿no es cierto?

—No es nada que a ti te incumba. Esto es entre madre y yo. No tienes por qué meterte.

—Perfecto. —Ernesto estaba irritado—. El señorito se juega el dinero de la familia y a mí, que soy el que lo gano, no tiene por qué importarme.

—Déjame en paz, Ernesto. Hoy no tengo el cuerpo para más discusiones.

En ese instante me di cuenta de que ambos eran dos toros dispuestos a embestir el uno contra el otro y corrí poco a poco la cortina para que no pudieran verme, aunque yo sí podía verlos a ellos.

—¡Que te deje en paz, dices! —Ése era Ernesto, que le hablaba con ironía, o eso me pareció—. Eres tú el que nos has de dejar en paz a nosotros. Estoy cansado de que vivas como un rey, que hagas lo que te dé la gana y que siempre haya alguien que te saque las castañas del fuego. Ahora que Arturo está en África, te refugias bajo las faldas de madre. Eres un irresponsable, pero esto de la timba y de la detención colma el vaso de mi paciencia. No lo has hecho nunca, pero ahora me vas a escuchar.

—Ernesto, te he dicho que me dejes. Ya lo he discutido con madre y hemos llegado a un acuerdo.

Hacía frío en el corredor y cada vez que uno de ellos hablaba, exhalaba una columna de vaho como si estuvieran fumando uno de los habanos de su plantación cubana.

—¡Eso te lo crees tú! —chilló Ernesto exasperado—. Porque también lo vas a hablar conmigo. No te vas a salir con la tuya esta vez.

—¿Y quién me lo va a impedir?

Javier cogió a Ernesto por las solapas del abrigo y lo zarandeó. Ernesto, sorprendido, intentó zafarse de su hermano, pero el abrigo le impedía moverse con soltura, a diferencia de Javier, que no llevaba nada que le estorbara. Éste siguió sacudiéndolo y le gritó a pocos centímetros de la cara:

—Tú, Ernesto, ¿el hombre de la casa? Pero ¡si madre es mil veces más hombre que tú!

Más que decírselo, se lo escupió a la cara, con rabia, mientras seguía con los dedos crispados retorciéndole las solapas. No me podía creer lo que estaba viendo.

—Ya te lo he dicho —siguió gritando rabioso Javier—. ¡Que me dejes en paz!

Le soltó bruscamente y se separó sin decir una palabra más.

Ernesto se recompuso la ropa y alzó la voz tanto como Javier lo había hecho un segundo antes.

—No vas a hacer lo que te venga en gana, no mientras yo sea el administrador de las fincas. ¡Hace mucho que me tienes harto!

Ernesto tenía la cara desencajada y empujó a Javier para apartarlo, pero, sin mediar palabra, éste dio un paso al frente y, antes de que su hermano pudiera volver a tocarlo, tensó el brazo derecho y le propinó un puñetazo en la cara.

—Pues tú a mí también me tienes harto —le espetó Javier y lo dejó tirado en el suelo.

Ernesto lo miró descompuesto y, con gesto incrédulo, se palpó la nariz que ya empezaba a sangrarle. Javier se encaminó hacia la cochera, pero se detuvo antes de dar el siguiente paso. Se volvió hacia su hermano y se encaró con él.

—Lo siento —dijo—, de veras que lo siento, pero ya te he dicho que me dejaras en paz. Este asunto lo he solucionado con madre y tú no tienes nada que decir.

Para mi sorpresa, la voz de Javier sonaba serena y clara y, aun haciendo tanto frío, vi que de su frente resbalaba una gota de sudor. Ernesto se quedó medio incorporado sobre su brazo derecho, quieto, desconcertado y mirando a Javier, que en ese momento le devolvió la mirada mientras se masajeaba la mano con la que le había propinado el puñetazo.

Me pareció que el tiempo se detenía durante esos segundos que pasaron midiéndose, los dos dolidos y tentándose, hasta que Javier dio media vuelta y se dirigió hacia la cochera. Incluso yo me di cuenta de que el silencio que se instaló entre ellos se llenó de todo aquello que llevaban años rehuyendo decirse y que esa mirada los separó mucho más que el puñetazo o los duros reproches que acababan de gritarse.

Ernesto todavía estaba en el suelo sin reaccionar y se quedó así unos segundos, observando cómo Javier se alejaba por el corredor. Separé la cortina y los miré directamente, desconcertada, desde la ventana, primero a uno y después al otro, sin dar crédito. Ernesto levantó la vista y sus ojos se encontraron con los míos. Primero noté alarma y después reconocimiento. Bajó la vista y fue entonces cuando reaccioné. Me volví hacia la alacena, cogí varios paños blancos, el chal de lana del perchero de detrás de la puerta y corrí para socorrerlo.

Cuando me acerqué, estaba algo más incorporado y levantó la cara para volver a mirarme, pero no hizo ni el ademán de levantarse y continuó allí con los pantalones llenos de barro. Había algunos charcos junto a la pared que da al norte que no habían llegado a descongelarse del todo y sus pies se apoyaban en uno de los más grandes. Seguía sangrando. De sus dedos resbalaban algunas gotas que le bajaban por la mano hasta que se descolgaban y le llegaban al pecho, tiñéndole la camisa con círculos encarnados que cada vez eran más grandes.

«Estoy a tu lado, no te preocupes, puedo ayudarte», debería haberle dicho mientras lo miraba allí tirado, pero no supe hacerlo y de mi boca tan sólo salió un «lo siento». Recuerdo que me oí decírselo con voz vacilante. Ni me atreví a tocarlo, ni siquiera a ponerle el chal sobre los hombros por si tenía frío, y al agacharme para situarme a su altura pude comprobar cómo estaba: la cara hinchada y roja y los ojos llenos de lágrimas. Supuse que no podía respirar por la nariz porque seguía sangrando. Estaba tan lastimado que me invadió una profunda pena por todo lo que acababa de ocurrir.

—¿Por qué me dices eso? —me preguntó con la voz velada por la sangre mientras se tapaba la cara con uno de los paños que acababa de darle—. Tú no tienes nada que sentir, Manuela. Eso debería hacerlo mi hermano.

—Lo que quería decir es que lamento haber visto su pelea.

—Ha sido indigno —confesó con cara compungida—. Me avergüenzo de que nos hayas visto de esta manera y lo peor de todo es que empieza a ser normal que Javier y yo nos pasemos el día peleando, pero hoy se nos ha ido de las manos. Hay cosas que no deberían ocurrir nunca.

Todavía estaba medio recostado y yo, a su lado, me puse en pie y le tendí una mano.

—¿Me permite que le ayude a levantarse? —me ofrecí.

—Gracias, puedo yo solo —me contestó mientras se incorporaba todavía torpe y confuso.

Apoyó la espalda en la pared de la tapia que daba al sur, donde lucía el sol, aunque débilmente, y cuando un rayo le iluminó la cara, le provocó una mueca de dolor. Se le empezaban a poner los ojos morados.

—¿Seguro que está bien? —dije al verlo tan inestable.

—Sí, no te preocupes. Hace falta algo más que una caricia de mi hermano pequeño, o unas gotas de sangre, para que deje de valerme por mí mismo.

—Venga a la cocina, por favor. Le doy un vaso de agua y se sienta un momento hasta que se recupere.

—No hace falta. ¿Ves? —se quitó el paño de delante de la cara—, ya casi no sangra.

Se separó el abrigo del cuerpo, se miró el pecho y sonrió levemente con un punto de desánimo.

—Estoy hecho un desastre. Debería cambiarme la camisa.

Nos dirigimos a la puerta y su cojera se me hizo más

patente en ese instante. Al entrar en la cocina llegó Inés y, al verle, le preguntó asustada qué había pasado.

—Tengo suerte —fue su lacónica respuesta.

—Pero ¿qué dices? —le preguntó Inés sorprendida.

—Que tengo suerte. Cada vez que sufro un percance, ahí está Manuela para socorrerme.

Inés lo miró como si el accidente le hubiera hecho perder el juicio, le cogió de la mano y le obligó a subir con ella al piso de arriba para que se cambiara y para curar su nariz maltrecha. Seguro que ella no entendió por qué Ernesto me sonrió con una nueva mueca de dolor mientras me hacía cómplice de su recuerdo, pero yo sí. Recordé aquella noche en la que doña Amelia y él tuvieron el encontronazo por su exigencia de comprometerse y cómo después nos sentamos en el porche bajo las estrellas. Durante aquella conversación en el jardín sentí una corriente de afecto y complicidad entre nosotros, y esa tarde, mientras estábamos en la cocina, junto a una Inés que no entendía nada, volví a sentir lo mismo.

Ésa no fue la primera vez que fui testigo de la fragilidad de Ernesto, pero sí la más evidente por su violencia, y tuve claro que fue el que se llevó la peor parte, tanto física como espiritualmente. Si Inés no hubiera entrado en la cocina, Ernesto habría aliviado su angustia conmigo.

Me dolió que hubiera acabado con la cara de esa manera, pero también pensé que había sido demasiado duro con Javier y no le había dejado escapatoria. Si ya había llegado a un acuerdo con su madre, no debería haberle acosado y provocado una reacción tan extrema. Repasándolo ahora, me doy cuenta de que no tuve el valor de comentarle lo que pensaba. Justifiqué a Javier internamente y me convencí de que con las disculpas que le había dado tendría que haber sido suficiente. Me persuadí a mí misma de que Ernesto estaba en la obligación de perdonarle porque, aunque siempre habían sido rivales, pelearse estaba en la esencia de los hermanos; al menos eso les pasaba a los míos, que reñían un día, se perdonaban al siguiente y la vida seguía adelante.

Esperaba que la relación entre ellos fuera buena, o al menos tolerable, pero el tiempo me demostró que eso no era más que una quimera. Estaban en una constante lucha que llevaba demasiados años declarada y, al echar la vista atrás, he llegado a la conclusión de que no se puede proteger a todo el mundo en una guerra. Fui injusta con Ernesto, lo reconozco ahora, pero, en ese tiempo, cualquier otra reacción me hubiera resultado imposible.

Al quedarme sola en la cocina recordé que Javier había ido hacia la cochera y que todavía no lo había visto regresar. Dudé qué hacer y en mi cabeza resonaron las palabras que me había dicho la abuela la noche de la fiesta de la última vendimia . «Si quiere algo de ti, no puede ser nada bueno.» La odié por meterse en mis pensamientos y dirigir mi conciencia. Eran tantas las dudas que me atormentaban que no podía decidir con claridad. Quería ir hacia la cochera, volar por el corredor y verlo. Tener presente su cara y sus ojos claros, para recordarlos mientras él estuviera ausente. Sabía que, si volvía a verlo y a escuchar su voz, no me quedaría con la imagen de la ventana, pero ¿y si no me hacía el menor caso? O, peor aún, ¿y si me mandaba que le dejara en paz? Si pasaba algo así, me vería obligada a aceptar que él no sentía nada por mí y eso no quería ni imaginarlo. Deseaba seguir ilusionándome cada noche, como había pasado en la vendimia. No perdía nada si me acercaba por el corredor y, hasta que llegara a la puerta, tendría tiempo para decidir si era una osadía entrar y enfrentarme a su reacción; si soñaba con un disparate o si me estaba volviendo loca. Si Javier salía de la cochera de vuelta a la casa, nos cruzaríamos por el camino y podría hacerme la encontradiza para hablar con él. Era una idea peregrina porque no tenía ninguna excusa para iniciar esa conversación que imaginaba, pero lo que no tenía claro era qué pasaría si Javier todavía estaba en la cochera y me decidía a entrar. Debería encontrar algún pretexto convincente para justificarme, pero no se me ocurría nada que fuera lógico o, al menos, creíble.

Ahora que lo pienso con la cordura que te dan los años, no sé muy bien qué esperaba hacer cuando llegara allí, pero lo que sí tengo claro es que algo me obligaba y no tenía más remedio que intentarlo. Por alguna razón, tenía una idea que me retumbaba en la cabeza.

Ahora o nunca.

Apreté el paso para llegar lo antes posible, me abracé al chal y en esos escasos veinte metros no me crucé con nadie, así que llegó el momento de decidir si quería traspasar la puerta. Dudé un instante más. Pensaba en la vendimia, en la fiesta de la noche y en todas las sensaciones que había experimentado durante aquellos minutos en nuestro baile. Recordé el orgullo al ser la única con la que bailó, el regalo que fue tener su brazo alrededor de mi espalda, su mano cogiendo la mía, guiándome con la música, y, sobre todo, aspirar su olor a tabaco desde tan cerca, enterrándome en sus ojos de agua, mientras él me miraba con esa expresión que me hacía latir todo el cuerpo. Quería volver a recrearme en todas aquellas sensaciones y flotar en el aire con la sacudida que me provocaba tenerlo cerca. Disfrutar de todo aquello sólo una vez más, antes de que Javier volviera a Madrid y se acabara la magia.

Ahora o nunca.

Y fue ahora.

La cochera estaba casi a oscuras y, al dar el primer paso, la diferencia entre la luz de fuera y la oscuridad de dentro me dejó cegada. Sólo percibía sombras, pero en el momento en que mis ojos empezaron a acostumbrarse pude distinguir el coche y, junto a él, la figura de Javier. Estaba de espaldas a la puerta y no pareció advertir mi presencia porque no se dio la vuelta cuando me quedé quieta en el quicio. Estaba atenta, con las sienes palpitantes, pendiente de cualquier movimiento que él hiciera. Admiré su figura alta, grácil y fuerte a la vez. Me acerqué las manos destempladas a la boca e intenté que entraran en calor respirando sobre ellas en un vano intento de serenarme. Para mi sorpresa, noté cómo una gota de sudor me bajaba por la frente.

Él estaba concentrado delante de la mesa de trabajo en la que había unas cuantas piezas, planos y varias libretas con notas. Lo miraba todo pensativo, acariciando su invento con la punta de los dedos, con ternura, como si se tratara de un bebé desvalido al que ansiaba mimar. Deseé que me tocara a mí de esa manera, que fuera dulce, suave y delicado como lo estaba siendo con su ingenio. Lo imaginé sonriendo y acariciándome el pelo, enredando sus dedos en los mechones que se me escapaban como siempre. Que sus manos se acercaran a mi boca y me acariciaran los labios. Asustada por esos pensamientos, a tan sólo unos metros de él, me quedé muy quieta, sin atreverme siquiera a respirar, cerré los ojos y pensé que por el simple hecho de que yo no le viera, haría que mi cuerpo desapareciera y que no notaría mi presencia. Si no se volvía, le sería imposible leer todo aquello que me estaba imaginando, porque tenía claro que si se volvía, si me miraba, aunque sólo fuera un instante, reconocería de inmediato mis deseos.

Una parte de mí temía que se diera la vuelta, pero otra parte ansiaba con todas mis fuerzas que me descubriera, y tanto la una como la otra necesitaban que todo lo que me estaba imaginando se hiciera realidad.

Di un paso hacia la oscuridad que sonó tan fuerte como si, tal como le había pasado a Curro, hubiera roto un cristal, y volví a tener miedo de su reacción, que se enfadara conmigo por importunarle. Finalmente se volvió, y a mí el estómago se me encogió de tal modo que experimenté un dolor profundo y punzante que se extendió por todo mi cuerpo. Él me miró y mi voluntad se hizo agua. Fui consciente de que mis sentimientos estaban tan claros para él que no podría esconderlos nunca. Me quedé quieta, aterrada por su respuesta, y él, sin más, extendió un brazo hacia mí.

—Ven.

Entré hasta media cochera, esperando que las piernas me sostuvieran. El aire helado se espesó al colarse en mis pulmones y percibí la poderosa atracción que había entre nosotros. Se acercó a mí, dando los pasos que faltaban para llegar hasta donde yo me había detenido, con su mirada fija en mis ojos. Todavía no sé cómo tuve la determinación de seguir quieta en medio de la cochera y, a través de la penumbra a la que ya me había acostumbrado, le sostuve la mirada y esperé que me diera la seguridad en mí misma que en ese momento me faltaba. Siempre me habían cautivado sus ojos, sin embargo, entre aquellas sombras, me parecieron los más claros, expresivos y fascinantes que había visto nunca. Cuando llegó frente a mí, me quitó el chal de los hombros y dejó que resbalara hasta el suelo, me cogió por la cintura con ambas manos, me acercó hacia su cuerpo sin dejar de mirarme y, sin decir una palabra, me besó en los labios. Fue violento, feroz y desgarrado, y para mí, que era el primer beso de mi vida, fue como un estallido. Cerré los ojos y me dejé llevar. El pecho me saltó en pedazos y me faltó el aliento mientras me impregnaba de su sabor. Dejé que investigara cada rincón de mi boca, enredándose en mi lengua y robándome el aire de los pulmones.

Tomamos aliento como si hubiéramos emergido de cientos de metros bajo un agua dulce y cálida, y continuó besándome con codicia. Con una mano me acarició el cuello, rozó con sus labios el lóbulo de mi oreja y me revolvió el pelo, y con la otra alcanzó mi pecho, buscando con ansia los botones que me cerraban el vestido. Dejé de tener miedo y me lancé al abismo. Perdí de vista el automóvil, la cochera y todo lo que nos rodeaba cuando me arrastró hasta la mesa llena de piezas. En ese momento todo me daba igual. No me atreví a moverme, pero ansiaba que no parara y no puse ningún impedimento para que su boca llegara a mi pecho.

Hasta que oímos voces en el corredor.

—Javier... —era Fernanda, que lo llamaba a poca distancia de la puerta—, ¿dónde estás? El tren sale en media hora. Ven a despedirte de tu madre.

Esa orden me hizo volver a la cochera y fue como si me tiraran desde lo alto de una montaña hasta lo más hondo de un abismo. Me abotoné el vestido a toda prisa, me recompuse el peinado como pude y me dispuse a irme sin atreverme a decir ni una palabra. Pero antes de que hubiera dado un paso para salir de la cochera, Javier me cogió del brazo, volvió a acercarme hacia él y, después de darme un suave beso en los labios, me susurró al oído:

—Volveré el mes que viene. Espérame.

Salió antes para atender a su tía y yo me quedé escondida tras la puerta para no cruzarme con ella, aterrada y rogando para que no entrara y viera mi chal abandonado en medio de la cochera. No me podía imaginar cómo podría mirarla después de lo que acababa de hacer.

Lo que tuvimos esa tarde junto a la mesa donde dormía su invento sólo fueron besos apasionados y caricias hambrientas de mucho más, pero para mí fue como rozar el cielo. No podía ser más feliz porque me había pedido que le esperara. Lo hubiera hecho durante mil años, pero en treinta días volvería a verlo y estaríamos juntos. ¿Qué era un mes? Nada. Nada después de lo que había imaginado, de lo que había deseado. Todo lo que anhelaba se estaba cumpliendo y, tras la petición de Javier, tenía la seguridad de que continuaría.

Él me había pedido que le esperara, y yo lo haría.

Sin embargo, Javier no volvió en treinta días, sino que estuve casi un año aguardándole. Inés me contó que sus padres, tras el incidente de la timba, le habían obligado a decidir entre irse a Inglaterra a continuar allí sus estudios de ingeniería, marchar a Cuba a iniciarse en la administración de las propiedades de la familia o alistarse en el regimiento de Arturo y convertirse en un caballero con la ayuda de la disciplina militar y la supervisión de su hermano. No lo dudó ni un segundo: se decidió por Inglaterra. Sin dejarle pasar siquiera por Terreros, desde Madrid lo metieron en un tren que cruzó toda la Península hasta Francia y, tras ese trayecto, lo embarcaron en un ferry que lo llevó desde la costa francesa hasta el corazón de Inglaterra. Finalmente, de Londres lo enviaron a una ciudad llamada Oxford, que fue donde vivió durante ese horrible año. Inés me explicó su periplo y yo pensé que lo habían desterrado a los confines del mundo y que nunca más volvería a verlo.

Si alguien ajeno a la familia preguntaba por él, la contestación que se daba era siempre la misma: estaba en Inglaterra para perfeccionar el idioma y acabar la carrera en una de las universidades más prestigiosas del mundo; qué menos para el hijo de un diputado electo. Pero en la Casa Grande todos sabíamos la verdad. «Para que piense en el asunto y recapacite», le oí comentar a don Sebastián durante la primera visita que hizo a la casa después de la decisión, mientras, impasible, se fumaba uno de sus habanos en el sillón de la biblioteca.

Lo que más me dolió fue no poder despedirme y decirle que no dudara de mí porque sabría esperarle hasta que volviera. Padecí porque algo me impulsaba a imaginar que en Oxford podía encontrar muchísimas chicas más interesantes, más ricas y, con toda seguridad, mucho más guapas que las que había conocido en Madrid, y me sentía tan poca cosa al compararme con esas desconocidas que tenía la certeza de que jamás podría competir con ninguna de ellas.

Qué difícil se me hizo pasar esa primera ausencia. Acosaba tanto a Inés como a Fernanda con la esperanza de que me explicaran cómo eran Londres y Oxford y qué se podía hacer en unas ciudades como ésas. Llevaba a la estafeta las cartas que escribían y les entregaba en mano las que Javier les mandaba esperando poder tener noticias. Ni en sueños imaginé que me escribiera, aunque eso me hubiera hecho la mujer más feliz de la Tierra, ni tampoco se me ocurrió jamás pedirle a nadie de la familia, ni siquiera a Inés, que incluyera un mensaje mío en alguna de sus cartas.

Pasé ese año como un alma en pena, recordando nuestro encuentro y persiguiendo su sombra en la cochera. Sacaba las cajas de los estantes y trataba su invento como una reliquia. En una de mis visitas metí la mano en un cajón y, al sacarla, se me quedó enredada una pieza dorada con forma de estrella en el dedo anular. Me la guardé en el bolsillo y cuando llegué a mi cuarto la escondí en el fondo del arcón de mi ropa. En los momentos de mayor añoranza volvía a mi alcoba, me ponía la pieza en el dedo y la apretaba con fuerza. Durante el día continuaba con mis obligaciones cotidianas, pero por las noches aprendí a disfrutar del silencio y la soledad de mi diminuta alcoba. Me tumbaba en la cama y, con la vela apagada, intentaba recordar cada una de sus caricias, rememoraba el tacto de sus manos, una y otra vez, evocando todas aquellas sensaciones, tan intensas, que había sentido en la cochera.

Escribirle cartas que jamás le habrían de llegar fue mi consuelo. Mi caligrafía era todavía muy rudimentaria, pero me esforcé para que fuera comprensible, pues aspiraba a que algún día él pudiera leerlas. Al principio eran sólo frases inconexas, ideas que se me pasaban por la cabeza, pero, con el tiempo, cada vez fueron más complejas. Soñé nuestro reencuentro un millón de veces y me juré a mí misma que Javier sabría, gracias a ellas, lo mucho que lo había añorado.

La vida siguió adelante, e Inés y Fernanda continuaron con mis clases. No sé qué hubiera sido de mí sin el bálsamo de la lectura, y con lo mucho que ejercitaba con las cartas, cada vez me sentía más segura de las letras. Mis maestras empezaron a confiar en mi pericia y me permitieron que dejara los cuentos infantiles para iniciarme en otros géneros literarios. Por entonces les pedía a las dos que me recomendaran lecturas románticas, porque leyendo el pesar de otros me sentía acompañada. Ése fue otro mundo que se me abrió en ese tiempo y que me ha acompañado hasta el día de hoy. Las dos se enorgullecían de mis avances, me lo dijeron muchas veces, y yo intenté no defraudarlas. Cada noche, después de la cena, leía un rato con Inés. ¡Era yo quien leía! Nos sentábamos en el porche si hacía bueno, o en la cocina si el tiempo no acompañaba, y nos pasábamos horas entre lecturas y confidencias. Arturo siguió en Melilla con su regimiento, a la espera de las órdenes que les hicieran entrar en acción, y doña Amelia padeció por él todo ese tiempo sin que se le ablandase ni un ápice el carácter. Don Sebastián prosiguió con su trabajo en el gobierno y no se pasó por la casa más que un par de veces durante la poda; según Ernesto, para que no se dijera que desatendía sus obligaciones de propietario. Y en cuanto a él, pobre Ernesto, padeció tanto como yo durante aquel año, aunque su pena no fue de amores, al menos que yo supiera. Se sentía abandonado en la propiedad y, aunque Pedro intentó ayudarle, no consiguió aliviarle el desánimo.

25 de julio de 1936
Las diez de la noche

Noche cerrada y aquí sigo, sin ganas de levantarme del sillón, ni para encender el interruptor. El reflejo de las farolas entra, agujerea la oscuridad por un pliegue entreabierto de las cortinas y la cabeza se me va a todos aquellos recuerdos.

¿Qué me pasa?

El azúcar, eso es lo único importante ahora.

Oigo voces en la plaza. Deben de ser los hombres de ayer. Los requetés que se pasaron la noche gritando contra la República frente al ayuntamiento.

Juana llama a la puerta. Intenta entrar, pero no puede y me habla desde el descansillo:

—¿Por qué has cerrado con llave?

Sé que debo atenderla.

Hoy tengo la cabeza espesa; no, me ocurre desde hace varios días, y no es sólo por la jaqueca, es por todo lo que está pasando desde el día 18. Ni de poner la radio para escuchar el parte tengo ganas. Me subleva cuando informan de la revuelta de Melilla, de los enfrentamientos en Caspe y de los problemas de Zaragoza; de los militares rebeldes, los requetés y los milicianos enfrentados, y de las detenciones de unos y de otros en ambos bandos. Una maldita guerra, eso tenemos encima, y yo no quiero participar en ella.

Juana llama otra vez. El azúcar. Tengo que encontrarle un sitio donde guardarlo, pero si pasa como ayer noche no me puedo fiar de nadie.

No debería quejarme, lo sé. Ha llegado y eso es un regalo, aunque tenerlo en la estación con tantos ojos mirando es un problema.

Juana insiste, quiere entrar. Tengo que levantarme.

—Ábreme —me apremia—. Te traigo algo de cena, una tisana y tus pastillas. Sé que te duele la cabeza y que las necesitas. Además, tenemos que hablar del traslado.

—Gracias, Juana, pero no tengo hambre. No puedo comer nada.

No sé por qué no quiero abrir la puerta y atender mis obligaciones, no sé qué se me ha trabado en el pecho. Juana está pendiente de mí, se preocupa, y por eso insiste.

—Anda, hazme caso. Te irá bien.

Me acerco a la puerta y abro. Juana entra con su bandeja y pasa a mi lado sin dejar ni que me aparte para hacerle sitio.

Vuelvo a oír alboroto en la plaza. Hay bastantes hombres bajo la ventana. Me acerco, descorro la cortina, me asomo y los veo. Algunos los conozco, no son los requetés de anoche, muchos son de por aquí, pero otros no y eso es lo que más me inquieta.

—Hoy la vamos a tener —dice Juana a mi espalda, y yo asiento—. Por lo que gritan tiene que haber milicianos entre ellos. Espero que no se acerquen los de anoche porque entonces sí que va a haber jaleo.

«Jaleo» es quedarse corto. Hay muchos más que anoche. Están preparando algo, eso está claro. ¿Cómo vamos a apañarnos para traer el azúcar hasta la bodega con tanta gente dando vueltas por el pueblo?

—He hablado con Curro y se va a encargar con los chicos —me dice sin que le pregunte.

Quiero quejarme, decirle que ni hablar, que mis hijos no pueden salir esta noche, que puede ser peligroso, pero no me deja y continúa hablando:

—Llevarán el camión desde la fábrica hasta la estación dentro de un rato y entre los tres lo traerán todo. Hará los viajes que haga falta, me ha dicho. Ahora lo están preparando. —Debo de mirarla con cara de susto porque, mientras me toca el hombro, añade—: Curro me ha prometido que no se va a meter en líos. No se va a acercar a la plaza.

Pero eso no me deja más tranquila.

Aunque desde que mi hermano volvió de Barcelona, hace poco más de un año, no se ha vuelto a significar en política como en sus años de sindicalista, y que vayan por la carretera de fuera no debería ser un peligro, sigo sin verlo claro. No sufro por Curro; en noches como ésta, allá él si quiere volver a las andadas y exponerse. Lo que me preocupa son mis hijos.

El dolor de cabeza me mata. Me masajeo el cogote y los hombros a ver si se me pasa, pero no encuentro alivio. Juana me lee el pensamiento, siempre se da cuenta. Sabe por lo que sufro.

—No te preocupes —dice mientras me sonríe para darme ánimos—, tengo controlado a tu hermano, y estate tranquila por Tono y por Diego, son dos hombres con la cabeza bien asentada sobre los hombros, saben lo que se juegan y no van a hacer nada que haga peligrar el azúcar.

Intento convencerme de que no me queda otra y que debo transigir en que se encarguen ellos. Ya son adultos y no puedo protegerlos toda la vida, pero no dejo de preocuparme. No puedo evitarlo. Sé que si ellos se encargan, y no mis trabajadores de la fábrica, no se correrá la voz. Preferiría tener a mis hijos bien atados a la pata de mi cama, pero no tengo más remedio que aceptar que han de hacerlo.

Me inquieta lo que se oye por la calle, pero si van por el camino del cementerio, podrán pasar de la estación a la plazoleta sin pisar el pueblo. Es un camino más largo, pero también el más seguro.

Oigo susurros en el pasillo y entreveo las cabezas de los chicos detrás de Juana, y la nariz respingona de Rita un poco más atrás. Ya están listos. Me incorporo para hablar con ellos y el primero en acercarse es Tono. Me acaricia la cara. Me recuerda a su padre; es el mismo gesto que repetía cada vez que me enfadaba o estaba preocupada.

—Voy con vosotros —le digo con voz firme, todavía con su mano en mi mejilla.

—Ni lo piense, madre —zanja sin dejarme continuar.

—Y yo —dice Rita desde la puerta, la cruza y se pone junto a Juana.

—De eso nada, vosotras no os movéis de la casa —remacha Tono, dirigiendo un dedo a su hermana. Después le sonríe para quitarle hierro, pero se reafirma—: Estaremos bien, no pasará nada.

Rita se queja, reclama que ya no es una niña, pero la hago callar.

—Ya tengo bastante con tus hermanos.

Se enfurruña, da media vuelta y se marcha a su habitación sin decir una palabra más.

Mejor enfadada que en peligro.

Tono ha tomado una decisión y no me va a dejar ayudarlos. Ya no dice nada más, pero me habla con los ojos como lo hacía su padre. Los dos, siempre de pocas palabras.

Ahora es Diego el que me abraza y me levanta del suelo con sus fuertes brazos como si yo no pesara.

—Venga, madre, no sufra y escuche a Tono. Confíe en nosotros. —Aun siendo el mayor de los dos, desde hace años se deja llevar por el pequeño. Jamás contradice sus opiniones y ahora no va a ser diferente—. Entre nosotros y el tío nos bastamos para el transporte, y antes de que se dé cuenta tendremos la bodega llena. Cuando hayamos hecho varios viajes, vengo a informarla.

Lo sé, no tiene sentido que los acompañe, en la cabina del camión sólo hay sitio para tres personas y seré un estorbo para su trabajo, pero me niego a mirar desde el tendido cómo solucionan un problema que es de todos. Que es mío. Siempre me ha irritado ser un estorbo e intento esbozar otra queja, pero ninguno de los dos me deja.

—Usted quédese aquí y controle la plaza, no sea que se desmadren esos hombres. —Vuelve a ser Diego el que habla y, cuando voy a replicarle, se pone un dedo sobre los labios para que no diga ni una palabra—. Aquí nos ayudará más que si nos acompaña.

Vuelvo a sentir una punzada en la sien mientras veo cómo se marchan. El dolor ha parado un segundo, mientras hablábamos, pero mi jaqueca vuelve a las andadas. Antes de perderlos de vista, les susurro que tengan cuidado, pero ya no me escuchan, y aunque lo hicieran, sé que no serviría de nada. Juana se me acerca, me tiende las pastillas y le cojo una. La tisana está tibia, pero me da igual, tomo un par de sorbos y me trago la aspirina. Espero que el dolor empiece a amainar.

No le digo nada, pero con una mirada sabe que le pido que me deje sola. Ella me entiende. Mis dolores sólo se pasan estando en silencio y a oscuras, y si no puedo ir con mis hijos, es lo que necesito ahora: estar sola.

—Está bien —me dice al fin—, descansa y hazles caso, ve controlando la plaza. Te apago la luz para que estés más cómoda. Estaré en el corredor hasta que lleguen con noticias. Luego vengo y te comento, a ver cómo ha ido la cosa. —Y antes de irse me recuerda—:

Acábate la tisana, te ayudará, y no les des más vueltas a cosas que no puedes controlar.

Echo un vistazo afuera. Los ánimos cada vez están más vivos y hay más hombres que antes. Oigo sus gritos. No son los requetés de anoche, está claro que son milicianos. Varios coches y un par de furgonetas se acercan, van hasta arriba de hombres. Se detienen junto a la puerta de la iglesia y empiezan a sacar cajas de los maleteros. Parecen octavillas y carteles, que se las pasan de mano en mano. Van a empapelar el pueblo. Algunos tiran al aire las octavillas como si fueran confeti y la plaza queda sembrada de papeles. Cuatro chicos, mucho más jóvenes que Diego y Tono, llevan unos bultos que parecen de ropa. Son pesados porque los llevan casi a rastras. Los dejan en el suelo. Ahora veo bien lo que son: banderas enrolladas. Tienen las dos franjas: una roja y otra negra de la CNT. Están tirando de ellas para desplegarlas. Un hombre trae una escalera. Van a colgarlas frente a la iglesia. Dos de los chicos tiran de una punta, y uno se la ata a la cintura; le cuelga por detrás como si tuviera cola. Éstos ni necesitan escalera, se suben a uno de los árboles que hay frente a la fachada como si fueran gatos. La sujetan a las ramas. La otra punta la arrastran otros dos hasta el pie del árbol que está en el otro lado de la iglesia. Es una bandera enorme; la suben a las ramas del segundo árbol y en un instante la tienen colocada.

Si no fuera por lo que es, parecería la decoración de una fiesta.

Llegan un par de motos haciendo mucho ruido; los hombres que van de paquete se apean y se acercan a los de la escalera. Imagino que también quieren participar en la cuelga. Ríen y se gritan los unos a los otros. Los conductores dejan las motos junto a uno de los árboles que hay bajo mi ventana.

Me escondo para que no me vean.

Se alejan.

Una moto parecida a ésas sigue olvidada en mi bodega desde hace décadas.

La de Javier.

¿Por qué he de pensar en él?

No quiero recordar ahora. La moto. Aquel tiempo.

Recuerdo infinidad de momentos de mi vida, desde que era una niña hasta el mismo día de ayer, pero todo lo referente a Javier se quedó guardado en un cajón con todos los recuerdos que me hicieron daño. Atranqué aquel cajón y ahora, sin hacer ningún esfuerzo, se ha vuelto a abrir solo. No me gusta recuperarlo, no quiero pensar en lo que quedó dentro.

Por eso lo olvidé. Pero está volviendo ahora.

¿Cuánto hacía que no pensaba en él?

SEGUNDA PARTE

1

Tiempos de espera

Final del verano de 1908

En Terreros hay un dicho inmemorial que a los viejos les encanta y que repiten cada año en el tiempo de la vendimia: «Septiembre manda si le deja agosto», y ese año de 1908 no mandó septiembre porque agosto fue traicionero. No solía pasar a menudo, pero algunos años parecía que el calor manso del final del verano se olvidaba de Terreros, que las temperaturas sólo bajaban en los pueblos de los alrededores y a nosotros nos tocaba seguir cociéndonos en el infierno.

Ése fue uno de esos años.

Entre mayo y julio no sopló suficiente cierzo para refrescar las viñas, y el poco que sopló fue seco y abrasador, no llovió lo preciso para que los campos de secano tuvieran un mínimo de humedad que permitiera el descanso de las vides y las temperaturas durante muchas semanas no bajaron ni de día ni de noche. Así pues, demasiados días antes de lo debido, en los campos se podía percibir ese color negro azulado pintado en los granos madurados a destiempo.

Las calles de Terreros se quedaban desiertas durante las horas en las que el sol las azotaba con más fuerza, y los hombres buscaban refugio bajo los toldos del café o se sumergían en las sombras de la taberna dudando si sería posible llegar a la luna en menguante para vendimiar como es debido. La urgencia por no hacer peligrar los granos les hacía cavilar los pros y los contras en discusiones interminables sin llegar a una decisión.

Hasta que llegó el pedrisco.

Todos los brazos fueron necesarios porque, después del bicho, la piedra es el peor de los enemigos de los racimos. Hasta Juana, Lola y yo tuvimos que empuñar los corquetes y unirnos a las cuadrillas para recoger los granos. El tiempo corría en contra y todos ayudamos porque las uvas machacadas repercutían en la calidad de la añada. Los más de treinta días recogiendo se nos hicieron eternos, pero trabajamos sin descanso. Deseábamos que los señores obtuvieran el mayor beneficio porque eso significaba que podríamos recibir la añadidura. Si la cosecha era mala, ya podíamos olvidarnos.

La madrugada del día 25 se levantó ardiente para ser finales de septiembre. No había respiro durante esas noches sofocantes porque el cierzo, siempre el cierzo, se empeñaba en soplar muy fuerte, ahora ya seco e impertinente, sin dar descanso a nadie. Al despuntar el alba ya me sentía acalorada, irritada y negativa, pero sobre todo exhausta. Estaba tan cansada que me hubiera quedado muy a gusto un par de horas más sobre las sábanas, aun sudando a mares, pero me esperaba un día duro y no había tiempo para lamentaciones.

Juana y yo llegamos a la fuente, casi de madrugada. Esperaba acabar rápido, regresar a la casa y preparar la comida lo antes posible porque teníamos que volver a los campos. Pero, para mi sorpresa, Juana estaba juguetona y no paró de importunarme. Cogió uno de los cántaros, se lo cambió de brazo varias veces para demostrarme su pericia, dio algunas vueltas alrededor de la fuente y siguió mariposeando sin hacer su trabajo. Me parecía mentira que no estuviera cansada de la jornada del día anterior porque a mí me dolía todo el cuerpo. Durante el último de sus bailes en torno a la fuente, volvió la cabeza, miró hacia el sendero y señaló con un gesto a un forastero que acababa de parar su carro al inicio del camino. Zalamera, le saludó con la mano.

—¡Deja de hacer tonterías y avía! —la recriminé malhumorada.

Empezaba a impacientarme. Parecía que era la primera vez que Juana venía a por agua porque ni se acordaba de que debía ir cargando en la carretilla los cántaros llenos. Siguió haciendo el tonto mientras yo los cargaba en su sitio, pero me pudo la curiosidad y eché un vistazo. No era corriente que llegaran forasteros con carros.

Era un hombre de unos veintitantos, moreno y fuerte. Conducía uno lleno de toneles y de cajas, tirado por un percherón de color canela con manchas blancas en la testuz. El hombre se bajó del carro y comprobé que Juana tenía razón, nos estaba mirando.

Seguí sus movimientos de soslayo, intentando disimular, aunque él se dio cuenta de que yo lo miraba y se llevó la mano a la gorra para saludarme. Se quedó junto al caballo, le acarició las orejas con suavidad y sonrió.

Me volví hacia la fuente.

—Anda, dile algo —me sugirió Juana, con retintín.

—Pero ¡qué dices! —le dije ofendida.

—Que sí, que te mira a ti.

—¿Estás tonta? —Cada vez estaba más indignada—. Es un forastero al que no había visto en la vida y ni nos conoce, ni nos echa cuentas.

—Será un forastero, pero es muy buen mozo y te sigue con la mirada cada vez que das un paso. —Le dirigió una sonrisa descarada y le volvió a saludar con la mano—. ¿Lo ves? No seas antipática, date la vuelta y saluda.

—Me estás poniendo nerviosa —le contesté, ya cansada de ese juego—. ¿Por qué no se va de una vez y nos deja tranquilas?

Juana estaba muerta de risa y se burló de mí. Yo me mantuve muy digna llenando el cántaro que mantenía en vilo bajo el caño. Juana dio unos pasos hacia el camino, con intención de acercarse al forastero, pero yo dejé el cántaro en el suelo, la agarré del brazo y la obligué a quedarse conmigo.

—Ni se te ocurra acercarte —le susurré crispada.

Una vez todos los cántaros estuvieron llenos, los cargamos en la carretilla y Juana se ajustó el último a la cadera. El hombre seguía acariciándole las orejas al caballo. Empezamos a caminar por el sendero y no tuvimos más remedio que pasar junto a ellos porque todavía estaban plantados en medio.

Cuando llegamos a su altura, Juana se atrevió a hablarle.

—Buenos días —saludó—. No es de por aquí, ¿verdad? —Y dejó el cántaro en el suelo.

—Buenos días —respondió el forastero mientras se volvía a tocar la gorra con la punta de los dedos—. No. No había estado nunca en este pueblo.

Miré a Juana indignada porque no quería perder más tiempo, porque la carretilla pesaba mucho y porque no me hacía ninguna gracia que empezara una conversación con alguien que no conocíamos. Le hice gestos con disimulo para que recogiera el cántaro y reanudáramos la marcha, pero no me hizo ningún caso.

—Pues esto es Terreros —le dijo abriendo los brazos como si intentara abarcar todo lo que nos rodeaba—. ¿Y qué le trae por aquí?

—Estoy de paso. Quería que descansara un rato mi

caballo porque llevamos muchas horas de camino y estaba esperando a que acabaran ustedes para darle de beber.

—¿De dónde es?

—De un pueblo de la Mancha —respondió mientras le daba una palmada en el anca al percherón.

—¿Y eso está muy lejos? —insistió Juana.

—A unos cinco años más o menos —fue su extraña respuesta.

La conversación acabó por sacarme de mis casillas, pero Juana siguió sin tener ninguna prisa. Di unos cuantos pasos mientras la apremiaba para que recogiera de una vez su cántaro.

—Vamos, que tenemos prisa.

—Manuela, sólo estoy hablando. —Levantó la mano y con una sonrisa se despidió—. ¿Cómo se llama? —insistió una vez más mientras yo la cogía del brazo y la intentaba arrastrar por el sendero.

—Luis Galán, señorita. Para servirle a usted y a su amiga.

—Yo, Juana.

Volví a tirarle del brazo al tiempo que ella se ajustaba el cántaro y caminamos unos pasos. Cuando la solté, se volvió y todavía le gritó desde el cruce del camino:

—¡Adiós, Luis, espero que nos veamos antes de que se marche!

Aceleré el paso dando grandes zancadas mientras sentía su mirada en nuestra espalda. Juana me siguió a regañadientes, protestando, mientras yo caminaba empujando la carretilla lo más rápido que pude. Me recriminó, con un mohín enfadado, que ésa no era manera de tratar a un forastero.

—Qué va a pensar de las mujeres de Terreros —se quejó indignada.

Lola entró en la cocina después de servir a los señores. Dejó la sopera en la mesa, apoyó las manos y cerró los ojos mientras hacía una respiración profunda.

—¿Qué le pasa hoy a doña Amelia? —le pregunté al verla así.

—¿No la oyes? —repuso Lola con amargura—. Está del peor humor y lo está pagando con todos. La conozco y no debería tomármelo así, lo sé, pero cuando se pone de esa manera, da la impresión de que le da igual hacer daño al primero que se le pone delante.

Dejó los platos sucios en el fregadero con brusquedad y, con la ayuda de un paño para no quemarse, cogió las asas de la olla que tenía al fuego.

—Hoy la ha tomado con todos, pero sobre todo con don Sebastián, aunque no sé de qué me extraño, con el telegrama de esta mañana...

Sacó una de las bandejas del aparador y fue colocando con cuidado los trozos de pollo, que llevaba preparando desde hacía más de dos horas.

—¿Han llegado noticias? —le pregunté ansiosa—. ¿De quién? ¿Del señorito Javier?

Ella no me hizo ningún caso, limpió un par de gotas que afeaban la porcelana y volvió a dejar la olla al fuego, por si era necesario servir más platos.

—Venga, Manuela, prepara el postre, a ver si endulzamos un poco los ánimos.

Lola se alisó el delantal con ambas manos, cogió la bandeja con todo cuidado y volvió al comedor, bien erguida, para seguir sirviéndole la comida a doña Amelia.

—No me dejes así... Lola —le rogué en un susurro—. ¿Qué decía el telegrama?

Como no respondía, tiré el cucharón de las natillas sobre la mesa, con tan mala suerte que rebotó y dejé tanto la mesa como el suelo perdidos. Mientras limpiaba el estropicio, me puse a escuchar la voz de doña Amelia que se oía sobre la de todos los demás miembros de la familia. Estaba teniendo una airada discusión con su marido y no parecía que nadie pudiera detenerla.

—¡Va a ser un escándalo! —clamaba—. Que Arturo no esté en la fiesta lo puede entender cualquiera. Está lejos y con la situación en África a nadie le cabe la menor duda de cuál es su sitio. Pero que falte él... es intolerable. ¡Si no tiene otra cosa que hacer! Con el curso acabado, su deber es volver, y lo sabe. Ya se ha entretenido bastante en Londres. No quiero ni imaginarme qué es lo que le retiene allí. Sebastián, te lo advierto, o le pones coto a esto o se lo pongo yo. ¡Tú mismo!

Tras las indignadas palabras de la señora se hizo el silencio. Imagino que todos esperaban la respuesta del señor, pero esperaron en vano porque no la hubo. A mí, como a doña Amelia, la rabia también me consumía desde hacía demasiado tiempo. Ya la había sacado hacía unos días en la fuente con el forastero que nos miraba; también la pagué en diversas ocasiones con Juana, que no tenía ninguna culpa, y en ese momento lo había vuelto a hacer con las natillas.

Había empezado a sentirme así desde hacía un par de meses y el sentimiento fue creciendo hasta llegar al nivel en el que me encontraba en ese momento. A mediados de junio, Inés me comentó que el curso en la universidad de Inglaterra acababa a final de ese mismo mes y que todos esperaban que Javier volviera de forma inminente, pero como llevaban un tiempo sin noticias, no sabían a ciencia cierta la fecha de su regreso. Cuando ya nadie dudaba de que Javier estaba de camino a la casa, llegó una carta en la que avisaba que todavía tardaría un tiempo. Los días fueron pasando sin recibir más cartas. Acabó julio, llegó agosto, empezaron las urgencias de la recogida de ese año y siguió sin dar señales de vida. La vendimia continuó, y cuando estábamos a punto de terminarla, yo me atormentaba con la idea de que había encontrado a alguna señorita inglesa que le retenía en Londres. Estaba segura de que esa bruja, que imaginaba perfecta, le tenía sorbido el seso y que por su culpa se había olvidado de mí y de volver a Terreros. Pasé de una nostalgia que me oprimía el pecho al miedo a perderlo, del miedo al disgusto y del disgusto a la amargura y el resentimiento. No podía contenerme y eso hacía que asomara lo peor que llevaba dentro. Aquél fue un tiempo negro, de espera, pero también de empezar a sufrir unos horribles dolores de cabeza que todavía me siguen martirizando.

Así que allí estaba yo ese mediodía de final del verano, frente a la mesa de la cocina, empuñando el cucharón, cuando empecé a percibir los resplandores blancos que me anticipan la llegada de la tortura. Ahora sé que cuando veo todo a mi alrededor festoneado de luces debo estar tranquila, en silencio y, si es posible, a oscuras, hasta que todo se calme; sin embargo, en aquel tiempo, no me conocía tanto como ahora y no sabía cómo defenderme, ni dejar mi mente sosegada. Así que cuanto más inquieta estaba, peor era el dolor, y cuanto más crecía el dolor, mayor era mi angustia.

Tras pelearme con las natillas fui consciente de lo que ponía en el telegrama, aunque Lola no hubiera soltado prenda: Javier avisaba a sus padres que ni lo esperaran para la fiesta ni para ninguna de las ceremonias, y lo peor de todo era que no sabían cuándo regresaría.

El día de la pisa amaneció nublado y con un cierzo húmedo y molesto, pero, aun así, volvimos a prepararlo todo como cada año. Participé en la ceremonia del pago, compartí la comida de celebración con los señores y pisé cuando llegó mi turno, pero ni me interesó nada de lo que hice, ni quise divertirme. El día fue empeorando con el paso de las horas y todavía no habíamos acabado cuando tuvimos que recogerlo todo porque se puso a llover. Empezó como una lluvia mansa que nos mojó poco cuando todavía las últimas chicas subían a la tina, incluso podría decir que esa agua ni molestaba, pero al cabo de unos minutos el cielo se abrió completamente y nos dejó a todos chorreando. El final de la fiesta quedó deslucido, pero he de reconocer que agradecí que el tiempo se aliara conmigo para que todo acabara rápido.

Fue un chaparrón de verano y parecía que el cielo no se creía que ya hubiéramos entrado casi en el otoño, porque cuando terminó de llover y empezaba a atardecer, el viento se encargó de desmenuzar y alejar las nubes, dejando sólo rastros diseminados por un cielo que quedó otra vez sereno y con el ambiente cálido, perfecto para disfrutar en la plaza. Al poco salió una luna llena, y con ese cielo limpio y sin amenazas, las autoridades no se atrevieron a desconvocar el baile.

Esa noche, mientras cenaba la familia, doña Amelia seguía enfurruñada por la ausencia de Javier. Los pesados cortinajes del salón no pararon de moverse y la señora me ordenó cerrar las ventanas. Se había vuelto a levantar el viento con la misma fuerza de la mañana, presagiando que el tiempo de los calores estaba por acabar.

Después de recoger la mesa, me fui a ayudar a Lola a fregar los platos y así tener una excusa para no ir a la plaza si Juana me reclamaba. Pero no fue Juana quien me forzó a ir.

—¿Qué te pasa? —me preguntó Fernanda, que acababa de entrar en la cocina—. Esa cara no es de una noche de baile. Cualquiera diría que vas de funeral. Venga, arréglate y ve con Juana un rato, a ver si te animas.

Me cogió de las manos el paño de secar los cubiertos, lo dejó sobre la mesa y, antes de que yo pudiera reaccionar, me forzó a dar media vuelta e ir hacia mi alcoba a cambiarme de ropa.

—No hace falta, doña Fernanda —me fui quejando al tiempo que ella me empujaba—. Me quedo aquí a ayudar a Lola, que todavía queda mucha faena.

—Ya se lo he dicho yo hace un momento —replicó Lola desde el fregadero—. A ver si a usted le hace más caso, señorita. ¿Dónde se ha visto a una muchacha que no quiera ir a un baile?

—Lola se encargará de los platos —volvió a la carga Fernanda— y, cuando acabe, ya se os unirá con Pedro, ¿verdad?

—Pues claro, doña Fernanda. Mire, por ahí viene Juana. Ella ya está preparada. Anda, vete ahora mismo, a ver si se te alegra la cara.

Al cabo de unos minutos apareció Fernanda en mi habitación con un chal en los brazos.

—Es de Inés. Quiere que lo lleves esta noche y que te animes un poco.

Con él sobre los hombros, no tuve más remedio que salir hacia la plaza. Juana y yo caminamos en silencio y se me colgó del brazo. Cuando llegué a la mesa de mis padres, me senté en un rincón a dejar pasar el tiempo hasta que pudiera volver a mi habitación. La pobre Juana se empeñó en que lo pasara bien y no me dejó en paz. Yo no tenía ningunas ganas de bailar y, aunque ella llevaba más de media hora intentando animarme, no le hice el menor caso. Me tiró del brazo para que me levantara.

—Juana, ¡por Dios!, estate quieta. —Y me revolví para que me soltara.

—Es que no puedo... tengo que bailar, y hasta que no llegue Curro no tengo pareja.

—Anda, déjame. De verdad que estoy muy cansada.

Pero, aunque lo del cansancio era cierto, los recuerdos pueden doler mucho más que los huesos.

Mi madre llevaba un buen rato preguntándome qué me pasaba, intentando que le explicara por qué estaba tan mohína, y yo no le decía nada desde el rincón donde me había sentado, hasta que me cansé de oírla alabar la fiesta y pedirme que me lo pasara bien. En un arrebato, me levanté y le dije que me marchaba. Me miró muy seria, se levantó de la silla, rodeó la mesa, se sentó junto a mí y me pidió que me quedara.

—Al menos hasta las doce —me rogó.

Nadie comprendía que pusiera excusas, y sólo las habrían aceptado si hubiera estado con fiebre, con una pierna rota o con una de mis jaquecas. A los dieciséis años ser feliz era una obligación, y no había ninguna justificación para no serlo durante el baile de la vendimia.

Me cogió la cara con ambas manos y me apretó las mejillas.

—Una sonrisa, mi vida —me pidió—. Déjala salir, que está ahí esperando.

Era un juego al que jugábamos desde que era muy pequeña. Cuando alguna cosa me entristecía o me enfadaba, ponía sus manos en mis carrillos, me miraba fijamente y con su sonrisa lograba arrancarme otra a mí. Era una treta que le valía cuando era pequeña, pero en ese momento no surtió el efecto que ella esperaba, aunque, para no decepcionarla, al final esbocé una sonrisa. Estoy segura de que fue la más triste de todas las que le había ofrecido nunca.

A pesar de todo, me premió con un beso en la mejilla e intentó animarme al ver que seguía tan mustia:

—Estás preciosa con este chal. ¿Es de la señorita?

Yo asentí. Me lo cogió de los hombros y lo admiró con ojos expertos. La verdad es que era magnífico. De un blanco resplandeciente, bordado con flores de colores y con unos flecos que casi llegaban hasta el suelo cuando reposaba en mis hombros.

—Seguro que a la señorita le hubiera encantado que la dejaran lucirlo esta noche. Tienes suerte de estar aquí y disfrutarlo.

Juana se levantó de su silla y se me acercó zalamera.

—Anda, no seas arisca... Escucha el pasodoble que están tocando y haz caso a tu madre. ¿No se te van los pies con la música?

—Está bien —claudiqué mientras cerraba los ojos y estiraba los brazos para que me cogiera las manos y nos fuéramos juntas—, pero sólo éste.

Mientras bailábamos el pasodoble tuve que hacer un esfuerzo para que los recuerdos no me jugaran una mala pasada. Al final ganaron ellos, no pude evitarlo. Los brazos de Juana rodeándome de pronto se convirtieron en los de Javier y me transportaron al baile del año anterior.

Me dejé llevar por la música con los ojos cerrados y, cuando cesaron las notas, tuve que sacar fuerzas de donde no me quedaban para no echarme a llorar por esa ausencia voluntaria que tanto me dolía. Con ese baile tuve bastante, no quise mortificarme más. Me acerqué a la mesa donde estaban mis padres esperándome, pero no me senté. Rechacé el vaso de vino que me ofrecieron y me disculpé ante todos. Recogí el chal de Inés, les di un par de besos a madre y a la abuela y, aunque intentaron convencerme, no las dejé; justo cuando la campana de la iglesia tocaba las doce puse la excusa de uno de mis dolores de cabeza y hui de la plaza.

Al llegar a la casa la encontré sumida en un silencio palpitante como de cementerio y ni siquiera me entretuve en buscar una vela para alumbrarme. Mi ánimo era tan sombrío como el ambiente que se respiraba entre esas paredes. No había engañado a Juana, las dos lo sabíamos. Era verdad que estaba cansada y también que me dolía algo la cabeza, pero si Javier hubiera estado en Terreros, ningún dolor o cansancio me habrían arrancado de la plaza hasta que las notas de la banda hubieran dejado de sonar.

Dejé atrás el recibidor y me encaminé hacia mi habitación; sin embargo, al llegar a la cocina, me senté en la primera silla que encontré, estiré los brazos, me masajeé el cuello y, mientras movía la cabeza de lado a lado, fui consciente de cada uno de los músculos de mi espalda. Estaba agotada por el esfuerzo de los últimos días en las viñas y con el ánimo consumido por el poco descanso que había tenido durante tantas noches en blanco. Aun estando tan agotada, no tenía ánimos para meterme en mi abrasadora alcoba y mucho menos para pasar otra noche dando vueltas en la cama.

Me levanté de la silla, me acerqué a tientas a la alacena y cogí un vaso y la jarra que siempre teníamos preparada con agua del día. Me tapé con el chal, deseando sentir algo que me abrazara, y, arropada por las sombras, fui hasta el salón. Sabía que desde sus ventanales orientados al oeste era el mejor lugar de la casa donde disfrutar de la perspectiva de la luna llena que brillaba esa noche.

El cielo continuaba despejado, pero en el jardín empezó a rugir el cierzo con mucha más fuerza de como lo había hecho durante todo el día. Dejé la jarra sobre la mesa camilla, me acerqué al ventanal con el vaso entre las manos y, mientras bebía un largo trago, me sumí en mis pensamientos. Miré a través de la oscuridad y me transporté muy lejos con el balanceo rítmico de las ramas de la magnolia; parecía disfrutar de ese baile acompasado mucho más de lo que yo había disfrutado el pasodoble con Juana. De nuevo mi mente me jugó una mala pasada y me trajo la fiesta y la vendimia del año anterior. Me volví para no ver el movimiento de las últimas flores blancas que todavía cubrían el árbol, cogí la jarra y desanduve el camino hacia la cocina. Al entrar, los rescoldos del fogón chisporrotearon con un minúsculo estallido. Agucé el oído y fui consciente del silencio que reinaba en la casa, de los mínimos sonidos que se percibían: el crujido del tejado sobre mi cabeza, el tintineo del cristal de la jarra al rozar el vaso cuando lo llené por segunda vez o el bramido de ese cierzo, amortiguado por los ventanales, tan diferente, imaginé, a los vientos que debían de mover los árboles en Londres.

A aquellas horas de la noche la casa era un mausoleo y ofrecía un vivo contraste con el bullicio, los gritos y las risas que se oían, apagados por la distancia, allá en la plaza.

Perdí la noción del tiempo y ni siquiera me di cuenta de que la música había ido menguando hasta que en algún momento cesó por completo. Al rato sonaron unos pasos que bajaban por la escalera y deseé que, fuera quien fuese, no entrara en la cocina y se dirigiera al salón o a la salita de doña Amelia. No me apetecía dar explicaciones de por qué estaba allí de madrugada y a oscuras.

Vi el resplandor de la vela antes que a Ernesto y, cuando entró, dio un respingo.

—Manuela, qué susto me has dado, no esperaba encontrarme con nadie. ¿Qué haces aquí a estas horas?

—Estoy desvelada —respondí mientras me ponía en pie—. Acabo de volver del baile —mentí— y todavía no me apetecía meterme en la cama.

—Sólo venía a por un vaso de agua —comentó ocultando un bostezo con la mano.

—Yo se lo pongo.

Me fui directa a la alacena a buscar un vaso limpio y le serví el agua con la jarra que todavía estaba sobre la mesa. Quería irme, pero cuando cogí mi vaso para llevarlo al fregadero y marcharme, me agarró de la mano y tiró de mí con suavidad para que me acercara.

—Siéntate, mujer. No te apures. Yo también estoy desvelado. Dime, ¿qué tal la fiesta?

—Bien —contesté algo desorientada—, como todos los años —le aclaré, y otra vez me hizo un gesto con la mano para que me sentara—. La banda ha tocado muchos pasodobles y la plaza estaba llena, pero yo no he bailado mucho; estoy muy cansada de tanto trabajo y no tenía ganas de fiesta —volví a mentir, esta vez a medias, mientras me dejaba convencer y me sentaba frente a él.

El silencio de la casa se llenó del repique de los relojes, que empezaron a sonar al unísono para avisarnos de que ya eran las dos en punto de la madrugada. Me sorprendió lo rápido que había pasado el tiempo.

—Vaya, pues ahora me arrepiento de no haberme pasado un rato —comentó algo más despierto—. Mi padre y yo nos hemos enredado a hablar de política y no tenía ganas de ir solo.

—Es que cuando no hay con quien disfrutar una fiesta, deja de serlo —le dije, y volví a sentir una punzada de añoranza.

—Tienes razón. Otros años he ido con uno de mis hermanos o con algún amigo y casi siempre me lo he pasado bien, pero éste, no sé por qué, no me apetecía.

—A mí me ha pasado igual, esperaba ir con alguien que no ha aparecido.

—¿Algún muchacho del pueblo? —me preguntó en tono afectuoso.

—Algo así.

Bajé la vista hacia el vaso y me puse a jugar con él, dando vueltas con la yema del dedo sobre su filo. Apreté los labios y tensé la espalda. Cuando levanté la vista, me miraba fijamente.

—Es muy duro no poder compartir los buenos momentos con la persona a la que se quiere.

Ernesto se portó conmigo con una sensibilidad que nunca podré agradecerle lo suficiente. Tomó mi mano con ternura, la puso entre las suyas y me dio unas suaves palmaditas en el dorso.

—Venga, hoy me toca a mí consolarte un poco.

No me había querido dar cuenta de lo mucho que necesitaba hablar, pero en ese momento supe que podía confiar en él y le abrí mi corazón. Comprendí que no podía explicarle con detalle el motivo de mi desasosiego y mucho menos que el culpable era su hermano Javier. Sabía que Ernesto no me iba a pedir cuentas de quién era el que causaba mi pena y hablé sin miedo a que me recriminara, como sí hubieran hecho Juana, madre o la abuela. Sabía que él no me iba a pedir cuentas de quién la motivaba.

—Tiene razón —dije—, es triste no tenerlo cerca. Pero todavía tengo esperanzas de que todo cambie.

—Pues no las pierdas, Manuela. El amor es el motor de la vida.

—El problema es que no sólo depende de mí que las cosas marchen. No estoy muy segura de que él tenga tan claros sus sentimientos como los tengo yo.

Fuera seguía soplando el viento y la llama de la vela que nos iluminaba empezó a titilar movida por la corriente que se coló por alguna rendija.

—Si me dejas —sus ojos brillaron con el reflejo de la llama—, te puedo dar uno de esos consejos que nunca se siguen, pero que espero lo tengas en cuenta y te sirva para algo. —Asentí para que continuara—. Si ese muchacho del que hablas no te valora, es que, además de ser tonto, no te merece. Pero —su voz sonó firme a partir de ese momento— si de verdad crees que te quiere, lucha por él. No lo dejes escapar. Haz un esfuerzo, porque esta vida no significa nada si no tenemos a quien queremos a nuestro lado.

—Seguro que tiene razón, debería luchar por él, pero me parece que tendré que esperar a que se decida. Creo que le importo, al menos que le importaba hace un tiempo, y confío que cuando me vea recuerde lo que me dijo. No quiero rendirme, pero empiezo a dudar que los dos deseemos lo mismo. La vida es muy complicada.

—No, qué va, es sencilla, sólo que nosotros nos empeñamos en hacerla difícil. Siempre he pensado que debemos luchar para ser felices, pero no es fácil conseguirlo. Te lo digo por experiencia. Cuando se está solo nada tiene sentido.

—Yo lo único que quiero es una razón de por qué no ha venido, pero trataré de recordar sus palabras. Intentaré seguir luchando por él, señorito.

—Por favor, Manuela, me gustaría que me hicieras un favor.

—Estoy a su servicio.

—No me llames «señorito» y tutéame, al menos cuando estemos solos. Sólo soy Ernesto y quisiera que me trataras como a un amigo que quiere ayudarte.

Y a partir de ese día empezó a serlo.

2

Luis

Octubre de 1908

Luis llegó a la Casa Grande una mañana de mediados de octubre. Lo reconocí en cuanto lo vi, aunque fui incapaz de recordar su nombre.

Acababa de recoger la ropa blanca del tendedero del patio trasero y volvía a la casa con el cesto apoyado en la cadera, cuando lo vi en medio del corredor. Estaba justo frente a la ventana de la cocina, apoyado en la tapia de los laureles, acariciándole las orejas a su caballo. Cuando llegué a la puerta llevaba un buen rato mirando cómo me acercaba, con su media sonrisa traviesa iluminándole la cara.

—Buenos días, señorita —me dijo cordial mientras se tocaba el ala de la gorra como ya le había visto hacer en la fuente.

«Siempre repite ese gesto», pensé. Le contesté con otro «buenos días» casi en un susurro y esbocé una sonrisa cohibida porque no pude menos que recordar los malos modos que había tenido con él hacía tan pocos días.

—Veo que hoy está de mejor humor —me soltó a bocajarro.

—¿Por qué no iba a estarlo? —le contesté seca.

Me sentí atacada con sus palabras, aunque reconozco que no se merecía mi reacción. Me puse muy tiesa y levanté la barbilla. Aunque entonces no tenía ni idea, ahora sé que estaba imitando a mi hermano Curro. Él también se erguía y hacía el mismo gesto cuando intentaba demostrar su dignidad ante quien imaginaba que quería ofenderle. Sé que Luis no tenía intención de molestarme, ni mucho menos, pero eso lo supe después, porque entonces no lo conocía y no sabía de su carácter tranquilo y afable. Habíamos empezado con mal pie, aunque, como siempre pasó entre nosotros, intentó arreglar la situación.

—Disculpe, no quería disgustarla —me dijo muy serio—. Si le parece, empecemos de nuevo.

Hizo una reverencia forzada y me miró con esos ojos oscuros tan expresivos que tuvo siempre.

—Buenos días, gentil dama —me saludó con una sonrisa, y volvió a poner sus dedos sobre la gorra—, me llamo Luis Galán y aquí estoy para servirla. ¿Me permitiría que le lleve esa carga tan pesada?

No pude evitar sonreír con su ocurrencia y reconocí que se merecía esa oportunidad que me pedía. Relajé la espalda, aflojé la barbilla y, haciéndole un ligero saludo con la cabeza, le contesté, esta vez más afectuosa:

—No hace falta, puedo sola.

Me preguntó mi nombre y se lo dije, también que trabajaba en la casa; él me comentó que estaba esperando a que llegara Ernesto para cerrar un trato que ya tenían apalabrado y que, a partir de ese día, si las cosas marchaban como esperaba, empezaría a vender los vinos de la bodega por los pueblos de la comarca.

—Estamos pendientes de llegar a un acuerdo final con el precio y en cuanto lo cerremos, podré tener una razón para pasar por aquí una vez a la semana. ¿Le parece bien el trato?

—¿Por qué me ha de parecer bien o mal? Aunque siempre es de agradecer tener cerca a alguien que se ofrece a llevarte el cesto —le dije mientras me daba la vuelta y me dirigía a la puerta de la cocina procurando contonear la cadera para que mi falda tuviera más vuelo.

Estaba sorprendida de mí misma. Intentaba coquetear con el forastero y, por un momento, me había olvidado de Javier. Cerré los ojos un segundo y, en el quicio de la puerta, mientras me reprendía mentalmente por ello, vi que Ernesto se acercaba. Llegó a la altura de Luis, le saludó con un apretón de manos y se fueron por el corredor hacia la bodega dejando el carro y el caballo frente a la ventana de la cocina.

Entré, puse el cesto sobre la mesa y empecé a doblar las sábanas que había recogido. Llené la plancha de brasas y, mientras esperaba que se calentara, me entretuve mirando por la ventana. Allí estaba el percherón plantado frente a mí. El animal movía la cabeza arriba y abajo y, a ratos, resoplaba. Parecía tranquilo. Se notaba que estaba bien cuidado y, después de haber visto cómo Luis le acariciaba las orejas, imaginé que debía de tratarlo como a un buen amigo. Tenía las crines de color miel, bien peinadas, largas y suaves, y en medio de la frente una mancha blanca, como un gran lunar con forma de diamante.

Nunca había tenido relación con los caballos, porque en casa de mis padres jamás sobró el dinero como para disfrutar de unos lujos sólo reservados a las casas importantes. Ni siquiera tuvimos un burro que ayudara a mi padre en el campo, pero estaba acostumbrada a ver asnos y mulos trabajando con el arado o tirando de los carros.

En las cuadras de la Casa Grande, además de los mulos de tiro, había varios caballos. Pedro cuidaba con todo esmero de Mulata, la yegua torda de don Sebastián; del potro que había nacido el verano anterior al que llamaron Alfonso en honor al rey, y de Bandido, el purasangre de cinco años que habían comprado hacía un par de años para criar con Mulata.

Inés estaba ansiosa por que el potrillo alcanzara los cuatro años para poder montarlo. Lo quería en exclusiva y lo iba a conseguir, pues Arturo seguiría lejos del pueblo, Javier sólo montaba a Bandido y en cuanto a Ernesto, todos conocíamos la aversión que le tenía a todo tipo de montura. Cuando era un niño de unos diez años y empezaba a ser un buen jinete, montaba regularmente a Rubio, el tordo padre de Mulata. Un día de paseo por los campos, se desató una tormenta tremenda y el animal, de carácter algo nervioso, lo tiró con tan mala fortuna que a Ernesto se le rompió la pierna por varios sitios, con muy mal pronóstico. Tuvo que permanecer en cama durante cuatro meses, con una recuperación lenta y dolorosa que le dejó la pierna dañada. Nunca más volvió a acercarse a Rubio, ni tampoco a las cuadras, y a partir de ese accidente se negó a montar a ningún animal por muy dócil que fuera.

El percherón de Luis parecía dócil y tranquilo y esperaba paciente a su amo bajo un sol de justicia junto a la ventana. Yo estaba asomada admirándolo cuando oí que entraba alguien en la cocina.

—¿Qué miras? —me preguntó Juana al llegar junto a mí. Ella también se abocó para mirar—. Bonito caballo. ¿Qué hace en el corredor?

—Es del forastero que vimos el otro día en la fuente. Ha venido a hablar con Ernesto.

—Pobrecillo, con la solana que está cayendo debe de estar acalorado.

Para ser octubre hacía un día luminoso, los rayos del sol le daban de pleno y el animal estaba allí desde hacía un buen rato, pero imagino que había pasado días mucho más calurosos tirando del carro de Luis. Así se lo comenté a Juana, pero ella ni lo pensó y se fue hacia la alacena, trajo el cesto de las manzanas que habíamos recogido hacía un par de días, puso el faldón del delantal sobre la mesa y lo llenó con media docena para dárselas al caballo.

—Pero ¿qué haces? —pregunté alarmada—. Si te ve tu madre, te va a caer una buena.

—He cogido las más feas —replicó—. Mira, ésta está casi para tirar. —Me enseñó una que tenía un pequeño golpe, pero las demás parecían perfectas—. No sufras, no creo que me diga nada.

Se acercó al animal con el delantal recogido tapando las manzanas y se arrimó, estirando el brazo con una de las frutas cogida con la punta de los dedos. Yo me aboqué sobre la ventana todavía más para verla bien y ella me miró con esa sonrisa radiante y pícara que sigue poniendo cada vez que hace una travesura. El percherón aceptó el regalo y resopló buscando más fruta entre su ropa.

—Mira, Manuela, le gustan —exclamó entre carcajadas.

Le estaba dando la última cuando Ernesto y el forastero se acercaron al carro por el corredor. Iban hablando y se pararon frente a Juana.

—Tiene un caballo muy tranquilo, Luis —le dijo ella cuando llegaron a su altura.

—Creo que has hecho un amigo —comentó risueño Ernesto—. Te busca algo en los bolsillos.

—Es que le he dado unas manzanas, pero se me han acabado.

—A Bruno le vuelven loco. Como las muchachas bonitas —comentó Luis zalamero—, debe de estar oliendo el aroma que ha quedado en tu ropa. Si te quedas junto a él, no se va a separar de ti en todo el día. No está acostumbrado a estos placeres.

Luis y Ernesto se dieron la mano y asintieron mientras se despedían.

—Nos vemos el lunes, entonces. Y traiga el carro vacío —dijo Ernesto mientras le daba un ligero golpe en el hombro.

«Eso quiere decir que han llegado a un acuerdo», pensé. Luis cogió las riendas del caballo y se subió al pescante.

—Venga, muchacho —le dijo—, por hoy ya se ha acabado la fiesta. Nos vamos.

Dio un ligero impulso a las riendas, chasqueó la lengua varias veces y el carro se puso en marcha con dirección a la plazoleta de la bodega para dar la vuelta.

Ernesto se fue hacia la casa, Juana entró en la cocina y, mientras el carro pasaba frente a la ventana, ya en dirección a la plaza de la Asunción, Luis levantó la vista y, al comprobar que yo le estaba observando, se volvió a tocar la gorra y me guiñó un ojo. Noté que me sonrojaba y, como no quería que se diera cuenta, di la vuelta a la mesa haciendo ver que preparaba la ropa para la plancha.

Juana sí que vio cómo me subían los colores, y aunque me defendí diciéndole que no me interesaba lo más mínimo y que en el pueblo había infinidad de hombres mucho más interesantes que él, me contestó retadora:

—Pues no sé por qué no te parece interesante. Es un hombretón educado, simpático y guapo, y, por lo que parece, muy trabajador. Sí que picas alto, chica; a mí me parece un buen mozo.

—No digas tonterías —respondí desdeñosa.

Bien mirado, tenía razón. Pero no se lo hubiera reconocido ni aunque me hubieran arrancado la piel a tiras en ese momento.

—¿No has visto cómo te miraba? —Me dio un golpe en el brazo y, mientras arqueaba la ceja con aires de suficiencia, añadió—: Aprovecha que lo tienes a tiro.

—Pero ¿qué dices? —repliqué ofendida—. ¿Estás tonta? Me voy a fijar en él habiendo tanto donde elegir en Terreros...

—Pero si es un diamante en bruto. No veo que tenga ningún competidor que le iguale en el pueblo. Bueno, sin contar a Curro, claro —matizó.

—Pues mira, ahí tienes un buen ejemplo de un hombre mucho mejor. Mi hermano o cualquiera de los hijos de doña Amelia que le dan sopas con honda. ¿O me lo vas a negar?

—Sí, mujer, claro que se la dan. Que Curro me perdone, pero es que ningún hombre, ni del pueblo ni de fuera, es comparable con ellos. Donde estén Ernesto y Arturo que se quite lo demás, aunque sean inalcanzables.

—¿Y qué me dices de Javier?

—Qué quieres que te diga... Con todo lo que mi madre me ha explicado que ha hecho los últimos tiempos, no sé si es el mejor partido. Aunque ya sé que estás coladita por sus huesos desde que llegaste a la casa.

—¡Eso es mentira! —exclamé intentando parecer lo más ofendida posible.

—Sí, hombre, ¿te crees que me chupo el dedo? Llevas todo el año como un alma en pena, llorando por los rincones y cada vez que llega una carta acosas a Inés con tus preguntas. Igual has pensado que no se te notaba, pero a mí no se me escapa nada.

—Te digo que eso no es verdad —repuse, pero con mucha menos convicción de la que esperaba.

—Lo que tú digas, pero baja del cielo que tienes demasiados pájaros en la cabeza. No pierdas el tiempo. Un baile es sólo eso, un baile. Yo que tú me olvidaría y dejaría que Luis me cortejara.

No estaba de acuerdo con Juana, porque, aunque en algún momento había dudado de que Javier volviera, quería creer que, en cuanto entrara por la puerta de la casa y me viera, recordaría lo que me dijo en la cochera. Quería seguir el consejo que me había dado Ernesto la madrugada de la fiesta, luchar o, al menos, darle tiempo para que él decidiera.

Varias semanas después llegó otro telegrama que me dio una nueva esperanza.

3

Ilusiones

Principios de noviembre de 1908

Cerré la puerta principal de la casa tras de mí, me apoyé en ella y, aspirando profundamente, llené los pulmones satisfecha. Por fin llegaban noticias. Esa carta que sujetaba entre las manos me tranquilizó y me dio expectativas, pero también provocó una multitud de ideas contradictorias que se amontonaron en mi cabeza.

Desde su último telegrama, durante la vendimia, Javier no había dado señales de vida y doña Amelia amenazó a su marido con ir ella misma a Inglaterra, si era necesario, para arrastrar a su hijo hasta la casa. Imagino que don Sebastián, inquieto por el posible escándalo, y conociendo a su mujer y la terquedad con que llevaba a cabo sus propósitos, no dudó ni un momento en que esa obstinación por conseguir noticias le iba a traer muchos problemas. Estoy segura de que movió cielo y tierra intentando convencer a su hijo para que regresara o que, al menos, enviara unas letras a su madre para darle una fecha de vuelta. Por lo que podía intuir, yo tenía esas noticias entre mis manos y anhelaba saber cuáles eran.

—Señora, una carta del señorito Javier —le dije tras llamar a la puerta de su salita—. La acaba de traer el cartero.

Sin poder contener la satisfacción, que había ganado a la inquietud, la esperanza y la duda que me martilleaban el cerebro, esperé junto a la puerta mientras ella continuaba de espaldas a mí. Se volvió sólo en parte y me miró entornando los ojos. Entonces caí en la cuenta de que había metido la pata porque a la señora no le hacía ninguna gracia que hubiera aprendido a leer y mucho menos que se lo demostrara tan a las claras.

La salita estaba cargada de su aroma a lavanda y por el ventanal, medio descorrido, entraban algunos tímidos rayos que se colaban por debajo de las ramas de la magnolia. Eran las once y el sol estaba casi en lo más alto. Doña Amelia soltó los faldones de la cortina que todavía sujetaba y se alejó del ventanal por el que había estado contemplando su jardín perfecto. El rumor de sus enaguas almidonadas, acariciando la madera, llenó el silencio mientras llegaba hasta la puerta y, como todavía no me había dado permiso para que entrara, allí estaba yo, quieta y esperando su reacción. Le tendí la carta y me la quitó de entre los dedos.

—Vete a ayudar a Lola, seguro que todavía no tiene preparada la comida.

Se dio la vuelta y fue hacia su sillón.

Por la tarde me acerqué a la bodega y allí encontré a los hombres con aspecto preocupado. Estaban junto a la puerta, alrededor de una mesa que habían montado con un par de toneles y unas maderas. En el suelo había varias espuertas llenas de botellas y sobre la mesa, unas cuantas abiertas. Ernesto sujetaba una bajo su nariz mientras hacía una mueca de disgusto. Pedro se acercó un corcho con las mismas intenciones y tanto mi padre como Curro los observaron impacientes.

—Es el mal de la botella —sentenció Pedro mientras volvía a oler el tapón—. De eso estoy seguro. Esperemos que sólo afecte a la cosecha del cinco.

—¡No me digas eso, por el amor de Dios! —Ernesto dio un golpe seco sobre la mesa improvisada—, son miles de botellas.

—Al menos un cuarto del crianza... —Pedro calló un segundo, como meditando, dejó el corcho en la mesa y se volvió, con mirada preocupada, hacia Ernesto—. Eso calculo.

—¿Cómo estás tan seguro? —preguntó Ernesto.

—Porque tienen que ser los tapones portugueses que compró el señor, encorchamos una parte de la añada con éstos. —Y señaló el que estaba sobre la mesa—. El resto, con los catalanes de siempre; ésos nunca nos han fallado.

—Pero si de los catalanes quedaba una montaña de sacos —comentó Curro en ese momento—, o eso creo recordar —aclaró con voz queda, como pidiendo disculpas por la interrupción.

—Sí, recuerdas bien —dijo Pedro—. Don Sebastián compró esa remesa nueva a unos amigos suyos. No compró muchos, como para un par de añadas, pero me mandó utilizarlos para comprobar su rendimiento. No estaba de acuerdo, pero él insistió y sólo los utilicé para una parte de las botellas, aun a sabiendas de lo que me había pedido.

Pedro miró a Ernesto mientras se rascaba la cabeza. Imagino que esperaba una reprimenda por no haberle puesto al corriente del asunto o por haber tomado una decisión a espaldas de don Sebastián. Pero Ernesto le miró y no dijo nada al respecto.

—Espero que no pase como la otra vez —medió mi padre.

—¿A qué otra vez te refieres, Paco? —preguntó Ernesto.

—Hace años tuvimos un problema parecido —contestó Pedro—. Se hizo una mezcla de azufre muy pobre tras una de las trasiegas y bastantes barricas de envejecimiento se contaminaron con hongos. Igual no te acuerdas —comentó Pedro mirando a Ernesto—, porque todavía estabas estudiando y no te encargabas de todo como ahora. Fueron tu madre y doña Fernanda las que lo supervisaron todo, pero se perdió casi toda la añada. Fue un desastre.

—Entonces, centrémonos —dijo Ernesto y, a su lado, Pedro asintió ante ese comentario.

Desde hacía un tiempo, el mayoral empezaba a hacerse a un lado en la toma de decisiones que afectaban a la bodega cuando Ernesto estaba cerca, e imagino que, tras darse cuenta de que había fallado, quiso que él tomara las riendas y que lo solucionara todo.

—Tendremos que hacer una cata de las botellas encorchadas con los catalanes —continuó diciendo Ernesto—. Si no tienen moho, ya sabemos de dónde viene el problema.

Pedro volvió a coger un par de tapones y los apretó entre sus manos.

—No me fiaba de estos nuevos —reconoció pensativo—, no me preguntes por qué, pero no me fiaba nada. Eran demasiado rígidos, con demasiada veta. No sé... Le dije a tu padre que no eran de la medida adecuada... —observó el que tenía en las manos y me dio la impresión de que los calibraba—, demasiado cortos, pero no me hizo caso. Malditas probaturas —murmuró entre dientes.

Salí de la bodega sin que se dieran cuenta de que había estado allí y por el camino me tropecé con mi hermano. Llevaba varias duelas al hombro y un par de aros de comporta colgando del brazo.

—Damián, espera —dije tocándole el hombro para que parara—. ¿Qué es eso del mal de la botella?

—Cuando al descorchar el vino no huele como debería... —Me miró extrañado—. ¿Por qué me lo preguntas?

—Porque parece que uno de los crianzas tiene eso.

—Mala cosa... —repuso negando con la cabeza—.

No tiene remedio. Huele a huevos podridos y no se puede vender.

—Vengo de la bodega —declaré—. El señorito Ernesto está allí con Pedro, con Curro y con padre hablando de eso. Los he visto muy preocupados.

—No me extraña, es un problema muy grave. —Se volvió a poner en marcha y, mientras caminaba por el corredor hacia la bodega, comentó levantando la voz—: Me voy para allá a ver si puedo ayudar en algo.

Esa noche Ernesto llegó tarde a la hora de la cena. Las mujeres ya estaban sentadas alrededor de la mesa y yo tenía la sopera entre las manos dispuesta a servir los platos.

—Tienes mala cara, hijo. —Fernanda le acarició el brazo y le hizo un gesto para que se sentara—. Anda, ven a cenar.

Mientras se acercaba la silla, Ernesto comentó que estaba desganado y me pidió que sólo le sirviera sopa. Bostezó de forma ostentosa y estiró los brazos y la espalda.

—Disculpad —dijo cuando se dio cuenta de su gesto—. No puedo más.

—¿Un día difícil? —preguntó Fernanda.

—Sí, he tenido que emplear a varios hombres que debían empezar la trasiega, la de las cubas del reserva, para tratar un problema que ha descubierto Pedro hoy mismo.

—¿Qué ha pasado? —quiso saber doña Amelia.

—Infección con hongos. —Ernesto miró a su madre directamente al decirlo y, a continuación, añadió—: Ha afectado al crianza que está a punto de venta. Una cuarta parte de la producción.

—¿Cómo ha pasado?

—Una remesa de corchos que compró padre, pero hemos confirmado que las botellas que llevaban los de siempre están bien.

—¿Desde cuándo cambiamos de proveedor sólo porque lo diga tu padre? —Doña Amelia empezaba a dar señales de irritación—. ¿Algo más?

—¿Te parece poco? No hay nada más, pero ha sido gracias a Pedro. No se fio de la partida y no encorchó toda la añada con ellos. Su buen ojo nos ha salvado, como siempre, porque este crianza ya estaba comprometido para la venta. Estamos separando todas las botellas contaminadas y tendremos que hablar con los clientes.

Doña Amelia cerró los ojos como si se pidiera a sí misma paciencia y, mirando a Ernesto, continuó hablando de forma muy pausada, mientras se ponía la servilleta en el regazo:

—Mañana le enviaré una carta a tu padre. Y no te preocupes, la culpa la tiene él por meterse donde no le llaman; la bodega la lleva Pedro y sólo tú lo has de supervisar. Tu padre ya no tiene nada que hacer en ella; para él ese tren ya no tiene vuelta.

Ernesto miró a su madre sorprendido. Pude imaginarme su desconcierto, pues parecía que doña Amelia le daba la razón, incluso lo animaba y lo defendía. Supongo que Ernesto no entendía por qué su madre estaba tan serena ante el problema que tenían y que les podía acarrear consecuencias económicas y, sobre todo, de prestigio ante los clientes habituales. Sospeché que simplemente se estaba guardando esa baza para cuando necesitara conseguir algo de don Sebastián y sonreí por dentro al darme cuenta de sus propósitos. El matrimonio mantenía un eterno combate en el cada uno esperaba sorprender al otro con la intención de doblegarlo; eso era lo único que los mantenía unidos.

Ernesto daba claras muestras de estar muy cansado. Hacía días que todas lo veíamos agotado. Tras la vendimia, esos meses eran la época con más trabajo del año y las trasiegas de las añadas anteriores o el acondicionado de las botellas que ya estaban listas para su venta le mantenían ocupado desde el alba hasta bien entrada la noche, de modo que el desastre que había provocado don Sebastián con los corchos no ayudaba a que se tranquilizara lo más mínimo.

Junto a la mesa, con la sopera entre las manos, miré a Ernesto y supuse que de lo único que tenía ganas era de subir a su habitación y descansar. Imaginé que se arrastraría escaleras arriba como las últimas noches, con las fuerzas consumidas, para dormir tanto como le fuera posible, porque al día siguiente le esperaba la misma guerra. La bodega seguía siendo una gran losa que cada mañana amenazaba con sepultarlo, aunque esa noche le había ofrecido una satisfacción que podría asegurar que no esperaba. La complacencia de su madre, cuando se daba, era para Ernesto, en muchas ocasiones, una victoria pírrica.

Cuando intenté servirle, me acercó la mano al cucharón.

—Ponme poco, no tengo ningunas ganas de cenar.

Se llevó la mano a la nuca y volvió a estirar el cuello mientras lo masajeaba intentando destensar los músculos. Si hubiéramos estado solos, le habría aconsejado que se fuera a dormir, que descansar le hacía mucha más falta que la comida, pero eso era impensable en aquella época, más aún en presencia de doña Amelia.

Cuando acabé de servir la sopa a la señora, volvió a estirar la servilleta como si estuviera mal planchada y comentó que Javier había dado señales de vida.

Ernesto miró a su madre incrédulo.

—¿Ah, sí? No me digas. —Le dirigió una media sonrisa burlona—. ¿Y cuándo piensa volver el señorito?

—Para Navidades, ponía en la carta —comentó no sólo dirigiéndose a Ernesto, sino mirando también hacia Inés y Fernanda—, y se quedará todas las fiestas.

Intenté no sonreír cuando escuché a la señora, pero el

corazón me saltaba en el pecho mientras seguía sirviendo los platos de su hija y su hermana.

—¡Qué buena noticia! —dijo Inés—. Hace tanto que no está en casa.

—No sé por qué es tan buena —se quejó Ernesto dando un golpe en la mesa—. En la bodega hacen falta todas las manos disponibles, y las suyas han brillado por su ausencia hasta ahora. Ya podría haber vuelto hace meses. Ah, no, es que igual se ha estado rompiendo la espalda en Londres.

—Venga, Ernesto —Inés le acarició el brazo—, no te enfades. En cuanto llegue estoy segura de que te ayudará en todo lo que necesites.

—Sí, no lo dudo ni un instante —le dijo en tono sarcástico—. Se va a levantar de madrugada y lo voy a tener como un clavo a mi lado, sobre todo acarreando sacos de corchos. Despierta, Inés. No seas ingenua, porque yo ya lo estoy viendo: de fiesta con sus amigos y con su invento en la cochera. —Se puso de pie con la intención de marcharse—. ¡No sé ni para qué me molesto!

Yo ya estaba de camino a la cocina y me desentendí de todo lo que estaban diciendo. Ni el enfado de Ernesto me importó. Javier llegaría en dos meses y se quedaría. Al entrar en la cocina y dejar la sopera vacía, me sorprendí a mí misma cuando, sin darme demasiada cuenta, me recogí el pelo y me recoloqué la falda.

¡Dios mío, cuántas ganas tenía de verlo!

Al volver al comedor con el segundo plato seguían hablando.

—¿Y padre? —preguntó Inés—. ¿Vendrá finalmente con el embajador?

—Imagino —contestó doña Amelia—, al menos es lo que decía en la última carta. Vendrá con su esposa y un secretario de la embajada y se quedarán unos días, desde las Navidades hasta el fin de año.

Esos dos meses pasaron muy despacio. Los días se me hacían eternos, aunque mis obligaciones hacían que, de vez en cuando, dejara de pensar y hasta los dolores de cabeza remitieron algo. La rutina no variaba, pero yo tenía un aliciente que me hacía ver el futuro con optimismo, aunque también con miedo.

4

Palmeras de Navidad

Diciembre de 1908

El señor William Miller llegó el día 19 de diciembre, junto con su esposa Nora y su secretario, el joven señor James Duncan. Era una mañana gris plomizo y el sol hizo poco acto de presencia.

El señor había llegado la noche anterior, después de meses sin aparecer por la casa, y tanto él como doña Amelia se habían levantado pronto para esperar la llegada del embajador. Estaban en la salita de la señora, los dos sentados cada uno en uno de los orejeros, con las cortinas del salón descorridas para que entrara algo de la luz mortecina de esa mañana, en silencio y hasta podría jurar que sin mirarse siquiera. En la chimenea ardían unos troncos que yo misma había colocado después del desayuno, que caldeaban el ambiente demasiado. Los cristales, al paso de las horas, se habían ido empañando y ya no se veía nada de lo que había fuera.

No podía asegurar si los señores habían discutido sobre aquella partida de corchos que había dado tantos problemas, pero estoy segura de que habrían hablado, o de eso, o de alguno de sus hijos, o de cualquier otro tema espinoso que los enfrentara, porque la actitud de doña

Amelia hacia su marido se mantuvo desafiante según pude comprobar cada vez que entraba.

Casi a mediodía, Curro asomó la cabeza por la cocina para decirnos que por la plaza de la iglesia había entrado un coche con unas banderitas en los laterales. Corrí al salón para comunicárselo a los señores, pero no hizo falta porque ellos ya habían oído a mi hermano cuando daba voces para avisarnos. Ya estaban de pie y, de inmediato, se plantaron en lo alto de la escalera de entrada de la casa, con la puerta abierta, para que los invitados los vieran en cuanto se acercara su vehículo.

Juana y yo aguardábamos las órdenes de la señora en un rincón del recibidor. El automóvil se paró frente a la casa y el joven que conducía el coche les abrió la puerta a los embajadores. Doña Amelia y don Sebastián bajaron los cinco escalones para recibir a sus invitados al pie de la plaza.

El señor Miller debía de pesar más de cien kilos. Era un hombre de unos cuarenta y tantos, casi tan alto como don Sebastián, corpulento, con el pelo castaño cortado a cepillo y la cara roja de los buenos bebedores. Contrastaba con la imagen de su secretario, el señor James Duncan, un joven espigado, con la tez pálida, manchada con infinidad de pecas y el cabello cobrizo, casi rojo, cuajado de rizos. Días después me enteré de que el secretario tenía antepasados escoceses y por eso lucía ese extraño color de pelo. Pero si eso me pareció tan raro, lo que me sorprendió aún más fue su actitud tímida e infinitamente educada, que chocaba con el arrollador carácter del embajador. Encontré al señor Duncan un hombre atractivo, y tanto su timidez como su prudencia me despertaron simpatía desde el primer momento.

La señora Miller era más joven que su marido, menuda, elegante, bastante más baja que el embajador y con la cara sonrosada y cordial de las buenas personas. A diferencia del señor Miller y de su secretario, hablaba muy poco castellano y durante toda su estancia en la casa hizo grandes esfuerzos para entenderse con doña Amelia; sin embargo, con quien realmente se llevó bien fue con Fernanda.

Esa mañana de cielo gris, la señora Miller llevaba un vestido en un precioso tono amarillo pálido que le sentaba muy bien, una capita blanca de pelo que sólo le cubría hasta los codos, un espectacular casquete a juego con la capa y unos manguitos para taparse las manos. Todo el conjunto le daba un aire distinguido y señorial, pero algo fuera de lugar en un día como aquél del mes de diciembre, que, aunque hacía bastante frío, hubiera sido más propio de una elegante capital nevada que de nuestro pueblo. Observándola durante toda su estancia, llegué a la conclusión de que tenía mucho más gusto para la ropa y más porte que ninguna de las señoras de Terreros.

—Bienvenidos. Bienvenidos a nuestra casa, amigos —fue el recibimiento de don Sebastián a la comitiva.

El señor se separó de doña Amelia y fue al encuentro del embajador Miller con los brazos extendidos. Se paró frente a él y le dio la mano con entusiasmo, pero éste se acercó más a don Sebastián y acabó estrechándolo en un abrazo. Se separaron efusivamente y el americano señaló a su mujer.

—Ésta es mi esposa, Nora.

Don Sebastián adoptó una actitud mucho más solemne, tomó la mano enguantada de la señora y la besó con suavidad.

—Encantado, señora Miller. Permítame que le presente a mi esposa Amelia, espero que disfrute en su compañía.

—Es... es un placer —dijo algo abrumada, arrastrando un tanto las letras. Era evidente que le costaba hablar en castellano.

Doña Amelia se le acercó y le dio un par de besos en las mejillas.

—Encantada de conocerla. Venga conmigo, querida, le voy a presentar a mi hermana Fernanda; habla perfectamente su idioma y estoy segura de que van a congeniar.

Asió por el codo a la pobre señora Miller, que parecía no haber entendido ni una palabra. Subieron las escaleras del porche y se perdieron dentro de la casa.

Juana y yo cogimos los pesados baúles y los numerosos sombrereros del maletero y los metimos en la casa.

Acababa de colocar todos los trajes y los demás enseres en el armario de la habitación de invitados cuando don Sebastián me llamó al salón. Sostenía una copa vacía en una mano y la botella de brandy en la otra. Estaba acomodado en el sillón y, junto a él, sentado en el otro orejero, el señor Miller fumaba un habano de las plantaciones de la familia. Del señor Duncan no había ni rastro.

—Ve a buscar a tu hermano Curro —me ordenó mientras llenaba la copa y se la tendía al señor Miller— y recoged la cochera. No quiero ningún estorbo por medio, ¿me has entendido?

—Lo que usted mande, don Sebastián —dije cohibida.

—No se preocupe —se apresuró a decir el embajador. Se medio incorporó en su butaca, dejó el cigarro en el cenicero y cogió la copa que le tendía el señor—. Al coche no le pasa nada por quedarse unos días frente a la casa aparcado en la plaza de aquí delante.

—¡Ni hablar! —exclamó don Sebastián—. En este pueblo de patanes no se puede tener una joya como ésa al alcance de todos. Ya ha visto cómo lo toqueteaban los niños... y los no tan niños. Son capaces de rayarlo. Haremos espacio en la cochera y esta noche los dos coches dormirán juntos.

Me dio instrucciones precisas de que antes de cenar debíamos conseguir que hubiera suficiente espacio para que el Hispano-Suiza del embajador entrara junto al coche de la familia. En la cochera apenas cabía lo que contenía en ese momento: el Ford del señor, la mesa donde Javier trabajaba en su invento, los armarios con útiles de la cocina que no solíamos usar a diario, las dos carretillas para acarrear el agua y las atestadas estanterías repletas de cables, cajas de herramientas y piezas.

—Cuidado, no vayas a romper nada —avisé a Curro preocupada.

Se movía patoso por la cochera cargado con unos cuantos tubos en un brazo y con una rueda de la bicicleta colgada del otro.

—Tranquila, son piezas metálicas, debería ser Sansón para romperlas —dijo soltando un bufido.

Dejó su carga en el suelo sin demasiados miramientos y, haciendo mucho ruido, se puso a buscar un destornillador en la caja de herramientas de Javier, dispuesto a descolgar la estantería que acababa de vaciar. Se enderezó un poco mientras investigaba en los estantes buscando los tornillos que las fijaban a la pared y se volvió para mirarme de soslayo haciendo un gesto de contrariedad.

—No te preocupes, no pienso romper la estantería.

—Pero ¿qué te pasa? —le pregunté.

Estaba sorprendida por su actitud; imaginaba que se sentiría a gusto volviendo a tocar los motores y el resto del ingenio que descansaba en varias cajas, y sabiendo que, cuando llegara Javier, volvería a ayudarlo. Pero no era así, y yo no entendía el porqué.

—¿Qué me pasa? Me pasa que con el poco espacio que hay aquí no sé cómo vamos a hacer para que quepa todo —gruñó de nuevo—, y no me quiero ni imaginar cómo se las va a componer el señorito cuando intente trastear con su invento los días que esté aquí durante las fiestas, con los dos coches por medio. Si no hay quien dé un paso ahora con uno... ya verás tú cuando esté el del embajador. Ya me estoy imaginando en quién va a descargar su rabia.

En eso tenía razón, yo también me lo podía imaginar. No dije nada, pero pensé que ojalá fuera así, que volviera lo antes posible, aunque la cochera fuera inservible para trabajar en ella, tuviera que quedarse toda la Navidad sin tocar su invento y que, Dios me perdonara, Curro se llevara algún rapapolvo injusto.

Nos pasamos más de dos horas recolocando las estanterías en la pared lateral, trasladando las piezas y ordenándolo todo otra vez, y mientras Curro acababa de guardar los tubos más grandes en el rincón más profundo y oscuro, me sorprendí a mí misma acariciando la caja de madera llena de pernos, tuercas y tornillos, buscando una pareja para la pieza de estrella que guardaba en mi arcón.

La mesa quedó ajustada a la pared, tapando el acceso a las baldas, y las dos carretillas las dejamos aparcadas fuera, junto a la puerta. Aun así, apenas había sitio para moverse entre tantas cosas. Todavía no sé cómo, pero al final entró hasta el trozo más pequeño de la bicicleta.

Cuando ya estaba anocheciendo, el señor Duncan fue a buscar el coche a la plaza y, tras conducir por el corredor con mucho cuidado, con las banderitas de los costados casi rozando los macizos de laureles que forraban una de las paredes, y haciendo varias maniobras para entrar en la atestada cochera, pudo meter con calzador el Hispano-Suiza junto al Ford.

Curro y yo acabamos llenos del polvo, cansados y, en mi caso al menos, muy satisfecha de cómo había quedado todo. Había salido la luna cuando nos fuimos hacia la casa con la vana pretensión de lavarnos en la pila donde Lola limpiaba las verduras para la cena.

—¡Ni se os ocurra! —nos gritó—. ¡Salid ahora mismo de mi cocina!

Así que tuvimos que aguantar el frío y el viento de finales de diciembre e ir a quitarnos todo el polvo y la grasa en el lavadero del patio de tender la ropa.

Al día siguiente, después de la comida, Juana no me acompañó a la fuente, no recuerdo por qué, y tras llegar al murete con la carretilla, me entretuve un buen rato hablando con las chicas mientras los señores y sus invitados dormían la siesta. Sabía que tenía mucho trabajo en la casa, pero no pude resistirme a describirles los fantásticos modelos y los curiosos sombreros que la señora Miller traía en sus baúles y el increíble color de pelo del señor Duncan.

Mientras hacía cola para llenar los cántaros, no me di ninguna prisa porque estaba muy a gusto charlando con mis amigas, pero al cabo de un rato entendí que estaba jugando con fuego. Debía volver a la casa antes de que me quemara. La noche anterior todos habían trasnochado mientras mantenían una larga charla, e imaginé que a la hora de la siesta nadie saldría de sus habitaciones hasta que no escucharan movimiento en la planta de abajo. Pero estaba equivocada, porque, cuando llegué, oí voces. Venían del salón y, tras aguzar el oído, reconocí la risa de Inés, la voz de doña Amelia, la de los embajadores y lo que me pareció la voz de Ernesto, inmersos en una animada conversación.

Como había tardado mucho más de lo necesario en volver con el agua, no me atreví a acercarme al salón y pensé que no me aproximaría hasta que me lo requirieran. Guardé los cántaros en la alacena, cambié el agua de la jarra sin hacer ruido y me quedé en la cocina haciendo tiempo hasta que las voces salieron de la casa y se perdieron por el corredor camino de la bodega. Imaginé que los señores, junto con Inés y Fernanda, habían salido a enseñarles las propiedades a sus invitados.

Pasé casi dos horas leyendo. La luz disminuía por momentos y se estaba haciendo tarde, pero nadie volvió a la casa. A lo lejos oí los rumores de la gente que caminaba por la plaza, de las madres llamando a sus hijos para la merienda y de los hombres que acababan de preparar el pesebre que se expondría frente a la iglesia para celebrar la misa del gallo.

Lola entró con un par de conejos despellejados para preparar la cena. Se puso a trocearlos con el hachón y, después de mirar pensativa el fuego de la chimenea, me mandó a buscar las trébedes grandes, las que guardábamos en uno de los armarios de la cochera.

—Pero, Lola, ¿por qué no los preparas como siempre sobre el fogón? —pregunté mientras suspiraba porque no tenía ningunas ganas de trastear en la cochera después de lo que me había costado ordenarla la tarde anterior.

—Porque al señor le gusta este guiso con el sabor del humo de los sarmientos; siempre me dice que le recuerda a las cacerías del coto —me aclaró Lola con las manos en jarras y, a continuación, recalcó impaciente—: Porque me gusta cocinar como lo hacía mi abuela... y... y porque lo digo yo y punto. ¡Ve a buscarlas! —me ordenó señalando hacia la cochera.

Cogí mi chal a regañadientes y salí enfurruñada. Sabía que me iba a costar encontrarlas. El armario de los enseres de cocina había quedado arrinconado detrás de los dos coches y estaba segura de que no iba a poder llegar con facilidad si no me contorsionaba entre ellos; además, después del trajín al ordenarlo todo, no recordaba dónde las había metido.

Los escasos veinte metros de corredor estaban casi a oscuras y en el cielo se distinguía una luna lechosa a través del halo que la envolvía. El invierno había caído como una losa desde hacía varios días y empezaba a hacer mucho frío a esas horas. Pensé en los señores, sobre todo en

Inés, y dudé de si se habrían llevado suficiente ropa de abrigo para resguardarse del viento que debía de soplar en los viñedos, mientras yo me tapaba mejor con el chal.

Mis pasos resonaron secos en el corredor.

Cuando llegué a la cochera, vi luz y me sorprendió. Nadie había regresado del paseo; era extraño que alguien se hubiera dejado un candil allí, y más aún que Pedro estuviera trasteando en la cochera mientras los señores estaban en los campos o en la bodega.

—¿Hola? —pregunté al aire, insegura—. ¿Quién anda ahí?

Me detuve en seco con la mano todavía apoyada en la puerta entreabierta, sentí un fogonazo y tuve un momento de clarividencia. Esos meses habían pasado en un suspiro y volvía a estar frente a la cochera como hacía casi un año; dudando si entrar o no. Imaginé por un segundo que todo lo que había pasado esa inesperada tarde allí dentro había sido una premonición o un sueño, o que no había pasado todavía y que, en ese momento, se iba a hacer realidad si daba un paso más y atravesaba la puerta.

—Entra, Manuela —oí como entre brumas.

El corazón empezó a palpitarme tan fuerte que podría haberse escuchado desde la casa si alguien hubiera estado atento y se me erizó el pelo de la nuca como si hubiera visto un espectro. Abrí por completo y me quedé muda frente a la puerta.

Estaban arrinconados entre la mesa, con todo el ingenio extendido, y la pared del fondo. Curro tenía unos cables negros entre las manos y Javier parecía sacarle brillo, con un paño muy sucio, a una pieza dorada y plana que tenía apoyada sobre la mesa.

Javier se irguió poco a poco y me miró sin decir nada más, levantó la mano de la mesa sujetando todavía el trapo y me hizo un gesto para que pasara. Llevaba el pelo más largo y estaba algo más flaco, incluso diría que había crecido algunos centímetros, pero, aparte de eso, era el mismo. En esos once meses había cambiado muy poco.

¿Podría decir él algo parecido de mí? Me llevé la mano al pelo sin pensarlo.

Curro levantó la vista y me miró inquisitivo al ver que no avanzaba; me hizo un gesto elocuente como diciéndome que ya sabía que Javier volvería y que se encontraría con ese lío.

—Hola, Manuela. El señorito vuelve a trabajar en su invento. —Me observó con una media sonrisa de fastidio.

—Bienvenido... —dije con voz ronca. Carraspeé, tragué saliva y probé de nuevo—: Bienvenido a la casa... No sabía que había regresado.

Me di la vuelta y salí de la cochera como si me persiguieran los espíritus, sin recordar que el motivo de ir allá era coger las trébedes que me había pedido Lola. Cuando estaba en la puerta de la cocina me miré las manos como atontada y caí del guindo. Tuve que regresar a la cochera. Me acerqué al armario retorciéndome de forma ridícula entre los dos coches, tal como hacía un rato me había imaginado, buscándolas con la mirada más fija en el suelo que en el interior del armario, y luché por no hacer demasiado ruido. Después de lo que me pareció una eternidad, las encontré y suspiré aliviada. Imaginaba a Javier con la vista clavada en mi espalda y, en el último segundo antes de cruzar la puerta, miré hacia su dirección y comprobé que sí, que me observaba desde el rincón donde estaba. Sonrió y sus ojos me dijeron que me buscaría.

Noté el calor subiéndome por el escote y me puse roja hasta las orejas. Sin decir una palabra, di media vuelta cargando con las trébedes y exasperada conmigo misma por no haber sabido reaccionar al verlo.

—Ha vuelto —anuncié sin aliento en cuanto entré en la cocina.

—¿Quién? —preguntó Juana.

En ese momento estaba sola frente a la mesa de trabajo, con un enorme cuchillo en la mano, picando cebollas para el guiso de conejo y con los ojos llorosos. Ya tenía una buena cantidad amontonada en un plato. Levantó el cuchillo y me miró sorprendida esperando una respuesta que no llegaba.

—¿Quién? —volvió a preguntar mientras se restregaba la manga por la cara para secarse las lágrimas.

—Javier ha vuelto, está aquí, en la cochera con Curro. —Las palabras me salieron a borbotones.

—Ah, sí —me dijo despreocupada, y retomó su tarea—, ha llegado esta tarde cuando estabas en la fuente. Pensaba que lo sabías. Le ha faltado tiempo para reclamar a tu hermano y encerrarse con su invento. Curro debe de estar contento de volver a trabajar con el motor.

—Supongo. —Todavía estaba helada por la impresión y hablaba atolondrada sin saber muy bien lo que decía—. La cochera no está... no está tal como la dejó, no sé si le habrá gustado encontrarla así.

—¡Manuela! —me gritó Juana.

—¿Sí? —Todavía llevaba mi carga apretada al pecho.

—¡Reacciona!

Separé las trébedes del cuerpo y las dejé sobre la mesa con un golpe seco, y sin darme cuenta empecé a retorcer la punta de mi delantal como lo hacía la abuela. Lo tenía negro por el hollín que cubría los hierros. Juana me miró con cara inquisitiva y observó mis manos nerviosas. Yo también bajé la vista hacia ellas. Después me dirigió una media sonrisa burlona de entendimiento, pero en ese momento entró Lola con un canasto de tomates y de ajos, y aunque noté a Juana ansiosa por comentarme algo, se dio media vuelta, continuó picando cebollas y las tres nos pusimos a preparar la cena en silencio.

—Cámbiate ese delantal ahora mismo —me ordenó Lola en cuanto se percató de las manchas negras.

Me lo cambié sin decir palabra. Estuve aturdida todo el tiempo y Lola no paró de rondarme mientras cocinaba porque decía que me notaba rara, que no le extrañaría nada que me rebanara un dedo cortando la zanahoria.

Esa noche, a falta de llave en la cerradura, puse una silla delante de la puerta de mi alcoba, no porque pensara que un extraño pudiera entrar mientras dormía o que me serviría de alarma para despertarme; mi intención era que, si Javier quería entrar, algo se lo impidiera. Pero el problema de verdad eran mis dudas a si me resistiría o no en caso de que eso pasara.

Mientras me ponía el camisón, con la habitación sólo iluminada por una escuálida vela, protegida con ese endeble escudo frente a la puerta y con la cabeza llena de argumentos a favor y en contra, sólo pude recordar las recomendaciones que me había dado Juana cuando nos quedamos solas después de la cena. Era tan inexperta como yo en todas esas cuestiones, pero me demostró que tenía mucha más cordura o, al menos, la cabeza más fría en ese momento.

—No puedes dejarle entrar —fue lo que me dijo mientras recogíamos los platos, codo con codo, frente a la pila—. Has de hacerte valer. ¿Qué pensará de ti si le resulta tan fácil conseguirte?

Durante los últimos once meses no tuve el valor de reconocerle a Juana mis sentimientos. Yo había hablado con Ernesto, pero sólo pude contarle medias verdades: le oculté que por quien suspiraba en realidad era por su hermano, haciéndole creer que mis sentimientos estaban dirigidos hacia alguno de los muchachos del pueblo. Pero eso con Juana hubiera sido imposible. A ella no le hacía ninguna falta mi confesión. Estaba al caso. Como me dijo esa noche, siempre había sido transparente para ella y sabía lo que sentía. Insistió que entre la vendimia de hacía dos años y la marcha de Javier a Londres había pasado algo entre nosotros y que, aunque podía imaginárselo, nunca me había preguntado nada porque estaba segura de que, después de tantos meses, habría tenido tiempo de olvidarme de él. Pero en cuanto me vio la cara al volver de la cochera con las trébedes, con las manos temblorosas, el delantal sucio y al escuchar mi voz trémula anunciando que Javier había regresado, lo tuvo claro. Debía alertarme porque podía hacer alguna tontería irreparable, y debía impedirlo.

—Piensa que es un paso muy importante y que sólo va en una dirección —insistió mirándome a los ojos.

Yo asentí, aunque nada convencida. Ella también estaba enamorada y tenía que entenderme.

—Manuela, sé realista. ¿Qué futuro tiene una sirvienta como tú con un señorito de buena familia? Además, piensa que suelen ser caprichosos y sienten diferente que nosotros. ¿No prefieres esperar hasta que veas más claro que le importas más allá de una noche?

—Me dijo que le esperara, y lo hice.

—¿Y qué? Eso no significa nada, y mucho menos que estés a su disposición, aunque lo quieras. Piensa que, si lo haces, serás mercancía usada.

—Lo sé, pero tú y Curro...

—¡Ni hablar! —zanjó ofendida—. Somos novios, es verdad, y lo quiero mucho, pero luego... si te he visto no me acuerdo.

—Es injusto, nadie les pide cuentas a ellos.

—Tú sabrás.

Sus palabras quedaron suspendidas dentro de mi cabeza, resonando como una campana que sigue tañendo después de que se queda quieta.

Al final no tuve que resistirme porque no vino. En parte fue una decepción, pero he de reconocer que también fue un alivio. Sus amigos llegaron en su busca a eso de las ocho y, sin cenar con sus padres y los embajadores, se pasó la noche de parranda celebrando su regreso. Debieron de irse a alguno de los garitos de los alrededores, esos que frecuentaban los señoritos con dinero. Volvió muy tarde, cuando casi despuntaba el alba e hizo tanto ruido que tuvo que despertar a todos los que dormíamos en la casa. Tras el alboroto, me senté en mi cama y ya no pude pegar ojo.

A la mañana siguiente, los señores se levantaron más pronto que de costumbre. Se celebraba la recepción de bienvenida al embajador y su mujer. Me pareció un poco extraño que madrugaran tanto, porque la fiesta era por la tarde y, sobre todo, porque ellos no tenían nada que preparar: todo lo hacíamos nosotras; pero como querían que fuera uno de los acontecimientos más importantes del año en Terreros, imagino que no iban a dejar nada al azar.

Doña Amelia quería que la recepción fuera una chocolatada, pero don Sebastián se resistía y lo que deseaba era una fiesta según las costumbres del pueblo, así que, mientras desayunaban, yo todavía no sabía cuáles iban a ser mis obligaciones, aunque tenía la certeza de que el día iba a ser largo, difícil y con mucho trabajo.

Los señores estaban frente a frente sentados a la enorme mesa de palisandro. Con lo llena que estaba la casa esos días y lo grande que era el comedor, me pareció desangelado y triste. Fernanda, Inés, el secretario y Ernesto habían desayunado mucho más pronto, a su hora habitual de todos los días; los señores Miller lo hicieron más tarde y, como era de esperar, Javier bajó a la cocina casi al mediodía, con el semblante ojeroso y pidiéndole a Lola una de sus tisanas de corteza de sauce blanco.

Hacía un rato que había servido el desayuno a los señores y los había dejado solos, pero la jarra de leche se le había volcado a don Sebastián sobre el mantel y tuve que volver al comedor con otra y con un paño para limpiar el estropicio. En el plato de churros que el señor tenía delante sólo quedaba un par cuando volvió a hablarle a su esposa. Primero se limpió la comisura de los labios con la servilleta, después separó un poco la silla para que yo pudiera pasar el paño y, por último, se dirigió a ella con voz contenida:

—Te repito que deberíamos servir alguno de nuestros vinos durante la merienda, el de la añada que tú prefieras.

No parecía que el señor estuviera muy tranquilo. Ya hacía un buen rato que lo oía desde la cocina tanteándola con cuidado, pero me daba la impresión de que estaba llegando a su límite. Se miraron por encima de los tazones de café con leche que ambos tenían entre las manos. Eran como dos contrincantes, sumamente correctos, examinando cada uno a su adversario. Don Sebastián dio cuenta del último churro que quedaba en su plato antes de que doña Amelia, que no había tocado ni uno, le contestara.

—Olvídate de eso —dijo, y miró a su esposo como si se hubiera vuelto loco—. ¿Cómo quieres que te lo diga? Ha de ser una merienda como las que se hacen en Madrid, y allí se sirve chocolate, infusiones y dulces.

—Eso estará muy bien para las señoras... —se impacientó el señor—, pero ¿qué van a pensar los caballeros?

—Querido —repuso doña Amelia con retintín—, es vulgar dar a nuestros invitados lo mismo que encuentran en sus casas. Todos tienen las bodegas repletas de sus propios vinos, pero nuestro chocolate es único. Lo he hablado con Fernanda y con la señora Miller y las dos están de acuerdo conmigo, el chocolate es lo mejor.

Don Sebastián suspiró y se removió en su silla. Era evidente que empezaba a perder la paciencia, pero, como el gran cazador de ciervos que era, seguro que aspiraba a cobrar su pieza zancada a zancada, persiguiéndola hasta cansarla, así que siguió intentándolo sin tregua.

Al final todo fue inútil.

Debo decir que a mí ya me lo pareció desde el principio. Tuve claro que en esa carrera el señor ni había puesto los pies en la línea de salida cuando doña Amelia ya había llegado a la meta. La señora se mantuvo firme y consiguió que durante la merienda sólo salieran chocolateras de la cocina, y nosotras nos pasamos media mañana preparando rosquillas, bizcochos de anís y pastelitos de hojaldre.

Después del desayuno de los señores Miller, los dos matrimonios, junto con Fernanda, se sentaron en el porche del jardín y observaron nuestros movimientos, ordenando y preparando mesas y sillas para la fiesta. Don Sebastián se volvió hacia las señoras.

—Querida —dijo mirando a su esposa con una sonrisa que me pareció fingida—, he pensado que William y yo iremos al casino a comer. Le quiero presentar a alguno de mis compañeros de tertulia antes de la fiesta. Nosotros no tenemos nada que hacer en la casa, os dejamos para que disfrutéis con todas esas tareas de mujeres que tanto os gustan. Estoy seguro de que vais a preparar una recepción impecable.

—Si lo has pensado tanto, me parece perfecto, querido —repuso doña Amelia devolviéndole una sonrisa todavía más afectada—. Los hombres no tienen nada que hacer con los preparativos de una fiesta como ésta. En ese aspecto sois unos torpes. ¿No le parece, Nora?

Al escuchar su nombre, la señora Miller se volvió hacia doña Amelia, pero estoy convencida de que no entendió ni una palabra de lo que habían dicho. Miró a su marido, pidiendo auxilio, y éste le hizo un gesto de indiferencia mientras miraba a don Sebastián y levantaba los hombros. La pobre señora Miller se volvió hacia Fernanda, quien, con una sonrisa cortés, se incorporó un poco sobre la mujer del embajador, le habló al oído y, cuando acabó, ésta sonrió y dijo algo en inglés que yo no entendí pero a buen seguro que era una aceptación de las palabras que acababan de traducirle.

Las señoras comieron pronto y se fueron a descansar un rato, pero yo no tuve ni un momento de tranquilidad porque estuve casi dos horas moliendo, mezclando y removiendo el cacao, para tener listo el chocolate de doña Amelia.

Cuando sonaron las tres en todos los relojes de dentro y de fuera de la casa, Juana y yo ya teníamos los salones, la biblioteca y el jardín preparados al gusto de las señoras y nos fuimos a ponernos unos uniformes limpios. Habíamos desplegado todas nuestras energías para que todo quedara perfecto y, por supuesto, no podíamos recibir a los invitados con los delantales de diario y, además, sucios.

A partir de las cuatro empezaron a llegar los propietarios, sus esposas y algunos jóvenes, amigos de Ernesto, de Javier y de Inés, y todos se distribuyeron por la casa. La fiesta empezó muy animada y, al cabo de poco rato, algunos de los más jóvenes empezaron a huir del salón para reunirse en el jardín o en los bancos del porche. Aun siendo el mes de diciembre, la tarde fue tranquila, serena y sin viento, y el sol calentó ligeramente en las zonas donde no cubrían los árboles. Habíamos distribuido mantas ligeras en las mesas de hierro forjado y en algunas de las sillas en previsión de que alguien saliera del salón, y cuando varias señoritas se sentaron en el porche, se cubrieron las rodillas con ellas. Un grupo de caballeros se dirigió hacia los bancos del camino y otro se mantuvo de pie formando varios círculos.

Juana, Lola y yo no paramos en toda la tarde, dando vueltas por la casa entre el salón, el comedor, la biblioteca, la salita de la señora y el jardín, atentas a todos los invitados. Mientras tendía la bandeja, con una sonrisa perpetua, como me había exigido doña Amelia, oía conversaciones al vuelo. Los hombres hablaban de política y de la cosecha del año, y las señoras, de moda, de las novedades de Madrid y de los posibles enlaces entre sus hijos. Fernanda se dedicó por completo a la señora Miller y durante toda la fiesta la oí hablando en su idioma. Las ropas que había elegido la mujer del embajador para esa tarde parecían las de la reina Victoria Eugenia mientras disfrutaba de una de las fiestas en alguno de sus palacios, y no las de una americana en una recepción de un pueblo como el nuestro. Llevaba un corpiño de brocado sobre una falda blanca de una muselina muy ligera y un precioso chal bordado de seda casi transparente. Sólo le faltaba la tiara para que más de una señora la hubiera confundido con algún miembro de la nobleza.

Las dos mujeres se pasearon por el salón, conversando con los invitados, y me pareció que ni a la una ni a la otra les preocupaban demasiado las miradas de envidia y de admiración que provocaban entre las señoras y los caballeros. Estoy segura de que durante toda la fiesta las dos disfrutaron mucho de su mutua compañía. La señora Miller era una inglesa emigrada a América, culta, alegre y supongo que interesante para Fernanda; tenía mucha más educación que la mayoría de las señoras del pueblo y deduzco que le aportó un respiro a toda la languidez y religiosidad que se respiraba en Terreros. Cuando se unían a algún grupo, Fernanda le traducía los comentarios en voz baja y con sonrisa cómplice, para que no se perdiera detalle de los chismes.

Al volver de uno de mis viajes a la cocina a por una nueva hornada de roscos de anís y dulces de almendra, me acerqué nuevamente al jardín y, desde la puerta, vi a Inés sentada en el columpio bajo los almendros, con una taza de chocolate todavía humeante entre las manos. Llevaba algunos días triste, pensando en Arturo. En su último telegrama les había confirmado que no iba a volver en algún tiempo; eso a ella le dolía en el alma porque ésas iban a ser las primeras Navidades que su hermano pasara fuera del pueblo, al no haber podido conseguir un permiso para salir de Marruecos.

Desde hacía un buen rato, el joven secretario, el señor Duncan, se había separado del embajador y de los terratenientes más mayores, se había unido al grupo de los jóvenes y no había apartado la vista de Inés ni un instante. En ese momento, todavía sentada en el columpio, Inés se ajustó el mantón e hizo un gesto de frío. Volví la cabeza y observé al señor Duncan mientras la miraba. Fue hasta la mesa que tenía más cerca, cogió una de las mantas y, poco a poco, se aproximó a los almendros donde ella seguía pensativa. El joven era la viva imagen de una cigüeña desgarbada, todo brazos y piernas, que miraba a su alrededor para salir volando si notaba algún peligro, aunque imagino que lo que él pretendía era no asustar a Inés. Ella seguía ajena a sus movimientos y con la mirada perdida más allá de la magnolia. El señor Duncan llegó a una distancia razonable para saludarla y se situó enfrente, le tendió la manta y le hizo una ligera reverencia. Inés le sonrió, dobló la manta como si se tratara de otro chal, se tapó con ella los hombros y empezaron una conversación tímida. Al pobre chico se le notaba nervioso y cohibido, pero Inés parecía algo más desenvuelta. Sonreí para mis adentros pensando que la tarde era perfecta para las confidencias, que Inés bien merecía una velada romántica y que el señor Duncan era savia nueva y el candidato perfecto para cortejarla.

La tarde iba decayendo y el sol empezó a teñir el cielo de tonos rosados. Inés y el señor Duncan permanecieron en la parte del jardín donde la penumbra ya había ganado a la poca luz que quedaba, al abrigo de los almendros y de las miradas indiscretas, y descubrí en la joven una luz especial que no le había notado nunca. Sin darme cuenta busqué con los ojos a Javier y lo localicé a pocos metros, riendo con sus amigos e indiferente a mis pensamientos.

Empecé a encender las velas y los farolillos que habíamos distribuido por todo el jardín y, cuando Juana pasó junto a mí, le eché una nueva ojeada a Inés para confirmar que seguían en el mismo sitio. Con un gesto cómplice le indiqué que mirara hacia el columpio y de inmediato me entendió. Juana me correspondió con otro gesto de reconocimiento y a las dos se nos escapó una sonrisa con voluntad encubridora. Pensé que era preferible que nadie más los viera porque estaba segura de que a doña Amelia no le haría ninguna gracia que su hija hablara con tanta familiaridad con su nuevo amigo. Imaginé que la señora pensaría que el pobre chico no tenía el abolengo necesario para aspirar a ser su futuro yerno y que, para colmo, ni siquiera era europeo.

Oí a Ernesto enzarzado en una conversación sobre Maura; criticaba las últimas medidas aprobadas por el Consejo de Ministros con unos cuantos de sus amigos del casino. Volví a buscar a Javier. Hasta ese momento había compartido banco con alguno de los herederos más juerguistas de la comarca, pero entonces se levantó y dio unos cuantos pasos hacia la casa. En un instante vi cómo lo rodeaban varias jóvenes que alborotaban como si fueran gallinas a punto de poner un huevo. Javier inició una conversación muy animada con ellas y, tras acercarme al grupo para ofrecerles mis dulces, me miró y me guiñó un ojo con gesto divertido.

Yo me quemaba por dentro viéndolo rodeado de tanto bucle, tanta cinta rosa y tanta mirada anémica y, aunque seguía sintiendo el chispazo de los celos, me quedé más tranquila cuando se separó un poco de esas señoritas, con la intención de acercarse al señor Miller. El embajador acababa de llegar a la puerta del salón y se detuvo en el primer escalón antes de pisar el jardín. Oteó buscando algo. Javier se dirigió hacia él e intentó llamar su atención levantando la mano, incluso alzó un poco la voz por encima del ruido de las conversaciones y, por fin, consiguió llegar a su altura. Procuré mantenerme cerca de ellos con mi dulces preparados y sonriendo a todos los invitados.

Oí que el embajador le decía que estaba esperando a don Sebastián. Javier sonrió distraído observando el jardín, pero al instante volvió a centrar su atención en el señor Miller. Éste le tomó del codo para separarlo un poco del bullicio y para apartarlo de la puerta donde algunos jóvenes hablaban. Bajó el tono de voz como si fuera a hacerle una gran confidencia, pero no había manera de atenuar aquel vozarrón y, aunque él no quisiera, se le oía.

—Según me ha comentado su padre, doña Amelia no está de acuerdo con servir vinos en la fiesta y nos vamos a esconder entre los arbustos para que las mujeres no nos vean saborearlos. Me ha prometido uno de los mejores de su bodega.

Me hizo gracia el comentario del embajador. Que pensaran en esconderse de doña Amelia como dos niños haciendo una travesura para probar un vino me pareció de lo más divertido.

Ambos se alejaron un poco de donde estaba yo con mi bandeja y Javier empezó a hablar entre susurros. Dejé de oírlos. Javier dejó su taza de chocolate sobre una mesa, se tocó el pelo con nerviosismo y me pareció que se ponía muy serio mientras le comentaba algo al señor Miller.

Al cabo de un momento llegó don Sebastián y Javier se separó del embajador.

—Mi querido William, aquí lo traigo —oí que decía don Sebastián levantando triunfante la voz y con una botella en una mano—. Aquí está, cosecha del siglo pasado, de antes de la filoxera. Envejecido dieciocho meses en barrica de roble de su tierra y más de quince en botella. El mejor de mi bodega.

Don Sebastián le dio al embajador una de las copas que llevaba en la otra mano, escanció vino en ella, levantó la suya una vez la tuvo servida y brindó:

—¡Por los amigos!

—Y por las esposas —contestó burlón el embajador.

Don Sebastián me llamó por mi nombre y me hizo un gesto con la mano para que me acercara, pero antes de que me dijera nada, arqueó las cejas y se volvió hacia el señor Miller, expectante para ver su reacción. Yo me quedé detrás, esperando sus órdenes.

El embajador, tras paladear el primer sorbo, exclamó algo gutural en su idioma que no entendí, pero que dejaba claro que el vino le había gustado.

—Tempranillo con un ligero toque de garnacha —especificó orgulloso el señor y, guiñándole un ojo, continuó—: Goloso y suave como una jovencita, pero con el cuerpo justo de una mujer de bandera. ¿No le parece, amigo mío?

Nunca hubiera imaginado que don Sebastián compararía sus vinos de ese modo con las mujeres y que además se atrevería a decirlo ante otro caballero como el señor Miller.

—Mmmm... —El embajador paladeó otro sorbo—. Perfecto. No entiendo a su esposa, amigo mío. —Levantó su copa en el aire para observarla bajo la poca luz de la luna, y musitó—: Es admirable... Una auténtica joya. Incomparable con el chocolate, si me lo permite, aunque los dos salgan de sus propiedades.

—Gracias, querido William, es un honor para mí que le haya gustado. Este vino es de lo mejor de mi bodega. Tengo una caja esperando para que lo disfrute en su casa.

Estoy muy orgulloso de esta añada y procuro obsequiar a mis amigos con su fruto.

Don Sebastián se volvió hacia mí.

—Coge esa mesa —me ordenó señalando una que teníamos junto a nosotros.

Dejé la bandeja en un rincón, cogí el pesado velador de hierro forjado, lo seguí como pude hasta el otro lado de la magnolia y la coloqué donde me dijo, junto a un macizo de azaleas bastante crecidas.

—Aquí estaremos tranquilos y libres de la mirada inquisitiva de nuestras esposas —dijo don Sebastián mientras miraba hacia la puerta del salón—. Trae un par de sillas y un quinqué —me ordenó.

El embajador tocó el hombro del señor y le hizo un gesto con la cabeza en dirección a Javier, que en ese momento hablaba con sus amigos, mientras yo acercaba al americano una de las sillas que había cerca de nosotros.

—Su hijo me ha hablado de esas motocicletas que me comentó. Me ha pedido que le informe de lo que costaría traer una.

—Le ruego que no le diga nada —le pidió don Sebastián—. Como le dije en Madrid, todavía no sabe que también estoy interesado en ellas y, si no le importa, me gustaría que quedara entre nosotros.

—No se preocupe, por mí no se va a enterar. Además, le he enredado con una excusa sin sentido sobre los aranceles, y me parece que le ha convencido. —Levantó de nuevo la copa—. Con este vino podemos sellar cualquier pacto que me pida.

Don Sebastián se sentó en la silla que le puse a su espalda y volvió a llenar las copas, que se fueron tiñendo del color de las picotas. El embajador estiró el cuerpo y, mientras se acercaba a su anfitrión desde su lado de la mesa, comentó en un susurro:

—No tiene mal gusto su chico, no...

—Tengo pensado traer una, pero no quiero que sepan nada ni mi esposa ni mis hijos. Como ya sabe, Javier no se la ha ganado. Al menos, no de momento. Y pienso quedármela si no hace méritos. Ya veremos qué dice su madre. Aunque nunca se lo he reconocido a mi hijo, me gustan los vehículos que corren y hacen mucho ruido tanto como a él.

—No se preocupe, amigo —se puso un dedo cruzando los labios—, seré una tumba.

Volvieron a brindar como para cerrar el trato y, con un gesto indiferente de la mano, don Sebastián me despidió.

Sorprendida por todo lo que acababa de oír, me fui con mi secreto esperando contárselo a Javier en la primera ocasión que pudiera.

El día siguiente, 22 de diciembre, fue un tanto difícil, y la culpa la tuvieron las palmeras.

Luis fue el encargado de llevar a la casa esos extraños árboles. Cuando oímos el carro pasar por el corredor, camino de la plazoleta de la bodega, nos acercamos a la ventana para saber qué era eso tan grande que traía. Vinieron embaladas en unas cajas enormes, de las que sobresalía más de la mitad de su esbelto tronco y unos vistosos penachos verdes recogidos con paños rojos.

—Vienen de Cuba —nos aclaró Fernanda—. Son un regalo de don Matías.

—¿Quién es ése? —le pregunté a Juana en un susurro, acercándome a su oreja.

Ella movió la mano, como si apartara una mosca fastidiosa, y me dijo sin disimular su impaciencia:

—El administrador de las fincas de Cuba, Manuela. Pareces tonta. ¡Déjame escuchar!

Fernanda siguió explicándonos que la travesía de las palmeras había sido digna de Ulises. Habían salido del puerto de La Habana hacía más de tres meses en un barco de una naviera alemana y, tras un largo itinerario por el Atlántico, había atracado en el puerto de Santander hacía sólo unas semanas. Después colocaron las cajas en un tren camino de Madrid; de allí, en otro hasta Terreros y, para finalizar su periplo, Ernesto le había pedido a Luis que, ya que tenía que pasarse a buscar cajas de vino, aprovechara el viaje y trajera las palmeras con su carro desde la estación hasta la Casa Grande.

Su llegada fue la expectación de la mañana y todos nos acercamos a ver cómo Damián y Curro cavaban los tres hoyos para enterrar las raíces de esos árboles tan diferentes a los que estábamos acostumbrados. El señor dispuso que debían plantarlas agrupadas en el lado derecho de la plazoleta, junto al porche abovedado de la bodega, resguardadas de los fuertes vientos del invierno para que no las tronchara y de cara al oeste para que disfrutaran del sol abrasador del verano, igual que si estuvieran en su tierra. Allí nos concentramos todos. Don Sebastián, el embajador, Ernesto y Luis, frente al carro, y las señoras, sentadas en uno de los bancos que había junto al muro, aprovechando que el día era muy claro y que el tibio sol las iría calentando mientras esperaban. A unos pasos de las señoras se colocaron Inés y el señor Duncan. Los dos jóvenes estuvieron hablando todo el tiempo entre murmullos y doña Amelia no dejó de mirarlos con ese gesto adusto que yo había imaginado la noche anterior. Juana y yo nos situamos casi en el borde de la zanja para no perdernos nada.

Cuando mis hermanos terminaron de cavar, apareció Javier por el camino con los ojos todavía llenos de sueño y un rictus que no presagiaba nada bueno. Llevaba ya tres días en Terreros, pero sus horarios no eran los mismos que los del resto. Se levantaba muy tarde, casi a la hora del almuerzo, luego se recluía en la cochera junto con Curro a lidiar con su invento, renegando por la falta de espacio y por sus fracasos, y por las noches, tras saltarse la cena, se iba de juerga con sus amigos hasta las tantas.

Don Sebastián y doña Amelia por una vez coincidían en algo: estaban muy disgustados con su hijo por cómo estaba tratando a los invitados, ausentándose constantemente. Esa misma mañana los había oído comentarlo.

Yo estaba abrumada por el poco interés que me había demostrado desde que llegó a la casa, pues en esos tres largos días no habíamos tenido ni un segundo, ni de día ni de noche, para estar a solas, y empezaba a dudar que tuviera alguna intención de cumplir la promesa que me había hecho en la cochera antes de que lo enviaran a Londres.

En cuanto Javier puso los pies sobre la tierra de la plazoleta, se situó entre su padre y el embajador. Luis se subió al carro para descargar los macetones y entre mis hermanos y él cavilaron un rato cómo bajarlos sin estropearlos. Aunque después comprobamos que había sido un error, les habían quitado los paños rojos que recogían las hojas, y esos formidables plumeros verdes, ya desplegados, nos impresionaron a todos.

Javier, haciendo visera con las manos mientras observaba los penachos, preguntó en un tono demasiado alto:

—Padre, ¿para qué quiere poner esas enormes sombrillas junto a la bodega?

El señor Miller se separó unos pasos de ellos. Me pareció un gesto muy elegante y discreto que le proporcionaba a don Sebastián algo de intimidad para reconducir a su hijo, pero fue en vano, porque Javier se encargó de que todos nos enteráramos de que estaba del peor humor.

El embajador sonrió al escuchar la respuesta de su anfitrión:

—¡Porque me gustan! ¿Tienes algún problema?

Javier se tocó la cabeza masajeándose las sienes con las dos manos. Debía de estar cansado o con dolor de cabeza, teniendo en cuenta la hora a la que había llegado la noche anterior. Con gesto de incomodidad, se volvió hacia su padre y volvió a preguntarle:

—¿Van a tardar mucho en plantar esos monstruos?

El señor se volvió a su hijo. Esta vez se puso rígido y lo miró con gesto severo, podría jurar que bastante molesto, y no me extrañó lo más mínimo.

—Pero ¿se puede saber qué te pasa? —Estaba claro que don Sebastián intentaba guardar las formas, aunque yo no tenía muy claro cuánto tiempo podría aguantarlas.

—¡Que me duele la cabeza! —le contestó, otra vez, de malas maneras—. ¡Eso me pasa! ¡Me han despertado con todo este jaleo y no he podido descansar como es debido!

—Pues lo siento, pero no me extraña que te duela. ¿A qué hora llegaste anoche? ¿Y la anterior?

—Imagino que a la misma hora que llegaba usted cuando tenía mi edad.

Semejante contestación me dejó igual que si me hubiera caído un rayo. No sólo por sus palabras; sobre todo por el tono. Estaba segura de que si se me hubiera ocurrido dirigirme así a mi padre, sólo con la mitad de insolencia, me habría cruzado la cara de lado a lado y me habría recordado, sin la paciencia y la compostura de don Sebastián, a quién le debía respeto.

Ni doña Amelia ni Fernanda se dieron cuenta, porque, de lo contrario, la cosa no hubiera sido tan suave. En cambio, el embajador sí se percató. Juana y yo nos miramos con cara de incredulidad y continuamos atentas para ver cómo se zanjaba el tema.

Don Sebastián volvió la mirada hacia mis hermanos, que acababan de subirse al carro, y vi cómo apretaba los dientes y los puños, y aunque no mirara a su hijo, continuó hablándole con voz contenida:

—Cuidado con lo que dices, muchacho. Como no pongas un poco de orden en tu vida vamos a tener que ponerlo nosotros. No nos obligues a hacerlo de nuevo.

Javier había colmado ya su paciencia cuando lo miró con cara de pocos amigos.

—Además —prosiguió—, recuerda que tenemos invitados que me importan mucho, y no te estás comportando ni con respeto ni con el decoro que espero de uno de mis hijos. Ya hablaremos de todo esto cuando estemos tú y yo solos.

Javier dio media vuelta y desapareció por el corredor. Imagino que se fue a su refugio, a trabajar con el motor, porque ya no se le vio el pelo por ninguna parte hasta última hora de la mañana. Don Sebastián volvió a acercarse al embajador y a partir de ese momento me pareció que, aunque continuaba serio, sí que estuvo tranquilo.

Bajar la primera palmera no fue fácil. Tras liberar el macetón de su caja de madera, Curro, Luis y Damián se pusieron a la faena. Luis sujetaba la palmera con una cuerda para bajarla del carro, poco a poco, por la rampa que habían colocado, mientras mis hermanos la sujetaban. La palmera se deslizó con suavidad hasta que llegó a la tierra, como si de un tobogán se tratara, y allí quedó, en su sitio, dentro de la zanja. Curro cogió una maza, rompió el macetón y, con unas cuantas paladas de tierra, el cepellón quedó enterrado por completo.

Cuando la palmera estuvo lista y asegurada, Curro se volvió con gesto alegre hacia la concurrencia, nos hizo una reverencia y todos le aplaudimos; la que más, Juana.

La segunda costó más porque en el momento de bajarla empezó a soplar viento y las hojas del penacho bailaron de tal modo que parecía que el tronco se iba a tronchar. A los tres se les marcaron los músculos y les corrieron gotas de sudor que les llenaron las camisas de rodales oscuros, y eso que estábamos en diciembre. Pero al final lo consiguieron.

—Son unos ejemplares magníficos —oí al señor Miller comentarle a don Sebastián.

—Es cosa de mi administrador de ultramar, que quiere congraciarse otra vez conmigo —aclaró don Sebastián—. Hemos tenido nuestras diferencias últimamente y seguro que ha buscado lo más grande que ha encontrado en la isla para tenerme contento, aunque he de reconocer que ha acertado con la elección. Me parecen extraordinarias.

Los chicos estaban cansados y pararon un momento cuando les llevé el botijo para que se refrescaran. Me puse junto al carro y casi podría jurar que, cuando volvieron a la faena, hice tanta fuerza como ellos.

Damián y Curro sujetaron la última palmera. Yo estaba muy cerca de ellos porque me había quedado junto al carro todavía con el botijo en las manos. Desde esa perspectiva, con la maceta todavía subida al carro, era aún más impresionante, y como era la más grande, imaginé que también debía de ser la más pesada. Les estaba costando mucho hacer que se deslizara por la base del carro. Las ráfagas de viento eran cada vez más fuertes y entre los tres hacían grandes esfuerzos.

Miré un segundo a las otras dos palmeras y me pareció que, si ésas quedaban tan bien recortadas junto al porche, cuando estuvieran las tres y sus copas se pudieran ver desde las ventanas de la parte posterior de la casa, serían una atracción para cualquier invitado de la familia.

Entonces escuché un improperio sofocado y me volví hacia el carro. Luis todavía estaba en lo alto sujetando un extremo de la cuerda, pero se acababa de romper y el macetón rodaba rampa abajo sin nada que lo impidiera.

Se paró el tiempo.

Vi a Luis mirando con extrañeza el trozo de cuerda y a mis hermanos haciendo fuerza para aguantar la palmera. Después, todo fue confuso. Oí un golpe sordo junto a mí y a Damián tirado sobre la tierra, mirando el cielo, con las piernas metidas en la zanja y el cuerpo cautivo entre el suelo y el tronco. Se retorcía intentando zafarse. Gimió, dejó de moverse y supe que se había hecho mucho daño. Tenía el pecho aprisionado bajo la palmera, el macetón roto estaba junto a mí y el enorme penacho, tendido al otro lado del carro. Levantó un poco las manos, boqueó y me habló con los ojos pidiéndome auxilio. Tiré el botijo al suelo y tanto Curro como yo nos movimos de inmediato. Luis se bajó del carro y, sin darme cuenta, lo encontré a mi lado. También se acercó Ernesto y entre todos intentamos levantar la palmera, unos por el tronco y otros por las hojas. Cuando reaccionaron, también se acercaron el señor Miller, don Sebastián y el señor Duncan. Con un esfuerzo final lo conseguimos, pero Damián quedó tendido en el suelo, inmóvil, sin hacer ni el más ligero intento de incorporarse.

Me arrodillé a su lado para cogerle una mano. Estaba tan asustada y él tan pálido, que incluso pensé que ni respiraba.

—No me toques —gruñó como un perro herido.

Pero no le hice caso. Primero le toqué la cara con la punta de los dedos, después busqué en su cabeza alguna herida, pero comprobé que no había sangre, ni noté ningún golpe.

—No te muevas —le pedí lo más suavemente que pude para seguir inspeccionando su cuerpo.

Respiraba con dificultad, pero atinó a esbozar una media sonrisa y por un segundo asomó una chispa de su humor.

—Qué más quisiera que salir corriendo.

Le palpé los brazos y las piernas con cuidado para confirmar que los movía y, finalmente, cuando le toqué el costado, se quejó, pero esta vez ni sonrió ni hizo ninguna broma. Apretó los dientes y se mantuvo callado. Estaba segura de que como mínimo se había roto alguna costilla. Seguía respirando entrecortado, pero cuando estuvo más tranquilo y dejó que le ayudaran, Curro y Luis lo incorporaron un poco y entre los dos pudieron levantarlo y llevarlo hasta la casa.

Damián nunca fue muy alto, como mi padre, pero sí fuerte y fibroso, e imagino que bastante pesado. Como Luis le pasaba mucho más que una cabeza, y además tenía más envergadura de espalda, fue el que soportó más peso y casi se lo llevó en volandas. Lo trasladaron a mi habitación, que era la más cercana a la puerta del corredor, y allí nos quedamos esperando la llegada del médico. Curro fue quien salió a avisarlo, también a Virtudes, y luego fue a buscar a padre al campo. Luis y Juana se quedaron con nosotros. Entre las dos improvisamos un precario vendaje para que estuviera más cómodo y debimos de conseguirlo porque se le veía más tranquilo e incluso en algún momento nos pareció que se quedaba dormido.

Al cabo de un buen rato de espera, Luis me dijo en un susurro que tenía que ir a recoger su carro, llenarlo con los vinos que debían de estar esperándolo y hacer la ruta que le tocaba ese día. No podía esperar más porque se le haría de noche en la travesía. Se disculpó sin que hubiera necesidad y Juana, que siempre me ha conocido más que yo misma, me sugirió que me fuera con él un rato, que necesitaba un poco de aire fresco y que en mi minúscula habitación era imposible encontrarlo. Ella se quedaría con mi hermano lo que hiciera falta. Aunque al principio me negué, después pensé que me iría bien, me calmaría un poco los nervios y podría agradecerle a Luis su ayuda. Caminamos en silencio y yo no paré de darle vueltas a lo que había pasado. Cuando estuvimos fuera de la casa de camino de la plazoleta de la bodega, Luis se paró e imagino que intentó sacarme de mis pensamientos.

—¿Más tranquila? —me preguntó.

—Un poco.

Pero no era cierto.

En cuanto salí de mi habitación y dejé de ver la cara de Damián, tan blanca y con el gesto tan dolorido, me salieron todos los nervios que había contenido desde que lo vi con medio cuerpo en la zanja y fui consciente del peligro que había corrido. Mientras caminábamos por el corredor, me repetí, como una letanía, que mi hermano podía estar muerto. Me temblaron las manos y me abracé a mí misma para que él no lo notara. Soy orgullosa, aunque me daba rabia que Luis me tuviera lástima o que pensara que era débil, no pude evitar derrumbarme y empecé a llorar en silencio. Volví la cara hacia la tapia de los laureles e intenté que no me viera, pero él se metió la mano en el bolsillo y me ofreció un pañuelo.

—Vamos, muchacha. —Me cogió del brazo, lo apretó con suavidad y después me acarició la cara con la punta de los dedos, limpiando una de las lágrimas que me rodaba por la mejilla—. Tranquila, que se pondrá bien. No va a ser grave, te lo aseguro.

—Eso espero. —Cerré los ojos, aspiré con fuerza y me serené un poco—. Ya está, no pasa nada. Sólo ha sido el momento.

—No te preocupes. Ha sido un buen susto y, además, si no sufres por tu hermano, ¿por quién vas a hacerlo?

Tenía razón. Desde que había pasado lo de mi hermano, me había olvidado de todos los pensamientos que llevaban tantos días atormentándome. Sólo pensaba en Damián y en el accidente.

—Eres fuerte. No todas las muchachas hubieran reaccionado tan rápido ante algo como eso.

—¿Qué iba a hacer? Es mi hermano.

—Pues tiene suerte de tenerte.

Le devolví el pañuelo, me saludó poniéndose un par de dedos sobre el ala de la gorra, como siempre, y se fue hacia la plazoleta donde le esperaban Bruno y el carro.

Me dirigí a la casa, pero en la puerta de la cochera estaba Javier y sus ojos verde agua tenían una expresión de rabia contenida que me estremeció.

Se me acercó y me asió del brazo.

—¿Qué hacías con ése?

—Pero si es Luis... —contesté sorprendida.

—¡No te he preguntado quién es, sino qué hacías con él!

—Nada, sólo hablábamos. —Estaba empezando a hacerme daño de lo que me apretaba.

—Te ha tocado la cara —rugió mientras su mano seguía cogida a mi brazo como un garfio—. No quiero que hables con él.

Me acercó a su cuerpo, me asusté y solté mi brazo con una sacudida. En su cara se dibujó una mueca de incomprensión, levantó la mano y pensé que iba a pegarme, pero me la pasó por detrás de la nuca, haciendo fuerza para que me acercara otra vez. La noté fría y apretó con rabia, se agachó hasta mi altura y acercó mi cara a la suya con intención de besarme. Pero me zafé.

—Hablaré con quien quiera —dije indignada—. No tiene ningún derecho a prohibírmelo.

—¿Ah, no?

Debí reprocharle que no recordara lo que había pasado entre nosotros hacía más de un año en la cochera y que le había esperado como él me pidió; o que durante los últimos tres días ni se había dignado a buscarme, y que sólo por haberme sonreído una vez en la cochera y otra en la fiesta de los embajadores no le daba derecho a controlarme. Ni siquiera fui capaz de recriminarle que llevaba casi un año sufriendo como una tonta por él mientras se divertía en Londres sin pensar en mí. Pero fui incapaz de decir nada de eso; sólo atiné a repetir, ya con poca convicción, mientras le daba la espalda:

—No tiene ningún derecho sobre mí.

—¡Ya lo veremos! —le gritó al aire mientras me alejaba esperando que no me siguiera.

Fue una de las primeras veces en mi vida que me salió la mujer indómita que llevo dentro, aunque en aquella época todavía estaba bastante dormida. Ahora sé que ésa es una reacción de lo más normal en mí. Me crezco cuando me atacan. Sin embargo, en ese momento me rebelé de una manera tan inconsciente que me dejó sorprendida.

No podía creer lo que había pasado. No había hecho nada de lo que avergonzarme, y mucho menos con Luis.

Pero ¡¿quién demonios se había creído que era tratándome así?!

Caminé por el corredor con pasos furiosos, pero, antes de llegar a la puerta de la cocina, me volví y fui directa al patio trasero a lamerme las heridas. Javier no apareció por allí, aunque, cuando estuve más serena, habría agradecido que lo hubiera hecho, que me hubiera seguido y, con suavidad e intención conciliadora, que hubiéramos hablado y limado esas asperezas que me hacían sufrir. Me imaginé la escena y, mientras la soñaba, me arrepentí de mi reacción tan drástica.

Me senté en la piedra del pozo y apoyé la espalda. No sabía qué hacer ni qué pensar. Estaba dolorida por lo que creía un injusto maltrato por su parte y rabiosa por no haber aprovechado ese beso ingrato. Un segundo antes hubiera matado por recibirlo, y cuando lo tuve cerca... «¡Maldita sea la hora en que te ha salido tu yo arrogante y justiciero!», me reproché.

Un rato después, y tras darle muchas vueltas, conseguí serenarme, desanduve el camino y me fui a ver cómo estaba Damián. El médico había confirmado que se había roto dos costillas, pero que, por mucho dolor que pudiera tener, si se cuidaba un poco y hacía reposo, no iba a ser demasiado serio. Las fracturas eran limpias, no había daño interno ni estaban afectados los pulmones, que hubiera sido lo más preocupante, y siendo un joven fuerte como era, sólo hacía falta que dejara pasar un tiempo para que se le soldaran los huesos. Le había fajado el pecho con mucha más pericia que Juana y yo y no se podía mover demasiado, porque el vendaje le llegaba desde las axilas hasta la cintura y casi le cortaba el aliento.

Lo miré bien, intentando adivinar cómo se encontraba, y pude comprobar que su aspecto era mejor de como lo había dejado antes de salir del cuarto. Volvía a tener color en las mejillas. Se había incorporado un poco, conversaba con Juana bastante sosegado y, aunque se sostenía el costado con los brazos y hacía algún gesto de dolor cuando se movía, lo vi tan rehecho que me tranquilicé.

—¿Cómo te encuentras? —le pregunté mientras me sentaba en la orilla de la cama.

—Pues imagino que como Lázaro cuando resucitó y salió de su sepulcro —me dijo con una media sonrisa—. Dolorido.

Yo también le sonreí.

—Ya veo que estás mejor.

Había recuperado su humor y eso era muy buena señal.

En ese momento entró padre seguido por Curro. El pobre venía desencajado, pero al ver a Damián entero, me pareció que se le transformaba la cara. Se quedó quieto junto a la cama y le apretó el brazo.

—¿Cómo estás, hijo? —Si lo hubiera visto menos magullado, le habría dado un abrazo, estoy convencida.

—Bien, padre. Parece que un árbol me ha pegado una paliza, pero no se preocupe, sólo han sido un par de huesos; todavía me quedan muchos.

—Anda, deja de hablar. —Curro se acercó a la cama y le tendió una mano para ayudarlo a levantarse—. Vámonos para tu casa, que Virtudes tiene que estar desesperada.

Don Sebastián había permitido que se llevaran el carro pequeño para que mi hermano fuera hasta su casa sin hacer demasiados esfuerzos, y los cuatro caminamos, con pasitos cortos, hasta la puerta de la cocina donde ya estaba enjaezada la mula castaña. Les di un beso a cada uno, Damián se sentó en el pescante entre mi padre y Curro y marcharon por el corredor hacia la plaza.

Volví a la cocina rumiando lo que había pasado. Para mi sorpresa, todo estaba en silencio. No se escuchaba ni el tictac de los relojes, ni los pasos de nadie. Ya en mi cuarto, lo único que me importó fue disfrutar de la tranquilidad que hacía tanto rato necesitaba. Me sentía fatal y me recriminé a mí misma que durante el tiempo que había estado en el patio no hubiera tenido a Damián en mente ni un segundo. Pensé en Virtudes y en lo que debía de estar sufriendo hasta que su marido llegara a casa y comprobara que estaba fuera de peligro; también pensé en Juanito, que sólo tenía un año, y que en ese momento podría ser un huérfano. Me di cuenta de lo rápidamente que se puede estropear la vida y lo mucho que debemos aprovechar el tiempo.

No pude evitar que Javier entrara en mi cabeza porque, aunque no lo deseaba y luché por arrancar su imagen de mis pensamientos, me quedé atrapada intentando imaginar la relación imposible que había deseado y que, estaba claro, no habíamos conseguido. Volví a recordar su reacción y cómo había dudado de mí.

Los celos le habían jugado una mala pasada por lo que se había imaginado.

¿Le importaba? Igual sí, pero ¿de qué manera?

No podía dejar de darle vueltas a su reacción y, sobre todo, dudaba si ése era el tipo de amor que yo deseaba. Había algo en su actitud que me daba vértigo, pero me odié por no haber aprovechado el momento de pedirle que se explicara, y me culpé por ser tan orgullosa y por haberle dejado con la palabra en la boca. Me estaba quemando ese beso que esperaba desde hacía tanto tiempo. «Eres estúpida», me repetía.

Había otro pensamiento que me mortificaba. ¿Y si sólo me consideraba una posesión más? Era una posibilidad que tenía que tener en cuenta, aunque en ese momento no quisiera aceptarla. La semilla estaba plantada. Tal como me había tratado, podía ser otro de esos juguetes que le gustaba acaparar pero que luego dejaba tirados casi sin usarlos.

Juana entró en la habitación interrumpiendo mis pensamientos, se sentó junto a mí y me preguntó cómo estaba.

—El mejor día de mi vida —le contesté cáustica.

—Tengo que decirte una cosa.

Se frotaba las manos y me pregunté qué le ocurría. No había sido un día fácil para nadie, de eso estaba segura, pero no entendí su intranquilidad, porque Damián estaba mejor y a Curro no le había pasado nada.

—Dime —dije intrigada.

Me explicó que llevaba mucho rato buscándome, pero que no me había encontrado en ninguna parte. No quería darle explicaciones de dónde había estado y me excusé diciendo que había ido a despedir a Damián cuando se lo llevaron a su casa, cosa que era cierta.

Se puso seria y me miró fijamente.

—He oído a doña Amelia hablar con Ernesto.

—Vale, ¿y qué? —Eso era lo más normal del mundo.

—Le decía muy alterada que te había visto con Javier desde la ventana. En el corredor.

Apoyé la cabeza en mis manos y los codos en las piernas. Quería que la tierra me tragara y quedarme para siempre escondida en un agujero profundo para que nadie me encontrara.

—¡Oh, Dios! Sólo me faltaba esto. Hoy no debería haberme levantado de la cama.

—La señora parecía muy enfadada. Cuéntame qué es eso tan tremendo que ha pasado.

Yo no sabía cómo empezar. Centré las ideas como pude y todo me salió de dentro como un torrente. Ella me escuchó en silencio, sin intervenir en ningún momento, mientras le contaba mi inocente charla con Luis, la reacción de Javier después de habernos visto y todo lo que había pasado después.

—Al final, ha intentado besarme —fueron mis últimas palabras.

—¿Cómo? ¿Allí en medio? —Me miró expectante—. ¿Y te has dejado?

—No, le he pedido que me soltara y le he gritado... No creo que eso le haya hecho ninguna gracia a doña Amelia. Después lo he dejado con la palabra en la boca.

—Pues eso va a ser lo que te salve, no haber dejado que te besara y haberte puesto como una fiera. Pero ve con cuidado, que doña Amelia tiene la mosca detrás de la oreja.

—Igual debería dejar la casa —dije pensativa.

Eso sería un desastre para la economía de mi familia, y hasta podía costarle la salud a mi padre, pero también me libraría de los problemas que en ese momento me mortificaban.

—Venga, Manuela, no digas tonterías.

—Es que ya no sé qué pensar. —Me tapé la cara con las manos y ella me cogió por los hombros con suavidad—. ¡Oh, Juana! Estoy hecha un lío.

Me hizo bajar las manos, me acarició con suavidad los brazos y puso esa expresión pícara tan suya.

—Todo se trata de estrategia.

—¿Qué quieres decir con eso?

—Que lo que tú necesitas es un plan. Que desaparezcas, aunque estés en la casa.

—Pero ¿qué dices? ¿Qué tonterías me estás contando? Y ¿dónde quieres que me meta?

—No hará falta que te metas en ningún sitio. Lo que has de hacer es ser invisible para ella y para todos —puntualizó tajante.

—No me lo puedo creer, eso me dijo mi madre el primer día que vine a trabajar a la casa, que tenía que ser invisible. No le hice caso y ya ves cómo me ha ido.

—Pues eso vas a hacer de ahora en adelante, y yo estaré aquí para ayudarte.

Durante el resto de las Navidades intenté seguir su consejo, no tropezarme con nadie, y allí estuvo Juana en todo momento. Incluso me escondí de los que me trataban bien, como Fernanda, Ernesto o Inés. No sé si lo logré con doña Amelia, pero sí debí de conseguirlo con Javier, porque ni él me buscó, ni yo me esforcé en que me encontrara... con todo el dolor de mi corazón.

5

Harley-Davidson

30 de mayo de 1909

—¿Has preparado las habitaciones? El coche tiene que estar a punto de llegar y todavía no está del todo lista la casa para la celebración.

—Que sí, Lola —le contesté cansada de escucharla e intentando parecer tranquila—. Está todo en su sitio, deja de atosigarme.

Pero no era del todo cierto: la casa sí lo estaba, pero yo no.

Lola llevaba la mañana como loca y no hacía más que acosarme ordenándome cosas. Antes de que hubiera acabado una, ya me estaba mandando hacer otra, y a mí no me llegaba la camisa al cuerpo pensando en lo que se me venía encima.

Tanto don Sebastián como sus dos hijos estaban de camino hacia Terreros; aun así, había cierta decepción en el ambiente porque Arturo sólo podría quedarse un par de días. Su permiso era mucho más corto de lo que hubieran deseado las mujeres de la casa, pues había venido de África sólo para recibir órdenes del alto mando en Madrid. Sin embargo, aunque iba a estar pocos días en la Península, aprovechó los dos últimos para estar con la familia en una jornada tan especial como la que iban a celebrar. Después de la fiesta, debía regresar a Madrid para unirse al general Pintos y volver los dos juntos a Melilla.

No se respiraban aires de tranquilidad por África, y eso les pesaba mucho tanto a doña Amelia como a Inés. A mí también había cosas que me inquietaban ante la perspectiva de los días que se avecinaban, pero no tenían nada que ver con Arturo, con África, ni con los problemas que había por allí.

Lo que llevábamos preparando tantos días no era una fiesta cualquiera. Javier cumplía veinte años y en la familia era una tradición celebrar ese número redondo como inicio de la madurez. Se empezó con Arturo, siguió con Ernesto y ese día le tocaba a él.

Lola se había erigido en ejecutora y responsable de que los preparativos fueran perfectos. Esa mañana estaba ansiosa y nos atosigó para que nadie hiciera algo mal, sobre todo a mí. Pedro revoloteaba por todas partes intentando ayudarnos; nos molestaba y nos entretenía desde que habíamos empezado a trabajar. Casi podría jurar que era el más feliz en la casa. Por indicación de la señora, hacía un par de días que había matado un cordero lechal que tuvo oreándose en la fresquera hasta esa madrugada. Antes de que despuntara el día, lo había metido en el horno panadero del patio y todos nos levantamos con el aroma de tomillo, romero y brandy metido en la nariz. A esas horas, mientras Lola nos gritaba a todos para que aviáramos y el ternasco perfumaba la casa, se nos removieron las ganas de picar unas olivas o algún taco de jamón, pero ni tiempo hubo para eso.

Desde hacía un buen rato, Lola estaba dedicada a preparar la mesa de gala, y viéndola hacerlo con ese mimo y cuidado cualquiera hubiera dicho que estaba vistiendo a una novia. Sobre el mantel bordado por las monjas clarisas, una de las piezas más importantes del ajuar de la señora, descansaba una legión de copas de cristal de Bohemia de varios tamaños, con una batalla de brillos bajo los rayos que entraban por los ventanales en esa mañana espléndida. La vajilla de Sèvres y la cubertería de plata que yo había limpiado infinidad de veces, pero que sólo había visto sobre la mesa cuando vinieron los señores Miller, también estaban allí, con las cucharas, los tenedores y los cuchillos bien alineados junto a los platos, como soldados preparados para la guerra. Incluso había colocado dos candelabros con velas rojas y un jarro con las primeras rosas que me había mandado recoger esa misma mañana. La imagen era majestuosa y a ella se la veía satisfecha.

Javier no había regresado a la casa desde las Navidades porque, según pude saber, se había dedicado por completo al estudio y no había dado ni un motivo de queja a su madre. Todos decían que era increíble, que había enderezado el camino y que se había reformado. Parece ser que Arturo había tenido algo que ver en eso. Había aprovechado un permiso a principios de año para meter a su hermano en cintura y habían hablado muy seriamente sobre su futuro. Pero yo imaginaba que ese cambio de actitud se debía a que, de alguna manera, se había enterado de los planes de su padre para traer una de las motocicletas de las que habló con el embajador durante la recepción de diciembre. Nunca supe si el resto de la familia lo sabía, pero era muy posible que Arturo estuviera al tanto. Yo imaginaba que Javier había deducido que el precio para conseguir que trajeran su ansiado regalo era portarse como no lo había hecho en su vida, y parecía que lo estaba consiguiendo.

Desde que supe de las intenciones del señor, deseé contárselo, pero no me fue posible. Arturo era el hermano mayor, el más sensato y siempre había sido una buena influencia para Javier. Seguro que alguna noticia sobre la moto le debió de anticipar para que cambiara su actitud y fuera más responsable. Lo cierto es que, con esperanza del regalo o sin ella, bajo el influjo de Arturo o sin él, Javier llevaba casi cinco meses siendo una persona distinta ante los jueces más duros que podía tener.

En mi fuero interno confiaba que las aguas hubieran vuelto a su cauce y que tanto la señora como él hubieran olvidado lo ocurrido entre nosotros. Con doña Amelia estaba casi segura de que no lo iba a conseguir, porque ya hacía mucho tiempo que ni me miraba; con Javier, en cambio, esperaba que su actitud hacia mí hubiera cambiado. No quería pensar más allá del día siguiente, en vista de cómo habíamos acabado tras el accidente de mi hermano con la palmera, pero su cambio y su llegada abrían grandes expectativas.

Durante esos meses de espera, Juana me había aconsejado que dejara de perseguir fantasmas y que me olvidara de todas esas ilusiones que había forjado en mi imaginación. Yo había intentado tejer una coraza que me apartara del mundo y adormeciera mis sentimientos, pero en realidad lo que conseguí fue mantenerme en un purgatorio constante. Esos meses tuve que aceptar, muy a pesar mío, que no era una candidata posible para un Prado de Sanchís y que era inimaginable que doña Amelia consintiera que Javier se acercara a mí, mucho menos con intenciones honorables. Si la señora se enteraba de mis esperanzas, ya podía prepararme. Así que, por mucho que me rebelara, debía aceptar que no había ningún futuro para nosotros.

Hasta el momento lo había conseguido, no sin esfuerzo, pero lo había conseguido. O eso creía. Porque con la noticia de su regreso y con la certeza de que él casi estaba a las puertas de la casa, los fantasmas que apuntaba Juana, los que todavía me quitaban el sueño tantas noches, volvieron, destrozaron el escudo y me persiguieron por el purgatorio en el que naufragaba, sin que tuviera manera de respirar ni una bocanada de aire fresco. Esa mañana tuve a todos los fantasmas bailando en mi cabeza, atareados derribando los muros que había construido, porque Javier volvía a Terreros y yo no quería ni imaginar lo que me esperaba.

Oí la bocina del coche al entrar en la plaza, como cada vez que llegaba. La estaba esperando, y, sin pensarlo, me recluí en un rincón y no salí de allí hasta que acabaron los saludos, besos y felicitaciones de toda la familia. Ni siquiera me atreví a servir la mesa. Al verme tan descompuesta, Lola me preguntó si estaba enferma y me permitió escaparme de la tarea, así que Juana y ella entraron y salieron del comedor con las bandejas durante toda la comida, mientras yo recogía los platos, escondida tras la puerta de la cocina.

La fiesta no me sorprendió como esperaba; aunque la observé desde lejos, fue como casi todas las que llevaba vividas en la Casa Grande: felicitaciones, un brindis por Javier, el regalo del reloj de un abuelo por parte de su tía Fernanda, algún otro paquete pequeño... Nada inusual a excepción de cómo estaba decorada la mesa y del magnífico menú que habían preparado entre Pedro y Lola.

Tras la comida, toda la familia se reunió en el salón a tomar un café, y a eso de las cinco sonó la campana de la puerta principal. Lola me mandó que fuera y, al abrirla, me encontré, frente a frente, con la señora Miller y con su marido el embajador. Les hice pasar al salón, donde todavía estaba reunida la familia. Fernanda me volvió a pedir que saliera, pero esta vez lo que quería es que fuera en busca de Lola, Pedro y Juana y que nos quedáramos junto a la familia porque había una sorpresa para Javier. Entonces supe cuál era la sorpresa. Cuando entramos en el salón, los tres nos quedamos en un rincón a la espera de que llegara el regalo, callados y sin saber qué debíamos hacer.

Al principio me resistí, porque me daba pánico, y estuve con la mirada gacha un buen rato, pero al final no pude impedirlo y mis ojos se dirigieron a Javier en varias ocasiones. Debí de ser más discreta de lo que pensaba, estaba más tapada por las sombras de lo que imaginaba, o igual era que Javier no quería ni verme, porque no reparó en mí. Estuvo todo el tiempo al lado de su hermano Arturo y así confirmé mis sospechas: eran compinches en aquella intriga. A los dos los noté atentos y con una sonrisa cómplice que los delataba y era evidente que algo rumiaban, que sabían que la fiesta iba a tener el final que esperaban.

Fernanda me mandó descorrer las cortinas y abrir las puertas acristaladas que conducían del salón al jardín. Todos salieron por ellas e Inés, que se había quedado rezagada, se cogió del codo de su tía como si necesitara ayuda para caminar los metros que separaban el salón de la magnolia. La noté nerviosa mientras nos dirigíamos todos hacia allí. Cuando llegamos a la altura donde estaba el resto de la familia y los señores Miller, la cara de Javier se transfiguró. Le dio un par de palmadas en la espalda a su hermano y me pareció que irradiaba felicidad por todos los poros. Apenas me atrevía a respirar mientras lo observaba.

Inés dio un respingo a mi lado y la miré sorprendida. Al fondo del jardín, entre los portones de hierro colado y el macizo más alto de hortensias, entraba el señor Duncan, ligeramente inclinado, sujetando la motocicleta. Don Sebastián y doña Amelia se adelantaron y el señor, henchido de orgullo, se fue hasta donde estaba Javier y le puso una mano en el hombro.

—Aquí la tienes, hijo. Feliz cumpleaños. Es la que querías, ¿no es cierto?

Javier se separó de todos, se acercó a la moto y, como si fuera un niño recibiendo su juguete más deseado, rozó con los dedos, muy suavemente, los contornos de la motocicleta hasta dar toda la vuelta a su alrededor sin apartar los ojos de ella.

Las ruedas eran de un tono nacarado precioso, no eran brillantes, pero ese blanco tan limpio me pareció mucho más puro que el de todas las ruedas que había visto nunca; el manillar era más largo que el de una bicicleta ordinaria, y donde debían estar sólo los pedales había, además, varios artefactos metálicos parecidos a los que Javier solía trastear en la cochera, brillantes y llenos de piezas más pequeñas y tubos arqueados. En ese momento esos artilugios eran lo que atraían su atención, la suya y la de todos. Se inclinó sobre uno de los laterales y empezó a explicarles a los hombres algo sobre su funcionamiento. Hablaba con una pasión y con unos gestos que no le había visto nunca y, aunque no lo oía, casi podría jurar que estaba comparando ese motor con el que había deseado construir desde hacía tanto tiempo.

Metido entre el manillar y el sillín, sobre ese motor tan complicado había una especie de caja de color ceniciento con unas letras rojas pintadas en cada uno de los costados. «Harley-Davidson» era lo que estaba escrito. Recordé haber oído a Javier pronunciar esas palabras varias veces durante las Navidades. Se sentó en el sillín y empezó a pedalear. En un segundo, una nube blanca se elevó tras la rueda posterior y la bicicleta rugió como un animal herido, diría que con un sonido mucho más estridente y cadencioso que el gruñido que ya conocía de los coches que en ese momento descansaban en la cochera. Me pareció como si un martillo chocara contra un yunque cubierto con una almohada, una vez y otra y otra, y, al escucharlo, pude imaginar el corazón de Javier latiendo acompasado al mismo ritmo. Casi sin darme cuenta, la motocicleta se puso en movimiento y desapareció llevándose a Javier a través de la puerta de hierro, la misma por la que había entrado el señor Duncan hacía pocos minutos.

Todos se quedaron junto al macizo de las hortensias, hablando sobre Javier y su regalo; Inés se acercó al secretario y empezaron una tímida conversación, y Lola, Juana y yo nos marchamos a la cocina. Desde allí escudriñé el corredor, con el corazón desbocado, esperando la vuelta de la moto cada vez que tuve un momento, pero no puedo asegurar si Javier regresó al poco rato o si se fue a dar un largo paseo por los campos, porque no volví a verlo hasta momentos antes de que se pusiera el sol.

Sólo Dios sabe por qué fui hasta la puerta de la cochera cuando quedaba tan poco para servir la cena, la casa estaba tan llena y teníamos tanto trabajo... Pero ¿por qué me engaño? Si sé perfectamente qué pretendía. Suponía que Javier no había regresado porque no había oído el repiqueteo del motor en el corredor, y esperaba verlo aparecer.

Sin darle demasiadas vueltas, salí de la cocina y, escondida tras la hilera de laureles que festoneaban la pared del corredor, confiaba sorprenderlo sin que él me viera. Allí estuve un buen rato aguardando, pero cuando me convencí de que lo mejor que podía hacer era marcharme, aún agazapada y aceptando que no iba a volver hasta mucho más tarde, lo vi llegar arrastrando su motocicleta sin hacer ningún ruido. Iba acompañándola por el corredor, cogido al manillar. Su cara se iluminaba cada pocos pasos con el tímido fulgor de la brasa de su cigarrillo. En la tranquilidad de aquel atardecer tan claro, desde mi escondite, oí su respiración cada vez que dejaba ir una bocanada de humo, y yo aguanté la mía notando el corazón en un puño. Cuando llegó a la altura donde me ocultaba, pensé que estaba a salvo entre la penumbra, pero no era así: se paró y miró hacia mi rincón.

¿Era tan evidente que estaba allí? ¿O tenía la capacidad de meterse en mi cabeza y leerme el pensamiento?

Me escondí entre las ramas de los laureles intentando enterrarme dentro de mí misma y me arrepentí de la imprudente decisión que había tomado, mientras lo veía sonreír gracias al débil centelleo entre sus labios. Yo dudaba, pero él no, y poco a poco se fue acercando a la pared. Soltó una de las manos del manillar, cogió con ella el cigarrillo de entre sus labios y el ascua señaló la puerta de la cochera.

—Ven, Manuela, ayúdame a entrarla.

—No, señorito Javier, no debería —le dije más confusa que serena.

¿Quería entrar con él o no? Pues claro que quería, pero también me daba pavor que alguien nos viera y le fuera con el cuento a doña Amelia.

Alargó la mano e intentó cogerme el brazo, entonces recordé nuestro último encuentro y di un paso atrás amedrentada.

—Bonita, ¿verdad? —Bajó la mirada y también la mano hacia la motocicleta—. Es increíble manejarla, igual que la que tenía en la cabeza. ¿Qué te parece? —me preguntó mientras acariciaba el sillín como al lomo de un gato.

—Sí, lo es —convine apenas en un susurro, y le miré algo aturdida.

«¿Dónde está esa Manuela tan suelta que se enfrentó a él hace casi cinco meses?», pensé. En ese momento me hubiera hecho falta para contestarle con alguna palabra atinada, pero esa Manuela, la brava, se había escondido en lo más profundo de mi cabeza, y la que estaba en el corredor no sabía qué decir para hacerme salir airosa.

Como si se diera cuenta, se acercó a la puerta, pero sin hacerme entrar en la cochera, y me dijo que los ingenieros americanos habían solucionado todos los problemas que él había encontrado cuando intentaba construir su invento. Apoyó la motocicleta en la pared, me cogió la mano e hizo que me agachara a su lado. Bajo la trémula luz de su mechero, porque el poco sol rojizo que quedaba sobre el horizonte ya casi ni alumbraba, me enseñó el conjunto de piezas, de cables y de tubos que había entre las ruedas mientras me las señalaba, una a una, como un padre admirando a su hijo recién nacido.

Me habló de las bielas, de los pistones y de su disposición en forma de uve, que le daba al mecanismo mucha más potencia o más resistencia, o igual alguna otra característica que él no había sabido encontrar y que yo no entendí mientras me la explicaba. Me dijo radiante que ese motor tan pequeño tenía tanta fuerza como un carro tirado por ocho caballos, cosa que me pareció increíble, y me habló de la solución que habían encontrado los americanos a uno de los problemas que más noches le habían quitado el sueño: habían añadido una transmisión, fuera lo que fuese eso. Cuando me enseñó la pieza de la que estaba hablando, asentí con una sonrisa, pero ni entonces ni ahora he sabido lo que era; aquella noche tampoco me hacía ninguna falta, su atención era lo único importante. Él también había pensado en algo similar a ese artilugio, aunque no había logrado que funcionara; en cambio los americanos habían sido más sagaces y habían sustituido la cadena metálica por una goma elástica que era más resistente, o flexible o duradera, ¡vete tú a saber! Estaba exultante cuando me comentó que el colmo de la pericia había sido que esos ingenieros habían añadido a la rueda posterior un aro para que esa goma rodara mucho mejor que en el engranaje normal de una bicicleta ordinaria. Me explicó tantas cosas, con tanta vehemencia y con tantas palabras técnicas, que me quedé encandilada escuchándole. Lo único que quería era que continuara. Si no callaba, seguiría conmigo.

—¿Seguro que has entendido algo de lo que te he dicho? —me preguntó, por fin, con una sonrisa medio disimulada.

—Creo que no mucho —le reconocí avergonzada—, pero no importa, me gusta escuchar lo que me explica.

Tras mis palabras, clavó sus ojos verdes en los míos y, mientras me disolvía perdida en su agua, me cogió la cara entre sus manos y me besó con suavidad en los labios. No fue como aquel primer beso de hacía tanto tiempo, fue mucho más dulce, más sosegado, incluso podría asegurar que hasta fue casto. Sé que me puse colorada hasta las orejas y, cuando se separó de mí y me incorporé, salí disparada por el corredor hasta la cocina, y ante el asombro de Lola y de Juana, me metí en mi cuarto arrebolada por los sofocos que me subían desde el pecho y con su gusto a tabaco pegado a los labios.

Me toqué la boca evocando su tacto. Parecía un Javier distinto, más sereno, más formal. Y llevaba cinco meses sin dar un disgusto a nadie. ¡Si hasta sus padres estaban satisfechos! Igual había cambiado y podía esperar recibir lo que me había negado durante las Navidades. En tal caso, ¿quién era yo para rebatirle al mundo y continuar enfadada? ¿Quién era yo, si lo que en realidad quería era que todo eso se olvidara?

Hay necesidades de todo tipo y creo que las he padecido todas; unas son desgarradoras, te hunden y no te dan tregua, pero hay otras que son más calmadas, aplacan el miedo y despiertan esperanzas. En ese momento la necesidad que sentía hacia Javier, la que me traía el regusto de su tabaco en mi boca, era del segundo tipo. Deseé que hubiera pasado el tiempo de la desesperanza, porque ese beso que acababa de darme era la promesa de que nuestra puerta podría volver a estar abierta.

Por la noche, cuando tocaron las doce, ya hacía un buen rato que estaba entre las sábanas y con el último libro que me había prestado Inés abierto sobre la cama. La casa se quedó en calma. No creo que recuerde jamás de qué libro se trataba porque en la duermevela, con el pensamiento dando vueltas por una cascada eterna sin tener nada que lo sujetara, la lectura era lo último que me interesaba. Todavía tenía a Javier retumbando en mi cabeza, era muy tarde, el día había sido agotador y empezaba a quedarme dormida mientras escuchaba la respiración tranquilizadora de la casa, unos crujidos familiares que a esas horas me envolvían y acunaban. Oí unos pasos acercarse a la cocina, agucé el oído y escuché mientras me espabilaba. «Alguien tiene sed. Y no me extraña nada. Con las comidas tan fuertes que ha servido Lola, es muy posible que esta noche haya una romería hasta la jarra», me dije.

Los pasos se fueron acercando, pero no pararon, ni en la cocina, ni ante la despensa; siguieron por el angosto pasillo y se detuvieron frente a mi puerta. El cabo de vela que todavía estaba prendida sobre mi mesilla tembló cuando me moví en la cama. Se me hizo un nudo en la garganta. El miedo es un pañuelo que se te va ajustando al cuello hasta hacerte perder el aliento, ahogándote la respiración y nublándote el sentido, y muchas veces les puede incluso a los deseos más básicos. Pero cuando retumbaron los golpes de su mano en la puerta, tan suaves y a la vez tan sonoros, conseguí vencer al miedo, bajé de la cama y fui a su encuentro.

A partir de ese momento, el deseo y la impaciencia se apoderaron de nosotros. Me besó ansioso y, en dos pasos, me encontré tendida sobre las sábanas, vencida bajo su peso. Sus manos se enredaron en mi pelo, bajaron por mi cuello y en su camino llegaron hasta mi pecho; eso me provocó una necesidad maravillosa y desesperada a la vez. Me mordisqueó el cuello y su lengua fue bajando poco a poco hasta derretirme mientras me hundía en la tempestad en la que se había convertido mi cuerpo. Se quitó la camisa por la cabeza, sin desabrochar ni uno de los botones, y su espalda quedó entre mis manos en ese abrazo que desde hacía tanto tiempo había deseado. Se irguió sobre mí, me hizo incorporarme y empezó a deshacer los nudos de la cinta rosa que cerraba mi camisón, ojal a ojal, con una paciencia infinita que me estremecía, insinuando caricias que todavía me encendían más. Con una sonrisa pícara, arrugó la tela que me cubría, sin dejar de mirarme, y cuando me tuvo atrapada en ella, a su merced, mi cabeza dejó de pensar, salió de mi cuerpo y me redujo a una marioneta que se abandonó a sus deseos, estallando a cada segundo con sus caricias. Sus manos diestras buscaron con codicia mis secretos y las mías, inexpertas, encontraron un mundo nuevo donde siempre me habían inculcado que habitaba el pecado. Los dos desnudos entre las sábanas, con las piernas enredadas y casi sin aliento. Me entregué a él entre dolor, miedo y ansia, y mientras se bebía mi alma entre jadeos, me dejé llevar por un río que, de oleada en oleada, me hizo llegar a un lugar que cambió mi cuerpo.

Hacía tanto que lo deseaba y fue tan arrollador, que habría detenido el tiempo en ese instante si hubiera podido. Era tan ilusa y me engañaba tanto que, mientras me aferraba a su cuerpo crispado, estuve segura de que era imposible disfrutar de unas emociones más íntimas y apasionadas. Me quedé adormecida, exhausta, sobre su pecho, su brazo cubriendo mi espalda, su mano jugando con mis rizos, enredándolos entre sus dedos, pero al cabo de lo que pareció sólo un instante, cuando su respiración volvió a ser pausada, se levantó de mi cama, se vistió y salió del cuarto.

Cuando despuntaba el alba, desperté con la seguridad de que ya era de día, aunque en mi habitación no entraba ni un rayo del tímido sol de la madrugada. Estaba sola, desnuda entre las sábanas hechas un ovillo y con la certeza de que lo que recordaba no había sido un sueño. Me desperecé, me abracé a la almohada evocando su cuerpo y sonreí satisfecha.

Era feliz y me engañaba. Después de todo, en ese tiempo, la felicidad inmediata era lo único que me importaba.

Por la mañana, después de organizar y servir todos los desayunos, cuando la casa se quedó tranquila y tanto los Miller como el señor Duncan salieron a buscar su coche para regresar a Madrid, Juana y yo nos quedamos solas ventilando sus habitaciones.

Ella estaba mohína y yo, radiante.

Juana cerró la puerta de golpe y, con los brazos en jarras, me espetó de malas maneras:

—Sé lo que has hecho esta noche.

No sé cómo pudo intuirlo, pero imagino que al no negarlo se lo corroboré y con eso tuvo bastante. Se cogió a ese clavo ardiendo y empezó con el rapapolvo. Yo tenía claro que desde hacía mucho tiempo era bastante transparente para ella y que últimamente hasta se anticipaba a mis pensamientos, pero nunca imaginé que pudiera meterse de ese modo en mi cabeza y adivinar mis deseos más íntimos. Esa regañina fue la prueba de que no podía ocultarle nada y, mucho menos, la tormenta que había vivido las últimas horas en mi cama.

—No sabes dónde te estás metiendo —me dijo airada mientras aventaba una manta con golpes secos sobre el dintel de la ventana—. Eres una inconsciente. —Metió la manta en la habitación y ni siquiera la dobló, hizo con ella un amasijo y la tiró sobre la cama—. Prepárate porque la que se te viene encima puede ser de órdago.

Me recordó que no sólo podía perder mi trabajo, y con ello mi sustento, sino que, si me quedaba preñada, mi reputación quedaría arruinada.

—Y olvídate de que Javier se haga cargo del crío —sentenció.

Ni me planteaba si tenía razón o no cuando me decía todas aquellas palabras tan duras. En ese momento me daban igual sus comentarios. ¡Por Dios, si hablaba como una vieja! Lo último que necesitaba era escuchar su sermón, aunque, si he de ser sincera, tampoco contaba con muchos argumentos para rebatirle, y debo reconocer que tenía más razón que un santo. Pero yo no quería pensar en los posibles contratiempos y mucho menos en la posibilidad de quedarme embarazada.

—Prefiero arrepentirme de una decisión equivocada que pasarme la vida pensando qué habría pasado si no hubiera hecho nada —le solté exasperada—. Javier me quiere y tú no tienes vela en este entierro.

Con eso intenté zanjar el tema, pero a ella no le importó lo que yo opinaba. Fuimos subiendo el tono y cada vez estábamos más enfadadas.

—Mira que te he visto hacer idioteces muchas veces —dijo—, pero ésta, te lo aseguro, ésta se lleva la palma. —Volvió a coger la manta y me miró furiosa.

Cualquiera hubiera dicho que los riesgos de los que hablaba no los corría yo sino ella, incluso por un segundo llegué a imaginar que igual quería vivir mi vida y que deseaba que Javier la tuviera en cuenta, aunque eso me lo negué enseguida porque sabía a ciencia cierta que ella amaba a Curro por encima todo. Lo que tuve claro era que no tenía ningunas ganas de que me juzgara y menos que intentara apartarme de Javier ahora que, tras tanto desearlo, lo había conseguido.

Parece mentira, pero hoy en día me hago cruces pensando en cómo aguanté tanto. Estando las dos como estábamos en un estado de nervios bastante alterado, fui yo la que mantuvo la calma. Me dediqué a remeter las sábanas para que quedaran perfectas y, cuando Juana estuvo algo más serena, le pregunté cuál era la razón por la que estaba tan irritada conmigo.

—No es contigo con quien estoy enfadada —respondió—, pero es igual. Lo mejor es que me vaya.

Sin embargo, yo no quería que se fuera. Le rogué que se quedara, pero se negó a seguir hablando del tema, primero, porque no podía ayudarla y, segundo, porque la razón de su enfado todavía me podía hacer más daño. La cogí del brazo. Sabía que le pasaba algo importante y no podíamos quedar así, siempre habíamos sido amigas.

—Aunque no quieras que te ayude, al menos cuéntame qué te pasa —le pedí.

Cogió la colcha de la silla, se abrazó a ella y bajó la cabeza cuando volvió a hablar.

La tarde anterior, poco antes de la cena, imagino que cuando dejé el corredor y Javier se quedó solo en la cochera tras nuestro beso, Pedro fue a llevarle un regalo. Parece ser que el padre de Juana también sabía lo de la moto y unos días antes de que la trajeran le había pedido permiso a don Sebastián para arreglar unas alforjas pequeñas, de cuando Alfonso era un potrillo, que llevaban más de un año en un rincón de los establos. Les había recortado el cinto para que no arrastraran, bruñido los dorados y engrasado la piel con la ilusión de que las usara, porque, según Pedro, ese artefacto que le habían regalado sus padres era una montura, con motor, pero, al fin y al cabo, una montura, y las alforjas le harían el mismo servicio que las que llevaban todos los caballos que había montado desde que era un niño.

Le cogí a Juana la colcha de los brazos, la extendí sobre la cama y, mientras ajustábamos los faldones para que no colgara más de un lado que del otro, me dijo que su padre no cabía en sí de orgullo al entregarle las alforjas, pero que se había quedado muy dolido por la reacción que había tenido Javier al recibirlas. Las había dejado en un rincón y se había burlado de la ocurrencia, soltándole sin contemplaciones que ponerle unas alforjas a una moto era una simpleza.

—Así es Javier. Si ha tratado así a mi padre, con todo lo que llevan vivido, imagina cómo te va a tratar a ti cuando le venga en gana —me dijo indignada, con los brazos en jarras—. ¿No te das cuenta?

Cogió uno de los almohadones, le dio un golpe con el puño y, más que ahuecarlo, lo dejó aplastado en uno de los lados de la cama. Luego levantó el mentón, contuvo un puchero y se fue hacia la ventana.

Intenté quitarle importancia y me puse a estirar una pequeña arruga del embozo. Me parecía increíble lo que me estaba contando y le hablé con suavidad procurando hacerle entender que debía haber otro motivo para que Javier hubiera tenido una reacción tan poco acertada, pero ella no quiso escucharme.

—No lo defiendas —me espetó furiosa—. ¡Tú no lo conoces! No merece que vivas a expensas de sus caprichos.

Recogió la ropa sucia del suelo y se marchó dejándome con la palabra en la boca.

Por la tarde, mientras la casa entera dormía la siesta, me fui al patio de tender con el balde de ropa blanca recién lavada y los bolsillos del delantal llenos de pinzas. Siempre me ha gustado tender la ropa con todo cuidado, como me enseñó mi madre: cada par de medias una al lado de la otra, los calzones y las enaguas bien escondidos entre las sábanas y las toallas todas ordenadas por juegos y por tamaños. Estaba a gusto en el patio, sintiendo el sol en la cara, mientras desenredaba la ropa para que ninguna de las piezas pequeñas cayera al suelo o las más grandes arrastraran. Era la hora perfecta para hacer ese trabajo porque allí se respiraba calma, aunque la casa estuviera atestada.

En algún momento me di cuenta, pero no quise darme la vuelta. Sabía que estaba allí observándome. Lo percibía. Estaba segura de que se había colocado junto al pozo, presentía hasta su postura e incluso imaginé que sonreía mientras yo me movía estirando las sábanas en las cuerdas, luchando con la brisa que las levantaba.

Vacié los bolsillos de pinzas en el cesto para que el delantal no me hiciera bolsas y me volví deseando ver sonreír su mirada. Él estaba allí, apoyado en el brocal, con los dos brazos cruzados sobre el pecho, tal como lo había imaginado. Me miró con esos ojos juguetones que me quitaban el sueño y con toda la parsimonia del mundo se acercó hasta donde yo estaba.

—Ven, vamos a un sitio —dijo.

Me tomó de la mano y yo lo miré sin saber qué debía esperar. Tenía el alma en vilo mientras me llevaba por el corredor. Nos alejábamos de la casa. Pasamos la puerta de la cochera, seguimos caminando y, cuando llegamos a la altura de las cuadras, me hizo parar frente a la puerta lateral; no tenía pasada la balda y entramos sin hacer ruido. Los olores cálidos del heno recién cortado y de los caballos me envolvieron de inmediato mientras él me dirigía hacia la oscuridad del fondo de los establos. Alfonso y Mulata nos saludaron con un relincho cuando pasamos junto a sus cubículos. Javier abrió el portón de uno de los más alejados de la puerta; estaba vacío y me hizo entrar. La silueta de la moto me sorprendió al reconocerla al fondo, se recortaba con el resplandor de un carburero que colgaba de una de las vigas. Sonreí al darme cuenta de que era allí donde la guardaba, apoyada contra el pesebre, como si fuera otro caballo de su propiedad. Se paró frente al manillar, la enderezó haciendo un ligero esfuerzo y se sentó en el pico del sillín mientras me ofrecía otra vez la mano.

—Monta —me ordenó—. Te voy a enseñar cómo vuela el viento.

Me recogí las faldas haciendo equilibrios para no caerme y me senté tras él. Me sujeté de su cintura y, como dos ladrones, salimos asustando a los caballos con ese estruendo cadencioso que lo llenaba todo. Deseé que ese remedo de abrazo con el que me aferré a su espalda fuera el preludio de algo incluso más excitante.

Me llevó a toda velocidad por los caminos que había detrás de la bodega y nos fuimos alejando de la casa mientras mis ojos se llenaban del paisaje que pasaba a toda prisa. Era extraordinaria la furia del viento azotándonos los brazos y las piernas mientras cabalgábamos sobre esa águila que volaba entre las viñas. Cerré los ojos, me aferré a él aún más fuerte y apoyé la cara contra su espalda saboreando ese instante. Dimos muchas vueltas por los alrededores. Se metió entre los campos, seguimos la linde de un bosque durante un buen rato y llegamos a un claro protegido por una espesa hilera de sauces. Detuvo el motor y allí paró. Me hizo bajar y me miró con una sonrisa radiante.

—¿Qué te ha parecido? —Se le veía feliz mientras desmontaba.

—Ha sido como estar en un columpio enorme.

Se rio con gesto orgulloso tras mi comentario.

—Aquí venía con Arturo a pescar cuando era pequeño, era nuestro lugar secreto —dijo mientras apoyaba la moto en un árbol un poco apartado del camino.

No vi el río por ninguna parte, pero al atravesar la espesa cascada de hojas de la columna de sauces, el claro donde había dejado la moto resultó ser la antesala de un remanso. Seguros tras las ramas, buscamos un lugar cómodo y a resguardo y nos sentamos sobre la hierba que cubría la tierra desde donde estábamos hasta la orilla pedregosa. Escuché el tintineo del agua que jugaba con las rocas unos metros más arriba, donde la corriente bajaba con suavidad hasta que se estancaba en nuestro remanso. Volví a echar un vistazo a mi alrededor intranquila, pero allí sólo estábamos nosotros y un par de mirlos que cantaban escondidos entre las hojas de los árboles. Javier se relajó en aquel lugar tan calmo, se estiró cuan largo era sobre el pasto y se dedicó a arrancar pellizcos de hierba. Yo me mantuve quieta, sentada cerca de él y con los codos apoyados en el suelo. Estaba ansiosa por que pasara lo que tanto deseaba, pero no sabía cómo hacer para que el tiempo corriera más rápido.

Sin embargo, no hizo falta.

Se incorporó sobre uno de sus brazos, se inclinó un poco hacia mí, alargó la mano y me recogió un rizo que me caía sobre la frente; tras sujetármelo con el resto de los mechones, dejó la mano cerca de mi cara y, como si fuera algo que hiciera cada día, me acarició la mejilla con suavidad, tal como lo había hecho con su moto la tarde anterior en el jardín cuando se la entregaron. Floté por la hierba unos centímetros y mis brazos ya no me sujetaron sobre el suelo. Cerré los ojos mientras se incorporaba un poco más y su respiración me calentó la cara.

«Me va a besar», pensé, conteniendo el aliento. Y me besó. Y, por segunda vez, me llevó hasta el cielo.

El primer domingo de junio, antes de la misa, colgaron las listas de levas en la puerta de la iglesia para que todo el mundo las viera. Habían unido varias quintas para nutrir de reclutas el ejército destinado a Marruecos, ordenando la incorporación a filas de muchos muchachos en muy poco tiempo.

Tanto Damián, aun siendo padre de familia, como Curro estaban en ellas. Curro debía partir a finales de agosto y Damián, a finales de septiembre. Las dos cartas confirmándolo llegaron a casa de Damián y a la de mis padres de la mano de la Guardia Civil del cuartel de Cariñena pocos días después. En ellas les requerían presentarse en la estación, coger el tren hasta Zaragoza e incorporarse al cuartel donde habían sido destinados, y desde allí debían partir rumbo a Marruecos, a luchar en una guerra que nada tenía que ver con nosotros.

Ernesto no figuraba en las listas de la iglesia y, por supuesto, tampoco le llegó la carta. Se libraba por su pierna, aunque eso era una evidencia desde hacía mucho tiempo. En cuanto a Javier, doña Amelia ya se había encargado de mover los hilos necesarios, y pagado lo que se estipulaba, para que, aunque lo hubieran convocado, otro hombre luchara en su lugar. Todos sabíamos que muchas familias pagaban para que sus hijos no tuvieran que ir al frente. Costaba mucho dinero que otro fuera en lugar de un señorito, o comprar las voluntades de aquellos que podían decidir quién iba y quién no, y yo sólo conocía a una familia que tuviera el poder para conseguirlo. Para disgusto de casi todos los habitantes de Terreros y para tranquilidad de la familia, ni el uno ni el otro iban a alejarse del pueblo.

En casa de mis padres, como en casi todas en las que había quintos, los nervios estaban a flor de piel. Ahora sé que era lo más natural, dadas las circunstancias, pero en ese momento yo no le di demasiada importancia a la noticia. Aun sabiendo que había conflictos por tierras africanas, y que podían correr algo de peligro, pensaba que, estando allí Arturo, les echaría una mano a mis dos hermanos y que su marcha no supondría ningún problema.

A doña Amelia, a Inés y a Fernanda les pasaba lo que a mis padres, vivían en un ay perpetuo pensando en los peligros que se corría en Marruecos y estaban todo el tiempo pendientes de las noticias que llegaban de Arturo. Ellas eran mucho más realistas que yo a ese respecto porque por entonces me había olvidado de tener los pies en el suelo.

—Todo es culpa de las cabilas del Rif —nos aclaró Fernanda una tarde durante una de nuestras charlas de política, y yo no entendí nada al principio.

Nos explicó que había un problema entre el rey de Marruecos y uno de sus hermanos que, con el paso de los años y la intervención de algunos países europeos, se había ido recrudeciendo. Lo que en un principio era sólo una confrontación entre dos hombres se había transformado en batallas campales contra las propiedades francesas y españolas, y sobre todo contra las minas de hierro del conde de Romanones, que eran las más grandes y las que daban más beneficios. Atacando las minas, las tribus del Rif pretendían destruir la relación de su gobierno con los protectorados extranjeros y así derrocar a su rey.

—Las cabilas son eso: las tribus de esa zona —nos dijo Fernanda.

Por las cartas de Arturo y las noticias de los diarios, ella sabía que desde que se inició el conflicto las víctimas en ambos bandos eran muy numerosas y que, aunque los mandos militares españoles tenían órdenes de procurar la calma, no lo estaban consiguiendo. Nuestros soldados debían defender las propiedades españolas y una vía de tren que se estaba construyendo desde las minas hasta la costa. Esta misión debían realizarla sin atacar ninguna de las cabilas y, por descontado, sin que el gobierno de Marruecos se enfureciera; sin embargo, según las cartas de Arturo, el ambiente en el cuartel y entre sus mandos estaba muy crispado y la mecha podía prender en cualquier momento.

Mientras escuchaba a Fernanda no paraba de preguntarme qué se les había perdido allí a nuestros hombres.

Ese tiempo se me pasó como entre brumas, confuso pero maravilloso. Javier no se movió de Terreros porque tenía un objetivo: salir con su moto todo el tiempo. Y yo disfrutaba de nuestros encuentros tanto como mis obligaciones me lo permitían. He de reconocer que las abandoné en muchas más ocasiones de las que debía porque lo que menos me importaba eran las consecuencias.

Recuerdo que todo iba muy rápido, pero, a la vez, muy despacio. Buscaba su presencia por todos los rincones, me miraba en sus ojos verdes que parecían jugar conmigo y, mientras me perdía en ellos, me escapaba de la realidad en la que vivía y entonces era cuando se paraba el tiempo. Volábamos con la moto cada vez que me lo pedía, ni podía ni quería negarme, y todas las noches aparecía en mi puerta cuando la casa estaba dormida. Los dos sabíamos que debía ser nuestro secreto. Mientras yo me engañaba pensando que podría seguir viviendo en esa nube mágica donde me refugiaba, él me buscaba y yo siempre iba a su encuentro.

Empezaba a no importarme que alguien nos viera y que la noticia corriera tanto como la motocicleta. Casi estoy segura de que me hubiera gustado que todo el mundo se enterara y que por fin pudiera gozar de su presencia sin miedo. Hasta ese extremo me engañaba. Éramos unos inconscientes, aunque entonces ni me lo planteaba. No nos preocupamos en cabalgar por lugares discretos y a buen seguro que en alguna de esas travesías nos tuvo que ver alguien, porque la de Javier era la única moto que había en toda la comarca, el ruido era atronador en la quietud de los campos y era imposible que pasara desapercibida.

Un día de mediados de julio amaneció lloviendo y continuó toda la mañana. Hacía mucho que no caía ni una gota del cielo y todos se lo agradecieron a Dios porque esa agua venía muy bien para las viñas. Llevaba bastantes días haciendo mucho calor y, entre la humedad y la temperatura, la tarde se quedó densa y la ropa se me pegaba al cuerpo entorpeciendo cualquier movimiento. Era la hora de la siesta y hacía muy poco que había regresado de mi tarea de acarrear el agua. Me estaba refrescando en la cocina, haciendo tiempo, y no dejaba de mirar por la ventana esperando verle aparecer para marcharnos. Se acercó y apoyó los codos en el alféizar.

—Vamos a la bodega —me propuso.

Me dijo que no podíamos coger la moto porque la lluvia había convertido los caminos en lodazales intransitables. «Además —pensé para mí—, el río debe de venir crecido y de nuestro remanso no puede quedar ni un centímetro.»

Le hubiera propuesto que nos quedáramos en mi cuarto, inconsciente como siempre de los peligros y ejerciendo de amantes mudos, pero él tenía otros planes. Me insistió que hacía mucho tiempo que no bajaba al calado y que como allí siempre hacía fresco, sería un buen sitio para escaparnos del calor y pasar un buen rato entre sus pasillos sin que nadie nos molestara. Pedro y Ernesto iban a estar toda la tarde en los campos, aprovechando la tregua del agua, para supervisar la tarea del deshojado y despunte con los primeros jornaleros de la temporada, y como eran trabajos laboriosos que requerían mucho tiempo y pericia, nos darían ocasión de estar al menos un par de horas entre las cubas sin ningún impedimento.

Cogí una colcha de mi arcón y salimos por el corredor hacia la bodega. Cuando llegamos a la plazoleta, se paró un segundo a mirar las palmeras, hizo un gesto de fastidio y volvió la cabeza.

—A mí me gustan —le dije imaginando sus pensamientos.

—Pues a mí no. Ni tampoco de dónde vienen.

Me explicó que el día que las plantaron tuvo un encontronazo muy fuerte con su padre. Lo recordé al instante por el accidente de Damián y porque fui testigo tanto de las palabras que Javier le dirigió a don Sebastián como de la paciencia y contención que éste tuvo para no montar una escena delante del embajador y su mujer. Le escuché sin darle mi opinión de lo que recordaba porque sabía que con eso no iba a ganar nada. Empezaba a conocerle. Sabía que llevarle la contraria o criticar sus ideas no nos llevaba a ningún lugar cómodo y lo último que quería entonces era que nos enfadáramos.

Todavía estaba dolido por lo que su padre le había dicho después de la escena que todos vivimos. Por la noche, cuando se encontraron solos, le amenazó. Le dijo que si no cambiaba aquella vida desordenada que llevaba tanto en Madrid como en Terreros, lo que se le venía encima no iba a ser volver a Oxford; eso ya lo habían intentado sin ningún éxito. Le dijo que los actos tienen consecuencias y le previno que lo que le esperaba era que lo enviaran a Cuba con don Matías y que allí se quedaría hasta que aprendiese cómo llevar el negocio. Así que las palmeras eran el recordatorio constante de aquella amenaza que él consideraba injusta y a mí tanto me asustaba.

Le cogí la mano, imagino que quería retenerlo conmigo ante la posibilidad de que se lo volvieran a llevar muy lejos, y tiré de él hasta el pabellón de fermentación en un intento de que cambiara el gesto. Allí la penumbra nos envolvió y nos quedamos ciegos por un segundo. La sala, repleta de enormes tinas en las que se maceraba el mosto, ya estaba llena de comportas preparadas para su limpieza; seguro que muchas de ellas las había fabricado Damián en la tonelería. En menos de dos meses empezaría la vendimia; los preparativos estaban a punto para que la actividad en todo el recinto llegara a su máximo apogeo, y aquella sala se llenaría de hombres trabajando si la guerra de Marruecos no lo impedía.

Había un desorden controlado y pensé en Pedro. Que nosotros estuviéramos en sus dominios con las intenciones que teníamos me hizo sonreír y seguir con el ánimo juguetón a la espera de encontrar un rincón donde escondernos. Me acerqué a Javier y me puse de puntillas todo lo que pude, me colgué de su cuello y él se agachó un poco. Le di un beso y acercó su mano a mi pecho. Me solté como pude y me puse a correr entre las cubas, atravesando los portones que llevaban hasta la escalinata de piedra, y lo reté con la colcha a que me alcanzara mientras bajaba hasta la puerta del calado. Justo cuando yo la abría, él llegó hasta mí. Lo estaba esperando en el último escalón, me estrechó entre sus brazos, me mordisqueó el cuello susurrándome lo que deseaba hacerme entre los barriles y yo me fundí como un trozo de mantequilla entre sus dedos. Recorrimos el calado hasta uno de los rincones más oscuros, extendí la colcha entre dos filas de toneles del mejor reserva y dimos rienda suelta a nuestro deseo.

Casi una hora después, ante mi insistencia y mi miedo, volvimos a subir las escaleras hasta la sala de cubas añejas. En su cara no quedaba rastro de aquel gesto de disgusto que tenía al entrar en la bodega, y cuando estuvimos entre los inmensos toneles, lo perdí de vista un segundo. Lo busqué con la mirada y lo encontré encaramado a la tina *Margarita*.

—¿Sabías que a esta sala la llamamos «el cocedero»? —dijo desde las alturas, haciendo equilibrios en la pasarela.

—Baja de ahí, por favor, está muy alto —le pedí.

—¿Lo sabías o no? —insistió.

—No, no lo sabía, pero baja, es peligroso.

Mientras jugaba a hacer equilibrios entre varias tinas sin nombre, cercanas a la *Margarita*, me gritó desde las alturas que la sala se llamaba así porque era donde se cocinaban los caldos de la propiedad.

—Treinta mil litros caben en cada una. En la *Margarita*, diez mil más —me explicó abarcando con las manos el cielo de la sala—. Un océano de vino.

Dirigió su mano a la escalera y me pidió que subiera y le acompañara. Al negarme, insistió.

—Suba, su majestad, y verá la bodega desde las nubes —me dijo, haciendo un guiño divertido y una reverencia como si yo fuera su reina.

Al principio no me hacía ninguna gracia que enredara a más de ocho metros sobre mi cabeza, y mucho menos que corriera entre las cubas con esa indiferencia hacia el riesgo. Todavía estaban llenas de vino cosechero que les mantenía la humedad interior, pero en poco tiempo las vaciarían para limpiarlas y volver a llenarlas con el mejor mosto de la cosecha que todavía estaba por llegar. Me insistió una vez más y no pude negarme a esos ruegos tan tentadores, ni a sus ojos burlones, así que, finalmente, corrí hasta la escalera. Me esperaba en lo alto para ayudarme a llegar a la cuba que había a su lado, mientras me advertía que si pisaba en un mal sitio corría el riesgo de que se rompiera la madera que la cubría y que, si caía dentro, no tendría tiempo de salir a flote antes de que el vino me engullera y me ahogaran sus vapores. Allí arriba, tan cerca del techo, se acumulaba el olor acre de las emanaciones entre amargas, ácidas y hasta picantes. No puedo decir si eran desagradables, porque esos olores me han acompañado siempre, pero me noté algo mareada. Me acerqué a Javier para mitigar el miedo, me sujetó de la cintura y me sentí segura entre sus brazos.

El de los equilibrios entre las cubas era un juego que había practicado desde que era un niño, a espaldas de Pedro, y que dominaba como un maestro. Para que no le descubriera, había aprendido a esconderse entre las pasarelas mientras jugaba porque, si lo encontraba encaramado a esa altura, con las tinas llenas y sin nadie que lo vigilara, le sermoneaba muy serio y le castigaba sin poder entrar en la bodega durante un tiempo. Me explicó sus hazañas mientras me hacía saltar de una a otra de las pasarelas del caminito y yo me ponía mala pensando en el peligro.

6

Vientos de África

Últimos días de julio de 1909

Supe que había pasado algo tremendo en cuanto abrí la puerta principal de la casa y me encontré a don Sebastián sin que nos hubiera avisado de su regreso y, sobre todo, por llegar tan descompuesto y alterado.

Entró sin darme ni el sombrero ni el bastón para que los guardara.

—¿Dónde está la señora? —me preguntó sin más preámbulos.

Le dije que estaba con su hermana Fernanda bordando y, antes de dejarme decir una palabra más, se metió en la salita y cerró la puerta. Ni me quedé esperando por si me requerían; me fui para la cocina, rumiando qué podía haber pasado, y, tal como entré, se lo empecé a comentar a Lola, pero no nos dio tiempo a cruzar ni media docena de palabras porque fue entonces cuando nos estremecimos al oír el quejido de doña Amelia que resonó por toda la casa. Después se hizo un largo silencio que sólo fue interrumpido por los relojes que daban las cinco. Al cabo de poco rato, aunque a mí se me hizo eterno, Fernanda se acercó a la cocina, con los ojos congestionados, y pálida como una aparición. Rota. Se apoyó en los hombros de Lola y se sentó a su lado. Respiró hondo y, con un pañuelo que se sacó de la manga, se enjugó un par de lágrimas que le asomaban a través de las pestañas. Mientras se sujetaba la cabeza en las manos, con los codos apoyados en la mesa, nos pidió que le hiciéramos tila. Una taza para ella y otra para doña Amelia.

No dio demasiadas explicaciones, estoy segura de que no podía, o igual ni siquiera tenía datos.

—Arturo ha muerto en una batalla en África —se limitó a decirnos con voz entrecortada mientras miraba extraviada a algún punto de la pared; hablaba como si quisiera convencerse de lo impensable.

Había caído junto a una gran parte de su regimiento, y hasta el general Pintos, que era el oficial al mando, estaba entre los muertos. Poco después supe que fue tan devastadora y sangrante esa acción militar, que hasta le pusieron nombre: la llamaron el Desastre del Barranco del Lobo. En ella, más de seiscientos hombres resultaron malheridos y hubo casi doscientos muertos, uno de los cuales era Arturo.

Esa noche fue de silencios. Todos los miembros de la familia, menos doña Amelia, se sentaron a la mesa, pero nadie probó bocado; incluso don Sebastián tenía los ojos hinchados y el gesto ausente. Antes de que dieran las nueve, Javier salió de la casa sin despedirse. Nadie supo adónde había ido, aunque casi estoy segura de que no se fue con ninguno de sus amigos; lo imagino porque volvió muy tarde, pero esta vez con las botas llenas de barro y la chaqueta y los pantalones hechos jirones. A partir de esa noche y hasta que se fue de Terreros no paró ni un segundo por la casa, igual que había hecho durante las Navidades.

Aquellos primeros días, la casa se sumergió en una neblina de dolor y de desconsuelo que lo llenaba todo. No había lugar donde esconderse para olvidarse de la pena. Doña Amelia se recluyó en su habitación y casi ni salió durante una semana. Fernanda y Lola le llevaban bandejas con comida: caldos suaves de gallina, tazones de leche con galletas y una cantidad ingente de tisanas, de esas que preparaba Lola y que a mí me aliviaban tanto, pero que a la señora no le hacían ningún efecto. No probaba bocado porque cada una de las bandejas que le llevaban volvía a la cocina sin que la hubiera tocado.

Inés dejó de tocar el piano. La veía en el jardín todas las horas del día, sentada bajo los cerezos que también tenían las ramas tristes por el peso de tantos frutos ya rojos. A veces leía, pero no demasiado, porque los libros descansaban más en su regazo, cerrados, que entre sus manos, abiertos. Imagino que no se podía creer que esos miedos que siempre había tenido, los que la torturaron durante tanto tiempo, al final se cumplieran. Fernanda solía sentarse a su lado e intentaba animarla, pero imagino que era una tarea imposible porque ella también estaba destrozada. Don Sebastián volvió a Madrid al día siguiente de traer la noticia, a hacer todas las gestiones necesarias para repatriar el cuerpo de Arturo, y se desentendió del dolor de todos. Supongo que con el suyo tenía bastante, o igual quería olvidarse de todo lo que había quedado en Terreros. Ernesto se volcó en su trabajo junto con Pedro. Estaban más unidos que nunca y trabajaban, codo con codo, hasta altas horas de la noche sin descanso. Esos días vi a Ernesto perdido, había desaparecido su referente más importante, su confidente y su mejor amigo. Su muerte lo tenía desquiciado, lo que era comprensible; imagino que intentaba olvidarse de sus sentimientos, no siendo testigo del dolor de su familia y desapareciendo de la casa el mayor tiempo posible. Parece mentira que, siendo la bodega el lugar donde siempre se había sentido enterrado y sin futuro, en esos momentos fuera su único refugio.

Yo me desesperaba por Javier. Dejó de ser ese joven que había vuelto cambiado después de pactar con su hermano las condiciones para recibir la moto (al final supe que eso era lo que había pasado) y se convirtió en un ser oscuro, huraño e intransigente. Se puso en contra del mundo. Desde esa horrible tarde de julio, tenía urgencia por vivir una vida diferente o, mejor dicho, la que había dejado olvidada cuando su hermano lo había devuelto a una realidad ordenada.

—La vida hay que celebrarla, y yo voy a hacerlo a lo grande —me dijo una de las últimas veces que estuvimos los dos solos en la puerta de la cochera.

Se montó en la motocicleta sin hacerme caso y, sin moverla un centímetro, hizo rugir furioso al motor. Lo cogí del brazo antes de que se pusiera en marcha.

—Por favor, llévame contigo, vámonos al río, déjame acompañarte —le rogué intentando retenerlo, pero se soltó y se fue sin escucharme.

—Arturo no ha podido disfrutarla y a mí no me va a pasar lo mismo —me gritó mientras se alejaba.

Javier corría detrás de algo que yo no entendía y, sobre todo, lo que decía y hacía me causaba mucho daño. Para mi desesperación, de un día para el otro se acabaron nuestros momentos de volar por los campos con parada en el remanso, no volvió a llamar a mi puerta ninguna otra noche y ni siquiera dejó que me acercara a él para ayudarle. Retomó las juergas con sus amigos, volvía de ellas en mal estado ya amanecido, sus ropas olían a otras mujeres y a partir de entonces ya nadie ni pudo ni quiso controlarlo.

Javier volvió a Madrid el 6 de agosto, pero antes se peleó con todos los miembros de la familia y se marchó dando un portazo sin despedirse de ninguno de ellos, y mucho menos de mí.

La madrugada del día 4 al día 5, después de oírle regresar de su juerga, me levanté con un dolor de cabeza que no me dejaba pensar y no amainó ni con la tisana que me preparó Lola durante el desayuno ni durante el resto de la mañana. El día fue pasando con la misma pesadez que se había instalado en la casa, y con las nuevas rutinas de desahogo que cada uno había tomado para sí, pero sin ningún sobresalto. Hasta que, mucho después de la hora de la siesta, Javier salió de su habitación y se sentó en la biblioteca con una copa en una mano y una botella de licor en la otra.

Allí se quedó hasta la hora de la cena.

Estuve tentada de entrar varias veces con algún pretexto, pero una punzada de dolor me recordaba que mi cabeza no estaba para altercados, y que en ese estado no era capaz de enfrentarme a una riña con él, o a un desplante, que era lo que con toda seguridad me iba a ganar. Cuando llegaba a la puerta de la biblioteca me arrepentía y daba media vuelta, volvía a reunir coraje y en el último segundo regresaba a la cocina, hasta que entendí que esa tarde no era la más propicia para que le pidiera que volviera a mí y retomáramos nuestra relación justo en el punto antes de ocurrir la tragedia. Al final me rendí ante la evidencia y lo dejé solo con su botella.

El primero en recibir la ira de Javier fue Ernesto. Mientras les servía la cena inició la conversación comentándoles el trabajo que se le venía encima con la vendimia inminente y lo cansado que estaba de encargarse de todo, sólo con la ayuda de Pedro, a la espera de que Damián y Curro partieran y sin la presencia de sus jornaleros de confianza, que ya habían marchado al frente.

Vi cómo Javier cambiaba el gesto y lo miraba furioso; estoy segura de que se sentía atacado por esos comentarios porque yo sabía que, desde su llegada a la casa a principios del verano, no se había dignado a pasar por la bodega, más allá de ir a buscar las botellas de vino que se había bebido o en nuestro paseo entre las cubas de hacía tan pocos días. Reaccionó muy mal ante los comentarios de Ernesto, y cuando éste le pidió ayuda para solucionar los problemas que más le preocupaban, Javier se burló de sus peticiones. Las rebajó a llantos de niño malcriado o de viejo decrépito.

—Elige con cuál de las dos imágenes te encuentras más cómodo —le soltó con sorna.

Fue cruel con su hermano y sé que lo fue por voluntad, no por descuido. Aun después de ese comentario tan injusto, la que tuvieron no fue una disputa desbocada como la que dejó a Ernesto tirado en el suelo, con la nariz sangrando, de unos meses antes; sin embargo, la tensión los mantuvo alterados y se dirigieron miradas irritadas que no ayudaron a que la tirantez se rebajara. Fernanda e Inés intentaron intervenir en algún momento y calmar los ánimos, pero ninguno de los dos parecía dispuesto a que las aguas volvieran a su cauce. Doña Amelia, la única que podía haberlos controlado, no bajó a cenar; no se enteró o simplemente no quiso hacerlo.

He de decir que, a mi entender, aquella noche no era la más propicia para una conversación como ésa. Javier no estaba en condiciones de tener una charla plácida después de todo lo que había bebido durante la tarde, y ni él ni Ernesto estaban en el mejor momento para ser generosos.

Al final, ninguno de los dos lo fue con el otro.

Lo del comedor fueron los preliminares, porque la batalla campal, la que tuvo consecuencias, se libró en la salita. Los dos se fueron para allá justo acabada la cena; algo curioso porque, aunque Ernesto iba siempre después de los postres, Javier nos tenía acostumbrados a que, desde la tragedia, a esa hora de la noche o incluso antes, saliera con la moto y nadie podía precisar a qué hora volvería.

Pero vete a saber por qué se quedó en la casa.

Los dos se sentaron frente a frente en los sillones orejeros, tentándose. Esa noche parecía que iba a ser la definitiva y todo apuntaba a que pretendían saber cuál de los dos era el más fuerte.

Yo sólo estuve presente durante las primeras frases, mientras les servía el café que les dejé sobre la mesa camilla. Aunque me mandaron salir, pude seguirlo todo sin ningún esfuerzo; era imposible no oírles porque sus gritos llegaban a todos los rincones.

El embate fue muy duro, no tenían a Arturo que los contuviera ni a doña Amelia, aunque estoy convencida de que se enteró de todo, porque ni dormida hubiera podido dejar de oírlos, sin embargo no intervino, y ni siquiera se dignó a abrir la puerta de su habitación y salir a la escalera para poner algo de orden a distancia. Los dejó hacer a su antojo y los dos zozobraron durante más de una hora en esa maraña que era el resentimiento que se tenían desde hacía tanto tiempo. Fernanda intentó ayudarlos como siempre, pero al entrar en la salita, cada uno a su modo le pidió que saliera y ella no tuvo más remedio que dejarlos solos. Todos sabíamos que ese enfrentamiento tenían que vivirlo antes o después, y sin nadie con suficiente fuerza que los sujetara, la sangre llegó al río y siguió camino abajo sin que ninguno de los dos hiciera el menor esfuerzo por detenerla.

Ernesto reclamó su libertad y, como de costumbre, Javier se desentendió.

—Pues lucha por lo que quieres de una vez por todas —le retó con dureza y le recriminó que siempre se dejara influenciar por el primero que pasaba.

Ante las protestas, primero contenidas y después furiosas, de Ernesto, Javier siguió acusándolo de que jamás había cogido el toro por los cuernos. Le gritó que era un blando, un cobarde y que cada uno es protagonista de su vida, y que si no estaba dispuesto a ser un actor secundario en la que le quedaba, que fuera valiente y actuara en consecuencia.

—Márchate si tienes lo que hay que tener —le desafió.

Y, para terminar, le espetó que, si no reaccionaba, que no llorara como un niño.

Ernesto siempre había sido un hombre cabal, al menos así me lo había parecido, pero se equivocó en su estrategia para defenderse. El pobre Ernesto cayó en su propia trampa. Mientras le reclamaba ayuda con los argumentos que siempre había odiado, Javier se le rio en la cara. Ernesto había hecho suyo el discurso de doña Amelia y, aunque no lo había creído nunca y siempre le había mortificado, se lo estaba recitando palabra por palabra a su hermano.

Me pareció que estaba tan desesperado que lo único que le reclamaba a Javier era la compañía y el apoyo que siempre había recibido de Arturo. No creo que esperara su presencia física, sino el soporte moral que le faltaba. Se encontraba solo y desorientado, y lo que necesitaba era un amigo, pero Javier no pudo entenderle, o no quiso, y se defendió como una fiera acorralada, le negó todos sus argumentos y le exigió que no fuera la sombra de nadie, y mucho menos la de su madre.

He de decir que pensé que Javier tenía razón y que Ernesto luchaba por algo que ni él mismo se creía, aunque le he de reconocer que la raíz de todo era esa soledad tan profunda que imagino no sabía cómo afrontar. Javier no razonó y la discusión fue degenerando, abriendo una brecha que fue imposible cerrar.

No fue la primera pelea de los hermanos, pero sí la última.

Al final todo acabó como siempre. Javier se fue como cada noche, dando un portazo, a coger su moto hasta la madrugada. Vete a saber dónde debió de acabar. Ernesto se fue a su habitación, supongo que a rumiar todo lo que le había recriminado su hermano y a intentar poner equilibrio en su maltrecho amor propio.

Estoy segura de que la única consecuencia que sacaron ambos de aquella noche tan angustiosa fue que en adelante nunca más volvieron a hablarse, al menos que yo tuviera constancia.

La de esa noche fue la primera pelea que tuvo Javier antes de marcharse de Terreros; la segunda fue con su madre y con Fernanda, durante el almuerzo del día siguiente.

Durante toda la mañana Ernesto estuvo en la bodega, trabajando para preparar la vendimia. Avisó antes del almuerzo que se iría a comer al casino y que no le esperáramos hasta la hora de la cena.

Javier, Fernanda e Inés estaban en el comedor, y para mi sorpresa, como para la de todos ellos, cuando ya les estaba sirviendo el postre apareció doña Amelia. Buscaba a Lola para que le preparara una de sus tisanas y, al no encontrarla, había venido al comedor para pedírmela a mí. Entró sin hacer ningún ruido. Al no oír el frufrú de sus enaguas, porque sólo llevaba la bata sobre el camisón de lino, nos pilló desprevenidos. Fernanda le sonrió al verla allí plantada junto a la puerta, fue a su encuentro y la acompañó a sentarse a la mesa. Mientras yo le ponía un plato con una cuchara de postre delante y le servía un cucharón de natillas, Javier se removió en su silla y les pidió a todos que le escucharan, que ya que estaban las tres mujeres de la casa reunidas, quería decirles algo:

—Esta tarde me vuelvo a Madrid y me llevo la moto.

No lo pedía, sólo les informaba, matizó. Me pareció que doña Amelia despertaba de su letargo cuando escuchó esas palabras, lo miró directamente y no se contuvo lo más mínimo. Pensé que había vuelto la señora de siempre, porque la vi resuelta y enfadada.

—De ninguna manera —replicó con cajas destempladas.

Era increíble volver a verla con su genio. Le dijo con cuatro palabras que él podía marcharse si lo deseaba, pero la moto no salía de la casa. Fernanda estaba de acuerdo con su hermana e intentó convencer a Javier de que la ruta podía ser peligrosa.

—Cariño, sólo nos faltaba tener que sufrir por esto —le dijo su tía.

Fernanda continuó recordándole que con todo lo que habían pasado, si ya padecían cuando la conducía por los caminos de Terreros, iba a ser insoportable pensar en él circulando a toda velocidad por las carreteras y tener que esperar con el corazón en vilo hasta que les hiciera llegar noticias de que había llegado a Madrid sin ningún percance.

Doña Amelia le dijo que el único vehículo seguro era el tren y que, si se marchaba, solo y con todo su equipaje, era el único en el que podría montarse. Javier clamó al cielo durante un buen rato y derramó las copas que tenía delante de su plato mientras daba varios golpes secos sobre la mesa. Pero todo ese despliegue de ira y violencia no le sirvió de nada. Las últimas palabras que doña Amelia le dirigió fueron para amenazarlo con cortarle el suministro de dinero que recibía para sus gastos mensuales.

—¿Estás dispuesto a trabajar para subsistir si te vas sin el permiso de tu madre? —razonó Fernanda.

Javier se puso rojo de ira, pero no contestó. No tuvo opción. Y al final claudicó. Se tragó el orgullo y acabó diciendo que dejaría la moto en las cuadras. En cuanto doña Amelia consiguió lo que quería, regresó a su letargo y no volvió a hablar hasta que se levantaron de la mesa.

He de decir que si me sorprendió la reacción de doña Amelia, más lo hizo la de Javier, porque tal como vivía esos últimos días en la casa y de qué modo había respondido a la negativa de su madre y de su tía, no entendí por qué no se rebelaba, se liaba la manta a la cabeza y, sin pensar en las consecuencias, cogía las llaves, una bolsa con cuatro piezas de ropa y se marchaba sin dar explicaciones ni escuchar razones; sin embargo, la vida desahogada debía de pesar demasiado y a él nunca le había gustado tener demasiadas obligaciones.

Me dolió que renunciara por dinero, aunque después recapacité y pensé que si la moto se quedaba en la casa, volvería antes de que su ausencia se me hiciera demasiado larga.

Tras la tormenta que provocó en la mesa, Javier se mantuvo distante el resto de ese día, dejó de hablarnos a todos y ni siquiera me indicó que debía ponerle en la maleta. Cuando acabé de guardar con sumo cuidado lo que imaginé que necesitaría, Fernanda me mandó ir a la estación a reservar un asiento para el tren de las siete y, mientras volvía hacia la casa llevando el documento entre las manos, no encontré ni un pensamiento positivo que me animara.

Como todas las tardes, Javier cogió su moto, salió por el corredor haciendo mucho ruido y tomó la dirección del camino que llevaba hasta nuestro remanso. Lloré en la cocina mientras lo veía alejarse. Cuando volvió de su escapada, era ya casi la hora de que subiera a su tren. Fernanda lo esperaba desde hacía un buen rato en el corredor, frente a la puerta de la cocina, para despedirlo cuando hubiera dejado su moto bien guardada en las cuadras, pero doña Amelia no apareció por allí ni un segundo. Tras un buen rato esperando, Fernanda me hizo acompañarla hasta la puerta de las cuadras a buscarlo, cargando la maleta, para que Javier saliera sin demora, no fuera a perder el tren. Pero él no tenía demasiada prisa. Con toda la parsimonia del mundo, entró la moto en su cubículo, la dejó en su rincón apoyada en el pesebre, la cubrió por un paño grande para que no le entrara ni una brizna de polvo y nos advirtió que nadie, bajo ningún concepto, tenía permiso ni siquiera de mirarla.

Los tres salimos al corredor y en cuanto llegamos a la altura de la cocina, me arrancó la maleta de las manos; en vez de despedirse o darle un beso a su tía, la miró arrogante, levantó la vista hacia la habitación de su madre con gesto resentido y no apartó los ojos de esa dirección durante unos segundos. Igual esperaba encontrarla contemplando su marcha o que en el último segundo cambiara de opinión, pero si era eso lo que suponía, se tuvo que quedar muy dolido porque su madre no apareció ni para decirle adiós con la mano. Para finalizar su despedida, me echó una mirada de los pies a la cabeza que me dejó helada.

Nunca he sido una mujer de fe, bien al contrario, siempre me he tenido por una descreída y jamás me he acercado demasiado ni a las iglesias ni a los curas, pero durante esos días, y especialmente la tarde de su marcha, le pedí al Dios de la abuela con toda mi alma que, ya que no podía devolvernos a Arturo, ni quitarle la pena a toda la familia, que al menos recompusiera al Javier de los últimos tiempos y, sobre todo, que me lo devolviera. Sin embargo, con el paso de los días me fui dando cuenta de que a ese Dios, si es que existe, no hay que molestarlo demasiado, seguro que tiene problemas mucho más importantes como para hacer caso a peticiones tan insignificantes. Pasado un tiempo, y vistos los resultados, dejé de suplicarle.

Después de lo ocurrido con Arturo, empecé a darme cuenta de que la guerra es una fiera que no suele soltar a sus presas. Hasta su muerte no quise ver el posible riesgo que les esperaba a mis hermanos en Marruecos, pero, tras la noticia, me di de frente con la realidad y su futuro inmediato se materializó ante mis ojos.

Si le había pasado algo tan irremediable a un militar de carrera, ¿qué iba a ser de Damián y de Curro?

Sabía que ya no iban a tener esa sombra protectora que había esperado que los protegiera y tenía la seguridad de que iban a ser carne de primera línea en esa guerra absurda. Esos pensamientos me angustiaban, igual que les pasaba a todos los miembros de mi familia, pero no había alternativa. Aunque nunca habíamos sido pobres, no teníamos los seis mil reales que había que pagar de canon para que un mozo se librara de la guerra, y si no podíamos pagar por uno, mucho menos lo podríamos hacer por dos.

Juana llevaba muchos días peleada con el mundo, desde que supo que Curro estaba entre los quintos que debían marchar. Lo veía todo negro y no la culpo, yo tampoco tenía muchas esperanzas. Se imaginaba cómo iba a reaccionar mi hermano; todos lo sabíamos y ella más que ninguno de nosotros. Aunque no me dijo nada, con el temor de que él se rebelara y no quisiera aceptar su destino, apareció una Juana irritable, quisquillosa y descreída.

—No conseguirán nada —me dijo Juana mirándome con cara de pocos amigos, con el cubo de fregar en la mano, ya preparada para la limpieza.

—Ya verás que sí. Ernesto no dejará que se los lleven si encuentra alguna posibilidad de retenerlos —le dije para aplacarla un poco, pero ella no me hizo ningún caso.

Esos días, el comadreo de la taberna era que varios terratenientes querían aprovechar sus contactos en los estamentos oficiales más altos del gobierno para conseguir que los muchachos no partieran hasta finales de octubre o, incluso, que algunos se quedaran para seguir trabajando en las labores imprescindibles de sus bodegas tras la vendimia. Los ánimos del pueblo se levantaron con la noticia y todos pensamos que se podría conseguir el milagro.

Yo fui la primera en ilusionarme, aunque no le pasó lo mismo a Juana. Siempre ha tenido los pies firmes en el suelo y como jamás se ha dejado llevar por falsas ilusiones, no se creyó en ningún momento que los señoritos lo consiguieran.

Ernesto luchó como el que más para que tanto Curro como Damián se quedaran. Él era diferente a los otros propietarios y esperaba salvarlos o ganar tiempo y que no tuvieran que marcharse hasta que la situación estuviera más tranquila. Él mismo me dijo que si al menos pasaban unos meses, igual el conflicto en las zonas más calientes se enfriaba y no tendrían que llevarse a todas las levas a primera línea.

Me constaba que sufría por ellos y siempre se lo he agradecido porque, a diferencia de él, a los demás propietarios les traían sin cuidado sus quintos; sólo luchaban por sus tierras y sus bodegas. La vendimia estaba casi a punto y no transigían que se les llevaran los brazos jóvenes y fuertes que les pertenecían sin consultarles. Todos sabíamos lo que pensaban, que la falta de mano de obra entorpecería la recogida y que sólo con las mujeres, los hombres más maduros y los niños no habría suficiente para recoger los granos. Pero al final nuestra ilusión se quedó en agua de borrajas y la guerra siguió planeando sobre el pueblo. Si ni Ernesto ni los demás terratenientes lograron nada, ¿qué podíamos hacer nosotros? Estaba claro, no había alternativa, deberían irse a Marruecos sin remedio.

El domingo, cuando no hacía ni quince días de la tragedia y sólo cinco de la marcha de Javier, don Rafael volvió a pedir por el alma de Arturo durante la misa. Ya lo había hecho en alguna de las de entre semana, y también el domingo anterior pero la de ese domingo iba a ser la más solemne y, además, a su llamada acudieron casi todos los habitantes de Terreros. No se trató de una misa de difuntos, fue una corriente, y aunque doña Amelia no asistió porque todavía no salía de la casa, ni casi de su cuarto, el pueblo se volcó en Inés, en Fernanda y en Ernesto. Imagino que todos nos mirábamos en ese espejo que nos devolvía los pies a la tierra, sin la distorsión de la esperanza, y nos daba idea de lo que podíamos esperar de la marcha de nuestros chicos a África.

Cuando acabó la ceremonia, bajo un sol que nos achicharraba las ideas y tras esperar un buen rato en las escaleras a que el pueblo entero les diera el pésame, Fernanda me dio permiso para ir a comer a casa de mis padres y pasar la tarde con toda mi familia.

El trayecto por los campos fue silencioso, ninguno de nosotros teníamos ganas de hablar y el bochorno tampoco ayudó a que se nos soltara la lengua. Era uno de esos mediodías que si miras el horizonte puedes percibir el aliento de la tierra que brota y desfigura los montes. El sabor a polvo reseco que se nos metía hasta los pulmones, y el cierzo que lo levantaba, nos acompañaron todo el camino. Sólo Juanito estuvo contento mientras su padre lo llevaba subido a los hombros y trotaba para que se entretuviera. Su risa contagiosa nos dio algún respiro. Padre y Curro se fueron adelantando siguiendo el ritmo de Damián, mientras nosotras nos quedamos un poco retrasadas al paso de la abuela.

Yo andaba sofocada y con la camisa empapada de sudor. Caminé dándome aire con el pañuelo y me acerqué a los pocos zumaques que había en la orilla del camino para aprovechar su sombra. Hubiera dado cualquier cosa por librarme de la falda y las enaguas de domingo que se me enredaban a cada paso y se me pegaban a las piernas. Desde hacía más de un mes, cuando supimos lo de las levas, el trayecto hasta la casa se me hacía cada vez más duro.

Mantuve el paso sosegado de la abuela, de madre y de Virtudes para no separarme demasiado de ellas y escuché la conversación que mantenían en voz baja; seguro que no querían que mis hermanos las oyeran. Eran congojas de abuela, madre y esposa y, aunque las compartía con ellas, me mantuve en silencio todo el camino porque no tenía argumentos para remediar sus miedos.

Al llegar a la casa, todos nos fuimos al patio y nos sentamos frente a la mesa de piedra con unas frascas de vino y unos vasos, pero sin ninguna intención de preparar nada de comer ni poner un plato en la mesa, porque la angustia suele anidar en la boca del estómago y no acostumbra a ser buena compañera de ningún alimento. Juanito era el único que tenía hambre y, mientras su madre le dio de mamar en la habitación de la abuela, el resto nos quedamos en el patio sentados bajo la sombra de la parra. Cada uno masticando en silencio, como podía, el problema que se nos venía encima a todos.

Virtudes volvió con su hijo en los brazos, ya más tranquilo, y lo dejó en el suelo junto al limonero, sobre una manta llena de pinzas de tender la ropa, para que al menos él estuviera tranquilo. Se sentó en la silla más cercana al niño, junto a la de madre, y las dos bajaron la vista al suelo, no sé si para vigilar al crío o con la intención de que no les notáramos la cara de ansiedad que no podían disimular. Gritaban en silencio y a los cuatro vientos todo lo que les daba vueltas por dentro, y no había manera de que evitaran que nosotros lo percibiéramos.

La abuela también bajó la vista y siguió los movimientos de Juanito mientras se retorcía las manos. Ese gesto, retorcer algo, era habitual en ella, y cuando se ponía a ello, lo hacía de forma concienzuda. Podía tratarse de una servilleta, una punta de su delantal o un trapo, y si no tenía ninguna pieza de ropa cerca, le bastaba con sus manos; las retorcía urdiendo nudos con los dedos, metódica, aunque estoy segura de que no se daba ni cuenta.

Curro daba vueltas por el huerto y arremetía contra todo lo que se le ponía por delante. Una mata de pimientos fue el foco de su ira un segundo y poco después hincó la puntera de una de sus alpargatas en los surcos. Se sentó, pero al cabo de un momento volvió a levantarse como si la silla le quemase. Padre no le quitaba el ojo de encima, en silencio, con gesto preocupado y con el vaso de vino bien sujeto entre las manos, pero sin acercárselo a los labios. Mi hermano era una olla al fuego que rugía a borbotones con la tapa puesta, y un momento después llegó lo que todos estábamos esperando.

—¡Yo no pienso ir! —Se levantó una vez más y se movió entre las tomateras mientras le seguía dando patadas a la tierra y nubes de polvo y arena se levantaban con cada paso que daba—. Si Damián no se rebela, él sabrá; que haga lo que le pida el cuerpo. Pero yo no voy a quedarme a esperar de brazos cruzados a que me maten como a un perro.

Lo dijo mirándolo mientras con la manga de la camisa se limpiaba el sudor que le caía por la frente. El patio se estaba convirtiendo en un horno, o al menos eso era lo que yo sentía.

Damián le mantuvo la mirada, pero no le dijo nada. Madre y la abuela levantaron la vista a la vez, asustadas tras su comentario. Estoy segura de que sufrían imaginando que Damián pudiera hacer lo mismo que Curro, porque yo también lo estaba pensando. Madre cogió una mano de la abuela y con ese gesto deshizo el ovillo en que se habían convertido. Parecía que intentaba darle ánimos para afrontar lo que se les venía encima, aunque no me cabe duda de que también le faltaban arrestos para enfrentarse a todo aquello. Virtudes cogió al niño de la manta, protectora como siempre, y lo aprisionó contra su pecho mientras el crío refunfuñaba señalando las pinzas.

Podía imaginar hacia dónde se dirigía el malestar de mi cuñada. Debía de estar preguntándose cuánto podía durar la ausencia de Damián, si el velo del olvido resistiría durante mucho tiempo sin caer ante los ojos de su hijo, o incluso, si llegaba a producirse otro combate como el del regimiento de Arturo, qué posibilidad habría de que su marido volviera enfermo, herido o muerto. O, lo que es peor, que no volviera de ninguna manera, como había ocurrido con el señorito.

Yo sabía que a las tres les daba pánico que se los llevaran a la guerra, porque durante el trayecto del pueblo a la casa eso era lo que les había oído comentar con voz trémula. Pero si les hacía sufrir que se fueran a África, todavía les daba mucho más miedo que se echaran al monte y se convirtieran en unos desarrapados o unos bandoleros y que, siendo desertores, no pudieran volver a verlos jamás, ni vivos ni muertos, y cayera la desgracia para siempre sobre todos nosotros.

Curro lo tenía claro: no se iba donde no quería, y a Marruecos era el último lugar donde pensaba marcharse; Damián parecía más razonable: esperaba que, al ser padre de familia, le darían un destino con un peligro moderado. Yo pensaba que eso era imposible, que sólo lo decía para que Virtudes no se preocupara más de lo que ya estaba, porque en la guerra todo era peligroso, y si no que se lo preguntaran a Arturo.

Curro se agachó frente a la falda de madre y le acarició la mejilla con esa mano morena y áspera de trabajar en los campos. Me recordó la última vez que vi a Arturo despedirse de su madre y un mal presentimiento me dio vueltas por la cabeza.

—Madre, tranquila, me voy para seguir viviendo —le dijo, pero ella no podía estar tranquila y volvió la cara para que no le viera las lágrimas que empezaban a humedecerle los ojos—. De verdad, sabré cuidarme —repitió Curro mientras le acercaba la cara y le daba un beso preparándola para la despedida.

Madre continuó llorando sin ruido y, como un pájaro asustado, abrió la boca con la intención de decir algo, pero las palabras se le atrancaron por el camino antes de articularlas. A mí se me encogieron las tripas e imagino que a todos les pasó lo mismo.

Curro se metió en la casa y, al cabo de un momento, salió con una talega al hombro. Desde la puerta, mientras apartaba con el brazo la cortina de cuerdas anudadas que nos libraba de las moscas, nos dijo a todos que, quedando menos de un mes para que se cumpliera el plazo de su reclutamiento, no estaba dispuesto a esperar que vinieran a buscarlo. Esa misma tarde se iba muy lejos. Quería contactar con los jornaleros anarquistas que había conocido en la vendimia pasada, aquellos catalanes agitadores que le habían sorbido el seso, según padre, y si era posible, llegaría hasta Barcelona porque aquellos mozos venían de uno de los pueblos de los alrededores. No pensaba esperarse ni un día más para buscarlos.

Esta vez madre sí reaccionó y le rogó, con la voz vacía de entereza, que no se marchara. Se aferró a su brazo intentando retenerlo, pero padre se levantó de su silla para calmarla y me sorprendió cuando la asió de la cintura y la separó de mi hermano.

—Déjalo ir, mujer —le dijo mientras se volvía hacia él y le daba la mano como si se tratase de un amigo de toda la vida.

Le aconsejó que fuera con mucho cuidado, que los caminos estaban llenos de peligros y que Barcelona quedaba muy lejos. Le dio un abrazo que me emocionó más que las lágrimas de mi madre, y tras tomar el camino en dirección opuesta a la del pueblo, no volvimos a verlo, ni a tener noticias suyas, durante mucho tiempo.

Después de la despedida, pensé que tal vez tuviera razón al marcharse, porque una de las coplillas que corrían por el pueblo con más rapidez que el fuego azuzado por el cierzo era: «Hijo quinto y sorteado, hijo muerto y enterrado».

7

El hijo predilecto

Septiembre de 1909

Nadie sabía cuándo repatriarían el cuerpo. Hacía ya más de un mes que Arturo había muerto y ni don Sebastián podía precisar qué posibilidades había de que lo devolvieran pronto.

Según me dijo Fernanda una tarde en la cocina, don Sebastián les había explicado a todos que, si los temas de la guerra y sus papeleos siempre habían sido muy lentos y complejos, en este caso todavía lo eran más. La del Barranco del Lobo había sido una batalla librada en una hondonada abrupta aislada de todo, bajo un monte con un nombre tan ridículo como el Gurugú, y trasladar tantos cuerpos resultaba imposible. Además, debían tener en cuenta que eran más importantes los heridos que los muertos. Aunque uno de ellos fuera Arturo.

El señor tenía contactos y muchos amigos influyentes que velaban por sus intereses, pero los trámites se eternizaban y seguía sin dar la noticia que todos esperaban. Yo tenía claro que su vuelta a Terreros era imprescindible porque, mientras no reposara en el panteón de los Prado de Sanchís, nadie en la familia encontraría descanso.

Doña Amelia no estaba todavía recuperada del golpe, ni en condiciones de afrontar los problemas cotidianos que siempre había capeado con toda facilidad. Aunque empezó a salir de su habitación, e incluso alguna mañana llegó a pisar el jardín, seguía ojerosa y casi no comía. Fernanda intentaba refrenar aquella melancolía tan negra, pero su hermana era inmune a todos sus esfuerzos. Se pasaba todo el tiempo en su cuarto o postrada en el orejero de su salita, con el rosario entre las manos, masticando jaculatorias más horas de las que tenía el día y con un velo de dolor en la mirada que, con el paso del tiempo, cada vez era más espeso. Nadie en la casa le notaba mejoría, más bien al contrario, todos temían por ella; por la salud de su cuerpo, pero, sobre todo, por la de su alma.

En las pocas ocasiones que la vi paseando por la casa durante ese mes de septiembre, con la espalda encorvada, vencida por la pena, la cara y las manos transparentes, enmarcadas por el luto, y tan delgada que a través de la piel se le percibían los huesos, me parecía la viva imagen de un espectro. Con lo que había sido, era increíble que aquel ser tan indefenso me hubiera atemorizado durante tanto tiempo.

Don Rafael se acercaba a la casa casi a diario. Venía un rato cada tarde a tomar chocolate y a comer los dulces que preparaba Lola, mientras le daba amparo espiritual a doña Amelia o a cualquier miembro de la familia que lo necesitara. Aunque Dios era una constante en la vida de la señora, tengo la certeza de que eso no era suficiente.

Fue entonces cuando a don Sebastián le entraron las prisas.

Yo pensaba que si la señora no tenía fuerzas para encarar el día a día, mucho menos podría tenerlas para asistir a una misa de difuntos por el alma de su hijo. Remover todo lo que llevaba dentro tenía que ser muy difícil, pero el señor no pensaba lo mismo.

Uno de los pocos días que don Sebastián volvió por Terreros, mientras se tomaba un jerez en la biblioteca apoltronado en su sillón, les dijo a todos que, para cerrar ese capítulo tan amargo del libro de la familia, debían darle sepultura sin esperar a que les devolvieran el cuerpo, porque sin una despedida la vida no iba a poder seguir su curso.

¿Cómo se hace para enterrar a alguien sin que esté presente?

Lo más lógico es que el muerto protagonice su entierro y, en este caso, eso era imposible. Pero, sobre todo, lo que me provocaba más desazón era pensar en cómo se le dice adiós a un hijo. Fue entonces cuando me puse en la piel de mi madre, porque, como doña Amelia, también ella tuvo que despedirse de uno de los suyos algunos años antes. Mi hermano, el primer Juanito de la familia, murió cuando yo tenía sólo cinco años, y aunque no recordaba nada de lo que pasó durante aquel tiempo y ni madre ni padre hablaban nunca de eso, sé que tenían una espina clavada muy dentro y que, después de tantos años, aún les seguía doliendo.

Pasaron dos semanas más sin que hubiera noticias y, para sorpresa de todos, don Sebastián volvió a insistir. Hasta insinuó más de una vez que igual nunca volvería Arturo y era posible que se quedara con el resto de su regimiento en África.

Algunos malintencionados hasta llegaron a decir, con el peor humor negro imaginable, que igual no devolverían a ninguno porque no había quien recompusiera el rompecabezas de soldados mutilados que habían dejado los moros, y era mejor que descansaran todos juntos, no fuera a ser que si lo hacían por separado, algún brazo o alguna pierna no estuvieran aparejados con el cuerpo.

Imagino que doña Amelia evitaba pensar en lo indiscutible y definitivo de la situación y hasta puedo entenderla, porque yo hubiera hecho lo mismo. Supongo que la mujer había guardado un atisbo de fe de que toda esa pesadilla no fuera cierta. Si no había cuerpo y no se celebraba el entierro, aún quedaba una brizna de esperanza. Como me había pasado a mí con Javier, ella también se engañaba y seguro que pensaba que todavía cabía la posibilidad de que la noticia hubiera sido una confusión de aquella maldita guerra, ya fuera por el desgobierno que reinaba en África o por cualquier otro motivo, y que de un momento a otro Arturo los sorprendería apareciendo y acabaría su calvario.

—Ponte como quieras, Amelia —dijo don Sebastián mientras saboreaba su jerez todavía repantingado en el orejero—. Lo celebraremos de hoy en quince días; la mejor fecha será el veintiséis de septiembre. Es domingo y ya he hablado con la gente que me interesa que asista. Dos meses será suficiente espera para una ceremonia como ésta.

Don Sebastián no le dio opción a su esposa y obligó a toda la familia a aceptar su decisión. Lo tenía todo más calculado de lo que ninguno de ellos podía imaginar, pero aquella noche sólo les dijo la fecha.

El entierro fue más parecido a una fiesta que a un funeral, algo que tanto doña Amelia como Fernanda detestaron. Si don Sebastián les hubiera dejado elegir, o al menos las hubiera tenido en cuenta, habría sido una ceremonia sólo para la familia, con la asistencia de pocos invitados, algunos parientes cercanos y un grupo muy reducido de amigos. Sin embargo, aprovechando que su esposa se había convertido en un cero a la izquierda y que a Fernanda se le habían vuelto a abrir las heridas que creía cerradas por la muerte de su esposo, don Sebastián se hizo con las riendas de los preparativos, y lo que debía ser un acto tranquilo y sólo para ellos, se le fue de las manos y acabó convocando a muchos hombres importantes de Madrid, e incluso a algunos miembros del gobierno.

Don Sebastián nos demostró que incluso en la distancia tenía poder para hacer lo que le parecía mejor, y lo arregló todo desde Madrid sin pisar Terreros.

Todos vagaban aturdidos mientras la casa se volvía gris, a pesar de que afuera lucía un sol claro que iluminaba el cielo. Aunque había empezado a amainar el calor desde hacía una semana y la temperatura era bastante buena para la época, el viento sopló muy fuerte desde la madrugada, nos molestó todo el día y no nos dio tregua.

Mi ánimo se confundía con la intranquilidad que el azote del cierzo destilaba sobre el pueblo. Y siguió soplando implacable sin darnos un segundo de descanso. A primera hora de la mañana, cuando todos los miembros de la familia estaban todavía en sus cuartos, fui al patio de tender a recoger la ropa seca y me estremecí al notar en la cara el golpe de una racha mucho más fría que las otras. Una idea absurda me cruzó por la cabeza: la mano de Arturo me acariciaba la mejilla y, finalmente, venía a presidir su entierro.

Reconozco que estaba alterada por tener que afrontar ese responso que me hacía pensar en el dolor de todos y, sobre todo, en el destino de mi hermano. En pocas horas, Damián debía coger un tren para Zaragoza y presentarse en su regimiento para cumplir su deber con el ejército. Si pensar en Damián me angustiaba, también estaba dolida porque Javier no había vuelto. Esperaba que al menos asistiera a la misa, pero estaba claro que todo lo que había quedado en Terreros había dejado de ser importante en su vida.

Parece ser que unos días antes de que su padre saliera hacia el pueblo, Javier le desafió. Le dijo que no pensaba participar en una pantomima como ésa y que, por descontado, no estaba dispuesto a asistir mientras su hermano siguiera abandonado en África. Pensé que era muy posible que le pasara como a su madre y que no quisiera aceptar como definitiva la noticia, o simplemente que las exequias, y todo lo que podía sentir en ellas, le venían grande y no deseaba enfrentarse a esos sentimientos que seguro le torturaban. Fuera como fuese, en un momento tan importante para su familia no tuvo la valentía de estar presente. Hasta doña Amelia se dio cuenta de su ausencia y preguntó por él antes de perder la conciencia del tiempo.

A mí se me encogió el alma cuando me enteré de que Javier se despidió de su hermano de ese modo tan particular que tenía de hacer las cosas. Los tres días anteriores al funeral se los pasó en uno de los burdeles más caros de Madrid, gastando dinero a espuertas y borracho como una cuba. No había secretos en la capital y el chisme llegó hasta los bancos de la iglesia con el mismo tren que trajo a los invitados. En cuanto a mí, volví a imaginarlo como cuando estaba en Oxford, en una cama enorme con una (o varias) de las señoritas de aquella casa madrileña.

En el último escalón de la entrada principal, frente a la puerta de hierro que conducía a la plaza, miré hacia el interior de la casa y los observé a todos. Estaban preparados para salir hacia la iglesia. Los vi tan perdidos y desconsolados, que fui consciente de que estaban mucho peor que yo. A fin de cuentas, mis dos hermanos todavía estaban vivos. Sonreí dolorida para mis adentros y pensé que los finales tristes existen, que son reales y que seguro que se dan mucho más que los finales felices. Era evidente que Javier no quería nada de mí y acepté que hay infinidad de clases de dolor. Que, aunque lo que sentía en aquel momento me atravesaba de parte a parte, era muy posible que no fuera el peor de los dolores. Indiscutiblemente, no era el más definitivo.

Con todo lo que tenía ante mí ese día, en la antesala de ese entierro, con Inés y Ernesto sufriendo delante de mis ojos, me di cuenta de que era una egoísta. Sólo había llorado mi pérdida y no había visto lo que se rompía a mi alrededor. Con esa reflexión estoy segura de que me hice un poco más adulta, al menos durante un momento, y hasta es posible que me convirtiera en una superviviente de mis propios sentimientos, como lo he sido más de una vez. Si la familia debía aceptar la realidad, yo también tenía que hacerlo y admitir lo que Javier me negaba, y en ese instante me juré que no volvería a sufrir por un hombre. Fui muy ingenua.

En cuanto abrimos la puerta y nos asomamos a la calle, las faldas se nos arremolinaron entre las piernas, el viento nos empujó la espalda haciéndonos caminar con pasos desordenados y los caballeros tuvieron que sujetarse los sombreros para que no se les fueran volando.

A la llamada de don Sebastián acudieron los propietarios más importantes de la zona, los prohombres más distinguidos del Partido Conservador y varios miembros del gobierno. Fernando Primo de Rivera, que hasta hacía pocos meses había sido ministro de la Guerra y con quien el señor había tenido mucho contacto cuando Arturo estaba en Melilla, fue uno de los primeros en llegar al pueblo en un enorme coche negro que se paró junto a la escalinata de la iglesia y allí se quedó esperándolo. El conde de Romanones, que en aquel tiempo era el ministro de Instrucción Pública y, además, uno de los propietarios más importantes de las minas de hierro de Marruecos, esas que había defendido el regimiento de Arturo hasta casi su exterminio, llegó en el mismo tren que el ministro de Gobernación, Juan de la Cierva, y el mismísimo Antonio Maura, que vino como amigo personal de don Sebastián y, además, como presidente del Gobierno.

Todos los vecinos de Terreros se acercaron a los invitados ilustres y los niños corrieron alrededor de todos ellos del mismo modo que las hojas bailaron entre sus piernas con la música irritada del cierzo. Por los alrededores de la iglesia paseaban unos cuantos soldados vestidos con uniformes muy vistosos de un color azul brillante, y me pregunté por qué un presidente tenía que andar con una comitiva tan elegante sólo para asistir a un entierro. Tuve la sensación de que tanto la familia como los sirvientes y el resto de los asistentes éramos los actores de una opereta y la gente del pueblo, nuestro público.

Para que doña Amelia pudiera asistir a la ceremonia sin derrumbarse, la atiborraron de láudano. Iba tan insensible y tan adormecida que no creo que se enterara de casi nada en el breve trayecto desde la casa hasta la iglesia. La llevaron en volandas entre Ernesto y don Sebastián, seguidos por Inés y Fernanda, que no le quitaban ojo de encima. Estaban inquietos por su posible reacción ante semejante aglomeración, tanto dentro como fuera del templo.

La homilía fue larga. No era normal que hubiera una concurrencia tan honorable en nuestro pueblo y don Rafael se explayó a sus anchas. Juana y yo seguimos la ceremonia en uno de los bancos laterales y ella no paró de atosigarme durante todo el responso.

—Mira cómo disfruta. —Parecía que quería sonreír mientras observaba al cura, pero en realidad lo que vi en su cara fue una mueca de hastío. Luego se acercó a mi oreja para decirme en un susurro—: Cualquiera diría que quiere ser más protagonista que el muerto.

—¿Estás tonta? —la reprendí por lo bajo—. No digas eso, que te va a oír alguien.

Pero tenía razón, a don Rafael se le veía orgulloso de oficiar ante tanto político y se movía por el púlpito con andares ondulantes mientras se lucía recordando a Arturo como hijo predilecto de Terreros.

Desde que sentaron a doña Amelia en el banco de la familia, Fernanda tuvo que sujetarla varias veces para que no se desmoronara, e incluso en los momentos en los que todos nos levantamos o nos arrodillamos, ella se mantuvo sentada, con la mirada al frente y como aletargada. Allí se quedó perdida más allá de don Rafael, del altar mayor, del Cristo y del relicario; hasta diría que su mirada pasó a través de los muros del claustro y que su mente voló cruzando el mar, llegó hasta la ladera de una montaña rodeada de matojos y de tierra árida, y, bajo un sol abrasador, buscó entre todas esas piedras con la esperanza de encontrar a su hijo. En los momentos en que Fernanda le hablaba y ella volvía la cara ligeramente, pude ver cómo le limpiaba con el pañuelo alguna lágrima. Parecía tan frágil que pensé que no llegaría a salir de la iglesia aquel día.

El cierzo martilleó todavía con más fuerza contra el rosetón y los ventanales que daban a la plaza, y vibraron resistiendo su violencia. A través de las cristaleras distinguí el cielo despejado, el ambiente limpio y el sol radiante, y recordé la caricia que había sentido esa mañana en el tendedero, así como mi estremecimiento.

Tras el sermón, don Rafael nos dirigió palabras de consuelo para todos los que habíamos visto partir a nuestros chicos, y pidió que al grupo que todavía quedaba en el pueblo, el de Damián, y que debía marchar en pocas horas, lo despidiéramos con esperanza y alegría y que rogáramos a Dios por su vuelta a casa, sanos y salvos.

Juana ya no pudo aguantar más.

—¡Será fariseo! —soltó con rabia, acercándose ofendida otra vez a mi oreja, aunque no hubiera hecho falta, porque hablaba en un tono bastante alto que podía oír cualquiera—. Cómo puede pedirnos esperanza y aceptar que vayan sólo los pobres a la guerra. No puedo, no quiero escucharlo. —Se levantó del banco y salió de la iglesia.

A buen seguro que estaba pensando en Curro, pero yo pensaba en Damián. Era lo único que tenía en la cabeza: él, su marcha y lo poco que tenía que ver en esa guerra. A mí también me enfurecían las prédicas de don Rafael y una punzada de rabia me hizo recordar la tristeza de mi madre, de Virtudes y de la abuela, que ese momento no asistían al funeral porque estaban preparando la poca ropa que debía llevarse mi hermano a Zaragoza. Estuve a punto de levantarme y seguir a Juana, pero en el último segundo lo repensé y me quedé sentada.

Cuando ya casi había acabado el oficio, antes de que el cura nos despidiera, invitó a subir al púlpito al ministro Juan de la Cierva. Ahí mismo, tras unas breves palabras, ese señor medio calvo, con los bigotes encerados y barriga de marido complaciente, le entregó a don Sebastián una caja que contenía una medalla al mérito en la batalla que el señor recibió con una sonrisa.

—Gracias, ministro. Mi esposa, mis hijos y yo se lo agradecemos mucho.

Y le estrechó la mano con una mirada de afectación y suficiencia que no pudo pasar desapercibida a nadie de los que estábamos allí.

¡Dios! ¿Cómo podía demostrar satisfacción viendo a su familia destrozada?

Al salir de la iglesia el viento seguía aullando, pero no fue suficiente obstáculo para que el grupo de soldados que tanto me había impresionado cuando puse el primer pie en la plaza formaron en dos columnas encaradas y, como si se tratara de un funeral de Estado, dispararon varias salvas para glorificar la memoria del hijo de Terreros más recordado, muerto en combate. Yo esperaba que fuera el último o, al menos, que el próximo no nos tocara tan cerca.

Inés y Fernanda lo pasaron muy mal procurando estar serenas toda la ceremonia, y tras las campanadas a muerto y las salvas, que observaron desde el peldaño más alto de la escalera de la iglesia, mientras aguantaban entre las dos a doña Amelia para que no se les cayera, sus caras eran la prueba de todo lo que estaban sufriendo. Cuando cesó el ruido y el humo empezó a desvanecerse, bajaron hasta pisar la plaza, y en ese momento un murmullo general se apoderó de la gente que se agrupaba en ese lado. Todos se volvieron hacia doña Amelia. Su cara parecía una máscara.

—Es la madre —oí que decía alguno de aquellos señores mientras don Antonio Maura se acercaba a ellas.

Doña Amelia levantó la barbilla mientras el presidente se quitaba el sombrero para saludarla, ella alzó el brazo esquelético enfundado en una manga que le colgaba de la sisa al puño y le tendió la mano. Después del besamanos y las condolencias del presidente, las tres mujeres se fueron hacia la casa y no dijeron una palabra más a nadie.

En el último momento, Inés se quedó un poco rezagada y se despidió del señor Duncan. Lo vi correr, ciñéndose el sombrero con una mano, a presentarle sus respetos cuando ella ya se encontraba junto a la verja de la casa. Sabíamos que el embajador y su esposa no habían podido venir a la ceremonia porque estaban en su tierra, pero el joven se había desplazado desde Madrid para representarlos. Imagino que el interés que trajo al secretario a Terreros fue más verla a ella que otra cosa, aunque no fuera en las mejores circunstancias, y estoy segura de que con su presencia esperaba poder consolarla. El señor Duncan le cogió la mano, se la besó con suavidad, la retuvo hasta que se despidieron y la siguió con la mirada mientras ella se dirigía a la puerta de la casa sujetándose las faldas que volvían a aletearle con el viento.

Don Sebastián quedó muy satisfecho con la ceremonia y con los honores que le rindieron a su hijo, porque lo observé moverse entre todos esos políticos que se habían reunido frente a la iglesia como si fuera un pavo real, con la cola desplegada y con la misma soltura que si hubiera estado en uno de los salones de su casa. Iba dando la mano a todo el mundo con un gesto que nadie hubiera dicho que acababa de salir de las honras fúnebres de su primogénito.

Ernesto también se movía entre los asistentes estrechando la mano a sus conocidos y besando la de las mujeres de los terratenientes; sin embargo, aunque intentaba parecer tranquilo, yo percibía su tensión y su malestar, y lo vi mirar varias veces hacia la casa con gesto preocupado.

Tras las despedidas de los asistentes, algunos de los prohombres de la comarca se quedaron junto con sus esposas a tomar unos vinos y don Sebastián los agasajó como si celebrara una gran fiesta. El presidente Maura, el señor Primo de Ribera y el conde de Romanones también estuvieron en la recepción, y entre Lola, Juana y yo les servimos una comida ligera. Todos esos caballeros se quedaron con el señor y con Ernesto hasta bien entrada la tarde y, mientras tomaban una copa de brandy en la biblioteca, las señoras hicieron compañía a Inés y a Fernanda en la salita; Juana se encargó de servirles infusiones a las damas y yo de llevar la bandeja con los cafés a los caballeros.

—Los disturbios en Barcelona ya están totalmente controlados y todos los cabecillas de la rebelión o están en prisión o están muertos —oí que decía el presidente.

Al mentar Barcelona, intenté prestar más atención, pero me fue imposible. Esperaba poder comentarlo con Ernesto o con Fernanda en algún momento, que me explicaran qué había pasado allí y si esos problemas de los que hablaban podrían afectar a Curro.

Deseaba que los invitados se fueran a sus casas de una vez por todas, para poder descansar tranquila, pero nadie salió por la puerta hasta después de las seis de la tarde. Doña Amelia no estuvo ni un segundo con ninguno de aquellos señores tan ilustres, con los propietarios, ni tampoco con sus esposas. Se disculpó antes de la comida diciendo que no se encontraba bien, y ni salió a despedirlos cuando se marchaban.

En cuanto la casa al fin se quedó tranquila, ya hacía un buen rato que habían tocado las nueve, todos estaban recogidos en sus habitaciones y casi había acabado mi trabajo. Suspiraba por llegar a mi cuarto y tumbarme en la cama, pero entonces apareció Ernesto a pedirme un vaso de leche caliente para atemperar el ánimo. Tras tomárselo, me dijo que no tenía el cuerpo para meterse en su habitación tan temprano y me pidió que saliera con él al jardín y lo acompañara un rato. Me quité el delantal y lo seguí hasta la puerta.

—¿Cómo estás? —le pregunté cuando la atravesamos y pusimos el pie sobre el camino enlosado.

—Ha sido un día difícil, por así decirlo.

Miró al cielo estrellado y a la luna, que en esa noche tan serena después de un día de viento se veía clara. Caminamos acercándonos al cenador.

El día había sido difícil para todos, aunque cada uno tuvo que sobrellevar su versión particular de dolor.

Sonó un ruido al fondo del jardín y Ernesto se volvió para saber qué lo había ocasionado.

—Debe de ser un gato cazando ratones —le dije—. No te preocupes, no nos va a ver nadie. Tu madre duerme desde hace horas gracias al bendito láudano y no creo que ni tu tía Fernanda ni Inés tengan ningún interés en pasear por aquí a estas horas.

—¿No te da rabia que no podamos hablar sin dar que hablar? Cualquiera diría que somos ladrones —se quejó Ernesto.

Detuve mis pasos frente a la mesa. Le dije que era difícil de explicar y que podía entender que no quisiera que le vieran conmigo sentados en las sillas del jardín. Él encendió el mechero con intención de prender el candil que había sobre la mesa, tendí la mano y lo paré antes de que lo hiciera.

—A mí no me importa esconderme, aunque he de reconocer que últimamente ya no lo hago tanto. —En cuanto salió de mi boca, me arrepentí del comentario.

—Conmigo no has de preocuparte, no necesito que te escondas.

¿Quién me mandaba hablar de más en ese momento? Sabía que no debía meterlo en esos berenjenales y hacerle sentirse mal por mis errores, y menos en un día como aquél, aunque me pareció que no le extrañaba lo que acababa de decirle.

Para que no continuáramos por ese camino tan complicado que no nos llevaba a ninguna parte, insistí:

—Dime de verdad, ¿cómo te encuentras?

Ernesto separó una de las sillas de hierro pintadas de blanco y me pidió que me sentara en ella. Como siempre, un caballero. Él lo hizo después en la que estaba a mi lado, encendió finalmente el candil, suspiró y empezó a hablar:

—Me sigo sintiendo perdido. Arturo era nuestros cimientos y, desde que no está, parece que todo se me viene abajo. No dejo de pensar en él y en mi futuro.

Le tomé la mano como él había hecho hacía unos meses y se la estreché. Yo me sentía igual, aunque por otros motivos. Estuvimos un rato mirando el cielo, sin decir una palabra, hasta que me pareció que se sacudía esos pensamientos.

—¿Sabes? —dijo—, nunca me han gustado los miembros del Partido Conservador y tampoco he comulgado demasiado con el gobierno de Maura, pero les agradezco que hayan venido. Estoy agotado de aguantarme todo el día y no decirles lo que pienso de esta guerra tan irracional, pero he de admitir que podrían haberse quedado en Madrid. Mi madre estará satisfecha.

—No creo que recuerde lo que ha pasado hoy.

—Es posible, pero estoy seguro de que se dará cuenta de lo que ha sido este día para la memoria de Arturo. Y del esfuerzo que han hecho por rendirle el homenaje que se merecía. Con lo que ha pasado en los dos últimos meses, sigo pensando que es de agradecer que hayan venido. Sobre todo se lo agradezco a Maura y a sus ministros.

Recordé la conversación que había oído en la biblioteca y que no había entendido. Pensé que podía ser el momento de preguntarle. Saber si todo eso podía afectar a Curro y que me aclarara de qué hablaban esos políticos.

—¿Qué ha pasado? —le pregunté. Ernesto me miró con cara de no entenderme y le especifiqué—: ¿Qué ha pasado en Barcelona?

—Estos días no ha pasado nada más. Lleva en calma más de un mes, que yo sepa.

—Sí, ha pasado algo, se lo he oído comentar en la biblioteca a los señores que estaban con vosotros. Que los cabecillas estaban en la cárcel, o muertos, ha dicho el presidente.

Me explicó lo que había ocurrido entre finales de julio y principios de agosto, más o menos durante los mismos días que conocimos la noticia de la muerte de Arturo. En Barcelona había estallado una revuelta. Me contó que todo había sido por culpa de la maldita guerra de África. En Barcelona había pasado lo mismo que en el pueblo: reclutaron a todos los hombres jóvenes que no podían pagar el canon, incluso a los reservistas, sin tener en cuenta que muchos de ellos eran padres de familia y la única fuente de ingresos con la que alimentar a sus hijos. Los hombres se negaron a ir y por los barrios obreros estalló un motín.

—Esa sublevación fue como una piedra arrojada a un río —me dijo con tristeza mientras se miraba las manos—. Se fue extendiendo por toda la ciudad hasta que el gobierno tomó cartas en el asunto y la sofocó de malas maneras.

Continuó su relato diciéndome que todo aquello había tenido un coste brutal: un centenar de muertos, miles de heridos, detenciones, represión y la destrucción de cantidad de edificios. Que al gobernador civil, un tal Osorio, lo cesaron por oponerse a la declaración de estado de guerra y eso provocó que el ejército entrara en la ciudad y cargara contra todo el que se manifestaba. Estaba irritado mientras me lo explicaba y en su cara pude leer lo poco que comulgaba con todo aquello. Hasta los diarios dejaron de publicarse durante casi una semana y Barcelona quedó paralizada mientras duró la revuelta. Pensé en Curro, no teníamos manera de saber de él, y sufrí por mis padres y la abuela. Era muy posible que estuvieran enterados de todo aquello.

—No estoy orgulloso de haberme librado de ser soldado —dijo, y atrajo mi atención después de un largo silencio—. Aunque no creo en ésta ni en ninguna otra guerra, me parece injusto que los ricos nos libremos de ir y los pobres no tengan otro remedio.

Aunque él se había librado por su pierna, lo que era lógico, se estaba metiendo en el mismo saco que todos los hijos de buena familia que, aun siendo reclutados, no iban a ir a Marruecos. Imaginé que en ese momento pensaba en cómo habían pasado sus hermanos esa guerra: Arturo muerto y Javier liberado de sus obligaciones por el dinero de la familia; los míos, en cambio, habían tenido otro destino: Curro desertor y Damián en capilla para coger un tren que le llevaría hasta el frente.

Cada uno se ahoga en su propio vaso, y aunque sus problemas eran mucho más graves, yo sufría por los míos. Me resultaba imposible pensar en otra cosa que no fuera la suerte que podían correr mis hermanos estando tan lejos de Terreros.

Llegué a la Casa Grande con las mejillas todavía húmedas y, como cada vez que el mundo se hundía bajo mis pies, algo que me pasaba demasiadas veces en los últimos tiempos, me fui a mi cuarto a caer hasta lo más hondo que me llevaran mis sentimientos. El monstruo que me asfixiaba desde hacía tanto tiempo volvía a ahogarme, apretando un poco más y dejándome otra vez sin resuello.

Se me rompía el alma al recordar a madre y a la abuela destrozadas, en una esquina de ese andén abarrotado de familias, cogidas del brazo como dos niñas perdidas y sufriendo por el destino incierto de mi hermano, mientras padre, detrás de ellas, las consolaba y las sujetaba a las dos por el hombro. Damián sostenía a su hijo abrazado contra su pecho y mi cuñada lloraba en silencio para no alarmar al niño.

—Prométeme que te cuidarás mucho —Virtudes se acercó a él y se unió al abrazo—, y que volverás.

—Te lo prometo. Ten confianza, no me va a pasar nada. —Damián le tocó la mejilla y después acarició la mano de su hijo—. Volveré pronto.

El tren con destino a Zaragoza entró en el andén en ese momento con los últimos estertores de la caldera, y aunque ya casi se paraba, siguió haciendo mucho ruido. Expulsó humo por sus fauces de hierro y, al verlo, Juanito hizo un puchero ante esa bestia enorme, se cogió al cuello de Damián todavía más fuerte y escondió la cara en el ángulo de la barbilla recién afeitada de su padre. El tren dejó un rastro de humo que no se llevó el viento y la carbonilla se nos metió a todos en los ojos. Pensé que más de uno que necesitara llorar en la despedida iba a tener una buena excusa para hacerlo.

Damián le entregó el niño a Virtudes, cogió su talego y se volvió hacia madre.

—Cuídemelos —le dijo Damián con voz contenida acercándose para darle un beso.

—Pero ¿qué dices, hijo? ¿Dónde van a estar mejor que con nosotros? Donde estemos tu padre y yo siempre será vuestra casa.

Antes de salir de la suya, Damián le había hecho prometer a Virtudes que cerraría la que tenían en el pueblo y se iría a vivir a la de mis padres. Allí no podrían quedarse más tiempo mientras él estuviera en África porque no podían pagarla. En cuanto Damián subiera a ese tren, otro cuidaría del taller de tonelería de la bodega o se cerraría si no encontraban sustituto, y los ingresos que hasta ese momento habían tenido mi hermano y Virtudes se esfumarían.

Como pasó cuando se marchó Curro, fue padre el que tomó las riendas, tragó saliva, enderezó la espalda y nos consoló a todas sus mujeres mientras Damián subía a la plataforma y se metía en el vagón de tercera que le habían asignado. Poco después nos despidió desde la ventanilla y el tren se perdió en la primera curva llevándoselo muy lejos.

Ya en mi habitación, sentada en la cabecera de la cama, me sentí rota por dentro recordando la despedida. El mundo se hundía para mi familia y, en la penumbra de mi cuarto, no sabía cómo llenar ese vacío.

8

Secretos

Finales de noviembre de 1909

Amenazaba tormenta seca, de esas que a primeros de noviembre te dejan baldada, con nubes gris plomizo más cargadas de piedra que de agua, cortinas levantadas por ráfagas de viento, golpes de puerta, relámpagos y truenos.

Fernanda me había pedido a primera hora que encendiera el fuego, presintiendo que esa mañana haría bastante frío y que doña Amelia no querría salir de la casa. Después de tanto rato con los leños ardiendo, el ambiente de la salita era muy cálido.

No se había equivocado Fernanda, su hermana no había querido caminar fuera de la casa ni los pocos pasos que la separaban de la iglesia, ni siquiera para asistir a su misa de diario. En ese momento ambas descansaban en la salita, con sus bastidores sobre la falda, bordando en silencio junto a la chimenea. Doña Amelia, como todos los días de ese otoño, con las piernas cubiertas por su manta de lana amarilla.

Inés y yo estábamos en la biblioteca buscando una lectura interesante y yo cogí un libro con encuadernación azul oscuro que descansaba en una balda a mi izquierda. El título estaba impreso en el lomo con letras doradas. Hacía un par de días que había visto a Inés devolverlo a su estantería. Leí: *La Regenta*. Inés me lo cogió de las manos, se dio la vuelta y lo tuvo un momento entre las suyas sopesándolo.

—Esta novela es de tía Fernanda y la leí hace muy poco —me dijo bajando la voz hasta un murmullo y mirando de soslayo hacia la salita.

—Sí, lo sé. —También bajé la voz, aunque no sabía muy bien por qué—. Por eso la he cogido. ¿Te gustó? ¿Qué te parece?, ¿la leo?

—Te encantará. —Me metió el libro con disimulo en el bolsillo del delantal, pero era imposible que pasara desapercibido porque era muy voluminoso—. Guárdalo en tu cuarto y no le digas a nadie que te lo he dejado. Si lo ve mi madre, te va a armar un buen lío.

—Qué va, no creo que diga nada. Hace mucho que ni se inmuta cuando me ve leyendo.

—No es por eso, es por el argumento. —Volvió a bajar la voz—. Es de una adúltera y de un sacerdote que la persigue.

Ese comentario me dejó expectante e interesada y me prometí que esa misma noche empezaría a leerlo. Miré a través de la puerta corredera que comunicaba la salita con la biblioteca, intentando adivinar si doña Amelia nos había oído y pudiera reprenderme, pero la señora no se había enterado de nada, como era su costumbre últimamente. En vez de fijarme en doña Amelia, la que llamó mi atención fue Fernanda.

—Es hora de despertar, Amelia. Te sentirás mejor —le dijo mientras le ofrecía un libro rojo que ella no parecía tener intención de coger.

Esas dos frases me intrigaron y me quedé junto a Inés, escuchando la conversación de la salita, sin hacer caso de lo que ella me contaba de *La Regenta*.

—No quiero sentirme mejor —contestó doña Amelia.

—Sí, mujer, debes y puedes hacerlo. Desde que murió Germán a mí me ha ayudado mucho. Escribe. Así sacarás lo que tienes dentro. Libros como éste me salvaron de la locura, y el que te doy seguro que hará lo mismo contigo.

—Tú no me entiendes —replicó doña Amelia con esa voz aguda que se le había puesto desde la muerte de Arturo—. Cuando se te muere un hijo, de repente dejas de ser madre y pasas a ser otra cosa, no sé muy bien el qué. Y ahora necesito retener a Arturo todo el tiempo en mi memoria.

—No digas eso, Amelia, tú sigues siendo madre. Todavía te quedan tres hijos. No los abandones.

—Pero lo he perdido. No quiero olvidarlo. No quiero que desaparezca.

—Nadie desaparece del todo mientras alguien lo recuerda. Mantén vivo a Arturo, escribe sobre él y sobre ti. Escribe lo que sientes, lo que te duele. Tienes que reponerte, mirar hacia delante y luchar por los que te quedan.

Fernanda le hablaba a su hermana con esa manera de convencer que tantas veces había utilizado conmigo. La desafiaba a enfrentarse al futuro. A mí siempre me había dicho que podía conseguir lo que me propusiera y no debía esperar que alguien solucionara mis problemas. Con doña Amelia estaba haciendo lo mismo.

Al final la señora tomó el libro, se levantó del orejero y lo dejó sobre su escritorio con cierto reparo. Lo abrió y, mientras miraba aquella primera hoja como si fuera un enemigo, le dijo:

—Lo intentaré, Fernanda. Pero no creo que esto me alivie.

Se quedó unos segundos de pie frente a la mesa, pensando, y después pareció reaccionar y anotó algo. Ése fue el primer día que la vi escribir en el libro y, a partir de entonces, muchas mañanas volví a verla inclinada sobre el escritorio con la pluma de madreperla sobre las hojas.

Durante un tiempo pensé que con la receta de Fernanda llegaría a encontrar la tranquilidad de espíritu que necesitaba o, al menos, una respuesta. Imaginé que a lo que aspiraba doña Amelia, mientras convertía su pensamiento en largos caminos de tinta, era quedarse en paz consigo misma y con ese Dios suyo, del que algunas veces hablaba con don Rafael, tan vengativo y cruel, que le había arrebatado a su hijo por alguna razón que se escapaba de su entendimiento. Pensé que aquel luto que nos transmitía y que en algunos momentos habíamos temido que podía llevársela también a ella, era porque necesitaba purgar sus muchos pecados con sus tres hijos menores, y que durante unos meses rendiría ese último tributo a Arturo ante todo el pueblo, demostrando el amor y el dolor que tenía dentro, pero que, acabada la locura, aceptaría la falta de su adorado hijo y trasladaría todos esos sentimientos tan intensos hacia los que todavía le quedaban vivos.

Con el paso de los días me di cuenta de que eso no estaba en su naturaleza. Con Arturo no sólo murieron el cuerpo y el espíritu de un hombre bueno, sino también las esperanzas de Javier, de Inés y de Ernesto de empezar a ser hijos de primera clase, de la misma manera que lo había sido su hermano mayor al que tanto lloró su madre.

9

Finales y principios

Primeros de diciembre de 1909

Era martes, había dejado de nevar y Javier estaba ahí, en la salita junto al fuego.

Estaba segura de que no me había oído bajar del primer piso de tan concentrado como estaba. Ni siquiera hizo un movimiento cuando, desde el último peldaño de la escalera, dejé el balde en el suelo y el golpe reverberó metálico. Lo veía ligeramente en escorzo, de espaldas a la puerta, entre la vitrina y el escritorio. Aunque no había ni un solo candil encendido, pude distinguir su cara con la claridad lechosa que entraba a través de la cortina medio corrida.

El reloj de pared de la entrada cantó con su carillón corto los dos cuartos, eran las nueve y media de la mañana y yo ya llevaba más de dos horas de trabajo. Al acabar los repiques, la casa volvió a su recogimiento, miré otra vez a la sala y vi cómo Javier metía las manos en un maletín de cuero que descansaba junto al libro rojo de su madre. Seguí en el escalón sin hacer ruido, observándolo moverse indiferente a mí. Por un instante imaginé que retomábamos lo nuestro y saboreé un futuro imposible. Aun así, sabiendo que nunca lo tendría del todo, pensé que parecíamos gemelos inseparables, de esos que se buscan con el pensamiento y que se encuentran, aunque estén muy lejos, y me ilusioné con que su intención de esa mañana fuera venir a buscarme.

Deseaba tocarle, acurrucarme entre sus brazos y, sobre todo, ayudarle. Sabía que estaba desorientado, dolorido y asustado, pero si él me dejaba, estaba segura de que podía estar a su lado y sostenerlo. Estaba dispuesta a lo que hiciera falta, sólo necesitaba que él pensara lo mismo, pero en la vida muchas veces dos y dos no son cuatro por mucho que nos empeñemos. Recapacité un momento. Si no había pasado por mi cuarto o al menos por la cocina, antes de hacerlo por la salita, era porque no había puesto demasiado empeño en encontrarme. Vi claro que yo no era lo más importante. Así que me limité a guardar mis intenciones en un rincón de mi cabeza donde se quedaban los «ojalá pudiera» y continué observándolo en silencio desde mi atalaya.

Cuando acabó de ajustar las hebillas del maletín, que hasta ese momento se le habían resistido, cogió su bufanda roja, el abrigo que tenía tirado sobre la silla y se volvió hacia la puerta.

Su cara de susto hasta me hizo gracia.

¿Cuántas veces me había pasado a mí lo mismo?

Demasiadas. Ahora era yo quien le dejaba sin habla.

Me acerqué con pasos cortos con los bártulos de la limpieza entre las manos. La temperatura en la salita era la que siempre exigía doña Amelia en aquella época; para mí, demasiado cálida. Los leños de la chimenea crepitaron con chispazos junto al orejero, sembrando de carboncillos el suelo, y al ver esos granos que lo estaban dejando todo perdido, desperdigados frente a la lumbre, algunos encarnados y otros negros, pensé que era muy posible que una colonia de termitas que vivía en el tronco acabara de sucumbir a su destino. Deseé que a mí no me pasara lo mismo; el desamor a veces quema mucho más que las llamas del infierno.

—¿Qué... qué haces aquí? —me preguntó con la voz y los ojos claros todavía teñidos de sorpresa.

Dejé el escobón, el balde y el recogedor junto a la pared y le enseñé el paño que todavía llevaba en las manos.

—Venía a hacer mi trabajo. —Para mi sorpresa, el corazón no me palpitaba más de la cuenta—. ¿Y tú? Te hacía en Madrid. ¿Cuándo has llegado?

—He venido con el primer tren de la mañana.

—Tu madre está en misa, tardará en volver.

Intentaba parecer indiferente, pero estoy convencida de que no pude engañarle.

—Sólo he venido a recoger la motocicleta —mintió—. Me vuelvo a Madrid con ella. No me puedo esperar. Tengo mucha prisa. No le digas a mi madre que me has visto —me dijo atropellado, sin mirarme. Vaciló un segundo—. No le digas nada.

Un mordisco de duda me clavó al suelo y percibí que intentaba disimular algo o aparentar calma, y tal como me estaba pasando a mí, él tampoco lo estaba consiguiendo. Me di cuenta de que desde que había entrado en la salita, me había encontrado a un Javier diferente; hablaba atolondrado y los movimientos de sus manos me revelaron algo parecido al miedo. Cogió la correa del maletín, que hasta ese momento había descansado como una culebra dormida enrollada en la mesita, y antes de que llegara a ponérsela en bandolera, se le cayó al suelo dando un golpe seco sobre la madera. Debí de ponerle cara de sorpresa o vete tú a saber de qué, y por primera vez fui consciente de que quería utilizar ese recurso que siempre le había funcionado tan bien conmigo: apareció esa mirada hechicera que me perturbaba tanto. No me confié demasiado y me quedé expectante para ver su reacción.

—Ven aquí, preciosa. —Cogió el maletín del suelo, volvió a dejarlo sobre la mesa y extendió sus brazos hacia mí—. Llevo pensando en ti toda la semana. ¿Me has extrañado? —Sus manos me llamaban y yo, como una tonta, no pude resistirme y acudí.

Me mentí a mí misma y no pensé ni en consecuencias, ni en temores acumulados, ni en la reticencia que acababa de sentir. Me dejé llevar y me acomodé entre sus brazos.

Cuánto los había añorado.

Al abrazarlo, uno de los imperdibles que sujetaban el frontal de mi delantal se enganchó con la cadena que colgaba del bolsillo de su chaleco y forcejeé unos segundos para soltarlo. Tintineó y Javier se puso tenso.

—¡Cuidado! No vayas a romperla —exclamó dando tirones suaves, como si de verdad fuera a quedarse sin la cadena.

En el otro extremo, en vez del reloj de su abuelo que le regaló Fernanda el día de su cumpleaños, apareció una llave que acababa de salir de su bolsillo. Me extrañó que hubiera cambiado un reloj tan caro como aquél por algo tan poco atractivo.

—¿Qué abre? —le pregunté al ver que la trataba con un cuidado exquisito.

—El candado que protegerá a mi moto de ahora en adelante. Sin esta llave nadie podrá poner en marcha el motor y así estaré seguro de que sólo la tocaré yo.

La maldita moto, siempre era su primer pensamiento.

Me volví a acercar intentando que me besara y le mordisqueé el lóbulo de la oreja. Sabía que eso le volvía loco y noté que respondía a mi caricia. Sonreí pensando que ni el invento en el que trabajó durante tanto tiempo, y que ya tenía olvidado en un rincón de la cochera, ni la motocicleta que tanto le fascinaba jamás podrían conseguir encenderlo como yo lo estaba haciendo en ese momento. Me acerqué un poco más y mis manos corrieron por su cuerpo, su ansiedad rozó mi vientre y un crepitar de mariposas empezó a latirme, batiendo las alas sin contenerse.

—¿Verdad que me vas a guardar este secreto? —me dijo, embaucador, mientras yo me dejaba besar en el cuello como tantas otras veces—. Hoy sólo he venido a verte a ti, no quiero saber nada de mi familia —me susurró en vez de un «te quiero», que era lo que deseaba escuchar y nunca me había dicho, aunque en ese momento sus palabras me abrieron un atisbo de esperanza en nuestro futuro.

—Ven —le rogué, tomando su cara con mis manos y mirándolo a los ojos—. Vamos a mi cuarto, todavía van a tardar un rato. —Le acaricié la mejilla—. No volverán antes de las once.

Se separó de mí, me cogió de la mano y me llevó hacia la puerta de la cocina. Se asomó y miró dentro para comprobar que todo estaba despejado. Las mariposas que volaban por debajo de mi ombligo enloquecieron con la promesa, pero no entramos en el pasillo que daba a la alacena y a mi minúscula guarida. Salimos por el corredor y subimos con pasos urgentes hacia las cuadras. Empezó a nevar otra vez. Caía una cortina turbia que nos mojaba el pelo y nos calaba la ropa, pero a mí no me importó. No llevaba ni abrigo ni un chal que me tapara, pero no me hacían ninguna falta. Seguí sus pasos y su bufanda me acarició la cara.

En el establo, el calor animal me envolvió. Mulata nos recibió con un relincho, como era su costumbre; Alfonso levantó la cabeza del comedero y nos miró intrigado cuando pasamos a su lado. Dejé de respirar el vaho helado de fuera y, adentrándonos en la penumbra de la cuadra, me guio hacia los cubiles del fondo. Lo primero que percibí cuando llegamos a nuestro destino fue el bulto donde seguía dormida su moto, esperándolo; un monstruo metálico que sentí mi rival y contra el que me propuse utilizar todas mis armas.

—Ven aquí, bonita. —Me acercó hasta él mientras tiraba el abrigo y la bufanda al suelo.

Me besó con la intensidad que había esperado que hiciera en mi cuarto, entre la calidez de las mantas, para recobrar lo que habíamos tenido cinco meses antes, pero cuando intenté desabrochar los botones de su chaleco, me cogió las manos con firmeza y no me dejó desnudarlo.

Me subió las faldas hasta la cintura, me sujetó por las caderas y me sentó en una de las balas de forraje mientras seguía besándome ansioso. Yo hubiera deseado que me acariciara con suavidad y me encendiera, poco a poco, como otras veces había hecho, pero, escondidos tras la montaña de heno que nos ocultaba a la vista de cualquiera que pudiera entrar en el cubil, no se entretuvo demasiado. Embistió jadeando sin pensar en mí y me sentí ridícula mendigándole una ternura que había estado esperando durante tantos meses. Mientras apretaba su frente sobre mi hombro y se deshacía en mi cuerpo, una neblina áspera y dolorosa se me agarró a la garganta y hasta me produjo náuseas. No me tuvo en cuenta ni un segundo, ni me dijo una palabra. No estaba conmigo, si es que lo había estado alguna vez, aunque todavía estuviera tan dentro de mis entrañas.

Cuando se separó, se acomodó los pantalones, se quitó las briznas de heno que le habían quedado prendidas en la ropa y ni se dignó mirarme mientras yo me apoyaba en la columna que había junto a los portones. También me recoloqué la ropa y lo observé mientras intentaba librarme de la angustia sin ningún éxito.

Se abrochó el abrigo y se enrolló la bufanda, tapándose bien el cuello. Dejé de mirarlo. La aguanieve que había empezado a caer antes de que llegáramos a la cuadra se había convertido en una cortina mansa, ahora bastante espesa; una de esas nevadas que hay que travesar cortándolas con navaja.

Aunque lo había deseado desde que se fue tan enfadado aquella tarde de principios de agosto y había conseguido, después de añorarlo tanto, que volviéramos a estar juntos, me quedó un regusto amargo que no me abandonó, ni con la leve sonrisa que me dirigió cuando liberó la moto de su mortaja, ni con el beso al vuelo que me lanzó justo antes de ponerla en marcha.

Todo eso me supo a poco, diría que a casi nada.

Debería haberle dicho que lo necesitaba, pero que no le exigía nada. Debería haberle gritado que no le pedía promesas que no pudiera cumplir, que sólo necesitaba que me dijera si me amaba, si me había amado alguna vez. Estoy segura de que se lo estaba diciendo sin palabras y que él lo entendió, pero se deshizo de mí como había hecho con el heno que acababa de sacudirse de sus ropas.

Empezó a pedalear y tuve la sensación de que en su mundo sólo se oía el retumbar de aquel motor.

—Espera, está nevando mucho, la carretera puede ser peligrosa —fue lo que salió de mi boca en vez de lo que deseaba haberle dicho.

—Esta moto puede con todo —me dijo sin mirarme siquiera— y tengo mucha prisa.

El desamor quema, lo tuve claro, y las mariposas que habían volado dentro de mi cuerpo hacía unos instantes se abrasaron por acercarse demasiado al fuego. Sin ninguna lógica, volví a agarrarme a una limosna que me concedió mientras me dedicaba un remedo de despedida.

—Volveré dentro de poco, para Navidades. —Ya salía por el portón de las cuadras cuando se volvió hacia mí—. Recuerda, preciosa, tú no me has visto.

Le dije que sí con la cabeza mientras se perdía corredor arriba por el camino de la bodega. Volví a ser crédula y un pequeño destello de esperanza se encendió dentro de mí. Seguía nevando, aunque parecía que quería amainar. El aire, húmedo e inquieto, me congeló los pulmones, pero me ayudó a despejar mis pensamientos, y el vapor de mi aliento se quedó suspendido como una sombra frente a mí. Sólo pude sentir nostalgia de lo que no había sido, de lo que nunca había llegado ni llegaría. Me abracé a mí misma a falta de sus brazos y lo seguí con la mirada mientras se alejaba. Esperaba que al menos volviera la cabeza para despedirse, pero los copos dóciles me nublaron la vista y se deshicieron con las lágrimas que me corrieron por las mejillas. Lo vi alejarse por el corredor, sin darse la vuelta. En ese instante se me empezó a abrir un agujero donde tiene que vivir el alma y siguió creciendo durante meses.

Aquélla fue nuestra despedida, no volvimos a estar solos nunca más, y ni él ni yo lo supimos cuando se marchaba.

Era imperfecto, caprichoso y superficial, pero, aun así, con todos esos defectos que conocía, aunque nunca hubiera admitido que los tenía, estaba segura de que lo amaba. No me daba cuenta de que desear y querer no son la misma cosa; la línea que separa esos dos sentimientos es tan fina, que hasta que no nos paramos a pensarlo no nos damos cuenta. Y yo en aquel momento todavía era incapaz de comprenderlo.

—Doña Fernanda me ha dicho que vayas a la salita enseguida —me requirió Juana, unos días después, apoyada en el quicio de la cristalera que separaba el salón del jardín—. Me parece que doña Amelia quiere hablar contigo.

—¿Qué querrá? —dije para mí más que para ella mientras dejaba la pala, con la que estaba quitando la nieve, apoyada en una de las sillas del cenador.

—Ni idea, pero prepárate... Por su tono, no puede ser nada bueno.

Hizo una mueca de frío, un espasmo con todo su cuerpo, y cerró la puerta.

Cuando llegué frente a doña Amelia, todavía me estaba soplando los dedos y me los masajeaba para que entraran en calor. Lola estaba de pie entre ella y Fernanda, con la vista gacha y las manos entrelazadas, en un gesto muy parecido al de la abuela.

Algo pasaba.

—Manuela, ¿cuánto hace que limpiaste la salita a fondo? —preguntó Fernanda mirándome a los ojos. Me habló con un dejo casi imperceptible de dulzura pero que pude captar, y con la mirada seria, que a pesar de todo percibí cálida.

Doña Amelia se puso de pie con parsimonia, se irguió y se apoyó en el orejero en el que había estado sentada hasta hacía unos segundos. Su mano, como una garra, se crispó sobre el tapete de ganchillo que cubría el respaldo.

Había vuelto.

Hacía unos días que notaba chispazos de su carácter, sólo de vez en cuando, pero en ese instante temí que había regresado en el peor de los momentos. ¿Qué habría hecho mal? Ella lo sabía, pero yo no.

—Hace tres días, señora —le mentí bajando la vista al suelo. No le estaba contestando a Fernanda, sino a doña Amelia.

Había limpiado la salita, sí, pero no como a ella le gustaba y mucho menos a fondo. Tras mi encuentro con Javier, la limpié, pero sin dedicarle el tiempo necesario.

—¿Limpiaste la vitrina? —Esta vez sí que fue la señora quien preguntó, y me dio la impresión de que crecía por momentos.

—No, señora, sólo la limpio cuando está Lola.

Lola se removió un poco y confirmó con la cabeza. Eso sí que era cierto porque ella siempre quería estar presente cuando se tocaban todos aquellos objetos tan valiosos y confirmar que yo no había hecho ningún estropicio. Esperaba que confiara en mí para poder hacerlo sola, así se lo había pedido infinidad de veces, pero allí, en aquel momento, le agradecí con el pensamiento su empeño de que las cosas salieran perfectas. Si ella no había estado, todos sabían que no se había tocado ninguno de los tesoros.

Sentí palpitar la casa a mi alrededor. Estaba tan nerviosa como el ambiente que respiraba y me pregunté qué era lo que estaba pasando porque no entendía nada.

¿Qué habría roto?

—¿Tocaste la caja de plata?

—No, señora —me defendí y la miré a los ojos, aunque de inmediato los bajé. La mirada de doña Amelia siempre me intimidó—. Nunca toco lo que no es mío y mucho menos lo que hay en su vitrina —dije, pero esta vez casi en un susurro.

Fernanda me defendió:

—Amelia, dice la verdad. Te lo repito: las he buscado y en su cuarto no están.

—Pues ya me dirás dónde han ido a parar... Ha tenido que ser alguien de la casa. —Doña Amelia arrastró las últimas palabras con rabia.

Entendí lo que estaba pasando. Habían echado en falta las arras de oro de su boda y la señora creía que era yo quien las había cogido. Un fogonazo se me metió en la cabeza como si al otro lado de las ventanas rugiera una tormenta y un rayo hubiera caído justo al lado de la mesa. En la vitrina todavía podía ver la caja de plata, estaba allí y resplandecía con los rayos blanquecinos del poco sol de diciembre que entraban por la ventana. «Debe de estar vacía», pensé. Recordé la figura de Javier, recortada por unos rayos similares, tres días antes, por la mañana. Estaba entre el escritorio y la vitrina, con las manos metidas en la maleta mientras yo lo observaba desde la escalera.

Si yo no había robado nada, y podía poner la mano en el fuego por Juana y por Lola sabiendo que no me quemaría, sólo me quedaba una alternativa. Lo supe, pero no dije nada. No les dije que él había estado en la casa, que lo había visto, que se había ido con su moto sin hablar con nadie y que me había pedido que no lo delatara ante su madre.

Callé a conciencia. Primero, porque pensé que doña Amelia no iba a creerme si se lo contaba y, segundo, porque esperaba que si era fiel a lo que él me había pedido y no le defraudaba, aunque eso me supusiera un castigo o una reprimenda, quizá me lo tendría en cuenta cuando volviera.

Pero ¿por qué se las había llevado sin consultarlo con su madre? Las palabras de doña Amelia me devolvieron a la realidad:

—Que entre las tres revuelvan hasta los cimientos, si es necesario, pero quiero que aparezcan. Si no, va a haber consecuencias.

Doña Amelia miró a Fernanda y después nos echó a Lola y a mí de la salita.

No las encontramos, como era de esperar, porque era imposible que estuvieran en la casa.

Una semana más tarde volví a atravesar la puerta de la salita con los avíos de la limpieza, dispuesta a dejarla como el manto de la Virgen, pero con la convicción, y la orden expresa de Lola, de que no debía tocar nada de lo que contenía la vitrina. La última semana se había encargado ella y nadie entró en la sala a hacer la limpieza, pero parecía que las aguas habían vuelto a su cauce y ese día me dejó reanudar mi trabajo con normalidad.

Esa misma mañana, Juana y Lola habían comentado que doña Amelia volvía a estar dormida porque, en los días que habían pasado desde lo de las arras, no había aparecido por la cocina, ni había levantado la voz en ningún momento, que ellas supieran. Pero yo intuía que la fiera que habitaba en su interior acechaba como un gato montés cazando conejos y no era cuestión de enfadarla porque no me extrañaría nada que yo fuera su siguiente presa.

Estaba resuelta a que las cosas en la casa fueran fáciles y el ambiente tranquilo. Así que por mí no iba a ser; si se trataba de trabajar duro, lo haría sin rechistar e intentando moverme invisible para todos, tal como había hecho después de mi primera pelea con Javier.

Me acerqué al escritorio, dispuesta a empezar la limpieza, pero allí estaba el libro rojo de doña Amelia, abierto, con la pluma sobre la última hoja escrita, llamándome a gritos, y sucumbí a mis impulsos. Si no hubiera sabido leer, como siempre había querido la señora, o hubiera sido más sensata, como me pedían mi madre, Juana y la abuela, no habría husmeado entre las letras y metido la nariz donde no me llamaban. Pero he de reconocer que la tentación era demasiado fuerte y la curiosidad de saber de los sentimientos de la señora me pudo. Ni supe ni quise calcular las consecuencias, y no me contuve.

Reconocí su letra picuda y el trazo azul turquesa. La había visto innumerables veces en los sobres que me mandaba enviar a la estafeta. Me acerqué a la puerta, confirmé que no había nadie, cogí el libro y leí.

Las cuartillas estaban llenas de anotaciones. Había algunas que sólo eran un puñado de palabras, pero otras ocupaban varias páginas. Las volteé de atrás adelante, intrigada, hasta que encontré una fecha subrayada al comienzo de una de las hojas. Era de hacía diez días. En ella había uno de los comentarios más largos; eran los pensamientos de doña Amelia del día siguiente al que me acusaran de la desaparición de las arras.

Para mi sorpresa, la señora no me consideraba culpable del robo. Sabía que Javier había vuelto a la casa esa mañana, y pensé que era una bruja con un sexto sentido; después lo reconsideré y comprendí que lo más lógico era que alguien hubiera visto llegar a Javier, o marcharse, y le había ido con el cuento. Tal vez había sido Pedro, cuando, por la noche, había pasado por las cuadras. Estaba segura de que no se le había pasado por alto que faltaba la moto en el cubil del fondo. Podía haber sido él como cualquier otro, pero, fuera como fuese, la noticia había llegado a sus oídos, ató cabos y llegó a la misma conclusión a la que yo había llegado.

Me pareció asombroso lo que decía cuando seguí leyendo. Esas arras no tenían ningún valor sentimental para ella, aunque sí lo tenían económico. Y lo más insólito: no le importaba demasiado el robo, le importaba el porqué y el responsable. En esas páginas reconocía que lo que más le dolía era que tenía un hijo insensato, frívolo y temerario, y que no sabía cómo ponerle remedio.

En su texto recordaba el altercado que habían tenido hacía más de un año, cuando lo detuvieron tras la timba ilegal, y lo que ella le había dicho: que no volvería a darle dinero para sus trapicheos. Después de eso lo enviaron a Oxford.

Doña Amelia reconocía que sabía de las andanzas de Javier en Madrid y que las deudas de juego estaban otra vez sobre la mesa. Ésas eran unas noticias que no habían llegado a la cocina y me sorprendí al leerlas. Ella estaba segura de que su hijo no se había atrevido a pedirle dinero, sabiendo cómo había sido su charla tras la detención. Por eso había vuelto a Terreros, sólo con la intención de llevarse las arras y revenderlas para conseguir que no se le tiraran encima los acreedores. Ella sabía que se había marchado con su moto sin dar explicaciones a nadie. «Aunque no nos lo parezca, está bien despierta», pensé.

Estaba enfrascada en la lectura y no noté su presencia hasta que fue demasiado tarde.

—¡¿Qué estás haciendo?!

Su voz fue un cuchillo rasgando las hojas del libro. Lo cerré de inmediato. Me di la vuelta asustada y me enfrenté a esos ojos que me gritaban más que sus palabras.

¿Cómo había sido tan estúpida de no cuidar mi espalda?

—Nada, señora. Sólo estoy limpiando —respondí en un murmullo.

Hubiera sido absurdo que me creyera porque era evidente que eso no era cierto. ¡Si todavía tenía el libro entre las manos! Me lo arrancó de un tirón y lo arrojó sobre la mesa. Se acercó un paso más hasta mí y me dio una bofetada que me dolió como si me hubiera dado una paliza.

—No seas majadera —me escupió a la cara—, ¿o es que te crees que soy tonta? —Se quedó callada mientras me miraba de los pies a la cabeza con la boca rígida en una mueca de repugnancia—. Sal de esta casa. ¡Ahora mismo!

Transpiraba miedo cuando me miró con esos ojos de serpiente que se prepara para el ataque, inexpresivos y fríos como dos rocas. Debería haberle pedido excusas, pero ni siquiera lo intenté. Era culpable, las dos lo sabíamos, y toda objeción hubiera sido en vano. Sólo habría hecho falta una cerilla para hacerla arder en llamas, y yo no estaba preparada para enfrentarme a eso.

—No quiero volver a verte, desvergonzada entrometida —me dijo con asco—. Despídete de trabajar a partir de ahora en ninguna casa decente.

Cuando me di la vuelta dispuesta a marcharme a mi cuarto y huir de allí, temblaba sin poder contenerme. De camino a la cocina, ya pasado el descansillo, me abordaron Lola y Juana, que se abalanzaron sobre mí.

—Pero, criatura, ¿qué ha pasado? —me preguntó Lola mientras me cogía por los brazos.

—Me ha despedido —atiné a balbucear.

Me acompañaron a mi cuarto. En ese espacio era imposible ocultar mi desaliento porque a duras penas cabíamos las tres juntas a los pies de la cama. Las paredes se me acercaron, empequeñeciendo mi habitación todavía más. Intenté tragar un buche ácido y, con los dientes apretados y pretendiendo disimular mis sollozos, empecé a empaquetar mis cuatro trapos.

—Espera aquí —me dijo Lola—, voy a buscar a doña Fernanda.

—No lo hagas —le rogué—, no podría aguantar otra reprimenda, y menos de ella.

—Venga, niña, ella sabrá qué hacer, no te preocupes. —Y salió del cuarto cerrando la puerta tras de sí.

Juana tampoco podía contener las lágrimas y se quedó sentada mirando cómo recogía mis cosas. Saqué el vestido de domingo del arcón y lo puse sobre la cama. Desolada, me di cuenta de que todas mis posesiones cabían en una sola de mis manos: una camisa limpia, dos calzones, unas enaguas, un par de medias viejas de lana, la cinta roja para el pelo y el chal blanco que Inés me regaló cuando las vendimias todavía estaban llenas de esperanza. Eso fue lo que me quedó de aquellos casi tres años que había trabajado en la Casa Grande, y la mitad ya lo llevaba conmigo cuando llegué de la de mis padres. El arcón estaba vacío, sólo quedaban un par de lapiceros y una libreta que Fernanda me dio en una de nuestras primeras clases. Lo recogí todo y lo guardé junto a la ropa, até con dos nudos el pañuelo con que lo envolví todo y me dispuse a despedirme para siempre de mi cuarto.

El llanto me nublaba la vista mientras daba una última ojeada y entonces me di cuenta de que dentro del arcón todavía quedaba una cosa. En un rincón estaba la pieza dorada con forma de estrella que robé de la cochera cuando a Javier lo enviaron a Londres. Casi la había olvidado. La cogí con disimulo intentando que Juana no se percatara y la metí entre la ropa dentro del hatillo. Me enjugué las lágrimas, me soné los mocos y me quité el uniforme que retoqué tres años antes; mísera herencia para la próxima sirvienta. Me puse mi vestido de domingo y el mantón de lana gruesa sobre los hombros y cogí el hatillo dispuesta a salir de la casa lo antes posible. Los malos tragos, mejor pasarlos rápido. Ya me despediría de Ernesto, de Inés y de Fernanda en cuanto tuviera el ánimo más fuerte.

Cuando Juana vio que lo tenía todo empaquetado y que me marchaba, me cogió del brazo y me hizo sentarme a su lado. Dejé el hatillo descansando sobre mis rodillas y empezó a hablarme.

—Doña Amelia lo sabe —me dijo.

—¿Qué sabe?

—Lo tuyo con Javier. —Noté la boca espesa—. Mi madre la oyó ayer comentarlo con doña Fernanda y hace un rato, justo antes de encontrarte en el pasillo, me lo estaba contando. Le escuchó decir a la señora que estaba segura de que entre vosotros dos había algo y que no estaba dispuesta a consentirlo.

—¿Cómo pudo saberlo?

—Pero qué ilusa eres. ¿O es que te crees que los paseos en moto os iban a salir gratis? Mira que te lo advertí.

—Nadie nos vio, estoy casi segura.

Más que convencer a Juana, estaba intentando convencerme a mí.

—Tú lo has dicho, «casi». Doña Amelia le dijo a su hermana que antes de Navidades tenías que estar fuera de la casa, y la desaparición de las arras se lo iba a poner fácil. Lo siento porque no he tenido tiempo de avisarte. Parece ser que doña Fernanda no estaba de acuerdo con la señora y por eso no te despidieron el día de la bronca por las arras. Doña Fernanda le pidió que le dejara hablar contigo, que esperara, que organizaría tu marcha y te mandaría lejos.

—Pero si no me ha dicho nada. No hemos hablado en ningún momento —le dije desesperada.

—Doña Amelia no quería que Javier y tú os encontrarais por los pasillos durante las fiestas, y lo ha conseguido. Seguro que piensa que, muerto el perro, acabada la rabia.

—Me puede echar de su casa, pero no de Terreros —repuse levantando la barbilla.

—¿Estás segura de eso?

La verdad es que no lo estaba, no estaba segura de nada y mucho menos de la fuerza que volvía a tener la señora. Ahora que había despertado, el futuro con ella era incierto, como pisar hierba nueva sin saber dónde está el sendero. Vete a saber cómo había quedado su genio tras la tragedia, aunque me estaba empezando a dar cuenta de que seguía siendo el mismo.

Salimos de la habitación, que dejó de ser mía ya despojada de mis recuerdos, y cuando puse un pie en el corredor y me dirigí al portón que da acceso a la plaza, a mis espaldas oí llegar a Inés y a Lola a la cocina. Intuí que Lola no había encontrado a Fernanda, pero sí a su sobrina. Inés se asomó a la ventana y me gritó:

—¡Manuela, espera! ¡No me dejes sola!

Me quedé helada un segundo, con el hatillo entre las manos, esperando, y ella apareció ante mí con aspecto desamparado. Me abrazó con fuerza.

—Sé que eres inocente. Tú no has robado nada —me dijo sin disimular su emoción.

—Claro que no he robado nada, pero ése no es el motivo de que tu madre me eche de la casa.

—Sé a qué te refieres. —Estaba avergonzada, abrió la boca con la intención de decir algo, pero bajó la vista y le faltaron las palabras.

Yo estaba abrumada y sorprendida. Lo nuestro debía de ser un secreto a voces y eso que Javier estaba convencido de que habíamos sido cuidadosos y nos habíamos escondido perfectamente. No pudimos ser más cándidos.

—A mí no me importa. —Se había recompuesto y me cogió las manos en señal de aliento.

Intentaba darme ánimos, pero estoy segura de que lo que me dijo a continuación era más un consejo para ella que para mí:

—Sé lo que es vivir a contracorriente de lo que desea mi madre y querer a alguien a sus espaldas. Tú que puedes, no te quedes en el pueblo. Vete a Zaragoza o, mejor, a Madrid. Entre tía Fernanda y yo te estamos buscando un buen trabajo, ella sigue teniendo amigos y muchas relaciones allí. Podrás empezar de nuevo.

—Gracias por todo, pero no os preocupéis. Me las arreglaré yo sola.

Ni quería ni podía irme. Estábamos a las puertas de las Navidades y pensé que si la noticia que tenía que darles a mis padres iba a ser un regalo envenenado, sería mucho peor que les dijera que yo también me marchaba, y nada menos que a Madrid. Eso los destrozaría, pues con la falta de Curro y de Damián ya tenían bastante.

—Si te quedas en el pueblo... ¿seguiremos viéndonos? —me preguntó expectante.

—Claro que sí. Que tu madre me eche no quiere decir que esté lejos.

Asintió suavemente, volvió a abrazarme y me pidió que me cuidara. «Eso me va a hacer falta», pensé, y cuando llegué a la plaza, conteniendo unas lágrimas que me quemaban, aspiré con fuerza y tomé el camino que me alejaba de Terreros, hacia un nuevo capítulo de mi vida.

Anduve durante un buen rato, dejando que el camino pasara a mi lado, mientras el silencio me envolvía. Esa mañana los campos de los alrededores del pueblo eran un páramo blanco y las cepas retorcidas, dormidas durante el invierno, tenían una buena capa de nieve encima que brillaba bajo los rayos de ese incierto sol de diciembre. El mundo a mi alrededor y el frío seco de esa mañana me transportaron a un limbo. Seguí dando pasos, uno detrás de otro, sin saber muy bien dónde me llevaban los pies, y en el hito del cruce de Terreros con Cariñena me detuve. Me senté en el mojón y me puse el hatillo sobre las rodillas.

«¿Y ahora qué?», me pregunté.

Al apoyar los brazos sobre el hatillo noté un bulto entre la ropa. Era la pieza. Metí una mano dentro del fardo y la saqué de su nido. Todavía conservaba su brillo dorado y recordé cuando la había encontrado en uno de aquellos estantes de la cochera. Qué tonta había sido cuando fantaseaba que era un anillo y que Javier lo guardaba para dármelo cuando regresara de Londres. Me volví a probar la pieza y, mientras me la ajustaba al dedo, una lágrima amarga me corrió por la mejilla. «Deja de torturarte, Manuela, es absurdo, no hay futuro para todo esto», me dije. Me la quité del dedo, estiré el brazo y la tiré con rabia lo más lejos que pude.

Levanté la vista y miré los dos caminos que tenía delante. Si seguía por la derecha llegaría a casa, con mis padres, con la abuela, con Juanito; tendría que enfrentarme a ellos y a los problemas que arrastraba desde el pueblo; si tomaba el camino de la izquierda, acabaría en Cariñena, estaría sola, pero dejaría atrás a Javier, a doña Amelia y a lo que representaban; no tendría que mirar a los ojos decepcionados de mi padre, ni dar explicaciones a nadie. Cualquiera de las dos decisiones era complicada; sabía que tanto la una como la otra cambiarían mi destino y lo peor de todo era que, eligiera la que eligiese, iba a causar dolor a las personas que más quería en este mundo.

Volví a mirar la ondulación blanca de los campos, los ocres y pardos apagados de las encinas desperdigadas por el cerro y el marrón oscuro de los sarmientos de aquellas viñas todavía jóvenes, herederas de la filoxera. Sentada en ese tocón helado dejé de pensar y casi sin darme cuenta, mientras mis ojos me llevaban, sonámbulos, por las sinuosas líneas del horizonte, me metí en una cueva caliente que creé en mi mente. Allí los problemas se evaporaron y sólo sentí oscuridad, paz y silencio. Era como estar muerta, todas las preocupaciones se quedaron fuera. Olvidé a la abuela, a Curro, a Damián, a doña Amelia; hasta Javier salió de mi cabeza. No notaba el frío cortante que me arañaba la cara y me atravesaba la ropa, ni tenía necesidad de decidir nada. Si pasaba el tiempo suficiente, fantaseé, igual todo se solucionaba.

Estaba en medio de aquel trance cuando oí los cascos de un caballo. Ese sonido me empujó a volver al cruce y a la piedra helada donde estaba sentada. Vi la silueta de un carro que se perfiló a unos metros tras la última curva del camino. Alguien se aproximaba.

Era Luis.

«Sólo me falta esto», pensé.

Se fue acercando hasta que llegó a mi altura. Detuvo el paso de Bruno y se paró.

—Hola, pequeña. ¿Adónde vas? —dijo, y me regaló una de sus sonrisas.

—A casa de mis padres —respondí sin apartar la vista del camino a Cariñena. Me sorprendí a mí misma, pues parecía haber tomado una decisión sin haberme dado ni cuenta—. A mi casa —me corregí al instante.

—Yo voy para Cariñena. Sube. —Estiró el brazo ofreciéndome la mano para que me subiera al pescante—. Te puedo llevar a casa, si quieres.

—Pues vas un poco perdido —contesté, volviendo al presente—, porque mi casa no pilla de paso. —No me podía creer que no conociera los caminos de Terreros—. Pero no, gracias, me apetece caminar un rato.

—Ya sé que a tu casa se va por este lado y a Cariñena, por este otro —dijo mientras señalaba los dos senderos—. Pero es igual. Sube, gorrión, que hoy hace demasiado frío para pasear cargada y no me perdonaría que te pasara nada. Tienes los labios morados y la cara pálida. Además, no tengo ninguna prisa, y si estás en el carro conmigo, no le daré tantas vueltas a la cabeza.

La verdad es que yo tampoco tenía ganas de seguir rumiando todas las ideas que me llenaban de telarañas los sentidos. Sólo con imaginar cómo podría explicarles a mis padres lo que había pasado, me ponía enferma. Me corrió un escalofrío desde la nuca hasta la rabadilla. Si él me llevaba hasta la puerta, estaría todo decidido, no habría vuelta atrás.

Lo miré. Volvió a ofrecerme la mano acompañada de su sonrisa, acepté y me subí al carro junto a él.

—¿Qué sabes de tus hermanos? —me preguntó en cuanto me acomodé a su lado.

Me abrigué con el chal hasta la nariz y él azuzó a Bruno para poner el carro en movimiento.

—Poco —tuve que reconocerle con pena—. De Curro no sabemos nada desde que se marchó, pero de Damián sí. Pisó Marruecos a mediados de octubre. Llegó bien, eso lo sabemos, pero después no hemos tenido más noticias. Imagino que nos va a costar volver a tenerlas. Mi madre, la abuela y Virtudes están desesperadas.

—No me extraña, lo peor es no saber cómo están.

Asentí porque no hacían falta las palabras.

—Y a ti, ¿cómo es que no te han sorteado en los cupos? —le pregunté al caer en la cuenta de que debía de ser de la quinta de Damián, o incluso algo más joven.

—Porque no estoy censado en ningún sitio.

Desde que había salido de la Mancha e iba con su carro por los caminos, sentía que no era de ninguna parte. No creía en las fronteras ni en los políticos ni en las guerras; sólo creía en la gente. En la buena gente. No pensaba censarse mientras colearan los problemas en Marruecos, y mientras no lo tuvieran controlado, no podrían mandarlo a la guerra.

—Piensas como Curro. ¿También eres anarquista?

Luis no respondió a mi pregunta con palabras, pero sí con una sonrisa.

—Mira, gorrión —habló al cabo—, si puedo evitar pegar un tiro absurdo y matar a hombres que, como yo, no tienen nada que ver con esa guerra, aunque sean de otras tierras o incluso de otras religiones, yo seguiré sin pertenecer a ninguna parte.

Cantó una lechuza tempranera en uno de los alcornoques que había en el campo junto al que estábamos pasando. Parecía que había dictado sentencia confirmando las palabras de Luis y aceptaba sus razones haciéndonos callar. Los dos dejamos de hablar y miramos hacia los árboles para buscarla.

—¿Por qué me has llamado «gorrión»? —dije rompiendo el silencio—. Antes, cuando he subido al carro, también me lo has dicho.

—Porque siempre me han gustado —contestó con una sonrisa encantadora—, y porque eres bonita y pequeña, además de inteligente y revoltosa, como todos los gorriones.

No sé qué me inquietó más, que me hablara en serio

o que se burlara de mí. Me puse firme en mi asiento, esbocé una sonrisa forzada y noté cómo me empezaban a arder las mejillas. Le dije, con más brusquedad de la que hubiera querido, que no era revoltosa.

—Chiquilla, ¿sólo eso me rebates? ¿Así que crees que eres inteligente y bonita? —repuso tentándome con el codo.

—Pero ¿qué dices? —le gruñí—. No sé si soy inteligente, pero lo que sí sé es que no soy tonta. Así que no me trates como a una boba.

—Ya lo creo, mujer, no tienes ni un pelo de tonta, aunque tienes un genio endemoniado. —Dio un ligero toque a las riendas para que Bruno acelerara—. Venga, muchacho, que este gorrión tiene que llegar a su nido antes de que me clave las uñas.

—¿Será posible? Tú no me conoces. Nunca he tenido mal genio —me defendí en un intento por zanjar el tema, pero él no se rindió.

—Sí que lo tienes, sí —dijo sonriendo otra vez mientras me miraba de soslayo—. Y creo que un poco ya te conozco. Se te ve en la cara lo que piensas, no lo puedes evitar. ¿Sabes que el macho gorrión persigue a la hembra y ella siempre le responde enfadada, como tú?

—Si tú lo dices...

No quería jugar a ese juego y no sabía cómo hacer para que la conversación cambiara de derroteros.

—Pues sí. Lo evita durante días, pero, pasado un tiempo, lo va tolerando hasta que le permite que la acompañe hasta el nido que ha construido.

Se notaba que estaba disfrutando haciéndome rabiar con esas bromas porque sonreía de oreja a oreja. Me estaba poniendo muy nerviosa e, incluso, empecé a pensar en bajarme del carro.

—Deja de decir tonterías —le espeté enfurruñada.

Debió de darse por aludido, pensando que yo no estaba para esos juegos, porque se calló. Dejamos pasar el camino en silencio bastante rato e intenté apartar la mirada y dirigirla a los campos por los que pasábamos. No fui consciente de que me movía, pero quizá hice algún gesto que delataba el frío que sentía, porque se inclinó hacia la caja del carro y me tendió una manta gris.

—¿Tienes frío? —me preguntó—. Tápate. No está muy limpia, pero abriga. Es para las botellas sueltas, para que no se vayan dando golpes cuando el camino se pone difícil. —Me miró con cara de disculpa.

—Gracias, estoy helada. —Desplegué la manta y era verdad, estaba llena de manchurrones—. A partir de hoy voy a tener mucho más tiempo —dije mientras me la ponía sobre la espalda—. Si quieres, puedo lavarla y quitarle todo el vino que le sobra. En pago por el trayecto, te debo el billete. —Y le sonreí por primera vez.

—No hace falta. Te prometo que a la próxima que subas a este carro estará como nueva. Ya miraré de cobrarte el boleto con algo más importante.

Volvimos a estar un rato en silencio y me concentré en los resoplidos de Bruno y el esfuerzo que hacía el animal por arrastrarnos. Sobre nuestras cabezas pasó una bandada de pájaros de alas marrones con el pecho blanco y amarillo; iban todos muy juntos y cada uno de ellos era tan pequeño como mi mano. Me quedé observándolos un segundo.

—Son pinzones reales —comentó mientras dirigía la mirada hacia ellos—. Vienen todos los años a pasar el invierno.

—¿Cómo sabes tanto de pájaros?

—Porque mi abuelo me enseñó de chico y porque, subido a este carro, solo durante tantos años, me ha dado tiempo de ver muchos y de observarlos a conciencia. Me encanta cuando vuelan a su aire, libres.

Se me había pasado el enfado y, sin saber muy bien

cómo, empezó a contarme su historia. La de él, la de su familia y la del viaje que inició desde que salió de su pueblo.

Venía de una estirpe de labradores de una de las zonas más secas de la Mancha. Eran una familia de hombres, porque su madre murió muy joven, cuando él todavía era sólo un niño, y entre su abuelo, su padre y su hermano cuidaron toda la vida de unos campos casi agotados, hasta que él se cansó de escarbar la tierra y no sacarle provecho. Cuando murió su abuelo, hacía más de seis años, escapó y se buscó el futuro con Bruno, el carro y la venta de los vinos que iba comprando por el camino. Se había prometido a sí mismo que no moriría siendo un campesino y estaba satisfecho porque lo estaba consiguiendo.

La verdad es que fue agradable pensar en algo diferente a lo que llevaba tanto rato rumiando. Luis era un buen narrador de historias y se notaba que disfrutaba; él hablaba y yo escuchaba. Su historia y sus comentarios fueron un bálsamo para los zarpazos que había recibido y, al cabo de un rato, me sorprendí sonriendo mientras me hablaba de la gente que había conocido y todo lo que había aprendido desde que había salido de casa de su padre y de su pueblo.

Cuando llegó al valle del Ebro, se dio cuenta de que ése era su sitio. Con sus comentarios, pude ver a través de sus ojos la belleza de nuestra tierra, algo que nunca me había ni planteado. Se enamoró del agua que manaba por todas partes, del verde de nuestros campos, tan diferente al amarillo reseco de los de trigo y cebada de su tierra, y de los árboles que descubrió en los márgenes del río. También me habló de las diferencias que encontró entre la gente con la que se cruzaba, mucho más abierta y alegre, en comparación con los castellanos con los que siempre había tratado.

Hasta que llegó a Terreros.

Cuando me explicó esa parte de su historia se puso serio y me dijo que desde que se paró en la fuente para darle de beber a Bruno, decidió que se quedaría un tiempo, aunque todavía no había acabado de decidir cuánto. Su voz grave era tranquila y agradable y me serenó durante lo que restaba de camino hasta que llegamos a mi casa. Bajé del carro, me despedí y me dirigí hacia el patio con el corazón otra vez encogido por la angustia de lo que tenía que explicarle a mi familia.

—Hasta la próxima, gorrión —dijo, y se despidió con una sonrisa pilla mientras hacía que Bruno diera la vuelta al carro frente a la puerta.

10

Reconciliación

25 de diciembre de 1909

—De verdad, abuela, no quiero ir.

—No digas eso porque irás de todos modos. Ya lo he hablado con tus padres largo y tendido y están de acuerdo. —Me cogió por los antebrazos con firmeza y me los retuvo un segundo para darme ánimos. Me miró directamente a los ojos y me levantó la barbilla para que la mirara sin bajarlos—. Si a él no le ha dado vergüenza aparecer ante el pueblo después de haber dormido en el cuartelillo por todos sus enredos, a ti tampoco te ha de dar si apareces por la iglesia un día como hoy. Mi nieta tiene que llevar siempre la cabeza bien alta. Si él mira hacia arriba, tú más.

Iba a ser el primer día que pisaría Terreros desde que me despidieron y, además, coincidía con la misa de Navidad en la que iba a estar todo el pueblo reunido frente a don Rafael. Era una de las misas más solemnes del año y a mí me daba pavor enfrentarme a todos ellos, pero la abuela tenía razón: si no lo encaraba, nunca saldría adelante.

—Piensa que van a estar todas las uvas en el mismo canasto —me dijo—, y es el mejor día para enfrentarte a lo que te da miedo. No voy a dejar que te escondas más tiempo.

Fue tajante, pero yo no las tenía todas conmigo. Volví a intentarlo, ya sin demasiada convicción:

—No se me ha perdido nada hoy en la iglesia.

—Y tanto que se te ha perdido. Hoy es el nacimiento de nuestro Señor y tenemos la obligación de demandar y agradecer. Tienes que rogar por tus hermanos, por su bienestar y, sobre todo, por que regresen, y eso se hace en la iglesia. —Me acarició la cara—. Por tus padres no te preocupes, ya te han perdonado.

Eso ya lo sabía, lo que me daba miedo era enfrentarme al pueblo.

Cuando llegué a la casa el mediodía que Luis me acompañó con su carro, me encontré a las mujeres de la familia junto al hogar, mientras acababan de preparar la comida. Me senté con ellas a esperar a padre y, cuando llegó, les conté todo: el problema con las arras, la lectura del diario, el enfado de doña Amelia, sus conclusiones escritas en ese libro y mi despido. Al final, sin pensarlo demasiado, me atreví a explicarles lo que tuve con Javier. No me quedaba más remedio, acabarían sabiéndolo. Si ya lo sabía tanta gente, seguro que les llegaría el chismorreo, y muy posiblemente corregido y aumentado, y entonces ya no podría controlarlo. Mejor que lo supieran de mi boca y con todos mis argumentos.

Me dejé ir ante ellos y me derramé como el agua de una jarra con la base rota. Cuando acabé de vaciarme y reaccionaron, me sentí tranquila porque me había liberado y agradecida porque, aunque no compartían conmigo lo que había pasado, me escucharon en silencio hasta que acabé de contárselo. Madre lloró por mi honor perdido y dejó de hablarme durante un tiempo, pero, tal como dijo la abuela, no había testigos, sólo Javier y yo sabíamos lo que había pasado, y por mucho que el pueblo cotilleara, si nosotros no decíamos nada, nada se sabría, aunque pudieran imaginárselo.

La abuela y, sobre todo, yo deseábamos y confiábamos en que la cosa quedara en uno de tantos bulos como corrían por Terreros, de esos que todo el mundo sabía a ciencia cierta lo que había pasado, pero que nadie tenía ni una prueba para justificarlo. Era cuestión de negarlo, zanjó la abuela, negarlo hasta el final de los días, como siempre se había hecho con ese tipo de patrañas, y a ver quién era el guapo que se enfrentaba al hijo de doña Amelia.

Yo sabía que no iba a poder ir con la cabeza alta durante mucho tiempo, igual nunca más podría hacerlo, pero eso no me importaba lo más mínimo; les dolía mucho más a mis padres, aunque ellos también se tenían que conformar. La abuela estaba segura de que no iba a haber ninguna caza de brujas si podía salpicar a uno de los hijos de la mujer más importante de la comarca.

A padre le costó una enfermedad perdonarme y volver a comportarse conmigo con la normalidad de siempre, pero como era un buen hombre y siempre fui su ojito derecho, no tuvo más remedio que enredar en una madeja los sentimientos que le dolían y guardarlos en lo más hondo de sus tripas.

Lo que fue increíble, y siempre recordaré, fue la reacción de la abuela. Sacó un genio que yo no le había conocido nunca, me sostuvo la mirada, me dio coraje para que levantara la cabeza y me dio fortaleza para que no me rindiera porque, según dijo, aunque era culpable de mi pecado, eso estaba bien claro, era por falta de experiencia y porque con esa familia nunca contábamos con armas suficientes para combatirlos.

Fue la más guerrera de todos nosotros y desde que ella y yo volvimos a compartir dormitorio, cuando estábamos a solas, no paró hasta que me vio más fuerte. Esas conversaciones que tuvimos, sentadas a los pies de su cama, a la luz de una vela o incluso muchas noches a oscuras, iluminadas por la tibieza de la luna que entraba por la ventana, me hicieron conocerla mucho mejor. Ella también había sido sirvienta de los señores desde que llegó a la casa siendo todavía una niña, y más de una vez me comentó airada que en esa familia los hombres no eran de fiar y se comportaban como unas bestias. Ella sabía perfectamente cómo se las habían gastado siempre con el servicio.

¿Qué era lo que había vivido la abuela mientras trabajaba allí y el abuelo de Javier tenía la misma edad que su nieto?

Nunca lo supe, pero me lo pude imaginar.

Así que esa noche fui a misa como me exigió la abuela y me senté en uno de los bancos del fondo con toda mi familia. Aunque no tenía demasiada gente sentada detrás de mí, sentí todos esos ojos pegados a mi nuca e imaginé los comentarios y cuchicheos que corrían por la iglesia.

Javier había vuelto, como me había prometido cuando nos despedimos en la puerta de las cuadras, aunque no había hecho ningún esfuerzo por encontrarme ni por defenderme o conseguir que su madre me devolviera mi puesto y mi reputación. Estuvo presente en la ceremonia sentado entre Inés y Fernanda en el banco de la primera fila, pero ni durante la ceremonia, ni antes, ni después me buscó, ni siquiera con la mirada.

Al cabo de muchos años, cuando todo estaba más que olvidado y enterrado, llegué a la conclusión de que era muy posible que, a partir de mi despido, los Prado de Sanchís lo pasaran mucho peor que los miembros de mi familia. Ese día acudieron a la iglesia igual que nosotros, presidieron la misa desde su lugar de honor y, sobre todo, doña Amelia mantuvo su porte orgulloso, pero a partir de esa noche casi ninguno de ellos volvió a levantar cabeza.

11

Nuevos acuerdos

27 de diciembre de 1909

Hay fechas que, sin saber por qué, se te quedan grabadas en la memoria y te resuenan toda la vida. Para mí, una de ellas es el 27 de diciembre de 1909. El día en que a mi padre se le escapó de entre los dedos la esperanza de un futuro y le dieron un golpe que le dolió más que si le hubieran clavado el puño en la boca del estómago. Pasó bastante tiempo antes de que se repusiera y que volviera a tener alegría y confianza en sí mismo.

Era lunes y, cuando todavía no había llegado el mediodía, padre regresó a la casa de improviso. Yo estaba sentada junto a la puerta del patio en uno de los bancos, aprovechando la luz para coser alguna prenda que ahora ni recuerdo. Apareció pálido y descompuesto. Me sorprendió que ni me saludara mientras se dirigía hacia la puerta sin levantar la cabeza. Apartó la cortina de cuerdas como con desgana, entró en la cocina y se sentó desmayado en una de las sillas.

Entré tras él.

—¿Qué pasa, padre? ¿No se encuentra bien?

Desmadejado junto al fuego donde cocía a borbotones lentos la olla del cocido, me miró con gesto desesperado, pero no me contestó. Me acerqué y sus ojos congestionados me confirmaron que había llorado. Posiblemente lo hizo durante todo el trayecto desde que salió del pueblo.

—Padre, ¿qué pasa? —insistí, pero siguió sin decir palabra y me temí una tragedia.

Me ahogaba esperando su respuesta.

—Ya no me quieren en la Casa Grande —me dijo mientras cerraba los ojos, impotente.

—¿Qué ha pasado? ¿Qué ha hecho?

—Nada. Ni ha pasado nada, ni he hecho nada diferente a lo de todos los días. He trabajado toda la mañana en el campo, hasta que ha llegado Pedro. Entonces me ha pedido que recogiera mis cosas, que ya no me iban a necesitar. Ni hoy ni nunca más. Ni siquiera me ha dejado pasar por la casa para pedir una explicación. Estaba deshecho cuando me ha dado la noticia, se lo he notado, pero no me ha dado más razón, sólo me ha dicho eso, que no hacía falta que volviera.

«Es por mí, sólo por mí; también soy la responsable de esto», me recriminé en silencio, angustiada.

Padre se mesó el cabello desesperado. No me extrañó que se sintiera así porque hacía unos pocos días que yo había perdido mi trabajo y, con mis dos hermanos fuera durante Dios sabe cuánto tiempo, sólo contábamos con lo suyo para mantenernos. Con las gallinas que cuidábamos y con el huerto se iba a poner muy difícil, si no imposible, sobrevivir a partir de ese momento.

Como si me hubiera leído el pensamiento, se quejó:

—¿Cómo vamos a continuar, si ni tú ni yo tenemos trabajo?

Intenté calmarle como pude, diciéndole que nos arreglaríamos, que encontraría algo donde fuera. Estaba dispuesta a remover cielo y tierra si era preciso para conseguir un empleo digno y, en cuanto lo tuviera, restregárselo a la bruja insensible de doña Amelia para que viera de lo que era capaz Manuela Giner cuando se lo proponía.

Entraron Virtudes, con Juanito apoyado en la cadera, y madre, con un par de troncos en un brazo y el cubo del pozo lleno de agua en el otro. Al ver a padre a esa hora tan temprana y en ese estado, tiró los troncos en un rincón e intentó apoyar el cubo en el suelo, aunque no lo consiguió, porque no cayó bien derecho y se derramó sobre el piso. Madre se agachó, sin importarle mojarse las faldas, y su voz sonó como un quejido, en un tono mucho más agudo que de costumbre.

—Paco, ¡¿los chicos?! ¿Qué pasa? —dijo como a medio camino entre la duda y la desesperanza.

—Que en esta casa nos está acogotando la desgracia, eso pasa —fue su respuesta.

Padre se mordió los nudillos de la mano derecha y contuvo las lágrimas. Tenía razón, porque, desde que habían colgado las listas de las levas en la puerta de la iglesia, no habíamos tenido ni un día de descanso ni un atisbo de alegría.

Y ahora eso.

Madre se puso a llorar en silencio, aturdida, pero padre le explicó de forma escueta lo que había pasado y me pareció que con sus palabras se tranquilizaba, y hasta sonreía levemente entre las lágrimas, mientras aspiraba una bocanada de aire.

Estábamos allí todas las mujeres de la casa y padre tuvo que tragarse lo poco que le quedaba de dignidad, mientras todas lo mirábamos con tristeza. Podía imaginar lo que sufría mi padre durante su explicación, porque yo sentí algo parecido cuando me despidieron y tuve que darles la noticia, pero estoy segura de que su dolor era mucho más grande que el mío. Para él, después de su familia, el trabajo en la Casa Grande era lo más importante en su vida. Siempre había sido un hombre orgulloso sabiendo que había conseguido una vida relativamente desahogada para todos nosotros y, además, tenía a gala ser uno de los trabajadores de la finca en el que más confiaban tanto Pedro como los señores. Pero, tras mi despido, había empezado a darse cuenta de que los cariños en esa familia no valían demasiado. Aunque seguía creyendo, por mucho que yo le había dicho que eso era imposible, que se les pasaría el enfado y me dejarían volver a trabajar con ellos. Suponía que al menos permitirían que trabajara en alguna de las propiedades si no transigían con que volviera a ser la criada de doña Amelia; sin embargo, con su expulsión, se dio cuenta de que lo que aspiraba para todos nosotros se había esfumado. Que a mí no me iban a readmitir en ningún puesto por insignificante que fuera, que Damián nunca volvería a la tonelería y que Curro, si regresaba alguna vez de Barcelona, no reemprendería su trabajo en los campos junto a él.

Todo eso iba a ser imposible y nosotras lo sabíamos.

Madre le separó las manos de la cara y, mirándole muy seria, le dijo:

—Paco, esto no es lo peor que nos podría haber pasado. Saldremos adelante. Ya lo verás.

Pero no parecía que él pensara lo mismo. No paró de repetirnos en un murmullo que nos había fallado, que su obligación era cuidarnos y que nos había dejado en la miseria. En silencio, dirigió la vista hacia el fuego y supe que se sentía un perdedor, un náufrago derrotado por un mar mucho más poderoso que él. Pobre, se responsabilizaba de todo lo que estaba pasando cuando, en realidad, la culpable era yo.

—No te preocupes, Paco, nos arreglaremos como sea. ¿Verdad, niñas? —dijo madre mirándonos tanto a mí como a Virtudes con una mueca que era el remedo de una sonrisa.

Virtudes asintió, sonrió triste y le dio un beso a Juanito. Yo acaricié el hombro de padre con la inútil intención de darle ánimos, y él me tomó la mano entre las suyas.

Necesitaba hacer algo, no podía dejar las cosas como estaban. Solté sus manos con suavidad y me acerqué a la puerta. Al volverme, lo vi tan derrotado, tan dolorido y tan frágil, que un coraje frío y áspero me subió desde dentro y fue la palanca que me empujó a tomar decisiones. Me enfrentaría a doña Amelia y a toda esa insensatez en la que nos estaba sumiendo, pues lo que hubiera hecho yo no tenía nada que ver con la subsistencia de mi familia.

—Ahora vuelvo —les dije mientras cogía el chal de lana del perchero que había en la entrada.

Cerré la puerta tras de mí y enfilé el camino hacia el pueblo.

Todavía me pregunto qué pretendía cuando me planté frente a la Casa Grande y llamé al picaporte. Sabía que quería hablar con doña Amelia, pero, aunque llevaba más de una hora pensando mientras caminaba por el sendero, alimentando el fuego que me ardía dentro, no tenía ni idea de lo que le podría decir y, ni mucho menos, cómo me enfrentaría a ella.

Abrió Juana. Me hizo pasar al recibidor y cerró la puerta tras de mí. Su abrazo me devolvió algo la confianza, pero cuando le pregunté por la señora, me miró extrañada.

—¿No te has enterado? La señora no va a poder atenderte, vuelve a estar postrada. Desde la mañana de Navidad no ha salido de su cuarto ni para comer. Doña Fernanda vuelve a estar a su lado en todo momento.

—Pero tengo que hablar con ella, me debe una explicación.

—No te metas en líos. Deja las cosas como están, que ahora es un mal momento.

—De eso nada. —Levanté la cabeza hacia el primer piso y con dos gritos llamé a doña Amelia—. ¡Baje!, la estoy esperando.

Entonces Juana me cogió del brazo y me sacó a la calle a rastras.

—¡Calla! No te va a atender, y no hagas que doña Fernanda tenga que venir a decirte algo.

Me miró con esos ojos que siempre me han cantado las cuarenta cuando creen que estoy metiendo la pata, y esperó, con los brazos en jarras, a que yo hablara. Pero me limité a quedarme plantada en las escaleras sin saber qué decir. Me había propuesto hablar con doña Amelia y al tener la certeza de que no podría hacerlo, no sabía cuál debía ser mi siguiente paso. Lo que tenía claro es que no quería que Fernanda se enfadara conmigo. Inés me oyó y bajó con pasos rápidos, se acercó a nosotras con gesto triste y a la vez sorprendido.

—¡Manuela! —Me abrazó ahogando un puchero—. Cuánto te he echado de menos. Ven conmigo.

Me hizo pasar dentro. Juana la miró dubitativa, pero se apartó para dejarnos paso. Inés me dirigió hacia la salita y yo no opuse resistencia.

Se me hizo raro estar con Inés, las dos sentadas en los sillones orejeros de la señora, mientras ella estaba en su cuarto y yo hablaba con su hija. Inés me atendió como si fuera una visita. Me sentí una intrusa y le pedí que fuéramos a la cocina, pero se negó.

—Ya no eres del servicio, así que te voy a atender como a cualquier amiga que viene a visitarme. Nadie me lo puede impedir. Además, mi madre no sale de su habitación desde hace tres días.

Aun así, yo no las tenía todas conmigo. La fuerza que había desplegado hacía un momento en el recibidor se me había esfumado. La salita estaba casi a oscuras, con los faldones rojos de los cortinajes totalmente corridos y un par de candiles encendidos sobre la mesa camilla y la chimenea. Un detalle nuevo. A esa hora, mientras todavía lucía un buen sol, no era corriente que estuvieran encendidos. Doña Amelia siempre nos recordaba que debíamos aprovechar las horas del día para que la habitación se atemperara y tuviera claridad y, aunque nunca le había gustado tener las cortinas totalmente abiertas, no llevaba nada bien que desperdiciáramos el aceite de quemar. Además, la sala estaba fría, no habían encendido el fuego desde hacía mucho rato, y eso era todavía más extraño. Comprendí que la señora no iba a pasar en ningún momento por allí.

—¿Cómo es posible? No sabía nada —admitió cuando le expliqué lo que le habían hecho a mi padre—. Haré lo que pueda para que se solucione. No te preocupes, hablaré con Ernesto y con tía Fernanda.

Me sentí algo aliviada por su comentario, aunque sabía que ella no podía hacer nada para enmendar nuestro problema. Si la decisión había partido de doña Amelia, en ningún caso iba a escucharla. Aun así, se lo agradecí porque me estaba demostrando que todavía le importaba.

Tomé la taza y le di un pequeño sorbo, disfrutando al imaginar la cara de doña Amelia si me hubiera visto sentada en uno de sus orejeros y, tras acabarme el café con leche, le pedí a Inés que me explicara cómo estaban los ánimos por la casa. Me miró tensa, pero empezó a contarme lo que había pasado desde que yo no estaba.

—A mi madre no sé qué le pasa —me dijo—, vuelve a estar muy enferma. Ha sido de la noche a la mañana. Tía Fernanda está todo el día a su lado y no me ha dejado entrar en la habitación ni para acompañarla, sólo he podido pasar cuando está dormida y me da la impresión que vuelven a atiborrarla de láudano. Ernesto se comporta de un modo extraño, se mueve por la casa como si fuera un alma en pena, y cuando está conmigo casi ni me habla. A Javier lo han enviado a Cuba...

—¿Cómo? ¿Por qué? —la corté a media frase.

—No sé lo que ha hecho. No me lo han querido decir, pero ha debido de ser muy gordo. No sé, Manuela, desde que te fuiste, la casa está patas arriba.

Inés se levantó del sillón y empezó a dar paseos por la salita; se acercó a la ventana, corrió un poco la cortina y miró hacia el jardín. Yo la observaba desde mi orejero.

—Qué triste está en esta época del año —comentó nostálgica.

Hizo un gesto con la cabeza, como negándose algún pensamiento que en ese momento debía de atormentarle y se acercó a la mesa de trabajo de su madre. Sobre ella había varios objetos de su uso cotidiano: la pluma de madreperla, el tintero, varios sobres y papel de carta con el membrete de la familia. Pero no estaba el libro rojo. Imaginé que doña Amelia debía de tenerlo a buen recaudo tras la experiencia que había tenido conmigo.

Desde el instante en que Inés había hablado de Javier, una íntima chispa de duda prendió y decidí preguntarle algo que, de pura vergüenza, se me quedó trabado en la lengua, pero lo tenía dentro y debía sacarlo.

—Inés, ¿te puedo preguntar una cosa?

—Claro. Dime.

—¿Sabes si Javier dejó algo para mí antes de irse? ¿Te dio algún mensaje, alguna nota?

—No, nada —dijo sorprendida—. Ni siquiera lo vi marcharse. Cuando me levanté la mañana de Navidad, ya estaba de camino a Cuba. Aquella noche, Javier y Ernesto discutieron a voz en grito y no sé qué pudo pasar para que madre lo enviara tan lejos. —Me miró un segundo y después continuó—: Estaba muy cansada y ni quise ir a la misa del gallo. Me libré porque mi madre tampoco fue. Después de cenar, me metí en mi cuarto a leer.

Por su manera de explicarme lo que Inés sabía, imaginé que no tenía noticias de lo que había pasado con las arras, pero no me sorprendió que los señores hubieran tomado una decisión tan drástica con su hijo más díscolo, porque eso había sido muy gordo, y teniendo en cuenta lo que doña Amelia sabía de nosotros y que había acabado siendo de dominio público, lo raro hubiera sido que se quedara en Terreros, o en Madrid, tan fresco. Estaba avisado desde hacía tiempo y era imposible que la reacción de sus padres le pillara por sorpresa. No era tonto y el riesgo de que lo enviaran a Cuba lo tenía que tener muy presente. Recordé las palmeras y el comentario que me había hecho hacía tanto tiempo.

La amenaza de don Sebastián se había cumplido.

Como si me hubiera leído el pensamiento, quizá como si necesitara sacar todo lo que le dolía por dentro, Inés empezó a hablar:

—Desde que te fuiste, todo ha ido de mal en peor. Ernesto y tía Fernanda parece que no viven aquí, madre enferma, Javier en Cuba, hasta Pedro está siempre taciturno desde que se perdió la *Margarita* y, con ella, toda la producción del reserva. La casa siempre está cerrada a cal y canto, como defendiéndonos de alguna enfermedad que tuviera que entrar por las ventanas. No hago más que abrir cortinas y, al volver a pasar, otra vez están cerradas. Esto no es una casa, es una prisión, y no sé cómo escapar.

Inés volvió a dar vueltas por la habitación, se acercó a la chimenea apagada y se abrazó a sí misma, parecía que tenía frío, luego se subió hasta los hombros el chal que hasta ese momento le había colgado de las muñecas y bajó la cabeza en actitud desesperada. Se volvió y me miró con desaliento.

Le pregunté qué había pasado con Javier y ella siguió hablando:

—Mi tía me dijo que esa misma madrugada, la del día de Navidad, lo habían enviado a Santander y que de allí salía un barco que iba directo a La Habana. No me despertaron y no pude ni despedirme. Fue todo tan precipitado... Tanto Ernesto como la tía me han dicho que no saben cuándo volverá, pero imagino que no tardará mucho porque todavía están todas sus cosas en su habitación.

—¿Y la moto?

—No, la moto no está, pero mira.

Se volvió hacia el escritorio y abrió uno de los cajones. Sacó la caja de madera repujada donde su madre guardaba los sellos de correos y de allí extrajo la cadena con la llave que se me había enganchado al delantal el día que Javier se llevó las arras. Me dio un vuelco el corazón.

—¿Sabes qué es esto? —me preguntó, pero sin darme tiempo a contestarle, lo hizo ella misma—: No, seguro que no. ¿Por qué habrías de saberlo? Te digo una cosa: no entiendo cómo pudo llevarse la moto y no llevarse esta llave.

Entonces me explicó lo que yo ya sabía. También se la había enseñado a ella cuando volvió para Navidades y se jactó de que sería el escudo que, aunque fuera pequeño, defendería a su moto ante cualquiera que quisiera usarla sin su permiso. Inés me dijo que al principio no lo había entendido, pero que, en cuanto se lo explicó, supo por qué la guardaba con tanto cuidado y la llevaba prendida de la chaqueta en lugar del reloj de su abuelo. Yo lo recordé todo como si tuviera a Javier delante de mí en ese momento y la cadena se me hubiera vuelto a enredar en el imperdible.

La escuché fingiendo sorpresa. ¿Para qué tenía que complicarle más las cosas y darle explicaciones innecesarias?

—Es muy extraño —continuó diciendo como pensativa—. Todavía no han empaquetado ninguna de sus cosas para enviárselas a la hacienda.

Me pareció que estaba confusa, sorprendida, incluso enfadada, todo en la misma proporción.

—Sólo te pido una cosa —le rogué—. Si tienes noticias de él, ¿me lo dirás?

—Dalo por hecho; en cuanto llegue la primera carta, te enterarás. No creo que tarde mucho en reclamar que lo traigan de vuelta. No lo veo de capataz en la finca.

Sin embargo, yo no lo tuve tan claro como ella. Allí había muchas preguntas y me propuse encontrar al menos alguna respuesta.

Mientras nos preguntábamos qué pasaría a partir de entonces, llegó Ernesto a la casa. Inés lo llamó y entró en la salita. Llevaba unas cuantas botellas de vino bajo el brazo y al verme se sorprendió tanto que casi se le cayeron. Pensé que era el momento de preguntarle por Javier e intentar que nos diera alguna razón, pero en cuanto entró por la puerta, me callé. Me sorprendió su cambio físico. No tenía buen aspecto, estaba ojeroso, pálido y hasta me pareció que caminaba encorvado como un viejo. Incluso me pregunté si él también estaría enfermo.

—¿Quién te ha dado permiso para entrar en esta casa? —me espetó.

No entendí su reacción, esperaba que se alegrara de verme.

—Pero, Ernesto —intervino Inés—, ¿por qué le hablas así a Manuela?

—Venía a hablar con tu madre —le contesté un poco amedrentada por su reacción y, tampoco recordé volver a tratarlo de usted, teniendo en cuenta que Inés estaba con nosotros.

—No tienes nada que hablar con mi madre —me dijo de malas maneras—. Vete.

—Mi padre no está bien —repliqué mirándolo fijamente, y él desvió la mirada hacia la ventana—. No entiende por qué le habéis despedido, y a eso he venido, a hablar con tu madre y pedirle explicaciones.

—No es momento de hablar... —Se quedó pensativo, esta vez concentrado en la chimenea apagada, y dejó la frase a medio terminar.

—Pero mi padre no tiene culpa de nada, tu madre ya me castigó a mí. ¿Por qué ha de pagar él por mis errores?

—¡He dicho que te vayas!

Sus puños se cerraron junto a su cuerpo y los músculos de sus brazos se tensaron. Tuvo que sentirse mal por reaccionar de ese modo pues de natural era un hombre educado. Aun así, me miró con gesto hosco y yo seguí sin encontrar una razón para lo que estaba pasando.

—Ernesto, tú no lo entiendes, no tenemos cómo sobrevivir —le imploré.

Pero él se volvió otra vez, me dio la espalda y se quedó mirando la chimenea sin responderme.

Salí de la habitación desolada. Me estaba poniendo el chal en el quicio de la puerta de entrada, dispuesta a marcharme sin despedirme de nadie, cuando Inés llegó al recibidor.

—Perdona, pero estos días no sé muy bien lo que nos pasa a todos. Ya lo ves, está fuera de sí —me dijo desconsolada—. Lleva así varios días y con el tiempo va a peor.

Me quedé sin palabras y me di la vuelta para irme, entonces Inés me cogió del brazo y me tendió un paquete que ni me había dado cuenta que llevaba entre las manos.

—Esto es para ti.

El bulto estaba envuelto con papel marrón y atado con una cuerda de pita.

Quizá me vio vacilar, porque a continuación me reveló que eran unos cuantos libros que entre ella y Fernanda habían elegido para mí.

—Pensaba mandártelos con Juana, pero ya que estás aquí... —Le dio un par de golpecitos al paquete con la mano que le quedaba libre—. Para que no te olvides, ni de leer ni de mí. —Sonrió, pero el gesto tenía más de pena que de alegría—. Son unas cuantas novelas de las que a ti te gustan, hay unas de amor y algunas de aventuras. Léelas y disfrútalas. Cuando las acabes, tráelas y te llevas unas cuantas más.

—Gracias, Inés, creo que va a pasar mucho tiempo antes de que pueda comprar ningún libro. Te los devolveré en cuanto pueda y así nos volvemos a ver.

La abracé y noté cómo esa alegría que siempre la envolvía había desaparecido. Me di cuenta de que su vida se derrumbaba, igual que le estaba pasando a la mía.

Al salir, y tras bajar las escaleras que daban a la plaza, con los libros bien sujetos contra mi pecho, me di la vuelta y observé la fachada. Reflexioné sobre lo que había hablado con Inés, y comprobé que era verdad: la casa estaba cerrada a cal y canto. No sólo lo estaban las contraventanas de la habitación de doña Amelia, sino todas las demás. Me paseé por delante con pasos lentos y comprobé que, además de las que daban a la plaza, estaban atrancadas las de los laterales, y las que no tenían postigos tenían las cortinas totalmente corridas como las de la salita. Nunca habían estado cerradas de ese modo. Durante el día siempre había alguna abierta, aunque sólo fueran las del pasillo para darle luz a la escalera.

La casa parecía un panteón e imaginé que el difunto que lo habitaba era doña Amelia.

A la mañana siguiente me levanté antes del alba y me acerqué a la estación, dispuesta a desentrañar alguno de los misterios que se cernían sobre la marcha de Javier y que no me habían dejado pegar ojo durante la noche.

A las seis pasaba el primer tren que admitía tanto mercancías como pasaje. Ése tenía que ser el que había cogido Javier para marcharse tan de madrugada a Santander hacía pocos días.

La de Terreros no era una estación demasiado importante y todavía no había trasiego de pasajeros, por lo que imaginé que si había subido o bajado alguien durante la madrugada de Navidad, no me cabía duda de que el revisor lo recordaría.

La estación estaba a oscuras y silenciosa a esas horas y hacía mucho frío. Me senté en uno de los bancos a esperar. El tren no tardó demasiado y, al entrar en el andén, con un revuelo de hojas, polvo y humo, me levanté de inmediato. Un hombre sacó la cabeza desde una de las plataformas, se sujetó la gorra de plato e imagino que miró al andén para confirmar si había algún pasajero que aguardara para subir a su tren. El hombre me miró, debió de pensar que esperaba a alguien que no bajaba. Cuando me acerqué a él, me saludó poniéndose un par de dedos junto a la gorra y, al preguntarle mis dudas, me miró extrañado y me confirmó que sí, que había trabajado el día de Navidad en esa ruta, pero que no recordaba a nadie que se pareciera a Javier y, ni mucho menos, que hubieran cargado una moto en su tren. ¿Cómo había salido Javier de Terreros? Igual sí que se había marchado con la moto, aunque se hubiera dejado la llave del candado olvidado por alguna razón que yo no podía imaginar. En ese caso era extraño que nadie en el pueblo oyera el estruendo del motor. Me quedé descorazonada al no poder obtener las respuestas que esperaba y seguí haciéndome preguntas sin encontrar respuestas.

Salí de la estación y reemprendí el camino de vuelta a casa. Empezaba a amanecer entre los campos y, mientras su luz rojiza me iba envolviendo, a mi cabeza también llegó una claridad que me hizo ver el futuro más nítido.

Era como si ese sol que salía por entre las viñas, además de templarme el cuerpo, me sosegara el alma para convencerme de que tenía que dejarlo marchar.

Si Javier se había ido de Terreros, también lo había hecho de mi vida.

Aquel invierno lo recuerdo como un páramo que nos ahogó a todos. Padre mendigaba trabajo por las haciendas de los terratenientes de la comarca durante todo el día, sin conseguir ningún fruto, y por las noches vagaba por la casa atragantado con la convicción de que había dejado de ser un hombre digno por no poder mantener a su familia, no nos llegaban noticias ni de Curro ni de Damián pero, tras mucho esfuerzo, conseguimos trabajo gracias a Fernanda, que nos ayudó a que algunas de las casas de la zona dejaran que les hiciéramos la colada.

Cada mañana salíamos a recoger los sacos con la ropa sucia de las haciendas en cuestión y los cargábamos hasta el lavadero. Lavábamos la ropa, la llevábamos a casa para tenderla en el patio, la planchábamos y después la devolvíamos a sus propietarios por unas míseras monedas. Eran jornadas eternas con las manos metidas en el agua helada, los dedos llenos de sabañones y la espalda dolorida de tanto abocarnos sobre la tabla, pero nos sirvieron, al menos, para conseguir un sueldo.

Un mediodía de principios de marzo de 1910, cuando ya habíamos acabado de aclarar la colada y madre ya hacía rato que se había ido a casa con Juanito a preparar la comida, Virtudes y yo cargábamos con los cestos dispuestas a llegar lo antes posible a casa y tenderla mientras luciera el poco sol que hacía a esas horas. Por el camino nos alcanzó Luis con su carro. Se ofreció a llevarnos a nosotras y a los cestos y no lo pensamos demasiado.

Los colocamos, todavía chorreantes, en la caja del carro y subimos al pescante.

—Vaya día más malo para tener las manos metidas en el agua —comentó Luis mirándonoslas.

Yo las escondí entre la lana de mi chal, avergonzada, porque las tenía rojas y agrietadas, pero Virtudes las levantó y se las enseñó; hasta parecía orgullosa de ellas.

—Pues sí, mire cómo las tenemos —le dijo—. Este oficio no es de señoritas, no.

—¿Cómo está tu padre? —me preguntó Luis directamente.

—Buscando trabajo cada día. Pero no encuentra nada. Hasta que no llegue la temporada en los campos no hay trabajo para nadie.

—Pues yo venía a vuestra casa porque me gustaría hablar con él. Igual tengo algo que le puede interesar.

—Le va a convenir cualquier cosa que le reporte un sueldo —repuse—. Aunque no es sólo por el dinero, que nos hace mucha falta, es sobre todo por su amor propio. Necesita volver a sentirse un hombre de provecho.

Los dos llevaban mucho rato fuera, caminando por los campos de detrás de la casa y por la era. Cuando regresaron, tanto el uno como el otro iban sonriendo y haciendo bromas.

—Quédate a comer, muchacho —le pidió madre desde la cocina—. Tengo preparadas unas migas.

—No, señora, muchas gracias. Ya me gustaría, pero hoy no puedo. He quedado en recoger unas maderas en la Casa Grande a primera hora de la tarde. Estas últimas semanas los Prado de Sanchís van muy liados y no creo que a Ernesto le haga gracia que no me lleve la carga. Si quiere, quedamos otro día y traeré unos vinos. ¿Le parece bien, Paco?

—Claro que sí, hijo. —Padre le dio la mano, orgulloso, y asintió—. Me parece bien si a ti te lo parece.

—Entonces ¿te esperamos el domingo? —le propuso madre mientras se acercaba a ellos limpiándose las manos húmedas con el delantal.

—Quedamos —confirmó Luis, acercándose a la puerta mientras me miraba—. El domingo lo celebramos.

Después de que Luis saliera con su carro y se perdiera en la primera vuelta del camino a Terreros, padre se volvió hacia nosotras con la cara iluminada por una sonrisa.

—Este muchacho vale un tesoro —nos dijo, y volvió a dirigir la mirada hacia el camino que ya estaba desierto.

—¿Qué le ha propuesto, padre? —le pregunté.

—Que trabaje para él. Tiene muchos clientes fuera de Terreros y no puede con todo. Se acaba de comprar otro mulo y un carro más grande y me ha pedido que los lleve para hacer los repartos, porque él no da abasto. No es demasiado sueldo, al menos hasta que lo tenga todo pagado, pero eso no me importa. —Cogió a madre por la cintura y la hizo dar un par de vueltas con él—. Mujer, vuelvo a tener trabajo.

Llegó el domingo. Madre, la abuela y Virtudes ya hacía mucho rato que tenían la comida lista y la casa brillando como los chorros del oro, de modo que no hacían más que revolotear confirmando que todo estuviera en orden. Hasta a Juanito lo tenían a punto con la cara lavada y las manos limpias. Pobre crío, en cuanto se ensució con un trozo de galleta que había pillado por alguna parte, y mientras empezaba a comérsela con deleite, Virtudes lo cogió por banda, chupó la punta de su delantal y le limpió la comisura de los labios a conciencia, mientras el crío se quejaba y reclamaba.

Las tres llevaban desde primera hora atosigándome. Me pedían que me arreglara, que me recogiera el pelo de una manera diferente o que me pusiera otro delantal porque el que llevaba era demasiado viejo. Me estaban sacando de quicio mientras alababan todas las virtudes que engalanaban a Luis, hasta que me harté. Me fui hacia el estante donde guardaba mis libros, cogí el que tenía empezado, salí al patio de atrás y me senté en el banco de la tapia. Apoyada allí, sobre la pared helada, intenté olvidarme un rato de ellas.

La mañana fue pasando. Era una de esas de final del invierno que me empujaba a estar un rato como las lagartijas, sola, tomando el sol y descansando bien abrigada. Siempre me ha encantado disfrutar del frío cortante en la cara y si no hubiera sido por las tres madres de mi casa, esa mañana hubiera sido perfecta. En algún momento hasta me pareció que ya había llegado la primavera, y aunque el cierzo corría helado por los campos de alrededor, en el rincón donde me había escondido para escapar del zafarrancho estaba bien resguardada y ni notaba el viento que soplaba, tampoco el bullicio de dentro.

Llevaba varios días con *Jane Eyre* en cuanto tenía cinco minutos libres y estaba disfrutando con cada uno de los capítulos. Era uno de los del paquete que me había dejado Inés el día que intenté hablar con su madre, y, por el momento, el que más me estaba gustando. Como casi siempre que me enamora una novela, me llevó a olvidar todo lo que me envolvía, y estaba tan enfrascada en el pasaje, parapetada tras la lectura, que no escuché ni con quién hablaba padre en el comedor ni lo que decían; oía voces lejanas y no presté demasiada atención.

Cuando acabé el capítulo, dejé el libro en mi regazo y cerré los ojos disfrutando del sol en la cara y de la quietud que se hizo por un segundo cuando el cierzo dejó de azotar. El pensamiento empezó a dar saltos dentro de mi cabeza, de los problemas de Jane pasé a los míos y luego de éstos a los de padre y a los de toda la familia. Le estaba dando vueltas a lo que podía representar que Luis le hubiera ofrecido trabajo a padre y, en ese momento, noté cómo el frío de mi cara y de mis manos se extendía por todo mi cuerpo hasta cristalizar en mi espalda. A veces me pasa, cuando estoy distraída y alguien me mira, noto como un cosquilleo. En ese momento lo estaba haciendo Luis. Me miraba. Estaba segura. Abrí los ojos y él estaba allí, en el comedor junto a mis padres, observándome desde la ventana. Me puse tensa y volví a abrir el libro por una página al azar, intentando disimular mi desconcierto. Pero él se acercó a la puerta y se quedó parado en el quicio, muy cerca de donde yo me sentaba.

—Mi reino por saber en qué pensabas —me dijo alzando los hombros y ladeando la cabeza con un gesto de timidez.

—Sólo disfrutaba del sol —contesté, y volví a cerrar los ojos—. Hace un día precioso.

—Parecías preocupada.

Separé la espalda del muro y me concentré en mis manos y en el libro.

—Pensaba en mi padre, en Damián, en Curro y en lo que nos ha pasado —confesé—. Me pregunto si algún día acabarán nuestros problemas.

—No cargues tú sola con esto. Me gustaría ayudarte. Si he podido hacerlo con tu padre, igual me dejas que también te eche una mano a ti.

—¿Ah, sí? —repuse intentando subrayar la pregunta—. ¿Me vas a dar trabajo? Gracias. Lo pensaré.

Se apoyó en la puerta abierta, cargó todo su peso en una de sus piernas y resopló con una media sonrisa.

—Entonces ¿seguirás pensando en tu padre o pensarás en mí? —me preguntó con zalamería.

Fui consciente de que para él no era una broma lo que me estaba diciendo y que su interés por mí era mayor del que me imaginé días atrás, pero al principio sólo quería flirtear un poco y jugar a ese juego que me estaba ofreciendo sin valorar más allá de mis palabras. Entorné los ojos, modulando la voz con la misma zalamería que él acababa de usar, y con una media sonrisa, le dije al fin:

—Puede que en los dos.

Estoy segura de que no esperaba que le contestara así, más bien al contrario, debía de pensar que volvería a soltarle cualquier inconveniencia, pero empecé un juego que, para mi sorpresa, me hizo sentir bien.

Él reflexionó un segundo y asintió despacio.

—Me gusta tu respuesta. ¿En los dos? —Y luego recalcó—: ¿En tu padre y en mí? —Cruzó los brazos y se irguió, volviendo a cambiar el peso a la otra pierna.

Igual, si no le hubiera dado alas en ese momento, habría desistido de seguir luchando, o igual habría insistido durante toda la vida aunque yo lo hubiera seguido desdeñando. Vete a saber. La verdad es que ahora que lo pienso, conociéndolo como lo conocí después, sé que no habría abandonado nunca hasta que hubiera tenido la certeza de que no podía ganar esa batalla de ningún modo.

Toda mi vida he intentado no ser una mujer frívola, pero esa vez lo fui y, además, disfruté. Hasta imaginé en algún momento que quizá podíamos tener un futuro juntos. Pensé en nuestra última conversación, cuando me llevó en su carro hasta casa la mañana en que me despidieron, en lo seca que fui, en lo mucho que él se interesó por mi problema y en todo lo que me dijo mientras intentaba apaciguar mi ánimo, cosa que consiguió. Sentada en la tapia, con el libro dormido en mi regazo y con el sol dándome en la cara, pensé que era agradable que alguien se fijara en mí para variar; alguien que le interesara más allá de las pretensiones que había tenido Javier. Alguien que me quisiera sólo por ser yo.

—Ahora que eres el propietario de dos carros y dos caballos, igual me atrae más tu compañía —le dije mirándole directamente a los ojos y con mi sonrisa más burlona.

Él respondió a mi mirada con una entre indecisa y orgullosa.

—Voy a tener un negocio próspero y daré trabajo a todo el que pueda.

Hablaba muy en serio, pero yo estaba juguetona, con ganas de divertirme y contenta por el futuro inmediato de mi padre. Todavía me pregunto por qué pretendía atraparlo y dejarlo ir como un gato que le da esperanzas a un ratón, pero eso fue lo que hice.

—Rico y guapo, se te van a rifar las chicas de Terreros.

—Sólo quiero que una se fije en mí —contestó, y en dos pasos se acercó al banco donde seguía sentada.

Igual le hubiera dejado acercarse del todo hasta mí, pero madre me salvó. Me había perdido en un bosque del que no habría sabido salir, así que agradecí sus gritos llamándonos para que entráramos.

El potaje estaba listo en el centro de la mesa. Padre se sentó en su sitio, en la cabecera, con Luis a su derecha, y madre me hizo sentar en la silla que quedaba justo al lado de nuestro invitado. Primero le sirvió a padre, me pasó el plato para que se lo diera y el aroma a laurel fue tan intenso cuando pasó por delante de mi nariz, que hizo que casi sintiera los garbanzos y los trozos de chorizo deshaciéndose en mi boca mientras aspiraba.

Tenía hambre y no me había dado cuenta.

—¿Pudiste recoger la carga de la Casa Grande a tiempo la otra tarde? —le preguntó madre a Luis mientras llenaba su plato.

—Sí, me llevé las duelas de una cuba enorme que se malogró en Navidades.

—¿Qué cuba? —quiso saber padre.

Luis cogió el plato de las manos de madre y se volvió para contestarle:

—La noche de Navidad se perdió una de cerca de cuarenta mil litros de vino, la cuba más grande de la bodega me dijeron.

Mi padre dejó la cuchara en la mesa y miró a Luis extrañado.

En ese momento algo me vino a la memoria.

—Sí —intervine—. Algo de eso me dijo Inés el último día que fui a la casa. Habló de algún problema en la bodega. Habló de que la *Margarita* se había perdido, pero no recuerdo que me dijera mucho más.

Padre se puso tenso.

—Entonces, fue la *Margarita* —dijo, y volvió a mirar a Luis. Se aclaró la voz, como si con eso también se aclarara las ideas, y añadió bajando el tono—: En ella se guarda el mejor mosto. ¿Y dices que se destruyó? ¿Qué pasó?

Luis miró a padre con una sonrisa que no pude descifrar, pero tras su comentario supe el porqué.

—Qué curioso. Esa cuba se llama igual que mi madre —calló un segundo y acabó la frase—, que en gloria esté. —Tras ese comentario fuimos nosotros los que nos quedamos callados, pero un segundo después, Luis esbozó una ligera sonrisa y continuó hablando—: Ernesto no me dijo lo que había pasado. Sólo me pidió que me llevara las duelas, pero como no me cabían todas en el carro, le dije que volvería otro día, en cuanto tuviera el nuevo, que es mucho más grande —nos aclaró, y siguió con el relato—: Pero él me insistió y al final me convenció. También me pidió que, si podía, las quemara en cualquier parte, y que no quería volver a verlas jamás. Tuve que hacer varios viajes para llevármelas.

—Es una desgracia —intervino padre—. La *Margarita* era la cuba más importante de la casa. Mañana bajaré al pueblo, me acercaré a la tasca y procuraré enterarme de lo que pasó.

Madre lo miró con cara de reprobación, pero no le dijo nada.

—No te preocupes, mujer, sólo preguntaré por el problema. Ha debido de ser muy serio, una cuba no se arruina de un día para otro y alguien sabrá qué fue lo que ocurrió. No voy a montar ningún lío —cogió de nuevo la cuchara—, ahora ya vuelvo a tener trabajo —añadió, y le dio una palmadita a Luis en el brazo.

Tras la comida, madre y la abuela recogieron los platos de la cocina, Virtudes puso a Juanito a dormir la siesta y padre me pidió que les sirviera un vino dulce. Luis y él se sentaron junto al fuego mientras yo les llevaba los vasos. Luis me siguió con la mirada mientras escanciaba y le ofrecía el suyo. Me di la vuelta intentando no sentir sus ojos clavados en mi espalda y los dejé a solas con su conversación. Desde la cocina los oímos un buen rato hablando del trabajo que empezarían en una semana y haciendo bromas. Sonreí satisfecha al notar a mi padre tan contento.

Después de acabar con los platos volví al comedor, cogí mi libro del estante y me senté en un rincón, algo apartada del fuego, entre la abuela y mi madre. Tiré del cordón rojo que señalaba la página donde me había quedado y leí durante un buen rato. La abuela estaba tranquila dando cabezadas en la mecedora, pero cada vez que levantaba la vista del libro veía cómo madre no le quitaba el ojo de encima a Luis y seguía su charla con padre. De vez en cuando notaba que él volvía la cabeza levemente a donde me encontraba. Yo intentaba disimular con la lectura, pero cada vez me era más difícil concentrarme y desentenderme de lo que pasaba fuera del libro.

Debían de ser alrededor de las cinco, pues el sol empezaba a bajar en el horizonte y ya casi ni veía las letras, cuando me acerqué al fuego, saqué de la lumbre una rama con la punta ardiendo y fui hasta los estantes para encender las lámparas de aceite. Volví a coger el libro y me senté en mi silla, pero en ese momento Luis se levantó.

—Voy a tener que irme. Muchas gracias por la comida.

Nos levantamos todos para acompañarle a la puerta. Le dio la mano a padre y él le respondió con un par de golpes afectuosos en el hombro. Cuando Luis se estaba poniendo la chaqueta y ya tenía un pie fuera de la casa, madre cogió a padre del brazo y lo metió para dentro.

—Deja al muchacho despedirse de Manuela —escuché que le decía al oído mientras padre ponía cara de asombro.

Luego me tendió el chal que tenía en el perchero junto a la puerta.

—Toma, Manuela, que empieza a hacer frío.

Y me puso la mano en la espalda para que diera un par de pasos y saliera al patio delantero. Me reí para mis adentros pensando en la treta tan burda que había urdido para que Luis y yo nos quedáramos solos. No sé si era una ingenua y esperaba que, durante esa visita, me hubiera prendado de los encantos que llevaban cacareando todo el día las tres cluecas de mi casa, o que, en realidad, se había dado cuenta de que era él el que hacía tiempo que estaba interesado en mí y lo estaba provocando para que me confesara sus intenciones. No sé muy bien lo que esperaba, pero lo que estaba claro era que se sentía una Celestina muy competente, porque me sonrió mientras me hacía salir al patio de esa manera tan absurda.

Luis también se dio cuenta, porque me sonrió con gesto cómplice, ladeó la cabeza y encogió los hombros como pidiéndome paciencia. Le hice un gesto de solidaridad y, antes de cruzar la puerta del todo, me comentó en un susurro:

—Sé dónde está el carro, no te preocupes, lo he dejado yo mismo bajo el techado. Hace frío, no es necesario que salgas si no quieres.

—No importa —contesté también en voz baja—, te acompaño. Si no salgo contigo hasta el camino, es capaz de hacerme dormir esta noche en el corral con las gallinas —dije apuntando con la barbilla a mi madre.

Una vez estuvimos fuera, mientras Luis ataba los correajes de Bruno, se volvió hacia mí.

—Mientras hablaba con tu padre te he estado observando cuando leías —me comentó dándole un par de golpes suaves en las ancas al percherón.

—¿Ah, sí? —Yo intentaba bromear, pero él hablaba en serio.

—Igual no te das cuenta —estaba algo azorado—, pero, cuando lees, ladeas la cabeza como si escucharas a alguien hacerte confidencias. Debe de ser muy interesante. —Miró el libro que yo todavía llevaba en las manos. Vaciló un segundo como buscando alguna palabra adecuada—. Perdona, no quería molestarte.

Quizá había hecho algún mal gesto o esperaba que yo volviera a las andadas con mis contestaciones, pero yo no tenía intención de comportarme mal con él.

—Descuida, no me molestas —le aclaré—. Aunque no sé si me gusta que me observen a hurtadillas. —Y para cambiar de tema, le pregunté levantando el libro—: ¿Sabes leer?

—Sí, aprendí de chico —respondió, y me cogió con suavidad de las manos—. En mi pueblo había una escuela y fui algunos años junto con mi hermano, pero hace mucho que no leo un libro tan grande como éste.

—La cuestión no es si es más grande o más pequeño —repuse mientras lo abría por una de sus páginas—. La cuestión es si es interesante o no, y éste lo es. Mucho.

—Hace tiempo sí leía, pero ahora con tanto trabajo... A veces le echo una ojeada a algún diario, pero sólo los titulares. No me da para más —me reconoció—. Prefiero hablar con la gente. Que me expliquen historias, o sus vidas; eso siempre me ha atraído más. —Se aclaró la garganta y me dijo algo confuso—: ¿Te importa si hablamos un momento?

—Ah, pero ¿no es lo que estamos haciendo? —Y entonces sí que se puso rojo hasta las orejas.

—De cosas más serias. Podemos dar una vuelta por fuera de la casa —me propuso—. Todavía queda un poco de luz. Me gustaría decirte algo sin que nos oigan dentro.

Me estaba temiendo que mi juego de antes de la comida me iba a traer algún problema, y que mi madre hubiera abonado el terreno, haciéndome salir, todavía me daba más miedo, pero no tenía alternativa y empecé a caminar hacia la era.

—Vamos —dije con reservas mientras me abrigaba con el chal porque empezaba a notar la humedad que caía como una losa.

Después de dar los primeros pasos, volví la cara hacia la puerta y vi a madre y a Virtudes observándonos desde la ventana. Las muy brujas cuchicheaban y sonreían. Seguro que Luis también las había visto. Se tocó el pelo y se estiró los faldones de la chaqueta, sin decir una palabra, mientras caminábamos. Pensé que, si no empezaba yo, él no iba a hablar nunca.

—Y bien, tú dirás. ¿Tienes algún trabajo para mí? —aventuré irónica.

—Verás —empezó, y luego soltó un suspiro que hasta me hizo gracia. El pobre lo estaba pasando mal y se le notaba—. Me preguntaba... —Pero ahí se quedó, sin acabar la frase.

—Sí, dime. ¿Qué te preguntabas?

Inspiró y aguantó la respiración un segundo.

—¿Qué hace falta para conquistarte? ¿Cómo puedo entrar en tu cabeza? Tienes que saber que me gustas, creo que te lo he dejado muy claro desde hace tiempo. Hoy me ha parecido que no te molestaba —lo soltó todo de un tirón y mirándome como un niño suplicando una golosina—. ¿Tú sientes algo por mí? —A continuación dio otro resoplido, como si hiciera un buen rato que aguantaba el aire dentro.

Me sentí rara, preocupada y orgullosa a la vez, y lo peor de todo era que no sabía qué contestarle. He de reconocer que no me había sorprendido escuchar de su boca que le gustaba, porque en realidad eso ya lo sabía, pero no esperaba que quisiera nada conmigo después del escándalo de las Navidades. Sabía que todo el pueblo hablaba. Se decían muchas barbaridades que, además, aunque yo las negara, casi todas eran ciertas.

Luis me pidió que le contestara y todavía no sé por qué lo hice así.

—Si supieras la verdad, igual no querrías nada de mí. Estoy segura de que no me perdonarías nunca.

Y cuando intenté proseguir, él me hizo callar.

—Nunca es demasiado tiempo. —Me miró atento—. Sé lo que necesito saber y con eso me basta.

—¿Y qué sabes? —pregunté levantando la barbilla, retándole.

—Que eres alguien muy importante para mí. —Su respuesta me sorprendió.

—No me refiero a eso y tú lo sabes.

—Pues a mí no me importa lo demás —me dijo tajante, sin dejar de mirarme.

—Te debería importar porque es verdad lo que se dice. —«Ya está —pensé—, ya lo he dicho.» Es curioso, pero, aunque parezca mentira, me sentí liberada al sacar de dentro aquel peso que me amordazaba—. Yo lo amaba —continué—, y antes de que se fuera a Cuba le dejé que se metiera en mi cama.

—Te he dicho que no me importa —insistió, y tomó

mis manos en las suyas—. Yo también tengo un pasado. También he metido a muchas mujeres en mi cama. ¿O te crees que soy un mojigato?

—Pero tú eres un hombre, es distinto.

Me solté sin brusquedad y me di la vuelta avergonzada, arrepentida de mi reacción. Pero a él no parecía importarle, y yo no entendía nada.

—Claro que soy un hombre y tú una mujer. Pero no somos distintos.

—Aun así, sabiendo lo que te he dicho. ¿Te sigo interesando? —Estaba alterada—. ¿Así piensan los anarquistas?

—No te negaré que hubiera preferido otra cosa, pero la vida no se elige, llega como llega.

—¿Estás seguro? —le pregunté subiendo el tono—. Hay muchas más chicas en Terreros, mucho mejores que yo. ¿Sigues queriendo algo conmigo?

No contestó nada y yo le habría dado un par de golpes en el pecho porque estaba exasperada, esperando una respuesta. Me daba la sensación de que no sabía lo que me estaba diciendo, o bien que se reía de mí. Así que insistí:

—Es una pregunta sencilla. Sólo necesito que me digas sí o no.

Me miró a los ojos y asintió.

—¿Por qué sabes que me quieres? —le planteé en un susurro, aunque el cuerpo me pedía gritárselo—. ¿Cómo lo sabes? Igual sólo soy un capricho pasajero. No sería la primera vez —añadí con un suspiro que me fue rebotando dentro del cuerpo hasta llegarme al cerebro.

Me di cuenta de que todavía estaba dolorida y que me daba pavor que me pasara lo mismo otra vez, pero él me cogió de los brazos y me sujetó. Yo no hice nada por soltarme.

—Debería explicarte. Tú no sabes nada. —Estaba dispuesta a contarle lo que tanto me avergonzaba—.

Porque hay habladurías y a lo mejor tienes derecho a saber qué pasó de verdad antes de decirme nada.

—Ni tienes por qué decírmelo, ni tengo ningún derecho a saberlo. No me perteneces, tampoco lo pretendo. El pasado es pasado y, si no ha de volver, más vale no desenterrarlo.

No sabía qué pensar después de sus palabras. En algún momento me sonaron como las de Fernanda cuando reclamaba que las mujeres debían ser iguales que los hombres. ¿Podía pensar eso un hombre? ¿Podía pensarlo Luis? Igual, además de anarquista, era librepensador, como ella.

Luis se me acercó más y continuó hablando:

—No hay nada que puedas decirme que haga que deje de quererte. Nada. Me gustaste desde el primer momento en que te vi. —Entornó los ojos como recordando, y sonrió—. Hecha una gata montesa enfurecida en la fuente, ¿lo recuerdas? Esperaba para darle de beber a Bruno. —Yo asentí—. Pero empecé a quererte el día del accidente de Damián, cuando me demostraste que eres una mujer fuerte; después, al llorar en el corredor, me confirmaste que tenías sentimientos dentro. Ahora todavía te quiero más porque no te arrugas por nada, ni siquiera ante doña Amelia y su familia, y porque vas con la verdad por delante.

Entonces me abrazó.

Por la noche, mientras la abuela y yo estábamos en el cuarto, me metí en su cama buscando su calor. Había sido una tarde intensa y, en días como ésos, encontraba refugio entre sus brazos antes de que apagáramos las velas. Me acerqué hacia ella y mientras me acariciaba el pelo y me iba deshaciendo el moño con todo el cuidado que podían sus dedos deformados, me preguntó:

—¿Qué has hablado con el muchacho? ¿Ya te ha pedido relaciones?

—Me ha dicho que me quiere.

—Es inteligente y me está demostrando que se viste por los pies. —Me hizo volver la cara hacia ella, levantar la barbilla y mirarla—. No lo dejes escapar, ¿me oyes? Sé lista y aprovecha. Con él puedes tener un futuro y hasta ser feliz.

—Es un buen chico, pero no le quiero.

—Lo querrás si te lo propones. Estoy segura de que es fácil quererle. Tú lo has dicho, es un buen hombre.

—Necesito tiempo para olvidar todo lo que me ha pasado.

—Verás, cariño, el tiempo sólo cura los jamones. —Sonreí con ese comentario—. Eso que tú sientes por el señorito Javier no es amor. El amor ha de hacerte feliz y con él no lo has sido nunca. —Iba a decirle que sí, que lo había sido, pero me hizo callar—. No, cariño, no esperes más, porque ese malcriado no te merece. Además, no le importas lo más mínimo porque, si te quisiera, aunque sólo fuera un poco, te habría defendido, habría estado a tu lado; pero ya ves, ha dado la callada por respuesta y ha desaparecido como un cobarde. Si no miras hacia delante, te quedarás atrás.

—Lo sé y lo entiendo, tengo que acabar con esto, pero Luis es sólo un amigo.

—Puede ser suficiente. Muchas parejas han empezado con mucho menos. —Pensé en ellos, en los abuelos. Cuando eran jóvenes, sus señores los habían casado como si fueran ganado, pero les había ido bien y yo los recordaba queriéndose y respetándose—. Piénsalo —me dijo—. Una bellota acaba siendo una encina y, a veces, lo que llevas buscando toda la vida resulta que ha estado a tu lado siempre.

Hay quien dice que todo está escrito, que no tenemos poder en nuestro destino y que nuestra vida está ligada a gentes y a lugares por encima de nuestro entendimiento. Quizá sea verdad y somos parte de un orden de cosas ya establecido por algo o por alguien que está muy por encima de nosotros. Aunque no creo en Dios, puede que sí crea en el destino o en la providencia, y que sean ellos los que nos muevan como marionetas colgando de un hilo. La verdad es que ahora no me importa demasiado si eso es cierto, pero entonces me hubiera ido bastante bien pensarlo. En aquel tiempo yo no lo sabía, pero mi camino estaba frente a mí, aunque todavía no lo valorara ni creyera siquiera en él.

26 de julio de 1936
Las cinco de la madrugada

—Manuela, despierta. —Juana me sobresalta cuando me toca el hombro—. ¿Cómo te encuentras? —me pregunta acercándome la cara al oído.

Suenan las cinco en el campanario y la cadencia sigue suspendida en el aire mientras me despejo.

¿En qué momento me he quedado traspuesta? Ni lo recuerdo.

Una imagen me viene a la cabeza y lo llena todo: los chicos.

—¿Todo bien? —le replico mientras mi espalda se pone rígida y noto los hombros tensos—. ¿Cómo les ha ido? ¿Han tenido algún problema? ¿Y el azúcar? —Me restriego los ojos con el dorso de la mano en un intento de aclararme un poco—. Me he dormido.

—Ya lo veo, pero tranquila —me dice con voz y gestos suaves para que me serene—, por ahora todo va bien.

Estoy dolorida por la mala postura, el calor es sofocante y la ropa se me pega al cuerpo. Me incorporo y me espabilo del todo. La cabeza. Me la toco con las dos manos, la hago balancearse alrededor de mi cuello y me deshago el moño que todavía me aprieta; parece que ya no me duele tanto.

—Ya han hecho dos viajes y más de la mitad de los sacos están en la bodega. Eso no me preocupa.

—¿Y Rita? ¿Sigue enfadada?

—Está en su habitación, no creo que haya oído nada. Debe de estar durmiendo.

Me sorprende ese comentario. Pasa algo. Antes de que se lo pregunte, me señala la ventana. Los portalones están abiertos, pero cubiertos por las cortinas. Me levanto y me acerco. Respiro, necesito despejarme, pero no entra ni una brizna de aire. Cuando intento descorrer uno de los faldones, Juana se altera e intenta apartarme.

—No abras —dice—. Mira a través del visillo.

La plaza todavía está llena de hombres, pero es extraño, hay como una calma tensa, como si todos los que están abajo estuvieran esperando. Han puesto los coches en fila, los unos junto a los otros, a unos metros de la puerta de la iglesia, y están parapetados tras ellos. No veo que lleven armas; igual no son peligrosos, pero las hogueras que arden en las cuatro esquinas de la plaza los iluminan como si fueran fantasmas.

Un mal presagio me recorre de arriba abajo la espalda.

Frente al muro principal de la iglesia han amontonado leña, pero está apagada. La pila es alta y tapa la puerta. Uno de los hombres se separa del grupo más compacto, se cala una gorra negra y roja de miliciano y se acerca a la fachada. Parece el cabecilla. Le pasan una antorcha encendida y la acerca a la leña con intención de prenderla, pero se detiene en el último momento. Sólo ha hecho el amago, es una amenaza. Mira hacia una de las ventanas de la rectoría, la única que tiene la luz encendida, y grita llamando al padre Ventura. Le exige que aparezca, que, si no, la enciende. Se acaba el silencio: desde detrás de los coches, los hombres gritan y se dan golpes en el pecho.

Están tentando al cura. No entiendo lo que dicen, se confunden sus voces con el eco que devuelve la fachada, pero seguro que son barbaridades para que salga.

Cojo la cortina con las dos manos, pero Juana intenta detenerme.

—Déjame, quiero escuchar lo que dicen. Si no salgo al balconcito, no sé lo que gritan.

Ella está asustada, no quiere que me mueva. Me revuelvo y se aparta, pero no salgo. Sólo abro un poco los visillos y entorno la puerta. Miro hacia la plaza. Ahora sí que oigo lo que gritan.

—¿Por qué no me has avisado? —le reprocho—. Diego me ha pedido que vigilara; yo durmiendo y los chicos en la carretera. ¿Y qué quieren esos de don Ventura?

—¡¿Pues no los oyes?! ¡Que salga!

La miro y se da cuenta de que eso ya lo sé. Que lo que necesito es que me precise qué es lo que está pasando.

—Son sindicalistas —añade—. Llevan horas colgando carteles por todo el pueblo. Deben de estar preparando el terreno a los de la Columna Durruti que viene desde Barcelona. Ayer lo dijeron en el parte de la noche y también lo leí en *El Heraldo*. Ya han pasado Fraga y se acercan a Zaragoza.

Me comenta que en la plaza del Fuerte ha habido un encontronazo hace menos de una hora entre unos milicianos que andaban con los carteles y un par de requetés que debían de quedar de la escaramuza de ayer. Los requetés han intentado escapar de los que los perseguían, pero se han encontrado entre la espada y la pared y han acabado refugiados en la iglesia. Han entrado por la puerta de atrás, la de las monjas, y don Ventura les ha dado cobijo. Los hombres de la plaza se han venido arriba cuando se han enterado y reclaman al cura que los haga salir y, de paso, también quieren llevárselo a él.

No estoy de parte de los sublevados de África, ni con los que los apoyan en Zaragoza. Nunca podré estarlo porque no son el gobierno, pero tampoco creo que llevándose a don Ventura los milicianos solucionen nada. Es absurdo que intenten cargar contra un buen hombre sólo porque lleva sotana o porque esconde a alguien. Desde que empezó esta locura lo pienso, y eso que no he sido nunca de política.

El cabecilla insiste y hace otro ademán de encender la pila. Don Ventura se asoma a la ventana y le pide a gritos que pare, que no la encienda, que ya baja. Los ánimos en la plaza cada vez están más calientes. Va a haber una desgracia. Los hombres que están detrás de los coches gritan que van a quemar la iglesia y que mucho mejor si están los requetés dentro.

Se está abriendo la puerta. Sale.

No puedo contenerme. Me siento en la cama y empiezo a abrocharme los botines. A Juana se le salen los ojos de las órbitas cuando se da cuenta de lo que estoy a punto de hacer.

—¿Qué pretendes? ¿No pensarás salir?

Ya estoy lista y me pongo en marcha.

—Déjame —le espeto cuando me sujeta el brazo—. No podemos dejar que se lo lleven. Lo van a matar, no puedo consentirlo.

De pronto, el grito de un hombre me hace volver la cabeza hacia la ventana. Retrocedo sobre mis pasos y me acerco a las cortinas, Juana me sigue y ahora es ella la que sujeta los faldones; los abre para que las dos podamos ver lo que pasa. Sin darme cuenta, estamos fuera y hasta nos abocamos en la barandilla. Un grupo de hombres uniformados entra por la bocacalle de las Descalzas, la que nos queda más cerca.

—¿Es el alcalde? Viene con guardias civiles —dice Juana.

También lo reconozco, al alcalde y a su comitiva. Me tranquiliza. Sólo él puede parar esta locura. Autoridad, eso es lo que necesitan los hombres que llenan el pueblo. Los de un lado y los del otro. Detrás del alcalde van ocho guardias civiles que imagino que deben de haber venido por lo de la plaza del Fuerte. Ahora van a tener que poner orden aquí, bajo mi ventana. A uno de los números lo reconozco, hace años había trabajado en la finca cuando doña Amelia todavía estaba viva.

Se vuelve a hacer el silencio y Roberto se encara al de la gorra de la CNT para que deje la antorcha. Los guardias civiles llevan las armas preparadas y parecen dispuestos a usarlas. El cabecilla se achanta. No sé si lo hace por las palabras del alcalde o por las armas, pero la antorcha ahora está a la altura de sus rodillas. Roberto se le acerca y hablan. No oigo lo que dicen, aunque la plaza está en silencio, como a la espera, pero me puedo imaginar lo que les reclama: que se vayan y dejen al pueblo en paz.

El miliciano se acerca a sus hombres y diría que les da alguna orden. No parece que les haga gracia, algunos le replican y se apartan. El hombre tira la antorcha al suelo y parece que ya está todo dicho, que ha decidido que se marchan porque los guardias civiles, a una orden de Roberto, acaban de bajar las armas.

Me da la impresión de que los milicianos están más tranquilos o, al menos, ya no gritan, y se van juntando en varios corrillos. En pocos minutos, algunos se meten en diversos coches y los ponen en marcha, otros todavía dan vueltas por la plaza recogiendo las escaleras, cubos y escobas que les han servido para colgar los carteles y las banderas. A mi espalda, Juana suelta un suspiro. Juraría que ha estado conteniendo el aliento desde que hemos salido al balcón y, aunque yo no suspire, también siento alivio.

—Vamos al corredor —me pide—. A ver si hay noticias de los chicos. No estaré tranquila hasta que los vea.

Yo también necesito saber que todo ha ido bien y que no les ha pasado nada. El alcalde ya arreglará lo que tenga que arreglar en la plaza. Mientras bajamos la escalera, Juana me pone al corriente de los traslados. Con el alboroto todavía no me ha dicho cuántos viajes faltan.

—Hace un par de horas, Curro me ha dicho que han vaciado la sala noble para llenarla cuando tú digas. Lo han sacado todo.

Me mira cuando recalca ese «todo». Sé a qué se refiere: a la moto.

Yo asiento.

—No te preocupes. Está bien. Ya veremos qué hacemos cuando sea de día y hayamos acabado.

Al llegar al corredor, todavía sentimos el rumor de la plaza, pero ya no quiero escucharlo; lo único que me importa ahora son los chicos, que no hayan tenido ningún contratiempo. Como si la providencia me hubiera oído, veo una sombra y escucho unos pasos que se acercan. Una ancha espalda se dibuja bajo la luna, la reconocería en la noche más negra: es Diego.

—Madre —me llama mientras se acerca y yo estiro los brazos para atraerlo—. No sufra, ya está casi todo listo. No hemos tenido problemas. Sólo nos quedan los últimos sacos. Los que vamos a llevar al almacén de la fábrica.

—¿No habéis encontrado a nadie? —le pregunto mientras le tomo la cara con las dos manos con intención de besarle y él se agacha para que llegue.

—No, por el camino del cementerio no había ni un alma. —Esboza una sonrisa por su ocurrencia y compruebo que está tranquilo. Eso me produce calma—. Sólo he venido a decírselo. Para que se sosiegue, que la conozco. —Me guiña un ojo cuando hace el comentario y yo también le sonrío—. Me voy, que ya lo deben de tener todo listo y me estarán esperando. Váyase adentro, que, por lo que parece, aquí las cosas no están tan calmadas como en el cementerio. ¡Ah! Y prepare algo de comer para cuando volvamos, que estamos hambrientos.

—¿Te importa encargarte tú? —me pregunta Juana mientras Diego se vuelve por el corredor—. Quisiera irme un rato a casa a ver cómo anda mi padre. Debe de estar sufriendo por todo lo que ha pasado en la plaza y seguro que está pensando que van a atacar la bodega. No te preocupes por lo que queda por arreglar, me encargaré antes de que amanezca.

Le digo que sí, que se vaya, que ya preparo algo para los chicos. Me voy directa hacia la cocina y, mientras me acerco a la alacena para coger unas patatas y unos huevos para preparar una tortilla, me acuerdo de todo lo que ha quedado pendiente junto a la sala noble.

La moto de Javier, sí; pero, sobre todo, mi pasado.

TERCERA PARTE

1

Propósitos y deseos

Julio de 1917

Llevaba desde primera hora de la mañana expectante porque, mientras blanqueaba las sábanas con azulete, con los brazos metidos entre la ropa blanca hasta más arriba de los codos, Juana se había presentado en el lavadero con un recado de Inés. Me pedía que me pasara por la plaza esa misma tarde sobre las cinco, que tenía una noticia que darme. «Muy buena», me adelantó Juana, y aunque estuve un buen rato intentando sonsacarle para que me diera algún detalle, sonrió por lo bajo y no hubo manera de que soltara prenda. Podía imaginar cuál era esa noticia, pero no tuve más remedio que esperar a encontrarme con Inés en la plaza.

Un buen rato antes de la hora a la que habíamos quedado, salí de casa. No había conseguido dejarle los niños a madre, así que tuve que llevármelos, y andando al paso de Diego, nos dirigimos hacia la feria. Hacía bastante calor y me dolían las piernas. El viernes era el día de la colada más dura y de más trabajo de la semana, y llevar a Tono en brazos, mientras controlaba a Diego, hacía que me cayeran gotas de sudor por la espalda y que el pelo se me pegara.

—Vamos, no te entretengas, así no vamos a llegar nunca —le dije desesperada una vez más, ya cansada de pararme para esperarlo.

Llevaba más de un cuarto de hora intentando que mi hijo me hiciera caso, que me diera la mano y que no se encantara con cualquier menudencia, pero no estaba consiguiendo ninguna de las tres cosas. Un pájaro levantando el vuelo, una hoja al viento o un perro, cualquier movimiento delante de él era suficiente para que se quedara encandilado en cada soportal o, lo que todavía era peor, que saliera corriendo en dirección contraria a nuestro destino.

Desde hacía varios años, pocos días antes de la fiesta de la Santa, llegaba la feria a Terreros. Esa tarde el pueblo estaba lleno de gente por todos lados y la animación se respiraba por cada una de las esquinas.

Entramos por una de las bocacalles más engalanadas y llegamos frente a la Casa Grande. Diego se quedó parado, indeciso, junto a la verja. Primero me cogió de la mano, pero después sonrió mientras se fijaba en los banderines de colores que adornaban todos los balcones y, cuando oyó la música, se puso a mover las caderas a su son como una peonza. Me miró con esa sonrisa pilla y anhelante que siempre me ha desarmado y me pidió sin palabras que le comprara alguna golosina. Debía de tener hambre y no había recordado llevar nada para su merienda.

Busqué un sitio libre en alguna de las casetas donde vendían bebidas hasta que encontré una mesa vacía junto al escenario, y allí me senté a esperar a que Inés apareciera. Diego se puso a bailar al ritmo del chotis que sonaba y me coloqué a Tono sobre las faldas para que pudiera ver bien. Le faltaba muy poco para cumplir un año y empezaba a moverse mucho. Tenía sueño, lo noté porque se restregó los ojos con los puños y esbozó un puchero.

Ésas solían ser las señales que indicaban la hora de sus siestas. Enrollé un trapo limpio que llevaba en el bolsillo y le hice un nudo pequeño en una de las puntas. Empezó a mordisquearlo y a darle vueltas con los dedos mientras yo buscaba a Diego con la mirada. Esperaba que no hiciera ninguna trastada. Siempre estaba más preocupada por vigilar al mayor de mis hijos que, con cinco años recién cumplidos, me absorbía más que el pequeño, que en realidad era un alma cándida.

Diego era como yo, enredador y nervioso, un verdadero zascandil que nos alegraba la vida, pero que no me dejaba descansar un segundo; en cambio, Tono era tranquilo y estaba claro que apuntaba las maneras de su padre.

Mientras vigilaba los movimientos de mi hijo mayor, los pies se me fueron solos por debajo de la mesa y me sorprendí dando puntadas al son de las notas. Pensé en Luis. Me supo mal que no hubiera podido venir conmigo y se perdiera la fiesta. Hasta bien entrada la noche no llegaría de Cariñena y estaba segura de que volvería agotado, como siempre.

Desde que nos casamos, hacía poco más de siete años, no había tenido ni un día de descanso. Trabajaba día y noche, como un mulo de carga, junto a mi padre para sacar adelante la venta de los vinos por toda la comarca. Cada vez que le recriminaba que no estaba casi nunca en casa, me recordaba que, con lo que le había costado remontar el negocio tras nuestra boda y con todo lo que había luchado contra doña Amelia, no podía bajar la guardia ni un segundo.

Diego se sentó en el suelo de tierra prensada, a varios metros de la silla donde yo estaba, y se puso a jugar con unas piedras. Lo vi masticando algo que, evidentemente, yo no le había dado. «Este niño... —pensé—, necesito más ojos de los que tengo para vigilarlo.» Inés se estaba retrasando y, mientras decidía si me levantaba para traer a Diego a la mesa o lo dejaba a su aire un rato más, levanté la vista y observé el centro de la plaza. Junto a la glorieta que hacía sólo unos meses había reformado el ayuntamiento, divisé la cara de Inés y, detrás de ella, la inconfundible mata de pelo rojo de James Duncan.

«Si antes lo pienso, antes llega», me dije a mí misma.

Inés estaba seria y vi que me buscaba. Levanté el brazo y sonrió en cuanto nuestros ojos se cruzaron. Hizo un gesto con la cabeza y los dos vinieron a nuestra mesa.

Tras saludarme, el señor Duncan acercó un par de sillas.

—¡Dios mío, cómo ha crecido! —fue lo primero que dijo Inés cuando se sentó junto a mí y tocó el pelo ensortijado que había empezado a salirle a Tono desde hacía poco tiempo. Mi hijo tiró el pañuelo, ya bastante somnoliento, le cogió a Inés un dedo y se lo metió en la boca. Inés sonrió, pero no hizo ademán de sacárselo, mirándolo embobada—. Tienes unos hijos preciosos, Manuela. ¿Dónde está Diego?

—Allí lo tienes —le dije, señalando con la barbilla el lugar donde seguía masticando tierra—. ¡Diego, ven! —le grité, y volviéndome a Inés, le comenté—: No me hace ningún caso.

—No se preocupe, Manuela, voy a buscarlo —se ofreció el señor Duncan, como siempre tan servicial.

Se levantó de su silla y se acercó al niño. Se acuclilló frente a él, le dijo alguna cosa que no oí y le ofreció unas llaves que llevaba en el bolsillo. Le tentaba con el tintineo de sus llaves y el chiquillo saltaba intentando cazarlas al vuelo. Sonreí al verlos y pensé que el americano siempre me había parecido una persona excelente, y en ese momento tuve la certeza de que también iba a ser un gran padre.

Inés se me acercó un poco. Estaba esperando su comentario desde que había hablado con Juana por la mañana, y no me defraudó. Lo que había imaginado era cierto.

—¡Nos casamos! —exclamó con una sonrisa radiante que le iluminó la cara—. Quería que te enteraras por mí.

—No sabes cuánto me alegro —le dije de corazón y le cogí la mano con fuerza. Si no hubiera llevado a Tono en el regazo, tan adormilado como estaba, le habría dado un abrazo—. Te agradezco que pensaras en contármelo tú misma, me has hecho muy feliz. Y ¿cuándo será la boda? —le pregunté.

—El primer domingo de octubre.

—¡Ni cuatro meses! —exclamé poniéndome la mano en la boca—. Pero dime, ¿cómo es eso?

—Todo se ha precipitado. No ha sido fácil, qué te voy a contar que tú ya no sepas. —Dio un sonoro suspiro, pero después volvió a sonreír—. Tanto luchar durante tanto tiempo... Pero no te puedes imaginar lo feliz que soy.

—Claro que puedo.

—¡James! —llamó al señor Duncan con la mano—. Ven. Ya se lo he dicho, vamos a celebrarlo.

El señor Duncan todavía estaba con Diego, jugando a que el crío adivinara en qué mano había escondido las llaves. Levantó la cabeza y asintió.

—Busquemos algo con que brindar —propuso, y mirando a Diego muy serio le preguntó—: ¿Me acompaña, caballero?

Diego asintió con la cabeza y, mostrando una sonrisa resplandeciente que dejó a la vista su diente mellado, cogió de la mano al americano y se fueron hacia la zona de las tabernas.

Tono volvió a bostezar en mi regazo y se acurrucó contra mi pecho con los ojos cerrados. Noté cómo sus brazos y sus piernas empezaban a quedarse laxos. Siempre me ha maravillado la capacidad de mis hijos de dormirse en cualquier sitio y, con todo el ruido que había a nuestro alrededor, aunque parecía mentira, lo estaba consiguiendo. Era muy tarde para él, debían de ser casi las cinco y media, y ya había pasado con creces la hora de su segunda siesta.

—¿Cómo estáis? ¿Nerviosos? —le pregunté a Inés.

—Nerviosos, no; ahora, más bien descansados. No te puedes hacer una idea. Hemos sufrido mucho, tú lo sabes bien, pero ha valido la pena —afirmó, y acarició con ternura, sólo con la punta de los dedos, la cara de Tono—. A mi padre siempre le ha gustado James, pero, aunque ha sido nuestro aliado, le ha costado mucho convencer a mi madre de que es un buen partido. Hace un tiempo, papá le dio un ultimátum a mi madre: si James conseguía situarse bien en su profesión, ella no podría oponerse a nuestra boda. Sé que habló con el señor Miller. —Lo recordé al instante, a él y a su señora—. Siguen en contacto y estoy segura de que también nos ha ayudado. Nunca le agradeceré lo suficiente a mi padre que al menos en eso se impusiera. —Cerró los ojos y, tras pensarlo un momento, continuó—: Casi te diría que igual siempre me ha apoyado en esto sólo para llevarle la contraria a mi madre —dijo mirando al fondo de la plaza, a la fachada de la Casa Grande, como intentando encontrar a ese padre ausente que por una vez la había protegido—. Ya sabes cómo son las cosas en casa y el genio que tiene mi madre... Pues resulta que con los años no ha mejorado mucho.

No hacía falta que dijera nada sobre el carácter de doña Amelia porque yo lo había sufrido con creces.

—James sigue trabajando en Madrid —continuó—, en la embajada, pero van a trasladarlo a Washington de aquí a seis meses. Le van a dar un puesto muy importante en un gabinete sobre temas europeos y tiene que aprovechar esta oportunidad. Por eso se han precipitado tanto las cosas. No pienso dejarle marchar solo al otro lado del mundo.

—Hacéis bien, no dejéis pasar más tiempo. Pero ¿no te da miedo el viaje? Con la guerra de Europa, ¿es seguro?

—No lo sé, Manuela. De hecho, los americanos acaban de entrar en ella, pero Estados Unidos es un país enorme y James me ha asegurado que allí no corremos peligro, que sólo se está luchando en el centro de Europa.

No quise que se preocupara por lo que yo pudiera pensar e intenté reconducir nuestra conversación a cosas que la hicieran más feliz, como su próxima boda.

—Anda, sigue contándome todos los detalles. No te dejes ni uno —le rogué.

—El martes celebramos la pedida. —Me enseñó orgullosa el anillo que el señor Duncan le había regalado—. Mi padre vino especialmente para eso. Vuelve mañana a Madrid junto con James. ¡La fiesta fue preciosa! Ni siquiera mi madre pudo estropearla. —Y se puso a jugar con el anillo, dándole vueltas alrededor de su dedo.

Le cogí la mano y le dije lo bonito que me parecía. No se me pasó por la cabeza contarle que para mí era una satisfacción enorme que su madre no se hubiera salido con la suya, casi tanto como me alegraba de que hubiera conseguido prometerse con el señor Duncan de una vez por todas.

Inés estaba entusiasmada y la comprendí. Siguió hablando durante un buen rato y la escuché con atención. Me explicó que ya había comenzado con los preparativos y que, en cuanto estuvieran casados, se marcharía a Madrid a organizar el traslado a su nueva residencia en Washington.

—Lo que más me duele es que tía Fernanda no me vea casada —dijo como de pasada mientras alzaba la vista hacia las nubes.

Sacudió ligeramente la cabeza, como queriendo borrar esa idea, y continuó hablando del vestido que ya había encargado, de las flores que quería que decoraran la iglesia y de cuánto ansiaba llegar al altar cogida del brazo de su padre. Sin embargo, yo ya no le prestaba toda mi atención. En cuanto pronunció el nombre de Fernanda, mi memoria me jugó una mala pasada llevándome fuera de la plaza, y su charla se convirtió en un rumor que hacía de telón de fondo de mis pensamientos.

A mí también me pesaba que faltase Fernanda. Recordarla todavía me provocaba tristeza y un mordisco de nostalgia. Me vi en nuestras tardes de clases y añoré todos sus desvelos para que yo aprendiera a leer y me cultivara. De eso había pasado más de una década.

A mi memoria llegaron las imágenes de su deterioro. Desde hacía tres años sus pulmones habían dejado de funcionar como debían y, cada vez que la veía por la calle o en sus visitas a mi casa, la encontraba más apagada. Por alguna razón que nunca me explicó, cada vez respiraba peor, y los médicos a los que acudió, tanto en Zaragoza como en Madrid, no lograron hacer que mejorara. Sabía que se moría y, aunque estaba resignada, sufría, pero no por ella. Si a duras penas sobrevivía, era por Ernesto.

Desde el último verano, en cada uno de nuestros encuentros, siempre a espaldas de su hermana, Fernanda me dijo mil veces que no se perdonaba dejar solo a su sobrino. Sabía que no le quedaba mucho tiempo y que tampoco podía faltar demasiado para que James consiguiera colocarse, que Inés se casara con él y se marcharan lejos. Ella sabía que en la Casa Grande finalmente sólo quedarían su hermana y su sobrino, y tenía claro que no iban a ser la mejor compañía el uno del otro. Además, Ernesto vivía en una duermevela constante desde hacía años, sin que hubiera nada que le hiciera superarla, y eso, en ningún caso, ayudaba a la convivencia con doña Amelia.

Tras muchas conversaciones con Fernanda, llegué a la conclusión de que el dolor de Ernesto era muy profundo, que duraba demasiado y que le carcomía por dentro. Yo sospechaba que podía tratarse de mal de amores, de los no correspondidos, lo cual no hubiera sido tan descabellado dadas sus circunstancias. Sin embargo, ella nunca soltó prenda; si sabía algo, se lo llevó con ella a la tumba.

Siempre he pensado que la carne cicatriza y los huesos se recomponen, pero que el espíritu es mucho más difícil de curar, y verlos a los dos sufrir así me partía el alma.

—Manuela, ¿me estás oyendo?

Inés me devolvió a la plaza.

Bajé la vista a la carita de mi hijo para que ella no se diera cuenta de que la añoranza me sofocaba. Mientras lo miraba dormido, volví a pensar, como tantas otras veces, cuánto me habría gustado que Fernanda lo hubiera conocido.

—¿Qué te pasa? —me preguntó sorprendida, y me sacó de una vez por todas de los recuerdos que parecía que no querían soltarme.

Saqué un pañuelo del bolsillo, me soné y me sequé una lágrima que pugnaba por salir.

—Perdona —balbuceé a través el pañuelo, me volví hacia ella e intenté aclararme la garganta—, con este alboroto casi ni te oigo.

La plaza estaba empezando a llenarse y a nuestro alrededor no hacía más que pasar gente buscando alguna mesa libre.

—Mira, por ahí viene la parejita —dijo Inés, señalando con la mano en dirección al señor Duncan y a Diego—. Parece que han hecho buenas migas.

Y era cierto. El americano se acercó con mi hijo en brazos. Debían de haber estado dando vueltas por toda la feria porque ya hacía un buen rato que habían ido a buscar la bebida. James le había comprado una manzana recubierta de caramelo que Diego iba mordisqueando llenándose la manga y la pechera de babas rosadas.

El crío me sonrió con alegría.

—Mira, mamá —me dijo, se abalanzó desde los brazos del señor Duncan hacia mí y me acercó la manzana a la cara para que la viera en primer plano.

El señor Duncan lo dejó en el suelo y le revolvió el pelo.

—No debería haberle comprado nada —le reprendí, aunque le agradecí el gesto con una sonrisa.

—No he tenido más remedio —replicó afable mirando a Diego—. Hemos dado una vuelta entre las casetas, hemos bailado y nos lo hemos pasado en grande, ¿verdad, chaval? Y cuando hemos llegado al puesto de las manzanas, ésta llevaba escrito su nombre. —Diego asintió y se lamió el jugo de la manzana que le chorreaba hasta la muñeca—. Ahora nos traen la bebida.

Al poco llegó el tabernero con tres vasos en una mano y una botella encorchada en la otra. Dejó los vasos sobre la mesa, manipuló una cuerda que sujetaba el corcho al gollete y la botella se abrió con un sonido sordo. Cuando vertió el líquido en los vasos sonó como si alguien arrugara las hojas de un diario. Recordé que, cuando todavía trabajaba en la Casa Grande, en una de las fiestas que se organizaron, don Sebastián trajo una botella de una bebida parecida, aunque el líquido tenía un tono más amarillo, y en vez de vasos, nos hizo sacar copas para servirlo.

—Sus gaseosas, señor —anunció el tabernero—, que las disfruten.

Cogí mi vaso y lo levanté delante de los ojos, miré a través del vidrio y me quedé fascinada con el baile de burbujas que había dentro. Acerqué los labios y unas salpicaduras finísimas me mojaron la nariz. Separé el vaso de mi cara de inmediato. Nunca había notado nada igual.

—¿Qué te parece, Manuela? —me preguntó Inés. Imagino que debió de darse cuenta de mi sorpresa—.

Probé la primera en Madrid en mi último viaje. —Me enseñó su vaso y le dio un trago—. Pruébala, ya verás, está muy rica.

Volví a la carga y tomé un pequeño sorbo. Lo saboreé poco a poco. Era dulce y también picante, y me agradó la sensación suave y, a la vez, áspera que me dejó en la lengua.

—Pues es verdad. Está muy buena. —Levanté mi vaso—. Brindemos. ¡Por vuestra boda! —Los dos alzaron el suyo y bebimos.

Cuando la campana de la iglesia tocó las siete, Inés y el señor Duncan se despidieron de nosotros y se fueron para la Casa Grande; yo me quedé esperando a Virtudes. Habíamos quedado que volveríamos juntas, más o menos a esa hora. En la plaza no cabía ni un alma e imaginé que, aunque ella estuviera allí, iba a ser imposible que nos encontráramos. Las mesas estaban llenas a rebosar y en casi todas había alguna de esas botellas de gaseosa que acababa de probar.

Tono se estaba desperezando. El bullicio de la gente que pasaba a nuestro lado cada vez era más fuerte y me levanté para acunarlo. En ese momento se acercó el tabernero para llevarse los vasos.

—¿Qué le ha parecido nuestra gaseosa, señora? —me preguntó mientras limpiaba la mesa con un trapo roñoso.

—Muy buena, nunca había probado nada parecido.

—La hacemos nosotros —dijo tras dejar el trapo—. Si quiere comprar para su casa, le traigo otra. Sólo hace falta que se guarde la botella, nos la devuelve y la próxima le saldrá más barata.

Me supo mal no llevar ni una perra chica para poder comprar una y que Luis la probara esa misma noche durante la cena. Entonces se me ocurrió que igual podríamos ayudarle a venderlas con nuestros dos carros y se lo comenté mientras intentaba mantener a Tono tranquilo entre mis brazos. Me explicó que vendían mucho durante las fiestas de la comarca, que tenía la máquina en casa para hacerla y una tienda en su pueblo donde la vendía, y que, como tenía su propio carro, no necesitaba transporte.

Le pregunté cómo producían las gaseosas porque me parecía algo asombroso que pudieran elaborar ellos mismos una bebida tan especial. Me explicó que hacía algo más de un año que habían comprado la máquina que mezclaba un gas con el agua azucarada y que la elaboración era muy sencilla. Ellos habían empezado en su pueblo, pero como eran los únicos que la fabricaban en muchos kilómetros a la redonda, durante ese verano se habían decidido a venderla en las fiestas de la zona.

El que hubieran conseguido levantar el negocio en tan poco tiempo, y casi de la nada, me hizo pensar, y cuando el hombre se fue a limpiar otras mesas, ya había cavilado una idea que quería plantearle a Luis esa misma noche.

Estaba acabando de hacer la cena y de poner la mesa para mí y para Luis, con los niños acostados y la casa en completo silencio, cuando entró por la puerta. Venía cansado y con la espalda dolorida, como todas las noches que llegaba tan tarde, tras haber acarreado las cajas de botellas y los toneles durante tantas horas. Casi ni cenó, y en cuanto acabé de recoger los platos, nos fuimos a nuestro cuarto.

Se sentó en su lado de la cama y estiró los brazos.

—Estoy agotado —me dijo—. Me estoy haciendo viejo.

—Pero ¿qué dices? —le reprendí—, lo que pasa es que nunca descansas. Anda, desnúdate, te daré unas friegas en la espalda.

Se tumbó con los brazos desmayados sobre la almohada y me acerqué con el linimento dispuesta a hacerle un buen masaje. Me senté a horcajadas sobre sus piernas, sin apoyar demasiado el peso para no hacerle más daño, y empecé a frotarle los hombros y los costados. La habitación se llenó del olor picante y mentolado del aceite y las manos me resbalaron con suavidad por su piel. Después de cada pasada notaba su espalda más caliente, sus músculos agarrotados poco a poco se fueron relajando y sentí cómo iba saliendo la tensión de su cuerpo. Apliqué algo más de fuerza en los hombros y gruñó.

—¿Te hago daño? —le pregunté separando las manos.

—No, no, tú sigue. Podría pasarme así toda la vida —contestó mientras estiraba el cuello y suspiraba profundamente—. Tienes manos de curandera.

—¿Sabes? —dije sin hacerle demasiado caso—, hoy he ido a la feria con los niños. —Había pensado contarle lo de las gaseosas, pero lo vi tan agotado que decidí hacerlo por la mañana.

—¿Y qué tal? ¿Había mucha gente?

—Muchísima. Había quedado allí con Inés. Se casa con el señor Duncan a primeros de octubre.

—Ya era hora. —Levantó la cabeza y la volvió, forzando el cuello para mirarme—. Me cae bien esa pareja. ¿Está contenta?

—Pues claro que lo está, y yo también lo estoy por ella. Se lo merecen. —Le di un pequeño coscorrón en el cogote—. Baja la cabeza, que así no puedo.

Metió la nariz en la almohada.

—¿Cuánto llevan pelando la pava? —oí que preguntaba con la voz apagada—. ¿Cinco años?

—Más, más —contesté—. Yo diría que por lo menos siete. Ya la rondaba antes de que nos casáramos.

—Y a la bruja de su madre, ¿no le ha dado un jamacuco?

Sonreí. Luis había pensado lo mismo que yo cuando Inés me lo había explicado.

—No, tonto, no ha habido tanta suerte. —Le recoloqué la cabeza y le di otro suave golpe para que no cambiara de posición—. Inés me ha dicho que su madre ya no tiene argumentos para negarse, que a James le han ofrecido un puesto muy bueno en América que le asegurará poder mantenerla como se merece, y que, además, a don Sebastián le gusta el chico desde siempre, así que por ahí han tenido un aliado.

—Me hubiera encantado verle la cara a esa arpía... Me refiero a la madre —puntualizó, aunque no me hizo ninguna falta—. A ver si hay suerte y ha encontrado la horma de su zapato.

Los dos conocíamos a doña Amelia, también a James Duncan, y estaba claro que él nunca se enfrentaría a su suegra, pero, aun así, nos había demostrado la fuerza de su carácter no dejándose doblegar e insistiendo durante tantos años. Podía imaginar la rabia de doña Amelia por no haber podido manipular a Inés a su antojo, al menos en ese aspecto.

Nosotros también habíamos sido más de una vez sus víctimas, siempre en contra de nuestra tranquilidad y, la mayoría de las veces, de nuestro bolsillo. Desde que nos casamos, y sin ninguna razón aparente, había decidido dejar de venderle sus vinos a Luis. Además, sabíamos a ciencia cierta que había conspirado para que los demás terratenientes tampoco nos vendieran su producción, de modo que Luis había tenido que ampliar su ruta a muchos kilómetros de Terreros para encontrar otros productores que quisieran hacer negocio con él. Nuestros ingresos se habían resentido y la gran zona de trabajo que debía cubrir para ganar algo de dinero era la razón de que regresara tan cansado todas las noches.

Doña Amelia nunca reconoció que estaba intrigando para hundirnos, ni siquiera cuando Luis se fue a quejar a la Casa Grande una tarde de hacía más de cuatro años.

Pero nosotros lo sabíamos.

Nunca he entendido el porqué de ese rencor hacia mí y los míos, y por qué aguardaba detrás de cada proyecto que iniciábamos dispuesta a ponerle trabas. Lo que tuve con Javier se acabó cuando se fue a Cuba, y en cuanto me casé con Luis dejé de ser un peligro para ella y su linaje. Aun así, seguía en guerra conmigo.

Continué masajeándole la espalda, ahora con suavidad, intentando que el cansancio abandonara su cuerpo. Él ronroneaba como un gato satisfecho hasta que se dio la vuelta. Todavía le notaba un tenue aroma al vino de los toneles, casi oculto por el del linimento, mucho más intenso, mezclado con el del tabaco del último cigarrillo que casi seguro se había fumado antes de entrar en casa. Sentí el calor que emanaba de su cuerpo.

—Ven aquí, gorrión. —Me cogió por la cintura y me hizo acercarme a él.

—Pero ¿tú no estabas tan cansado? —le pregunté mientras le separaba un mechón de pelo que le caía por la frente.

Él me sujetó más fuerte, rodamos los dos sobre la cama, quedó encima de mí y se apoyó con todo su cuerpo. Se me escapó un grito que intenté sofocar para no despertar a los niños y reí satisfecha.

—Tú lo has dicho, estaba cansado —dijo vacilante—. Si no tuvieras esos dedos mágicos, ahora estaría dormido.

Y empezó a bajarme el tirante del camisón mientras me besaba.

A la mañana siguiente, antes de que los niños se despertaran y mientras preparaba el plato de gachas del desayuno de Luis, recordé la conversación con el tabernero y pensé que ese era el momento para explicárselo.

—Ayer tomé una bebida que me gustó mucho —comenté mientras le pasaba el cuenco.

Por su forma de comer las gachas era evidente que estaba hambriento, más cuando la noche anterior casi no había cenado.

—¿Ah, sí? —dijo Luis entre cucharada y cucharada—. ¿Y qué bebiste?

—Gaseosa. Es diferente a cualquier cosa que hayas probado. Me pareció muy buena. Hablé con el hombre que la vendía y me dijo cómo la hacen.

Paré un momento de hablar, mientras guardaba el tarro de la harina en el armario, esperando su reacción. No pareció darle demasiada importancia a lo que acababa de decirle, así que volví a la carga:

—Es muy fácil de fabricar. Sólo se necesita una máquina que le mete gas al agua mezclada con azúcar. —Ahora sí que me miraba e intenté convencerle para que me acompañara a la feria, aun a costa de una mentira—. Le dije que esta noche volvería contigo para que te lo explicara.

Se revolvió en la silla y me miró de frente.

—Para, para —soltó—, que te estoy viendo venir y no me gusta nada. No necesito que me expliquen cómo hacen esa bebida. No quiero saberlo. Con la venta de los vinos tengo trabajo de sobra. ¿No te basta con lo que hago?

—Claro que sí. Trabajas demasiado. Pero lo de las gaseosas se puede hacer en casa. Podría encargarme yo y dejar de lavar ropa.

—No me líes. Que ya tengo suficientes dolores de cabeza. Tu negocio va bien y el mío también. No quieras abarcar tanto.

No le hice demasiado caso y seguí hablando:

—En la feria las mesas estaban llenas de esas botellas. Todo el mundo las bebía, mucho más que otra cosa.

—Porque es la novedad —razonó intentando zanjar el tema—, pero ésta es una tierra de vinos, espera a que se cansen y verás cómo se les acaba el negocio.

Se negaba en redondo a hacerme caso, pero al final cambié de táctica e intenté convencerle de que al menos fuéramos a la feria y nos divirtiéramos un rato.

—Pondré a los niños a dormir pronto y le pediré a mi madre que se quede con ellos un rato —seguí tentándole—. Al menos por una vez podríamos ir a bailar y divertirnos, ¿no te parece? Y si mi madre se queda a dormir, podremos volver más tarde. —Me acerqué a él por la espalda, me abracé a sus hombros y le rogué fingiendo una voz melosa y seductora—: Venga, que no salimos nunca.

Dejó la cuchara sobre la mesa y me acarició las manos, que todavía descansaban en sus hombros.

—Está bien —convino arrastrando las palabras como si tuviera una paciencia infinita conmigo—. Iremos. Por los viejos tiempos. No vendré muy tarde y, cuando llegue, espero encontrarte arreglada, no sea que me arrepienta. —Y me guiñó un ojo.

—Te quiero —le dije al vuelo mientras él se levantaba.

Al verlo salir, sonreí y sólo pude pensar en todo lo que habíamos pasado hasta que empezamos a querernos. O, mejor dicho, hasta que yo olvidé a Javier y empecé a amarlo a él.

Estábamos las tres con nuestro trabajo diario, con una montaña de sábanas ya enjabonadas y dispuestas para el aclarado. Diego y Juanito corrían a nuestro alrededor, enredando, y a Tono lo tenía metido en uno de los canastos, sonriendo entretenido mientras observaba cómo se movían su hermano y su primo jugando a su alrededor, tentándolo. Madre empezó a retorcer una de las sábanas para quitarle toda el agua y se dirigió a Virtudes:

—¿Y por qué no vais vosotros también? Os iría muy bien pasar una noche de fiesta.

—¿Cómo voy a dejar al niño solo? —replicó Virtudes, mirando a su hijo—. Usted no puede con los tres niños, son demasiados.

—¡Pues claro que puedo! He tenido tres hijos y en algún momento fueron pequeños. ¡A ver si te crees que soy tan vieja! —dijo mientras le salpicaba la cara con unas cuantas gotas de sus manos mojadas—. Me quedo con mis nietos y disfrutáis los cuatro de la fiesta. Siendo sábado, seguro que durará hasta tarde. Id a bailar, que os lo merecéis.

—No sé, madre. —Virtudes dudaba—. Ya sabe que Damián sigue delicado. No sé si querrá. Recuerde la Navidad pasada, después de la celebración pasó una semana muy mala.

—Pues que no baile, hija, pero al menos que se entretenga. Últimamente vuelvo a verlo decaído. ¿No le habrá subido otra vez la fiebre?

—Todavía no, pero dele tiempo. Le subirá, como siempre.

Desde que Damián había vuelto licenciado de África con unas fiebres tercianas, no había levantado cabeza. Siempre andaba cansado, pálido, sin fuerzas y sin ánimo para nada. Se pasaba más días en la cama que en la tonelería y, aunque Virtudes le daba los polvos de quinina que el médico le había recetado, cada poco tiempo tenía una recaída que lo dejaba agotado.

No sé lo que le diría Virtudes a Damián para persuadirlo, pero debió de ser mucho más convincente que otras veces porque, un rato antes de las ocho, se plantaron en la puerta de nuestra casa, con Juanito ya en pijama; arreglados y alegres como dos adolescentes en su primera cita. Dejamos a los tres niños con mi madre; los dos mayores jugando tranquilos en la cocina, mientras yo acababa de preparar a Tono para meterlo en su cuna.

De camino fui observando a mi hermano. Caminaba cogido de la mano de Virtudes y, aunque no tenía demasiado buen color, iba con el paso firme, estaba contento y con el ánimo de acompañarnos mucho más rato del que yo hubiera imaginado aquella misma mañana.

Entramos en la plaza justo cuando el reloj de la iglesia daba los tres cuartos. Olía a fritura de buñuelos, el aire era cálido y el ambiente invitaba a disfrutar. El sol empezó a teñir el cielo con suaves franjas rojizas y sólo quedaba un reflejo amarillo enmarcando la Casa Grande y el campanario, que les daba un halo irreal, como si alguien hubiera pintado un cuadro detrás de los dos edificios y fuera el escenario para una noche perfecta. Encontramos una mesa libre, nos sentamos y nos quedamos en silencio escuchando el chotis que sonaba en ese momento.

—¿Queréis probar la gaseosa? —les pregunté subiendo el tono por encima de la música.

—Ya vamos nosotros —dijo Luis.

Se levantó de su silla y le puso la mano en el hombro a mi hermano para que lo acompañara. Me dedicó una media sonrisa afectada, así como un gesto de paciencia, y se fue con Damián hacia la barraca que yo les indiqué, la misma donde había comprado el señor Duncan las gaseosas la tarde anterior. Sabía que lo de probar esa bebida no le hacía ni pizca de gracia a mi marido, y mucho menos darme la oportunidad de comentar con mi hermano y con Virtudes las ideas que tenía sobre el nuevo negocio que me rondaba la cabeza, pero, aun así, no me había reprochado nada delante de ellos, cosa que le agradecí.

Volvieron enseguida. Damián traía un par de platos repletos de jamón, queso y rebanadas de pan, y Luis dejó sobre la mesa los cuatro vasos que sujetaba en una mano y la botella que llevaba en la otra. Él mismo la descorchó y empezó a servir un generoso chorro en cada uno de los vasos. El líquido borboteaba mientras se iban llenando.

Deslizó uno por la mesa y me lo acercó hasta tocarme la mano con él. Yo le sonreí y le hice un gesto para que cogiera el suyo. Levanté el mío para brindar y le animé a que bebiera. La nuez de su cuello se movió de arriba abajo mientras tragaba el primer sorbo, dejó el vaso y sonrió de forma teatral.

—¡Bueníííísima! —exclamó en tono burlón.

—¡Serás bobo! —le regañé, aguantándome un comentario más contundente—. Ahora de verdad, ¿qué te ha parecido?

—No está mal —comentó, algo más serio, mientras cogía un trozo de queso y lo mordisqueaba—, pero prefiero un buen vaso de vino de la última cosecha de los Prado de Sanchís.

Damián asintió a lo que dijo su cuñado.

—Tienes razón, porque, aunque me pese, el vino de doña Amelia es el mejor.

Empezó a sonar un pasodoble y muchas parejas se levantaron de sus asientos y se dirigieron hacia el centro de la plaza, cerca de la glorieta elevada donde estaba la banda.

—Vamos a bailar un poco —le pedí a Luis, y me levanté dispuesta a no dejar pasar la oportunidad de hablar a solas con él, después de que hubiera probado la gaseosa. Lo cogí del brazo para que no pudiera arrepentirse e intenté arrastrarlo mientras él se negaba—. Va, que a esto hemos venido esta noche, ¿no? —le reclamé.

Empezaba a hacerse de noche y se encendieron las farolas. Ésa era una de las novedades de hacía poco tiempo en Terreros, junto con el arreglo de la glorieta. El alcalde había decidido que ya era hora de iluminar el pueblo con algo que no fuera queroseno, sobre todo la plaza y las calles principales, y desde hacía pocos meses se habían instalado unas farolas eléctricas cada cinco metros que, cada noche entre las ocho y las nueve, se encendían sin necesidad de un farolero.

—Ahora en serio —le dije a Luis mientras él me ceñía la cintura y dábamos las primeras vueltas al son de la música—, mira las mesas —dirigí la mirada hacia ellas—, están todas llenas de botellas y no son ni de vino ni de agua de cebada. Ese hombre me dijo que la maquinaria no es cara y que en un año empiezas a tener beneficios.

Luis me soltó la mano, aunque siguió rodeándome la cintura y bailando. Me cogió con suavidad la cara por la barbilla para que lo mirara a los ojos, me puso un dedo sobre los labios y zanjó el tema.

—Calla, gorrión. Vamos a disfrutar de la fiesta.

Me agarró con más fuerza y yo apoyé la mejilla en su pecho mientras me hacía dar vueltas. Me acomodé entre sus brazos y, aunque no me sentía del todo satisfecha, continué bailando. Vi a Virtudes y a Damián sentados todavía a la mesa, hablando animados, y tuve la certeza de que estaban disfrutando de la fiesta porque los dos sonreían y se les notaba contentos.

Volví a la carga con Luis. Si seguía insistiendo, tendría posibilidades de que claudicara. Me puse de puntillas, tiré de su cuello para llegar a la altura de su oreja y le hablé como si quisiera contarle alguna confidencia:

—Creo que es buena idea empezar un nuevo negocio. Estoy cansada de la ropa. Cada vez se me hace más cuesta arriba y sé que podría hacerlo bien, que ganaría mucho más que con las coladas. Cuando acabe la pieza, si quieres, podemos acercarnos donde el tabernero y preguntarle por su negocio, ayer no puso ningún problema.

Luis se separó de mí y se paró en seco mientras el resto de las parejas continuaban bailando. Me miró con el ceño fruncido.

—No me interesa nada de lo que te dijo ese hombre —me soltó con voz seca—. Hoy he venido a bailar con mi mujer y no a hablar de ningún negocio ni a gastarme un dinero que ni tenemos ni podremos conseguir en mucho tiempo.

Me atrajo hacia su cuerpo de forma algo brusca y continuó bailando. Yo me quedé sorprendida por el arrebato y dolida en el orgullo. No volví a hablar del tema, ni de ninguna otra cosa, mientras seguí entre sus brazos, porque no veía la manera de convencerlo y se me estaban acabando los argumentos. Luis tarareaba la canción en mi oído, indiferente a mi enfado, y hasta me acarició la espalda, pero cuando lo noté tan tranquilo y yo rabiando, me zafé de su abrazo, me di la vuelta y lo dejé solo en medio de la plaza, rodeado de parejas que sí se movían al son de la música. La atravesé decidida y Luis me siguió un paso por detrás. Damián y Virtudes seguían sentados y, tras acomodarme en mi silla, le di la espalda a mi marido e intenté hablar con Virtudes con la mayor tranquilidad que pude. Era evidente que estaba enfadada y tanto mi hermano como mi cuñada se dieron cuenta. Luis, a su vez, se sentó de cara a la plaza. Se sacó del bolsillo uno de los cigarrillos que liaba cuando tenía tiempo, lo encendió y se mantuvo ausente.

Al vernos así, Damián y Virtudes se miraron indecisos y solucionaron la papeleta cogiéndose de la mano y saliendo a bailar. Mientras los veía alejarse, vi acercarse a Ernesto desde la otra punta de la plaza. Iba saludando distraído a la gente con la que se cruzaba y, cuando llegó a la altura de nuestra mesa, Luis levantó la mano para llamar su atención, Ernesto se paró frente a nosotros y nos dijo que hacía un buen rato que había salido de su casa y que no había hecho más que dar vueltas.

—No hay manera de encontrar mesa —comentó mientras hacía un gesto con los brazos como intentando abarcar la plaza.

—Y para qué la quieres libre. Siéntate con nosotros —le ofreció Luis, y le acercó una silla—. Me he enterado de que tu hermana se casa. Me lo ha comentado Manuela esta misma mañana.

—Sí, por fin —contestó Ernesto—. Aunque no sé qué voy a hacer cuando se vaya y me deje en esa casa tan grande, yo solo con mi madre.

—Y, además, se va a la otra punta de la Tierra —prosiguió Luis—. Tiene que ser emocionante cruzar el océano para vivir en el Nuevo Mundo.

Algunas veces le salía su vena viajera, la que le había traído hacía tanto tiempo desde su pueblo hasta Terreros, cruzando media España, pero a mí no me parecía tan emocionante exponerse en un viaje tan largo, al menos no en ese momento. Hubiera jurado que a Ernesto tampoco le hacía demasiada gracia.

No participé demasiado en la conversación. Estaba irritada y quería que Luis se enterara de que, cuando menospreciaba mis opiniones, me sacaba de quicio.

—Hacía días que no te veía. ¿Qué tal estáis? —preguntó Luis.

—Pues yo dándole vueltas a la cabeza y a la vida, no tengo remedio, pero no hablemos de mí, que es un tema cansino. Explícame cosas más interesantes. ¿Qué sabéis del exiliado?

Se refería a mi hermano Curro.

—¿Qué quieres que te explique? Sigue por esos mundos. A mí me parece que vive muy bien por allí, pero a mis suegros sólo les preocupa cuándo volverá. Yo creo que se va a quedar en Barcelona para siempre.

Cuando mi hermano desertó y desapareció del pueblo, no hubo manera de tener noticias suyas durante los dos primeros años, pero a partir de entonces empezamos a saber de él más a menudo.

—Hace unos días llegó su última carta —dijo Luis—. No nos explicaba demasiado, pero, leyendo entre líneas, se intuía que por esa zona se espera un verano caliente.

Recordé el día que llegó la primera carta de Curro. Fue en la primavera del 13. Todavía tengo presente la cara de mi madre y cómo iba cambiando mientras leía las primeras frases. Después de su salida precipitada de la casa, había estado mucho tiempo dando tumbos hasta llegar a Cataluña. Allí buscó y encontró a los braceros que había conocido en la vendimia y ellos le ayudaron. Tras esa primera carta nos fueron llegando más, y en cada una nos explicaba sus problemas de trabajo, de vivienda y su evolución política.

—Hay problemas en Barcelona, pero no sólo allí —comentó Ernesto.

Y continuaron hablando de política, que en esos tiempos era bastante tensa. De los problemas que se gestaban por toda España y de que la guerra en Europa no ayudaba nada a que viviéramos mejor, bien al contrario, porque todo lo que salía de los campos y de las fábricas se iba fuera a nutrir a los ejércitos que combatían o a todos esos países que casi habían tenido que parar su economía y que pagaban mucho mejor cualquier producto que les llegara que lo que se podía pagar en España.

—Tienes razón, cada vez es más difícil comprar lo más básico —convino Luis—. El dinero cada día da para menos.

«Pero ¿cuántas cosas básicas has comprado tú últimamente? —le pregunté en mi fuero interno, aún más molesta—. Si de eso me encargo yo desde siempre.»

Me volví hacia ellos y miré a mi marido con el gesto más fiero que pude. Él también entornó los ojos hacia mí con una mueca extraña.

¿Era culpabilidad lo que veía en ellos? ¿O tal vez me recriminaba que cavilara demasiado y le complicara la vida?

—Sí, eso he leído yo también en los diarios —dijo Ernesto, ajeno a nuestra disputa y al desarrollo del baile—. Empieza a haber mucho descontento, sobre todo entre los obreros de las fábricas. ¿Sabes?, he pensado mucho en tu cuñado últimamente. Las noticias van llenas con los problemas que hay entre anarquistas, socialistas y la patronal y sus pistoleros.

—Curro piensa como yo —comentó Luis—, pero es más impetuoso y muy imprudente. Eso le va a traer problemas, seguro. Creo que se ha afiliado a la CNT.

—Mala cosa, que vaya con tiento, porque Barcelona es un polvorín que cuando reviente va a hacer daño a mucha gente —dijo, y a continuación añadió—: Tanto a los culpables como a los inocentes.

Nos fuimos de la plaza casi a medianoche. Ernesto se quedó y nosotros cuatro nos volvimos caminando por las calles que estaban tan transitadas como si fuera media mañana.

Nuestra casa estaba en silencio y a oscuras cuando llegamos. Hasta allí sólo llegaba un ligero rumor del bullicio de la fiesta. Virtudes y Damián se despidieron en la puerta y se fueron para su casa; ya recogerían a Juanito por la mañana.

Yo me fui al cuarto de los niños y allí estaban, en la misma cama los dos mayores, enroscados en un abrazo, junto a mi madre, que roncaba con placidez. Tono dormía con los brazos estirados junto a su cabeza, apoyado en uno de los laterales con barrotes de su cuna. Respiraba profundamente. Tenía el pelo pegado a las sienes de tanto sudar porque la habitación era un horno con tantos cuerpos dormidos. Abrí la ventana y una ráfaga de aire fresco la atemperó.

Ya en nuestro dormitorio, encontré a Luis sentado en la cama. Se había quitado los pantalones y la camisa, los había dejado bien doblados en la silla, como cada noche, y estaba liando con parsimonia un cigarrillo de picadura.

Tras ponerme el camisón de espaldas a él y sin decirle una palabra, me metí en la cama y apagué el candil de mi lado. Hacía calor, pero me cubrí con la sábana y le volví a dar la espalda. Lo oía trastear con el saquito de tabaco y los papelillos; volví la cabeza un poco y, sin mover el cuerpo ni un centímetro, le pregunté irritada:

—¿Vas a fumar ahora? —No tenía ningunas ganas de que se llenara la habitación de humo e intenté que mi voz sonara lo más cortante posible.

—No, estoy liando un par para mañana. —La suya sonó dolida, pero, a la vez, cálida.

—Vale —me limité a decir, y planté la mejilla en la almohada con brusquedad.

Luis dejó la petaca y el librillo en su mesilla y también apagó el candil de su lado dejando la habitación a oscuras. Se tumbó, pero se mantuvo algo incorporado, apoyando la espalda en el cabezal de nogal que nos regalaron mis padres cuando nos casamos. Crujió bajo su peso. Hubiera jurado que podía oír sus pensamientos dándole vueltas por la cabeza, como las piezas bien engrasadas de una máquina de precisión, que se iban poniendo en orden, cada una en su sitio, para que iniciara la marcha y empezara a funcionar.

Finalmente se tumbó cuan largo era y, tras taparse él también con la sábana, se volvió hacia mí. Me pasó el brazo por la cintura en la posición con la que normalmente nos quedábamos dormidos y su mano me acarició el pecho sobre la tela del camisón. Al notarla me puse tensa. Tuvo que darse cuenta, pero no la retiró. Carraspeó junto a mi oído y, después de darme un beso, me dijo:

—Te quiero.

Su aliento me acarició la mejilla con suavidad.

Sonreí al notar que se ablandaba, sabía que aún me quedaba munición para volver a la carga. Mi espalda se destensó por completo, amoldándose a su pecho como si fuéramos dos piezas gemelas.

—Yo también te quiero —contesté.

Un instante después empecé a notar cómo se relajaba, su brazo cada vez pesaba más sobre mi costado y su respiración se iba haciendo más profunda. Me sentí a gusto al notar su cuerpo tan cerca del mío. Sabía que lo que él quería era protegerme, pero no se daba cuenta de que mis intenciones eran las mismas: no sólo protegerle a él, sino a toda la familia.

Cerré los ojos y disfruté del silencio.

Me salí con la mía.

Cuando Ernesto nos prestó de su bolsillo el dinero que necesitábamos para comprar la máquina del gas, el depósito de agua, las dos bañeras de limpieza, los primeros sacos de azúcar, las esencias, las cajas y las botellas, tuve que desprenderme, con toda la pena de mi corazón, de mi huerto y de la mayor parte del corral para construir el cobertizo y conseguir el espacio de almacén preciso, pero todo eso fue para bien.

Todavía recuerdo la tarde que acabamos el cobertizo; casi había oscurecido y los niños correteaban por el patio dando guerra. Luis acabó de atornillar el tirador de la puerta, se dio la vuelta y me sonrió.

—¡Ya está! —dijo, y le dio un golpecito de cariño a una de las paredes de madera—. Ya puedes meter las máquinas que quieras.

—Qué más quisiera yo que fueran varias, con una me voy a tener que contentar.

Me asió por la cintura y me levantó como hacía con Diego cuando le pedía que le hiciera volar, y en cuanto me dejó en el suelo le di un beso de agradecimiento.

Fuimos unos ilusos al creer que lo teníamos todo listo para empezar la producción. No habíamos tenido en cuenta que lo más complicado estaba por llegar. Todavía debíamos encontrar la fórmula.

Nunca hubiera imaginado que dar con el sabor de mis gaseosas iba a resultar tan complicado. Cada fabricante tenía que conseguir dar un carácter especial a su producto y nosotros teníamos que encontrar el nuestro antes de empezar a sacar la primera botella. Era el secreto mejor guardado de cada una de las familias que se dedicaban a la gaseosa y, como era de esperar, el feriante no soltó prenda sobre este asunto.

Me pasé las siguientes semanas buscando nuestro sello.

Mezclar las esencias para conseguir el jarabe adecuado no era sencillo si lo que buscas es agradar a la mayor cantidad de clientes. O era demasiado dulce y empalagoso o demasiado ácido; algunas me salieron turbias y otras, o bien tenía demasiado gas y había peligro de que los tapones saltaran al almacenarlas, o bien se quedaba corto y el líquido perdía su gracia antes de que pasaran pocas horas de su fabricación. Luis era el más crítico conmigo y fue gracias a su perseverancia y su perfeccionismo como llegamos a conseguirlo.

Al final dimos con ella. Logramos una gaseosa cristalina, con burbuja redonda y contundente, aroma puro a cítrico, pero con el punto justo de dulce. Así pues, con todo listo, empezamos a llenar botellas y ése fue el principio de nuestro negocio.

Nuestra empresa fue la novedad de la zona, la primera fábrica de gaseosas que se instaló en Terreros y en los pueblos de los alrededores, y en poco tiempo empezaron a conocernos. Además, tuvimos una suerte añadida: se puso de moda echarle gaseosa al café. Unos lo llamaban «soldado», nunca he sabido por qué, y otros, «café suave». Se preparaba mezclando a partes iguales café recién hecho con gaseosa y un trozo de corteza de limón.

Me hizo mucha gracia porque fue una bebida que llegó de la capital de la mano de los señoritos, y también porque al principio nadie salvo ellos la pedía, pero como era tan fácil de hacer, en muy poco tiempo los bares, tabernas y casinos de todos los pueblos empezaron a venderla, por lo que necesitaron nuestra gaseosa.

Llegamos a vender hasta en Cariñena; cosa curiosa, porque allí también habían instalado una fábrica que competía con la nuestra. Al principio vendíamos pocas cajas, muchas menos que las de los vinos, pero en poco tiempo hasta Luis se sorprendió de lo mucho que nos las pedían. Aunque él nunca renunció al negocio del vino y siguió luchando por sacarlo adelante, un día, por fin, reconoció que el negocio de las gaseosas había sido un gran acierto.

2

Lunas de dolor

—Mamá, me duele.

Volví la cabeza hacia él.

—¿Qué te duele, mi amor?

Diego me tocaba la cara con sus manitas intentando captar mi atención. Todavía me envolvía el sopor del sueño que había podido conciliar hacía tan poco. Me senté en la cama y lo abracé. Al darle un beso en la frente, para tranquilizarlo, noté que estaba caliente y me llegó una bocanada de ese olor de los niños enfermos, de manzana ácida.

Me despejé al instante.

Mi hijo había estado inquieto todo el día anterior. Lloraba por cualquier cosa y no me había dejado tranquila mientras preparaba jarabe para las gaseosas. Mientras mezclaba las esencias puras con el ácido cítrico y el azúcar, a punto estuvo de tirarme el barreño con la mezcla preparada, me enfadé con él y lo mandé para la casa. Por la noche no quería cenar y, tras obligarlo a comer lo que le había puesto en el plato, cuando ya estaba a punto de meterlo en la cama, tuve que cambiarle el pijama porque vomitó todo lo que tenía en el estómago. El pobre crío estaba muy cansado y, aunque se durmió en un instante, no dejó de toser durante las primeras horas de sueño. Antes de meterme en la cama le puse una cebolla grande, partida por la mitad, bien cerca de la cabecera de la suya, para que le ayudara a respirar mejor, pero no surtió el efecto que esperaba y no dejó de quejarse sumido en una duermevela intranquila. De madrugada lo noté caliente, lo acuné entre mis brazos como si fuera el bebé que había dejado de ser cuando nació Tono, lo saqué de su cama y lo metí en la nuestra, entre Luis y yo, para ver si conseguía que descansara un poco y nosotros con él. Cuando despuntaba el alba, se quedó algo más sosegado y su respiración se apaciguó.

Nos levantamos y dejamos a nuestro hijo entre las mantas mientras nos vestíamos en silencio y lo vigilábamos. Lo tapé bien y, muy a mi pesar, salí de la habitación para empezar con el trabajo que me esperaba ese día. Estábamos agotados y muy preocupados porque aquel mes de noviembre medio Terreros estaba enfermo.

Luis se fue a avisar al médico. Cuando madre y él entraron en la casa, yo ya tenía preparadas las gachas para todos y a Tono listo en la mesa con la cuchara en la mano. Luis me dijo que en la consulta del médico le habían comentado que tenía mucho trabajo y que pasaría por nuestra casa en cuanto regresara de asistir un parto prematuro. Madre se sentó frente a Tono e intentó que no se ensuciara mucho con la papilla. Ya tenía más de dos años, se sentía mayor, quería comer sin ayuda y cada comida era una guerra. Todavía me quedaban ánimos para sonreír al verlos y los dejé solos con la pelea mientras me iba a echarle un último vistazo a Diego. Al volver a la cocina, madre me mandó al patio y le hice caso. Ella cuidaría de todo y yo tenía demasiado trabajo para que desaprovechara el tiempo si quería tenerlo todo listo antes de que llegara el médico.

En ésas estaba cuando eché a andar arrastrando tanto los pies como la barriga de ocho meses que ya no me dejaba moverme como deseaba. Sufrir fatiga era nuevo para mí. Ese embarazo estaba siendo muy pesado, a diferencia de los dos primeros, que no me habían molestado hasta el mismo día del parto. «Va a ser una niña», pensé, e intuí la alegría de Luis si eso llegaba a ser cierto. Desde el embarazo de Diego, Luis suspiraba por tener una hija; era un deseo poco común en un padre, pero era así. Y yo, en ese momento, deseaba que a la tercera fuera la vencida para poder complacerlo.

Al llegar al cobertizo, me puse el delantal de goma gruesa que usaba para trabajar, llevé un par de cajas de botellas limpias junto a la máquina del gas y me puse a meter, en cada una de ellas, una medida del jarabe que había preparado la noche anterior. Cuando tuve dos cajas listas con ese sirope espeso y empalagoso cayendo por las paredes de cada una de las botellas, puse en marcha la máquina del gas hasta alcanzar la presión que necesitaba para que el agua del depósito se saturara de carbónico. Abrí el grifo y empecé a llenarlas.

Mientras estaba enfrascada en la faena, oí a Virtudes trastear en el patio de atrás y el ligero tintineo del cristal al chocar unas botellas con otras. A esas horas de la mañana, aunque fuera hacía frío, dentro había una temperatura muy buena que me permitía ir en mangas de camisa. En uno de los rincones teníamos una olla llena de agua hirviendo lista para calentar el agua jabonosa de la primera bañera.

Al cabo de un momento entró Virtudes con un par de cajas de botellas sucias, las dejó sobre la pila de cinco o seis más que ya tenía preparadas y empezó a lavarlas. Separó las más limpias y metió el cepillo de cerdas en cada una para quitarles los restos de azúcar que podrían quedarles; después se puso con las más sucias. Siempre me ha gustado el sonido de las bolas metálicas al meterlas en los envases y su entrechocar con las paredes de cristal; que toda esa suciedad se quede en el agua y, al enjuagarlas, que acaben relucientes como si fueran nuevas a estrenar.

Acabé de llenar la media docena de botellas de mi primera caja, cerré el grifo del agua saturada, las encorché y las até para que el corcho no se escapara. Me detuve a observar a Virtudes en su tarea. Mientras la miraba, recordé a Damián, que desde hacía unos días volvía a estar desmejorado.

Me levanté de la silla, me acerqué a Virtudes con la lentitud que me permitía mi estado y le pregunté:

—¿Cuántas llevas?

El pedido del día era grande y el tiempo que teníamos no era demasiado hasta que llegara mi padre a recogerlas. Me miró de arriba abajo mientras me aproximaba a ella y en vez de contestarme, me hizo a su vez otra pregunta:

—¿Qué te pasa? Arrastras los pies como si fueras un preso con cadenas.

—Así me siento, la verdad. Diego ha pasado mala noche y nosotros con él. Pero ¿y Damián? ¿Cómo está?

—Como siempre. Hoy no ha ido a trabajar, —y me comentó que el médico no sabía si se trataba de una recaída de lo suyo o si se había contagiado con la epidemia de gripe que asolaba el pueblo—. ¿Qué le pasa a Diego?

—También está malo.

—No te preocupes, madre está por él. Esta tarde, después de descansar y de tomar uno de sus caldos, se encontrará mucho mejor.

—Tengo miedo. Así empezó el pequeño de los Sarmiento.

Me acaricié la barriga por encima del delantal y sentí movimiento, como una oleada, dentro. Cada vez que yo estaba nerviosa o cansada, Rita lo notaba. Estaba segura de que ella también estaba inquieta por su hermano.

—¿Y si se pone peor?... ¿Y si le pasa como a ese pobre crío? No quiero ni pensarlo.

—Manuela, tranquila. —Virtudes me tomó la cara entre sus manos y me obligó a mirarla—. Nicolás estuvo enfermo de los pulmones desde que nació. No es lo mismo.

—Sí, pero con él ya van cuatro.

Cogí sus manos, me las separé de la cara, pero no las solté. Ella me las apretó con fuerza mientras volvía a la carga.

—Tampoco es lo mismo. —Me hablaba como quien habla a un niño asustado por una pesadilla e intenta calmarlo—. Felisa y su hermana ya tenían más de setenta, igual que don Matías, y tu hijo es un niño fuerte. No sufras; cuando menos te lo esperes, vuelve a estar jugando. —Estoy segura de que intentaba darme unas fuerzas de las que ella también dudada—. ¿Habéis llamado al médico?

—Espero que venga este mediodía —dije mientras soltaba sus manos.

—Pues no padezcas más y espera a ver qué dice. Ahora lo que tienes que hacer es ir a echarle un ojo y comprobar que se encuentra mejor. Lo primero es lo primero; yo me quedo con las gaseosas. Sólo me quedan diez cajas para acabar el pedido.

Por la tarde mi hijo no estaba mejor. Ni siquiera después de que se tomara el jarabe que le prepararon en la botica. El médico nos dijo que debíamos esperar y ver cómo evolucionaba. La noche nos daría la respuesta: podía no ser nada, un simple catarro de esos que los niños tienen en cuanto el tiempo cambia, o podía ser algo peor. Lo miré preocupada, pero él intentó quitarle importancia y apretó el hombro de Luis mientras le decía que tuviéramos paciencia. El doctor estaba tranquilo cuando se marchaba, pero miró a Luis y le hizo una señal para que saliera con él que no me pasó desapercibida. Un dolor desgarrador se me hincó en el pecho. No quise ni mirarlos y me metí para dentro, pero oí cómo le decía a Luis que se temía que Diego fuera otro caso de esa gripe que estaba causando estragos por donde pasaba.

Otro caso. ¡Dios mío! Ese caso era mi hijo de seis años.

Ni el malestar ni la tos remitieron, bien al contrario, cada vez estaba más débil mientras le subía la fiebre. Me pasé aquella noche y los seis días siguientes en la cabecera de su cama, poniéndole paños fríos en la frente, velándolo y esperando, desesperada, que mejorase. Ni comía ni dormía ni descansaba. Hasta recé a ese Dios en el que no creo para que no se lo llevara. Luis me hacía salir cada pocas horas de la habitación para que me tendiera en nuestra cama, estaba preocupado por mi embarazo, pero yo no podía, no quería separarme de mi niño, y a los pocos minutos volvía a estar junto a su cabecera. Tenía la seguridad de que si me alejaba de su lado, si le soltaba la mano, se iría.

En aquellas horas de angustia, sobre todo por las noches, mientras le miraba la cara, como queriendo fijar sus facciones en lo más hondo de mi memoria, le acariciaba la mano y le cantaba bajito para que no tuviera miedo, y estoy segura de que él me escuchaba. Pensé muchas veces en mi madre y en el niño que perdió cuando yo era pequeña; en Joaquina, la madre de Nicolás, y su niño que había muerto hacía sólo unos días por esas mismas fiebres, e incluso me puse en la piel de doña Amelia, que vio morir a dos de sus hijos, uno de ellos mucho más pequeño que Diego. No quería pensarlo, no quería perder la esperanza, pero las ideas venían a mi cabeza sin que yo pudiera evitarlo. Ninguna madre debería pasar por eso, ninguna podía vivir después de la muerte de un hijo, y aunque mi madre lo había logrado, o al menos eso parecía, no sabía si yo iba a ser capaz de soportarlo.

Durante esos días en el pueblo murieron muchos vecinos, unos más jóvenes y otros más viejos, y el camino hacia el cementerio se convirtió en una avenida llena de pétalos de flores pisoteados que nadie se preocupaba en retirar. ¿Para qué? Si al día siguiente volvería a estar igual.

Yo todo eso no lo vi. Durante aquellos días no salí de casa, ni vi las calles del pueblo y casi ni la luz del sol que se filtraba a través de las cortinas de la habitación donde descansaba mi hijo, pero sí oía a mi madre hablar con las vecinas o con Juana sobre todo aquello, y aunque para mí aquellas conversaciones eran como una bruma que cubría la casa, algunas veces despertaba de mi letargo y era consciente, aunque no me importara demasiado, de que fuera también había lágrimas.

Al sexto día, mientras le limpiaba a Diego la cara y las manos con un paño húmedo, Luis se acercó a mí con un cuenco de caldo recién hecho entre las manos para que yo comiera algo. Diego se agitó entre las sábanas, abrió un poco los ojos y se incorporó ligeramente sin mi ayuda. El corazón me latió en las sienes y Rita me rebulló dentro. Desde que había empezado con la fiebre tan alta, mi hijo casi ni se movía en la cama, ni siquiera tenía fuerzas para entornar los ojos o articular palabras que pudiera entenderle; sin embargo, en ese momento abrió la boca y habló con la voz ronca después de tanto silencio.

—Mamá, tengo hambre —me dijo en un susurro, tosió y me sonrió brevemente mientras miraba el cuenco.

Esas tres palabras me sonaron como una campana repicando en mi cabeza. Hacía seis días que no le veía vida en los ojos, y ahora ahí estaba, pidiéndome comida. Me desmoroné de satisfacción. Luis dejó el cuenco en la mesilla, se acercó a mí por la espalda, me abrazó protector y apoyó su barbilla en mi cabeza mientras miraba a Diego.

Los dos lloramos agradecidos.

Cogí el cuenco y la cuchara y empecé a darle la sopa, muy poco a poco, aunque estaba ansiosa al verlo despierto y deseaba que se la acabara enseguida. Tanto Luis como yo abríamos la boca con él, como hace un pájaro hambriento esperando el grano que le entrega su madre, alentándolo para que siguiera comiendo.

Aquella noche dormí en mi cama mientras Luis lo velaba, y al día siguiente, cuando Diego dormía plácidamente sin tos ni estertores que me dieran miedo y todos empezamos a respirar más tranquilos, me fui un rato con mis gaseosas.

Juana había estado viniendo todos los días por casa, pero no pasaba del quicio de la puerta de la habitación de los niños. Hablaba con madre o con Luis en la cocina, entre susurros, y en ningún momento perturbó ni mi congoja ni mis miedos. Pero ese día, al llegar a la casa y escuchar la noticia de que Diego se encontraba mucho mejor y de que yo había empezado a trabajar otra vez, se fue hacia el cobertizo para hablar un rato conmigo.

En Terreros todo se acaba sabiendo, nadie se escapa, y en aquel tiempo yo contaba con una manera rápida de ponerme al corriente de los chismes de la Casa Grande y del pueblo. Juana tenía la habilidad de enterarse de todo y me mantenía al día de las novedades antes que a nadie. Llevaba sin hablar conmigo desde que Diego había enfermado, y aunque acompañarme y saber cómo se encontraba mi hijo era la razón por la que aquella mañana estaba en el cobertizo, tal como entró por la puerta me puso su cara pícara de confidencias, la misma de cuando tenía algo jugoso que contarme.

—Tengo noticias que van a interesarte —me dijo.

Yo estaba tan feliz, tan tranquila y tan hambrienta de olvidar los seis días que acababa de pasar, que cualquier noticia que me quisiera dar me habría parecido la mejor del mundo.

Le hice ponerse uno de los delantales de goma que colgaban en la puerta, sentarse a mi lado y ayudarme a lavar las botellas que tenía en remojo. Así pensaba conseguir que estuviera más tiempo conmigo y que me contara todo lo que no había podido durante todos aquellos días de desasosiego. Cuando estuvimos frente a frente, relajé la espalda un poco, Rita se estiró dentro de mi barriga y me dio una patada. Sonreí, le cogí a Juana la mano antes de que la metiera en el agua jabonosa y, separando un poco el delantal de mi barriga, la apoyé justo en el lugar donde se notaba el bulto de un brazo o una pierna. Rita volvió a la carga y Juana también sonrió al notar el movimiento. Entonces se puso seria y empezó con la noticia que se había guardado desde hacía días y que parecía que le quemaba en la boca. Echó un vistazo a la puerta del cobertizo, se levantó, la cerró y, cuando volvía a estar junto a mí, bajó la voz y me habló entre susurros: Ernesto tenía un amigo y había sido invitado de la Casa Grande.

—Conoció al señor Rivera en su último viaje a Madrid —me aclaró—, hace cosa de un mes. En una feria de productos cubanos, según creo. Es un importador de tabaco importante y, además, muy guapo —añadió guiñándome un ojo.

Era algo nuevo que tuvieran invitados en la casa, porque, desde que don Sebastián había dejado la política y vivía todo el año en Madrid, no llegaban tantos extraños a Terreros como antaño, y aunque ese señor Rivera fuera un buen mozo, no me pareció algo tan importante para la expectación que Juana le estaba poniendo. A no ser que tuviera algún interés especial por él que hasta ese momento no me hubiera dicho.

Juana continuó y me contó que el día anterior, doña Amelia y Ernesto habían tenido una de las peores peleas en años, que se les oía por toda la casa y que ella no había podido ni querido evitar enterarse de lo que decían. Allí ya no quedaba nadie para pararlos y de sus corazones y sus bocas salió toda la rabia y la incomprensión que bullía desde hacía tantísimo tiempo.

—Pero ¿qué había pasado? —le pregunté intrigada.

—Doña Amelia los debió de sorprender en la biblioteca —respondió bajando todavía más el tono—. Algo debió de ver la vieja porque se armó la marimorena allí mismo. Quería que el señor Rivera se fuera de la casa sin esperar un segundo, pero Ernesto dijo que de eso nada, y aunque cerraron la puerta, me enteré de todo. Ernesto defendió al señor Rivera con una pasión y una fuerza que nunca antes le había visto.

Me lo podía imaginar, pero, aun así, no podía creerlo.

Ni que se enfrentara a su madre de esa manera, ni que se sacudiera sus demonios y dejara tan clara su situación ante ella. Si Juana había oído bien, y yo estaba segura de ello, el hombre al que Ernesto había invitado a su casa, ese tal Rivera, era algo más que un amigo.

Juana cogió una de las botellas chorreantes que tenía limpias flotando en la bañera y la dejó boca abajo colgando de uno de los pinchos de la rejilla de secado.

—Es increíble —dije perpleja mientras me secaba las manos.

—Pues sí. Le gritó a doña Amelia como nunca lo había hecho. Le dijo que ese hombre había recompuesto los pedazos en los que se había roto desde hacía tanto tiempo y que no pensaba renunciar a nada y mucho menos porque ella se lo exigiera. Si los hubieras oído... se te habrían puesto los pelos de punta.

Me levanté de la silla mientras ella continuaba:

—Al final fue el señor Rivera el que dijo que se marchaba y entonces Ernesto le dio un ultimátum a su madre.

Me volví a sentar sobre una de las pilas de cajas vacías. Juana lo hizo a mi lado. Ella ya debía de haberlo digerido, pero a mí me estaba costando. Sabía desde que estuve en la casa que a Ernesto no le interesaban lo más mínimo las mujeres, imaginé sus inclinaciones desde que empecé a tratarlo, pero tener la seguridad era algo muy distinto y que él lo gritase a los cuatro vientos, aunque fuera su madre la única testigo, todavía me quitaba más el aliento.

Cogí un par de vasos de los que siempre había encima de la mesa y una de las botellas de gaseosa de la última caja que había llenado a primera hora y, pensando en Ernesto, la descorché, la serví y le pasé uno a Juana sin mirarla siquiera. No era la bebida más fuerte que había en la casa, pero no tenía nada más a mano para llevarme a los labios.

No podía estarme quieta. Empecé a tamborilear con los dedos en la mesa como hacía Luis cuando estaba nervioso, con el vaso de gaseosa todavía en la otra mano. Lo miré como si hubiera sido otra persona quien lo había llenado o como si me hubiera llegado a la mano por arte de magia. Le di un largo trago. ¿Cómo era posible que se hubiera atrevido, que hubiera gritado sin miedo sus sentimientos?

Juana me siguió con la mirada, de mis dedos repicando en la mesa al vaso, y siguió contándome:

—Amenazó a la señora que se iría, que se marcharía de la casa y de Terreros, que no iba a trabajar nunca más en los negocios de la familia y que la dejaría sola con su ponzoña para que se envenenara con ella; ésas fueron sus palabras. Y doña Amelia se calló. ¿Te puedes creer que no dijo nada? Está claro que se está haciendo vieja.

Dejé el vaso en la mesa, me levanté, me acerqué a ella y le cogí las manos mientras la miraba.

—Juana, ni se te ocurra repetirle a nadie todo esto.

—Claro, ¿te crees que soy tonta? Ya sé que sólo te lo puedo contar a ti. En Terreros pueden imaginar lo que quieran, pero no se atreverían a ventilar nada de Ernesto mientras doña Amelia siga viva.

Asentí. En eso tenía suerte, porque su madre, aunque él no lo quisiera, seguía siendo su escudo y su espada.

No tenía palabras para definir lo que me estaba pasando por la cabeza, ni para asumir la tormenta en la que él debía de estar metido, y sin darme cuenta, una carcajada me brotó de muy adentro. Juana me miró alarmada y hasta yo me sorprendí a mí misma. Porque, aunque estaba preocupada, era feliz pensando en Ernesto, y a pesar de que necesitaba asimilar del todo lo que Juana acababa de decirme, en mi fuero interno supe que él había ganado la batalla y, posiblemente, hasta la guerra. Había llegado su momento y tal vez había conseguido lo que llevaba tanto tiempo buscando: taparle la boca a su madre y hacer que sus sentimientos por fin prevalecieran.

Al principio se me hizo difícil imaginar el amor como él lo concebía. Un hombre besa a otro hombre, a escondidas en una biblioteca, y el mundo que los envuelve cambia, no sólo por el beso, sino también por el hecho de tener un espía acechando. Si su entorno lo supiera, sería difícil, casi imposible, que aceptaran sus sentimientos, pero, aun así, ellos persisten en ir en contra de todo lo establecido. Hay que ser muy valiente, o muy necio, para enfrentarse a todo con la bandera del amor como única enseña, aunque, bien mirado, lo único que a mí me importaba en ese momento era que Ernesto fuera feliz. Si con ese hombre lo conseguía y ésa era su opción de vida, ¿quién era yo para recriminarle nada? Y si encima doña Amelia debía tragarse su veneno... ¿qué más podía querer yo?

Nada. Nada de nada.

Y me pregunto: ¿por qué es tan fina la línea que separa lo bueno de lo malo? Luis y yo aceptábamos la manera de vivir de cada uno sin prejuicios. Sólo nos sorprendíamos precisamente de no sorprendernos de lo distinto y de aceptar que haya tantas maneras de amar como personas hay en el mundo. Porque al final lo único importante es que cada cual encuentre su camino.

Un corazón que se rompe muchas veces al final se para, e intuía que el de Ernesto llevaba mucho tiempo sin funcionar; con toda seguridad, roto por amores no correspondidos, por sentirse atrapado en convencionalismos, por la presión de su madre o por cualquier otra cosa que seguramente nunca me había contado ni me contaría jamás. Estaba segura de que esas situaciones le habían hecho mucho daño y le habían dejado unas cicatrices que todavía estaban demasiado tiernas.

Pensé que ese cubano, el señor Rivera, podría ser el aire fresco que le diera alas para remontar el vuelo y, aunque eso fuera difícil, o quizá imposible, lo importante era que lo intentara. Sonreí al pensar en su valentía y en la reacción de doña Amelia ante el desplante de su hijo. Me parecía mentira que el dócil, el que siempre se había dejado mangonear, empezara a sacar los espolones y a marcar su terreno dentro del gallinero que siempre fue su casa.

Llevaba mucho tiempo deseando tener una conversación tranquila con Ernesto. Le debía mucho, y no sólo en lo material. Me había ayudado en mi proyecto de las gaseosas y había sido ese socio con dinero que necesita toda empresa que no cuenta con un mínimo para salir adelante; además, él fue el que primero creyó en mí, quien finalmente convenció a Luis de que mi idea tenía posibilidades y que podía representar un buen futuro para todos nosotros. Sin embargo, no sólo le debía eso; tenía otra deuda antigua con él: fue un gran apoyo durante el tiempo que convivimos en la Casa Grande y jamás tuvo en cuenta la diferencia de clase social que había entre nosotros, cosa que le agradeceré siempre.

Ya hacía tiempo que no era aquel muchacho inocente, vulnerable y triste que había conocido cuando yo todavía era una niña; con los años se había convertido en un hombre tenaz, callado, incluso a veces hasta demasiado rígido y a la defensiva con casi todos, y me era muy difícil llegar hasta él como había llegado en nuestras largas conversaciones en el jardín de su casa. Sabía que desde que no estaba Fernanda y mucho más desde que Inés se había casado y se había ido tan lejos, se había quedado sin apoyos. Pensé que si había encontrado una salida con ese cubano, era posible que necesitara un confidente en Terreros que le escuchara, que le comprendiera y que le ayudara.

Pasaron varios días sin que pudiera acercarme a Ernesto, y aunque intenté encontrar el tiempo para buscarlo, entre las gaseosas, la familia, mi embarazo y, sobre todo, la recuperación de Diego, me fue imposible tener la charla que necesitaba.

3

Despedidas

Llovía.

Lo suficiente para empaparme el velo que me cubría y mojarme el pelo hasta las raíces, para que sintiera que volvían a caerme unas lágrimas que ya hacía horas que había agotado. Llovía tanto, que hasta me calaba el alma, pero yo no me daba cuenta. Sentía que llevaba una eternidad sumida en un letargo que no me dejaba tener más que un sentimiento: vacío eterno.

Pero sólo habían pasado dos días.

Todavía sentía el tacto de sus labios en la mejilla, mientras mis pies, que pesaban como si arrastrara dos piedras, se enterraban en los charcos. Seguir respirando; eso era en lo que me concentraba. En volver a llenar mis pulmones con otra bocanada de aire y en salir de ese agujero donde me habían metido. Tenía que salir; tenía que hacerlo por mis hijos, pero no sabía cómo iba a conseguirlo.

Los cuatro abríamos la comitiva de camino al cementerio. La mano de Diego apretaba la mía; no me soltó ni un segundo durante el trayecto. Tono iba sentado en mi cadera; de vez en cuando me acariciaba la barriga. Y Rita estaba inquieta; se movía dentro de mí sin parar.

Un único hilo es débil, pero se hace más fuerte cuando está entretejido con otros hilos. Yo necesitaba que fuéramos esa urdimbre, y los niños y yo íbamos tan juntos que sentía que el tacto de la piel de cada uno de ellos me daba el aliento que hacía muchas horas había consumido. Virtudes, Juanito, mi hermano y mis padres iban un paso por detrás, sufriendo tanto como nosotros.

El domingo anterior yo sabía que Luis no estaba bien, había empezado a toser y a tener fiebre, no tanta como Diego, pero se lo noté hasta en los movimientos. A mí me preocupó, pero él le quitó importancia.

—No tengo nada, gorrión —me dijo, y siguió con sus rutinas de todos los días de descanso—. A ver si no voy a poder disfrutar del primer domingo que mi hijo está bien.

Siempre me han parecido muy atractivos los hombres cuando se afeitan, nunca lo he podido evitar, pero cuando Luis se fue al patio con la brocha y la navaja y Diego se fue tras él, ya no vi a un hombre interesante, lo que vi fue a un padre enseñando a su hijo, y sentí ternura hacia los dos.

A Diego le encantaba imitar todo lo que hacía Luis y repitió cada uno de sus movimientos, embadurnándose la cara con la misma brocha que acababa de dejar encima del lavadero. Después se pasó una hoja sin filo que le dio su padre hasta que le quedó la cara limpia y sonrosada. Estaba satisfecho de su obra y así me lo hizo saber entre risas. Cuando acabaron con el afeitado, los dos se quitaron las camisas, las dejaron en la pila de la ropa sucia, como todos los domingos, y en cuanto Luis hubo liado los dos cigarrillos que se iba a fumar durante la mañana, metió al niño en la caja del carro y se fue con él a entregar las últimas botellas del pedido que todavía tenía pendiente. No era un trayecto demasiado largo y pretendía dar una vuelta y aprovechar aquella mañana tan buena para que a Diego le diera el sol después de tantos días encerrado en casa. El niño se lo pasó en grande con su padre y volvió feliz y orgulloso de haberlo ayudado. Por la noche, Luis estaba cansado y tosía del mismo modo en que lo había hecho su hijo. Volvió a tener fiebre, no demasiada, pero se lo noté en cuanto me abrazó debajo de las sábanas.

—No vayas a trabajar mañana —le rogué—. Necesitas descansar. Por un día que no hagas entregas no pasa nada.

—Sí que pasa. He de cuidar a los clientes para no perderlos —me dijo casi en un susurro después de un acceso de tos—. Doña Amelia sigue, como siempre, detrás de cada puerta, y, además, ya he descansado hoy. Mañana tengo que ir a Calatayud a recoger bastantes cajas.

De madrugada, mientras todavía seguíamos en la misma postura con la que acostumbrábamos a despertarnos, yo mirando hacia la puerta y él abrazado a mi espalda, le cogí las manos, tiré suavemente de ellas y estreché su abrazo un poco más; sin embargo, aunque volví a insistirle para que se quedara en casa, no conseguí que me hiciera caso.

Para desayunar, además de las gachas, le preparé una tisana de corteza de sauce como la que hacía Lola para curar casi todos los males, y me dijo que se encontraba mejor, que ya casi ni tosía.

—No te preocupes más, estoy bien —zanjó el tema antes de salir a aparejar el carro.

Me dio un beso y me acarició la barriga como despedida.

Ése era el beso que me ardía en la mejilla mientras entraba por la puerta del cementerio con mis hijos.

Tras salir de la casa esa mañana, no volví a verlo hasta que me lo trajeron entre dos hombres y me lo dejaron, como una marioneta con los hilos cortados, sobre nuestra cama. Me dijeron que se había caído del carro. A veces pasaba, pero siempre habían sido otros. Cuando un carretero se dormía porque no había descansado lo que es debido o porque estaba enfermo, podía caerse del carro, y si había mala suerte y lo hacía entre los ejes, las ruedas podían pasarle por encima. Si el carro estaba cargado, era una desgracia. Más de uno había perdido una pierna o un brazo por uno de esos accidentes.

Nunca hubiera imaginado que le podía pasar a mi marido. Luis era fuerte, joven y sobre todo era el hombre que compartía mi vida. Para mí, un ser invencible.

Pero él fue uno de esos accidentados. Fue uno de esos muertos.

Si me hubiera puesto farruca y no le hubiera dejado salir de casa sabiendo cómo había pasado Diego esa maldita gripe, igual todavía estaría vivo, pero no me impuse como debía y le dejé hacer. Me he repetido mil veces que no fue culpa mía, que yo no podía saberlo, pero todavía me lo sigo reprochando y no me lo perdonaré jamás.

La comitiva siguió por el sendero hasta la puerta del cementerio y, mientras lo enterraban en aquella fosa tan embarrada que parecía una ciénaga, Diego me apretó la mano.

—¿Cuándo volverá papá? —preguntó mirándome con ojos anhelantes.

Un tumulto de ideas se amotinó en mi cabeza. Hubiera querido decirle alguna cosa que le sosegara, que le diera esperanza, pero me fue imposible. Los ojos se me llenaron de unas lágrimas calientes que se mezclaron con la lluvia que me chorreaba por todo el cuerpo y de lo único que fui capaz fue de apretarle más la mano y de mirar al fondo del hoyo donde estaban metiendo la caja.

¿Cómo se le dice a un niño de seis años que no volverá a ver a su padre porque está muerto?

Me sentía rota. Había dado por sentado que nuestra vida iba a durar para siempre, pero se había terminado. El desgarro duró muchos meses y, aun después de tantos años, todavía sigue ahí, pero la pena ya no es afilada; ahora sufro por la añoranza. Extraño aquel tiempo en el que la espera de Rita suponía una mirada al futuro, cercano y sencillo.

Diego no había dicho ni una palabra desde que nos trajeron a su padre, y tras preguntar por él, con su mano aferrada a la mía, caí de bruces ante la realidad que nos tocaba vivir y tuve que aceptar que un segundo la vida es perfecta y al siguiente se convierte en cenizas. Aunque yo sólo tenía veintisiete años, me pareció que en mi espalda cargaba con más de cincuenta.

Imagino que cualquiera que haya perdido a un ser muy querido siente que algo se le escapa de entre las manos sin poder impedirlo, y en aquel tránsito comprendí que hay momentos que son tan insoportables que haríamos cualquier cosa para huir de ellos; pero son reales y debemos afrontarlos de cara para vencerlos. He llegado a un estadio en mi vida en el que me he dado cuenta de que hay que mirar con perspectiva. Entonces no podía, pero ahora sí. Me ha costado mucho tiempo y muchas lágrimas, pero he comprendido que el tiempo pasa y, aunque al principio no podía creerlo, siempre acabamos remontando el vuelo. Luis se fue, pero su presencia siempre ha continuado con nosotros.

Desde que nos casamos, mi marido empezó a ocupar un lugar que no había ocupado nadie antes. Era como el agua que se derrama de una fuente y que se extiende sin hacer ruido por todas partes. Así nos envolvía Luis.

Cuando me dijo que no le importaba mi vida anterior y los errores que había cometido, sentí agradecimiento, porque se convirtió en el filo que cortó el dogal que Javier me había puesto al cuello (pues, gracias a él, el pueblo empezó a creer mi versión de lo ocurrido y dejaron de hablar, al menos con la misma insistencia) y porque, al prometernos, mis padres respiraron tranquilos.

Ése fue el primer sentimiento, agradecimiento. Pero después de nuestra boda llegaron muchos más.

Antes de que nos casáramos, pensaba que no hacía falta que un matrimonio se basara en el amor, pero él me enseñó que la vida era otra cosa y, aunque no era el mejor partido de Terreros, tenía un atractivo innegable.

Recuerdo el día de nuestra boda, el último domingo de junio de 1910. Fue una mañana sin cierzo, clara y fresca, de un verano que había comenzado algo tardío. Me desperté asustada, ovillada sobre mí misma, después de un sueño repleto de pesadillas que no hizo más que meterme malos augurios en el cuerpo.

Desde que Luis se me declaró y acepté, tenía muchas dudas, pero esa mañana todavía me aguijonearon más. Imagino que a todas las novias les pasa, o igual no, vete tú a saber, pero esos pensamientos eran los que me hacían padecer en un día en el que sólo se debería sentir nervios de felicidad.

Tras ponerme el vestido nuevo que mi madre me había cosido, la abuela y yo nos quedamos solas en el cuarto un segundo. Me hizo sentarme en su cama y, mientras me arreglaba el pelo con unas horquillas que se sacó del bolsillo, se puso seria y me preguntó cómo me sentía.

—No lo sé —acerté a decirle.

Notaba sus dedos leñosos trenzando los mechones con el cuidado que le permitía su artritis. Hizo que me volviera hacia ella y me miró con esos ojos que me traspasaban.

Al recordarlo ahora, estoy casi segura de que ella sabía por qué sufría, se daba cuenta de que tenía miedo y que ni yo misma sabía de qué.

Me miró las manos, que en ese momento las tenía

amarradas, la una con la otra, para que no me temblaran, en el mismo gesto que ella hacía tantas veces. Sólo de pensar en Luis y en mí esa noche, solos en nuestra casa, la imaginación se me desbocaba. No por lo que iba a pasar, pues, para mi vergüenza, ya sabía a lo que me iba a enfrentar; estaba asustada por su reacción, después de lo que le había confesado de mi relación con Javier.

La abuela me habló con voz queda y mirada firme.

—Es un hombre bueno —me dijo mientras me hacía levantar la barbilla para mirarla y me prendía en el pelo varias flores de lavanda que habíamos recogido de nuestro patio a primera hora de la mañana—. Y ésos no son como los trenes que van a Zaragoza, no pasa uno cada día.

Y tenía razón. Tal como habían ido las cosas, yo no podía aspirar a nada; Luis era infinitamente más de lo que podía desear.

Mis padres habían puesto más expectativas que yo en la celebración y pretendían invitar a varios amigos y familiares de dentro y de fuera de Terreros, pero me opuse. En primer lugar, porque sabiendo que el pueblo no tenía la mejor opinión de mí, no quería que mis padres se llevaran un disgusto si alguien no se presentaba poniendo una excusa absurda; en segundo lugar, y mucho más importante, porque sabiendo que era imposible que ni el padre y ni el hermano de Luis pudieran venir a acompañarnos, pensé que lo mejor era que sólo asistiera mi familia.

Después de la ceremonia nos acercamos a nuestra nueva casa, que se encontraba apenas a dos bocacalles de la plaza. Hacía tan sólo un mes que Luis la había alquilado para que se convirtiera en nuestro hogar y con esa fiesta la estrenamos. La casa era pequeña, sólo una cocina y dos pequeños cuartos, y dentro no había ningún lugar con sitio suficiente para poner una mesa donde pudiéramos comer todos; sin embargo, como todavía no habíamos construido ni el corral ni el gallinero y el huerto estaba sin alambrar, allí teníamos espacio para colocar lo que necesitábamos para la celebración.

Madre preparó un menú especial de ternasco con patatas y zanahoria; Juana y sus padres, que eran los únicos invitados, llegaron cargados con un par de bandejas llenas de torrijas recién hechas, varias hogazas de pan, un par de quesos curados y una caja de botellas de la bodega de doña Amelia que les había entregado Ernesto, a escondidas de su madre, para que brindáramos.

Fue un día alegre en el que lo pasamos bien. Mi padre estuvo feliz porque, aun antes de que Luis me pidiera matrimonio y yo lo aceptara, ya lo quería y le agradecía que le hubiera sacado del pozo en el que había caído cuando lo despidieron. Tanto madre como la abuela también disfrutaron; pero, sobre todo, sé que sintieron alivio porque a partir de ese momento, aunque nunca me lo hubieran reconocido, dejé de ser para ellas una mujer de segunda mano.

Todas aquellas dudas que había tenido durante la mañana se me fueron enredando con la alegría de mis padres y hasta llegué a olvidarlas, pero revivieron y se multiplicaron, convirtiéndose en desasosiego, tal como se fue acercando la noche. La celebración se acababa, Juana se fue junto con sus padres, Virtudes, Juanito y mis padres también se retiraron y llegó el momento de quedarnos solos Luis y yo mientras acabábamos de recoger los últimos vasos.

Entramos y entonces fui consciente de que me había quedado sola en esa casa que todavía no había hecho mía. Volví a temblar igual que por la mañana, cuando estaba con la abuela. Luis me miró con su media sonrisa cuando entró en el comedor detrás de mí.

—Ya está, por fin se han ido.

Me acercó hacia él, me dio un suave beso y a buen seguro que notó mi angustia. Me tomó de la mano y me hizo recorrer el pequeño pasillo que nos separaba de nuestro dormitorio. Tras entrar, me cogió por los hombros e hizo que me sentara en la cama.

Desde que había dejado lista la casa hacía poco menos de una semana, yo no había querido volver y, con tanto barullo durante el día, no había tenido ni tiempo para entrar en nuestro dormitorio. Ya hacía varios días que Luis vivía allí y, aunque me dijo que no tenía intención de estrenar nuestra cama hasta que la ocupáramos los dos, me di cuenta de que había limpiado y ordenado la habitación para que me sintiera más cómoda. Hasta había un ramo con flores de aliaga sobre mi mesilla.

Se sentó a mi lado y de nuevo juntó sus manos con las mías. Un estallido me recorrió la espalda con el tacto de su piel.

—Tranquila —dijo mientras se separaba un poco—. Confía en mí.

—No tengo miedo —contesté sin mirarle a los ojos.

Pero no era cierto. Había pensado demasiado en el momento en el que íbamos a estar solos, que debería ejercer de esposa y darle lo que esperaba. A mi memoria llegó mi último encuentro en las cuadras con Javier y la sensación de vacío y náusea que me quedó.

—No quiero forzarte a nada —afirmó rescatándome de mis pensamientos, y le agradecí que me ayudara a salir de aquel recuerdo—. Andaremos a tu paso si lo necesitas —añadió con voz suave.

«No estás siendo justa», pensé. No quería recordar a Javier porque me pareció que mi recién estrenado marido no merecía que en nuestra cama hubiera alguien más que nosotros dos, pero estaba paralizada y no sabía qué hacer.

Entonces se levantó y se acercó a la repisa que había sobre la estufa, cogió algo que había allí y me lo tendió.

—Toma. Es para ti.

Me levanté y caminé los dos pasos que me separaban de él.

—¿Qué es? —pregunté con el paquete ya entre las manos. Ni acerté a abrirlo.

Me había sorprendido tanto que me hiciera un regalo que no sabía qué decir. De hecho, desde que Inés me había regalado su chal blanco para aquella vendimia de hacía tantos años, nunca había recibido nada de nadie.

—Abre la caja y lo sabrás.

Y la abrí.

Luis sacó con suavidad una cadena que había dentro y que yo observé como si fuera un ratón que me fuera a saltar a las manos, hizo que le diera la espalda y me la ajustó al cuello. Vi nuestra imagen en el pequeño espejo que había junto a la cama. De la cadena colgaba una figura con forma de pájaro. La toqué con cuidado, era suave y fría al tacto.

—Es un gorrión. De plata —matizó, todavía detrás de mí, mientras me acariciaba el cuello justo donde la cadena me tocaba la piel.

Podía ver su cara reflejada en el espejo, cómo me sonreía, tímido y expectante a la vez. Luis miró a los ojos a mi imagen reflejada y yo le devolví la sonrisa.

—La encargué en Cariñena, en mi último viaje. Me gustaría que la llevaras.

Luis era así. Durante el tiempo que vivimos juntos me pasó a menudo: cuando pensabas que lo sabías todo de él, te atrapaba con algo que jamás hubieras imaginado y te dejaba sin aliento.

Tras aquel gesto comprendí que mis miedos eran absurdos.

—Gracias —fue lo único que le dije antes de volverme y darle un beso que él me correspondió.

Lo que siguió a continuación fue sencillo. Me reconcilié con mi cuerpo y con mi futuro más próximo y, mientras él me acariciaba el pelo y me quitaba las flores que la abuela había prendido en él, escuché sus palabras y me sentí orgullosa cuando me hacía ver lo feliz que le había hecho al aceptarlo como marido. Me acarició con una ternura que me hizo estremecer y me sentí la mujer más deseada del mundo. Eso fue algo que nunca me hubiera pasado por la cabeza y que jamás había sentido entre los brazos de Javier. Luis me guio por una dulce senda, suave y generosa, y con su abrazo olvidé lo que había aprendido, porque él empezó un nuevo capítulo de mi libro. Alguien que me quería y que deseaba hacerme feliz.

Cuando nos separamos, lo observé a mi lado; sonreía con los ojos cerrados, el pelo enmarañado y la respiración entrecortada.

Abrió los ojos y me miró.

—¿Te ha gustado? —preguntó con un gesto contenido.

Sin embargo, sus ojos me hacían otra pregunta. «¿Te ha gustado más de lo que te gustaba con él?»

Lo miré, conmovida por la ternura que acababa de entregarme y por aquella duda que estaba segura que le hacía daño, le contesté que sí, que me había gustado y, aunque no se lo dije, pensé que nunca habría imaginado que corresponder a su deseo fuera tan grato.

—Te quiero —dijo en un susurro mientras me abrazaba con suavidad, y algo dentro de mí, que no era gratitud, se removió.

En toda mi vida sólo había compartido habitación con la abuela y jamás había dormido toda una noche con nadie en la misma cama. No obstante, a partir de entonces, sentí que compartir el lecho con Luis y tener su cuerpo dormido tan cerca del mío, abrazándome y ofreciéndome refugio, me provocaba una sensación de intimidad y de amparo enorme; como si fuera posible compartir mis sueños con los suyos creando entre los dos un vínculo y una solidez que posiblemente fueran más intensos que cuando estaba despierta. Todavía ahora lo siento, pues muchas noches, en ese momento mágico de la duermevela, cuando mi mente se separa de mi cuerpo y me transporto a esa sutil frontera donde no está clara ni la vida ni la muerte, sigo notando el peso de su brazo en mi costado y su profunda y tranquilizadora respiración junto a mi espalda.

A partir de nuestra noche de bodas comprendí que la pasión y el amor no son la misma cosa, y empezamos una vida apacible. No quiero decir que no tuviéramos problemas o que no trabajáramos como dos mulos de carga, pero lo hicimos juntos y con ilusión por nuestro futuro. Fue un tiempo de esfuerzo, pero también de tranquilidad de espíritu y de plenitud, donde tanto él como yo empezamos a conocernos, y, en mi caso, a quererlo. Siempre fue cariñoso, paciente y considerado y me demostró que podíamos hablar de cualquier cosa. Además, tenía en cuenta mi parecer, algo que no era muy corriente en la mayoría de los matrimonios, aunque debo reconocer que algunas veces era testarudo y otras gruñón cuando no conseguía lo que quería, o demasiado honesto y firme para ser un comerciante, lo que nos hacía discutir no pocas veces por el negocio. Imagino que esos rasgos de su carácter, que se explicaban por la cantidad de años que no había tenido que decidir las cosas con nadie, eran lo que de verdad me hicieron quererle tanto. Le quise. Le quise mucho. En realidad, lo amé durante todo el tiempo que estuvimos casados. Y ahora, que me hace tanta falta, aún lo sigo amando.

Viví más de ocho años con Luis, compartiendo no sólo esfuerzo e ilusiones; también formamos una familia y mirábamos el futuro con esperanza. Pero ocho años no son suficientes; sientes el regusto de haberte quedado a las puertas de todo. Tras su muerte, lo lloré con amargura, pero, aunque al principio no podía creerlo, el tiempo pasa y nos quedan los recuerdos. Aprendemos a convivir con ellos y al final, si somos fuertes, o nos ayudan a serlo, los guardamos en un rincón profundo y remontamos otra vez el vuelo.

4

De la semilla al árbol

Finales de diciembre de 1918

Cuando se cumplía un mes que Luis había abandonado este mundo, y quince días desde que la niña que tanto había deseado naciera, celebramos la misa de difuntos.

Él había querido que la llamáramos Margarita, como su madre, y así le puse, pero siempre la llamamos Rita.

El día de la misa, el ambiente crudo y seco traspasaba la ropa, por mucha que nos cubriera, y sobre todo por la tarde, cuando el sol se puso, sentí su gélido aliento tanto dentro como fuera de mi cuerpo.

Madre quería que la niña se quedara en casa, decía que ésas no eran horas ni el lugar para llevar a una recién nacida, pero yo me negué a dejarla, la abrigué con la manta más gruesa que encontré en casa, la abracé contra mi cuerpo y salimos. Cuando llegué a la iglesia, ocupé el asiento que me dijeron y me mantuve erguida todo el tiempo que pude, sintiendo el pequeño cuerpo moverse entre mis brazos. Parece mentira, pero hasta tuve ánimos de sonreír al darme cuenta de que, por primera vez en mi vida, me sentaba en el banco de doña Amelia.

Los que asistieron dijeron que el responso del nuevo sacerdote, el que sustituyó a don Rafael tras ser uno de los primeros que cayeron por culpa de aquella maldita gripe, fue muy sentido y que valió la pena escucharlo sólo por cómo recordó a mi marido. A mí me habría importado lo mismo que hubiera cantado por bulerías, porque todo aquello no me consolaba. Con mis recuerdos tenía bastante. No asistí a la iglesia por mí, ni por mis hijos y mucho menos por Luis; sólo accedí por mis padres y, sobre todo, para que la abuela se quedara tranquila y pudiera rezar para que Luis descansara donde ellos necesitaban que estuviera.

Aunque mi marido no era creyente y jamás le gustaron ni los curas ni los santos, habría agradecido ver la iglesia tan llena. A mí me conmovió, porque aquellos bancos, tan repletos de vecinos, me demostraron que era alguien querido, no sólo por mi familia. Lo mejor de Luis era que no quería saber el gran hombre que era, ni le daba importancia, pero yo sí lo sabía; sabía con quién me había casado y con quién compartía mi vida. Estaba orgullosa, y aunque en aquel momento eso no me consolara, entendí que no sólo yo lo valoraba.

Hasta Inés había venido. Hacía unos días que estaba en España y esa misma mañana había llegado de Madrid con el primer tren del día. Inés quería acompañar a su madre tras la muerte de don Sebastián, que había fallecido hacía poco más de un mes, más o menos en las mismas fechas que Luis, por un problema coronario súbito. Aprovechó que el señor Duncan debía viajar por Europa, por necesidades de su trabajo en el gobierno de Estados Unidos, y ella pensaba quedarse un tiempo en el pueblo.

Inés entró en la iglesia del brazo de Ernesto, pero ninguno de los dos se sentó con nosotros, se quedaron en un segundo plano mientras duró el responso y, tras acabar el oficio, me dieron el pésame como cualquier otro vecino.

—Cuánto lo siento, de verdad. No sé qué decir para consolarte —dijo Inés.

Lucía un embarazo incipiente que ya empezaba a notarse y yo sentí una punzada de rencor al pensar que ese niño que estaba por nacer podría disfrutar de un padre.

—Ahora está con el Altísimo —continuó Inés mientras me acariciaba una mano para infundirme aliento.

Si alguna vez había tenido dudas, a partir de la muerte de Luis no me cupo ninguna. Dejé de creer. Además, estaba peleada con cualquiera que me dijera que un Dios que puede llevarse a un buen hombre como mi marido, de una manera tan absurda, podía ser un Dios clemente. Ninguno que se precie como tal puede ser tan injusto.

Las palabras empezaron a escocerme en la boca al escuchar a Inés, pero me di cuenta de que ella no se merecía que le hiciera daño y no le dije lo que pensaba. No le dije que si había algún culpable de la muerte de Luis, ése era su madre. No le reproché que ella había sido la que le había obligado a devanarse los sesos para sostener un negocio que hacía aguas desde que nos casamos, mientras le ponía todas las trabas posibles para que no levantara cabeza, pero me lo callé; o podría haberle dicho que había sido ella la que había conseguido que casi ningún propietario de la comarca quisiera vendernos sus vinos, algo que obligaba a mi marido a viajar a muchos kilómetros de Terreros y a trabajar hasta la extenuación para poder sacar a nuestra familia adelante; tampoco le dije que su madre había sido la que lo había empujado, para no perder lo poco que nos quedaba, a levantarse de la cama con aquella fiebre que había provocado que se cayera del carro. Ni siquiera quise decirle que, sin ninguna razón que pudiéramos entender, su madre nos odiaba hasta no dejarnos vivir. Sentí una ira ciega que no podía contener, pero Inés no merecía que le reprochara los pecados de su madre porque, si había alguien inocente en aquella familia, en ese momento la tenía delante.

Ernesto se acercó a nosotras y se quitó el sombrero.

—¿Cómo estás? —preguntó mientras me miraba con gesto desolado.

No le dije nada porque no podía hablar, pero asentí e imagino que él entendió sin palabras.

—Estoy para lo que necesites, de verdad —añadió con una leve sonrisa apenada, y supe que lo decía de corazón.

Me dirigió una de esas miradas tristes que desde hacía tanto tiempo presidían su expresión y me pareció que quería decirme algo más, pero calló, me cogió la mano y me la besó como si yo fuera una mujer de su clase social. Después se fue con Inés.

Cuando llegué a nuestra casa, envié a mis padres, a la abuela, a Lola y a todos los que se habían ofrecido a acompañarme a sus respectivas casas. Necesitaba tranquilidad, no plañideras, y aunque todavía no era su hora, les di una cena ligera a los niños y los metí en la cama. Ellos estaban tan agotados como yo y ni siquiera se quejaron cuando los obligué a apagar el candil de su habitación a esas horas tan tempranas.

Me quedé sola frente al fuego de la cocina, con Rita en el regazo. La acuné, le di de mamar y el silencio se adueñó de nosotras. Las dos necesitábamos sosiego y estar solas desde hacía horas. Comió con ansia y, cuando acabó, poco a poco se fue quedando dormida y yo me serené con ella mientras veía cómo se le iban cerrando los ojos. Mi pequeña era ajena a todos los males que nos dolían y, mientras contemplaba su carita, intenté encontrarle algún parecido con Luis.

Dormitaba en la silla cuando sonaron unos golpes en la puerta.

Estuve a punto de no abrir, no me quedaban fuerzas para hablar con nadie, pero ante la insistencia de la llamada, me levanté y me acerqué a la puerta con Rita rebullendo entre mis brazos.

Allí estaba Ernesto.

Venía para ofrecerme consuelo con algo más de tranquilidad que aquel beso en la mano que me había dado en la puerta de la iglesia. Le hice pasar y, mientras se sentaba frente al fuego, llevé a Rita a su cuna. Cuando volví, Ernesto avivaba las brasas.

Serví un par de vasos de vino.

—No es de tu bodega —le informé mientras dejaba su vaso encima de la mesa.

Se limitó a sonreír como respuesta.

Después de lo que había vivido el último mes, todavía no entiendo cómo olvidé mi hartazgo por todo lo que no tuviera que ver con mi dolor y compartí esos momentos de confidencia con él, cómo dejé de hacer caso a mi añoranza y lo escuché a él. Pero así fue.

Estuvimos hablando mucho rato de Luis y de los recuerdos conjuntos que teníamos de él: de la vez que, uno par de años después de nuestra boda, se presentó en la Casa Grande y se peleó con doña Amelia cuando intentó que siguiera vendiéndonos sus vinos y ella se negó sin darle ningún argumento; o cuando Ernesto se ofreció a prestarnos el dinero que necesitábamos para empezar con las gaseosas y, por mucho que Luis insistió, no quiso ser socio de nuestra aventura.

—Era vuestro negocio y yo no me podía meter. Con prestaros el dinero era suficiente —me interrumpió a media frase.

Hasta nos reímos mientras imitaba el tono que su madre usaba en cualquiera de las veces que él quiso ayudarnos y ella lo obligaba a cambiar de opinión o a hacer cualquier cosa contra su voluntad.

Después de todos aquellos recuerdos que al menos a mí me atemperaron el ánimo, guardó silencio durante un segundo, observó la lumbre, volvió la cabeza para mirarme a los ojos, firme y serio, y me soltó a bocajarro:

—Me voy... Me voy para siempre de Terreros, pero quiero seguir en contacto contigo.

Había decidido marcharse a Cuba. No me lo dijo, pero imaginé que se iba tras la estela del señor Rivera. Pensé en Javier. Hacía mucho que se había marchado y en todo ese tiempo nunca me llegaron noticias de él. Al principio no las quería, pero después ya no me hicieron ninguna falta. Si Cuba no era muy grande, y Javier continuaba allí, igual podrían encontrarse. Ernesto no hizo caso de mi comentario y continuó explicándome sus planes:

—Eres a la única a quien se lo he dicho. Aún no lo sabe ni Pedro.

Me sorprendió y, a la vez, me halagó que pensara en mí y que me pidiera consejo, pero también me entristeció que no tuviera a nadie más con quien compartir sus proyectos.

Frente al fuego de mi chimenea, me pareció el ser más solitario del mundo.

—¿Por qué? —Lo miré expectante esperando una respuesta que no llegaba—. ¿Por qué me lo cuentas a mí?

Todavía se mantuvo unos segundos más en silencio, como ordenando sus ideas para contestarme, mientras apretaba los dedos en los brazos de la silla, mirando los rescoldos de la chimenea.

—Porque tú eres la única que puede entenderme.

Después cogió una rama fina de la pila que utilizábamos para prender la lumbre a primera hora de la mañana, y empezó a pasársela de una mano a la otra. Lo vi desvalido y me enterneció que, después de tantos años, todavía supiera que yo estaría a su lado para escucharle si me necesitaba. Cogió su vaso, del que todavía no había dado ni un trago, y bebió de ese vino de la competencia. Me miró y asintió.

—Es bueno. Luis sabía del negocio —dijo al tiempo que lo dejaba otra vez sobre la mesa.

Continuó hablando:

—Somos tan frágiles, Manuela, y yo tan cobarde. —La luz mortecina de la chimenea, casi sin llama, le iluminaba la cara, dándole un tono rojizo y marcándole arrugas que lo envejecían. Rompió la rama mientras hacía un gesto como de cansancio, o de hastío—. La falta de Luis ha removido heridas antiguas que pensaba que ya se habían cerrado. —Bajó la vista hacia el fuego y se puso a removerlo con el trozo de rama más largo. Las brasas chisporrotearon con sus movimientos—. Lo que os ha pasado me ha hecho darme cuenta de las cosas que importan y de las que no, de mi presente y mi futuro. —Me miró y sonrió con tristeza—. Si todavía estuviera con nosotros, igual ni me hubiera parado a reflexionar si soy feliz.

Volvió a coger el vaso, hizo un ademán de brindis hacia la lumbre y lo apuró de un trago.

Sabía que Ernesto le tenía aprecio a Luis desde hacía mucho tiempo, pero nunca hubiera imaginado que su falta le afectara tanto como para hacerle replantearse la vida.

—Quiero empezar de nuevo —prosiguió, con el vaso vacío entre los dedos—, sin ataduras de ninguna clase. Me he equivocado tantas veces... Espero no volver a hacerlo, pero si me pasara otra vez, prefiero que sea muy lejos de aquí y que no afecte a nadie de los que quiero.

—No digas eso. No te vayas. Nada es irremediable... —Cerré los ojos al pensar en las palabras que se me atascaban en la boca, hasta que las solté—, excepto su muerte.

—Por eso mismo me voy.

Repiqueteó en el vaso con la punta de los dedos y, como si necesitara tener una paciencia infinita consigo mismo, lo dejó finalmente sobre la mesa, se frotó las manos, pensativo, y suspiró antes de continuar:

—Hay demasiadas cosas que no puedo recomponer. Que no tienen perdón. Siento no darte demasiado consuelo en un día como hoy, pero necesitaba estar contigo y que fueras la primera en enterarte; por los tiempos en los que procurábamos ayudarnos y todavía éramos ingenuos.

—No te preocupes por mí. De verdad, espero que encuentres lo que buscas, aunque sea tan lejos.

Entendí su huida hacia delante porque vivir con su madre era como perseguir el humo o como caminar intentando alcanzar el horizonte, un imposible.

—No entiendo cómo has aguantado tanto. —Estiré el brazo hasta tocar su mano. Era un pobre consuelo, pero deseaba que notara que estaba a su lado—. He pensado mucho en ti y siempre me he preguntado por qué nunca te has rebelado. Igual tienes razón y lo mejor es olvidar todo esto y empezar de nuevo.

—¿Olvidar? No he dicho nada de olvidar. Ni puedo... ni debo. Si algo he aprendido en estos años es que cada uno tiene su propia versión de la realidad y todas tienen una parte de verdad. La de mi madre también. Muchas veces tiene razón, aunque no lo parezca. No merezco su compasión y mucho menos su perdón. Ni el suyo ni el de nadie. A veces pienso que soy un monstruo.

—Pero ¿qué dices, Ernesto? —protesté. Sus inclinaciones no le convertían en nada de eso, pensé, e intenté hacérselo ver—: No puedes pensar así. Eres una de las mejores personas que conozco. Siempre has estado aquí, a nuestro lado. Debes perdonarte los errores, por muy grandes que sean. Estoy segura de que no han sido por tu culpa.

—Sí que lo han sido... al menos, los más importantes. No conoces toda nuestra historia. Le debo a mi madre mucho más de lo que imaginas. Sé que hace demasiado tiempo que no hablamos como lo hacíamos cuando vivías en casa, y lo lamento. La vida es a veces muy complicada. Todavía recuerdo nuestras conversaciones como un momento de paz en épocas muy malas.

—Ernesto, ¿sabes lo que me decía mi abuela? Cuando la semilla piensa que su mundo se acaba, se convierte en árbol.

Sonrió y asintió.

Intentaba que recapacitara, pero, sobre todo, entenderle para poder ayudarle, aunque ése no era el momento más adecuado en mi vida para buscar algo positivo en nadie, y mucho menos en la señora de la Casa Grande. Lo peor era que posiblemente tenía razón, que igual nunca había sido feliz en el hogar de los Prado de Sanchís y que la única solución era salir huyendo y buscar una vida mejor al otro lado del océano.

Cada uno tenemos nuestros muertos esperándonos entre las sombras, dispuestos para encontrarnos, y Ernesto debía enfrentarse a los suyos si quería salir adelante.

Tres días después se marchó. No fui a despedirlo a la estación por no encontrarme con su madre y, aunque nos escribimos al menos una vez al año, ya no volví a verlo nunca más. Sin embargo, la conversación de aquel día se me quedó grabada y deseé que en Cuba encontrara lo que tanto necesitaba.

5

Nuevos proyectos

Marzo de 1920

La vida se atemperó poco a poco.

En los peores momentos nos agarramos a lo único importante, y yo me aferré a mis hijos. De los tres, sólo Diego tuvo días difíciles hasta que Luis se fue escondiendo en algún rincón de su memoria y, con los años, mi hijo mayor se fue convirtiendo en un muchacho serio y templado. En cuanto a Tono, era tan pequeño cuando murió su padre que muchas veces me decía con tristeza que no recordaba sus facciones. Y Rita, mi pequeño renacuajo, tenía la vida todavía tan por estrenar y el pasado era algo tan lejano para ella, que no se entristecía más que por el abatimiento que destilábamos durante los primeros años. Virtudes, padre y yo continuamos trabajando en nuestras gaseosas. Eso fue lo que hizo que mi vida se apuntalara y, sobre todo, me ayudó a que, con tanto trabajo, aquel dolor que sentía quedara como adormilado.

—¡Han llegado las esencias y los nuevos envases del pedido de Zaragoza! —gritó Virtudes desde la puerta del patio, cargada con un par de voluminosas cajas—. Ven, ayúdame, que el carro está lleno y no voy a poder descargarlo sola. —Levantó dos cajas hasta la altura de su pecho—. ¿Dónde ponemos todo esto?

Me miró interrogante y tras echar una ojeada a su alrededor, cerró los ojos y negó en silencio. Tenía razón, allí no había quien diera un paso.

—¿Y ahora qué? Aquí no cabe ni un alfiler. Mira que te lo tengo dicho, Manuela. Así no podemos seguir, pero tú no me haces ni caso. —Estaba sofocada y dejó las cajas a sus pies, esperando una contestación que yo no sabía cómo darle—. ¡A ver! ¿Cómo lo hacemos? —me reclamó con los brazos en jarras.

Intenté apaciguarla y pensar racionalmente. Como mínimo teníamos que meter todo el material nuevo, aunque fuera embutido, en el poco espacio que nos quedaba en el patio.

Desde hacía un tiempo se habían puesto de moda las gaseosas con gustos. Nos las pedían de menta, de grosella, de naranja y hasta de plátano. Lo último que nos había llegado era la esencia de café para sustituir al soldado y, para todos esos sabores, habíamos encargado unos envases especiales que ocupaban demasiado en nuestro saturado almacén. Además de sitio, lo que necesitábamos era modernizarnos si queríamos competir con las demás fábricas que se habían instalado en muchos de los pueblos de la comarca. Pero, por encima de todo, lo más importante era el agua, y al ampliar la producción, necesitábamos mucha más. En nuestro negocio es un bien imprescindible, y la del Jalón había sido la que habíamos utilizado siempre. La acarreábamos a diario con el carro, gracias a unos enormes depósitos, desde una de las fuentes cercanas al río hasta la trasera de nuestra casa.

Estaba claro, necesitábamos un cambio.

Acordamos que lo mejor era salir del pueblo para acercarnos al río y nos pasamos un mes dando voces y buscando el terreno idóneo hasta que lo encontramos. Ni la abuela recordaba si aquella pequeña franja de tierra, con tanto desnivel, se había cultivado nunca, y lo que estaba claro era que, de no usarla y no ponerle cuidado durante tantos años, se había convertido en un pedregal baldío, con una inclinación que no podía arar ni el mulo más enérgico; pero estaba a sólo un kilómetro de Terreros, en una vaguada junto al camino que daba directamente a una acequia en desuso y, además, tenía buen precio. Era perfecto.

Fui innumerables mañanas a comprobar los hitos y los márgenes, la distancia que debíamos salvar para proveernos del agua o a medir el solar para confirmar que la nave central y el almacén que había imaginado cabrían bien allí. Cada vez que me encontraba en aquel paraje, cerraba los ojos y veía mis máquinas funcionando mientras escuchaba el rumor del agua tan cercano.

Ya teníamos cerrada la compra y habíamos dado la paga y señal, cuando descubrimos que el camino hasta la acequia y el río pertenecía a una de las muchas propiedades de doña Amelia y, aunque la servidumbre de paso era un derecho, porque nuestro terreno era colindante al camino y a las tierras de la familia, desde el momento en que lo supe tuve la certeza de que ése iba a ser un obstáculo que no me iba a dejar dormir tranquila durante mucho tiempo.

La memoria es traicionera y a veces te juega malas pasadas, pero yo recuerdo aquella conversación como un triunfo y, sin embargo, según me contó Juana, había oído hablar a su padre con la señora y no le había dado la impresión de que ella se sintiera derrotada. Pero al final me salí con la mía, eso es lo que cuenta, aunque ella dijera en su casa lo que le diera la gana.

Sabía que doña Amelia jamás me iba a recibir y, además, no me hacía ninguna gracia enfrentarme a ella en su terreno para exigirle lo que consideraba justo, así que decidí ir a su encuentro en algún lugar donde no pudiera negarse a hablar conmigo y, a ser posible, con testigos. Aun así, todavía me hago cruces de cómo se paró en la puerta de la iglesia tras la misa de las doce aquel domingo de primavera.

En cuanto empecé a hablarle y a demandarle lo que consideraba razonable, ella me contestó altiva, mientras se sujetaba las faldas en el último peldaño de la escalinata:

—¿Te has creído que porque eres propietaria de un par de máquinas mugrientas vas a pasar por mis fincas para robarme el agua?

—El agua no es de su propiedad —repliqué—. Sólo pido lo que me corresponde, la servidumbre de paso, nada más. —La miré de frente por primera vez en mi vida—. El camino es de todos y no puede cerrarlo sin motivo.

—¿Te parece poco motivo que no me dé la gana? —repuso intentando desarmarme con su mirada de águila.

Estiró la espalda, que ya hacía tiempo tenía encorvada, todo lo que pudo, pero yo me mantuve firme; me sentí crecer y seguí plantándole cara a esa mirada de odio y de suficiencia que conocía tan bien. No me amedrenté.

—Me va a dar el paso al agua, ¡le guste o no! —le dije sin miedo.

—¡Eso ya lo veremos! —sentenció, y dio media vuelta con el orgullo de un amo ante un esclavo insignificante.

Lo tuve claro y eso hicimos. Lo vimos.

Estuve semanas yendo, día tras día, al terreno, mientras los obreros trabajaban aplanándolo, esperando encontrar el paso abierto, pero no lo conseguí ninguna vez. Doña Amelia había contratado a dos hombres armados que no dejaban pasar a nadie por el camino, y mucho menos acceder al manantial o llegar hasta el río. Nunca intenté que me ayudaran los peones de la obra para que no hubiera una desgracia, pero cada vez que aquel par de brutos me impedían pasar, me iba directa al cuartelillo a denunciarla.

Entre la rabia y la esperanza, imaginaba mi nueva fábrica. Calculaba los espacios y colocaba mentalmente en su sitio mis máquinas: los nuevos filtros para el agua que nos iba a costar tan poco trasegar en cuanto consiguiera que doña Amelia bajara la cabeza; veía la flamante llenadora doble de sifones que acababa de comprar y que era nuestra joya, la saturadora, la embotelladora de nueve grifos rotativa, el nuevo gasómetro y el dosificador de jarabes ya funcionando. También le busqué sitio al armario donde guardaríamos las caretas de seguridad y los delantales de cuero para evitar los accidentes con los sifones, y hasta estudié en qué lugar podía guardar por las noches la camioneta que soñaba comprar y que esperaba que algún día jubilara los dos carros de Luis. Me imaginaba el almacén que construiría, en el lateral norte, con suficiente espacio para meter todas las cajas de envases que desbordaban mi casa y mi patio. En un lado, los limpios y relucientes, todos apilados en sus cajas y en perfecto orden, a la espera de que los llenáramos, y en otra zona mucho más cerca de las bañeras, los recién traídos todavía por limpiar. Pensaba en la pintura de las paredes, en los muebles de la oficina y en todos los detalles que todavía me quedaban por ultimar.

Sabía que doña Amelia no me iba a doblegar en el envite y que, en muy poco tiempo, todos esos sueños se iban a hacer realidad. Estaba segura de que nuestra pugna acabaría por demostrarle que con Manuela Giner había pinchado en hueso. Ya no era aquella niña amedrentada que trabajaba en su casa, ni la que se había enamorado como una tonta de Javier; tampoco a la que podía despedir sin contemplaciones ni consecuencias. Me había convertido en una rival a su altura que le iba a plantar cara todas las veces que hiciera falta.

Empezaba a tener amigos influyentes que me podían ayudar; sin embargo, hasta que no tuve la nave construida y con los accesos y las licencias en orden, no se materializó el permiso. Tuve que pagarle a doña Amelia una indemnización que fijó el juez. La deposité con gusto en el notario porque al principio se negó a recibirla para poder salirse con la suya, pero al final no tuvo más remedio que aceptarla cuando la obligaron, por primera vez en su vida, a claudicar, a dar su brazo a torcer y a hacer caso a la autoridad. Lo mejor fue que tuvo que despedir a los matones que nos impedían el paso. El día que se marcharon, despotricando contra nosotros, mientras pasaban por el camino junto a la fábrica ya casi acabada y con los operarios gritando de júbilo, lo vi claro: por primera vez en mi vida me había salido con la mía ante doña Amelia.

Disfruté al imaginarla sofocada de ira, sola, sentada en su sillón orejero y tapada con su vieja manta amarilla, en aquella salita con la temperatura tan alta que yo conocía tan bien.

6

Incendios

Octubre de 1927

—¡Señora... Señora...!

Me despertaron las voces en la calle y los golpes en la puerta me acabaron de espabilar. Me incorporé mirando la oscuridad sin comprender de dónde venían los gritos y, mientras me bajaba de la cama y corría por el pasillo, oí el repique de la campana de la iglesia de la Asunción.

Las tres.

Los pies se me fueron quedando fríos con cada paso que daba y, cuando llegué al descansillo, sentí un espasmo helado, un mal presagio, y me tapé con el chal. Los golpes eran cada vez más desesperados. Abrí la puerta y allí estaba Jonás, el guarda de la fábrica.

—¡Señora, tiene que venir! —Jadeaba apoyado en el quicio de la puerta con la cara congestionada.

Se quitó la gorra y la retorció entre las manos.

—¡Calla! Vas a despertar a todo el pueblo —le dije sujetándole los brazos—. ¿Qué pasa?

—Señora... —repitió, me miró con miedo y continuó—: La fábrica está en llamas.

Sin darle tiempo para más explicaciones, salí corriendo desandando mis pasos. En la habitación me calcé los botines y me puse el abrigo largo sobre el camisón de lino, sin pensar en vestirme como es debido. Oía mi corazón latiendo bajo la ropa mientras entraba en la habitación de los niños. No habían oído los golpes, y tanto Tono como Diego dormían tranquilos en sus camas. Desperté al mayor y le hice ponerse los pantalones y coger su abrigo mientras le explicaba lo que sabía.

—Vigila a Rita —le ordené a Tono, que todavía me miraba con ojos de sueño—. Tu hermano y yo nos vamos a la fábrica.

No le di más explicaciones para no asustarlo más de lo que ya estaba y, mientras le daba un beso, deseé poder volver a casa antes de que despuntara el alba y que solucionáramos el sobresalto sin que hubiera nada irreparable.

Salí de la habitación con Diego siguiéndome los pasos e intentando no hacer más ruido del preciso. En cuanto llegué al descansillo, me encontré de frente con Jonás. Había entrado en casa y allí estaba esperándome, dando pasos nerviosos, entre la pared y la puerta de entrada, como una gallina intentando escapar de un zorro. Todavía retorcía la gorra entre sus manos cuando salimos apresurados. Las calles estaban vacías y nuestros pasos resonaron entre las casas en el silencio de la noche, mientras Jonás me explicaba lo que había pasado: había oído ruidos en el patio de los envases y el crujir de cristales rotos. Pensó que algún gato asilvestrado se había colado entre las cajas y que había tirado alguna botella, pero, al acercarse para comprobarlo, vio lo que le parecieron unas sombras y la puerta acristalada del almacén rota.

—Igual eran los de la CNT —me dijo temeroso—. Andan muy revueltos en Zaragoza. Igual también quieren meter bulla por aquí, señora.

Eso no me pareció posible porque, aunque sí era verdad que tras la muerte de Eduardo Dato seis años antes, a manos de unos anarquistas y de la de Salvador Seguí, por pistoleros blancos del Sindicado Libre el año 1923, en las zonas industriales más importantes de España, y también en Zaragoza, algunas fábricas habían sufrido altercados que no se podía precisar si habían sido por causa de pistoleros contratados por los empresarios o por sindicalistas; en Terreros no tenía noticias de que hubiera pasado nada parecido, y en mi fábrica no había, que yo tuviese noticia, empleados descontentos.

«El incendio tiene que ser por otro motivo», pensé.

Moví la mano como si espantara a una mosca molesta de otoño y apremié a Jonás para que siguiera explicándome lo que había visto, mientras dejábamos las últimas casas del pueblo atrás. Me dijo que después de comprobar que el cristal estaba roto, oyó un estruendo y vio llamas saliendo por las ventanas laterales del almacén. Me aseguró con voz entrecortada que no había podido hacer nada para apagarlas, que no se le había ocurrido nada más que correr hasta la casa y que sólo esperaba que le diera las órdenes que considerara para solucionar el problema.

La claridad que se reflejaba en el cielo despejado de esa noche de luna llena me fue preparando para lo que estaba a punto de ver. El horizonte se encendía en lo que parecía una inmensa tea y el olor a humo ya se percibía a esa distancia.

Pensé en hogueras, en brujas y en aquelarres.

Debo reconocer que en los momentos de tensión, y sobre todo de desgracias, no puedo evitar que mi lado supersticioso me venza y que culpe a las fuerzas del mal de muchos de los desastres que me ocurren, aunque en el momento en que volví a poner los pies en el suelo y aclaré mis ideas, me di cuenta de quién era la verdadera bruja que me turbaba y me amargaba la vida. La imagen de doña Amelia se cruzó por mi cabeza por un instante, pero en cuanto doblamos el último recodo del camino que nos conducía a la puerta de la fábrica, hasta el más mínimo pensamiento que no tuviera que ver con ella se esfumó y me quedé cautiva por la visión de aquellas llamas que estaban devorando el lateral de mi edificio. En ese momento no podía apartar los ojos del tejado del almacén, que, consumido por el fuego, iba cayendo a trozos en el interior, alimentando aún más el incendio.

Cuando llegamos a la explanada, descubrimos que los portalones de la entrada de carros habían caído al suelo formando una pira con la altura de dos hombres. Por los dos ventanales de la fachada norte, junto a esa puerta, vimos el resplandor reflejado en las paredes interiores.

Notaba el calor en la cara, y la fuerza que hasta ese instante había tenido y que me había llevado en volandas hasta allí se me escapó de entre los dedos como si del agua de mis gaseosas se tratara. Aguanté una náusea, la tensión me fue agarrotando cada vez más el estómago y de nuevo sentí el diapasón pulsándome en la cabeza. Fue uno de los momentos más duros que recuerdo tras la pérdida de Luis. Hacía mucho que no lloraba y estaba segura de que, desde su muerte, me había secado por completo; sin embargo, mientras Diego y Jonás se acercaban al edificio, yo me di la vuelta intentando que no vieran mi debilidad, apoyé las manos en el muro y me desahogué como hacía años que no hacía, con el mismo desconsuelo que si uno de mis hijos estuviera ya amortajado en el lecho de muerte.

—¿Quién ha sido? ¿Quién la ha quemado? —pregunté al aire, todavía vuelta hacia la tapia, sabiendo que nadie tenía una contestación que darme.

Diego no me hizo caso y continuó de cara a la fachada norte, entre el humo que lo cubría todo, mirando por las ventanas de la nave central.

—Mamá, ¡las máquinas! —Se volvió hacia mí con la mano cubriéndose la boca—. Todavía no ha llegado el fuego, sólo arde el almacén.

Los tres corrimos hacia la puerta de la oficina. No podía ver con claridad porque un humo parduzco se comprimía dentro de la estancia como si no quisiera salir. Tosimos, lloramos y nos ensuciamos las manos y las ropas con el hollín que lo cubría todo, pero no dejamos de avanzar entre las tinieblas. Me quité el abrigo, lo solté por ahí y me quedé sólo con el camisón, que empezaba a tiznarse. En algún momento, Diego debió de hacer lo mismo porque, al volver la cara para asegurarme de que me seguía, comprobé que sólo se cubría con la camisa y que se había subido la pechera con las manos hasta la cara para taparse la boca y la nariz. Yo hice lo mismo y volví a respirar.

Puse la mano sobre el interruptor, pero las luces no se encendieron. Conozco tanto todas esas salas que puedo caminar por los despachos con los ojos cerrados sin tropezar con ningún mueble y, con Jonás y Diego siguiéndome a dos pasos, llegamos al descansillo de las escaleras. Bajamos palpando con los pies cada uno de los peldaños, con todo cuidado, hasta la nave de fabricación. La temperatura era más alta y el suelo crujía bajo nuestros pies, cubierto con una capa de cenizas que se iban posando sin tregua. Ya en la sala de las máquinas, comprobamos que el almacén era una tea ardiente, pero que las llamas no habían llegado a traspasar los grandes portones de hierro que partían la nave en dos. Las hojas metálicas estaban calientes, pero pudimos cerrarlas gracias a una pila de esparto, de los que utilizábamos para separar los sifones en sus cajas, que había junto a la puerta. Una vez cerrada y casi a oscuras, ya que sólo nos iluminaba la claridad de la luna llena que entraba por los tragaluces del techo, oíamos el fuego amortiguado tras los portones, con ese horrible bramido que provocan las llamas cuando acaban con todo lo que se les pone por delante. De vez en cuando el estallido de algún sifón nos estremecía y me devolvía al peligro que corríamos por estar allí. Di por perdidos los sifones, gaseosas y embalajes que había al otro lado y pensé que tendríamos que salir del almacén sin poder hacer nada más, pero entonces, al moverme entre la oscuridad y el humo que todavía nos envolvía, tropecé con una de las bañeras que estaban junto a la puerta y, al verlas, lo tuve claro.

Estaba decidida a darle batalla al fuego. No me iba a rendir ni a aceptar la posibilidad de que se tragara todo lo que quedaba en pie; mucho menos, las máquinas.

Las bañeras eran dos enormes depósitos rectangulares donde cada día cuatro mujeres limpiaban cientos de gaseosas y sifones para su rellenado. Abrí al máximo todos los grifos de los tanques y, mientras buscaba un par de candiles que siempre teníamos entre las máquinas y los encendía, el caudal empezó a llenarlas.

En uno de los armarios, además de los delantales de cuero y las máscaras de seguridad, estaba todo el material de limpieza. Saqué un saco de trapos, cogí unos cuantos y los mojé con el agua; a continuación, le pasé uno a Jonás y otro a Diego y nos los atamos tapándonos la nariz y la boca, a modo de máscara, para poder respirar. Después cargamos todos los cubos que encontramos a nuestro alrededor y rociamos los portones y el muro de piedra sin descansar un segundo. Sudábamos a mares. Diego trabajó como un hombre adulto, aunque no hacía ni dos meses que había cumplido los quince años. Lo veía esforzarse con un cubo en cada mano rebosante de agua. Los músculos que empezaba a tener y que se le marcaban a través de la camisa me trajeron la imagen de Luis, y lo imaginé trabajando, codo con codo, con su hijo.

Después de más de una hora interminable, empezamos a notar que el estruendo del fuego que ardía al otro lado de los portones amainaba. Agotados tras la lucha, nos sentamos sobre unas cajas vacías y escuché lo que me pareció un silencio mucho más atronador que el propio rugido de las llamas. Tras los portones, el fuego, y con él parte de mi patrimonio, se había consumido.

Cuando pasó un rato que a mí me parecieron horas, cruzamos con paso cansino la nave. Al subir las escaleras, ya en el descansillo, que era como un balcón hacia la sala de máquinas, y mientras nos quitábamos los pañuelos de la cara junto a la puerta del despacho, contemplé lo que habíamos conseguido y, por primera vez desde que nos acercábamos por el camino y vi el resplandor tras las lomas, sentí una mezcla de alivio y desconsuelo. Las puertas habían aguantado, los muros también, habíamos salvado las máquinas, pero todo lo que había tras los portones de hierro del almacén se había quemado.

Sí, tendríamos una pérdida enorme que nos iba a costar remontar, pero los tres estábamos bien y el sentimiento más fuerte fue de alivio.

En algún momento había cogido nuestros abrigos, aunque no recordaba cuándo. Le di el suyo a Diego y yo me puse el mío sobre los hombros.

—Buen trabajo —le dije a Jonás—. Vete a casa, dile a Anselmo que busque a los hombres. Hoy vamos a tener mucho trabajo.

Se caló la gorra que había tenido metida en el bolsillo del pantalón desde que llegamos y salió de la oficina de camino al pueblo para hacer lo que le había pedido. Me volví hacia Diego y comprendí que ya casi tenía a un hombre en casa y que, hasta esa misma noche, no me había dado ni cuenta. Lo acerqué a mí y lo abracé. Temblaba entre mis brazos.

—¿Estás bien?

—Sí —contestó, pero bajó la cabeza, la apoyó en mi hombro y esbozó un sollozo—. Y ahora, ¿qué vamos a hacer?

Volvía a ser un niño y yo intenté ser fuerte por los dos.

—Ahora, lo que vas a hacer es ir al pueblo. Despiertas a Juana y que se quede con tus hermanos. Después ve al cuartelillo de la Guardia Civil, diles lo que ha pasado, que vengan. También ellos van a tener una mañana de trabajo. Y cuando acabes, vuelve, te voy a necesitar a mi lado. Esto lo vamos a solucionar tú y yo juntos.

Se dio la vuelta para cumplir mis órdenes, pero antes de que diera el segundo paso lo cogí del brazo.

—Estoy muy orgullosa ti.

Su sonrisa me trajo de nuevo a Luis y comprendí que siempre lo tendría a mi lado mientras mis hijos estuvieran cerca.

Me quedé sola en la oficina. Por la ventana empezaban a entrar los primeros rayos del sol que ya salía por el horizonte iluminando mi mesa, bien ordenada, en la que todas las tardes preparaba los pedidos. Pasé los dedos por la madera desgastada, llena de hollín, la firma del fuego que queda después de cualquier incendio. Acaricié esa superficie sintiendo como si estuviera acariciando toda la fábrica con el mismo gesto. Allí quedaron las marcas de mis dedos como minúsculos ríos paralelos. El agua, la devastación del fuego. Gracias a las bañeras lo habíamos controlado, gracias a tener el río tan cerca con el flujo de los grifos saliendo sin descanso. Habíamos salvado mi segunda casa, porque, aunque en el almacén había mucho material, todo se podría reponer; lo importante, las máquinas y sobre todo nuestro futuro, estaba a salvo.

Salí al patio para respirar un poco de aire fresco. Necesitaba llenar los pulmones con algo que no fuera humo. Me senté en una de las piedras del muro y relajé la boca. Me di cuenta de que la tenía en tensión desde que llegó Jonás a casa con sus gritos y que el dolor que sentía no era la semilla de una de mis jaquecas. Moví la mandíbula y me acaricié las mejillas, y en ese momento noté el regusto a humo que me llegaba hasta los pulmones. Estiré el camisón tiznado con la mano, lo tapé con los faldones del abrigo para no ver las manchas parduzcas que lo cubrían por completo y, alzando la vista hacia la fábrica, contemplé los huesos descarnados de mi edificio, medio quemado, pero todavía vivo. En ese instante me prometí a mí misma que esas maderas calcinadas no tardarían en volver a producir, que la fábrica seguía viva y sería la misma en poco tiempo.

Despuntaba el alba y, más allá de la planicie que circundaba el río, tras aquella fachada casi derruida que me dolía tanto, se perfilaba la iglesia de la Asunción con su campanario arrogante, mirando al cielo, y junto a la iglesia, la Casa Grande, más arrogante todavía, emergiendo entre las brumas del amanecer. Estaba segura de que los responsables del incendio no habían sido los sindicalistas de la CNT, como había insinuado Jonás, ni tampoco un animal que se escondiera del frío. No, yo sabía que mis problemas venían de la dirección de la Casa Grande desde hacía demasiado tiempo; tanto, que casi ni recordaba el tiempo anterior a doña Amelia. Mientras contemplaba aquellos edificios tuve claro que nunca acabaría nuestra lucha. Sólo se zanjaría cuando una de las dos faltara.

Pensé que esa bruja extendía sus tentáculos hasta dormida y me juré a mí misma que si doña Amelia creía que con eso había conseguido llegar al final de la partida, todavía no sabía con quién se la estaba jugando, porque cuando alguien te muerde, te recuerda que tú también tienes dientes, y yo estaba dispuesta a demostrárselo.

Tras una mañana de intenso trabajo, de desescombro, de cálculo de daños y, sobre todo, de aceptación, me sentí vacía y decidí que aquello no podía quedar así.

A primera hora de la tarde todavía estábamos en la fábrica. Poco después de comer un bocadillo de pie junto a los hombres que habían venido a ayudarnos, me fui con paso decidido hacia la Casa Grande y me llevé a Diego conmigo, de escudero, por primera vez en su vida. Le avisé de lo que pensaba hacer y me miró con miedo. No dijo una palabra, bajó la cabeza, asintió y salimos hacia el pueblo. Yo quería que entendiera los problemas que nos habían rodeado toda la vida, desde mucho antes de que él naciera, y tuve claro que ésa iba a ser la mejor manera de hacérselo ver.

Juana nos abrió la puerta y me miró extrañada. Imagino que no esperaba verme con esa pinta, pero después debió de intuir mis intenciones y no quiso dejarnos pasar. No me cerraba el paso por proteger a doña Amelia, ni mucho menos; sé que lo hacía para protegernos a nosotros. Me rogó que regresara a la fábrica, que no ahondara en las heridas, pero yo estaba decidida a encararme con su señora. La aparté y me dirigí a la salita.

La estancia estaba casi a oscuras. Apenas se percibía la mortecina claridad de un candil que había sobre la mesa camilla. A esa hora de la tarde todavía lucía el sol suficiente para iluminar la salita; sin embargo, a esa distancia de la puerta, pude ver que la espesa cortina de color vino estaba corrida por completo e impedía que entrara ni un solo rayo de la luz que había fuera.

—Has traído a tu cachorro —dijo doña Amelia desde la penumbra. Y cuando traspasé el quicio de la puerta, empecé a percibir su perfil e intuí una sonrisa despectiva y a la vez arrogante—. Te esperaba. Pero sólo a ti.

Estaba allí. Sentada en el orejero y tapada con su vieja manta. Sola. Siguió mirándome altiva mientras yo me paraba junto a la vitrina, con Diego a pocos centímetros de mi espalda. Ni hizo ademán de levantarse, permaneció sentada en aquel sillón, y entonces tuve la sensación de que, desde la última vez que la había visto, se había hecho mucho más pequeña. Empecé a sudar por aquel ambiente tan cargado y rancio que se respiraba allí dentro. Tenía la chimenea encendida con dos grandes troncos crepitando.

—¿Por qué lo ha hecho? —le solté a bocajarro.

Me salió del alma como un quejido. Diego se acercó más a mi espalda y me puso una mano en el hombro.

—No tengo nada que ver con eso —contestó como desde lejos, como si entre las dos hubiera una distancia infinita.

—¡Miente! —grité con voz crispada—. Usted ha mandado quemar mi fábrica.

Necesitaba que reconociera su culpa.

—Ojalá lo hubiera pensado hace tiempo —replicó mirándome a los ojos con un sesgo que hasta me pareció de impotencia o incluso de hartazgo—. Habría sido una buena venganza. Pero no, yo no he sido.

—¿Venganza?... Venganza ¿por qué?

No me contestó, se dio media vuelta en el orejero, dándome la espalda, y se puso a mirar el fuego que seguía quemando con fuerza.

En ese mismo momento, Pedro entró en la salita, apartó a Diego y tiró de mi brazo.

—Déjala —dijo en un susurro, acercando su boca a mi oído—. Vete ya, por favor. No me hagas sacarte a la fuerza de esta casa.

Le hice caso. Vi a doña Amelia tan frágil que tuve la certeza de que me iba a resultar imposible conseguir nada. Salí de allí con una sensación rara. Era cierto, salía con las manos vacías, pero sentí que ella todavía estaba peor que yo. Su pérdida no había sido económica y tuve la seguridad de que era mayor que la mía. Había perdido a toda su familia.

Ya en las escaleras que daban acceso a la plaza, Juana salió a mi encuentro y, como si mis pensamientos fueran transparentes, me confirmó lo que acababa de pasarme por la cabeza.

—Ya casi no llegan cartas de Ernesto, sólo alguna de Inés y no digamos de Javier.

—Pues se ha ganado a pulso su soledad —dije mirando la fachada, hacia la ventana de la salita donde todavía debía de estar doña Amelia.

7

Una de las dos

Mediados de octubre de 1932

Después de las fiestas de la vendimia de ese año, sólo quedó una de nosotras, y ésa fui yo.

Ya habían pasado dos semanas desde la pisa. Era domingo. A esas horas de la tarde en las que el pueblo está tranquilo, en la huerta se escuchan los grillos y sólo te puede molestar el bullicio lejano de los niños.

Yo estaba en el patio con un libro, disfrutando de un momento de respiro. Había decidido que tanto el trabajo de la casa como el de la fábrica podían esperar porque no solía tener la casa tranquila casi nunca. Diego se había ido al casino a ver una película con su nueva novia; Tono estaba en su habitación refugiado entre sus cosas, y Rita, que ya había empezado a ser una señorita, me había pedido permiso para ir a casa de su amiga Asunción a acabar un bordado. Se lo había dado, aunque sabía que estaba en la plaza con algún muchacho que empezaba a interesarle y, aunque ella pensara que me estaba engañando, le dejé creer que lo había conseguido.

Hay quien dice que se puede oler el calor, palpar el frío, anticipar las estaciones que aún no han llegado. Algunos sienten todo eso con el dolor de huesos o con el crujido de las articulaciones. A mí me pasa algo parecido con la cabeza. Sé cuándo mi entorno ha de cambiar. Mi cabeza lo nota. Me ha pasado desde niña y aún ahora lo siento. Es el augurio de un dolor que se repite cada vez que las nubes se acercan al pueblo, va a soplar el cierzo o ha de variar bruscamente el tiempo.

No esperaba a nadie hasta la hora de la cena e intentaba sosegarme para que mi malestar no fuera en aumento. Ni siquiera quise enfrascarme demasiado en la lectura. Estaba perdida en mis pensamientos y casi traspuesta, con el libro sobre la falda, cuando oí a Juana llamarme desde la calle y, sin esperar mi respuesta, entró con Curro por la puerta del patio.

Mi hermano volvió a Terreros el año 1931, después de pasarse más de veinte en Barcelona. Allí había hecho su vida, trabajando en una fábrica de hilaturas como mecánico de las máquinas, y se había casado con una tal Marina, una sindicalista a la que nunca llegamos a conocer. Había engordado más de quince kilos en todo ese tiempo, se le había llenado la cara de arrugas y la cabeza de canas, pero seguía siendo el mismo. Hacía poco menos de dos años que había enviudado y como Marina y él no tuvieron hijos, al quedarse solo, rompió los lazos que le ataban a Barcelona y se volvió a Terreros.

Tras su deserción en 1909, Juana lo estuvo esperando con paciencia al principio, con desesperación después y, durante los años de angustia en los que no supimos nada de él, siempre me dijo que Curro iba a volver. Ella siguió ilusionada, imaginando que formarían una familia, hasta que nos llegó noticia de que se había casado, y entonces, a pesar del temple del que siempre había hecho gala, Juana se peleó con el mundo y con todos los hombres que se le pusieron por delante. No quiso saber nada de ninguno, aunque no le faltaron pretendientes. Pero el amor porfía y tras la vuelta de Curro, tantos años después, Juana se olvidó de todo, hasta de que la hubiera dejado por otra, y regresó aquella niña generosa, crédula y, sobre todo, enamorada. Desde hacía un par de meses habían empezado a festejar, pero esta vez no se lo tomó con mansedumbre. Ella fue la que cogió las riendas. El día que me confesó las reglas que le había puesto a mi hermano para que volvieran a ser novios, hasta me hizo gracia. «Manos quietas, mucha paciencia y mucho cariño», me dijo muy seria. Era enternecedor verla tan ilusionada y con la esperanza de que esta vez fuera la definitiva.

Curro siempre había sido un hombre orgulloso. Lo fue para desertar y lo siguió siendo durante el tiempo que convivió con los sindicalistas reclamando derechos de los trabajadores. En eso no había cambiado demasiado. Lo primero que me dijo cuando volvió al pueblo fue que quería buscar trabajo, donde fuera, pero que no lo haría en mi fábrica. No quería depender de mí, ni de padre, ni de nadie cercano. Juana ideó un plan a sus espaldas, aun sabiendo que no iba a gustarle: pensó que la mejor manera de tenerlo cerca y bien controlado era que trabajara en la finca. Juana le rogó a su padre, que desde la marcha de Ernesto contaba con la confianza absoluta de doña Amelia, que contratara a Curro. Pedro sólo le puso una condición: que la señora diera su permiso. Como era de esperar, la mujer no lo aceptó como empleado, ni siquiera de peón, de temporero o de cualquier cargo menor. Y desde ese día, Juana, que nunca había sentido demasiado cariño por ella, pero la soportaba en silencio porque no le quedaba otra, no la perdonó y sólo continuó tolerándola y sirviéndole por deferencia a su padre.

—De esta semana no pasa —dijo Juana sin saludarme siquiera.

Debí de mirarla con gesto de no entender nada, con los ojos nublados por el inicio de la jaqueca o simplemente con cara de sueño, porque me aclaró su comentario:

—La señora, que parece que se va.

Doña Amelia llevaba años delicada y, desde que estaba sola, no había hecho más que empeorar. La marcha de Ernesto fue la puntilla que todavía deterioró más su salud, que ya había empezado a resentirse a partir de la boda de Inés y su traslado a América. Con los años había ido recluyéndose en sí misma y en la casa y cada vez se la veía menos. Hacía varios meses que no aparecía por ningún lugar del pueblo, ni siquiera los domingos en su misa obligada o en la reciente fiesta de la vendimia. Doña Amelia era una cautiva voluntaria, según me comentaba Juana desde hacía meses, y ese edificio tan imponente se estaba convirtiendo en su celda. Siempre he pensado que la Casa Grande debía ser tratada de otra manera. Tenerla desatendida, como pasaba desde hacía años, siempre a oscuras y cerrada a cal y canto, hubo de pasarle factura. Y estaba claro que era así porque, desde que doña Amelia la selló de aquella manera, nadie de la familia volvió a ser feliz allí dentro. Los que desearon serlo tuvieron que marcharse a vivir muy lejos.

Cada vez que Juana me visitaba, me comentaba que la señora tenía problemas respiratorios que no se le aliviaban con nada. Los médicos no encontraban cómo aplacar ninguno de sus achaques. Yo pensaba que era algo parecido a lo que le pasó a Fernanda y, con la edad, esos malestares se le complicaron. Nunca supe exactamente los años que tenía, pero en ese tiempo no podía tener menos de setenta.

—Su veneno, que la está matando poco a poco —intervino Curro.

Y yo no pude menos que darle la razón.

—Que no se te escape un comentario así delante de mi padre —le dijo Juana a Curro mirándolo con enojo. Se sentó junto a mí y prosiguió—: Pero si Dios fuera justo, se la llevaría ya y no la dejaría como está ahora, hecha un mueble más de su habitación.

Me masajeé las sienes para espabilarme. Curro se alejó de nosotras, haciendo caso omiso de la mirada de Juana, y empezó a recoger los últimos tomates que quedaban en las matas antes de que las arrancáramos y dejáramos el huerto preparado para los plantones de coliflores, alcachofas y guisantes de la cosecha de invierno.

—Estoy muy preocupada por mi padre —dijo Juana después de apartar la mirada de mi hermano—. Lleva dos días que casi ni come y por las noches vuelve a casa de madrugada. Se pasa los días enteros con doña Amelia. Ni con mi madre se comportó así cuando se puso tan mala antes de morirse.

—Debe de estar intranquilo por cómo os van a ir las cosas cuando doña Amelia falte y querrá que deje los asuntos bien atados —repuse intentando encontrarle una razón.

Pero yo sabía, igual que ella, que Pedro amaba demasiado todo lo que había alrededor de su señora: la bodega, los campos, los vinos de cada cosecha y, sobre todo, a sus hijos, así que perderla a ella iba a ser el último golpe que iba a recibir. Lo que sentía por todos ellos era más que fidelidad. Era devoción.

—Ayer —continuó mientras yo estiraba la espalda y movía el cuello otra vez— llegó con el diario. ¿Te acuerdas?, el libro rojo. —Lo recordaba perfectamente. Había sido el culpable de mi despido hacía tantísimos años—. Lo trajo a casa y me pidió una gamuza para envolverlo, le di una bolsa del pan vieja y se marchó.

—Quién lo pillara para saber que ha ido pasándole por la cabeza durante todos estos años.

Me di cuenta de que me hubiera encantado saber el porqué de mucho de lo que había pasado dentro de aquella casa y, sobre todo, si explicaba la razón de su inquina por mí y por mi familia.

Juana prosiguió:

—Mi padre salió de casa con el libro, no sé adónde fue, pero volvió con la ropa llena de polvo, congestionado y con las manos vacías. Debió de enterrarlo. Pero cuando le pregunté qué había estado haciendo, sólo me dijo que había estado en la bodega para hacerle un favor a la familia. No le entendí en ese momento, pero después, pensándolo mejor, he llegado a la conclusión de que doña Amelia le pidió que lo destruyera y él le hizo caso. Pobre papá. Estoy segura de que estuvo llorando.

No me costó imaginarme a Pedro en semejante trance. En la habitación con la enferma. Ella tendida en su enorme cama, más blanca que sus propias sábanas, transparente, insignificante y mucho más pequeña que cuando la vi la última vez en su salita. Le pedía a Pedro que fuera a buscar su diario y le rogaba, angustiada, que lo destruyera.

¿Se habría arrepentido de algo de lo que ponía en esas páginas?

¿Le quedarían remordimientos?

Sentí pena por Pedro, por lo que debía de estar sufriendo, y rabia porque doña Amelia no merecía una lealtad como la que siempre le había profesado la familia de Juana.

Doña Amelia todavía tardó cuatro días en su trayecto de la agonía a la muerte y, cuando escuché la campana de la iglesia tocando a difunto, después de tantos años que había esperado ese momento y pensado que aliviaría todos los males que me había hecho, sólo sentí que una parte de mi vida se había acabado. La decrepitud del final de su vida y la soledad que sufrió hasta me produjeron una compasión que no esperaba.

La mañana siguiente no fui a la fábrica y me acerqué al cementerio para asistir al sepelio. Cuántas veces había traspasado aquellas puertas para despedir a los que más quería: a Fernanda, a Lola, a la abuela. A Luis. Allí estaba una vez más ante una caja, esta vez finamente adornada. Mucho más cara que ninguna otra de las que habían contenido a aquellos seres a los que yo había querido tanto. Pero lo que sentí en ese momento no fue una tristeza infinita como, cuando se fue la abuela, o desamparo y rabia, como cuando le tocó a Luis. Tampoco puedo asegurar que fuera alivio. Fue como si un agujero se abriera frente a mí y me estuviera esperando para ver si me caía dentro, pues la rival más fuerte que había tenido en mi vida, con la que llevaba librando una lucha desde hacía tantos años, que había hecho que creciera y que me hiciera fuerte, ya no estaba para medirse conmigo. Cuando metieron el ataúd en la tierra, sentí algo parecido al alivio y un estremecimiento como de quedarme fría por dentro.

Al entierro asistió mucha gente. Casi ni cabían tantos propietarios en la explanada central del camposanto, entre el panteón de la familia y la pared de los nichos; sin embargo, aunque todos ellos estaban presentes, no creo que ninguno lamentara lo más mínimo esa pérdida. Los únicos que quizá hubieran sufrido, o bien no llegaron a tiempo, como pasó con Inés, o bien simplemente no se movieron de donde estaban, como pasó con Ernesto o con Javier. Estoy segura de que, de todos los que asistimos al entierro, sólo Pedro le tenía aprecio.

El cierzo hizo de las suyas y los cipreses que tapizaban la tapia del cementerio aullaron todo el tiempo con un movimiento rítmico, como si las brujas bailaran a nuestro alrededor y se arremolinaran envolviendo la caja para venir en busca del espíritu de doña Amelia. Cuando la lápida estuvo en su sitio, el viento calló un momento y hasta me pareció que un suspiro de sosiego fue pasando como una oleada entre las filas de los presentes.

Inés llegó a Terreros casi diez días después de que enterraran a su madre y lo primero que hice en cuanto lo supe fue acercarme a la Casa Grande.

Me recibió en la salita de su madre y, al poco de sentarme, Juana nos trajo una bandeja con unos mojicones recién hechos, dos tazas de la vajilla de Sèvres, de las que se reservaban para las visitas importantes, y una jarra llena del chocolate caliente, bien dulce, del que siempre les habían traído de las plantaciones. Aquello me devolvió a los quince años y a aquellas tardes que me había pasado en la cocina preparando una jarra con el mismo aroma que aquélla.

—¿Qué vamos a hacer? —me preguntó Inés abarcando con sus brazos la salita—. Y no me refiero sólo a la casa y a los muebles, también están los campos, los jornaleros, Juana, Pedro... Sin mis padres, hay tanto por decidir.

—No te preocupes por eso ahora —contesté—. Es pronto para tomar decisiones. Primero debes hablar con tus hermanos, o al menos con Pedro...

Entendía su inquietud, porque yo, en su lugar, también hubiera sentido lo mismo.

Inés sirvió un chocolate para cada una y tras hablar un buen rato de nuestros respectivos hijos, de lo mucho que habían crecido y de las expectativas que les deparaba el futuro, se levantó y se asomó a la ventana que daba al jardín. Se dio la vuelta, me miró con ojos de añoranza y sonrió.

—Anda, vamos un momento afuera —dijo mientras volvía otra vez la vista hacia el ventanal—. Como lo hacíamos cuando las dos éramos niñas.

Salir con ella me llevó a otros tiempos y fue como si no hubiera pasado ni un día desde que lo cuidábamos. Hacía casi veintitrés años que no pisaba aquellas piedras y, en cuanto traspasé el umbral, me pareció mentira que aquel lugar alguna vez hubiera sido un vergel. Sentí una lástima infinita al comprobar el lamentable estado en el que se encontraba. Lo poco que quedaba o estaba agostado o ya estaba muerto. Inés seguía preocupada por el trabajo que se le venía encima y no pareció darle importancia al estado de las plantas. Hacía mucho que no venía por Terreros y pensé que debía de haberse sorprendido, pero si realmente fue así, en ese momento no dijo nada.

Mientras pasábamos entre las sillas del cenador, Inés me comentó que llevaba ya demasiados años afincada en Estados Unidos, que había formado allí una familia de la que estaba muy orgullosa y que no podía desarraigar a sus hijos o pedirle a su marido que volvieran. Tampoco tenía ninguna intención de hacerlo ella sola para cuidar de unas propiedades que no le importaban lo más mínimo.

—Creo que tienes razón —me dijo mientras acariciaba el respaldo de una de las sillas de forja, completamente oxidada. Se miró la mano manchada de herrumbre e intentó limpiársela con un pañuelo que se sacó del bolsillo—. Tengo que hablar con Ernesto para decidir qué hacemos, no podemos mantener ni la casa ni las fincas a tanta distancia, y todo esto necesita a alguien que se preocupe como es debido. Estoy segura de que él quiere lo mismo que yo: venderlo antes posible. Pero vive tan cómodo en Cuba, que dudo que quiera volver al pueblo ni siquiera para la firma.

Se paró frente a uno de los columpios, sacó el pañuelo que había usado hacía un segundo, limpió el asiento y, tras sentarse, empezó a balancearse poco a poco, como con desgana. Con cada uno de sus movimientos, el columpio se quejaba con un gruñido que me hacía chirriar los dientes.

—¡Cuántos recuerdos! —Me pareció que la memoria de Inés despertaba en ese instante y que su mirada veía más allá de los almendros—. ¿Sabes que en este jardín James se me declaró?

Estaba segura de que había sido en la fiesta de cumpleaños de Javier, cuando le regalaron la moto sus padres.

Sonrió y miró hacia la puerta de hierro.

Me dio la impresión de volver a aquel día y que vería entrar al señor Duncan llevando la moto que iban a regalarle a Javier.

—Hace tanto que no sabemos nada de mi hermano... —Me estaba leyendo el pensamiento—. Ni siquiera Ernesto ha tenido noticias suyas desde hace décadas. Y eso que los dos han vivido en la misma isla durante tanto tiempo.

En ese momento me di cuenta de lo poco que me había acordado de Javier durante los últimos años. En realidad, desde que Luis y yo nos casamos, Javier había desaparecido de mi vida, como si hubiera borrado un mal sueño que nunca hubiera existido.

Inés volvió a balancearse en el columpio, dio una vuelta sobre sí misma enrollando las cadenas como una cuerda de cáñamo y miró con detenimiento todos los ángulos del jardín, como sopesando los cambios que había sufrido en los últimos tiempos. Empezaba a darse cuenta de que no era el mismo en el que ella había vivido desde que nació.

—¡Qué pena! —fue su único comentario tras mirar todo lo que tenía delante de los ojos. Negó en silencio y se levantó con agilidad de su asiento—. Ahora lo que tenemos que hacer es ser prácticos —dijo mientras daba los primeros pasos por el camino, sorteando los desniveles, de vuelta a la casa. La seguí sin decir palabra—. Creo que no me va a hacer falta esperar a la opinión de Ernesto. Mañana llamaré al abogado. Tenemos que encontrar comprador para todo esto lo antes posible.

Mi vista se posó en el tronco de la magnolia, el árbol favorito de doña Amelia; no podía apartar los ojos de él y reseguí su silueta hasta que llegué a las ramas más altas.

De la cantidad de árboles que siempre había tenido en ese jardín sólo quedaban en pie ése, seguramente el más fuerte, y los dos almendros. Los cerezos, los rosales y las azaleas que en las primaveras y los veranos nos envolvían con su aroma y daban color a todos los rincones habían desaparecido, y el camino de ladrillo rojo estaba levantado por las raíces de la magnolia que salían del suelo.

El pensamiento que hacía un rato había empezado a fraguarse volvió a cruzar por mi cabeza y, poco a poco, se hizo más grande y tomó forma. En esos escasos segundos rumié esa idea lo suficiente para tomar una decisión.

Me volví hacia Inés.

—Yo podría quedarme la casa. Podría comprártela —le dije a su espalda, en voz más baja de lo que imaginaba, como con miedo, y sin esperar que me tomara demasiado en serio.

Inés se volvió hacia mí, me miró a los ojos y sonrió.

8

Nuestra casa

Primavera de 1933

—¿Estás segura de lo que haces? Todavía tienes tiempo para arrepentirte. Ya sabes lo que pienso de todo esto y de todas tus ideas locas. ¿De verdad lo quieres hacer? —me preguntó mi padre cuando me disponía a salir de casa para la firma.

Como siempre que no veía claras mis empresas más aventuradas, estaba intentando cortarme las alas. Era reticente porque, para él y para muchos en el pueblo, la Casa Grande era un panteón donde sólo podía vivir la familia Prado de Sanchís, y cualquier otro que lo intentara iba a ser un intruso. Pensaban que había demasiados fantasmas vagando entre sus paredes. Que el espíritu de la señora iba a campar entre esos muros por los siglos de los siglos y que no iba a dejar descansar a sus nuevos moradores. Yo nunca he compartido esa idea, aunque sí creo en los espíritus y en el mundo de las brujas, pero para mí conquistar aquella casa era un reto y acabar viviendo en ella, uno mayor, así que el espíritu de doña Amelia me traía sin cuidado.

Sabía la respuesta que debía darle:

—No empiece, padre. Estoy totalmente segura, sé que voy a ser muy feliz cuando la tenga.

Él no lo tenía nada claro y se quedó con el gesto apesadumbrado mientras cogía el abrigo de entretiempo y las llaves del furgón.

Ese quince de mayo lo guardo en mi memoria como un día radiante, de cielos de un azul inusual, casi de pleno verano, y con muy poco cierzo. Igual la mañana no fue tan buena como la recuerdo, pero es que la memoria a veces nos miente y nos hace recordar cosas diferentes a las que hemos vivido. Lo cierto es que yo era tan feliz ante la perspectiva que se me ponía por delante que, aunque nos hubiera machacado la mayor de las tormentas, para mí habría sido tan sólo una llovizna. La tarea que tenía por delante era, además de un reto, una reafirmación, y me parecía que cuando la hubiera resuelto iba a ser un final y a la vez un principio.

Casi una hora después de salir de casa, esperaba, sentada en una de las salas del notario de Cariñena, a que llegara el apoderado de Inés y de Ernesto. El hombre se retrasaba y a la preocupación por el paso que estaba dando, se añadían unos nervios que comenzaban a pasarme factura. Hasta empecé a pensar que igual no íbamos a poder firmar ese día, cuando llamaron a la puerta con suavidad. Tras el ordenanza que me había hecho pasar a esa salita hacía más de veinte minutos entraron dos caballeros muy serios. Yo me levanté en cuanto los vi delante de mí y, después de saludarme, se presentaron como el abogado de la familia Prado de Sanchís y el notario. El abogado me separó una silla y me hizo sentar frente a la mesa de madera oscura que presidía el despacho. Yo apoyé los codos sobre la superficie reluciente y uní las manos para que no se diera cuenta de mis nervios. Los dos hombres se acomodaron con parsimonia, dominando el espacio y el tiempo. El notario sacó un gran pliego de papeles de una carpeta verde clara y empezó a deslizar los ojos sobre las cuartillas. Movía los labios como si rezara. El abogado de Inés se puso unas gafas redondas muy pequeñas que sólo le cubrían una parte de los ojos y, cuando el notario empezó a leer en voz alta el documento, le miró por encima de la montura. A cada frase que leía el notario, el abogado movía la cabeza como confirmando las palabras. Se notaba que para ellos era un trabajo rutinario, pero para mí no era cualquier cosa. Estaba allí para firmar la compra de una de las mejores casas de Terreros, la que me había cautivado desde que entré en ella hacía más de veinticinco años.

Al final, la compra fue más sencilla y más rápida de lo que me esperaba y salí de aquel despacho con el pecho henchido, como si me hubieran quitado de encima cien kilos de peso. Estoy segura de que una sonrisa resplandeciente me iluminaba la cara mientras caminaba por la calle en busca del furgón de la fábrica. Mientras conducía de camino a Terreros, en el asiento de mi derecha descansaban los documentos que acababa de firmar. Quizá fueran los más importantes que había firmado en mi vida, casi tanto como la escritura de propiedad de la fábrica o el acta de mi matrimonio con Luis.

La Casa Grande era mía.

Cuando llegué al pueblo no lo pensé dos veces y, en vez de ir hacia la fábrica, fui derecha a la plaza. A punto estuve de hacer sonar la bocina del furgón cuando me acerqué a la fachada. Sonreí al recordar otros coches que habían llegado hasta allí muchos años antes haciendo ese ruido y fue como si los tuviera delante: el Ford de don Sebastián y el Hispano-Suiza del embajador Miller. Los recordé con cariño. A los coches y a todas las personas que llevaron dentro.

No pensé en entrar en la cochera o en dejar el furgón en el corredor y cerrar el portón, como había hecho tantas otras veces. Aparqué delante de la puerta principal de la casa y, con los documentos agarrados con fuerza entre las manos, me fui hacia la verja. Cuando llegué al primer escalón, me volví hacia la plaza. Era como si acabara de conquistar la Luna.

Nunca se lo he dicho a nadie, pero en ese momento, cuando me paré en la escalera, frente a la puerta de mi nueva casa, sentí que volvía a tener quince años y que, en vez de la escritura, lo que llevaba entre las manos era la cesta llena de huevos para doña Amelia. Pero el tiempo había pasado, yo era otra persona. Cuando recobré el sentido, saludé al sol que lucía entre cuatro nubes mal contadas y saqué la llave que me acababan de dar para tomar posesión de mi casa. Abrir aquella puerta fue una sensación de victoria que me llenó y me siguió llenando durante muchos meses. Lo primero que hice en cuanto puse los pies dentro fue ir a cada una de las habitaciones, descorrer cortinas y abrir ventanas y contraventanas. La luz lo inundó todo y fue como si una medicina reconstituyente empezara a fluir por sus venas y a hacer efecto en el cuerpo de un enfermo. La casa revivía. Era la misma que me había embrujado desde el mismo día que puse un pie dentro. Aunque necesitaba algunos arreglos, los muros volvían a palpitar y sentí que yo lo hacía con ellos.

26 de julio de 1936
Las seis de la mañana

Es curiosa la memoria. ¿Por qué recordamos con tanta facilidad unas cosas y otras se nos olvidan?

Tengo presente infinidad de momentos de mi vida, desde que era una niña hasta el mismo día de ayer, pero todo lo referente al tiempo que viví en la Casa Grande, o bajo la sombra de doña Amelia, había pasado a formar parte de esos recuerdos guardados en cajones atrancados. Sólo ahora, haciendo un esfuerzo, he recuperado lo que tienen dentro, y seguramente por eso, al rescatarlos, no me han gustado algunos de los episodios con los que me he tropezado.

¿Es posible que, por esa razón, quedaran guardados en lo más profundo? Negar la memoria hace que nos persiga, y ya no quiero que eso vuelva a pasarme.

¿Cuánto hacía que no pensaba en Javier? Parece mentira que lo olvidara. La moto ha sido la llave que ha abierto el cajón. La que me lo ha devuelto. A él y todo aquel tiempo. Hace tanto y, sin embargo, parece que hace tan poco...

Recuerdo todo lo que pasó y lo veo diferente. Con el tiempo me he hecho más cauta y reflexiva, tengo más experiencia. No me reconozco en aquella niña que perdió la cabeza por su primer amor. Y quién le iba a decir a doña Amelia que aquella chica que acababa de salir del cascarón iba a darle tantos quebraderos de cabeza durante tanto tiempo. Lo que cambió mi vida a partir de aquella noche en que vi entrar a Javier en el salón, a deshora, sonriendo y calado hasta los huesos.

Sé que sólo debería preocuparme del azúcar, de ponerlo a salvo. Eso debería ser lo primero porque, mientras siga en la estación, desprotegido, no debería pensar en otra cosa. Pero me está resultando muy difícil.

—Manuela. —La voz de Juana me devuelve a la realidad—. Te traigo algo de desayuno y la pastilla para el dolor de cabeza. —Nunca se cansa de cuidarme.

Suenan las seis en el campanario y la cadencia sigue suspendida en el aire mientras me despejo.

¿En qué momento me he quedado traspuesta? Ni lo recuerdo.

Siento como si el mundo que está fuera de mi habitación no existiera. Con la cabeza como la tengo y todos los recuerdos que me han asaltado a traición, que me han hecho retroceder a aquel pasado que no sé si quiero que vuelva, no tengo ánimos para ver a nadie. Pero ella está aquí tras esta noche de locura, se preocupa por mí y siempre está atenta. Me trae mis pastillas. Aspirinas. Empecé a tomarlas desde que me las trajo Curro de Barcelona cuando volvió a Terreros.

—Por favor —Juana vuelve a golpear la puerta con suavidad, con voz preocupada, para que yo la atienda—, ábreme, que tengo que hablar contigo de una cosa importante.

Una imagen me viene a la cabeza y lo llena todo: mis hijos. Desde que se han comido la tortilla y han vuelto a la fábrica, no sé nada de ellos.

Me levanto de mi sillón y le abro. Lleva la bandeja del

desayuno entre las manos y una bolsa de tela colgada del hombro.

—Gracias, Juana —le digo al ver la bandeja—. He tomado un poco de la cena de los chicos y ahora no tengo hambre. No creo que pueda probar bocado.

Como se preocupa tanto cuando me siento mal, pasa adentro sin darme más tiempo a quejarme, deja la bandeja en la mesilla y se descuelga la bolsa.

—Siéntate —me ordena sin darme ni tiempo a quejarme.

Empieza a amanecer y los primeros rayos de luz entran por la ventana.

—Ya está todo —me dice—. He pasado un momento por la bodega cuando he dejado a mi padre. El pobre estaba intranquilo, tal como me temía. Diego y Tono se han ido a la estación porque ya debe de estar allí Venancio y tienen que firmar la entrega del vagón vacío. No creo que tarden más de una hora en hacer el papeleo y volver. ¿Qué hacemos ahora? ¿Cómo organizamos el azúcar? Todavía está junto al portón, no les ha dado tiempo a meterlo en la sala. No querían perder más tiempo para firmar. —Me mira interrogándome mientras pienso, esperando mi respuesta, y como no se la doy, insiste—: ¿Volveremos a tapiar la puerta?

—Creo que será lo mejor —contesto—, pero primero tenemos que ver si cabe todo. Si no, lo que sobre tendrá que ir a la fábrica con los sacos que ya han llevado. Vamos para allá y, mientras los chicos vuelven, lo calculamos.

Me levanto para quitarme el delantal y dejarlo en el clavo de detrás de la puerta, entonces me doy cuenta de que Juana coge la bolsa que ha traído.

—Siéntate —me repite—. De esto también quería hablarte.

Le hago caso, no sé muy bien por qué, y me vuelvo a sentar en la silla. Me acerca la bolsa y la abre, y sólo con mirar dentro ya sé de qué se trata. Me la tiende, pero no se la tomo de las manos porque tengo un presentimiento que me pone en alerta: es el cuaderno rojo de doña Amelia.

Pedro.

Su imagen viene a mi cabeza sin poder evitarlo.

—¡No lo destruyó! —le digo a Juana, y estoy segura de que ella ha pensado lo mismo.

Ella supuso que su padre lo había enterrado en alguno de los campos o lo había quemado, pero está claro que eso no fue lo que hizo.

—¿Dónde lo has encontrado? —le pregunto sin perder de vista la bolsa.

—En la bodega. Detrás del boquete que hemos abierto.

Cojo la bolsa y la sopeso con reparo. Vuelvo a mirar dentro y saco el libro de su mortaja. Lo contemplo. Es el que recuerdo, pero ya no tiene el tono rojo de antaño; le ha quedado el color marchito de la pátina del tiempo.

Juana continúa hablando:

—Estaba dentro de unas alforjas viejas que mi padre le arregló a Javier cuando le regalaron la moto. El muy desgraciado ni las estrenó, aunque sólo fuera para agradecérselo. Con la ilusión que le puso mientras se las cosía...

Después de tanto tiempo, ese libro vuelve a mis manos y me provoca sentimientos confusos. No sé si es respeto, temor o recelo. Juana sigue hablándome, pero no la escucho. Sé que quiere desviar mi atención, pero no le hago caso, hasta que me toca el brazo.

—Dime, ¿qué hacemos? —Ni sé qué me pregunta.

—Tú misma —contesto sin mirarla—. Confío en tu criterio.

Pero ella insiste. Sabe que le he dado una respuesta sólo para que se calle, para que no me saque de mis pensamientos. Me acaricia con su mirada de afecto.

—No vas a venir a la bodega, ¿verdad?

—Ahora no. Queda una hora hasta que vuelvan los chicos, ¿verdad?

Asiente.

—Estaré aquí —digo, y le señalo el libro.

Se acerca a la puerta y antes de salir se vuelve para observarme con preocupación.

—Estaré bien —le repito. Sabe que le estoy mintiendo, pero, aun así, no dice nada—. Dentro de un rato hablamos de lo que ha pasado esta noche. Del azúcar, de los tiroteos, de Curro. De todo. Te lo prometo.

Me mira con un deje de tristeza y yo se la devuelvo, las dos sabemos lo que quiero, lo que tengo que hacer. No puedo resistirme. Abro el cuaderno, necesito encontrar respuestas. Me entiende. Se marcha.

Cuando ya ha cerrado la puerta tras de sí, me sale un «gracias» de dentro; sólo es un susurro que seguro que ni ha oído, pero es el reflejo de la gratitud que siento por dejarme sola y, sobre todo, por haber sido el soporte que me ha mantenido en pie toda la vida, incluso en los peores momentos. Miro otra vez el diario y en la tapa, que cruje al forzarla para abrirlo. La primera página está en blanco, aunque tiene unas manchas parduzcas de humedad en los márgenes que la afean. No me sorprende, después del tiempo que lleva perdido, habría sido extraño que aguantara perfecto. Paso la primera hoja con cuidado, hasta con reverencia; no quiero que se me deshaga en las manos.

La letra picuda de doña Amelia; la reconocería entre miles.

¿Hablará de mí?

Busco la fecha. Voy pasando páginas, algunas están ajadas y otras o arrugadas o tienen más de un borrón de tinta. No me interesan, ni me entretengo en ellas. Lo único que quiero es llegar al día de mi despido. Saber cómo lo explica doña Amelia.

Acabo de llegar a diciembre de 1909. Aquí está, esta página me resulta familiar. En ella empecé la lectura el día de mi despido. Recuerdo la fecha. Leer me inquieta. Lo único que quiero es entender quién fue en realidad doña Amelia. ¿Qué esperaba conseguir hundiéndome? ¿Le pesaba la soledad en la que vivió hasta el final? ¿Por qué se fue Javier y ya no volvió a dar señales de vida? ¿Por qué hizo sufrir tanto a Ernesto? ¿Alguna vez quiso a alguien? Y, sobre todo, lo que más me interesa, igual lo único que ahora me parece importante: ¿por qué me odió tanto hasta el fin de sus días?

2 de diciembre de 1909

Te echo de menos, Arturo. Cada día más. No puedes imaginar cuánto. Ya no pido oír tu voz, ni mucho menos verte; sé que es imposible, pero, aunque sólo fuera recibir una carta que se hubiera perdido en el camino a casa, con eso sólo, ya me contentaría.

Estarías volviendo un poco.

He vuelto a ir a misa y rosario, pero sigo igual. Qué le hemos hecho a Dios para que nos castigue tanto y, aun así, me he dejado convencer por tu hermana y por tu tía. Para que tome un poco el aire cada día, me han dicho. Ya ves, en diciembre y en Terreros. Me he dejado convencer, pero estas misas siguen sin darme ningún consuelo. Aunque, al menos, con esos compromisos me entretengo durante el día, pero en cuanto se pone el sol, me doy cuenta de que no estás y de que no volverás a estar nunca conmigo.

En casa todo va de mal en peor. Ya hace meses que tu padre no se pasa por Terreros, pero, si te he de ser sincera, ni falta que me hace tenerlo cerca. Aunque no me apetece nada, tengo que hablar con él. Igual, luego le escribo una carta. Sí, lo haré, cuando acabe la tuya.

Le tengo que explicar que ya no sé cómo meter en vereda a tu hermano. Sólo con la ayuda de tu tía Fernanda no voy a conseguir nada y tu padre sigue sin acordarse de su verdadera familia. Lo que daría porque pudieras hablar con Javier otra vez. Estoy segura de que le harías entrar en razón. De nada ha servido que lo mandáramos a Oxford y, lo que todavía es peor, creo que ha vuelto con esa fulana. Estoy segura, porque, si no, Ernesto no estaría como está con él.

¿Qué voy a hacer con Javier?

Entiendo que vaya detrás de todas las faldas que se le pongan por delante, pero ¡de las de esa mosquita muerta! ¡De esa fulana! Y en casa. No puedo ni mirarla. Aunque, ¿qué puedo esperar de tu hermano? Con la sangre que le corre por las venas... De los tres, él es el más parecido a tu padre.

Ernesto tiene razón. A veces no comparto sus ideas, pero algo de razón le he de dar. Esto se ha de cortar de raíz. No por ella, sino por Javier. Se ha de parar antes de que haya consecuencias y de que tengamos que solucionarlas con urgencia y mal.

Sólo nos falta otro bastardo. Con ese medio hermano tuyo ya tenemos bastante. Pero tú no te preocupes porque ya hace tiempo que me cuidé de que ese niño no fuera un peligro ni para ti ni para la familia.

Hoy estoy tan cansada. Creo que me voy a echar un rato y después me pondré con lo de tu padre. Ahora es cuando se me cae el mundo y me doy cuenta de todo lo que te echo en falta.

Te quiero mucho, hijo.

Un beso allá donde estés.

He leído bien. ¡¿Bastardo?! ¿Don Sebastián tuvo un hijo con otra? Jamás me lo hubiera imaginado. ¿Será de Madrid o de aquí? Y ese niño, ¿qué le suponía a doña Amelia? Vergüenza, ira, celos. Ahora entiendo su obsesión por el linaje. Por tener a sus hijos casados y con descendencia. No quería que nadie les quitara lo suyo, ni que otro ocupara el lugar de heredero que le pertenece a su sangre.

¿Quién más lo debía saber? Por quien me sabe mal es por Ernesto y por Inés. Lo que les hizo sufrir, y debía de ser por eso. ¿Lo sabrá Pedro? No. En Terreros nadie debe de saberlo porque, si no, todo el pueblo habría hablado.

Y qué me importa si don Sebastián tuvo algún hijo fuera del matrimonio. Uno o cientos, aunque he de admitir que me ha sorprendido. Lo que me importa de verdad es lo que dice de mí. Soy yo a la que nombra, no tengo ninguna duda; no dice mi nombre, pero sé que soy yo.

«Fulana», me llama la muy bruja. Ella, que se tenía por una señora, con ese vocabulario... ¿Y lo de «mosquita muerta»? ¡Será posible! Si hasta me hace gracia.

Qué ingenua que fui en aquel tiempo. Vivía entre una niebla que no me dejaba ver más allá de Javier y estaba convencida de que doña Amelia no sabía nada. Que ese secreto era sólo nuestro. ¡Qué ilusa!

3 de diciembre de 1909

Arturo, hoy vuelvo a estar mal, como todos los días. No he dormido. Ya sabes que desde hace meses no concilio el sueño más de dos horas, ni descanso lo que necesito. Hoy me duelen mucho los huesos y el espíritu. Aquí, sentada, miro hacia el jardín y parece que el día llora. La aguanieve que cae desde primera hora está deshaciendo toda la capa que cayó ayer, la que cubre los rosales y la magnolia.

Allá, en África, ya sé que no hace frío, pero ¿lloverá como aquí?

En días como hoy, añoro nuestras conversaciones y lo mucho que me ayudabas. Y ver tu cara, oír tu voz y darte un beso como cuando regresabas a casa. Necesito tanto tu consejo. La última de Javier ha sido demasiado. Ya no sé cómo controlarlo.

¿Sabes lo que me ha hecho? Se ha llevado las arras de oro, las de mi boda.

Ha tenido que ser él, no hay otra.

Pedro ha acabado reconociéndome esta mañana que la moto no está en las cuadras y que ayer a Lola le pareció verlo entrar en la casa antes de la nevada. Dice que ella estaba en el patio, en el tendedero de los porches, recogiendo la ropa. Dice que sólo le pareció, que no puede precisar, pero estoy segura de que Lola sabe muy bien lo que vio.

Ha sido Javier quien se las ha llevado. No tengo la más mínima duda de que las ha empeñado, porque me han llegado noticias de que ha vuelto a las andadas. Vuelve a frecuentar a aquellos sinvergüenzas de la universidad y a tener problemas. Nunca ha sabido elegir compañía y, mucho menos, amigos. De poco le sirvió que le aconsejaras antes de irte a la guerra. De poco le valió tu ejemplo.

Es desesperante que nada sirva para que vuelva a ser el chico que era. Dulce, tranquilo, alegre.

Sin ti todos estos problemas me superan y me dejan agotada. Ahora me vuelvo a la cama a ver si descanso y me olvido de todo.

Te quiero mucho, hijo.

Un beso allá donde estés.

¡Todo fue una patraña! Si sabía lo que había hecho su hijo, ¿por qué me pidió explicaciones aquella mañana? ¿Por qué me culpó del robo? Y Fernanda, ¿también lo sabía? Ella tenía que imaginar quién era el verdadero ladrón, pero no me defendió ni evitó la situación.

¿Cómo es posible? Esperaba encontrarme a mí en este diario, saber lo que doña Amelia pensaba, pero ahora me doy cuenta de que todo lo que cuenta me está haciendo más daño de lo que pensaba. Que igual no necesito saber.

Qué mezquina, qué injusta fue conmigo y qué simple fui yo aquel día. Podía haberle contado a doña Amelia que Javier había estado en Terreros, que lo había visto dentro de la casa y que imaginaba que él se podía haber llevado esas arras durante su visita, pero me callé. Ella sabía que su hijo había estado allí y sabía el motivo. Me acusó y no le tembló la voz. Igual hasta sabía que estuvimos juntos esa misma mañana en las cuadras, antes de que me abandonara. Con lo que lloré en la puerta del establo, bajo aquella nevada. Y le guardé el secreto como una idiota.

Necesito saber más, para qué me engaño preguntándomelo. Quiero que estas líneas me digan lo que necesito, pero los siguientes días no me interesan. Son sólo comentarios sobre añoranza, dolor o cosas cotidianas —la añada a punto de trasegar, las misas, la poda— que ni me afectan y, ni mucho menos, me interesan.

Acabo de llegar al día 18. Aquí me paro, es el día de mi despido.

18 de diciembre de 1909

Por fin, Arturo. Gracias a Dios me he deshecho de ella. Qué alivio. Estaba tocando mis cosas y la he sorprendido con mi diario entre las manos. Con eso he tenido suficiente para convencer a tu tía y ya no ha tenido argumentos para defenderla. Qué harta estaba de pelearme con ella por culpa de esa fresca.

La muy insolente pretendía hacerme creer que sólo limpiaba. Estaba leyéndolo. Tu tía y sus añoranzas de maestra. Ya sabía yo que no es bueno que las criadas aprendan, y mucho menos a leer. Ellas a lo suyo, porque con menos se te suben a las barbas. No hemos tenido más que lo que nos merecíamos por no poner freno antes, pero ya está todo resuelto. Además, no pienso tolerar que tu tía Fernanda le encuentre un sitio donde meterse; no lo merece. Sólo espero que se vaya y que no se vuelva a cruzar con tu hermano. Ya me encargaré de que nadie le dé un trabajo decente en Terreros, así tendrá que irse muy lejos. Quiero que se marche para siempre y así será, al menos si de mí depende.

Lo siento, Arturo, hoy no puedo seguir escribiéndote más, me espera Inés para ir a la iglesia.

Te quiero mucho, hijo.

Un beso allá donde estés.

Estoy por tirar el diario por la ventana o hacerlo trizas. ¿Quién diablos se creyó durante toda su vida? No sé de qué me sorprendo, siempre he sabido que ella fue la culpable de los problemas que tuvimos tras mi despido, pero leerlos con sus palabras, verlos en este libro, me subleva. No me sorprende, pero sí me indigna. La frialdad con la que calculó cómo hacerme daño, y cómo lo consiguió, todavía me exaspera más. Lo tenía todo pensado, premeditado; me atacó a conciencia y no tuvo ningún remordimiento. Lo que no comprendo es por qué siguió atormentándome durante tantos años. Que su hijo me deseara en algún momento y que me utilizara no eran motivos suficientes para que ella me odiara tanto hasta el fin de sus días. Seguro que yo no fui ni la primera ni la última que metió en su cama. Era insignificante para todos ellos y, además, en cuanto Javier se marchó a Cuba y yo me casé con Luis, ¿qué problema iba a suponer eso para ella? Sin embargo, siguió ahondando en la herida, atosigándonos.

¿Por qué tanto rencor hacia todo lo que yo tenía cerca? Espero entenderlo más adelante, pero lo que sigo leyendo son pensamientos oscuros y sin esperanza de una madre desconsolada que llora por su hijo y, a pesar de la rabia, me da hasta pena en alguna de sus cartas. Me pongo en su piel. ¿Qué se siente cuando uno de tus hijos falta?

24 de diciembre de 1909

Arturo, cariño, ésta es la primera Navidad en la que no estamos juntos. Todavía no me hago a la idea de que sigues allí, abandonado en un erial; tan lejos.

¿Cómo voy a pensar en otra cosa si te vas a quedar para siempre en África? ¿Cómo pretenden que me reponga si ni siquiera me han devuelto tu cuerpo? ¿Dónde esperan que te llore?

Fernanda intenta ayudarme y me apremia a que escriba todos los días, pero creo que recordarte así es todavía peor. Ya son cinco meses, y hablarte con una pluma y una hoja en blanco me hace más daño que si sólo te recordara.

Tengo frío hasta cuando recorro el pasillo y no quiero poner ni un pie fuera de la casa. Ya sabes que jamás me ha gustado salir después de la puesta del sol, y desde que no estás, si ya no tengo ganas ni de levantarme de la cama, cómo las voy a tener para ir a la iglesia a estas horas de la noche. Tiene que estar helada, y aquí, en la salita, al menos estoy tranquila y abrigada. No voy a darle explicaciones a nadie, ni siquiera a tu tía. ¿Para qué? Si abro los ojos cada mañana y respiro, es para que me dejen en paz; para que no estén todo el santo día atosigándome, intentando animarme.

No quiero estar mejor. Ni lo pretendo ni lo voy a conseguir nunca.

Inés vuelve a estar indispuesta. Está triste desde que nos dejaste. Hoy se ha ido a dormir en cuanto hemos acabado de cenar y tampoco quiere ir a la iglesia.

Ya he mandado aviso con Juana para que don Rafael sepa que igual ninguna de las dos iremos. Tiene que entenderlo. Y si no, allá él. Está claro que yo me quedo en casa. Para algo me ha de servir darle de merendar todas las tardes cuando me suelta uno de sus sermones sobre la resurrección de la carne y la resignación. Esas homilías me cansan y me sublevan cada vez más.

No se oye ni un alma, ni siquiera a Lola o a Juana trasteando en la cocina, y tus hermanos deben de estar cada uno en una punta de la casa. Como si los estuviera viendo. Siempre han tenido sus cosas, es verdad, pero últimamente parece que ni se soportan. Llevan varios días peleando por culpa de esa necia. Mira que esperaba que saliera de nuestras vidas, pero no lo he conseguido. Siguen peleando por ella. Y eso que hace ya más de una semana que está fuera de la casa.

Manuela... Sólo de pensar en ella me indigno, no puedo evitarlo. Quién hubiera imaginado que la hija de Paco iba a conseguir enemistar a tus hermanos de esta manera. Cuando llegó parecía que no había roto un plato. Tus hermanos no se han dirigido la palabra en toda la cena y, aunque Fernanda ha intentado tranquilizarlos, como siempre, no ha conseguido nada. Todo por esa

Y vuelta la mula al trigo. Ahora me llama necia. Cualquiera que leyera estas cartas y no hubiera conocido a Javier pensaría que era el más inocente de los hombres. ¿Y lo que me hizo su hijo? ¿Eso no cuenta? Pues yo lo recuerdo perfectamente y el coraje me va subiendo desde lo más hondo con cada párrafo que leo. Y tiene la desfachatez de decir que hasta que llegué sus hijos se llevaban bien. Si todo el mundo sabía que se pasaban el día peleando cuando estaban juntos. Que lo habían hecho desde niños.

En esta última carta no se despide de Arturo. Alguna cosa debió de importunarle, porque el texto ha quedado cortado. Ni se ha despedido como otras veces ni le ha enviado el beso de siempre.

Las tres páginas siguientes son confusas. No hay ni una frase clara. Algo pasó que la trastornó tanto que ni pudo escribir a derechas. Parece como si hubiera querido empezar varias cartas, pero se quedó a medias. En cada uno de los párrafos que empieza, la mayoría de las frases están tachadas como con rabia, hasta hay agujeros en una de las páginas. Paso varias en blanco hasta que encuentro la primera frase que puedo leer, dos días después de la que dejó sin acabar.

26 de diciembre de 1909
Hoy he mandado destruir la *Margarita*. Me da igual, no puedo. Cuando paso junto a ella, vuelvo a perderlo.
Sin ti, Arturo, sólo tengo el soporte de Pedro.
Javier,

Son pocas palabras escritas con mala letra, algo muy raro en doña Amelia, algunas están veladas con manchas y, aun después de descifrarlas, no comprendo lo que significan, y el nombre de Javier lo ha escrito con las letras cada vez más imprecisas, hasta que la «r» ha quedado convertida en una línea. Leo una segunda vez, poco a poco, parando en cada letra. Imagino a doña Amelia en su mesa, escribiendo con su pluma y que algo la aturde o la distrae. No me sorprende que en esta entrada tampoco encuentre la despedida para Arturo o el beso de siempre.

Paso las hojas una a una y todas están en blanco. Vuelvo a esas últimas frases ambiguas. Me intrigan. Destruir la *Margarita*, dice, y se lo pidió a Pedro. Él debía de saber el motivo. Tantísimos litros del mejor de sus vinos desperdiciados y, además, se deshace de la joya de la bodega. ¿Por qué mandaría destruirla?

Ese recuerdo lo había olvidado y ahora vuelve a mí con nitidez; Luis se llevó las duelas aquella Navidad. Sí, la *Margarita* desapareció poco después de que despidieran a padre. El pobre nunca supo por qué no quisieron que volviera a la Casa Grande y penó lo que no está escrito durante mucho tiempo. Recuerdo que Luis nos habló de la *Margarita* el primer día que comió en casa y que a padre le extrañó que se deshicieran de ella, porque toda la familia le tenía mucho aprecio.

Una de las frases me extraña. ¿Qué volvió a perder doña Amelia que le hacía tanto daño?

Jamás podré saberlo.

Todo se fue con ella: sus pensamientos, sus recuerdos y ese dolor tan hondo que sentía por la muerte de Arturo.

Leyendo este diario me he dado cuenta de que siempre había pensado que doña Amelia no tenía sentimientos; pero ahora, después de tantos años, compruebo que al menos alguno sí tenía: añoraba a sus hijos. A Arturo, sobre todo, pero parece que también a Javier. Al fin y al cabo, era una persona, una madre, y sufría con las dudas, el dolor y las pasiones como todo el mundo.

No aguanto más en mi cuarto. Debo ir a la bodega. Cuando lleguen los chicos, los acompañaré de vuelta. Espero que Rita no se enfade cuando se levante y se encuentre la casa vacía, pero tengo prisa y no voy a entretenerme dándole explicaciones de lo que ha pasado esta noche. El azúcar me espera, eso es lo que importa ahora, pero antes de marchar, algo me obliga a coger el diario. Lo devolveré a su sitio, a esas alforjas de donde no debió salir nunca.

Al llegar a la plazoleta me detengo. Frente al portón está aparcado el camión con el que han trasladado los sacos. ¿Con qué habrán ido los chicos a la estación? Igual le falta gasolina y han cogido el furgón pequeño. Ha sido una noche dura. Larga. Si lo ha sido para mí, y la he pasado en mi habitación, me puedo imaginar cómo deben de haberla pasado ellos.

El camión todavía tiene la pasarela puesta, pero los sacos ya están dentro de la bodega, esperando a que lo metamos en la sala noble. Puedo verlos apilados contra la pared que hay junto a la puerta y regueros blancos, finos como la arena, tapizan la entrada como una alfombra blanca. «Hemos de despejar la puerta lo antes posible, y limpiar todo este azúcar —me digo a mí misma—. Si alguien ve la carga aquí, no habrá servido de nada el trabajo de la noche.»

Tras entrar, reconozco a Pedro. Está al fondo de la sala de fermentación, con la espalda apoyada en la pared, junto a una de las últimas cubas. Se le ve pequeño en la penumbra bajo la sombra de esa enorme estructura. Ya me extrañaba que después de la noche que hemos pasado no estuviera aquí haciendo guardia. Sigue siendo su casa. Está encorvado mirando el suelo y de la comisura del labio le cuelga un cigarrillo apagado. Al acercarme, compruebo que se lleva un pañuelo a la frente. Me sorprende porque no hace calor. Tan al fondo de la sala sólo se nota la humedad y el frescor que sube del calado, pero si ha ayudado a los chicos a descargar el azúcar, debe de estar muy cansado.

Lo saludo con la mano, pero no le digo nada, espero que se quede donde está y que no intente acompañarme. Quiero enfrentarme sola a la moto. Despedirme y acabar de una vez sin nadie que me observe. Después llenaremos la sala con los sacos y cerraré este capítulo. Ya veré qué hago con la moto más adelante.

Pedro me mira cuando me acerco. No era sudor lo que se estaba limpiando. Tiene los ojos rojos y todavía le queda alguna lágrima que pugna por derramarse por las mejillas. Su mirada avergonzada se desvía de mi cara y se centra en mis brazos, en la carga que llevo en ellos; en el diario.

—Lo has leído —me dice con un hilo de voz señalando el libro, con ojos entre tristes y asustados.

Podría parecer una pregunta, pero no lo es.

Yo asiento.

La cara se le congestiona de nuevo y acerca la barbilla al pecho como escondiendo unos sentimientos que estoy segura de que le aplastan. Diría que, a cada segundo que pasa, se hace más viejo.

—Ya lo sabes todo, entonces. Todo lo que pasó esa noche —me dice ahogando un sollozo—. Nunca se fue a Cuba. Nunca se marchó tan lejos.

«¿No se fue?», me pregunto, y mientras lo hago, una duda me atenaza: ¿quién?, ¿Javier o Ernesto?

Pero no hace falta que le pregunte, porque me contesta sin decirle nada:

—Javier nunca quiso marcharse.

El cigarrillo que todavía lleva prendido de los labios enfoca en la dirección de la sala noble mientras dirige su vista hacia allá.

¿Qué me está diciendo? Miles de preguntas luchan por salirme de dentro. Si no se fue, ¿dónde ha estado todo este tiempo?

Sólo atino a pensar en que lo que me está diciendo no tiene sentido, que Pedro se ha vuelto loco, o que ya es demasiado viejo.

—Aunque no lo creas, lo que dice la señora fue lo que pasó —me dice todavía señalando a la sala.

Necesito centrar las ideas y entenderlo. No sé a qué se refiere. Apoya la espalda en la cuba, se arranca el cigarrillo de los labios, lo mira como si fuera algo repugnante y lo retuerce entre los dedos hasta convertirlo en picadura. Lo destroza con rabia, comprimiendo la mandíbula, y las pequeñas briznas de tabaco y papel en que se ha convertido caen de la palma de su mano al suelo con un golpe seco de los dedos. No digo ni una palabra. Estoy digiriendo su último comentario y debe de entender que espero que continúe con su relato porque parece que quiere hablar de nuevo, mientras sus ojos se dirigen a un lugar que, o bien no está en la bodega, o bien no es de este tiempo.

Siempre ha sido un hombre callado, sobrio, y ahora, para mi sorpresa, con un torrente de palabras intenta decirme muchas más cosas de las que le pido.

—Fue una locura de los chicos. Javier se encaramó en las pasarelas como tantas otras veces. Se pelearon. Todo el día se estuvieron buscando, cada vez que se cruzaban en la casa o en cualquier otro sitio. Esperaba su explosión, pero nunca eso. —Pedro calla, traga saliva con esfuerzo, como si le doliera, pero continúa—: Ernesto llevaba tiempo defendiéndote. Discutían mucho por ti, ¿sabes? Al final se encontraron en la bodega y pasó lo que nadie quería que pasara. No fue una pelea como las de otras veces. Se enzarzaron y Javier se cayó de la pasarela. Debió de darse un golpe con el filo de la cuba. Acabó dentro de la *Margarita*. Siempre he querido pensar que fue un accidente, pero...

Pedro calla tras soltarlo todo sin respirar, con los ojos todavía en el vacío.

¿He entendido bien lo que ha dicho?

No me lo puedo creer, pero una imagen me pasa frente a los ojos sin que pueda detenerla.

Los veo allí, a Javier y a Ernesto, como si en este mismo momento los tuviera delante. El tiempo se me hace elástico y los imagino encaramados en las pasarelas, corriendo para alcanzarse, increpándose, intentando pegarse. No me cuesta nada ver cómo Javier se mofa de su hermano, cómo Ernesto renquea entre los hierros, a tantos metros de altura; hasta puedo oír cuando Javier le dice que es blando y cobarde, que no se enfrentará nunca a sus miedos. Como aquella tarde de su pelea. Por eso no me sorprendo. Me enorgullece imaginar que Ernesto me defiende cuando su hermano le dice que dormir conmigo no tiene importancia, que sólo es un juego, que si me han despedido no es por su causa. Estoy segura de que siempre se sintió inocente. Ernesto, el abogado de las causas perdidas, seguro que las burlas de Javier le hieren; lo han hecho siempre. Los sigo viendo moverse con gestos bruscos, pasando de una pasarela a otra por el caminito, corriendo sobre la *Margarita* sin reparar en el peligro. Hasta siento el crujido de la tapa al romperse y el golpe seco de su cabeza al golpearse contra el canto de la cuba, cómo se hunde poco a poco entre los hollejos cuando cae dentro y cómo los gases de la cuba acaban con él.

Los pensamientos se me agolpan, no queda sitio en mi cabeza y la presión del pecho me ahoga. No me lo puedo creer, pero tiene que ser cierto.

Murió allí dentro.

Estoy segura de que Ernesto no quiso hacerle daño por mucho que ahora lo dude Pedro, y puedo imaginarlo sufriendo al ver a su hermano pequeño precipitarse dentro de la cuba y sumergirse.

Sé que a Ernesto le angustiaban esas peleas, las situaciones que no controlaba y que le enfrentaban con Javier. Siempre le tocaba perder y estoy segura de que esa vez no quiso volver a ser la víctima. Tuvo que ser un accidente, estoy segura. Tuvo que serlo, no quiero imaginar que fuera de otra manera.

Ahora entiendo algunas cosas que me hicieron dudar de Ernesto en el pasado. El motivo de que me ignorara durante tanto tiempo, o sus silencios, su vida taciturna, su tristeza. Ahora alcanzo a comprender la razón por la que se marchó: no abandonó a su madre, como yo pensaba, ni siquiera se fue para sortear un matrimonio al que doña Amelia lo abocaba sin remedio; salió huyendo de esos recuerdos y esas culpas que debían de pesarle tanto como tener un yunque colgado al cuello.

Pedro me sigue hablando, ahora sólo con un hilo de voz. Reparo en unas arrugas profundas que le cruzan la frente, en su dolor y desasosiego. Me explica que lo vio todo desde el suelo, que buscó el gancho para pescar el cuerpo y que por mucho que lo intentó no pudo reanimarlo. Que Ernesto se quedó callado, incapaz de decir una palabra mientras él intentaba devolverlo a la vida. Continúa, entre sollozos sofocados, que no pudo hacer nada porque, cuando lo cogió entre sus brazos, ya estaba muerto.

Lo imagino abrazado al cuerpo, intentando aguantar un calor que ya se iba esfumando. Javier era su preferido, al que siempre quiso como a un hijo, y puedo sentir el dolor que todavía transpira por cada uno de sus poros. Tuvo que dejarlo tirado en el suelo, con las ropas chorreando vino y en la cabeza un boquete sangrante, para ir a buscar a su señora. Puedo comprender su miedo al darse cuenta de que debería enfrentarse a doña Amelia. Que no le quedaba más remedio que ir a la casa y pedirle que le acompañase a la bodega. Tendría que prepararla por el camino para lo que se iba a encontrar y no imagino cómo pudo afrontarlo. Yo no hubiera sido capaz.

Ahora la veo a ella frente a su diario, escribiendo, y a Pedro entrando en la salita. Más que oírlo, doña Amelia debió de percibir sus movimientos. Nada se le escapaba en esa casa. Seguro que en ese momento estaba con Arturo, con esa carta inacabada que he tenido delante de mi vista hace sólo unos minutos. Escucha los pasos de Pedro, siempre firmes, que se acercan hasta ella. Él se detiene junto a la puerta y, desde el quicio, la urge para que se levante y le acompañe. Hasta imagino que lleva el abrigo de paño de doña Amelia entre los brazos, para que no se demore un segundo. El deje de desesperación con el que Pedro le pide que le acompañe la apremia a levantarse, a cogerle el abrigo y a ponerse en marcha. Pedro no debe de decirle nada al principio, sé que ella lo conoce muy bien y que se da cuenta de que tiene que hacerle caso porque algo grave ha pasado. Ya en el corredor, tras dar las primeras zancadas, ella no aguanta, se para en seco y le exige una explicación. Pedro la mira con ojos vacíos, pero, tras ese instante, vuelve la cara en dirección a la plazoleta y le suplica que vayan hacia allá rápido.

¿Cómo se lo dijo Pedro? ¿De dónde sacó la entereza y la fuerza para anticiparle que iba a encontrarse a su hijo muerto?

Igual al principio sólo le dijo que se había hecho daño y, poco a poco, por el camino, le fue explicando que se había caído en la cuba y que había perdido el conocimiento. Doña Amelia tenía que saber del peligro que eso entraña. La veo volando por el corredor de camino a la bodega, sin sentir ni el frío cortante que podía rasgarle la cara, ni el cierzo que debía de correr como todas las noches de diciembre. Quizá sólo pensaba en los vapores del vino, que eso no era un accidente sin importancia y que más de un hombre había perdido la vida en cubas bastante más pequeñas que la *Margarita*. Cuarenta mil litros de vino; una tumba para cualquiera que cayera dentro.

Si hubiera sido uno de mis hijos, me habría convencido de que era un hombre joven, fuerte y de que, en cuanto llegara, lo encontraría despierto, que sólo habría sido un vahído. Pero no atino a suponer qué podría estar pensando ella en esos minutos de ansiedad. Sé lo que hubiera hecho yo: caminar con pasos ligeros por el corredor, intentando que no me venciera el miedo.

Pedro sigue con su relato, pero lo oigo como si estuviera a miles de kilómetros. Veo a Ernesto en el fondo de la nave, mirando a su madre con gesto de desesperación, cuando llega a la puerta de la bodega siguiendo a Pedro. Ella ya no corre, ahora sus pasos son lentos mientras Ernesto, con gesto devastado, le habla desde la distancia sin decir una palabra. Doña Amelia se ahoga con cada zancada que da hacia el interior mucho más que cuando corría tras Pedro, llega hasta Javier y se arrodilla junto a su cuerpo. Ni se atreve a tocarlo. Está tendido sobre un charco de vino, tiene el pelo mojado y los labios morados. Entre Pedro y Ernesto cogen el cuerpo, lo incorporan levemente y lo dejan sobre el regazo de su madre. El pelo de Javier debe de mojarle la falda y las mangas del abrigo con una mancha mucho más oscura que la que deja el vino, y algo denso y pegajoso debe de pegársele a las manos cuando lo acaricia.

Y es entonces cuando tiene que aceptarlo. «¡Otro más no!», tal vez se grita por dentro.

Despierto de mi ensoñación cuando Pedro, con la palma abierta, da un golpe seco en la cuba que tiene a su lado; es la rabia contenida durante casi tres décadas.

—Fue Ernesto. No quería hacerle daño, pero se lo hizo —murmura entre dientes mientras se mira los dedos.

Me quedo un segundo esperando a que se calme al tiempo que se acaricia una mano con la otra. Su cara es un retrato de la pena y de la furia a partes iguales.

—¿Lo enterraste tú? —le pregunto con cautela, casi en un susurro.

—Sí —responde escuetamente.

Comprendo sus sentimientos y también los comparto. Es difícil superarlos para alguien que lo quería tanto. Si a mí me han hecho daño, todavía entiendo más que a él le desgarren por dentro.

—¿Por qué aquí? —insisto, aunque sé que hablar del tema le duele.

Necesito respuestas e imagino que él es el único que puede dármelas. Si se niega a contestarme, sé que se las exigiré, y más teniendo en cuenta que Javier lleva tantos años en mi propiedad sin que yo lo hubiera siquiera imaginado. Pero Pedro no se niega, tampoco se calla; bien al contrario, me mira con una sonrisa triste y responde a mi pregunta:

—Porque me lo pidió doña Amelia. Ella lo quiso así y yo obedecí.

Así de claro y así de sencillo.

Debería haber intuido que Pedro jamás se hubiera planteado no ayudar a su señora.

Continúa hablando con un hilo de voz y mirando el suelo:

—Ella lo necesitaba cerca y no podía enterrarlo en el cementerio. Jamás hubiera dejado a la señora en la estacada. Hice lo que debía y no me arrepiento. —Pedro levanta la vista y la fija en el interior de la sala, como recordando aquel momento, y añade—: Se lo debía.

—Pero ¿por qué? ¿Por qué no llamasteis a la Guardia Civil o a un médico? ¿Por qué lo mantuvisteis en secreto? ¿Por qué no lo enterraron en el cementerio como a cualquier cristiano?

—Porque doña Amelia no quería perder a ningún otro de sus hijos. Ernesto estaba trastornado aquella noche y hubiera dicho cualquier cosa ante las autoridades. Se sentía el culpable de todo y ella no quiso correr ningún riesgo.

—Pero no lo era. Estoy segura de que él no quería hacerle daño, que fue un accidente.

Pedro guarda silencio. Ni confirma ni desmiente. Él fue testigo. Cierra los ojos mientras prosigue:

—A veces la señora venía a visitarlo. A Javier —me aclara, como si yo no pudiera imaginar de quién me está hablando—. Decía que hablaba con él, que con eso se consolaba, pero muchas veces la oía llorar y otras muchas, reprocharle. Ya ves, menudo consuelo para una madre.

En la cara de Pedro se vuelve a dibujar una media sonrisa triste. Me mira de arriba abajo, reparo en el peso del diario que todavía llevo entre los brazos y recuerdo lo que he leído sobre los sentimientos de doña Amelia hacia Arturo. Lo mucho que le dolía escribirle y lo que añoraba hablarle o, al menos, tener un lugar donde llorar su cuerpo.

—Lo dejé aquí, junto a su moto —me dice como si leyera mi pensamiento, y señala el suelo de tierra prensada de uno de los rincones de la sala—. Aquel día, doña Amelia tomó las riendas, sacó toda su fuerza y nos dio una lección. A Ernesto y a mí. Él estaba desgarrado y ni siquiera atinaba a hablar con lógica, y yo fui testigo de cómo, en un segundo, doña Amelia se repuso y supo qué hacer, cómo arreglar las consecuencias de lo que había pasado. Ella tuvo la cabeza fría por los tres, y tomó decisiones.

—¿Para proteger a Ernesto?

—Para proteger a la familia.

Se saca el pañuelo del bolsillo, está arrugado, y se lo pasa por la cara. Me da la impresión de que con ese gesto intenta liberarse de todos los pensamientos que le embargan. Cuando acaba, lo pliega, poco a poco, hasta conseguir que queden bien cuadradas las puntas. Se toma su tiempo para que quede lo más perfecto posible. Su mirada se vuelve a dirigir a la zona de la sala noble que me ha indicado hace un segundo. Después del momento de angustia y de intenso dolor que acabamos de vivir, ahora parece más sereno.

—Ella venía a menudo —afirma—, y cuando me la encontraba en esta sala, me decía que al menos a Javier podía velarlo y que eso le daba algo de la paz que le faltó durante mucho tiempo.

—¿Y don Sebastián?, ¿no tuvo nada que decir en todo ese arreglo? ¿Y doña Fernanda? ¿Inés?

—Don Sebastián tenía demasiadas cosas que ocultar para pedirle explicaciones a doña Amelia, y si se las pidió, yo nunca lo supe.

Pedro me cuenta cómo idearon la marcha de Javier a Cuba, y algo que me sorprende y en parte me consuela es que Fernanda no se enteró de todas esas componendas hasta bastante tiempo más tarde. También que Inés nunca llegó a saber a ciencia cierta qué fue lo que le pasó a su hermano, aunque imagino que es muy posible que alguna cosa llegara a sospechar.

—¿Sabes? —continúa Pedro—, creo que, al final, pensar en ti y en hacerte daño fue lo que la mantuvo viva.

Me sorprende que me haga esa confidencia porque sé que, para él, su señora era perfecta y eso hubiera sido una debilidad que años antes no habría reconocido nunca.

—Te echó la culpa de aquella pelea y de lo que pasó. Más de una vez, cuando creía que estaba sola en esta sala, oí decirle a Javier que te haría pagar todo lo que habías provocado.

—No te voy a mentir —le digo, y siento que para mí ha llegado el momento de las confidencias—, mientras estuvo viva me quitó muchas veces el sueño y, sobre todo, me hizo mucho daño. La maldije mil veces. Pero ahora todo eso ya me da igual. El tiempo cura casi todas las heridas.

Le tiendo el libro. Espero que me lo coja porque ya ha cumplido con su cometido en lo que a mí respecta. Ya no quiero volver a verlo. Pero Pedro se pasa las manos detrás de la espalda como si le diera miedo.

—Explica por qué me odiaba, ¿sabes? —le expongo, aunque sé que él lo intuye—. Y ahora creo que hasta puedo entenderla. No te lo creerás, pero la perdono, porque yo sentí lo mismo hacia ella cuando murió Luis. También la hice culpable de su muerte. Ya ves, no hemos sido tan diferentes después de todo.

Sigo ofreciéndole el libro. Igual no le dio consuelo a doña Amelia, pero a mí me ha servido para cerrar un momento de mi vida que todavía seguía abierto. Al final, Pedro me lo coge con desgana y creo que me entiende.

—Devuélvelo a su sitio, por favor —le pido y, mientras lo abraza, le pregunto—: ¿Tú lo escondiste después de morir doña Amelia?

Me lo corrobora con un movimiento instintivo de su cuerpo, pero, aun así, me responde:

—Sí. Les pertenecía a Inés y a Ernesto y no tenía derecho a destruirlo; pero como ellos ya no vivían en el pueblo, lo guardé aquí, con Javier. Pensé que era el mejor sitio para que esperara hasta que alguno de los dos pudiera tenerlo y saber lo que sintió su madre en aquellos años tan duros. —Acaricia la tapa y percibo una sombra de melancolía en sus palabras—. Tapié la puerta para que nadie más que yo pudiera encontrar estos secretos.

Se apoya junto al agujero que hemos abierto y mueve la mano con suavidad por las piedras que todavía quedan en la pared, como si estuviera tocando a Javier. Trozos de tierra reseca resbalan hasta el suelo. Se detiene a mirar cómo van cayendo y continúa su relato:

—Siempre pensé que algún día regresarían, al menos Ernesto. Nunca imaginé que tú te quedarías la casa, que necesitarías un lugar secreto y que Juana recordaría que existía la sala. Debería haberlo previsto y haber quemado el libro cuando todavía había tiempo, como doña Amelia hubiera querido. Pero fui un cobarde, no tuve el coraje para hacerlo.

Me faltan las palabras para consolarlo y, en vez de hacerlo, sigo escuchando.

—Quería hacer las cosas bien. —Baja la voz y ahora percibo rabia, o tal vez desolación—. Fui un necio. Tú no puedes entenderlo. Ese libro eran sus sentimientos, su dolor y sus secretos. Vivió atormentada: por su marido, por la pérdida del bebé, cuando todavía era tan joven, por la de Arturo, que la dejó muerta en vida, y cuando Javier se fue...

Se le quiebra la voz cuando pronuncia su nombre y me doy cuenta de que todavía lo sigue queriendo como cuando era un niño. Respira hondo y sigue con su confesión, que en realidad es más la expiación de unos pecados que él nunca cometió:

—La vida de la señora se acabó en África, eso lo sabemos todos, pero lo poco que le quedaba, la esperanza de un futuro, se fue con Javier. Se ahogó entre el vino de la *Margarita*. La muerte de Javier fue el final y ella lo supo cuando me pidió que lo enterrara en la bodega. Hasta me obligó a destruir la cuba. Esa noche pude ayudarla, pero cuando ella murió, le fallé con su diario. No tengo disculpa para eso y no me lo perdonaré nunca.

—No seas tan exigente contigo —le digo mientras le toco el brazo.

Sé que no puedo consolarlo, no por el diario, sino por la pérdida, la de Javier y la de doña Amelia, pero al menos intento que se dé cuenta de que estoy a su lado y que le comprendo.

—Ningún hombre volvió de África como se fue —le digo—; tampoco los que los queríamos volvimos a ser los mismos, aunque regresaran ilesos. Y Arturo ni siquiera volvió. ¿Cómo podía quedarse su madre? Yo no podría soportar que le pasara nada a Diego, a Tono o a Rita. Ellos son los que me hacen vivir hacia delante. A doña Amelia su vida no le dio salidas, se le quedó demasiado por el camino. Tuvo que sentirse vacía, consumirse por dentro, con cada uno de los que se le llevaban.

Ahora comprendo que no hace falta morir para entrar en el infierno.

Puedo intuir los estragos que esa maldita guerra le dejaron a Pedro, a doña Amelia. Los estragos que nos dejaron a todos los que la vivimos de cerca. No se lo he dicho, para no hacerle sufrir más, pero estoy segura de que, desde la muerte de Arturo, lo que doña Amelia deseaba era irse con su hijo y que el mundo siguiera girando sin ella, o vete tú a saber, igual hasta que dejara de girar para todos los que seguíamos vivos.

Empiezo a ver en doña Amelia algo que nunca hubiera imaginado. Poco a poco se convierte en una imagen mucho menos nítida, menos robusta y más desvalida de lo que me ha parecido siempre. Entiendo lo que a ella se le rompió por dentro, e imagino que yo tampoco hubiera sido capaz de ser fuerte en una situación similar: la muerte de la esperanza en un futuro ha de ser la peor de las pérdidas, y hasta puedo entender la razón de su odio hacia mí. Por primera vez, tras leer el libro y escuchar a Pedro, la comprendo.

Ni la juzgo ni le reprocho nada, tampoco la acuso. Si yo hubiera sido ella, ¿habría hecho lo mismo?

Dejo a Pedro en la penumbra. Necesito la luz del sol, que me dé fuerzas. Además, si he de ser justa, en este momento creo que la bodega y sus recuerdos le pertenecen mucho más a él que a mí.

La plazoleta está vacía, escucho el silencio y miro al cielo. Las tres palmeras siguen vigilantes junto a la puerta y algunas nubes ciegan por un segundo el sol radiante de este día de julio. Me siento bien. Respiro profundamente el aire caliente que se levanta y que me llena los pulmones, que me acaricia la cara, y en algún lugar de mi corazón siento algo parecido a la liberación.

Nunca me había parado a pensarlo, pero ahora me doy cuenta de que es fácil pedir justicia sin conocer lo que nos envuelve. Ser justo ya es otra cosa. Igual yo no lo fui con doña Amelia, aunque ella tampoco lo fue conmigo. Pero, en realidad, lo único que me importa en este momento es poder mirarme al espejo y decirle a mi imagen que me he mantenido fiel a mí misma. Yo jamás le hice daño, de eso estoy segura.

Por el corredor se acerca el furgón pequeño. Lo veo llegar seguido por una nube de polvo. En él están Diego y Tono. Regresan de la estación y yo me quedo tranquila al comprobar que los dos sonríen al verme.

—Madre —los oigo llamarme a los dos, todavía dentro del coche.

Diego abre la puerta y baja. Ahí está, la viva imagen de su padre. Su misma espalda ancha, su mismo pelo oscuro, ensortijado y despeinado, y su misma sonrisa, aunque en este momento la ensombrece un gesto de preocupación. En cuanto llega hasta mí, me abraza y noto su fuerza. El motor sigue en marcha y ni pienso en regañarlo por el humo negro, con olor a gasolina mal quemada, que llena la plazoleta. Es Tono quien lo apaga, se apea del furgón y lo rodea para cerrar la puerta que su hermano se ha dejado abierta. Se acerca a nosotros y con sus largos brazos, tan finos como los míos, me abraza también.

—Madre, ¿está bien? —me pregunta mientras me acaricia el pelo.

Una bocanada de vida, de futuro, me devuelve al presente. Porque lo tenemos y con ellos lo tendré siempre. Mis dos hombres están aquí, conmigo, y sólo piensan en protegerme. Qué orgulloso estaría Luis si los viera, convertidos en lo que son ahora.

Los miro a los dos y todas las dudas que podría tener desaparecen. Llevo preguntándome toda la noche cómo habría sido mi vida si todo lo que he recordado hubiera sido diferente, y me doy cuenta de que todo aquello fue la semilla de lo que tengo ahora. No cambiaría mi vida por nada del mundo. No debemos arrepentirnos de nada de lo que la conforma porque gracias a eso tenemos el presente que tenemos.

Lo que hubiera podido ser no importa. Lo que importa es lo que tengo, y hasta diría que lo que he conseguido durante todos estos años, la Casa Grande, la bodega, incluso la fábrica y toda mi lucha con doña Amelia, que fue lo que realmente me espoleó a conseguirlo, al final tiene poca trascendencia. Me falta Luis, me duele todos los días y mis dedos se acercan al gorrión que aún llevo colgado al cuello después de tantos años. Él sigue conmigo.

Me doy cuenta de que lo que tengo ahora, lo primordial, es que mis tres hijos están conmigo, que son dos hombres y una mujer de los que me siento orgullosa, y, sobre todo, que ellos sí que están vivos.

Juana y Rita se acercan por el corredor. Nos miran. Me llaman en la distancia e imagino que esperan que les conteste antes de que lleguen donde estoy. Quieren saber cómo están los chicos y si no ha habido problemas con el traslado. Les digo que sí con la cabeza, les confirmo que todo está bien y ellas me devuelven una sonrisa.

—Tenemos trabajo. Vamos a por el azúcar.

Agradecimientos

Como imagino que les pasa a todos los autores primerizos, tengo cuantiosas deudas de gratitud con mucha gente. Unos son más cercanos y han estado siempre; otros acaban de llegar, pero, igualmente, han sido importantes.

Gracias, Ana, mi hermana y confidente, por ser una de las personas que más me han alentado y que más han creído en mis letras desde el principio. Y gracias, Begoña, Celia, Laura y Esther, por ser mis lectoras cero y por estar ahí.

Gracias a la Escola d'Escriptura de l'Ateneu de Barcelona. A todos mis compañeros de estudios, de escritura, de meriendas y chuches, de risas y de críticas constructivas. Han sido cinco años maravillosos. A todos mis profesores, en especial a Enrique de Hériz, que me ayudó a encontrar la escaleta adecuada y no me dejó escribir hasta que la tuve acabada. Te recordaré siempre, maestro. Pero, sobre todo, tengo una deuda inmensa con Olga Merino; gracias por ver más allá de lo que vieron todos y por ser el trampolín desde el que pude lanzarme a esta piscina. Sin tus críticas, tu ayuda y tus consejos, la novela no sería lo que es ahora ni yo sería la misma escritora.

Gracias a Josep Buenaventura Negre, de Gaseosas Casa Negre de la Bisbal d'Empordà, por los consejos sobre la elaboración artesanal de las gaseosas y por los recuerdos que compartió conmigo sobre su madre y la historia de su fábrica.

Gracias a Ramon Conesa y a la Agencia Literaria Carmen Balcells, por confiar en mí en cuanto os llegó mi manuscrito, y a Carmen Romero y Clara Rasero, de Ediciones B, por lo mismo y por ayudarme a materializar este sueño.

Gracias, papá, por contarnos todos aquellos recuerdos de la guerra; han sido la semilla de esta historia. Espero que allá donde estéis, tú y mamá, os sintáis orgullosos de mí.

Y el mayor de mis agradecimientos es para José Luis, mi compañero de vida, y para nuestras dos hijas, Laia y Paula. Por estar a mi lado siempre, por vuestra paciencia, por vuestra comprensión y por vuestros ánimos. Sé que habéis tenido que aguantarme todos estos años en los que os he agobiado con mis «redacciones» y mis historias, pero vais a tener que seguir aguantándome porque tengo muchas más y no voy a parar de escribir.

Gracias infinitas a todos.